G. S. Lima Writers
in New York

G. S. Lima

Writers in New York

Jedes Wort ist für Dich

PIPER

Mehr über unsere Autoren und Bücher:
www.piper.de

ISBN 978-3-492-50194-1
© 2019 Piper Verlag GmbH, München
Redaktion: Theresa Schmidt-Dendorfer
Covergestaltung: Vercodesign Unna
Covermotiv: unter Verwendung von Bildmaterialien
von kmiragaya und tomertu / www.clipdealer.com;
pingpao und spaskov / stock.adobe.com
Printed in Germany

Playlist

Mattafix – Big City Life
All Time Low – Dirty Laundry
Halsey – Now or Never
Halsey – Devil in me
The Killers – Human
Harry Styles – Ever since New York
Harry Styles – Sweet Creature
Ryan Adams – Out of the Woods
Ryan Adams – How You Get the Girl
Ryan Adams – This Love
Vance Joy – Mess Is Mine
Vance Joy – Call If You Need Me
Lorde – Liability
Lorde – Perfect Places
Lorde – Hard Feelings/Loveless
Brandon Skeie – So Bad
The Neighbourhood – Daddy Issues
The Killers – Mr. Brightside
Halsey – 100 Letters
Halsey – Heaven in Hiding
Halsey – Strangers
AnnenMayKantereit – Wohin du gehst
Niall Horan – Slow Hands

https://open.spotify.com/playlist/3KJU3V8jDIsiwy9Hg2fyLi?si=
QhiETnljSpiJ5AUrYdt-gQ

Für das Schreiben, das ich liebe
Für Worte, weil sie heilen
Für jeden, dessen Schreiben und Worte ihn selbst retten

There is nothing to writing.
All you have to do is sit down at a typewriter and bleed.

Ernest Hemingway

Kapitel 1

»She's the tear in my heart,
she's a carve,
she's a butcher with a smile,
cut me farther than I've ever been.«

Tear in my Heart, Twenty One Pilots

Alec

Indiana Thomson riss mich aus dem Schlaf, bevor ich ihr das erste Mal begegnete. Sie hatte sich so leise in mein Leben geschlichen, dass ich es gar nicht bemerken konnte.

Zu Beginn sollten meine Augen eine Sekunde zu lang an ihren Lippen hängen, mein Herz würde ein paar Schläge aussetzen, wenn ich sie ansähe. Doch ich würde all diese Gefühle ignorieren, nur damit sie Wochen später wie ein Tsunami über mich hereinbrechen würden; brausende Wellen aus grünen Augen, Worte, die so schön waren, dass sie schmerzten. Indiana Thomson sollte meinem Leben Farbe einhauchen, indem sie mir von Worten erzählte, die ich noch nie gehört hatte, obwohl ich ein verdammter Experte in Sachen *Worte* war.

Doch davon hatte ich an diesem alles verändernden Septembersonntag noch keinen blassen Schimmer.

Ich hasste meine Klingel und ihr verdammtes Geräusch. Sie riss mich aus dem Schlaf – und das an einem Sonntag. Mit einem Gähnen rollte ich mich auf die linke Seite und starrte meinen Wecker an. 8:32 Uhr. Meine Augen fielen wieder zu. Die letzte Nacht war lang gewesen, mit viel besoffenem Gelächter, gierigen Händen und meinem nüchternen Herzen, das nie betrunken wurde, egal, wie viel Whiskey ich runterkippte.

Ring. Ring. Ring. Ring. Ring.

Mir blieb nichts anderes übrig, als widerwillig die Augen aufzuschlagen. Mein Fenster war geöffnet und der höllische Straßenlärm verhinderte, dass ich wieder wegdämmerte. New York war nie ruhig, weil New York niemals schlief. Es war stets laut mit den gehetzten Einwohnern, den neugierigen Touristen und den ratternden Taxis, deren Motoren an einigen Tagen sogar in meinem siebten Stockwerk brummten. Ich torkelte aus dem Bett. Meine nackten Füße berührten den kalten Boden und ich schwor, denjenigen, der es wagte, an einem verfickten Sonntagmorgen bei mir zu läuten, eigenhändig umzubringen.

Die Dielen knirschten unter meinen Fußballen, ich stolperte in Richtung Tür und rutschte dabei fast auf Notizblättern mit Charakterskizzen und Romanideen aus. Die Geräusche der Stadt vermischten sich mit dem meines müden Gähnens, als ich die Türklinke herunterdrückte und kurz darauf blinzelte.

Ich hatte vieles auf meiner Fußmatte erwartet: einen meiner zwei besten Freunde, die es letzte Nacht mehr als ich übertrieben hatten – so wie sie es ständig mit Alkohol, Frauen und noch mehr Alkohol übertrieben –, eines der Nachbarskinder, die nur zu gern an meine Tür klopften, um mich darum zu bitten, dieses und jenes rauf- und runterzutragen, oder vielleicht sogar eines meiner Dates, das die Bedeutung eines One-Night-Stands nicht verstand; von Letzteren gab es leider einige.

Doch ich lag falsch, denn ich sah in das Gesicht einer jungen Frau, die ich nicht kannte.

Sie war einen guten Kopf kleiner als ich, trug zerrissene Jeans und ein graues Shirt, dessen Saum sie knapp über dem Hosenbund zu einem Knoten gebunden hatte. Ihre Füße steckten in weinroten Dr. Martens, während sie nervös von einem Fuß auf den anderen trat.

Ich musterte sie von Kopf bis Fuß, bis meine Augen zuletzt an ihren Fingernägeln verharrten. Sie waren ordentlich geschnitten, perfekt maniküert in diesem modischen French-Nail-Style, an dem sich meine Schwester ständig versuchte, bevor sie sagte: »Mein Leben ist ein Desaster! In der letzten Matheklausur habe ich die letzte Aufgabe nicht geschafft und jetzt kriege ich es nicht einmal gebacken, mir meine Nägel im French-Nail-Style zu lackieren.« Meine Schwester seufzte dabei stets theatralisch, was ich nicht verstand, weil ich diesen komischen Nageltrend noch nie gemocht hatte. Trotzdem verzogen sich meine Lippen jetzt zu einem Lächeln, denn ich mochte, dass die Fingernägel der Fremden nicht zum Rest ihrer sonstigen Erscheinung passten: grüne Augen, umrandet von verschmierten Make-up-Resten, helle Haut, eine Spur zu blass, klobige Boots und die zerknitterte Kleidung.

Ihre Wangen brannten rot, als sie sich räusperte, und ich wusste, mein Blick machte sie nervös.

Doch das war nichts Neues.

Ich war Alec Carter, konnte jedes Mädchen binnen von Sekunden in Verlegenheit bringen und jegliche Frauen in weniger als einer Minute auf die Knie zwingen, während ich meine Hose öffnete.

Doch darum ging es mir gerade nicht.

Die Frau vor mir war interessant.

Das Grinsen auf meinen Lippen wurde breiter, denn der Schriftsteller in mir mochte interessant.

Okay, vielleicht war ich kein bekannter und erfolgreicher Schriftsteller. Noch nicht. Aber dass ich ein Schriftsteller war, ließ sich nicht leugnen, wenn auch kein gescheiter. Doch Himmel, ich versuchte es. Verdammt noch mal, ich gab in meinem Studium und an meinem PC wirklich alles, was ich hatte. Aber das Problem eines jeden Schreibenden, vielleicht auch das jeden Träumers, war, dass er mit seinen Gedanken stets woanders war, sich so penibel in den Details seiner Gedankenwelt verhedderte, dass er den Bezug zur Realität verlor.

So wie ich in diesem Moment.

Ich konnte nichts dafür, dass ich mir vorstellte, wie es sich anfühlen würde, wenn die Fremde ihre perfekten Nägel in meinen Rücken krallen und aufschreien würde. Meine Fingerspitzen würden auf ihrer Haut brennen, und ich würde sie fragen, was sie hinter ihrer Rebellenfassade wohl versteckte.

»An was denken Sie?«

Die Stimme der Fremden riss mich aus meinen Gedanken, bevor ich mich räusperte und ihr schamlos in die Augen starrte.

»Tut mir leid.« Ich täuschte ein Gähnen vor. »Bin noch etwas verschlafen.«

»Das war nicht die Antwort auf meine Frage.« Sie steckte die Hand in ihre Hosentasche; ihre Jeans waren so knalleng, dass ich die Abdrücke ihrer Fingerknöchel sah. »Aber die ist jetzt auch egal«, murmelte sie. »Sind Sie Alec Carter?«

Ich nickte, wobei ich mich gleichzeitig fragte, wieso die Fremde meinen Namen kannte. Vielleicht war sie eine Auftragskillerin und hatte mit der Mission, mich zu töten, an meine Tür geklopft? In Gedanken malte ich mir oft Horrorszenarien aus; das gab mir außergewöhnliche Ideen für Kurzgeschichten.

»Alec Carter wie der Hausmeister Alec Carter?« Sie richtete ihre grünen Augen bestimmt auf mich, sichtlich bemüht, ihren Blick nicht auf meine Boxershorts zu senken, die alles war, was meinen Körper bedeckte; Menschen, die Geld für Pyjamas ausgaben, hatte ich noch nie verstanden.

»Der bin ich«, sagte ich und dachte an den Werkzeugkasten neben meiner Badezimmertür.

Die Fremde atmete erleichtert aus. »Mein Name ist Indiana Thomson. Mr. Kahn hat mir am Telefon gesagt, dass Sie mir die Schlüssel zu meiner Wohnung übergeben würden. Also …« Sie bemühte sich um ein Lächeln, doch es zitterte.

Ich hingegen seufzte, weil ich wusste, dass dieser Hausmeisterjob in keinem Universum beneidenswert gewesen wäre. Die Familie Rojas verstopfte jede Woche aufs Neue ihre Rohre, während ich ihnen abermals erklärte, dass sie aufhören müssten, die Reste ihres

Mittagessens in den Abfluss zu schütten. Die Kinder der Garcias dachten, dass Hausmeister ein Synonym für *Mädchen für alles* sei, und hatten erst gestern an meine Tür geklingelt, weil sie wollten, dass ich ihre Fahrräder nach unten schleppte. Lange hatte ich sie kopfschüttelnd angestarrt. Ich meine, wer zum Teufel fuhr in New York überhaupt mit dem Fahrrad?

»Natürlich.« Ich erinnerte mich an den Kalender, den ich mir besorgen musste, um Termine und nicht hypothetische Namen für Protagonisten zu notieren. »Mr. Kahn hat mich darüber informiert. Ihr Apartment ist das direkt neben meinem.«

Mit einer kurzen Kopfbewegung deutete ich nach links und sah Indiana wieder an. Ihre Augen schimmerten hell und grün, während sie sich an den Muskeln meines Bauchs bis zum Bund meiner Boxershorts entlangschlängelten.

Ich grinste.

»Ich hole dann mal die Schlüssel, einen Augenblick.« Ich verschwand hinter meiner Tür, hüpfte hastig in die Jeans, die über meinem Sessel lag und schlüpfte ohne Socken in die schwarzen Boots, bevor ich auf der Kommode neben meiner Tür nach den Schlüsseln für die Wohnung 708 griff. Als ich wieder vor der Türschwelle stand, studierte Indiana mit gesenktem Blick meine Fußmatte.

»*Betreten auf eigene Gefahr*?«, lachte sie und hob den Blick.

Ihre Lippen zogen sich leicht auseinander, ihre Zähne waren strahlend weiß. Meine Augen klebten auf ihrem Mund, und ich wusste, ich fand ihr Lächeln samt ihren Lippen schön.

»Ein Geschenk meiner Schwester«, erwiderte ich. »Es würde ihr das Herz brechen, wenn sie mich besuchen und feststellen würde, dass ihre Fußmatte fehlt.«

»Verstehe. Dann hoffen wir mal, dass ich Ihre Baustelle nie betreten muss.«

Ich zuckte darauf nur die Schultern und verschwieg Indiana Thomson, dass ich nichts dagegen gehabt hätte, sie auf mein zerwühltes Bett zu schmeißen, um mit ihrem Körper ein heißes Durcheinander anzustellen, das sie bis auf jedes verwuschelte Haar geliebt hätte. Als der Schlüssel in meiner Hand klirrte, schob ich den Gedanken beiseite und ging auf die Wohnung meiner neuen Nachbarin zu.

»Steht die Eingangstür im Erdgeschoss eigentlich immer offen?«, fragte sie, während ich den Schlüssel in das Schloss steckte.

»Wenn man sie schließen würde, nein. Aber –«

Ich sprach meinen Satz nicht zu Ende, weil drei Kinder gerade die Treppen hinunterliefen und mit ihrem kreischenden Gelächter meine Stimme um Längen übertönten. Das kleinste von ihnen, ein Junge mit einer zu großen Brille, rutschte fast auf seinen Flip-Flops aus und seine ältere Schwester rief ihm etwas auf Spanisch zu.

»Aber wie Sie sehen, vergessen einige unserer Nachbarn, dass man Türen schließen sollte.« Ich zuckte die Schultern.

Indiana schloss seufzend die Augen, bevor ich ihre geschlossenen Lider, die makellose Haut, die zierliche Stupsnase und ihre Lippen musterte.

»Sie sehen besorgt aus, Indiana. Haben Sie etwa einen Stalker, vor dem Sie sich fürchten?« Ich lachte und hob eine meiner dichten Augenbrauen.

Als ihr Gesicht so weiß wurde, wie die Wände meines Schlafzimmers es einmal gewesen sein mussten, wusste ich, ich hatte einen Volltreffer gelandet.

»Nein. Wie kommen Sie darauf?« Sie stemmte die Hände in ihre Hüften und funkelte mich aus ihren leuchtenden Augen an, sichtlich aufgebracht, weil ich sie durchschaut hatte.

Tja, so war das halt mit Schriftstellern. Sie konnten Menschen lesen wie niemand sonst.

»Könnten … Könnten Sie mir bitte einfach nur die Tür aufschließen? Die Fahrt von Alabama nach New York war nicht gerade erholsam. Ich möchte einfach nur ins Bett. Wäre das möglich?«

Den verstrubbelten Haaren und ihren müden Augen nach zu urteilen, glaubte ich das sofort. Also murmelte ich ein »Natürlich« und öffnete die Tür. Binnen von Sekunden stieß mir der muffige

Geruch entgegen, den ich nur zu gut von meiner eigenen Wohnung kannte. Ich brauchte meinen Blick nicht durch das 1,5-Zimmerapartment schweifen zu lassen, um zu wissen, dass es genauso aussah wie meines:

Dunkle, zerkratzte Möbel, die eher uralt als retro aussahen. Ein Bett aus Eichenholz mit alter Matratze, die ich mangels Gelds bei mir immer noch nicht ausgetauscht hatte. Der gleiche grüne Sessel, nur dass ihrer einen Kaffeefleck hatte, meiner einen roten von einer Flüssigkeit, über die meine Freunde und ich rätselten; Jamie tippte jedes Mal auf Tomatensoße; Maxton, unser Dramatiker, bestand darauf, dass es Blut wäre, und dachte sich eine neue Horrorgeschichte aus.

»Willkommen in Ihrem neuen Zuhause.« Ich legte den Schlüssel auf die Kommode und beobachtete Indiana, wie sie tief Luft holte, den Blick durch die Wohnung wandern ließ und die leicht gräulichen Wände so ansah, als wäre sie Besseres gewohnt. Sie schwieg, während sie den Rucksack auf ihrem Rücken zu Boden gleiten ließ und schnurstracks in Richtung Fenster lief, um es zu öffnen. Die verlebte Wohnung schien vergessen, als ihre Augen wie hypnotisiert an der Glasscheibe klebten. Ich konnte es ihr nicht verdenken. Ich lebte schon seit über drei Jahren in Manhattan und hatte mich immer noch nicht an die Aussicht gewöhnt.

»Die Aussicht ist fantastisch.« Ich wusste, dass meine neue Nachbarin lächelte, ohne dass sie sich umdrehte.

»Das ist sie.« Ich räusperte mich, meine Augen lagen auf ihrem Hintern, der in der engen Jeans mehr als gut zur Geltung kam. »Wenn Sie irgendetwas brauchen, klopfen Sie einfach bei mir an«, sagte ich und bot damit das an, was jeder normale Hausmeister angesprochen hätte.

Doch eigentlich war ich kein normaler Hausmeister und wunderte mich über mich selbst. Vielleicht könnte ich eine Kurzgeschichte über einen vernünftigen Hausmeister und eine frisch eingezogene Mieterin schreiben. Ich legte den Kopf schräg, meine Gedanken überschlugen sich und meine Finger begannen zu prickeln. Das war mein Stichwort, zu gehen, aber ich hielt inne, als ich an dem überfüllten Rucksack meiner neuen Nachbarin vorbeiging.

»Haben Sie keinen Koffer dabei?«, fragte ich.

Indiana drehte sich um und schüttelte den Kopf. Eine Haarsträhne fiel ihr dabei ins Gesicht, die sie sich sofort hinter das Ohr strich.

»Nein, nur den Rucksack.«

Ich legte leicht verwirrt den Kopf schief, doch nickte trotzdem. »Also dann, Indiana –«

»Tun Sie mir einen Gefallen, Alec?«, unterbrach sie mich und schaute mich aus ihren grünen Augen an. Ich war mir sicher, dass sie vor lauter Farbe vibrierten.

»Klar.«

»Nennen Sie mich India. Schließlich sind wir Nachbarn.«

Ein Lächeln schlich sich auf ihr Gesicht, und ich war versucht, so lange in der abgekommenen Wohnung zu verharren, bis ich mir jede Rille ihrer Lippen eingeprägt hätte. Doch ich widerstand dem Drang, denn das Feuer unter meinen Nägeln brannte heißer und ich sagte: »Bis dann, India.«

»Bis dann, Alec«, erwiderte sie, immer noch grinsend, und wandte sich wieder der Skyline von Manhattan zu.

Als ich Sekunden später meine eigene Wohnung betrat, fuhr ich meinen Laptop hoch und öffnete das Schreibprogramm.

Kapitel 2

»Coming out of my cage,
and I've been doing just fine.«

Mr. Brightside, The Killers

India

Sobald die Tür ins Schloss fiel, drehte ich mich um und ließ den Blick durch meine erste eigene Wohnung wandern. Meine Augen verharrten an dem befleckten Sessel, dem verrosteten Herd in der Kochnische, dem viel zu kleinen Esstisch und zuletzt an dem Bett, das wahrscheinlich älter als meine Granny India sein musste.

Richtig, ich war nach meiner Großmutter Indiana benannt worden. Was für meinen Vater mehr als inakzeptabel gewesen war: Wenn man ihm zuhörte, wie er von seinen Vorfahren redete, könnte man meinen, sein Urururgroßvater hätte Alabama und die Welt gleich mit dazu entdeckt. Es war für ihn also ein Ding der Unmöglichkeit gewesen, dass seine einzige Tochter auf den Namen eines anderen Bundesstaates getauft wurde. Also bestand der große, vom Volk geliebte Bürgermeister Ronald Bo Thomson darauf, mir meinen zweiten Vornamen zu geben: Alabama. Ich war immer etwas verlegen, wenn ich jemandem meinen Ausweis reichen musste und dieser jemand über meinen Namen schmunzelte. Aber ich verübelte es den Menschen nie. Ich meine, Indiana Alabama? Ernsthaft? Selbst mein Vater sah ein, dass er mit meinem Namen einen kleinen Fauxpas, so wie er es ausdrückte, begangen hatte und nannte mich seit meiner Einschulung nicht mehr Alabama; es verwirrte meine Mitschüler und Lehrer, wenn meine Eltern mich bei unterschiedlichen Namen nannten, niemand wusste so, wer ich war, und Jahre später wusste ich das immer noch nicht so genau. Was ich aber ganz sicher wusste, war, dass mein Vater nie diesen leicht säuerlichen Gesichtsausdruck ablegen würde, wann immer er meinen Namen aussprach.

Und dieser Blick begegnete mir überall in unserem Haus. Der erste Bürgermeister unserer Stadt war der große Ed Bo Thomson gewesen. Es war nicht nur eine Tradition, sondern auch ein ungeschriebenes Gesetz, dass die Thomsons unsere Stadt regierten. Und niemand schien sich daran zu stören, denn mein Vater hatte mit nahezu einstimmigem Ergebnis die Wahl vor drei Jahren gewonnen. Und die davor. Und die davor und so weiter ... Es hingen so viele Porträts von Ed Bo Thomson in unserem Haus, dass ich das Gefühl hatte, ich sähe sein Gesicht öfter als das meines Vaters. Wenn ich ehrlich war, fragte ich mich manchmal, ob dieser Ed Bo Thomson nicht derselbe Thomson war wie mein Vater. Sie hatten dasselbe blonde Haar und denselben Blick, der mich schlucken ließ.

Wir hatten ein Bild von Ed Bo Thomson im Wohnzimmer hängen, wie etwas Heiliges direkt über dem Kamin, in einem Bilderrahmen, der wahrscheinlich wertvoller als alle Schuhe meiner Mutter war. Ed Bo Thomson sah ich jedes Mal, wenn meine Mutter mich zu einem Gespräch ins Wohnzimmer bat, in dem sie mit mir über meinen letzten Fehler reden wollte. Gefolgt von einer Predigt über meine Zukunft. Sie schwärmte mir dabei von einem strahlenden Bilderbuchleben vor, das so langweilig klang, dass ich nicht einmal wissen wollte, wie es nach der ersten Seite weiterging. Und diese Monologe führte sie täglich. Also sah ich Ed Bo Thomson täglich. Meinen Vater hingegen sah ich meistens nur ein paar Abende im Monat. Wenn ich es dann wagte, von meinem neuesten Text zu erzählen, auf den ich stolz war, weil ich wochenlang an ihm gearbeitet hatte, gab es von meinem Vater nur diese Ed-Bo-Thomson-Blicke, dir mir sagten: »Hör auf mit dem Quatsch,

India. Benimm dich wie eine Thomson.« Obwohl ich neben ihm saß, kam er mir an diesen Abenden so weit weg vor wie die Ära von Ed Bo auf den Bildern.

Doch das war schon okay. Alles würde okay sein, wenn nicht, dann wäre es nicht das Ende. Das hatte meine Granny auch stets gesagt.

Ich schloss die Augen und dachte an meine Großmutter, die vor fünf Jahren verstorben war. Altersschwäche, hatten die Ärzte gemeint, doch meine Granny hätte ihnen widersprochen, wenn sie gekonnt hätte. »Ich bitte Sie, meine Herrschaften! Ich bin gestorben, weil ich es so wollte. Nicht wegen einer Krankheit oder dieser verdammten Altersschwäche. Was haben mich schon der Rollator, die Schmerzen und die Falten in meinem Gesicht gestört? Ich konnte doch lächeln und leben und atmen. Also wagen Sie es ja nicht, mir zu sagen, ich wäre nicht freiwillig gegangen.«

Doch dann öffnete ich die Augen wieder, ließ meinen Blick durch mein leeres Apartment wandern und rieb mir über die Arme. Mir war plötzlich kalt, meine erste eigene Wohnung war nicht nur leer, sondern auch einsam, und ich fragte mich, ob leer und einsam jetzt auch Worte waren, die mich beschrieben. Ich wollte nicht genauer über diese Antwort nachdenken, also ließ ich meinen Blick zum Fenster wandern – riesige Hochhäuser, eine brennende Sonne und Straßenlärm, der selbst sieben Stockwerke höher zu hören war, kurz: New York, die Stadt der Träume.

Es hätte mich nicht wundern sollen, dass meine Granny mir weder Schmuck noch andere wertvolle Habseligkeiten vermacht hatte. Ich hätte wissen müssen, dass sie Größeres für mich bereithielt. Ein New Yorker Apartment, von dem meine Eltern nichts wussten, hätte ich mir jedoch niemals erträumt. Am allerwenigsten kurz nach ihrem Tod, als ich mich über das Notizbuch gewundert hatte, das mir der Notar gab; es war unbeschrieben gewesen, bis auf die erste Seite, auf der groß ein einziges Wort geprangt hatte: SCHREIB!

Es waren nicht nur unsere Namen gewesen, die uns miteinander verbunden hatten, sondern auch das Schreiben.

Wenn ich an meine Großmutter dachte, dachte ich nicht an verstaubte Keksdosen und gemütliche Nachmittage mit warmen Kakaos. Ich dachte an ihre persönliche Bibliothek, an einen Raum, in dem so viele Bücher standen, dass ich sie niemals zählen konnte. Die meisten Buchrücken trugen Rillen, die Seiten waren leicht vergilbt und die Regale so groß, dass meine Granny nur mit einer Leiter an die obersten Fächer kommen konnte. Ich erinnerte mich noch genau an den Geruch der alten Bücher, die für mich immer nach Träumen gerochen hatten. Als Kind hatte ich es geliebt, mich in ihren Sessel zu kuscheln und ihr dabei zuzuhören, wie sie mir aus einem ihrer Lieblingsromane vorlas, für die ich wahrscheinlich viel zu jung gewesen war. Wenn meine Granny mir mit ihrer angenehmen Stimme vorlas, versank ich so in die Geschichte, dass ich dachte, es wäre meine eigene. Ich verliebte mich in diese Illusion, tausend andere Leben zu leben, ohne sein eigenes zu verlassen, sich in einer Geschichte zu verlieren und sich gleichzeitig dabei zu finden.

Es war meine Granny, die meine allererste Geschichte las. Ich schrieb sie mit neun Jahren und meinem Lieblingsstift, der lila glitzerte. Ich lochte sogar die Seiten und band sie wie ein richtiges Buch zusammen. Es war das Geburtstagsgeschenk für meine Großmutter, und als sie das Geschenkpapier aufriss, kamen ihr fast die Tränen. Es ging um ein Mädchen, das ihre Großmutter besuchte und mit ihr in die fremden Welten ihrer Lieblingsbücher eintauchte; es gab sogar ein Bild, das ich dazu gemalt hatte und auf dem wir in ein Buch sprangen. Als ich meiner Granny das Buch gab, erklärte ich ihr, dass ich diese Geschichte geschrieben hätte, weil ich mir wünschte, wir könnten wirklich in einem ihrer Bücher leben.

Sie hatte geantwortet: »Oh, India. Bücher sind toll, aber unsere eigene Welt ist genauso großartig. Du musst nur weiter rausgehen. Da warten genauso viele Geschichten auf dich wie in meiner Bibliothek. Eines Tages wirst du das verstehen.«

Meine Granny hatte recht, zehn Jahre später verstand ich das, was aber nicht hieß, dass meine Eltern das auch taten. »Indiana, versteh doch, dass ich nur das Beste für dich möchte«, hatte mein Vater mir oft zwischen seinen wichtigen Telefonaten mit dem Stadtrat, seinen Angestellten oder sonst wem zu verstehen gegeben, wenn er mich dabei erwischt hatte, wie ich Gedichte in Notizbücher geschrieben hatte. Ich hatte ihm antworten wollen, dass ich auch nur das Beste für mich wollte. Und das schließlich nur ich wissen konnte, was das Beste für mich war. Doch mein Vater hörte mir nie zu.

Ich wollte schreiben.

Romane, Kurzgeschichten, Gedichte.

Meine Eltern wollten, dass ich studierte.

Wirtschaft, Politikwissenschaft, Management.

Der Klingelton meines Handys riss mich aus meinen Gedanken. Ich nahm einen tiefen Atemzug und kramte das iPhone aus der Hosentasche. Ich musste nicht auf das Display schauen, um zu wissen, wer mich anrief. Mit zittrigen Fingern schob ich den Hörer zur Seite.

»Indiana, wo zum Teufel bist du?« Es war meine Mutter, die auf ein Hallo verzichtete, was mich aber nicht überraschte; in unserer Familie sparte man sich die Höflichkeitsfloskeln für Gäste auf, über die meine Mutter herzog, sobald sie unser Grundstück verließen. Ihre Stimme war laut und so hysterisch, dass ich wusste, sie saß vor der Mittagszeit mit einem Margarita in der Küche, weil sie hoffte, sich damit beruhigen zu können. Es kam nicht alle Tage vor, dass die Tochter einer der einflussreichsten Familien Alabamas spurlos verschwand.

»In New York. Das habe ich euch doch geschrieben. Habt ihr den Zettel nicht gefunden? Er liegt auf dem Küchentisch.« Ich studierte die Oberflächen der Wolkenkratzer, die Sonne schien hoch und so stark, dass ich blinzeln musste.

»Red keinen Schwachsinn, mein Kind. Natürlich hat Marabella ihn nicht übersehen. Wegen all der Aufregung konnten dein Vater und ich nicht einmal zum Gottesdienst gehen. Du musst wahnsinnig geworden sein! Du kannst doch nicht mir nichts, dir nichts mitten in der Nacht nach New York reisen. Hast du etwa vergessen, dass dein Studium in zwei Tagen beginnt? Dass du einen Freund hast, der sich um dich sorgen wird, weil du ihn ohne ein Wort verlassen hast?«

»Mom«, seufzte ich. »Haben du und Dad mir wirklich nie zugehört? Ich muss mich ausprobieren, bevor ich mich bereit dazu fühle, meinem Leben den Pflichten einer Thomson zu widmen.« Ich setzte *Pflichten einer Thomson* gestisch in Anführungszeichen, auch wenn meine Mutter es nicht sah. Das war eine Angewohnheit, die ich von Andy übernommen hatte, wenn sie mir sagte, dass ich aufhören sollte, daran zu glauben, dass es nur die Pflichten einer Thomson für mich gäbe. Es gäbe nämlich mehr als unsere Kleinstadt in Alabama und zwar die Welt. Und die wollte ich jetzt sehen. »I-Ich habe in den letzten neunzehn Jahren alles gemacht, was ihr von mir verlangt habt. Kein Abendempfang war zu viel, auf jedem Foto habe ich gelächelt, nicht einmal über die Unterwäsche, die dein Assistent mir immer passend zu all den Abendkleidern gekauft hat, habe ich das Gesicht verzogen. Aber jetzt habe ich meinen Abschluss in der Tasche und möchte wenigstens einmal in meinem Leben wissen, wie es sich anfühlt, frei zu sein. Ich brauche die paar Monate mit einem Studiengang, der mich wirklich interessiert. Wie ich euch geschrieben habe: Ich nehme mir bis zum Ende des Jahres eine Auszeit. Ich verspreche euch, dass ich dann zurückkomme. In jedem Fall. Außerdem bin ich es leid, ständig so zu tun, als könnten Jared und ich irgendwann doch das Paar sein, von dem du und seine Mutter träumt. Das ist nicht mein Traum, Mom. Meiner ist Freiheit.«

Ich blies die Luft aus, stolz auf mich, weil ich die Sätze souverän aneinandergereiht hatte, so wie ich sie mir im Bus nach Manhattan zusammengelegt hatte. Am anderen Ende der Leitung hörte ich, wie meine Mutter Worte murmelte, die ich nicht verstand. Im Hintergrund hörte ich meinen Vater so laut fluchen, wie er es niemals vor seinem Volk gewagt hätte.

»Das ist eine Katastrophe, eine Schande für die Familie! Wie sollen wir der Stadt dein plötzliches Verschwinden nur erklären? Den Wählern, unseren Freunden, der Presse und vor allen Dingen Jared und den Erins.« Meine Mutter hielt einen Moment inne und ich stellte mir vor, wie sie in ihrem elfenbeinfarbenen Morgenmantel aus Seide resigniert den Kopf schüttelte und überlegte, wie sie den Eltern ihres Traumschwiegersohnes erklären könnte, dass es vielleicht nie zu gemeinsamen Enkelkindern kommen könnte. »Das liegt alles nur an deinen Geschichten. Wie oft habe ich dir gesagt, dass du aufhören sollst, dir alles in deiner komischen Fantasie zurechtzuspinnen!«

Ich presste die Lippen aufeinander und schluckte die brennenden Anschuldigungen auf meiner Zunge hinunter. Das hier war der erste Tag meiner Freiheit, und er würde nicht damit beginnen, wie ich meiner Mutter jeden ihrer Fehler aufzählen würde.

»Gott, Indiana.« Meine Mutter seufzte, ihre Stimme wurde weicher und ich wusste, sie würde es nun mit der Mitleidsnummer versuchen. »Darling, denk doch daran, wie das unserem Ansehen in der Stadt schaden würde. Was sollen denn die Leute denken? Dass wir dich womöglich weggeschickt haben? In ein Heim für … besondere Mädchen? Was das für deine Zukunft bedeuten würde! Für deine Karriere, die dir hier, zu Hause und bei uns, so sicher wie nirgends ist. Für deine Ehe mit Jared!«

Ich schüttelte den Kopf. Ich wollte keine Sicherheit. Ich wollte Freiheit. »Es sind nur ein paar Monate, Mom. Ich bin mir sicher, dass dir eine Ausrede einfällt.«

»Das ist ein Ding der Unmöglichkeit und das –«

Ein Rascheln, ein Rütteln, ein Protestieren. Dann: »Indiana Alabama Thomson. Du setzt deinen Hintern sofort in ein Flugzeug nach Hause und schlägst dir diesen Schwachsinn aus dem Kopf! Dieses unreife Gerede von Freiheit, der Traum vom Schreiben … Du bist unsere Tochter, eine Thomson verdammt noch mal! Du kommst nach Hause. Keine Diskussionen!«

Ich unterdrückte ein Seufzen. Ich hasste, wie mein Vater mit mir redete, als wäre ich sechs und nicht neunzehn, dass er dachte, er könnte über mich bestimmen und mich vor vollendete Tatsachen stellen. Wieso verstand er mich nicht? Alles, was ich wollte, war, zu atmen und mich dabei frei zu fühlen. Das Gefühl zu haben, alles machen zu können, wonach mir war, weil ich so frei war, wie ein Mensch frei sein sollte.

Mein Vater redete weiter auf mich ein, doch ich hörte ihm nicht mehr zu und wusste trotzdem, dass er von Pflichten und Geld, Macht und Geld, Familienimperien und Geld und noch mehr Geld sprach. So wie er es immer tat. Während er also mit seiner Schimpftirade fortfuhr, musterte ich die Schimmelflecken an der Decke. Den schmutzigen Boden unter meinen Füßen. Spürte die Leere meiner Wohnung unter meiner Haut. Atmete die allgegenwärtige Einsamkeit tief in meine Lungen.

Und dann sagte ich: »Spar dir die Luft, Daddy. Meine Entscheidung ist gefallen. Wenn du sie genauer erläutert haben möchtest, lies den Brief so lange, bis du meine Worte verstehst. Ich habe sogar extra ordentlich geschrieben – in Schreibschrift, die Mutter mir so penibel eingetrichtert hat. Wir sehen uns nächstes Jahr.«

Ich legte auf und wollte aufstehen, endlich in das Leben schreiten, für das ich von Alabama weggerannt war. Doch ich konnte nicht. Meine Beine fühlten sich zu schwer an, um aufzustehen. Meine Augen starrten auf den verdreckten Boden, helle Macken und schwarze Fußabdrücke, und ich konnte nicht anders, als mich zu fragen, ob ich nicht in Alabama hätte bleiben sollen. Mein Kopf begann zu pochen, meine Gedanken überschlugen sich und meine Finger zitterten. Hätte ich zu Hause bleiben sollen? Hatten meine Eltern recht? Was hatte ich mir dabei gedacht? Ich war India. Indiana Alabama. Eine Thomson, die nur das Thomson-Leben kannte. Hier kannte ich nichts, wahrscheinlich nicht einmal mich selbst. Aber war es mir nicht darum gegangen? Mich neu zu erfinden, die Person kennenzulernen, die ich vielleicht sein könnte? War das nicht der Grund, wieso mir meine Granny dieses Apartment überhaupt vermacht hatte? Ich nahm einen tiefen Atemzug und versuchte, mich daran zu erinnern, dass ich das so gewollt hatte. Freiheit, das Gefühl, auf eigenen Beinen zu stehen, auch wenn die zitterten und ich das Gefühl hatte, ich würde umkippen. Ich wollte trotzdem weiterlaufen, und zwar durch New York mit einem Herzen, das frei war.

Und wenn ich erkannte, dass mein Herz sich zu schwer anfühlte, wenn es frei war, dann war das eben so. Nächstes Jahr wäre ich wieder zu Hause, weil ich wusste, was es bedeutete, eine Thomson zu sein, auch wenn ich meine Pflichten in Anführungszeichen setzte. Ich flüchtete nicht vor meiner Familie und meiner Heimat. Ich lief nur weg. Auf Zeit. Für eine Weile.

Meine Finger zitterten immer noch, als ich die SIM-Karte aus meinem Handy zog und sie zerschnitt.

Bettwäsche, Spülmittel, Kehrblech, Besen und Eimer. Mein Blick wanderte von meinen Handynotizen zu meinem Einkaufskorb, bevor ich zufrieden in die Abteilung mit den Haarprodukten einbog. Ich ließ einen Atemzug aus und stand ratlos im Walgreens nebenan. Meine Augen wanderten Ewigkeiten über die Verpackungen der verschiedensten Marken, bis ich es aufgab und mir die erstbeste Tube schnappte. Die Farbe hieß *Fire Red* und ich seufzte. Immer noch unschlüssig, ob ich meine Haare so belassen wollte, wie sie waren oder eine Veränderung wagen sollte. Ich erinnerte mich daran, wie meine beste Freundin Andy vor Jahren ihre wilden Locken zu einem Bob geschnitten und ganz klischeehaft »Neue Haare, neues Leben!« gelacht hatte.

»Also, neue Haare, neues Leben«, murmelte ich genauso klischeehaft und kam mir wie Dobby vor, weil ich Selbstgespräche führte. Meine Finger strichen über die glatte Verpackung und für den Bruchteil einer Sekunde wünschte ich mir, ich wäre wirklich Dobby und ein Hauself, dann könnte ich zaubern und hätte eine neue Haarfarbe innerhalb von Sekunden gehabt. Nur dass Dobby eigentlich gar keine Haare hatte und ich mitten im Muggel-New York war.

»Wenn ich du wäre, würde ich die hier nehmen.«

Eine fremde Stimme riss mich aus meinem Selbstgespräch, meine Wangen wurden heiß und ich hob den Blick. Die Stimme gehörte einem Mädchen. Es sah so alt aus wie ich, ihre Augen waren so braun und groß, dass sie ihr fast aus dem hübschen Gesicht fielen. Sie hatte hohe Wangenknochen, gebräunte Haut und volle Lippen, die präzise in Rot bemalt waren. Ich musterte die Blondine im Ganzen. Sie war komplett in Schwarz gekleidet, ihre Bluse hatte Falten und an ihren Handgelenken klimperten Unmengen von Armbändern. Die Riemen ihrer Tasche waren fransig und sahen so aus, als würden sie gleich reißen. Als meine Augen wieder zu ihrem Gesicht wanderten, lächelte sie schief und ehrlich. Das Grinsen erinnerte mich an meine Mitschüler aus Alabama. An die, mit denen ich nie etwas zu tun gehabt hatte, weil meine Eltern mir sonst die Hölle heiß gemacht hätten. Die Sorte von Mitschülern, die sich einen Dreck um das Vermögen ihrer Eltern scherten, die die letzte Stunde am Freitag schwänzten, sich in ihr Auto setzten und losfuhren. Wohin, war ihnen egal. Hauptsache weg von dem heuchlerischen Kleinstadtleben, das die meisten bei mir zu Hause als heilig betrachteten.

Mit einem Räuspern nahm ich die Haarfarbe von der Blondine entgegen. »Danke?«

»Kein Problem. Ich habe mal in einem Friseursalon gearbeitet und würde behaupten, dass ein bisschen davon hängengeblieben ist.« Sie legte den Kopf schief und musterte meine langen Haare. »Willst du sie dir komplett färben?«

Ich strich mir durch die Strähnen.

Wollte ich? Ja.

Wollte ich wirklich? Nein.

Wollte ich? Keine Ahnung.

Wollte ich ein neues Leben? Mit den Freiheiten, alles zu tun, wonach mir war?

»Ja.«

Die Blondine kräuselte die Augenbrauen zusammen. »Hast du sie dir überhaupt schon einmal gefärbt?«

Ich schüttelte den Kopf.

»Du brauchst einen Imagewechsel, stimmt's?«

»So ähnlich«, seufzte ich.

»Hm.« Sie legte den Kopf schief. »Färb dir doch nur die Spitzen.

Wenn dir das Rot wirklich gefällt, kannst du deine Haare immer noch komplett färben.« Sie griff in einem der Regale nach einer anderen Verpackung, und tauschte sie mit der in meiner Hand.

»Die eignet sich besser für einen Ombré-Look«, sagte sie.

»Dankeschön, das ist –«

»Avaaaaaaaaaa?« Eine tiefe Stimme unterbrach mich. Sie tönte in der kompletten Shampoo-Abteilung.

Die Blondine seufzte und verdrehte die Augen. »Ich sollte wohl gehen. Der Typ, den ich mehr als Haarfarbe und Mascara zusammen liebe, mich aber stetig friendzoned, ruft nach mir.«

Sie winkte mir zum Abschied zu, bevor sie durch die Abteilung voller Conditioner verschwand.

Als ich in Richtung Kasse ging, fragte ich mich, ob alle New Yorker ihr Herz auf der Zunge trugen.

Fünfzehn Minuten später schritt ich mit vollbepackten Tüten in die frische Luft und hätte mir am liebsten die Ohren zugehalten. Manhattan war zu laut: hupende Autos, exotische Touristen mit Fragen an genervte Einheimische, Sänger, die Musik machten und dabei nichts außer Farbe an ihrem Körper trugen. New York schüchterte mich mit den hohen Wolkenkratzern und den unzähligen Menschen ein. Ich fühlte mich so klein, dass ich das Gefühl hatte, ich würde in der Masse ertrinken, und als ich den Blick zu Boden senkte und auf den Spitzen meiner Schuhe nach Luft und mehr Mut suchte, fand ich keins von beidem.

Der Weg durch das Treppenhaus in meine Wohnung glich einer Expedition durch einen wilden Dschungel; alles konnte mich im nächsten Stockwerk erwarten. In der dritten Etage schlängelte ich mich unbemerkt an einer verschlungenen Twister-Partie vorbei. Im fünften Stockwerk erwischte ich ein Paar von über sechzig Jahren, wie sie einander so gierig an der Wäsche fummelten, dass sie perfekt in das neuste Becky-G-Musikvideo gepasst hätten. Ich betrat die letzte Stufe zur siebten Etage und atmete erleichtert aus, nur damit mein Herz beim Anblick der Tür neben meiner merkwürdig laut schlug.

So wie Alec Carter hatte ich mir einen Hausmeister definitiv nicht vorgestellt. Mir wurde heiß, als ich an den heutigen Morgen dachte. Wie er mir in nichts weiter als einer engen Boxershorts die Tür geöffnet hatte. Wie zerzaust seine rotbraunen Haare gewesen waren, so als wäre er gerade erst aufgestanden. Ich dachte an die definierten Muskeln seiner Brust und seines Bauchs. Wie ich mir über die Lippen geleckt hatte und am liebsten jeden einzelnen Strich mit meinen Fingern nachgefahren wäre. Und dann an seine Augen. Sie waren das Schönste in seinem perfekten Gesicht: dunkel und tief, mysteriös mit ihrem braunen Schwarz, bei dem ich das Gefühl hatte, es würde mich verschlingen.

Es stand außer Frage, dass Alec Carter wusste, wie gut er aussah; er hatte sich keine Sekunde vor mir geschämt, obwohl er halb nackt gewesen war, und mir stattdessen ein Lächeln geschenkt, das Frauen mit Sicherheit alle Dinge tun ließ, die er sich wünschte.

Angekommen in meiner Wohnung, verbannte ich die Gedanken an meinen sexy Nachbarn aus meinem Kopf. Stattdessen füllte ich den neugekauften Eimer mit Wasser und putzte den Boden, die Schränke und die Fenster so lange, bis der Geruch nach Alkohol den muffigen Gestank überdeckte. Als ich fertig war, glänzte meine Wohnung nicht so blitzblank wie die Fliesen in unserer Küche, nachdem Marabella sie poliert hatte, doch wenigstens hatte ich jetzt nicht mehr den Drang, jede Sekunde in Desinfektionsmittel zu baden. Ich legte den Putzlappen zum Trocknen auf die Heizung, ging zu meinem Rucksack und leerte ihn aus. Mein Kulturbeutel, Unterwäsche, ein Pullover, zwei Shirts, ein Pyjama und meine drei Lieblingsbücher. Eigentlich hatte ich nur einen Roman mitnehmen wollen. Aber ich hatte mich nicht entscheiden können. Ich hatte vor meinem Regenbogen-Bücherregal gestanden und alle meine Babys mitnehmen wollen.

Bücher waren mir heilig, nicht die Kirche meiner Eltern. Ich liebte es, mich in den Geschichten zu verlieren, den Protagonisten bis auf sein sexy schelmisches Grinsen zu hassen, nur um mich schließlich auf Seite 231 doch in ihn zu verlieben. Stumm den Kopf über die Heldin und ihre Entscheidungen zu schütteln, nur um ihr kurz vor Ende mit tränennassen Augen zu sagen, dass sie nicht sterben könnte, dass ich ihre Entscheidungen nur so bemängelt hatte, weil sie mich an meine eigenen erinnerten und sie unbedingt ein Happy End haben müsste, damit ich ebenfalls an mein eigenes glauben könnte.

Also hatte ich mich dazu entschlossen, die Jeans und den zweiten Pullover auszupacken, um dafür weitere Bücher mitnehmen zu können.

Ich musterte meine drei Auserwählten. Die Seiten von allen waren leicht vergilbt, die Rücken so gebrochen, als hätte ich die Geschichten schon viel zu oft gelesen. Vor mir lagen Harry Potter und Co; was für eine Überraschung. Nicht der erste Teil, sondern der letzte, weil Happy Ends meine größte Schwäche waren. *Sturmhöhe*, nicht weil ich es abgrundtief liebte, sondern auch nach mehrmaligem Lesen immer noch nicht verstanden hatte. Diese komische Geschichte zwischen Cathy und Heathcliff, über die ich die meiste Zeit nur das Gesicht verzogen hatte, weil keiner der beiden mir sympathisch gewesen war. Doch ich wollte diese Geschichte verstehen, denn sie beinhaltete mein Lieblingszitat, das ich mit pinkfarbenem Leuchtstift angestrichen hatte. Ich hatte sogar Post-its an die Seite geklebt, und ich fand, dass es sich für dieses Zitat allein lohnte, die Geschichte verstehen zu wollen. *Woraus auch immer unsere Seelen gemacht sind, seine und meine sind dieselben.*

Und dann war da noch *After Passion,* das ich versteckt in der hintersten Ecke meines Zimmers gelesen hatte, weil ich Angst hatte, jemand könnte über meinen hochroten Kopf einen Blick auf all die Erotikszenen erhaschen. Zugegeben, Hardin Scott war ein Horrortyp. Doch irgendwie war er mein Horrortyp, von dem ich nicht genug bekommen und vor allen Dingen nicht genug lesen konnte; egal, ob es sich dabei um die Erotikszenen handelte, bei denen meine Wangen so heiß brannten, dass die Hitze bis zum Abendessen mit meinen Eltern anhielt, oder um Dialoge, in denen deutlich wurde, wie verletzt er eigentlich war.

Ich schloss die Bücher in meine Arme, drückte sie an mein Herz, versprach ihnen, mich bald um ein Regal zu kümmern, und flehte stumm darum, dass meine Charaktere mir Mut geben würden, wann immer ich ihn brauchen würde. Dann schnappte ich mir die Haarfarbe aus meiner Einkaufstüte und marschierte ins Badezimmer. Ein letztes Mal starrte ich meine noch nie gefärbten hellbraunen Haare im Spiegel an und öffnete die Verpackung. Das Geräusch der Pappe kratzte in meinen Ohren, und ich erinnerte mich daran, dass ich das gewollt hatte: rote Farbe in meinen Haaren, meine erste eigene Wohnung, New York.

Und Freiheit.

Meine Finger fuhren die Buchstaben auf der Gebrauchsanweisung nach, als ich plötzlich die ersten Zeilen meines Lieblingssongs ausmachte: *Human* von The Killers. Anscheinend hatten mein Nachbar und ich denselben Musikgeschmack. Ich konnte nicht anders, als zu lächeln, weil der Song mich daran erinnerte, dass ich keine Marionette mehr war. Dass ich nicht mehr Indiana Alabama Thomson, sondern einfach nur India sein wollte.

Und Nur-India war frei.

Kapitel 3

»*The monsters were never under my bed,*
because the monsters were inside my head.
I fear no monsters, for no monsters I see.
Because all this time the monster has been me.«

Nikita Gill

Alec

Ich hätte das Internet hassen müssen.

Das Internet war schuld daran, dass niemand mehr Bücher las und Kinder verblödeten, dass sich Jugendliche mit perfekten Instagram-Models verglichen, in Depressionen verfielen und sich nur noch in ihren Betten verstecken wollten.

Doch trotzdem mochte ich es.

Dank des Internets saß gerade eine besonders attraktive Brünette auf meinem Bett und lachte über etwas, das ich gesagt hatte. Auf ihren Hüften klebte ein Jeansrock, während sich um ihre prallen Brüste ein knappes Shirt spannte, dessen Saum ein Bauchnabelpiercing in Silber entblößte, wann immer Janet sich streckte.

Janet war nicht dünn, nicht dick. Sie hatte ihre Fußnägel in einem knalligen Pink lackiert und wenn sie lächelte, war ihr Gesicht fast zu schön, um wahr zu sein. Sie war genauso, wie ich die Frauen mochte, die unter mir meinen Namen stöhnten. Oder auf mir. Oder vor mir. Oder neben mir.

Aber heute stand der Sex nicht im Mittelpunkt.

Heute hatte ich Janet gefragt, ob sie sich mit mir treffen wollte, weil heute Arbeitstag war. Ja, Schriftsteller arbeiteten auch sonntags, denn es gab immer etwas zu schreiben.

Ich hatte Janet eine Cola angeboten, aber sie wollte lieber Wasser trinken. Als sie den letzten Schluck nahm, räusperte ich mich. Jetzt würde die Arbeit beginnen. Und so sagte ich: »Erzähl mir drei Dinge, die niemand über dich weiß.«

Ich zwang meine Lippen zu einem schiefen Lächeln und rückte ein Stück näher an sie heran.

»Was?« Sie versuchte, ihre Verwirrung mit einem Lachen zu überspielen.

Das war die häufigste Reaktion. Die meisten meiner Dates dachten, ich meinte diese Frage nicht ernst. Doch die Antwort auf diese Frage war alles, was ich wollte. Ich brauchte die drei Geheimnisse dringender, als dass ich den Sex jemals wollen könnte.

»Ich meine es ernst.«

Ihr Lächeln schwand und sie rückte ein Stück von mir ab.

Ich seufzte.

Ihre Augen waren zu stark geschminkt und ihr Rock war zu kurz. Sie suchte keine Beziehung; sie wollte Sex.

»Janet«, sagte ich, legte meine Hand auf ihren Oberschenkel und strich über die nackte Haut. »Wir beide wissen, dass wir es uns gleich gegenseitig besorgen werden. Aber ich schlafe nicht mit irgendwelchen Leuten. Ich muss wissen, wer du bist. Ich nenne dir drei Dinge, die ich niemandem jemals verraten habe, und du machst dasselbe. So kommen wir uns näher. Es ist Fakt, dass Nähe den Sex besser macht. Und großartiger Sex ist doch das, was wir beide wollen, oder?«

Janet biss sich auf die Lippen, und ich wusste, ich würde sie gleich ficken, aber zuerst würde sie mir die Antworten verraten.

»Okay, wir werden uns sowieso niemals wiedersehen«, stellte sie fest und hatte damit recht. Sie kicherte, während sie ihre Hand auf meine legte. »Als ich sechs war, habe ich aus Versehen in einer Parfümerie ein Stück Seife in meine Jackentasche gesteckt und es erst bemerkt, als ich im Bus nach Hause saß. Meine beste Freundin

34

und ich haben uns vor Monaten bei einem Partyspiel geküsst und nun ja, es hat mich richtig angemacht. Aber wir haben darüber nie geredet.« Ihr Blick senkte sich auf das Armband, das an ihrem Handgelenk baumelte. »Und einmal wollte ich meinen Vater unangekündigt in seinem Büro besuchen. Die Tür hatte offen gestanden und ich hörte ein Stöhnen. Ich linste durch den kleinen Spalt und sah, wie er mit seiner Geschäftspartnerin Sex hatte. Doch das habe ich meiner Mutter nie gesagt.« Janet atmete tief aus; das machten sie alle nach ihren Beichten. Als sie dann den Blick hob, schauten mich ihre Augen zugleich glasig und drängend an.

Ich spürte, wie Janet mich stumm anbettelte, ihr zu sagen, dass ihre Fehler nicht schlimm seien. Sie wollte Verzeihung von mir, einem Fremden. Doch ich war nicht in der Position, über Janet oder sonst wen zu urteilen. Alles, was ich konnte, war über diese Dinge zu schreiben.

Es vergingen Momente, in denen mein Mund sich zu keiner Antwort öffnete, das tat er nie, bis sie schließlich ihre Lippen auf meine legte. Janet schmeckte wie der Blick ihrer Augen. Nach salziger Schuld und dem Drang zu vergessen.

Ich öffnete den Mund, sie drang mit ihrer Zunge ein. Dann kletterte sie auf meinen Schoß und schlang die Arme um meinen Nacken. Sie presste ihre Brüste so fest an meinen Oberkörper, dass ich ihre harten Nippel an meinen spürte. Sie bewegte sich auf mir. Erregt, voller Lust und Verlangen. Sie stöhnte an meinen Lippen, ihre Bewegungen wurden schneller und mein Atem ging flacher. Ich konnte nicht anders, als meine Hände auf ihre Hüften zu legen und mit meinen Lippen einer unsichtbaren Spur auf ihrem Hals zu folgen.

Es stimmte, die Beichten machten den Sex besser. Einen seelischen Striptease hinzulegen, war viel intimer als ein normaler. Es machte einen viel verletzlicher, sodass sich die Kleidung vom Leibe zu reißen, wie das Einfachste der Welt anfühlte.

Also zerrte Janet an meinem Shirt, bevor sie auf meiner nackten Haut Verständnis für ihre Taten suchte.

Als wir fertig waren und sie mit geröteten Wangen befriedigt durch meine Türe ging, hatte sie längst vergessen, dass ich ihr auch drei Dinge von mir erzählen wollte, die niemand wusste.

Aber das machte mir nichts aus. Menschen waren einfach so: von Natur aus egoistisch.

Sie verabschiedete sich, indem sie sagte: »Ich schreib dir. Wir müssen das unbedingt wiederholen.« Doch sie würde mir nicht schreiben, und ich schloss die Tür, bevor sie die erste Treppenstufe erreicht hatte.

Manche der Frauen schrieben wirklich, aber Janet schämte sich zu sehr für das, was sie getan hatte. Ich wusste, ich war verrückt, nicht normal und für die Mehrheit der Menschen ein mürrisches Arschloch. Doch trotzdem urteilte ich nie über meine One-Night-Stands.

Mit immer noch geröteten Wangen ließ ich mir ein Glas Wasser ein, fuhr meinen Laptop hoch und öffnete das Dokument, in dem alle Geheimnisse, die mir je verraten wurden, notiert waren; es waren über achtzig Normseiten.

Ich traf mich nicht mit den Frauen, damit ich an Sex kam. Ich war wie ein Drogensüchtiger, der süchtig nach Crack war, nur dass meine Sucht Inspiration war. Ich war nichts weiter als ein verzweifelter Möchtegern-Schriftsteller, der wirklich alles auf der Welt tat, um mit seinen Geschichten erfolgreich zu werden. Das Schreiben war nämlich alles, was ich hatte.

Ich drehte den Lautsprecher auf die höchste Stufe auf, keine Sekunde später hallte mein Lieblingssong von The Killers in meiner Wohnung, und ich begann zu schreiben.

Kapitel 4

»She was trouble
Chaos really
But her smile
Her Smile
Dared me to fall in love.«

Atticus

India

Mein erstes Seminar war der Horror.

Es trug den Titel *Schreibwerkstatt: Schreiben lernen.* Doch als ich den Blick durch den Raum schweifen ließ, wusste ich nicht, wie zum Teufel ich hier Schreiben lernen sollte: Meine Kommilitonen saßen zum Teil auf den Treppenstufen, weil alle Sitzplätze bereits belegt waren. Mein Professor sah mit seinem perfekt sitzenden Sakko, glatt gebügeltem Hemd und den stets streng zusammengepressten Lippen eher wie ein staubtrockener Mathematiker als ein Literaturwissenschaftler aus. Mir fiel es sogar schwer zu atmen, was nicht nur daran lag, dass wir viel zu viele Personen für diesen mickrigen Raum waren. Die Literaturliste, von der Professor Fallon wollte, dass wir die Hälfte innerhalb der nächsten zwei Wochen durchgearbeitet hatten. Dazu verlangte er ein fertig geschriebenes Exposé einer Kurzgeschichte inklusive der ersten drei Seiten, das er schon in der nächsten Sitzung besprechen wollte. Als ich das Wort *Exposé* in einer fünfminütigen Pause googelte und herausfand, dass das ein anderes Wort für Zusammenfassung war, bekam ich Schnappatmung. Wie zum Teufel sollte ich eine einseitige Zusammenfassung einer Geschichte schreiben, deren Ende ich selbst nicht kannte? Es war einfach alles zu viel.

Doch anscheinend war ich allein mit meinen Problemen, denn meine Kommilitonen um mich herum tippten so bestimmt und ruhig auf ihrer Tastatur herum, als hätten sie den gesamten Sommer mit der Literaturliste verbracht, bereits zig Exposés in ihrem Leben geschrieben und wüssten, wie jede ihrer Geschichten ausging. Und das natürlich mit einem perfekten Happy End, selbst wenn am Ende ihrer Geschichten jemand starb. Sie würden trotzdem mit ihren Kurzgeschichten, Essays und Romanen Erfolg haben. Jeder hier würde sein Happy End bekommen. Wie konnten sie auch nicht? Sie machten mit ihren intelligenten Wortmeldungen, den Fachbegriffen, die ich noch nie gehört hatte, und ihrem Dauertippen den Anschein, als wären ihre Finger wie dafür gemacht, bahnbrechende Kurzgeschichten und perfekte Exposés zu schreiben, die sogar unseren Professor umhauen würden.

Und ich hatte nicht einmal eine Ahnung, was ein guter erster Satz sein könnte.

»Mr. Fallon?«

Der Professor seufzte, als das Mädchen mit dem blonden Hinterkopf in der ersten Reihe seinen Namen sagte. »Was ist denn nun, Miss …?«

»Miss Brown«, sagte sie. »Mein Name ist Miss Brown. Das habe ich Ihnen aber schon bei meiner letzten Wortmeldung gesagt.«

»Und mit Sicherheit auch bei Ihren vorherigen. Also, Miss Brown, was haben Sie noch auf dem Herzen?«

»Nun ja … Würde es Ihnen etwas ausmachen, in das Mikrofon zu sprechen? In diesem Raum ist es so laut, und wir sind so viele Leute, da würde es wirklich helfen, wenn –«

»Nein.« Mr. Fallon schüttelte den Kopf, seine Hände bildeten ein stabiles Dreieck. »Sie sind in meinem Seminar, weil Sie etwas lernen möchten. Verhalten Sie sich gefälligst so. Ich werde nicht gegen Ihren Lärm ansprechen. Und jetzt sparen Sie sich weitere Wortmeldungen und beginnen endlich mit dem Schreiben.«

»Aber ...«

Die Kommilitonin verstummte, denn Mr. Fallon drehte sich um. Es dauerte keine Sekunde, bis die anderen sich wieder ihren Laptops zuwandten und ich meine Worddatei anstarrte. Sie war blank und weiß, während ich einen mutigen Blick nach links und rechts wagte, nur um zu bemerken, dass auf den meisten Bildschirmen bereits Bruchteile von Dialogen in Courier New prangten. Mein Kopf fühlte sich so leer an, als befände sich nicht einmal der Ansatz einer winzigen und miserablen Idee darin. Mein Herz schlug dabei nervös und viel zu schnell, so als wollte es mir signalisieren, dass New York die schlechteste und letzte Idee meines Lebens gewesen war und ich jetzt überhaupt keine Ideen mehr hatte.

So tippten meine Kommilitonen also ihre Sätze, auf die ich in der nächsten Seminarstunde neidisch sein würde, während ich nachdachte. Über Alabama. Über mein Zuhause. Und über Freiheit. Über Letztere wälzten meine Gedanken sich ziemlich lange. Ein Teil von mir sagte, ich solle froh über sie sein, sie war schließlich das gewesen, was ich gewollt hatte. Aber ein anderer Teil verfluchte sie und das, was sie vor Monaten mit mir und meinem Herzen gemacht hatte. Es war nämlich mein Herz gewesen, das mich dazu gedrängt hatte, Texte für die Bewerbungsmappe zu schreiben, mit der ich letztendlich an der Columbia angenommen wurde. Ich tippte ganze Nächte so, als hätte mein Leben davon abgehangen, als wäre ich auf der Flucht gewesen und müsste gemeinsam mit meinen Worten davonrennen. Ich schrieb sogar über das Rennen an sich und fühlte mich wie im Rausch, dachte, das wäre der beste Rausch in meinem Leben, über zehntausend Wörter in einer Nacht, doch als ich dann die E-Mail mit der Bestätigung für meinen Studiengang bekam, war *das* Gefühl das beste in meinem Leben.

Meine Granny hatte stets gesagt, ich hätte Talent für das Schreiben. Ich jedoch sah das anders. Schreiben war nie ein Talent,

Schreiben war immer eine Sucht gewesen. Ein leeres Blatt Papier hält so viele Möglichkeiten bereit. Du kannst die Welt auf einem Blatt Papier beschreiben, gar eine neue erschaffen. In den Buchstaben, die du schreibst, kannst du alles sein, was du willst. Held, Schurke, ein bisschen von beidem. Das Blatt Papier an sich würde dich nie kritisieren, dir nie befehlen, mit dem Träumen aufzuhören, dir niemals einreden, dass deine Schreiberei dich nicht weiterbringt. Das Stück Papier ist dir ein stummer Freund, hört dir zu, wann immer du jemanden brauchst, um zu reden. Überflüssig zu erwähnen, dass ein leeres Blatt mir das Liebste auf der Welt war. Genau deshalb hatte ich keine andere Möglichkeit gesehen, als das Schreiben an sich zu studieren.

Was aber nichts an der Tatsache änderte, dass ich Freiheit und meinen Drang zum Schreiben ein kleines bisschen verfluchte. Wäre ich nämlich heute in Alabama aufgestanden, um meiner Mutter beim Frühstück dabei zuzuhören, wie sie mir von dem Friseurbesuch erzählte, den sie gemeinsam mit Paula ausgemacht hatte, die sie seit zwei Tagen aufgrund irgendeines Klatsches nicht mehr mochte, hätte ich mich nicht so gefühlt wie jetzt. Wie eine kleine Versagerin, die mit der Aussicht auf Freiheit ein bisschen zu weit übers Ziel geschossen war.

Professor Fallon beendete das Seminar auf die Sekunde genau, indem er uns mitteilte, dass zum Beginn jeder Seminarstunde ein Teilnehmer einen Prosatext vorlesen würde. »Einige von Ihnen werden argumentieren, dass manche Texte und ihre Verfasser nicht so weit sind. Doch Sie haben sich bewusst für den Studiengang Kreatives Schreiben entschieden. Dafür, das Schreiben zu lernen. Ich bin felsenfest davon überzeugt, dass Kritik Ihre Entwicklung vorantreibt. Wenn einer von Ihnen sich nicht in der Lage sehen sollte, diese Aufgabe zu erfüllen, bitte ich darum, sich von der Prüfungsliste austragen zu lassen.«

Der Professor verstummte, die Kommilitonen um mich herum verstauten ihre Laptops und flüchteten so schnell Richtung Bibliothek, als könnten sie es kaum erwarten, weiter an ihren Texten zu arbeiten. Ich ließ mir Zeit beim Einpacken meines Laptops, weil ich nicht wusste, was ich tun sollte: Mich noch einsamer zu fühlen, wenn ich alleine in der Mensa etwas essen würde oder meinen Kommilitonen zu folgen und mich wie eine noch größere Versagerin fühlen, wenn ich kein einziges Wort in der Bibliothek tippen würde. Ich entschied mich, die Toilettenräume anzusteuern. Als ich mein blasses Gesicht im Spiegel sah, hätte ich mir am liebsten die Haare gerauft. Meine Augen schauten mich viel zu verzweifelt an. Ich war frei. Doch ich war alleine. In Alabama war ich ein Jemand, hier nur ein Niemand. Ich wollte Schreiben, doch anscheinend konnte ich das nicht, wieso zum Teufel hatte ich nur –

»Ich wusste, dass die roten Strähnen dir fantastisch stehen würden!«

Die Stimme holte mich aus meinen Gedanken, und ich atmete beinahe dankend aus. Ich riss den Blick vom Spiegel und erkannte die Blondine von gestern, die ständig gefriendzoned wurde.

»Danke. Und danke für die Beratung«, sagte ich.

»Ach, gar kein Problem. Ehemalige Frisörinnen müssen doch helfen, wo sie können.« Sie lachte, und ihre Augen lachten mit. »Ich bin übrigens Ava. Ava Brown. Du warst doch gerade auch in dem Seminar von Professor Fallon, oder?« Sie legte den Kopf schräg, ich nickte. »Gott, dieser Mann ist doch der Horror. Ich habe dieses Seminar nur belegt, weil einer meiner Freunde meinte, Fallon wäre der beste Professor der Columbia. Aber damit liegt er falsch und dafür wird er bezahlen. Wahrscheinlich mit einem Abend, an dem alle meine Drinks auf ihn gehen. Oder am besten mit jedem Drink, den ich dieses Semester trinke.« Sie stöhnte. »Nur wegen Carter sitze ich in einem Seminar, in dem der Professor einen so ansieht, als wollte er einen Thriller schreiben, in dem du draufgehst. Und ich meine, was ist verdammt noch mal so schwer daran, in dieses beschissene Mikrofon zu sprechen?« Sie schnaubte und schüttelte den Kopf, die Strähnen ihres Bobs wippten von links nach rechts.

Ich hingegen dankte dem Gott, zu dem meine Mutter mich jeden Sonntag in der Kirche gezwungen hatte zu beten, weil Ava die erste Person in New York war, die nett zu mir war. »Ich –«

»Nein, stopp!« Ava hob die Hand, ihre Worte hallten laut in den Toilettenräumen. »Bevor wir uns weiter über Fallon aufregen, musst du mir deinen Namen verraten. Ich muss doch wissen, wie das Mädchen heißt, das ab sofort meine Sitznachbarin sein wird. Du weißt schon, damit ich nicht alleine vor meinem Laptop sitze und denke, ich bin die Einzige, die nichts zum Schreiben findet.«

»D-Du hast gesehen, dass –«

»Dass du deinen Laptopbildschirm so angestarrt hast, als würdest du jede Sekunde in Tränen ausbrechen, an ihnen ersticken und dabei deine letzten Worte herauskrächzen, die sich wie *Ich wollte doch nur etwas Gutes schreiben* anhören?«, sagte sie. »Dass du genauso ausgesehen hast wie ich? Stimmt doch, oder nicht?«

»Ähm …« Ich umfasste die Riemen meiner Tasche. »Wenn ich ehrlich bin, hast du das ganz gut zusammengefasst.«

»Danke. Aber vielleicht solltest du das Wort *zusammenfassen* für die nächsten Tage nicht benutzen, weil ich sonst an das Exposé denke und dann wirklich an meinen Tränen ersticken könnte.«

Ava lachte, und obwohl ich sie nicht kannte, hatte ich plötzlich den Drang, in den nächsten Schmuckladen zu rennen, um kitschige Freundschaftsketten zu kaufen. Sie musste einfach meine Freundin werden. Allein wegen ihrer letzten Aussage.

»Und ich dachte schon, ich wäre die Einzige, die bei dem Wort aus dem Raum fliehen wollte«, sagte ich. »Ich bin übrigens India.«

»India.« Ava wiederholte meinen Namen. »Cooler Name. Protagonisten nach Städten und Ländern zu nennen, ist ja gerade total hip. Vielleicht sollte ich meine nächste Ich-Erzählerin auch so nennen.« Sie lächelte mir ein letztes Mal zu, drehte sich auf den Fersen um und ging in Richtung Tür. Als sie bemerkte, dass ich ihr nicht folgte, warf sie mir einen Blick über ihrer Schulter zu. »Möchtest du den Rest der Mittagspause auf der Toilette verbringen, um dein Spiegelbild anzustarren und weiter allein zu verzweifeln, oder was? Vergiss nicht, das können wir auch gemeinsam.«

Ich beschloss, dass gemeinsames Verzweifeln besser als einsames klang, und ging einen Schritt auf sie zu.

Ava lotste mich zur Mensa, während sie mir erzählte, dass sie ebenfalls Kreatives Schreiben studierte, doch bereits ein Semester weiter war als ich. Wir gingen durch das Gebäude der Geisteswissenschaften und ich schluckte bei all den Menschen, die meine Schulter nur innerhalb von Minuten streiften. Ava musste meine eingeschüchterten Blicke bemerkt haben und lachte, woraufhin ich erklärte, dass sie nicht so hart mit mir sein sollte, weil ich aus einer Kleinstadt kam, in der man wusste, welche Mädchen ihren ersten Kuss von welchem Starquarterback bekamen und welche Starquarterbacks es sich in den Umkleiden von Jungs machen ließen.

»Laber keinen Scheiß!« Sie blieb mitten im Gang stehen und starrte mich mit großen Augen an. »Du bist aus Alabama?«

Ich nickte, Ava kreischte und kam gar nicht mehr aus dem Staunen heraus. Sie erzählte mir, dass sie ebenfalls aus Alabama war, und ich fragte sie, wie lange jemand aus dem Südstaaten-Alabama brauchte, um sich an New York zu gewöhnen.

Ava antwortete: »Ach, Darling. Natürlich niemals. Aber das ist nicht weiter schlimm. New York ist so verrückt, dass nicht einmal die New Yorker selbst sich an die Stadt gewöhnen.«

Alec

Dass ich die ersten zwei Vorlesungen am Tag des Semesterbeginns verschlafen hatte, überraschte niemanden. Weder meine besten Freunde Maxton und Jamie noch mich.

Zur Mittagszeit hatte ich es dennoch geschafft, mich aus dem Bett zu rollen und mir Jeans und Shirt überzuziehen, damit ich zusammen mit besagten Freunden in der Mensa zu Mittag essen konnte; wer konnte schon Schnitzel und Pommes für weniger als vier Dollar ablehnen?

Jamie und Maxton diskutierten gerade über einen Newcomer-Schriftsteller, dessen Werke sie schlecht redeten, weil sie insgeheim neidisch waren, als ich *sie* sah.

India Thomson.

Heute war sie ganz in Schwarz gekleidet, ihre Jeans ohne Löcher, das Shirt an ihrem Oberkörper locker. Ich musterte sie genauer, weil ich nicht anders konnte und das in diesem Moment auch nicht weiter ergründen wollte. India trug heute kein Make-up, was ihr deutlich besser stand. Ich kaute an dem Strohhalm meiner Cola, als meine Augen die roten Spitzen ihrer Haare fokussierten, die gestern noch braun gewesen waren.

Interessant.

Ein Typ mit einer Gitarre auf dem Rücken ging an ihr vorbei, verharrte mit seinem Blick einen Moment zu lange an Indias Ausschnitt und leckte sich über die Lippen. Dann formte er sie zu einem Lächeln, mit dem er seine Groupies am Wochenende in sein Motelzimmer lockte. Wie automatisch formten meine Augen zwei Schlitze, obwohl es eigentlich keinen Grund zur Sorge gab, denn India bemerkte ihn nicht einmal. Sie war zu sehr damit beschäftigt, sich den Bauch zu halten, weil sie über etwas lachte, das Ava ihr erzählte.

»Das ist das erste gute Bild, das ich heute geschossen habe!«

Widerwillig löste ich den Blick von India und drehte mein Gesicht Evelyn zu, die mehrere Knöpfe ihrer Spiegelreflexkamera bediente. Die kurzen blauen Strähnen fielen ihr in das Gesicht, während sie sich auf die Lippen biss. Dann lächelte sie breiter, hob den Blick und hielt mir das Display vor die Nase.

Ich seufzte. »Sind deine Dozenten es nicht leid, ständig mein Gesicht zu sehen?« Ich nickte Richtung Foto, in dem ich verträumt in die Luft starrte, weil ich insgeheim India beobachtet hatte.

Evelyn Brooks studierte Fotografie, und ihre Kamera war ihr bester Freund.

Evelyn und ich hatten uns letzten Sommer kennengelernt, als wir uns im Central Park gegenübersaßen. Wenn die Welt schwarzweiß war, dann war Evelyn lila und gelb. Sie war besonders, die Art von Person, die mich interessierte und inspirierte. Sie war selbst laut, wenn sie schwieg, stellte von Anfang an klar, dass wir den Small Talk streichen konnten, weil das nicht echt wäre und sie diese Fake-Welt nicht mehr ertragen könnte.

Ich hatte an jenem Tag im Sommer aus der Ferne eine Charakterskizze von ihr entworfen, als sie plötzlich auf mich zukam und sich neben mir niederließ. Sie hielt mir ihre Kamera vor die Nase und fragte mich, ob sie diese Fotografie von mir, wie ich im Central Park schrieb, für ein Fotoprojekt benutzen könnte.

Und so wurden wir Freunde.

Jetzt legte Evelyn den Kopf schief und dachte ernsthaft über meine Frage nach. »Das bezweifle ich. Dein Gesicht ist besonders mit den harten Gesichtszügen und hohen Wangenknochen. Ich mag den Abstand zwischen deinen Augen, die in der Kamera immer schwarz wirken. Außerdem hast du von Natur aus rote Haare, die auf jedem Foto irgendwie anders aussehen.« Sie hielt inne und schüttelte den Kopf. »Nein, meine Dozenten sind es nicht leid, Fotos von dir zu sehen.«

»Du bist verrückt, Eve«, lachte ich und nahm einen Schluck meiner Cola.

Meine Freundin fiel in mein Lachen ein, bis sie sich über die Lippen leckte, weil sie Ava zusammen mit India entdeckte. »Uuuuh, Ava hat Frischfleisch mitgebracht«, flüsterte sie.

»Frischfleisch?« Mein bester Freund Jamie wandte sich von Maxton ab, um Evelyn mit einer hochgezogenen Augenbraue zu mustern.

Jameson Jones war der Typ von Mann, der sofort von Frauen bemerkt wurde. Maxton sagte, das läge an seinen blauen Augen, weil sie so hell wie ein Sommerhimmel waren und schließlich jeder den Sommer mochte. Als ich das das erste Mal hörte, fragte ich Maxton, ob er schwul wäre. Er gab mir einen Klatsch in den Nacken, bevor er sich durch die Haare fuhr und mir erklärte, dass er für ein Seminar eine Kurzgeschichte aus der Sicht eines vierzehnjährigen Mädchens erzählen musste und sich vielleicht, aber wirklich nur vielleicht, einen Ticken zu sehr in seine Protagonistin eingefunden hatte. Ich hingegen, war anderer Meinung. Es lag nicht an Jamies Augen, der perfekten Frisur oder an seinem Aussehen, das meine Schwester mit dem von Ryan Gosling verglich. Ich war mir sicher, dass das an seiner Sweetheart-Quarterbackvon-nebenan-Ausstrahlung lag. Auf den ersten Blick fühlten sich die Mädchen bei ihm sicher, nur um eine Nacht später zu erkennen, dass sie falsch lagen. Denn Jamie war nicht der süße Typ von nebenan. Auf seinem Handy häuften sich genauso viele unbeantwortete Nachrichten von Frauen wie auf meinem. Jamie war ein genauso großes Arschloch wie ich. Nur dass er es bevorzugte, seine schlechten Seiten für ein paar Stunden zu verstecken. Lediglich bei Ava war es anders. Ihr zeigte er seine schreckliche Seite sofort. Und das Paradoxe? Wenn Ava Brown Jamie ansah, hatte ich das Gefühl, sie mochte seine schreckliche Seite viel lieber als seine scheinbar gute. Doch wann immer ich Jamie auf Ava ansprach, wechselte er das Thema, und ich hakte nie weiter nach, weil Jamie ein kluger Mann war und mich ebenfalls nie drängte, Dinge zu erzählen, die ich niemandem erzählte.

Evelyn nickte energisch, als sie India von Kopf bis Fuß musterte. »Und hübsch ist sie auch noch. Glaubt ihr, sie steht auf Frauen?«

»Auf keinen Fall steht sie auf Frauen.« Jamie verdrehte die blauen Augen. »Außerdem erinnere ich mich daran, wie du vor Wochen in unserer WhatsApp-Gruppe verkündet hast, du hättest eine Freundin und wärst jetzt verliebt. Du hast geschrieben, dass du eine rosarote Brille trägst, durch die sogar deine schlechten Bilder gut aussehen.«

»Stimmt.« Maxton kratzte sich den dunklen Bartschatten. »Heißt sie nicht Nina? War Nina nicht letzte Woche bei uns, als wir im Jon's frühstücken waren?«

Evelyn öffnete ihre Lippen, um etwas zu erwidern, doch verstummte, denn Ava und India blieben vor unserem Tisch stehen.

»Leute«, sagte Ava mit ihrer fröhlichen Stimme und stellte ihre Tasche auf dem Boden ab. »Das ist India. Sie ist aus einer Kleinstadt in der Nähe von Birmingham, und weil ich auch aus Alabama bin, mag ich sie, und weil ich sie mag, werden wir sie in unsere Gruppe aufnehmen. Und damit meine ich nicht nur unseren WhatsApp-Chat.«

Ava stupste India mit dem Ellbogen an, doch der Mund meiner Nachbarin blieb geschlossen. Ihr Blick wanderte nervös durch unsere Truppe, und als sie Evelyns schelmisches Grinsen bemerkte, umklammerte sie die Riemen ihrer Tasche fester und wandte den Blick ab. Er landete auf mir und ihre grünen Augen wurden groß. Dann kräuselten sich ihre Augenbrauen verwirrt zusammen, weil der Auslöser von Evelyns Kamera ertönte.

»Evelyn.« Ava schüttelte den Kopf. »Das ist ihr erster Tag an der Columbia. Könntest du wenigstens für heute aufhören, mit deiner Kamera jeden noch so kleinen Moment einzufangen?« Die Stimme meiner Freundin klang genervter als meine, wenn ich wieder mal einer Latino-Familie in meinem Wohnhauskomplex erklären musste, dass ich kein Spanisch verstand.

»Die Verrückte mit der Kamera heißt Evelyn Brooks. Wie du unschwer erkennen kannst, studiert sie Fotografie, ist nicht nur süchtig nach dem Auslösergeräusch ihrer Kamera, sondern auch nach Brüsten. Also würdest du ihr und, vor allen Dingen, uns anderen einen riesigen Gefallen tun, wenn du kurz klarstellst, dass du auf Männer mit breiten Schultern und einem schiefen Grinsen stehst.« Ava wandte sich an India, die schwer schluckte und zu Boden schaute.

»Hör auf, unserer neuen Freundin Angst zu machen, Eve.« Jamie lächelte India ermutigend zu.

»Ich stehe nicht auf Frauen«, murmelte India.

Ich legte den Kopf schräg, studierte meine Nachbarin genauer und stellte fest, dass die roten Haare nicht zu ihr passten. India war kein Feuer, sie wollte nicht brennen. Sie war Luft und wollte unsichtbar sein. Ich sah es in ihren nervösen Augen und erkannte es an dem Zittern ihrer Finger. Doch warum zum Teufel hatte sie sich dann die Haare gefärbt? Hatte sie das Bedürfnis nach einem Imagewechsel verspürt? Musste sie sich vor ihrem Stalker verstecken? Hatte ihr niemand gesagt, dass sie mit diesen roten Strähnen mehr auffiel, als in der Masse unterzugehen?

»Gut, dann hätten wir das geklärt«, fuhr Ava weiter fort und ignorierte dabei den enttäuschten Seufzer von Evelyn. »Das ist Maxton King, er studiert auch Kreatives Schreiben, hat schon zweihundertunddrei Absagen für seine Werke bekommen und gibt trotzdem nicht auf.« Ava nickte in seine Richtung.

»Es sind mittlerweile zweihundertundfünf«, verbesserte Maxton und strich sich eine helle Locke aus der Stirn, während in seiner Stimme ein Stolz mitschwang, den nur er verstand. Das war oft so. Dass er von Dingen sprach, die nur er verstand. Doch das mochte ich an ihm. Maxton King war anders als alle anderen. Es lag an seinen verrückten Geschichten, deren Enden mich immer wieder aufs Neue schockierten und niemals in das Programm eines Verlags passen würde. An seiner positiven Einstellung, wie er davon überzeugt war, irgendwann doch jemanden zu finden, der für seine nie nachvollziehbaren Handlungsstränge und bizarren Charaktere Geld bezahlen würde. Ich mochte, wie er sich auf Partys eine Krone von Burger King aufsetzte und dann von jedem verlangte, King genannt zu werden. Weil er der König der Absagen war oder wegen seines Nachnamens, verriet er nie.

Ava ignorierte Maxton und zeigte dann auf Jamie. »Das ist Jameson Jones, die meisten nennen ihn Jamie. Er studiert ebenfalls Kreatives Schreiben.«

Indias Blick zuckte neugierig zwischen Ava und Jamie hin und her.

»Und das ist Alec Carter, aber wir nennen ihn Carter«, stellte Ava mich vor, obwohl India mich schon längst kannte. Ich nickte India kurz zu, was mir aber Avas Beschreibung meiner Person nicht ersparte: »Er ist Mr. Ich-habe-101-Geheimnisse-und-werde-euch-nie-eines-verraten. Außerdem ist er Hausmeister und arbeitet gleichzeitig in dem Barnes & Noble in der 56th Street. Er ist auch angehender Schriftsteller und widmet seinem Laptop mehr Zeit als uns.«

»Ich kenne ihn.« India strich sich eine Haarsträhne hinters Ohr, streifte mit ihrem Blick meinen und wandte sich wieder Ava zu.

»Wie, du kennst ihn?«

»Mir gehört die Wohnung neben seiner«, erklärte sie, als Ava sich auf dem Platz neben Evelyn niederließ und India mit einem Kopfnicken deutete, sich neben sie zu setzen.

»Das ist doch super!« Ava klatschte in die Hände. »Dann könnt ihr euch ja gegenseitig helfen, wenn ihr bei euren Texten nicht weiterwisst. Stimmt's, Carter?«

»Bestimmt.« Ich legte den Kopf schräg. »Ich schätze, dass wir uns jetzt duzen sollten?« Die Frage war an India gerichtet, und sie nickte, bevor sie schüchtern lächelte, mein Herz einen gewaltigen Schlag aussetzte und ich verwirrt blinzelte.

In den meisten Fällen fand ich Menschen schöner, wenn sie nicht lachten. Ich fand Schmerz viel interessanter als heuchlerisches Lachen; über Trauer konnte man am besten schreiben. Doch jetzt, als die letzten Sonnenstrahlen dieses Jahres durch die Fenster auf Indias Haare fielen und das Rot ihrer Strähnen vibrierte, konnte ich nicht leugnen, dass ihr Lächeln das schönste von New York, den Staaten und vielleicht auch der ganzen Welt war.

Kapitel 5

»A word after a word after a word is power.«

Margaret Atwood

India

Am besten konnte ich mit Musik schreiben.

Ich wusste, es klang verrückt. Musik lenkte ab, Musik war laut. Lieder bestanden aus Worten, die deine eigenen dazu bringen konnten, sich vor dem weißen Papier zu verstecken. Doch trotzdem: Ich konnte nur mit dröhnender Musik in meinen Ohren schreiben. Sie musste so laut aufgedreht sein, dass ich endlich mich selbst verstehen konnte, weil die lauten Songtexte meine stets zweifelnden Gedanken dazu brachten, zu verstummen.

Aber jetzt saß ich auf den harten Treppen, mein Hintern tat weh und ich würde mir kein weiteres Mal die pinkfarbenen Kopfhörer in die Ohren stecken. Seit zwei Stunden hockte ich in dem Treppenhaus und wurde immer wieder von tobenden Kindern unterbrochen, sodass ich mir die Ohrstecker rausziehen musste. Manche der Kinder klopften mir auf die Schulter, wollten mich erschrecken oder fragten, was ich schreibe, und manche wussten wahrscheinlich selbst nicht, was sie von mir wollten.

Ich starrte auf den Bildschirm vor meiner Nase und raufte mir die Haare. Es war ein Wunder, dass ich mir durch das ganze Haareraufen noch kein Büschel rausgerissen hatte. Am liebsten hätte ich geschrien, geweint, mich unter meine Bettdecke gekuschelt, um nie wieder herauszukriechen und das alles gleichzeitig.

Es war zum Verzweifeln. Ich scheiterte immer noch an der ersten Aufgabe meines Seminars.

Vielleicht war das alles ein Fehler. Vielleicht hätte ich nach Hause fahren und dem Unvermeidbaren nachgeben sollen, indem ich aufhörte, so zu tun, als wäre ich jemand, der ich nicht war.

»Ich finde es sooo heiß, dass du in einem Buchladen arbeitest«, tönte plötzlich eine weibliche Stimme im Treppenhaus.

»Es ist einfach nur ein Job, Dana«, antwortete jemand.

Aber genau genommen stimmte das nicht. Denn es war nicht irgendjemand, sondern Alec Carter. Seine Stimme war so samtig und gleichzeitig tief, dass man sie wiedererkannte.

»Du erinnerst dich ja an meinen Namen«, quietschte seine Begleitung.

Alec räusperte sich, bevor ich das Geräusch eines klirrenden Schlüssels hörte und die Stimmen verklangen. Ich drehte mich um und beobachtete seine Haustür dabei, wie sie ins Schloss fiel. Dann schüttelte ich den Kopf über mich selbst.

Natürlich hätte Alec Carter mit seinen rotbraunen Haaren, den schwarzen Augen und dem muskulösen Körper als *sexiest man alive* durchgehen können. Es überraschte mich nicht, dass Alec eine Frau mit zu sich nach Hause nahm, und es hätte mich auch nicht überrascht, wenn er jeden Tag einer anderen Frau seine Tür geöffnet hätte.

Aber warum starrte ich dann immer noch auf seine geschlossene Tür, so als würde mich das stören? Er war mein Nachbar und mein Hausmeister. Wir waren Bekannte, die vielleicht Freunde werden würden. Und das war es auch schon. Mehr durfte nicht passieren, denn ich würde mich nicht während meiner Freiheitsmonate in jemanden verlieben, nur um mit einem gebrochenen Herzen nach Alabama zurückzukehren. Außerdem war Alec Carter anscheinend *der* Frauenheld unseres Wohnhauses.

»Bist du Autorin?«

Ich zuckte zusammen und hob den Blick. Die Stimme gehörte

einem Mädchen mit großen braunen Augen, und ich starrte es blinzelnd an.

»Nein, ich bin keine Autorin.«

Das Mädchen musterte mein MacBook und verschränkte dabei die Arme vor ihrer kleinen Brust. »Aber du sitzt mit deinem Laptop auf den Treppen. Genauso wie Alec. Er sitzt auch oft hier und meint, dass er fast ein Autor ist.«

»Tja, dann bin ich wohl so etwas Ähnliches wie Alec. Ich will gerne Autorin sein, aber im Moment fällt mir einfach nichts ein.«

Das Mädchen legte den Kopf schief und musterte mich für Sekunden so eindringlich, dass ich am liebsten in meine Wohnung geflüchtet wäre. Doch plötzlich streckte sie mir die Hand entgegen und sagte: »Ich heiße Lia, und wer bist du?«

»India.« Ich schüttelte ihre kleine Hand.

»India wie das Land?«

Ich nickte.

»Okay, India-wie-das-Land. Komm, ich zeige dir einen Platz, an dem dir bestimmt etwas einfallen wird.«

Ich zögerte keine Sekunde, dem Kind zu folgen. Ich war verzweifelt, wusste nicht, worüber ich schreiben sollte, und würde jedes noch so kleine Versprechen auf einen Funken Inspiration sofort ergreifen. Lia führte mich jede einzelne Treppe hoch, die dieses Wohnhaus besaß. Oben angekommen schloss sie eine Tür auf, deren Schild deutlich besagte, dass das Öffnen nur Befugten erlaubt sei.

»Das ist mein geheimer Lieblingsplatz«, flüsterte Lia so leise, als würde uns jemand belauschen und betrat die Dachterrasse.

Eine leichte Brise wehte mir durch die Haare, meine Augen waren geweitet. Vor mir lag New York mit seinen tausenden Hochhäusern, dem grünen Central Park und den leuchtenden Rücklichtern der unzähligen Taxis. Ich drehte mich um, weil ich mich bei Lia bedanken wollte. Doch von ihr fehlte jede Spur; anscheinend war ich so in die Aussicht versunken gewesen, dass ich nicht einmal gehört hatte, wie sie gegangen war. Ich ließ den Blick an der umzäunten Fläche entlangwandern und bemerkte eine Handvoll Stühle. Sie schimmerten metallisch und konnten nicht bequemer als die Treppenstufen sein, aber sie waren besser als der schmutzige Boden. Also nahm ich mir einen, positionierte ihn genau in der Mitte der Terrasse und ließ mich darauf nieder. Ich starrte eine Weile in den Himmel, bis mein Blick wieder auf meinen Laptop fiel. Mein Kopf begann wie automatisch zu pochen, als ich mich an die Kurzgeschichte erinnerte, die ich schreiben musste. Ich hatte zwar immer noch keine Idee, doch ließ trotzdem meine Schreib-Playlist laufen, um mich nicht ganz so alleine zu fühlen, während ich auf meine blanke Worddatei starrte.

Ich wusste nicht, wie viel Zeit vergangen war, als ich mich bei einem knarrenden Geräusch umdrehte und Alec Carter mit seinem Laptop in der Hand durch die Tür schreiten sah. Die roten Strähnen auf seinem Kopf sahen so zerzaust aus, dass mir nichts anderes übrig blieb, als an die Frau mit der quietschenden Stimme zu denken. Mein Nachbar bemerkte mich nicht sofort, sondern steuerte die verrosteten Stühle so zielsicher an, dass ich wusste, er besuchte die Dachterrasse öfter. Ich winkte ihm zögerlich zu, als er mich schließlich doch wahrnahm.

»Was machst du hier?« Er kräuselte die dunklen Augenbrauen zusammen und stellte den Stuhl neben meinem ab. Sein Blick fiel auf meinen Laptop und ich hätte ihn am liebsten zugeklappt.

»Bestimmt hört sich das für dich total lustig an, aber glaub mir, als ich heute Morgen eine Kakerlake in meiner Dusche entdeckt habe, war mir nicht zum Lachen. Also habe ich direkt nach den Seminaren ein Insektenspray gekauft, habe die kompletten zweiundzwanzig Quadratmeter meiner Wohnung eingesprüht und bereut, dass ich nicht eine zweite Dose mitgenommen habe. Jedenfalls ist dieses Zeug ziemlich giftig und muss drei Stunden einwirken, bevor ich durchlüften kann. So kam ich also auf die grandiose Idee, im Treppenhaus zu schreiben, wo ich dann Lia begegnet bin. Du müsstest sie kennen. Sie wollte mir beim Schreiben helfen und hat mir ihren Lieblingsplatz gezeigt, in der Hoffnung, dass mir hier etwas einfallen würde.« Ich zuckte mit den

Schultern, während Alecs dunklen Augen mich schamlos betrachteten. So lange und eindringlich, dass ich schlucken musste.

Es war Alec, der sich zuerst abwandte, bevor er seinen Laptop aufklappte und sich dabei räusperte. »Genau genommen ist das hier *mein* geheimer Platz. Lia weiß von der Dachterrasse, weil sie mir vor ein paar Wochen nach oben gefolgt ist. Nur der andere Hausmeister und ich besitzen die Schlüssel zur Tür. Hausmeister Garcia ist der Vater von Lia, die ihm anscheinend die Schlüssel klaut, um die Aussicht zu genießen.«

Ich schaute in den Himmel, der sich von seinem Blau in unzählige Schattierungen von Lila verfärbte. »Kannst du es ihr verübeln?«

»Nein, auf keinen Fall.« Alec schüttelte den Kopf. »Hätte ich die Schlüssel nicht, würde ich genau dasselbe tun. Wenn ich bei meinen Texten nicht weiterweiß, komme ich manchmal auch hier hoch.«

»Verständlich.«

»An was schreibst du gerade?« Alec nickte auf meinen Laptop.

Eine gute Frage. An was schrieb ich gerade? »Du hättest mich lieber fragen sollen, an was ich verzweifle.«

»Glaub mir, ich kenne das Gefühl. Aber vielleicht kann ich dir ja helfen. Wo liegt denn das Problem?«

Ich seufzte. »Ich muss die ersten drei Seiten einer Kurzgeschichte plus Konzept bis Ende der Woche abgeben. Mein Professor hat gesagt, wir können über jedes Thema schreiben, das uns in den Sinn kommt. Leider stellte sich heraus, dass ich keine einzige verdammte Idee habe.«

Meine Finger betasteten das Mousepad, mein Bildschirm leuchtete hell auf und ich sah aus dem Augenwinkel, wie Alec mich mit schräg gelegtem Kopf musterte.

»Darf ich deine Notizen lesen?«, fragte er.

Mein erster Impuls war, laut Nein zu rufen, meinen Laptop an die Brust zu drücken und in meine Wohnung zu flüchten. Aber wie Fallon bereits deutlich gemacht hatte: Als Schreibstudentin musste ich mich damit abfinden, dass Kommilitonen meine Texte lesen würden. Ich nahm einen tiefen Atemzug und drehte Alec meinen Bildschirm zu. Er stützte die Ellbogen auf seinen zerrissenen Jeans ab und begann, meine Gedanken zu lesen. Seine Lippen waren dabei leicht geöffnet, die Augen zusammengekniffen. Alec war ein schneller Leser und mit meinen Notizen innerhalb weniger Sekunden durch. Er richtete sich auf, bevor er mir einen Blick zuwarf, der in mir den Wunsch auslöste, die Treppen hinunterzurennen.

»Wie lange schreibst du schon?«, fragte er.

Ich drehte den Bildschirm des Laptops wieder zu mir und dachte ernsthaft über diese Frage nach.

»So genau kann ich das nicht sagen«, sagte ich und dachte an Granny. »Ich glaube, die erste Geschichte habe ich geschrieben, als ich neun war.«

»Und was schreibst du genau?«

»Prosa, hauptsächlich über Gefühle. Ich schreibe, wenn ich nicht mehr weiterweiß, weil ich beim Schreiben eigentlich immer weiterweiß.«

»Außer jetzt.«

»Außer jetzt«, bestätigte ich und presste meine Lippen aufeinander.

»Du hast noch nie etwas nach einer Aufgabenstellung geschrieben, oder?«

Ich schüttelte den Kopf und er nickte, als hätte er meine Antwort bereits erahnt.

»Im Schreiben gibt es kein Richtig und kein Falsch. Meiner Meinung nach gibt es auch kein Schlecht und Gut, weil jede Meinung subjektiv ist. Ganz egal, ob es die von einem Dozenten, die von einem Kommilitonen oder die von einem Zeitungsverkäufer ist, der aus Langeweile in einem Buch herumblättert. Es bringt dir nichts, wenn ich dir sage, welche deiner Ideen ich am besten finde. Aber vielleicht hilft es dir, wenn ich dir sage, dass du versuchen könntest, anders zu denken.«

»Anders zu denken?« Ich zog die Augenbrauen zusammen.

»Du konzentrierst dich in deinen Notizen nur auf die Handlung. Vielleicht solltest du es andersherum versuchen. Stell deine

Charaktere in den Vordergrund, entwirf zwei komplett unterschiedliche Personen und lass sie dann aufeinandertreffen. Die Handlung kommt dann von allein. Der Leser will sich nicht mit der Handlung, sondern mit deinem Protagonisten identifizieren können; wir lesen wegen der Menschen, nicht wegen der Handlung. Vor was hat dein Charakter Angst? Was sucht ihn nachts in seinen Albträumen heim? Mit wem hatte er sein erstes Mal? Du musst deinen Charakter kennen, bevor du ihn in eine Handlung involvieren kannst, verstehst du?«

Ich wusste nicht, was ich erwidern sollte, also sagte ich nichts. Alec wandte sich ab und fuhr seinen Laptop hoch. Ich versuchte nicht einmal so zu tun, als würde ich nicht auf seinen Hintergrundbildschirm starren.

»Ich …« Ich schüttelte den Kopf. »Ich verstehe deinen Hintergrund nicht so ganz. Wieso hast du dir ein Bild mit einem Zitat über einen Fisch ausgesucht?«

»*Fisch*«, sagte der alte Mann. »*Fisch, du wirst sowieso sterben müssen. Musst du mich auch noch umbringen?*« Meine Augen wanderten wieder und wieder über das Zitat von Hemingway, doch ich verstand nicht, wieso jemand dieses Zitat als sein Hintergrundbild nutzen wollte.

Alecs Mundwinkel zuckten. »Der Fisch ist eine Metapher. Zumindest für mich.«

»Und für was?« Ich verzog das Gesicht und die Sonne vor uns sank weiter.

Alec brauchte einen Moment, um zu antworten, und so hörte ich eine Weile lang nichts außer der gedämpften Motorengeräusche von den Straßen und mein Herz, das ein bisschen zu laut und schnell schlug. Dann setzte er sich auf.

»Für meine Worte. Meistens habe ich gute Schreibtage. Aber manchmal kommen die Worte nur schwer, dann ist jeder Satz ein Kampf, und ich starre über eine halbe Stunde auf meinen Bildschirm, ohne einen Buchstaben zu tippen. Diese Tage sind ziemlich hart und am liebsten würde ich meinen Laptop dann runterfahren und für den Tag aufgeben. Doch … Doch ich kann nicht.

Ich möchte mit meinen Wörtern gewinnen, verstehst du? Ich sehe jede meiner Geschichten in meinem Kopf, ohne überhaupt das erste Wort geschrieben zu haben. Die Geschichte steht so oder so, ganz egal, ob die Worte sich vor mir verstecken oder nicht; früher oder später werde ich sie finden und abtippen. Wenn ich also schlechte Tage habe, starre ich meinen Hintergrundbildschirm so lange an, bis ich genug Kraft gefunden habe, um meinen Worten zu sagen, dass es das jetzt wäre und ich sie schreiben würde. Wenn sie mich dabei quälen wollten, indem ich ständig nur die falschen schrieb, ist dann egal. Das Ergebnis bleibt gleich: Am Ende habe ich eine fertige Geschichte, auf die ich stolz bin. Ob ich dabei tausend Tode vor Verzweiflung an meinem Schreibtisch gestorben bin oder nicht.«

Ich starrte Alec lange an, ohne etwas zu sagen. Ich wollte ihm antworten, doch ich wusste nicht, was; alle meine Worte kamen mir im Vergleich zu dem, was er gerade gesagt hatte, unbedeutend vor. Irgendwann hörte Alec auf, auf eine Antwort zu warten, und begann zu schreiben.

Er fokussierte dabei das Dokument so, als wäre er hypnotisiert, seine Finger flogen bestimmt und schnell über die Tastatur, setzten keine Sekunde ab und seine harten Gesichtszüge wurden von dem grellen Licht des Bildschirms beschienen. Ich konnte nicht anders, als mich zu fragen, wie es sich wohl anfühlte, wenn man so viele Wörter zu tippen hatte, dass nicht einmal drei Leben dafür gereicht hätten.

Alec hatte definitiv keinen schlechten Schreibtag, und während ich ihn beim Tippen beobachtete, fragte ich mich, ob er nicht gelogen hatte, als er sagte, manchmal wäre es mit den Worten und ihm ebenfalls schwierig. Denn wenn Alec Carter schrieb, sah das so einfach aus, dass ich neidisch wurde: auf die grandiosen Ideen in seinem Kopf, den ich nie verstehen würde, auf den Blick in seinen Augen, wenn er seine Zeilen so liebevoll ansah, als wären sie seine Welt.

Als der Mond sich am Himmel abzeichnete, gelang es mir, den Blick von ihm abzuwenden.

Kapitel 6

»He would always be a storm.«

Nicolette Hugo

Alec

Wolkenbrüche im September waren komisch.

In der Luft lag der verblasste Geruch von Sommerregen, doch sobald die Tropfen vom Himmel fielen, wurde es kalt, und man wünschte sich, man hätte der Wetter-App geglaubt, als sie Jacke mit Kapuze und Regenschirm empfohlen hatte.

Noch vor einer halben Stunde hatte der Himmel so hellblau ausgesehen, als hätte er nie etwas von Temperaturen unter zwanzig Grad, bunten Laubblättern und dem kühlen Herbstwind gehört. Doch jetzt war ich auf dem Weg von meiner Schicht im Barnes & Noble nach Hause, als eine graue und dichte Wolkendecke aus dem Nichts erschien und ganz Manhattan in einer Mischung aus Sommerregen und Herbstwind ertrank. Im Gegenteil zum Rest der Bevölkerung, der Unterschlupf unter schmalen Dächern und in Geschäften suchte, ging ich mit der Hand vergraben in meiner Hosentasche weiter. Ich ließ mich nicht aufhalten; ich war müde und wollte in mein Bett. Außerdem war ich ja nicht aus Zucker. Hatte mir zumindest meine Mutter erklärt, wenn es in Strömen geregnet, unser Geld nicht für einen warmen Mantel gereicht und in unserem Kühlschrank nur Ketchup gestanden hatte. Doch ich verbannte den Gedanken an meine Mutter und meine Kindheit, denn die Schicht im Buchladen war eine anstrengende gewesen und die Gedanken an meine Mutter hätten meinen Tag definitiv nicht besser gemacht. Zwei Blocks weiter kramte ich den Hausschlüssel aus meiner hinteren Hosentasche und fand ihn nicht sofort. Also drehte ich meinen Oberkörper weiter zur Seite, als ich gegen einen weichen Körper stieß.

»Vielleicht solltest du beim nächsten Mal deine Augen lieber nach vorne richten«, lachte jemand.

Doch eigentlich war das gelogen, denn es war nicht einfach irgendjemand. Nur eine Person konnte so lachen: meine Nachbarin India Thomson mit ihrem Lächeln, das ich, aus welchem Grund auch immer, schön fand.

Ich trat einen Schritt zurück, während ich den Regen um mich herum und auf meine Schultern prasseln hörte.

Und dann blickte ich India in ihre grünen Augen.

Ich war verloren.

Ihre Haare waren von Regen durchtränkt, während einzelne Regentropfen auf ihr ohnehin schon nasses Shirt rieselten. Ihr weißes Oberteil war nass und durchsichtig, sodass ich die Spitze ihres roten BHs ausmachen konnte. Die Beine hatte India in einen schwarzen Rock aus Jeansstoff gesteckt, an ihren Füßen die mir bekannten Dr. Martens. Ihre Haare schimmerten vor lauter Nässe in einem schwarzen Braun, was das Grün ihrer Augen aufleuchten ließ. Ihre Haut war rein und hell, und ich wusste: Ich starrte sie an.

Doch ich konnte meinen Blick nicht von ihr nehmen. Sie war ein verdammtes Kunstwerk von einem Menschen! Und verdammt noch mal, ich hatte noch nie in meinem Leben einen Menschen als Kunstwerk bezeichnet. Eigentlich war ich einfach nur ein mürrisches Arschloch, das weibliche Wesen zu sich einlud, damit es Recherche für seine Romane und Texte betreiben konnte.

Aber hier stand India und war mitten im bunten, lauten und überfüllten New York das Einzige, das ich sah.

Ich leckte mir über den Mund. Meine Augen hingen auf ihren Lippen, die leicht geöffnet waren. Ihre Brust hob und senkte sich schneller und ich hätte schwören können, dass ich hörte, wie sie keuchte, und warum zum Teufel musste ihr Top auch durchsichtig –

»India, du hast etwas vergessen!« Ein Junge, jünger als ich, durchbrach meine Gedanken, beendete Indias und meinen Moment und berührte sie an der Schulter. India drehte sich um. Der Junge vor ihr grinste breit, auf seinem Shirt prangte das Logo des Imbisses zwei Blöcke weiter.

Ich wusste nicht, wer er war, und wollte nicht, dass ich wissen wollte, wer er war. Also nahm ich diese Fügung als Zeichen, um mich unbemerkt aus dem Staub zu machen. Als ich unzählige Treppenstufen später in meine eigene Wohnung trat und den muffigen Geruch einatmete, fing ich an zu lachen. Wieso? Tja, das konnte ich auch nicht sagen. Ich war einfach verrückt. Gut, das war nichts Neues. Alle Künstler waren verrückt, doch ich war mehr als durchgeknallt. Ich fuhr mir durch die Haare und ging zu meiner verstaubten Küchenzeile, die ich nie benutzte. In einem der oberen Wandschränke griff ich nach der einzigen Tasse, an der noch ein Henkel klebte. Dann füllte ich sie mit kaltem Wasser und rührte fünf Löffel Instant-Kaffeepulver ein; ich hatte meinen Kaffee schon immer extra stark gemocht. Natürlich hätte ich das Wasser in der Mikrowelle aufwärmen können, aber kalten Kaffee zu trinken, war eine langjährige Gewohnheit und wir Menschen miserabel im Ablegen von Ritualen. An der Tasse nippend schlurfte ich mit nassen Socken und der klebenden Kleidung zu meinem Fenster. Das tat ich oft. Und nein, damit meinte ich nicht, klitschnass durch mein Fenster starren, sondern mit meinem kalten Kaffee New York City beobachten.

Der Kaffee schmeckte so bitter auf meiner Zunge wie damals, als ich noch in Jersey im selben Zimmer wie meine Schwester geschlafen hatte. Meine Mutter hatte noch nie viel Geld gehabt, sodass wir stets knapp an der Armutsgrenze gelebt hatten. Das wenige Geld, das sie vom Staat bekam, gab sie am liebsten im Liquor Store aus, wo sogar die Aushilfen sie beim Vornamen kannten. Manchmal hatte das Geld weder für Wasser- noch für Stromrechnung gereicht, also wurde kalter Kaffee zu meinem Frühstücksritual, weil er immer noch besser als gar kein Frühstück war. Aber ich wollte ja nicht über meine Mutter nachdenken.

Der Regen vor meiner Fensterscheibe versiegte, keine zehn Minuten mehr und die Sonne würde ihn vertreiben. Ich nahm einen großen Schluck vom Kaffee und saugte New York in mich ein. Die Stadt war so unendlich groß, dass ich mir mit meinen 1,87 m fast wie ein Winzling vorkam. Das hieß, dass meine Probleme noch kleiner als ich sein mussten, oder?

Ich holte tief Luft und gestand es mir selbst ein. Na schön, dachte ich. Dann finde ich meine Nachbarin eben heiß! Ein Haufen von Männern fand einen noch größeren Haufen von Frauen heiß. Das war normal, das war die Welt. Doch ich verschluckte mich fast an meinem Kaffee, als ich realisierte, dass ich India nicht nur drei Geständnisse entlocken wollte, um sie dann zu ficken und danach zu hoffen, dass sie mich inspirieren würde. Nein, ich wollte all ihre Geheimnisse.

Ihre Lippen.

Ihr Lächeln.

Ihren nackten Körper unter meinem.

Ihre grünen Augen, die mich so ansahen, als sähen sie in einer überbevölkerten Welt nur mich.

Ich umklammerte die Tasse zwischen meinen Fingern so fest, dass meine Knöchel weiß hervorstachen und ich wusste, ich war in Schwierigkeiten. In sehr, sehr großen Schwierigkeiten.

Gern hätte ich meinen Laptop hochgefahren, um zu schreiben. Aber alles, an das ich denken konnte, war India. Und über India zu schreiben? Das käme nicht infrage, denn dann hätte ich mir noch tiefere Gedanken über sie machen müssen.

Stattdessen machte ich mir einen weiteren kalten Kaffee.

Kapitel 7

*»Somewhere there is someone looking for
the strange you are.«*

Atticus

India

Es war Mittwoch, und das hieß, dass ich schon seit vier Tagen in Freiheit lebte. Doch alles, was ich seit drei Tagen fühlte, war Einsamkeit.

Ich hasste mich selbst für dieses Gefühl, denn die Stadt um mich herum war riesig, doch ich nur eine von vielen Schreibstudentinnen und -studenten mit einem großen Traum, der für immer ein Traum bleiben würde.

Gestern und heute hatte ich die Mittagspause wieder mit Ava verbracht. Ich wusste mit Sicherheit, dass, wenn ich sie zu Hause getroffen hätte, meine Eltern alles dafür getan hätten, um eine Freundschaft zwischen ihr und mir zu verhindern. Doch meine Eltern waren nicht hier, und ich mochte Ava. Sie war das komplette Gegenteil von den Menschen in meiner Heimatstadt und trotzdem bekam ich in ihrer Nähe Heimweh.

»Jobbst du?«, hatte sie mich gestern gefragt, als die letzten Sonnenstrahlen des Jahres uns ins Gesicht geschienen hatten.

Ich hatte den Kopf geschüttelt und nicht gewusst, wie ich, ohne mich zu verraten, erklären konnte, dass ich die dankbarste Person auf der Welt war, weil meine Großmutter einen Treuhandfonds für mich angelegt hatte, auf den noch nicht einmal meine Eltern Zugriff hatten. Ich hätte für die nächsten zehn Jahre nicht zu arbeiten brauchen.

»Nein«, hatte ich ihr gesagt.

»Ich arbeite bei Starbucks und eine meiner Kolleginnen ist mit ihrem Freund nach Vegas durchgebrannt. Ich glaube, sie hat sich in einem pinkfarbenen Kleid von einem Elvis-Imitator trauen lassen. Zumindest hat sie so ein Foto auf Facebook gepostet. Ziemlich klischeehaft für jemanden, der mir gesagt hat, Pumpkinspice-Latte im Herbst zu trinken, wäre so was von 08/15. Jedenfalls ist bei uns eine Stelle frei geworden. Du suchst zufälligerweise keinen Job, oder?«

»Was für ein Zufall«, sagte ich. »Ich wollte heute anfangen, mich nach einem Nebenjob umzusehen.«

Das war gelogen, aber ich war eine unabhängige Studentin. Und unabhängige Studenten arbeiteten. Immerhin war es deutlich produktiver, Leute zu bedienen und Geld zu verdienen, anstatt in einer nicht besonders hygienischen Wohnung an meinen Schreibprojekten zu verzweifeln. Ava hatte aufgeregt gelächelt und nicht aufhören können, davon zu schwärmen, dass es auf der Arbeit mit einer Freundin viel lustiger werden würde. Also hatte ich gestern in dem Starbucks vorbeigeschaut, der sich in der zweiten Etage eines Barnes & Nobles befand. Ich redete kurz mit dem Filialchef, der sich unser ganzes Gespräch lang mit einem Taschentuch den Schweiß von seiner Glatze tupfte. Er hieß Mr. Sanchez, bevorzugte aber lieber mit seinem Vornamen, Juan, angesprochen zu werden.

»Ich will mit offenen Karten spielen. Wir brauchen dringend jemanden, der ab sofort arbeiten kann. Hast du schon Erfahrung im Servicebereich gesammelt?«, fragte er mich, bevor ich entschuldigend mit dem Kopf schüttelte.

Er seufzte, während einer der Mitarbeiter zum wiederholten Male den Namen Anna ausrief. Anscheinend hatte Anna entweder ihren Namen oder ihren schwarzen Kaffee mit einem Spritzer Karamell vergessen.

»Was soll's«, sagte er schließlich und zuckte mit den Schultern. »Ich kann dir nicht mehr als den Mindestlohn bieten, aber du kannst dir kostenlos Getränke zubereiten.«

Und somit hatte ich meinen allerersten Job.

Jetzt war es nach sechs und ich stand hinter dem Tresen. Ich wartete darauf, dass der Bagel mit Schmierkäse fertig backte, als ich Alec Carter mit seinen rotbraunen Haaren entdeckte. Er trug ein schlichtes Shirt und verwaschene Jeans, seine Haare waren wieder einmal eine Spur zu zerzaust, doch das tat nichts zur Sache. Alec sah gut aus, ohne sich zu bemühen, und ich war mir sicher, dass das auch die Teenagermädels zwei Regale weiter so sahen, die meinen Nachbarn so anschmachteten, als wäre er ihr neuster Book Boyfriend. Alec nahm sich einen Stapel Bücher von einem der hohen Regale und legte ihn auf einem Tisch ab. Dabei spannte sich sein Bizeps an und meine Augen klebten an seinen Muskeln. Mir blieb nichts anderes übrig, als mir über die Lippen zu lecken.

»Miss, ich glaube, mein Bagel brennt an.« Die Stimme der älteren Dame vor mir riss mich aus meinen Gedanken.

»Entschuldigung«, murmelte ich, öffnete den Ofen, fischte den Bagel heraus und verpackte ihn in einer weißen Papiertüte. Sobald die Dame mir den Rücken zugekehrt hatte, versuchte ich auf Zehenspitzen einen weiteren Blick auf Alec zu erhaschen, doch er war aus meinem Blickfeld verschwunden. Ich unterdrückte ein Seufzen. Was um Himmelswillen war nur mit mir los?

»Sein gutes Aussehen wurde definitiv verschwendet«, sagte Ava, die gerade aus dem Mitarbeiterraum trat und sich eine Schleife in die Schürze band.

»Ich spreche von Carter«, fügte sie hinzu, als ich, statt zu antworten, verlegen auf das Glas voller Cookies starrte. Natürlich wusste ich, von wem sie sprach.

»Du hättest mich wenigstens vorwarnen können«, erwiderte ich schließlich und schnappte mir eine Serviette, um etwas zwischen den Fingern zu halten.

»Vor Carter?«

Etwas in mir sträubte sich, ihn Carter zu nennen. »Ich wohne neben ihm, bin quasi in seinen Freundeskreis gedrängt worden und jetzt ist sein Arbeitsplatz neben meinem Arbeitsplatz. Er könnte denken, dass –«

»Er könnte denken, dass du seinetwegen diesen Job angenommen hast?« Avas Mundwinkel zuckten. »Du arbeitest hier, weil wir dringend jemanden brauchten, und ich dachte, es wäre lustig mit meiner neuen Freundin zusammenzuarbeiten. Alec weiß, dass du nicht auf ihn stehst. Außer natürlich …« Sie verstummte. »Außer natürlich du stehst wirklich auf ihn.«

»Ich stehe nicht auf ihn.«

»Du stehst auf ihn.« Ein Grinsen breitete sich auf ihren Lippen aus.

»Keine Frau könnte verneinen, dass Alec nicht einer der schönsten Männer in ganz New York ist.«

»Einer der schönsten Männer in New York?« Sie verzog das Gesicht. »Du stehst definitiv auf ihn!«

»Nein.«

»Doch. Aber du willst es dir nicht eingestehen. Und weil ich viel zu viel Zeit mit Carter, Jamie und Maxton verbringe, muss ich mir das irrsinnigste Szenario überhaupt ausdenken.«

»Bitte was?« Ich schüttelte verwirrt den Kopf.

Doch Ava ignorierte mich, tippte mit einem Kugelschreiber auf den Tresen und legte nachdenklich den Kopf schief. »Du könntest einen Freund in Alabama haben. Er war Kapitän der Footballmannschaft, du das reiche süße Mädchen von nebenan, gemeinsam wart ihr die klischeehaftesten Sweethearts überhaupt. Eure Eltern hatten große Erwartungen an euch, schließlich seid ihr die Zukunft ihrer Unternehmen. Die Fusion von Bett und Betrieb. Und bevor du fragst, mir machst du mit deinen roten Spitzen nichts vor, India. Vielleicht brauchtest du einen Imagewechsel, vielleicht wolltest du einen auf Rebellin machen. Oder vielleicht wolltest du einfach jemand Neues sein. Jemand mit roten Spitzen, aber ohne Vergangenheit. Aber glaub mir, die Masche zieht bei mir nicht. Ich weiß, dass du vor etwas davonrennst.« Sie senkte die Stimme. »Du bist nicht die Einzige, die vor ihrem reichen Elternhaus davonrennt, weißt du?«

Ich sah sie blinzelnd an, doch bevor ich etwas erwidern konnte, hob Ava ihre rechte Hand und erzählte weiter von ihrer Theorie. »Wahrscheinlich hat dein perfekter Freund mit seinem perfekten Notendurchschnitt ein Stipendium für die University of Alabama erhalten, obwohl er mit dem Vermögen seiner Eltern natürlich nicht darauf angewiesen ist, und du wärst ihm fast gefolgt, hättest dein komplettes Leben in Alabama verbracht, ohne den Bundesstaat je verlassen zu haben. Aber du hattest es satt, die perfekte Freundin, die perfekte Tochter zu spielen, und bist deshalb davongerannt. Jetzt möchtest du frei und unabhängig sein, dein Leben genießen und da würde eine Schwärmerei für den Frauenhelden Nummer Eins nicht in deine Vorstellungen passen.« Ava sah mich mit einer hochgezogenen Augenbraue an. »Und? Wie nah bin ich an der Wahrheit dran?«

Ich wollte Ava fragen, ob sie Gedanken lesen konnte, aber ich konnte nicht. Ihre Worte machten mir Angst. Sie waren viel zu nah an der Wahrheit dran.

»*Chicas, que estais haciendo alli*? Mädels, was macht ihr da?« Juan betrat das Café, schüttelte den Kopf und bewahrte mich vor einer Antwort, die ich Ava sowieso nicht geben konnte. »India«, sagte er, als er vor dem Tresen stehenblieb und seine Glatze so glänzte, dass sie das Licht der Deckenlampen spiegelte, »du hast schon seit zehn Minuten Feierabend. Und Ava, wofür bezahle ich dich eigentlich? Auf Tisch Vier stapelt sich das schmutzige Geschirr.«

»Diese Konversation ist noch nicht beendet«, rief Ava mir nach, als ich keine fünf Minuten später mit einem Grinsen durch die nicht existierende Tür marschierte und prompt in der Belletristik-Abteilung landete.

Ich wusste, dass ich nach Hause hätte gehen sollen. Mein zuletzt geschriebener Text wartete darauf, von mir überarbeitet zu werden … Doch der Duft von Büchern roch zu gut in meiner Nase. Ich dachte an die willkommene Ablenkung, die mir ein Roman für ein paar Stunden verschaffen könnte, und an die Tatsache, wie einsam meine drei Romane sich fühlen mussten. Also knickte ich ein, ignorierte die Aufgaben, die sich in meinem Planer häuften, und ging in die Abteilung mit den Liebesromanen. Ich las mir die Empfehlungen der Mitarbeiter durch und fragte mich, ob Alec auch Buchtipps gab. Wenn ja, was für welche? Bestimmt für Romane mit Enden, die niemand verstand, dachte ich, und schritt mit einem Roman, dessen Cover mir ein kitschiges Happy End versprach, zur Kasse.

»Ich liebe das Buch, ich habe es an einem Abend durchgelesen! Ich konnte einfach nicht aufhören, obwohl ich am nächsten Morgen eine Klausur geschrieben habe. Das Ergebnis steht noch aus, und auch wenn ich durchgefallen bin, das Ende war es auf jeden Fall wert.« Die Kassiererin lächelte mich an, als sie ihren Lieblingsroman für mich einscannte.

»Ich bin gespannt«, erwiderte ich, kramte den Zehndollarschein aus meiner Tasche und wartete darauf, dass die Kassiererin mir den Preis von 9,94 Dollar nannte.

Doch das begeisterte Lächeln aus ihrem Gesicht verschwand und wurde durch ein genervtes Seufzen ersetzt. »Warum zum Teufel funktionieren manche Barcodes einfach nicht? Manchmal habe ich das Gefühl, dass mir meine geliebten Bücher den Arbeitsplatz vermiesen wollen.« Sie hielt inne, um ihre Lippen zu einem schwarzen Mikrofon zu senken. »Mr. Sexiest Man der Barnes-and-Noble-Geschichte alias Mr. Alec Carter wird an Kasse Zwei gebraucht«, sprach Betty, wie ich ihrem Namensschild entnehmen konnte.

Ihre Stimme hallte durch das komplette Buchgeschäft und als sie ihren Finger von dem Sprechknopf löste, kicherte sie. Ich starrte sie perplex an.

»Warum guckst du mich so an? Eigentlich solltest du erst in ein paar Sekunden große Augen machen. Dann, wenn Alec erscheint. Er ist groß, hat breite Schultern und rote Haare.« Sie zeigte auf das Buch. »Die Beschreibung passt übrigens auch perfekt auf den Protagonisten. Ich habe mir den fiktiven Ruben Randell genauso wie Alec vorgestellt. Nur dass Alec nicht so viel lächelt. Er ist ein richtiger Miesepeter. Aber wenn ich es mir genauer überlege, wäre er trotzdem ein perfekter Protagonist in einem dieser Liebesromane, in denen sich die Männer so zieren und wir sie genau deshalb so sexy finden. Ah, da ist er ja!«

Betty nickte auf etwas hinter meinen Rücken und ich drehte ich mich um. Vor mir stand Alec, der die Lippen wütend aufeinanderpresste.

»Betty«, knirschte er. »Du kannst mich verdammt noch mal nicht so ausrufen!«

Betty zuckte nur gleichgültig mit den Schultern. »Genau genommen kann ich das schon. Unser Chef ist nicht da. Und falls du ihm von meinem grandiosen Ausruf erzählen solltest, denk einfach daran, dass ich weiß, dass deine Kundenberatung darin besteht, zu sagen, wir hätten das gewünschte Buch nicht auf Lager.«

Alec seufzte und fasste sich in den Nacken. Sein T-Shirt rutschte dabei hoch und entblößte ein paar Zentimeter seiner Haut. Ich gab alles, um meinen Blick von ihm abzuwenden. Wirklich alles. Doch ich scheiterte kläglich. Alec bemerkte meinen Blick und vor allem erkannte er mich, bevor ich so tun konnte, als hätte ich nicht auf seine nackte Haut gestarrt.

»India?« Sein Blick zuckte zwischen Betty und mir hin und her. »Was machst du hier?«

Ich räusperte mich. »Ich kaufe ein Buch.«

»Nein«, verbesserte Betty mich. »Sie will ein Buch kaufen, aber der Barcode funktioniert nicht. Du hast doch den Ausweis, mit dem ich manuell die Preise eingeben kann, oder?«

»Sicher«, murmelte Alec und zog aus seiner hinteren Hosentasche einen Ausweis hervor.

»Und India?« Er wandte sich an mich.

»Alec?«

»Meine Schicht ist in zehn Minuten zu Ende. Würde es dir etwas ausmachen, wenn du auf mich wartest? Dann könnten wir zusammen nach Hause gehen. Ich … Ich habe da etwas mit dir zu besprechen«, sagte er und nickte zur Starbucks-Filiale. »Da ist ein Starbucks, hol dir doch schnell einen Kaffee. Du kannst dich von Ava bedienen lassen, sie müsste heute Schicht haben.«

Alec verschwand sofort hinter den Regalen mit den Sachbüchern, sodass mir keine Zeit blieb, um zu erwidern, dass ich von Avas Schicht Bescheid wusste, weil sie ab heute meine Kollegin war.

»B-Bitte was?« Betty rief so laut, dass sie sich die Hand vor den Mund hielt. »Du gehst mit Alec, dem heißen, unnahbaren Alec Carter, nach Hause?«

Sie starrte mich mit aufgerissenen Augen an, ich schluckte. »Du verstehst da etwas falsch. So ist das nicht. Wir sind nur Nachbarn.«

»Nachbarn mit gewissen Vorzügen, also.« Sie seufzte verträumt. »Mann, ich bin so neidisch.«

»Ich glaube, du verwechselst Nachbarn mit Freunden. Wir sind nur Nachbarn. Ohne Vorzüge.«

»Und ich glaube, dir ist gar nicht bewusst, wie du Alec angesehen hast.«

Ich zog die Augenbrauen zusammen. »Wie habe ich ihn denn bitte angesehen?«

»So als wäre er dein Lieblings-Book-Boyfriend in einem Regal voller heißer Protagonisten. Aber mach dir keine Sorgen, niemand kann dir das verübeln. Alec ist so was von heiß.«

Ich ersparte mir eine Antwort und reichte Betty stattdessen den Zehndollarschein, bevor ich mich verabschiedete.

Ich wusste, dass Alec heiß war.

Er wusste, dass er heiß war.

Betty wusste, dass er heiß war.

Und das Mädchen, das gestern Abend bei ihm gewesen war, wusste aus sicherster Quelle, dass Alec heiß war. Die Wände meiner Wohnung und Alecs Wohnung waren dünn, das Stöhnen seines gestrigen Dates kreischend und ihre Stimme trotz der Erregung klar, als sie »Gott, Alec, genau da!« schrie.

»Du arbeitest also in dem Starbucks?«, fragte ich India, obwohl ich die Antwort bereits wusste; Juans »Komm morgen pünktlich zu deiner Schicht!« war eindeutig gewesen.

India und ich liefen die 55th Street entlang, während sie einen Bettler beobachtete, der Passanten zu einer Spende drängen wollte.

»Ja«, antwortete sie, und senkte den Blick auf unsere Schuhe. Ihre roten Boots, meine grünen Chucks. »Ava hat mir die Stelle angeboten, und ich wollte mir sowieso einen Job suchen.«

»Verstehe.«

Es war fast sieben und die Sonne stand tief und orange am Himmel. Manche Schriftsteller hätten den Himmel und seine Sonne bestimmt ins genaueste Detail beschrieben, doch ich hielt mich nie mit Details auf. Ich umschrieb keine fünf Seiten einen stillen Bach, sondern kam direkt zum Punkt. Kurz: Ich gab den Lesern das, was sie haben wollten.

»Du wolltest mit mir über etwas reden?« India hob ihren Blick und konnte die leichte Unsicherheit in ihrer Stimme nicht verbergen.

Wir mussten eine Ampel überqueren und natürlich wurde sie genau dann rot, als ich meinen Fuß auf die Straße setzte. Ich seufzte, weil ich wusste, dass die Ampel lange rot blinken würde, schließlich waren wir hier in New York; manchmal hatte ich das Gefühl, dass Manhattan die ungeduldigen Taxifahrer den Fußgängern bevorzugte.

»Wir sollten Freunde werden«, sagte ich klar und geradeheraus, weil ich wirklich stets sofort zum Punkt kam.

»Freunde? Wie meinst du das?« India schüttelte leicht verwirrt den Kopf.

Und ich verübelte es ihr nicht.

Natürlich hatte ich gewusst, dass sie nachfragen würde. Freundschaft zu schließen, war keine aktive Entscheidung, es passierte einfach. Aber India und ich? Nun, wir mussten befreundet sein, denn ich konnte nicht aufhören, an sie zu denken. Gestern hatte ich in meinem Bett gelegen und mich selbst verflucht, weil ich nicht aufhören konnte, darüber nachzudenken, wie es sich anfühlen würde, sie zu küssen, und ob sie laut stöhnen würde, wenn ich von hinten tief in sie eindringen würde. Letzterer Gedanke hatte mich so angemacht, dass ich nicht anders gekonnt hatte, als mich selbst anzufassen und dabei an Indias Lippen und die Form ihrer Brüste zu denken. Als ich keuchend auf meinem Bett gelegen hatte, mein Hosenstall immer noch offen, war mir bewusst geworden, dass ich einen Plan brauchte.

Plan A war gestern kläglich gescheitert, als ich mein Tinderdate gefickt hatte, ohne auf die drei Geständnisse bestanden zu haben. Und trotzdem hatte ich Stunden später stets nur India im Kopf gehabt. Ich musste also darauf hoffen, dass Plan B funktionieren würde.

Plan B: India und ich mussten Kumpels werden. Auch wenn meine Freunde so gut wie nichts über mich wussten, mochte ich sie und hätte die Freundschaft zu ihnen gegen nichts eingetauscht; auch nicht für eine schnelle Nummer, selbst wenn ich meine Kumpelin ziemlich heiß gefunden hätte.

»Wir haben denselben Freundeskreis, India. Wir werden so oder so Zeit miteinander verbringen«, sagte ich. »Zum zweiten sind wir Nachbarn, und ein gutes Verhältnis zu seinem Nachbarn hat noch nie jemandem geschadet. Außerdem möchte ich dir helfen.«

»Wobei?«

Plötzlich nahm ich wahr, wie das Rauschen der Autos verschwunden war und von summenden, wartenden Motorgeräuschen ersetzt wurde. Die Ampel war auf Grün umgesprungen und die New Yorker überquerten die Straße. Sie streiften meine Schultern, während einige meckerten, weil India und ich den Weg blockierten. Hastig überquerten wir die Kreuzung und wurden dabei auf den letzten Metern fast von einem schwarzen Jeep angefahren.

»Wie konnten wir nur die grüne Ampel übersehen?«, fragte sie mich.

Weil du zu sehr auf meine dunklen Augen fixiert warst. Weil ich mich wiederum nicht entscheiden konnte, ob ich lieber das Grün deiner Augen oder die Form deiner Lippen studieren wollte – das wäre die korrekte Antwort gewesen, die nie einer von uns aussprach. Dann hätte ich nämlich zugeben müssen, dass ich sie wollte.

Doch das ging nicht.

Denn ich war Alec Carter und stark. Jemanden zu wollen, war eine Schwäche, und meine Mutter war dafür ein so beschissen gutes Beispiel, dass ich niemals jemanden wollen würde; ich wollte nicht damit enden, meiner Whiskeyflasche anstatt meinen Kindern einen Gutenachtkuss zu geben, und wenn ich es mir genauer überlegte, wollte ich auch keine Kinder, ich wollte einfach nur allein sein. Mit meinem Schreibprogramm und das für immer.

»Wir waren wahrscheinlich einfach zu vertieft in unser Gespräch«, murmelte India schließlich. »Also, wobei willst du mir helfen, Alec?«

»Ich möchte dir beim Schreiben helfen.«

»Warum?«, fragte sie noch verwirrte als zuvor.

»Weil Freunde einander helfen und Freunde Zeit miteinander verbringen. Ich habe bereits einen Plan, wie wir dein Schreiben gezielt verbessern könnten.«

»Das heißt also, du willst mir einen Crashkurs im Schreiben geben?«

»Ja«, sagte ich und redete mir ein weiteres Mal ein, dass ich die Zeit, die ich mit India verbringen würde, nicht verschwenden würde. Die Übungen, die ich ihr zeigen wollte, machte ich auch allein. Außerdem bestand die Möglichkeit, dass India mir ihre Geheimnisse verraten könnte, ohne dass ich mit ihr schlief. Vielleicht könnte ich herausfinden, wer India wirklich hinter ihrer Fassade war. Vielleicht jemand, der einfach nur einen Neuanfang brauchte? Jemand mit einer Vergangenheit, die noch dunkler war als die Gedanken in meinem Kopf, die ich mir um vier Uhr morgens zurechtsponn? Ich wusste es nicht und manchmal konnte ich mir nicht einmal selbst einreden, dass ich das nicht wissen wollte. Aber mit dieser Freundesnummer könnte ich das vielleicht herausfinden. Und dann könnte ich über sie schreiben. Etwas Kurzes, vielleicht eine Kurzgeschichte von ein paar Seiten, damit ich sie endlich aus dem Kopf bekam.

Das war mein Plan.

Wir schwiegen einige Blöcke, während meine Schultern die von anderen Passanten streiften, die es kaum erwarten konnten, nach einem harten Arbeitstag nach Hause zu kehren.

»Aber wird es deinen Freundinnen oder Bekanntschaften nichts ausmachen, wenn du mehr Zeit mit einer Freundin verbringst?« Indias Wangen nahmen einen leichten Rotton an.

»Das bezweifle ich«, lachte ich und dachte dabei an die vielen Nachrichten auf meinem Handy, die für immer unbeantwortet bleiben würden.

»Warum?«

»Weil ich meine Bekanntschaften nur einmal treffe.«

»Verstehe«, erwiderte sie, während sie wirklich dachte, dass sie mich verstand.

Für sie war es einfach, mich als notgeilen zweiundzwanzig-jährigen Typ abzustempeln. Das war genau das, was sie von mir denken sollte, damit sie erst gar nicht auf die Idee kam, ihr Herz an mich zu verlieren.

Und deshalb ergab es keinen Sinn, als ich mich sagen hörte: »Nein, du verstehst es nicht.«

»Was genau verstehe ich daran nicht?«

Ich presste meine Lippen aufeinander. »Ich mache es nicht wegen dem Sex.«

»Ach, nein?«, schnaubte sie. »Warum schläfst du dann mit den Frauen?«

»Es geht nicht *nur* um den Sex«, verbesserte ich mich. »Ich betreibe Recherche.«

»Du betreibst Recherche?« Sie schüttelte den Kopf. »Das ist die kreativste Ausrede, die ich je gehört habe.«

»Es geht mir um die Inspiration, India. Ich lerne die Frauen kennen, und wenn ich sie interessant finde, schreibe ich über sie. Das ist keine Ausrede.«

»Aber wenn du sie interessant findest, warum siehst du sie kein zweites Mal?«

Ich seufzte und wusste, dass das kein Gesprächsthema für die offene Straße war. Doch India und ich mussten das klären.

Hier und jetzt.

»Der Autor in mir findet fast jeden Menschen interessant. Das heißt aber nicht, dass ich die Frauen selbst interessant finde. Nur dass sie mir mit ihren Persönlichkeiten etwas zum Schreiben geben.«

India erwiderte nichts und wir gingen wortlos auf die nächste Kreuzung zu.

»Warum schreibst du eigentlich, Alec?«, fragte sie, als wir an einer roten Ampel warteten.

Wenn man mich so fragte, brauchte man doch nur die Texte einer Person zu analysieren, um zu wissen, warum der Autor schrieb, was er schrieb.

Gruppe eins: Menschen, die mit ihren Worten versuchten, das Vergangene zu verarbeiten, und mit ihren Sätzen Frieden mit sich selbst oder einer anderen Person finden wollten.

Gruppe zwei: Personen, die schrieben, weil sie berühmt werden wollten.

Und dann gab es Personen wie mich: »Ich schreibe, weil ich schreiben muss. Ohne Worte könnte ich nicht überleben. Ich habe Charaktere in meinem Kopf, die gegen die Wände meines Kopfes klopfen und mich nicht in Ruhe lassen, bis ich sie auf meinem Schreibprogramm verewigt habe. Wenn ich einen Tag nicht schreibe, werde ich verrückt, und wenn ich schreibe, ergibt alles mehr Sinn. Ich habe dann Ruhe vor der Welt und befinde mich in meiner eigenen, die ich gestalten kann, wie ich will«, sagte ich und versuchte den Kloß in meinem Hals herunterzuschlucken, weil ich mich nicht mehr daran erinnern konnte, wann ich das letzte Mal jemandem etwas so Persönliches von mir erzählt hatte.

»Magst du das Schreiben an sich überhaupt?«

»India«, sagte ich mit einem schwachen Lächeln auf den Lippen. »Du kannst mich das nicht fragen. Ich schreibe, weil ich schreiben muss. Das ist so, als würdest du mich fragen, ob ich das Atmen mag. Schreiben ist für mich lebensnotwendig.«

Danach sagte keiner von uns etwas.

Als ich eine gute halbe Stunde später die Umrisse unseres Wohnhauses erkennen konnte, musterte sie mich eindringlich.

»Ich glaube, wir können Freunde sein.«

»Du glaubst also?«, fragte ich scherzend, doch sie nickte ernst.

»Und ich möchte, dass du mir diesen Crashkurs gibst.«

»Natürlich«, sagte ich. »Wann fängt deine erste Vorlesung morgen an?«

»Um neun.«

»Perfekt, meine auch. Dann klopfe ich gegen acht an deine Tür. Wir können zusammen frühstücken und die Details besprechen.«

»Klingt gut.« India lächelte und ich wandte den Blick ab, bevor ich mit dem Kopf auf den asiatischen Imbiss deutete, in dem mich jeder Mitarbeiter mit Vornamen kannte.

»Ich mache kurz einen Abstecher, damit ich was zum Abendessen habe. Bis morgen.«

India verzog das Gesicht, als die das Angebot des Tages auf dem Schild las. »Du willst dir Nudeln für drei Dollar kaufen? Schmecken die überhaupt?«

»Besser als das Sushi, das es montags für fünf gibt, auf jeden Fall.«

Meine Nachbarin schüttelte den Kopf. »Wir gehen zu mir. Ich bin mir sicher, dass ich uns irgendetwas Schnelles zubereiten kann.«

»Du kannst kochen?«

»Du etwa nicht?« Sie hob eine Augenbraue.

Ich schüttelte den Kopf.

»Männer.« India verdrehte die Augen. »Wie auch immer, Freunde helfen einander, oder? Also werde ich etwas für dich kochen und dich damit vor einer Lebensmittelvergiftung bewahren.«

Und so wurden Indiana Thomson und ich Freunde.

Kapitel 8

*»I think it's beautiful the way you're eyes sparkle
when you talk about the things you love.«*

Atticus

India

Es war vor acht Uhr am Morgen und Alec führte uns zu dem Gleis
der Subway, die in die entgegengesetzte Richtung der Columbia
fuhr. Als ich ihm das sagte, gähnte er und meinte, dass ich bei
ihm weitaus mehr als bei Professorin Treener und ihrem Seminar
zum Thema *Einführung in das literarische Schreiben* lernen würde.

»Vertrau mir einfach, India«, sagte er und vergrub die Hände
tiefer in seiner Jackentasche.

Ich schüttelte den Kopf. Ich konnte Alec nicht vertrauen. Das
wäre wahnsinnig gewesen. Ich kannte Alec seit nicht einmal einer
Woche und wusste, dass Ava ihn am liebsten als Mr. Ich-habe-
101-Geheimnisse bezeichnete. Wie zum Teufel sollte man Mr. Ich-
habe-101-Geheimnisse vertrauen? Vor allen Dingen dann, wenn
er einen in der ersten Universitätswoche davon abhielt, zu seinen
Seminaren zu gehen.

Trotzdem blieb ich neben ihm am Gleis stehen.

Was noch wahnsinniger war. Vielleicht genauso wahnsinnig,
wie sein Schreibcrashkurs-Angebot überhaupt angenommen zu
haben. Andererseits, was hatte ich schon zu verlieren? Ich war von
Alabama weggerannt, um frei zu sein, verrückte Dinge zu erleben

und, vor allen Dingen, um zu schreiben. Und das Schreibding mit Alec vereinbarte all das: Ich würde schreiben, etwas Verrücktes tun, weil ich mich immer verrückt fühlte, wenn Alecs Mundwinkel zuckten und mein Herz dann einen Schlag aussetzte. Und frei natürlich auch, weil ich das in New York immer tat. Vor allen Dingen dann, wenn Alecs zuckende Mundwinkel sich zu einem Lächeln verzogen und ich das Gefühl hatte, mein Herz würde für den Bruchteil einer Sekunde fliegen. Auch wenn Letzteres keinen Sinn ergab. Doch auch das war okay. Alles während meiner Zeit in New York war okay, hier gab es kein Falsch, weil es sich mehr als richtig anfühlte, niemanden zu haben, der über mein Leben bestimmte.

Ich ließ meinen Blick über das Bahngleis wandern. Es war überfüllt mit wartenden Menschen, die ungeduldig von einem Fuß auf den anderen traten und dabei auf die Anzeigetafeln starrten, so als müssten sie dringend wohin auch immer. Jeder von ihnen. Die Gruppe von Mädchen mit den verschiedenfarbigen Kanken-Rucksäcken, die Alec zu offensichtliche Blicke zuwarfen und dann kicherten. Der Mann mit der Glatze und der dicken Armbanduhr um das linke Handgelenk, die sich selbst durch den Ärmel seines Mantels abzeichnete. Die Frau, die viel zu jung dafür aussah, das schreiende Baby in dem Kinderwagen herumzuschieben, und auf ihrem Handy herumtippte, mit einem Gesichtsausdruck, der schrie: »Bitte, Leute, helft mir. Mein Baby schreit und es hört nicht auf.« Das Mädchen mit den Overkneestiefeln, das auf einem Kaugummi kaute und Alec zugenickt hatte, als sie mit ihren pinkfarbenen Kopfhörern an uns vorbeigegangen war.

»Wer ist das?«, hatte ich ihn gefragt.

Er schaute ihr hinterher, bis sie hinter einem Jungen mit einer Surferhose trotz drei Grad verschwand und zuckte die Schultern. »Wir hatten mal ein Date.«

Ich fragte nicht weiter nach, weil ich jetzt doch wusste, dass Alec sehr oft nur ein Date mit Frauen hatte, die fantastisch mit ihren klackernden Stiefeln aussahen.

Die Subway fuhr ein, die Gleise quietschten und Alec und ich schafften es gerade so in ein Abteil. Das Gemurmel der Bahnfahrer vermischte sich mit dem Rauschen der Subway und der Stimme von Lorde, die das Mädchen neben mir so laut aufgedreht hatte, dass auch ich sie hörte. Sie sang irgendetwas von *Hard Feelings* und mein Blick huschte zu Alec, der so aussah, als würde er mit offenen Augen schlafen. Ich fragte mich, wie er den Blick der Frau links von ihm nicht bemerken konnte. Sie zog ihn schamlos mit den Augen aus und leckte sich über die Lippen. Ich wettete mit mir selbst, dass sie sich gerade fragte, wie es sich wohl anfühlte, wenn Alec seine starken Arme um sie schlingen würde, und ich fragte mich, wie es sich anfühlte, wenn Alec mich mit seinen starken Armen umschlingen und mich anfassen würde. Würden seine Berührungen auf meiner Haut brennen? So wie es die Blicke in meinen Lieblingsliebesromanen taten? Vielleicht, vielleicht auch nicht und vielleicht sollte ich mehr als vielleicht realisieren, dass mein Leben kein Liebesroman war.

Alec und ich stiegen die zweite Station aus und die Treppenstufen nach oben, unsere Hände tief vergraben in den Jackentaschen, als uns der kalte Wind in die Gesichter blies. Wir unterhielten uns nicht. Vielleicht war es zu früh und wir beide keine Morgenmenschen. Doch dann blieben wir vor einem Diner namens Jon's stehen, die Fassade war alt, das Schild mit dem Namen leuchtete nur noch auf der rechten Seite, und ich hielt die Stille nicht mehr aus.

»Sag mir nicht, dass ich die erste Stunde meines Seminars schwänze, um mit dir in einem heruntergekommenen Diner zu frühstücken.«

»India.« Er schüttelte den Kopf. »Du musst aufhören, Fragen zu stellen, deren Antwort du schon weißt und eigentlich nicht wissen möchtest.«

Alecs Stimme klang immer noch so rau, als wäre er gerade aufgestanden, aber sein Blick wirkte wacher. Aufmerksam. Und viel zu intensiv, als seine Augen mich von Kopf bis Fuß musterten. Sie begannen an meinen weinroten Dr. Martens, verweilten an jedem Loch meiner Skinny Jeans und den losen Fäden meines Pullovers.

Dann sah er mir ins Gesicht, seine Augen wurden dunkel, viel zu dunkel für einen Morgen in New York, in der Stadt, in der alle Träume wahr wurden, und ich fragte mich nicht mehr, ob Berührungen brannten, sondern ob Blicke das nicht auch konnten.

Was bewies, dass ich immer noch komplett wahnsinnig war.

Doch es stimmte, Alecs Augen brannten, obwohl Augen das nicht konnten. Mir war plötzlich viel zu heiß und ich wollte auf meinem Handy checken, ob wir nicht Anfang August anstatt September hätten.

»India.« Alecs Stimme klang noch rauer als zuvor. »Wir ...«

»Wir was, Alec?«, wollte ich fragen. Aber Alec schüttelte den Kopf, so als wollte er seine letzten Worte vergessen und wandte den Blick ab, um ihn auf seine Schuhe zu richten. Er studierte die Spitzen seiner Chucks momentelang und ich studierte ihn.

Mir war immer noch viel zu heiß und ich hatte Angst, dass ich Lorde mit ihren *Hard Feelings* plötzlich verstand.

»Also.« Er räusperte sich und hob den Blick, vermied jedoch, ihn direkt auf mich zu senken. »Erzähl mir von den Personen, die dir aufgefallen sind.«

Ich zog die Augenbrauen zusammen. »Ich verstehe nicht ganz, Alec. Was meinst du damit?«

»Nenne mir die Personen, die dir an der Subwaystation aufgefallen sind. Das gehört alles zur Lektion.«

»Es wäre von Vorteil gewesen, wenn du mir die Aufgabenstellung vorher verraten hättest.«

»Viele Dinge wären ständig von Vorteil gewesen. Sind sie aber nicht. Also?« Er stupste mich mit dem Ellbogen an.

»Da wäre die Frau mit dem Baby gewesen«, begann ich nach kurzem Zögern. »Und der Mann daneben. Hast du ihn gesehen? Er hatte einen grauen Mantel an und geflucht, als das Baby angefangen hat zu kreischen.« Ich legte den Kopf schief. »Sonst wäre da noch die Frau gewesen, die dich, nun ja ... Wie soll ich sagen —«

»Du meinst die Frau, die mich mit den Augen ausgezogen hat?«

»Das hast du gemerkt?«

»Natürlich habe ich das gemerkt.«

»Aber du hast in eine ganz andere Richtung geschaut und sahst so aus, als hättest du mit offenen Augen geschlafen.«

»Ich sehe oft so aus, als würde ich schlafen, India, das tut nichts zu Sache. Ich habe dir nicht gesagt, worauf du achten sollst, weil ich wollte, dass du selbst herausfindest, auf welche Art von Menschen du dich fokussieren möchtest.« Alec zuckte die Schultern, während ein weißer Kombi an uns vorbeirauschte. Dann senkte er seinen Blick zu Boden und stieß einen einsamen Stein mit seiner Schuhspitze nach vorne.

»Was ist mit dir, Alec?«, fragte ich. »Welche Menschen sind dir aufgefallen?«

Er hob den Blick und sah mich aus seinen dunklen Augen an. Ich musste wieder an viel zu starke Gefühle denken. »Ich habe ein Mädchen im Alter der jungen Mutter gesehen, die sehnsüchtig das schreiende Baby beobachtet hat. Dann wäre da noch der Junge in der löchrigen Jeans gewesen. Er hat den Mann so intensiv beobachtet, als wolle er all seine Geheimnisse erfahren, um in fünf Jahren im gleichen teuren Mantel auf die Subway zu warten. Und natürlich ist mir auch die Frau aufgefallen, die garantiert kein Problem damit gehabt hätte, mich vor den ganzen Leuten zu vernaschen. Was wohl der Mann dazu sagen würde, der ihr den goldenen Diamantring an den Finger gesteckt hat? Eine Frage, auf die wir niemals eine Antwort haben werden. Aber eine Frage, auf die wir Tausende von Antworten erfinden können. Das machen Schriftsteller. Verstehst du?«

Hinter Alec ging die Sonne auf. Die ersten Strahlen verfärbten seine rotbraunen Haare in ein grelles Orange. Die Farbe erinnerte mich an den Herbst, der bald hier sein würde, und Alec lächelte. Ich mochte das. Alec beschienen von der Sonne und mit diesem Lächeln. Ich wusste nicht, wieso ich plötzlich einen Ohrwurm von Lordes Lied hatte. Absolut keine Ahnung.

»Ich habe es schon mal gesagt, aber ich werde mich wiederholen. Das hier ist die wichtigste Lektion von allen: Wir schreiben wegen der Menschen, India. Das heißt, wir müssen sie studieren und beobachten. Bevor andere Leute unsere Worte lesen, sollten wir lernen, Menschen zu lesen.«

Er wartete keine Antwort gab, ging ohne weitere Anmerkungen zur Tür und öffnete sie.

Mir blieb nichts anderes übrig, als ihm zu folgen, und als ich den vergilbten Fußboden betrat, bestand kein Zweifel darin, dass dieses Lokal seine besten Zeiten hinter sich hatte. Das Rot der lederbezogenen Bänke war verblasst und die weißen Tische schimmerten gräulich, was mich an die Hautfarbe der Dame hinter dem Tresen erinnerte. Sie grüßte Alec mit einem breiten Grinsen, neben ihrem Schneidezahn hatte sie ein goldenes Implantat, das sich mit dem Gelb ihrer Uniform biss. Sie hielt einen Teller in ihrer rechten Hand und trocknete es mit einem viel zu schmutzigen Tuch ab, obwohl es nicht nass aussah. »Das Übliche, zweimal bitte«, rief Alec über seine Schultern hinweg und steuerte auf einen Tisch im hinteren Teil des Diners zu.

»Kommen wir jetzt zur zweiten Lektion«, sagte er, nachdem wir uns hingesetzt hatten. »Nichts ist so, wie es scheint.«

»Das ist nichts Neues, Alec. Jeder weiß, dass alles zwei Seiten hat.«

»Es geht nicht darum, dass alles zwei Seiten hat. Es geht darum, dass selbst die erste Seite ganz anders ist, als du denkst. Die meisten Menschen sind viel zu beschäftigt, um genauer hinzuschauen. Aber das ist kein Problem. Es gibt uns Möchtegern-Schriftsteller, die mehr als zwanzigmal hinschauen.« Alec breitete die Arme aus. »Schau dich um, India. Was siehst du? Schau genauer als genau hin. Die Welt ist ein offenes Buch, wir müssen nur lernen, es zu lesen.«

Ich ließ meinen Blick durch das Diner schweifen und musterte die Gäste. Sie tranken keinen dampfenden Kaffee, sondern Schnaps mit Eiswürfeln, die klirrten, während sie die Gläser in ihren Händen hin und her schwenkten und sich dabei mit ihren Blicken zwischen den Serviettenhaltern und den Macken im Tisch verloren. »Ich glaube, das sind Alkoholiker«, flüsterte ich.

Alec seufzte und lehnte sich in seinem Stuhl zurück, wollte

ansetzen, mir zu antworten, doch verstummte, als er sah, wie Carol uns die zwei Teller mit Blaubeer-Pancakes brachte. Er bedankte sich, Carol lächelte, ihr goldener Zahn blitzte auf.

Alec meinte, dass wir zuerst essen sollten, bevor wir mit unserer »Lektion« weitermachen würden. Also aßen wir die Pancakes, die um Längen besser schmeckten, als dass ich gedacht hätte, während im Hintergrund Musik aus den Achtzigern lief und sich die Songs mit dem Klang der klirrenden Eiswürfel vermischten.

»Kommen wir jetzt zu dem Teil, wo ich meine Aussage von eben belege.« Alec schnappte sich meinen Teller, stapelte ihn auf seinen und legte das benutzte Besteck auf den obersten.

»Deine Aussage belegen?«

Alec nickte und tippte mit dem Kugelschreiber auf die Serviette. »Meine Feststellung, die besagt, dass sogar die erste Seite anders ist, als wir denken«, sagte er. »Nehmen wir dieses Diner als Beispiel.«

Er stützte sich mit den Ellbogen auf dem Tisch ab, beugte sein Gesicht zu meinem und kam mir dabei so nah, dass ich seinen Duft nach Waschmittel einatmete.

Für den Bruchteil einer Sekunde hingen meine Augen an seinen, seine an meinen, mein Herz begann zu schlagen, ganz wild, ganz schnell, so als wollte es flüchten, nur um dann ganz plötzlich stehen zu bleiben.

Einfach so.

Unsere Blicke blieben verfingen, das Lied, das ich nicht kannte, spielte weiter, irgendetwas mit *Poison* und ich konnte nicht anders, als jedes Detail von Alec in mich einzusaugen.

Ich fing bei seinen dunklen Augen an und fragte mich, ob auch nur einer seiner Frauen aufgefallen war, dass das Schwarz manchmal aufblitzte und nicht ganz so abgrundtiefdunkel aussah. Alec hatte sechs Sommersprossen um seine Nase, sie waren leicht verblasst und fielen einem nur auf, wenn man ganz genau hinschaute. Und ich schaute genauer hin, das war doch das, was Alec gewollt hatte, oder nicht? Doch ich konnte nicht weiter genauer hinschauen, weil er aus dem Nichts meinen Namen flüsterte. Seine raue Stimme warf mich aus der Bahn und ich fragte mich, ob sich Freiheit nicht manchmal wie aus der Bahn geworfen anfühlte.

»India.« Er schluckte.

Die Welt blieb stehen, und ich verstand nicht, wieso. Alec hatte nur meinen Namen gesagt. Ein Haufen von Leuten sagte dauernd meinen Namen. India hier, India da, India sollte breiter für die Familienporträts lächeln und India sollte öfter lächeln, wenn Jared zu Besuch ist, India sollte aufhören zu reden, wenn sie von ihren Geschichten erzählen will und India sollte aufhören, Geschichten zu schreiben. Doch diese India gab es nicht mehr. Sie war mir fremd, denn ich war jetzt frei und Nur-India. Nur-India schrieb gerne Geschichten, vor allen Dingen eine Geschichte in einem heruntergekommenen Diner mit Alec Carter, ohne überhaupt wirklich zu schreiben.

Er sah mich weiter an und ich hatte das Gefühl, ich würde keine Geschichten mehr schreiben, sondern wirklich eine erleben. Eine Geschichte, in der es nur ihn und mich, meinen Herzschlag und den Klang meines Namens gab, wenn Alec ihn aussprach.

Ich fragte mich, ob Alec das auch spürte. Dieses Bedürfnis, keine Geschichten mehr zu schreiben, sondern eine wirkliche zu erleben, in der wir mehr als Freunde wären. Ich zumindest spürte es auf jedem Quadratzentimeter meiner Haut. Und das machte mir Angst. Ich wollte Personen erfinden, Charaktere selbst entwerfen, so wie sie mir gefielen und nicht einem Alec Carter verfallen, der mit Frauen schlief, die überrascht waren, wenn er ihre Namen wusste.

»Kann ich euch sonst noch etwas bringen, Kinder?«

Ich lag falsch, die Welt drehte sich weiter, hatte sie schon immer, während Carols Stimme so laut schallte, dass ich mir am liebsten die Ohren zugehalten hätte.

Alec schüttelte den Kopf, seine gebräunte Haut war plötzlich blass. Er lehnte sich so weit in dem Stuhl zurück, dass er fast nach hinten kippte.

»Alec?«, fragte Carol, die Furche zwischen ihren Augenbrauen saß tief.

»Carol?« Er räusperte sich, vergebens, seine Stimme kratzte weiterhin.

»Kann ich euch noch etwas bringen?« Sie sprach die Worte laut und langsam und machte den Eindruck, als wäre sie sich nicht sicher, ob Alec ihre Sprache verstand.

»Nein«, sagte er, sein Blick gesenkt auf die weiße Serviette. »Alles bestens.«

Carol nickte, schnappte sich die schmutzigen Teller und übersah unsere leeren Gläser.

»Also.« Mein Nachbar faltete seine Hände zusammen, brennende Blicke, wichtige Fragen und unser Moment natürlich vergessen. »Hättest du jemals gedacht, dass dieses Diner die besten Pancakes deines Lebens backt?«

Seine Lippen zitterten, während er lächelte und so tat, als wäre die Welt nicht gerade für uns beide stehengeblieben. Vielleicht hätte ich mein Hauptfach wechseln und eine Karriere als Schauspielerin einschlagen sollen. Denn wie ich fast gleichgültig mit den Schultern zuckte, das Brennen in meinem Körper und das Verlangen meines Herzens ignorierte, war wirklich oscarreif.

»Und da hast du schon deinen Beweis! Wenn du nämlich ehrlich zu dir selbst bist, gibst du zu, dass du dieses Diner als ein schäbiges Lokal abgestempelt hast, in dem sich Alkoholiker schon vor neun am Morgen den Whiskey reinkippen«, sagte er mit einem Lächeln zwischen seinen Worten und in seinen Augen. Das faszinierte mich. Wenn Alec Carter etwas erzählte, von dem er überzeugt war, dann war sein kompletter Körper davon begeistert; seine Augen fingen an zu glänzen, das Lächeln auf seinen Lippen wirkte nicht gezwungen, der Klang seiner Stimme war hell.

»Obwohl dieses Diner wahrscheinlich nicht mehr als fünfzehn Besucher am Tag hat, hat es trotzdem die besten Pfannkuchen!«

»Faszinierend«, murmelte ich.

»Ja.« Alec grinste. »Das finde ich auch.«

Einen Moment herrschte Stille, doch ich lernte schnell, dass Alec nie der Beste im Nichtstun werden würde. Er brauchte stets etwas zu tun, griff sich eine weitere Serviette aus dem Halter und begann, sie zu zerkleinern.

»Wir sollten weitermachen«, flüsterte er nach einer Weile und fuhr sich mit der rechten Hand durch seine roten Haare, während ein kleiner Schnipsel Serviette an seinem Zeigefinger klebte.

Ich nickte. Das sollten wir, denn ich musste mich davon ablenken, dass mein Herz es ernst gemeint haben könnte und wirklich nur noch Geschichten über Alec Carter schreiben wollte.

»Also, was steht heute auf dem Stundenplan, Herr Lehrer?«

»Herr Lehrer«, wiederholte er mit zuckenden Mundwinkeln.

Alec wackelte mit den Augenbrauen und wir beide lachten. Ich mochte das. Der Klang seines kehligen Lachens und der von meinem. Sein Lachen und meins zusammen.

»Wir entwerfen heute eine Charakterskizze zu einem Besucher. Ich will einen kompletten Charakterbogen. Frag dich, was eine Person wohl erlebt hat, damit sie sich um neun Uhr morgens bereits das zweite Glas Schnaps bestellt. Erkenne das Besondere in einer Person, gut und schlecht, denk über die Gedanken nach, die, die sie direkt nach dem Aufwachen und vor dem Einschlafen hat, vielleicht sogar an die, die sie hat, während sie das Diner betritt. Möchte deine Person hier sein? Kämpft deine Person gegen den Drang an, sich vor Mittag zu betrinken? Ist es ihr egal? Wenn ja, was ist ihr noch egal? Etwa das, was andere über sie denken? Sogar das, was zwei angehende Schriftsteller denken könnten? Du sollst –«

»Ich soll eine authentische Person beschreiben, eine Person mit Makeln, eine Person mit Stärken. Eine Person, die zum Beispiel an Tisch Zwei sitzen könnte.«

»Genau.« Er nickte zufrieden. »Worauf wartest du, India? Fang an, zu schreiben.«

»Und was machst du in der Zeit?«

»India, India«, seufzte er mit gespielter Enttäuschung. »Natürlich schreibe ich auch, das ist doch klar.«

»Worüber?«

»Über dich.«

»Über mich?«

»Ich finde dich interessant.« Alec zuckte die Schultern, seine Augen klebten auf den Fetzen der kaputten Serviette.

»Der Schriftsteller in dir oder du selbst?«

»Ich ziehe meine Vermutung von letzter Woche zurück. Du hast keinen Stalker. Fragt sich nur, was du dann versteckst.«

Natürlich ignorierte er meine Frage, was hatte ich auch erwartet?

»Ich verstehe nicht, wieso du überhaupt gedacht hast, ich hätte einen Stalker.«

»Das bleibt wohl ein Rätsel für dich und ein Geheimnis für mich«, sagte er. »Schwänzt du heute zum ersten Mal etwas?«

Ich schüttelte verwirrt den Kopf.

»Erzähl mir von dem anderen Mal.«

»Woher willst du wissen, dass es nur einmal war?«

»War eine Vermutung. Und anscheinend liege ich goldrichtig. Also erzähl mir darüber.«

»Unter einer Bedingung.«

»Die da wäre?«

»Ich bekomme auch ein Geheimnis von dir.«

»Dass du geschwänzt hast, ist ein Geheimnis?« Er hob eine seiner dichten Augenbrauen.

Ich zuckte die Schultern. »Du kannst nicht entscheiden, was für mich ein Geheimnis ist oder was nicht. Also?«

Alec musterte mich eindringlich. »Okay«, sagt er schließlich. »Du beginnst.«

Ich lächelte, als ich an Andy dachte. Sie war die Tochter unserer Haushälterin Marabella und meine beste Freundin. Wir hätten unterschiedlicher nicht sein können. Ich bekam einen Sonnenbrand, wenn wir nur zehn Minuten auf der Wiese in dem riesigen Garten lagen, sie hatte selbst bei drei Wochen Regenwetter so gebräunte Haut, dass man meinen könnte, sie wäre gerade auf Kuba gewesen. Andys richtiger Name war Andrea Martina Sanchez und sie war noch nie auf Kuba gewesen. Auch nicht in Argentinien, wo ihre Mutter ursprünglich herkam, und sie hatte noch nie ein Problem damit gehabt, zu sagen, wenn ihr etwas nicht gefiel. Eine strenge Frisur, die sie nicht tragen wollte, dass sie es hasste, nicht zu wissen, wer ihr Vater war und dass es ihr so was von egal war, dass die meisten unserer Mitschüler das Gesicht über ihre verwaschenen Klamotten und ihren Nachnamen verzogen. Andy war die Beste darin, Streitigkeiten mit den beliebten Mädchen anzufangen, wenn sie sie aufzogen, und sie war die Beste darin, mir zu sagen, dass ich mutiger sein sollte. Und sie war auch gut darin, glücklich zu sein, wenn die meisten es nicht gekonnt hätten. Andy sagte immer, man wäre so reich, wie man sich fühlte, und sie hätte beschlossen, sie wäre die reichste Person auf der Welt. Deshalb wäre sie so glücklich. Mit drei Dollarscheinen in ihrem Portemonnaie und den einsamen Gummibärchen darin, weil sie meinte, rote Gummibärchen brächten Glück. Andy und ich wuchsen gemeinsam wie Schwestern auf, weil ihre Mutter auf mich aufpasste, wenn meine Eltern etwas zu tun hatten. Was sie natürlich immer hatten, Bürgermeister sein, sich vor mittags einen Cocktail zu genehmigen, auf Geschäftsreise gehen, sich beim Shoppen über den neusten Tratsch auszutauschen. Das natürlich besonders dann, als ich noch zur Schule ging und die meiste Zeit Barbiefilme schauen wollte. Andy war für mich wie eine Schwester, die ich nie gehabt hatte, und ich vermisste sie.

Das alles erzählte ich Alec nicht. Denn das wäre mehr als ein Geheimnis gewesen. Stattdessen erzählte ich ihm von dem Tag, an dem William Robert Robertson, der Sohn des Vizebürgermeisters, Andy für Roberta Nichols verlassen hatte; seine Eltern hatten gewollt, dass er sich ein Mädchen »aus ihren Kreisen« suchte, er wollte, dass seine Eltern ihn mochten, und hörte deshalb auf, Andy zu mögen. William machte in der Pause nach der vierten Stunde auf der Raucherbrücke mit Andy Schluss, sie brach auf dem Klo zusammen und übergab sich. Ich hielt ihr die Haare, ihr lautes Schluchzen klang so gequält, dass ich es nie vergessen würde und als es zur nächsten Unterrichtsstunde klingelte, sagte ich: »Lass uns gehen, Andy. Du brauchst Ablenkung.« Die Ablenkung bestand aus McFlurrys mit doppeltem Topping bei McDonalds und *Big Girls Don't Cry*, das wir beide mit je einem Kopfhörer bis zum Nachmittag hörten. Meine Eltern erhielten einen Anruf von meiner Schule und ich erhielt für einen Monat Handy-Entzug.

»Deine Eltern haben dir für einen Monat dein Handy weggenommen, weil du die Schule geschwänzt hast, um mit deiner traurigen Freundin ein Eis bei McDonalds zu essen?« Alec sah mich kopfschüttelnd an.

Ich seufzte. »Nein, sie nahmen es mir weg, weil ich die Schule geschwänzt hatte. Sie wussten nicht, warum. Ich habe ihnen keinen Grund genannt. Das ist also das Geheimnis.« Ein weiteres Geheimnis war, dass ich mich meinen Eltern gegenüber so fremd gefühlt hatte, dass ich es ihnen nicht erzählen konnte, obwohl sie mich mit Fragen gelöchert hatten. Und Alec erzählte ich nichts von meinen reichen Eltern und, dass Andy die Tochter unserer Haushälterin war. Ich nannte sie eine Freundin. Das war noch ein Geheimnis.

Ich hasste diese Leere, die ich links von meiner Brust pochen spürte. Wie es Andy wohl ging? Was machte sie gerade? Ich ärgerte mich darüber, dass ich ihr nicht einmal eine Nachricht schicken konnte. Aber wahrscheinlich überwachte ihre Mutter ihr Handy, weil meine Eltern Marabella darauf angesetzt hatten. Alle wussten, wie unzertrennlich Andy und ich waren. Mit Sicherheit hatten meine Eltern Andy bereits verhört, ihre Methoden dabei härter als die des FBIs; hätten meine Eltern gewusst, wo genau ich mich aufhielt, hätten sie alles in Bewegung gesetzt, um mich nach Hause zu holen. Aber Andy hatte dichtgehalten, schließlich war ich noch hier. Wie damals, als ich zum ersten Mal geschwänzt hatte. Jetzt schwänzte ich hier in New York. In Freiheit.

Alec räusperte sich und durchstach meine Gedanken mit seiner tiefen Stimme. »Lass uns das hier schnell hinter uns bringen. Also, mein Geheimnis besteht darin, dass –«

»Interessiere ich dich als Schriftsteller oder als den wirklichen Alec?« Ich sah ihm fest in die Augen, als ich ihn unterbrach. »Ich will dieses Geheimnis wissen.«

»Du kannst nicht entscheiden, welches Geheimnis ich dir verrate.«

Ich hob eine Augenbraue. »Klar, kann ich das. Du hast dasselbe auch bei mir gemacht.«

Seine Lippen, die sich aufeinanderpressten.

Seine schwarzen Augen, die mich anstarrten.

Sein Adamsapfel, der auf und ab hüpfte.

Seine Stimme, die kratzte, als er sagte: »Ich weiß es nicht.«

Natürlich wollte ich weiter nachhaken, aber er fügte sofort hinzu: »Und jetzt schreib, mein neugieriger Lehrling.«

Ich sagte ihm nie, dass er der Neugierige von uns beiden war.

Kapitel 9

»People don't want to hear the truth
because they don't want their illusions destroyed.«

Unknown

Alec

Ich steckte nicht in Schwierigkeiten.

Löffel Nummer sechs mit gehäuftem Kaffeepulver landete in meiner Tasse mit dem kalten Wasser. Dieses Mal hatte ich eine Tasse ohne Henkel nehmen müssen; die heile gesellte sich immer noch zu dem schmutzigen Geschirr, das seit zehn Tagen keinen gelben Schwamm mit Reinigungsmittel gesehen hatte.

Ich steckte nicht in Schwierigkeiten.

Ich schlurfte zu meinem Fenster, sah den dunklen Himmel und das helle New York. Es war nach Mitternacht, ich gähnte, aber wollte nicht in mein Bett. Mein Bett war keine Oase der Ruhe. Wenn ich auf meiner Matratze lag, spielten meine Gedanken verrückt, weil ich mich unter der Bettdecke nicht vor ihnen verstecken konnte. Mit meinem Kopf auf dem Kissen prasselten meine Gedanken wie starker Regen auf mich ein und hätten mir von meiner Nachbarin erzählt, bei der mein Herz verrücktspielte.

Ich fuhr mir durch die Haare und konnte nicht verneinen, dass India mir zu nah ging, sogar unter die Haut, und das war neu und verdammt noch mal nicht akzeptabel. Und vor allen Dingen konnte ich nicht mehr bestreiten, dass meine Nachbarin jedes Atom meines Daseins inspirierte. Obwohl sie mir keine drei Geheimnisse verraten und ich nicht mit ihr geschlafen hatte. Doch ich fühlte sie trotzdem. Die Gedanken, die sie nicht aussprach. Die Gefühle, die ihre Wangen in meiner Anwesenheit stets zum Glühen brachten. Zumindest redete ich mir das ein.

Also hatte sich mein Plan gefestigt: Ich würde eine Kurzgeschichte über sie schreiben. Ich musste einfach Worte über India Thomson tippen; anders würde sie mir nicht aus dem Kopf gehen. Ich musste sie aus meinem Kopf in meinen Computer bringen, dort war sie sicher. Aber das Problem war, dass ich sie noch nicht durchschaute. Und das musste ich, wenn meine Protagonistin wie sie sein sollte. Ich musste meine Charaktere verdammt noch mal verstehen, um ihre Geschichte zu erzählen.

Es gab einfach gar keine andere Möglichkeit, als mehr Zeit mit India zu verbringen, schließlich war meine Protagonistin von ihr inspiriert. Es führte einfach kein Weg darum herum, dass ich öfter etwas mit India unternehmen musste.

Ich fuhr mir mit der freien Hand abermals durch meine Haare, seufzte und schloss die Augen.

Himmel, okay! Ich gab es zu, India interessierte nicht nur den Schriftsteller in mir. Aber das war nicht schlimm, denn wir waren nur Freunde mit demselben Drang zum Schreiben.

Das war alles.

Dieses Interesse würde vorbeigehen.

Und ich würde derweil mehr Zeit mit India verbringen, weil ich für meine Geschichte recherchieren musste.

Ich steckte nicht in Schwierigkeiten, es war alles nur Recherche.

Ich steckte verdammt noch mal nicht in Schwierigkeiten!

Kapitel 10

»The details are not the details,
they make the design.«

Charles Eames

India

Ich lebte seit fünf Tagen in Freiheit und hätte sie nicht besser ausnutzen können, als mit einer Jogginghose und einem Eimer Ben
& Jerry's vor meinem Laptop zu sitzen. Ich sah mir die neueste
Folge von meiner Lieblingsserie *Modern Family* an, die mich selbst
an meinen schlimmsten Tagen zum Lachen brachte. Gespannt
leckte ich den Löffel ab und fragte mich, ob Dylan Marshall in
dieser Folge noch auftauchen und eins seiner Lieder singen würde;
er war mein Lieblingscharakter, selbst wenn ein Toastbrot mehr
Gehirnzellen als er vorzuweisen hatte. Als es jedoch an meiner Tür
klopfte, ließ ich vor Schreck beinahe das Eis fallen. Ich drückte
auf Pause und stellte das Eis auf der Spüle ab. Ich war mir sicher,
dass es eines der vielen Nachbarskinder sein musste, die es lustig
fanden, mir Klingelstreiche zu spielen. Und genau deshalb war
ich umso überraschter, als ich die Tür öffnete und in die dunklen
Augen meines Nachbarn starrte.

Alec trug zerrissene Jeans, grüne Chucks und einen grauen
Hoodie.

Ich schluckte. »Alec?«

Mein Nachbar antwortete mir nicht und man hätte meinen

können, er hätte mich nicht gehört. Denn sein Blick wanderte beinahe wie hypnotisiert von meinen nackten Füßen, zu meiner Jogginghose in Pink bis zu meinem schwarzen Top, das groß und rund ausgeschnitten war. Mir wurde heiß, als mir bewusst wurde, dass ich keinen BH trug.

Alecs schwarze Augen verweilten einen Moment zu lange auf meinen Brüsten, bevor er seinen Blick hastig und ertappt abwandte und seine Wangen dabei so rot wie die Haare auf seinem Kopf wurden.

»Alec«, versuchte ich es ein weiteres Mal. »Was machst du hier?«

Er räusperte sich. »Ich hole dich ab.«

Ich kräuselte die Augenbrauen verwirrt zusammen. »Die Wände, die unsere Wohnungen trennen, sind dünn. Es kann keine Überraschung sein, wenn ich dir beichte, dass ich über deine nächtlichen Aktivitäten bestens Bescheid weiß. Aber wir haben trotzdem nach elf, und Menschen, die morgen um acht Vorlesung haben, gehen gleich schlafen.«

Die Röte auf seinen Wangen verblasste, auf seinen Lippen lag ein schiefes Grinsen. »Weiß ich, India. Aber genau genommen haben wir es eilig. Könnten wir uns diese Diskussion sparen und zu dem Part vorspulen, wo du dich umziehst?«

Ich seufzte und hätte einfach »Nein, Alec. Wir haben fast Mitternacht und ich muss morgen um sieben Uhr aufstehen« sagen sollen. Doch etwas in seinem ungeduldigen Blick hielt mich davon ab. Vielleicht lag es an der Tatsache, dass Alec und ich Freunde waren. Irgendwie zumindest. Wer wusste das schon.

Also sagte ich: »Okay, ich bin ich fünf Minuten fertig.« Ich schlug ihm die Tür vor der Nase zu und zog mir zuerst einen BH an, dann Jeans und einen dicken Pullover über. Bevor ich meinen Schlüssel in die Tasche stopfte, erhaschte ich einen Blick in den Spiegel und bemerkte, dass nicht nur Alecs Wangen sich rot verfärbt hatten.

»Wohin gehen wir eigentlich?«, fragte ich, als ich die Tür öffnete und Alec sich von der ersten Treppenstufe erhob.

»Wir arbeiten an unserem Schreiben.«

»Wir?«

»Wir«, bestätigte er, bevor wir die Treppen hinuntergingen.

Ich hatte mich daran gewöhnt, dass unser Treppenhaus stets laut war; Kinder, die herumtobten, ständig jemand, der seine Einkaufstüten in eines der letzten Stockwerke schleppen musste und dabei auf Spanisch fluchte. Doch jetzt war das Gebäude dunkel und leer, während ich feststellte, dass laut, verrückt und nervig mir besser gefiel.

»Wir müssen zur Subway«, sagte Alec, als wir die kühle Nachtluft einatmeten und Richtung Haltestelle liefen.

»Wohin fahren wir?«

»Der Weg ist das Ziel.«

»Ist dir bereits aufgefallen, dass du manchmal wirklich in Rätseln redest?«

»Baby, ich will Schriftsteller werden, natürlich rede ich in Rätseln.«

»Hast du mich gerade Baby genannt?«

»Nein«, sagte Alec zu schnell. »India. Ich habe India gesagt. Ich glaube, da muss sich wohl jemand die Ohren waschen.«

»Die Ohren waschen?« Ich schüttelte den Kopf.

Alec zuckte die Schultern, und wir schwiegen. Wir gingen über rote Ampeln, weil keine Autos in Sicht waren und Alec keine Zeit verschwenden wollte. Keine zehn Minuten später erreichten wir die Haltestelle und scannten unsere Fahrkarten ein.

»Ich finde, wir sollten eine weitere Runde von diesem Geheimnisspiel einleiten.«

Alec blieben stehen. Abrupt, mit einem tiefen und undurchschaubaren Blick, den ich nicht verstand. Und auch nie verstehen würde.

Recherche, redete ich mir ein, als ich auf Indias Frage nickte.

»Ich habe gesehen, dass in deiner Barnes-and-Noble-Filiale Mitarbeiter Buchempfehlungen auf Kärtchen schreiben, die sie dann an den Buchumschlag heften«, sagte sie, während wir vor der Anzeigetafel stehen blieben. »Hast du auch eine Rezension geschrieben?«

»Es ist irgendwie kein wirkliches Geheimnisspiel ist, wenn du dir immer aussuchst, was genau du hören möchtest. Findest du nicht?«

»Findest du wirklich, dass das eine Rolle spielt? Du willst eines meiner Geheimnisse, ich will eines von deinen wissen. Macht es nur spannender, wenn wir aussuchen können, welches wir bekommen. *Findest du nicht?*« Sie hob eine Augenbraue.

Ich seufzte. India hatte recht. »Na schön. Aber nur damit ich das richtig verstehe: Du hättest theoretisch jede Frage der Welt stellen können und du fragst mich nach Buchempfehlungen?«

»Hey, du darfst dich nicht über meine Frage lustig machen!« India verschränkte die Arme vor der Brust, als sie sah, wie meine Mundwinkel zuckten. Sie erinnerte mich dabei an meine kleine Schwester Sophia, was mich wiederum daran erinnerte, dass ich mich wieder zu Hause in Jersey blicken lassen musste.

Automatisch presste ich die Lippen aufeinander. Ich wollte nicht nach Hause. An den meisten Tagen versuchte ich zu verdrängen, dass ich ein Zuhause hatte. Nur leider scheiterten die Versuche jedes Mal aufs Neue, weil ich sehr wohl ein Zuhause besaß, in dem meine über alles geliebte Schwester wohnte.

»Habe ich etwas Falsches gesagt?« India legte den Kopf schief. Sie kam mir einen Schritt näher und streckte die Hand so aus, als würde sie sie auf meine Schulter legen. Mein Herz schlug allein bei dem Gedanken daran schneller, und ich musste schlucken, weil ich wollte, dass India Thomson mich berührte. Doch im letzten Moment zog sie ihre Hand zurück, während ich mich fragte, ob sie sich daran erinnert hatte, dass wir nur Freunde waren.

Ich räusperte mich. »Nein.«

»Nein zu was?«

»Nein, ich habe keine Empfehlung zu einem Roman geschrieben.«

»Warum nicht?«

India verzog das Gesicht, ich sah aus dem Augenwinkel, wie drei ältere Damen in Sportanzügen an uns vorbeigingen, die je einen Hund in den Armen hielten, und fragte mich, was sie überhaupt noch auf den Straßen zu suchen hatten. Und dann erinnerte ich mich daran, dass diese drei Seniorendamen der Grund waren, warum India und ich überhaupt um Mitternacht eine Subway nehmen würden.

»Das ist ganz einfach«, erwiderte ich. »Ich lese keine Bücher.«

Indias Mund öffnete sich, nur um sich wieder zu schließen.

»Wie kann man schreiben, ohne das Lesen zu lieben?« Sie schüttelte den Kopf, so als wäre sie sich nicht sicher, ob es mich wirklich gab oder ich nur in ihrem Kopf existierte.

»Du verstehst das nicht, India. Das Problem ist, dass ich lesen will, aber nicht kann. Das Schreiben hat mir das Lesen versaut. Jedes Mal, wenn ich etwas lesen möchte, schweife ich bei den ersten drei Wörtern schon ab und finde mich bei meinen eigenen Charakteren wieder. Oder überlege, wie ich einen Satz anders geschrieben oder ein anderes Verb benutzt hätte. Wenn ich etwas lese, bin ich nur am Kritisieren. Manchmal fühlt es sich wie ein Fluch an. Deshalb lasse ich es einfach ganz.«

India studierte mich schweigend und viel zu eindringlich.

»Links oder rechts?«, fragte ich schließlich, weil wir endlich mit unserer heutigen Nachtstunde anfangen mussten, weil es notwendig war, dass wir weiterkamen, weil wir nicht stehenbleiben durften. Meine Augen verharrten nämlich immerzu an ihren Lippen, und das war gefährlich. Genau deshalb durften wir nicht verweilen. India und ich mussten rennen, das Ziel vor unseren Augen nie vergessen.

»Rechts?« Keine Antwort, eine Frage.

Doch das war okay, denn ich griff ihren Arm und führte sie

auf die rechte Seite hinunter zu den Gleisen. Unten angekommen, ließ ich sie los, weil sich das so für Freunde gehörte. Doch eigentlich hätte ich schon viel früher loslassen sollen, aber was sollte ich schon machen? Ich war Sklave meiner verfickten Gefühle, weil etwas in mir India mit ihren roten Spitzen, die sie viel zu gefährlich für mich machten, mochte.

»Das Gute an New York ist, dass man selbst mitten in der Nacht nicht lange auf die Subway warten muss«, rief ich über das Quietschen der Gleise, als der Zug in Richtung Times Square vor uns hielt. Wir stiegen ein, und ich lächelte. Ich hatte die Subway bei Nacht schon immer viel lieber gemocht; freie Sitzplätze, keine schwitzigen Körper, die sich an meinen drückten. Ich führte India zu zwei freien Sitzplätzen, die sich in der Mitte des Abteils befanden. Der Platz war perfekt, weil man von hier einen Blick über das gesamte Abteil hatte.

»Du weißt, dass du mich jetzt auch etwas fragen darfst, oder?«

Der Zug setzte sich in Bewegung. Meine Augen fokussierten den Mann, der sich an einer silbernen Metallstange festhielt, obwohl die Hälfte der Plätze unbesetzt war und der Zug erst in acht Minuten das nächste Mal halten würde.

Interessant.

»Weiß ich, aber meine Frage kann warten, denn jetzt beginnt unsere Unterrichtsstunde«, sagte ich und kramte mein Handy hervor.

»Weißt du nicht, wie unhöflich es ist, an seinem Handy zu spielen, wenn man sich mit jemandem unterhält?« Indias Ton war scherzend. Hätte ich diese Bemerkung gemacht, wäre sie nicht lustig gewesen, es war nämlich unhöflich.

»Nein, das hat mir noch keiner gesagt. Und weißt du auch wieso? Weil alle zu beschäftigt mit ihren eigenen iPhones sind. Aber trotzdem musst du dein Handy jetzt auch rausholen. Wir haben nichts zum Schreiben dabei und ehrlich gesagt, ist mein Handy zu meinem richtigen Notizbuch geworden.«

India schüttelte verwirrt den Kopf, doch holte trotzdem ihr Handy hervor.

»Machen wir ein Beispiel gemeinsam.« Ich deutete mit dem Kopf unauffällig auf den stehenden Typ, der mir bereits aufgefallen war. »Warum steht er wohl lieber, als zu sitzen?

»Vielleicht hat er einen Job, bei dem er viel sitzt.«

»India.« Ich schüttelte den Kopf. »Streng dich ein bisschen an. Gib mir mehr. Mehr Drama, mehr anders, mehr besonders.«

»Gut.« India faltete die Hände in ihrem Schoß zusammen. »Der Mann hat sich keinen Platz gesucht, weil er es kaum abwarten kann, aus der Bahn zu steigen.«

»Weil?«

Indias Augen lagen konzentriert auf dem schwarzhaarigen Mann. Er lächelte, während er auf der Tastatur seines Handys tippte. »Weil seine große Liebe darauf wartet, ihn abzuholen. Heute ist ihr Jahrestag und das wollen sie feiern.«

»Und wie feiern sie?«

»Na ja«, murmelte sie und wandte mir das Gesicht zu. Ich hingegen schluckte, weil ich bemerkte, dass das Grün ihrer Augen viel zu bunt für mich war. »Das, was Paare so tun, wenn sie ihren Jahrestag haben.«

»Was machen Paare denn so an ihren Jahrestagen?«

»Ähm …« India strich sich verlegen eine Haarsträhne hinter die Ohren. »Ich weiß nicht. Ich hatte noch nie einen Jahrestag.«

»Noch nie so lange durchgehalten?«, fragte ich möglichst beiläufig. Ich war ein Masochist, aber Nur-Freunde fragten so was bestimmt.

»Nein, ich hatte einfach noch nie einen Freund.«

India senkte den Blick auf ihre Jeans, so als wäre ihr das peinlich. Und ich wollte sie nicht weiter quälen, wenigstens war ich kein Sadist. Die Subway rauschte weiter auf den Gleisen, das Geräusch stach in meinen Ohren und ich konnte India nur wie ein sprachloser Idiot anstarren. Ich meine, India war fucking verdammt perfekt! Ihre schüchterne Angewohnheit, sich die Haare hinter die Ohren zu streichen, ihr Lächeln, das so strahlte, als wäre die Welt kein dunkler Ort, an dem Arschlochautoren Tinderdates zu sich einluden, um Inspiration zu sammeln, die Art, wie sie meinen Namen aussprach, als wäre er etwas Schönes und ich nichts Hässliches, das man in jedem Fall vermeiden sollte. Wie konnte es verdammt noch mal sein, dass sie noch nie einen Freund gehabt hatte? Und wenn sie noch nie in einer Beziehung gewesen war, hieß das, sie hatte noch nie mit jemandem geschlafen? Meine Kehle wurde trocken, auf meiner Zunge lagen Worte, die ich eigentlich tippen wollte, aber ich hatte meinen Laptop nicht dabei, nur India, die mich vielleicht sogar verstehen könnte. Doch noch bevor ich etwas fragen konnte, was ich mit Sicherheit gleich darauf bereut hätte, ergriff sie das Wort.

»Sich vielleicht im Kino den neusten Hollywoodstreifen ansehen, schick essen gehen und hinterher bestimmt miteinander schlafen.«

»Miteinander schlafen?« Meine Stimme klang so rau, dass sie mir fremd war.

»Ja.« Die Furche zwischen ihren Augenbrauen saß tief. »Das machen Paare bestimmt an ihrem Jahrestag, meinst du nicht?«

»Also glaubst du, dass dieser Typ gleich sehr befriedigenden Sex haben wird?«, fragte ich, weil ich mich wieder aufs Wesentliche konzentrieren musste, zurück zu meiner Recherche finden wollte, um zu vergessen, wie sehr es mich interessierte, ob irgendein anderer Mann India bereits zum Kommen gebracht hatte. Dieser andere Mann war übrigens auch ein Jemand, über den ich nicht genauer nachdenken wollte. Die Subway fuhr eine Kurve, ich rutschte wie automatisch näher an India heran. Wir saßen nun so nah beieinander, dass mein Atem ihrem Nacken eine Gänsehaut verpasste. Ich bemerkte ein kleines Muttermal neben ihrem linken Ohrloch, während ich wusste, dass meine namenlose Protagonistin an genau der gleichen Stelle ebenfalls eines haben würde. Plötzlich drehte India mir das Gesicht zu und das Herz in meiner Brust fuhr eine so gewaltige Kurve, dass sich alles in mir drehte.

Sie und ich verharrten Sekunden genau so. Ihre Augen in meinen, mein Herz viel zu schnell und unsere Lippen nur Millimeter voneinander entfernt. Ich wandte mich mit all meiner Willenskraft ab, als ich spürte, wie etwas in meiner Hose größer wurde, das definitiv bei keiner meiner Nur-Freundinnen größer werden sollte, und hörte, wie mein Herz mit einer noch größeren Kurve protestierte.

»Wie auch immer«, sagte ich schließlich. »Ich denke, du hast das Prinzip verstanden. Hast du noch Fragen?«

Sie schüttelte den Kopf, ich holte tief Luft. Ihr Geruch von Vanille strömte mir in die Nase. Ich hatte diesen Geruch noch nie gemocht. Doch warum zum Teufel wollte ich dann meine Nase in ihren Haaren vergaben und jedes Stück ihrer Haut aufsaugen? Fragen über Fragen, auf die mir nie jemand eine Antwort verriet, während ich mich nicht traute, mir selbst welche auszudenken.

India und ich fuhren zweimal bis zu der Endstation und wieder zurück.

Ich mochte das Schreiben in der Subway. Es war effektiv; an fast keinem Ort gab es so unterschiedliche Menschen wie hier. Gleichzeitig war es herausfordernd, schließlich wusste man nie, wann die Person, die man ins Visier genommen hatte, aussteigen würde. Es war immer ein Wettkampf gegen die Zeit; man wollte so viele Details wie möglich einfangen, bevor der Moment von einem anderen abgelöst wurde. Manchmal beobachtete ich, wie Indias Augen die lauten Personen studierten. Die Personen, die durch ihre bunte Kleidung, gepiercten Lippen, lauten Gespräche und ausdrucksstarken Gesichter auffielen. Vor wenigen Jahren waren mir diese Charaktere auch stets in das Auge gesprungen.

Doch mittlerweile war es anders.

In jedem Raum suchten meine Blicke die leisen, fast unscheinbaren Menschen. Die Personen, die alles dafür gaben, um im Hintergrund zu bleiben und von keinem bemerkt zu werden. Aber sie hatten die Rechnung ohne mich gemacht, denn ich entdeckte und durchschaute jedermann. Vor dem Schriftsteller in mir konnte sich niemand verstecken.

Kapitel 11

»The Problem is,
if I kissed you,
I don't think I'd be able to stop.«

Unknown

India

Ich putzte mir die Zähne und wischte mir den Mund am Handtuch ab, als es an meiner Tür klopfte. Noch bevor ich das Badezimmer verließ, wusste ich, dass es nur eine Person gab, die jetzt vor meiner Haustür stehen konnte.

Alec.

Und das, obwohl wir uns erst vor weniger als einer halben Stunde voneinander verabschiedet hatten.

Ich zog die Tür auf, starrte in pechschwarze Augen und sagte: »Alec, was machst du hier?«

Natürlich ignorierte er meine Frage und vergrub die Hände stattdessen in der Bauchtasche seines grauen Pullovers.

»Wenn wir keine Freunde wären. Sagen wir, wir wären Fremde. Wären uns heute in der Subway zum ersten Mal begegnet. Nehmen wir an, ich hätte mich neben dich gesetzt, und … und wir hätten da etwas gespürt. Etwas zwischen uns.« Er machte eine Pause und hielt meine Augen fest mit seinen. »Wenn ich meinen Kopf zu deinem gesenkt und versucht hätte, dich zu küssen.« Er schluckte, sein Adamsapfel tanzte auf und ab. »Hättest du den Kuss erwidert?«

Alec löste seinen Blick keine Sekunde von mir.

Ich schloss die Augen. »Ja.«

Mein Nachbar nickte und gab mir keine Erklärung für sein Erscheinen oder seine Frage. Er starrte mich nur Minuten weiter an, bevor er wortlos verschwand. Das Geräusch seiner sich schließenden Tür war der einzige Beweis, dass ich nicht geträumt hatte. Es vergingen mehrere Momente, in denen ich verloren in die Dunkelheit des leeren Treppenhauses starrte. Zwischen der Stille und meinem pochenden Herzen, konnte ich nicht mehr verleugnen, dass es egal gewesen wäre, ob Alec und ich Fremde, Freunde, Feinde oder Liebende gewesen wären.

Ich hätte ihn immer zurückgeküsst.

Kapitel 12

»Never a victim;
forever a fighter.«

Unknown

Alec

»Sie wissen, dass ich Sie mag.«

Ich nickte; ich wusste, dass Mr. Fallon mich mochte. Das Wieso war mir ein Rätsel, doch das spielte keine Rolle, denn der gefürchtetste Dozent meiner Fakultät mochte mich.

Er beäugte mich kritisch unter seinen buschigen Augenbrauen, während er die Hände auf seinem massiven Schreibtisch zusammenfaltete, der fast die Hälfte seines Büros einnahm; neben ihm lagen unzählige Stapel von Mappen, obwohl ich dachte, dass die meisten Studenten ihre Texte mittlerweile per Mail einsendeten.

Ich wusste, was jetzt kam.

»Aber Sie müssen etwas Neues ausprobieren, Mr. Carter. In weniger als einem Jahr haben Sie Ihren Abschluss. Dann gibt es keine Dozenten mehr, die Ihnen sagen, dass alles, was Sie schreiben, dasselbe ist, und Ihnen damit helfen wollen. Ich möchte nicht bestreiten, dass Sie Talent haben. Aber Talent reicht nicht immer, verstehen Sie? Schreiben Sie etwas anderes. Etwas, das greifbarer ist. Geben Sie Ihren Lesern mehr Authentizität.«

Seit zwei Semestern war Mr. Fallon nicht mehr mein Professor, doch er sah manchmal trotzdem über meine Texte. Er und ich hatten eine eigenartige Verbindung, die ich nicht durchschaute. Mr. Fallon behandelte mich anders als meine Kommilitonen, auch wenn er das wahrscheinlich verneint hätte. Unsere Gespräche dauerten stets länger als geplant, sodass seine Sekretärin an seine Tür klopfen musste, um ihn daran zu erinnern, dass andere Studenten auf ihn warteten. Wenn Mr. Fallon meinen Text lektorierte, diskutierten wir über seine Kommentare und ich hatte das Gefühl, ihn würde wirklich interessieren, was ich wieso und wie geschrieben hatte. Und das, obwohl er Hunderte von Studenten unterrichtete, die alle meinten, Mr. Fallon wäre der Horror, seine Kommentare nicht verständlich und man könnte mit ihm nicht reden. Ich sah das anders. Mr. Fallon und ich unterhielten uns sehr oft, wobei er ständig mehr redete als ich. So wie jetzt.

»Ich werde ehrlich mit Ihnen sein, Mr. Carter«, sagte er und nahm einen Schluck aus seiner blauen Tasse mit dem Aufdruck *Harold – The Best.*

Ich gähnte, meine Augen lagen auf den tickenden Zeigern der Wanduhr. Halb zehn. Eindeutig zu früh.

»Ich möchte Sie nicht kränken, aber alles, was Sie in letzter Zeit geschrieben haben, ist flach und nichtssagend. Sie wissen, dass ich nicht Ihren Schreibstil kritisiere. Der ist großartig. Aber wenn ich Ihre Worte lese, fällt es mir schwer, mich in Ihre Charaktere einzufinden. Sie verhalten sich so emotionslos. Wie Roboter.« Mein Dozent setzte sich auf, seine Stimme hob sich und klang beinahe so euphorisch wie die meiner Schwester, wenn sie von ihrer neusten Lieblingsserie sprach. »Waren Sie etwa noch nie verliebt? Schreiben Sie über Liebe, verdammt noch mal! Und wenn Sie noch nicht verliebt waren, dann schreiben Sie eben über einen Jungen, der in einer Welt voller perfekter Menschen einfach keine Frau findet, in die er sich verlieben kann. Sie könnten diese Idee als Vorlage für eine Dystopie nehmen, natürlich könnten Sie diesen Gedankenfetzen auch ganz anders auflegen! Vielleicht lustig, als Satire oder –«

Mit ausdrucksloser Miene schaltete ich ab, Mr. Fallon redete sich in Rage. Das passierte oft. Seine halbe Glatze begann dann, feucht zu glänzen, an seinem Hals bildeten sich rote Flecken. Meistens lockerte er dann seine Krawatte, so wie jetzt. Die heutige war lilakariert. Ich war schon immer der Meinung gewesen, dass dem Professor Blau viel besser stand.

»Alec«, setzte er nach einer gefühlten Ewigkeit erneut an. Er bemerkte fast nie, dass ich ihm nicht antwortete und er ein Selbstgespräch führte. »Sie haben eine Geschichte über einen weiblichen Teenager geschrieben, der sich in seine beste Freundin verliebt. Es gibt Briefe, in denen diese Liebe gestanden wird und ein Ende, wo die Ich-Erzählerin Seife in einer Parfümerie klaut.« Mr. Fallon schüttelte den Kopf, und ich gestand mir schulterzuckend ein, dass das nicht meine beste Idee gewesen war. »Sie können nicht über etwas schreiben, von dem Sie keinen blassen Schimmer haben. Das ist einfach nicht authentisch.«

Ich bemerkte einzelne Tropfen Schweiß auf seiner Stirn, sein Hals war so rot, dass er mich an eine Tomate erinnerte. Vielleicht könnte ich eine Kurzgeschichte über einen Tomatenbauer schreiben?

»Ich erzähle Ihnen etwas«, sagte Mr. Fallon und lockerte seine Krawatte weitere Zentimeter.

Ich seufzte.

Jetzt würde das große Finale kommen, der große Professor Fallon würde mir den Ratschlag geben, der mein Leben verändern würde.

»Jeder Mensch hat eine eigene Geschichte, Alec. Und diese Geschichte ist in gewisser Weise auch ein Geschenk, verstehen Sie? Tun Sie mir und der Welt einen Gefallen und nutzen Sie dieses Geschenk. Sie haben alles in sich, um Großartiges zu schaffen. Doch mir scheint, als würden Sie davonlaufen und Ihr Talent ignorieren. Tun Sie das nicht, Alec.« Mr. Fallons Stimme veränderte sich, sie wurde tiefer und bei den letzten Worten fast flehend.

Das war neu.

Ich löste den Blick von der Tischplatte. In den Augen meines Professors lag irgendwie … Verzweiflung? Ich kniff die Augen zusammen. Ihm lag wirklich etwas an mir. Bestätigte sich meine Theorie, die ich schon vor Monaten aufgestellt hatte? Die, in der ich zu dem Entschluss gekommen war, dass Mr. Fallon mich so mochte, weil er etwas in mir erkannte, das ihn interessierte? Erinnerte ich ihn an etwas? An jemanden? Vielleicht an sich selbst, einen Schriftsteller, der miserabel darin war, über sich selbst zu schreiben? Half er mir, weil er sich selbst nicht helfen konnte? Lag ich ihm deshalb so an seinem kalten Professorenherz?

»Es gab mal einen Komponisten, der das perfekte Leben führte. Sie wissen schon, gut behütete Kindheit, lernte mit Anfang zwanzig die Liebe seines Lebens kennen und gründete mit dreißig eine Familie. Geldsorgen waren für diesen Mann ein Fremdwort. Das Einzige, was in seinem Leben unerfüllt blieb, war sein Traum. Er wollte ein gefeierter Komponist werden. Er komponierte und komponierte, doch etwas wirklich Gutes gelang ihm nie. Seine Kompositionen waren nicht schlecht. Sie selbst sollten wissen, dass auch die schlechten Schriftsteller in ferner Zukunft Prosatexte schreiben, die passabel sind. Aber verstehen Sie, worauf ich hinausmöchte? Manchmal hilft der Schmerz einem bei seiner Kunst. Es klingt paradox und den meisten erscheint es unfair, aber ist es am Ende nicht doch gerecht? Der Schmerz schafft am Ende Schönes, und vielleicht ist der Schmerz am Ende doch alles wert. Ich möchte Ihnen nicht zu nahe treten, Alec, aber Sie haben etwas an sich, das mir versichert, Sie wissen, von welchem Schmerz ich rede.«

Mr. Fallon wandte den Blick von mir ab, bevor er nervös am seidigen Stoff seiner Krawatte fummelte. Plötzlich hatte ich das Gefühl, wir würden ein Gespräch führen, bei dem er mehr wusste als ich. Als würden wir über einen Roman diskutieren, den er dreimal durchgearbeitet hatte, markierte Stellen und unterstrichene Worte inklusive, während ich nicht einmal mit dem ersten Kapitel durch war. Komisch. Ich hatte nämlich stets das Gefühl gehabt, Mr. Fallon und ich führten Gespräche auf Augenhöhe, auch wenn ich wusste, dass er einen Professorentitel hatte und ich nicht. Doch er achtete bei unseren Unterhaltungen darauf, mir das Gefühl zu geben, ich könnte mit ihm über alles reden; Charaktere, die sich vor mir versteckten, Handlungsstränge, die mir besagte Charaktere aus meinen eigenen Schreiberhänden nahmen, und sogar über das Angebot in der Mensa, das manchmal echt zu wünschen ließ. Doch das hier war keine Konversation über eine meiner Geschichten, die noch nicht ganz funktionierte. Das hier war ein Gespräch über mich.

Und weil ich keine Geduld besaß und immer noch sofort zum Punkt kam, fragte ich: »Was wissen Sie über mich, Mr. Fallon?«

Der Professor senkte den Blick, griff nach seiner Tasse und betastete den Henkel. Tief holte er Luft, das Geräusch hallte lautstark durch die Wände. »Ich habe mit Ihrem Vater studiert, Alec.«

Mein Herz setzte einen Schlag aus.

Ich blinzelte.

Mein Herz setzte zwei Schläge aus.

Meine Hände begannen zu schwitzen.

»Wir, nun ja, er war mein bester Freund. Und Sie erinnern mich sehr an ihn. Deshalb möchte ich Ihnen helfen. Sie wissen, dass Sie mich immer aufsuchen können, oder? Bei welchen Problemen auch immer. Und wenn wir schon bei diesem Thema sind ...«

Mr. Fallon schluckte, seine kalten Augen glänzten plötzlich warm vor lauter Mitleid, und das ergab verdammt noch mal keinen Sinn! Er war Dr. Harold Fallon. Der berüchtigtste Professor der Columbia University. Er war hart und kalt, kannte kein Erbarmen beim Benoten seiner Studenten und empfand kein Mitleid für weinende Erstsemester, wenn er ihnen sagte, ihre Kurzgeschichten gehörten in die Mülltonne. Und jetzt schluckte dieser harte Mann, seine Augen eine Mischung aus Mitgefühl, Beileid und Trauer.

Ich mochte keine Gefühle.

Gefühle mochten mich nicht.

Doch sein Blick quoll vor verfickten Gefühlen über.

Plötzlich schnürte es mir die Kehle zu.

Luft.

Ich brauchte Luft. Ich musste hier raus.

Ich erhob mich, Mr. Fallon redete weiter und mir blieb verdammt noch mal nichts anderes übrig, als zu verharren. Seine Stimme war anscheinend wie ein Bann voller Geheimnisse, für die ich sterben würde.

»Wie geht es Ihrer Mutter Trish? Ich weiß, wie schwierig es mit ihr sein muss.« Er konnte das Zittern in seiner Stimme nicht verstecken.

Und ich konnte es ihm nicht verübeln. Natürlich war ich mürrisch, ein Arschloch, nicht besonders nett, niemals einfühlsam. Doch bei der Erwähnung meiner Mutter fing mein gesamter Körper an zu zittern.

»Ich weiß, dass Ihr Vater –«

»Mr. Fallon, Ihr nächster Termin ist da.« Der Dozent verstummte, als seine Sekretärin in das Büro trat.

Das war mein Stichwort und ich ging, ohne mich zu verabschieden.

Kapitel 13

Alec

Ich wusste nicht, wie mein Vater aussah. Ich kannte nur seinen Namen und hatte genau eine Erinnerung an ihn:

Er hieß Ernest und glaubte man meiner Mutter, konnte man davon ausgehen, dass ich haargenau wie Ernest Carter aussah. Wenn sie betrunken war, sagte sie mir das unter Tränen, betatschte mein Gesicht und schwor, dass sie ihren Ernest über alles liebe.

Die Erinnerung, die ich an meinen Vater besaß, besuchte mich oft. Meistens, wenn ich in meinem Bett lag und eigentlich einschlafen wollte. Ich sah die Küche einer Wohnung, an die ich mich tagsüber nicht erinnern konnte. Vor dem Herd stand ein junges Liebespaar. Die blonden Haarsträhnen der Frau streiften die nackte Schulter des rothaarigen Mannes, der seine Frau fester umarmte. Er küsste ihren Nacken und flüsterte ihr Dinge ins Ohr, über die die Frau kicherte.

»Als ich dich gesehen habe, habe ich mich sofort in dich verliebt und du hast gelächelt, weil du es wusstest«, sagte der Mann etwas lauter und die blonde Frau drehte sich um.

»Ernest, das ist nicht von dir. Hör auf, die Worte von jemand anderem zu klauen. Du weißt, dass ich deine Worte sowieso am meisten mag.«

Der Mann lächelte die Frau strahlend an und gab ihr einen Kuss auf die Nasenspitze, bis seine Lippen schließlich zu dem Mund der Frau wanderten.

Ende.

Kapitel 14

*»She's not getting drunk for the hell of it.
She's getting drunk to numb the hell of it.«*

Unknown

India

»Wir legen eine Pause ein«, sagte ich mit fester Stimme, bevor ich Ava das Glas Whiskey-Cola aus der Hand nahm.

Sie musterte mich aus zusammengekniffenen Augen und verschränkte die Arme vor der Brust. Es grenzte an ein Wunder, dass Ava noch nicht komatös auf dem Fußboden lag; sie war nur ein paar Zentimeter größer als ich und trank Whiskey, als würde er nicht im Hals brennen.

»Weißt du, Miss Alabama.« Ava grinste betrunken, ich verdrehte die Augen. »Du musst einfach mehr trinken.« Sie nahm ihr Handy vom Bett und bediente ein paar Tasten, bevor *I'm so sorry* von den Imagine Dragons aus dem iPhone dröhnte.

»Gib mir mein Glas wieder, India. Ohne Alkohol werde ich diesen Abend nicht überstehen.«

Ich schüttelte den Kopf und stellte unsere Getränke auf dem Schreibtisch neben mir ab. »Noch ein Glas und du fällst tot ins Bett.«

»Oh, nein!« Sie schüttelte den Kopf, ihr blonder Bob wippte dabei auf und ab. »Der Abend wird garantiert nicht damit enden, dass ich vor Maxtons Party tot in meinem Bett lande. Wozu hätte ich dann vierzig Dollar für das Top von *Pull & Bear* ausgegeben?« Sie zog an dem Saum ihres Shirts, das schwarz und silber glitzerte. Ava nahm den Blick von ihrem heiß geliebten Alkohol, um mich mit schräggelegtem Kopf zu mustern. »Aber mal was anderes: Wissen deine Eltern eigentlich, dass du hier bist?«

Noch bevor sie den Satz zu Ende sprach, verkrampfte sich jeder Muskel in meinem Körper. Ich schloss die Augen und wünschte mir, ich hätte denselben Alkoholpegel wie Ava erreicht; den Punkt, wo man gelassen über schreckliche Geheimnisse und tief vergrabene Wahrheiten reden konnte.

»So halb.« Ich zuckte die Schultern und dachte an das Telefonat mit meinen Eltern, wie aufgebracht sie gewesen waren, wie ich einfach aufgelegt und die SIM-Karte zerschnitten hatte.

Die Wände meines Kopfes begannen zu pochen.

Es schmerzte.

Mein Herz schmerzte.

Freiheit schmerzte.

Warum hatte mir das keiner vorher gesagt?

Meine Augen wanderten zur Tischplatte. Ich leckte mir über die Lippen. Die dunkle Whiskey-Cola kam mir plötzlich herzlich einladend vor.

»Meine wissen es«, flüsterte Ava, während sie einen Riss in der Wand fokussierte. »Aber sie reden nicht mehr mit mir.«

Sie holte tief Luft, schluckte und ihre Hände zitterten. Ich war nicht für dieses Gespräch gewappnet, doch ignorierte den Whiskey links von mir trotzdem, der mit über zwanzig Prozent meinen Namen schrie und setzte mich neben Ava. Ich betrachtete denselben Riss an der Wand wie sie.

»Mein Vater ignoriert meine Anrufe und Nachrichten. Aber meine Mutter schleicht sich manchmal in die Vorratskammer und ruft mich an. Sie ist eigentlich ein guter Mensch. Wirklich. Nur hat sie ihr Herz an den falschen Mann verschenkt.« Avas Worte waren überraschend klar, und ich fragte mich, ob ehrliche Worte das nicht immer waren. »Macht es mich zu einer schlechten Tochter, weil ich mir einen besseren Mann als meinen Vater für meine Mutter wünsche?«

Ava verstummte und ich schwieg; was hatte ich schon zu sagen? Wer war ich, um zu urteilen? Meine Freundin starrte mich wartend an, ich musterte sie mit geschlossenem Mund. Reine Haut, Augen braun und groß. Dunkelblondes schulterlanges Haar und gepiercte Ohrläppchen. Mein Blick wanderte an ihrer Wange entlang.

Und dann bemerkte ich es.

Eine kleine Narbe, fast nicht sichtbar, überdeckt von einer Schicht Concealer.

»Die Jungs haben schon Theorien über den Riss aufgestellt.«

»Wirklich?« Ich schüttelte schockiert den Kopf.

»Natürlich«, erwiderte Ava und nickte zu dem Riss in ihrer Wand, bevor ich verstand, dass sie nicht von ihrer Narbe geredet hatte. »Als ich dieses Zimmer zugeteilt bekam, war der Riss schon da. Carter ist davon überzeugt, dass der Riss beim Sex entstanden ist, weil die Frau ihre Hand beim Orgasmus zu fest in die Wand gekrallt hat. Als wir ihm gesagt haben, dass das garantiert nicht möglich sein kann, meinte er nur, wir hätten keine Fantasie.«

»Typisch Alec«, lachte ich und war froh, dass sich auch auf Avas Lippen ein Lächeln abzeichnete.

»Ich wusste, dass seine Frauengeschichten dir nicht lange verborgen bleiben würden.«

»Ich bin seine Nachbarin.« Ich zuckte mit den Schultern.

»Dieser undurchschaubare Alec Carter.« Meine Freundin schüttelte den Kopf. »Maxton ist davon überzeugt, dass der vorherige Bewohner depressiv war und sich deshalb geritzt hat. Weil er dem Drang ein einziges Mal widerstehen wollte, hat er anstatt seine Haut, die Wand aufgekratzt«, fuhr sie fort und lachte auf. »Er ist und bleibt einfach der Dramatischste von uns allen.«

»Und Jamie?«

Avas Augen begannen bei Jamies Namen zu leuchten und ich wollte ihr sagen, dass nicht nur ihre Mutter, sondern vielleicht auch sie ihr Herz an den Falschen verschenkt hatte.

»Jamie ist einer der kreativsten Menschen, die ich kenne, aber bei dieser Frage hat er sein Talent anscheinend vergessen. Er ist der Meinung, dass der Riss schon vor meiner Vorgängerin da war und auch vor meiner Vorvorgängerin. So als wäre dieser Riss schon immer ein großes Mysterium gewesen.«

Das Lächeln auf ihren Lippen blieb, und ich fragte mich, wie man trotz gebrochenem Herzen lächeln konnte.

Wir schwiegen einige Momente, bevor Ava sich schließlich erhob und unsere Gläser vom Schreibtisch nahm. Als sie dann sprach, erinnerte nichts in ihrer Stimme an das Gespräch, das wir gerade geführt hatten.

»Die Nacht ist noch jung«, sagte sie. »Genauso wie wir.«

Dann kippt sie ihren Drink auf ex.

Da ich nicht wirklich Lust gehabt hatte, auf die Party des großen King Maxtons zu gehen, war ich mit der jetzigen Situation wirklich zufrieden.

Keine eineinhalb Stunden später deckte ich Ava fürsorglich zu, weil sie tief und fest schlummerte. Ich hatte recht gehabt: Ava war zu klein, um die monströse Menge an Alkohol zu vertragen, die sie in sich hineingekippt hatte. Nach dem fünften Glas Whiskey wurde sie so müde, dass sie komatös in ihr Bett fiel und auf der Stelle einschlief.

Auf Zehenspitzen schlich ich mich zu ihrem Schreibtisch und ließ mich auf dem Stuhl nieder. Dann kramte ich das Handy aus meiner Tasche und bereitete mich darauf vor, die ganze Nacht mit den Charakternotizen auf meinem Handy zu verbringen, damit ich Ava helfen könnte, wenn sie etwas brauchen würde.

Natürlich hätte ich auch allein auf die Party gehen können. Aber ich wollte nicht. Dort wäre ich für die meisten nur eine Fremde gewesen, außer für Alec. Alec, mein Nachbar, der sich letzte Nacht wirklich komisch verhalten hatte. Ich dachte an unseren Beinahe-Kuss und musste einen Kloß in meinem Hals hinunterschlucken.

Alec war heiß. Punkt aus Ende. Diese Diskussion hatte ich schon mit mir selbst geführt und war zu dem Entschluss gekommen, dass es okay war, ihn heiß zu finden, Cole Sprouse hätte ich ja auch nicht von meiner Bettkante gestoßen. Ich tippte gerade den Code in mein Handy, als es an der Tür klopfte.

»Ava, ich bin's, Jamie, mach die Tür auf.«

Jamie.

Natürlich.

»Warum macht Ava nicht auf?«, fragte er, bevor ich die Tür überhaupt ganz geöffnet hatte.

Die Besorgnis in seiner Stimme war nicht zu überhören. Ich würde das Verhältnis zwischen den beiden wohl nie verstehen.

Ava schnarchte, Jamie schritt durch die Tür und atmete erleichtert aus. Er ging auf ihr Bett zu und kniete sich auf den Boden, bevor er ihr eine Haarsträhne aus der Stirn strich. Diese Geste war so zärtlich und intim, dass ich mir wünschte, ich wäre nicht hier gewesen.

»Sie hat zu viel getrunken und ist vor ungefähr zwanzig Minuten eingeschlafen«, murmelte ich.

»Du brauchst nicht zu flüstern. Wenn Ava schläft, könnte die Welt untergehen und sie würde es nicht bemerken.« Er deutet auf Avas Nachttisch, auf dem vier Wecker standen. »Sie kann wirklich froh sein, dass sie ein Einzelzimmer bekommen hat. Eine Mitbewohnerin würde bei dem Weckerkonzert, das jeden Morgen in ihrem Zimmer stattfindet, verrückt werden.«

Jamie wandte sich wieder Ava zu, seine Hand verharrte immer noch zärtlich auf ihrem Kopf und ich konnte nicht anders, als daran zu denken, dass Ava ihr Herz vielleicht nicht dem Falschen gegeben hatte.

»Kennst du den Weg zu Maxtons Apartment?«, fragte Jamie mich.

»Klar«, sagte ich. »Maxton hat die Adresse doch in die Gruppe gepostet.«

»Gut, denn du schwingst deinen Hintern besser auf die Party. Die letzten Gäste müssten gerade eintrudeln. Ich hab mir Sorgen um Ava gemacht, weil sie sonst eine der Ersten ist, die mit einem Pappbecher auf Maxtons Couch sitzt. Ich habe ihr geschrieben, aber sie hat mir nicht geantwortet, und dabei ist sie doch die Handy-Süchtigste von allen.«

»Ähm …« Ich räusperte mich. »Ich denke, es wäre besser, wenn ich hierbleibe. Wenn Ava aufwacht, wird sie jemanden brauchen, der ihr die Haare zusammenhält und sie dazu zwingt, ein Glas Wasser zu trinken, und so.«

»Stimmt. Aber darüber brauchst du dir keine Sorgen zu machen, ich übernehme das schon.«

Ich dachte an die Tatsache, dass Ava mich umbringen könnte, wenn ich verhindern würde, dass Jamie die Nacht bei ihr verbrachte. Außerdem hatte er sie gerade so liebevoll angesehen wie Ava ihren Schokoladenfrappuccino, auf den sie sich immer eine extra Portion Sahne sprühte, wenn sie Feierabend hatte. »Bist du dir sicher?«, fragte ich.

»Absolut. Und jetzt ab mit dir auf die Party. Mit dir ist Carter nicht ein ganz so großer Miesepeter wie sonst. Sag ihm, dass er mir deinetwegen ein Bier schuldet.«

Jamie erhob sich, um mir die Tür aufzuhalten.

Kapitel 15

»Heaven is a place on earth with you.«

Video Games, Lana del Rey

India

Dank Google Maps und den guten Subwayverbindungen war es nicht schwierig gewesen, Maxtons Apartment zu erreichen. Maxton Kings Apartment war für einen Studenten mitten in Manhattan ziemlich groß. Drei Zimmer, moderne Möbel, so edel, dass man sie sich nur mit dem Geld seiner Eltern leisten konnte. Mein Blick schweifte durch das Wohnzimmer und ich war mir sicher, Maxton hatte nicht einmal einen der Bilderrahmen selbst ausgesucht; zu viele stilsicher platzierte Details, auf die ein Mann niemals geachtet hätte. Eine riesige graue Couch nahm gut die Hälfte des Raumes ein und war mit unzähligen farblich harmonierenden Kissen dekoriert. Vor dem Sofa stand ein Flachbildfernseher, der die Größe eines Heimkinos hatte. An den Wänden hingen Bilder von Künstlern, die ich nicht kannte, mit Motiven, die ich nicht verstand.

Ein lauter Bass dröhnte aus mehreren Lautsprechern, während die Gäste den Alkohol in ihren Händen schneller als Ava in ihrem Zimmer herunterkippten und einige meiner Kommilitonen betrunken zu dritt auf Sesseln rummachten.

Ich hielt mich von der wilden Partymenge entfernt und saß neben Evelyn und gegenüber von Alec am Esstisch. Alec hatte mir zur Begrüßung zugenickt, so wie es Jungs bei ihren Kumpels machten. Links von meiner Brust hatte dabei etwas gezogen, und ich hatte versucht, meinem dummen Muggelherzen klarzumachen, dass Freunde genau das waren, was Alec und ich für einander waren; außer natürlich, mein größter Wunsch würde in Erfüllung gehen und ich würde auf Harry in Fleisch und Blut treffen, dreitausend Selfies mit ihm machen, bevor ich ihn ganz beiläufig fragen würde, ob er mir einen Liebestrank für Alec und mich brauen könnte.

»Du musst uns mehr geben, India, das –«

»Das, was du über dich erzählt hast, ist nichtssagend. Du studierst doch auch Kreatives Schreiben, oder? Hat dir niemand gesagt, dass –«

»Dass alle Schriftsteller nichtssagend hassen? Es ist so –«

»Nichtssagend«, vollendete Sarah für Sally, während ich die beiden nur kopfschüttelnd ansehen konnte.

Sarah und Sally waren ebenfalls zwei Schreibstudenten, die mich in der letzten halben Stunde so mit Fragen bombardiert hatten, dass ich meinte, ich wäre die Protagonistin in ihrem neuesten Buchprojekt, mit der sie ein Vorstellungsgespräch führten. Sarah war groß und schlaksig, in ihrer Nase hing ein Piercing und der lila Eyeliner war so verschmiert, dass ich mich fragte, ob es Absicht war. Sally hingegen war klein, ebenfalls schlank und trug weder Piercing noch Make-Up in ihrem Gesicht, doch dafür ein Shirt mit dem Aufdruck *Go fucking vegan!*. Die beiden gingen so vertraut miteinander um, dass ich dachte, sie wären ein Pärchen. Ich meine, sie vollendeten ihre Sätze, als könnten sie ihre Gedanken lesen. Und das nonstop.

»Also …« Ich räusperte mich und sah aus dem Augenwinkel, wie Maxton und Alec leicht glucksten, während sie mein Gespräch mit Sarah und Sally genauestens verfolgten. »Ihr zwei seid Freundinnen, oder etwa doch ein Pa-«

»Du denkst –«

»Wir wären ein Paar?« Sally hielt sich vor Lachen den Bauch. »Oh, nein. Wir sind nicht zusammen. Sarah und ich sind Schwestern. Halbschwestern, wir haben denselben Vater, aber –«

»Aber eigentlich bezeichnen wir uns als Zwillinge, weil wir auf die Minute genau am selben Tag geboren wurden. Hast du schon mal was von dieser Zwillingstelepathie gehört? Sarah und ich sind uns sicher …«

»Dass wir die haben. Wir haben darüber sogar eine Geschichte geschrieben, die –«

»Die aber leider von den Agenturen, an die wir sie geschickt haben, abgelehnt wurde. Unsere Idee ist großartig. Wie kann eine Agentur uns nicht wollen, wir –«

»Wir verstehen das nicht. Scheißagenturen, die unsere Texte nicht wollen.«

»Oh, glaubt mir.« Maxton meldete sich mit dem Plastikbecher Whiskey zwischen seinen Fingern zu Wort. »Ich weiß genau, von was ihr redet. Es ist einfach alles scheiße. Die Agenturen finden meine Manuskripte scheiße, ich finde sie scheiße. Warum gibt es keine Agentur, die ich gut finde, weil sie meine Texte gut findet?«

Maxton schüttelte den Kopf, während Sally und Sarah sich so aufgeregt ansahen, als hätten sie die Idee ihres Lebens.

»Schwester Sally, denkst du gerade auch das –«

»Was ich denke? Dass wir eine Agentur gründen sollten, die Autoren, die keine Titel auf ihren Publikationslisten auflisten können, trotzdem eine faire Chance geben? Dass wir eine Agentur haben sollten, die irgendwann dafür berühmt ist, dass sie Rohschliffdiamantautoren entdeckt, die all die anderen Agenturen nicht entdeckt haben, Schwester Sarah?«

»Oh, Schwester Sally.« Sarah grinste und erhob sich. »Ich liebe deine Ideen!«

»Oh, Schwester Sarah.« Sally schob ihren Stuhl ebenfalls nach hinten und stand auf. »Und ich liebe deine Ideen! Leute!« Sie drehte sich unserer kleinen Gruppen zu. »Sarah und ich, wir –«

»Wir müssen jetzt nach Hause gehen. Ihr wisst schon, unsere Agentur planen, mit der wir später reich werden. Aber, bevor wir gehen –«

»Sollten wir dich wahrscheinlich wissen lassen, Alec, dass es ziemlich offensichtlich ist, wie tief du India in den Ausschnitt starrst.«

Sarah und Sally kicherten wie zwei kleine Mädchen, bevor sie sich verabschiedeten und zum Ausgang schritten. Alec sah ihnen mit zusammengepressten Lippen nach, während ich nervös mein Top nach oben schob. Evelyn hingegen lachte so laut, dass sie den Schwestern Konkurrenz gemacht hätte, doch wurde von Maxton unterbrochen, der sich räusperte.

»Da die verrückten Schwestern mit ihrer verrückten Idee, die ich eigentlich ziemlich großartig finde, verschwunden sind, können wir mit der Tagesordnung voranschreiten.«

»Du weißt, dass es nach elf ist, oder?« Evelyn hob eine ihrer Augenbrauen, die sie mit pinkfarbenem Glitzer nachgezogen hatte.

»Evelyn, Evelyn.« Maxton schüttelte den Kopf und deutete dabei mit seinem Finger auf die goldene Burger-King-Krone auf seinem Kopf. »Ich bin der King. Niemand kann mir sagen, ob es Tag oder Nacht ist, das entscheide nur ich. Also, weiter mit der Tagesordnung: Es wäre keine Party des großen King Maxton, wenn niemand eine neue Theorie zu Jamie und Ava aufstellt.«

»Das wird langsam wirklich langweilig«, seufzte Evelyn und streichelte über die Knöpfe ihrer Spiegelreflexkamera. Sie sah dabei wie eine verrückte Katzenlady aus, die ihr liebstes Fellknäuel streichelte, nur dass ihre Kamera kein atmendes Wesen war, verrückt war Evelyn aber trotzdem.

»Für dich ist es nur langweilig, weil du keine Theorien aufstellst.« Maxton richtete die Krone auf seinem Kopf zurecht.

Er lächelte betrunken, Evelyn funkelte ihn aus ihren glasigen Augen an. Alec hingegen zuckte lässig die Schultern und leerte das Glas vor sich in einem Zug. Seine Augen schimmerten dabei irgendwie so dunkel und gefährlich, dass ich mich am liebsten unter dem Tisch vor ihnen versteckt hätte.

»Wer hat eigentlich diese blöde Regel aufgestellt, dass nur Schreibstudenten Theorien über Menschen und deren Beziehungen aufstellen?« Evelyn schüttelte den Kopf.

»Ich.« Maxton grinste wie ein König.

Genau genommen hätte er einen schönen König abgeben. Mit seinen Haaren in Hellblond, seinen wolkengrauen Augen und seiner makellosen Porzellanhaut. Alles an Maxton King war hell, sogar sein Lachen, wenn er uns von seiner neuesten Kurzgeschichte erzählte, in der fünf Leute starben. Maxton King war die Art von perfekt aussehendem Mann, dem jedes Mädchen einen zweiten Blick zuwerfen musste. Wenn wir in der Mensa an einem Tisch saßen, vibrierte sein Handy ohne Unterbrechung. Wenn Ava ihm sagte, dass er aufhören solle, mit all den Frauen zu spielen, zuckte Maxton nur die Schultern und meinte, die Frauen würden das wissen und sogar darauf stehen. Doch anscheinend spielte er nicht nur gerne mit Frauen, sondern auch mit dem Alkoholpegel seiner Gäste. Ich ließ mein Blick durch die Menge schweifen, glasige Augen, mutige Wahrheiten und Küsse, die man einander sonst nicht gab, und ich wusste, jeder Gast war betrunken.

Außer mir natürlich.

»Wenn ich ein Foto von meinem Frühstück auf Instagram poste, tue ich ja auch nicht so, als hätte ich Ahnung vom Fotografieren.« Er zückte demonstrativ das Smartphone aus seiner Tasche und machte ein Bild von den roten Plastikbechern auf dem Tisch.

»Ich finde, India könnte eine Theorie zu den beiden aufstellen«, sagte Alec.

»Ich?« Ich umklammerte den Becher in meiner Hand fester.

»Ja, du.« Er sah mich an, griff nach einer vollen Bierflasche und führte sie an seine Lippen. Seine Armmuskeln spannten sich kurz an, bevor er das Bier wieder auf den Tisch stellte und sich über die vollen Lippen leckte.

»Carter hat so was von recht!« Maxton klatschte in die Hände. »Los, India, lass uns an deiner Imagination teilhaben.«

Ich verhakte meine Finger ineinander, bevor ich mit meiner Theorie begann. »Vielleicht ... Vielleicht hat Jamies Mutter seinen Vater verlassen und Jamie hat seinen Vater dabei beobachtet, wie er daran kaputt gegangen ist. Er schwört, sich nie, nie in eine Frau zu verlieben. Doch dann trifft er auf Ava, die so anders als seine unbedeutenden One-Night-Stands ist. Wenn Ava lächelt, könnte

Jamie sich fragen, ob die Liebe wirklich immer schrecklich ist. Doch dann erinnert er sich daran, dass sein Vater zwanzig Jahre später immer noch um seine Mutter trauert, organisiert sich sein nächstes Date und sagt sich, dass er Ava dabei vergessen kann?«

Ich schluckte. Einerseits war ich froh, dass ich überhaupt eine Idee zustande bekommen hatte, was ja in letzter Zeit nie garantiert war. Vor allen Dingen nicht bei meinen Schreibaufgaben, an denen ich meistens bis zwei Uhr morgens saß, bevor ich mich dazu entschied, meine erste Idee umzusetzen, die ich immer noch grottenschlecht fand. Aber ich sagte mir, dass grottenschlecht besser als nichts wäre. Anderseits fühlte ich mich schlecht. Ava war meine Freundin. Ich hatte kein Recht, so über sie und Jamie zu urteilen. Aber machten Schriftsteller das nicht ständig? Steckten Schriftsteller ihre Protagonisten nicht immer in Schubladen, weil wir Menschen einfach in Schubladen dachten?

»So eine ähnliche Theorie hatten wir letztens auch schon aufgestellt«, sagte Maxton schließlich nach ein paar Momenten. Er schüttete sich puren Whiskey in seinen Becher, bevor er einen kräftigen Schluck trank und ein Lächeln aufsetzte, das nichts von verletzten Freunden und böser Liebe wusste. »So, meine Freunde. Jetzt, da wir das mit den Theorien zu Ava und Jamie abgeschlossen haben, können wir endlich mit der Party beginnen!«

»Aber hat die Party nicht schon längst begonnen?« Ich nickte zu den zwanzig weiteren Studenten in dem Raum.

»Doch natürlich, aber wir spielen jetzt ein Partyspiel«, verkündete er und erhob sich. »Du bist dran mit Aussuchen, Eve.«

»Dann spielen wir *Sieben Minuten im Himmel*!« Evelyn grinste schelmisch und streichelte weiter ihr Kamera-Kätzchen.

»Sind wir zwölf, oder was?« Alec verzog das Gesicht, niemand beachtete ihn.

Maxton drehte sich den restlichen Gästen zu und verkündete: »Wir spielen *Sieben Minuten im Himmel*. Unser Himmel wird die Vorratskammer in der Küche sein, also lasst uns dorthin schreiten!«

»Und Maxton ist also wirklich dein bester Freund?«, flüsterte ich kopfschüttelnd, als Alec und ich in die Küche schlurften.

»Wenn ich ehrlich bin, mag ich Jamie lieber. Er ist nicht so verrückt wie Maxton und macht mir mit seinen Ideen nicht ganz so viel Angst. Apropos Jamie, ist er bei Ava geblieben?«

Ich nickte, und wir blieben im Türrahmen stehen. Alec öffnete seine Lippen, um zu antworten, doch verstummte.

»Alec, India, wo seid ihr?« Maxtons tiefe Stimme tönte laut durch die Küche.

Alec fluchte so leise, dass es schwer war, die Worte auszumachen, doch ich meinte etwas wie »Ich werde Evelyn umbringen« zu verstehen. Er fasste sich an den Punkt zwischen den Augen, bevor er rief: »Wir sind hier.«

Er umfasste meinen Arm und zog mich hinter sich her, bis wir am Küchentisch standen.

»Evelyn hat euch beide auserwählt«, sagte Maxton so, als wäre es die wichtigste Neuigkeit des Tages, und grinste dabei breit und natürlich hell.

»Welch Überraschung«, schnaubte Alec.

Mein Blick zuckte verwirrt zwischen den beiden umher, die Blicke der anderen Partygäste entgingen mir dabei nicht und sie machten mich nervös.

»Ich verstehe das nicht«, sagte ich. »Spielt man dieses Spiel nicht mit einer Flasche?«

»Auf jeder Party suchen Alec, Evelyn, Ava, Jamie und ich abwechselnd ein Spiel aus. Derjenige, der das Spiel aussucht, darf das erste Paar zusammenführen. Also ...« Maxton zuckte mit den Schultern.

»Also bin ich heute das Schicksal!« Evelyn grinste breit. »Ab mit euch in den Himmel, ihr habt ganze sieben Minuten.«

In der engen Vorratskammer war es so stockfinster, dass ich nicht einmal Alecs kantige Gesichtszüge ausmachen konnte. Mein Rücken berührte die Tür, Alec stand vor mir. Wir waren uns so nah, dass unsere Nasenspitzen sich beinahe berührten. Ich hörte seinen Atem so laut wie die Twenty One Pilots im Wohnzimmer gerappt hatten. Er atmete so tief und gleichmäßig, als wäre er ein ganz normales, durchschnittliches Lebewesen. Was er aber nicht war. Zumindest nicht für mich in meinem durchschnittlichen Leben, denn für mich war er anders und besonders, er machte mich wahnsinnig, im positiven und negativen Sinne und ich wollte unbedingt wissen, wie der Alec hinter seinem Schriftsteller wohl aussah.

Ich dachte an Geheimnisse, die wir uns innerhalb der sieben Minuten im Himmel erzählen könnten. Ich dachte nicht an mögliche Buchempfehlungen oder geschwänzte Pflichtveranstaltungen, sondern an richtige Geheimnisse. Ich dachte an das Geheimnis, dass mein Herz stets einen Schlag aussetzte, wann immer seine Mundwinkel zuckten. Ich dachte an Alec, der vor wenigen Tagen nach Mitternacht vor meiner Haustür gestanden und mich gefragt hatte, ob er mich küssen könnte. Ich dachte daran, dass wir uns sieben Minuten im Himmel küssen könnten. Vielleicht war das hier kein dämliches Partyspiel, vielleicht war das hier wirklich mein Himmel, und Alec und ich könnten für sieben Minuten gemeinsam fliegen. Küssend fliegend, während –

Meine Gedanken wurden von Alec unterbrochen. Seine Stimme durchbrach die Stille, ich lächelte, weil es mich nicht überraschte; ich wusste doch, er hatte die Subway am liebsten, wenn sie überfüllt von Menschen und Geräuschen war, Alec mochte alles mehr, wenn es belebt und dröhnend war, damit er jedes Fünkchen Leben in sich hineinsaugen konnte, um es in Form von getippten Wörter wieder auszuatmen.

»Ich habe mit einem neuen Projekt angefangen«, flüsterte er aus dem Nichts. »Es soll eine Kurzgeschichte werden. Nur ein paar Seiten lang. Liebe soll der Hauptkonflikt sein. Und ehrlich gesagt, habe ich so etwas noch nie geschrieben.«

»Und warum schreibst du dann jetzt eine Liebesgeschichte?«

»Nicht ... Nicht so wichtig. Jedenfalls bin ich gerade am Plotten und weiß noch nicht, wo, wie und wann die Protagonisten sich das erste Mal küssen. Ich hatte an den Times Square bei Nacht mit den bunten Lichtern der Werbetafeln gedacht. Aber das ist etwas, das meiner Schwester gefallen würde, was mir sagt, dass das ziemlich kitschig und abgedroschen ist. Aber vielleicht könnten sich die beiden auch das erste Mal in einer Vorratskammer küssen.«

Seine Stimme war rau und kehlig. Ich meinte zu hören, wie sich die Rädchen in seinem Kopf laut und ratternd drehten. Was auch immer sich sein Kopf zurecht gesponnen hatte, ich war mir trotzdem sicher, dass weder ich noch er selbst ihm folgen konnten, als er mir plötzlich eine Haarsträhne hinter die Ohren schob.

»India?«, hauchte er. Er sprach meinen Namen fast liebevoll aus, obwohl *liebevoll* kein Adjektiv war, mit dem man Alec beschrieben hätte. »Würdest du dich von mir küssen lassen?«

Mein Herz, das einen Schlag aussetzte.

Sein Herz, das so donnernd schlug, dass ich es hörte.

»Du weißt schon, damit ich darüber schreiben kann. Alles ist authentischer, wenn der Autor von Selbst-Erlebtem schreibt. Hat zumindest mein Professor gesagt, und ich gebe momentan mein Bestes, um seine Ratschläge anzunehmen.«

»Also würden wir nur Recherche betreiben?« Meine Stimme zitterte. Ich wollte keine Recherche sein.

»Nur Recherche«, flüsterte er. Seine Finger wanderten zu meinem Mund, die Berührung brannte. Er fuhr die Form meiner Lippen nach, die Kuppen seiner Finger zitterten und mein Herz machte Saltos.

Meine Lippen waren miese Verräter. Sie wollten so unbeschreiblich sehr geküsst werden, dass ich das Gefühl hatte, ich trüge das Herz auf meiner Zunge, als ich flüsterte: »Okay.«

Alec atmete tief ein, machte einen Schritt auf mich zu und streifte dabei mit seiner Brust meine. Mein Herz pochte, laut und beschwörend, und ich fühlte mich wieder so, als würden Alec und ich eine Geschichte schreiben. Eine Geschichte mit einem Happy End, obwohl es eigentlich nicht *okay* war, dass er nur Recherche betreiben wollte.

»Gut, dann machen wir das also zu einer unserer Lektionen. Wir werden uns küssen und dann so tun, als wäre es nie passiert. Denn wir sind Freunde. Es ist wichtig, dass man bei einer Kussszene nicht den Prozess an sich beschreibt; wir alle wissen, wie es funktioniert. Man muss die Schmetterlinge im Bauch beschreiben, das laute Pochen eines Herzens, die kribbelnde Haut. Und so weiter. Du verstehst doch, was ich meine, oder?«

Ich nickte, obwohl er es nicht sah.

»Okay«, flüsterte er, das Wort hallte in meinen Ohren, obwohl diese ganze Situation immer noch nicht okay war.

Doch dann umfasste er mein Gesicht, seine Finger fühlten sich brennend auf meiner Haut an und plötzlich war alles mehr als okay. Fantastisch. Überwältigend. Unheimlich unfassbar unglaublich, denn das war der Moment, in dem er seine Lippen auf meine senkte und mich küsste. Nicht sanft, nicht schüchtern, nicht langsam, sondern so drängend, als hätten wir nur noch Sekunden von unseren sieben Minuten im Himmel übrig.

Alec Carter küsste mich so, als wären unsere Lippen Feuerwerke, die nur zusammen im Himmel explodieren könnten. Und während ich schwor, dass ich so hell brannte, dass nichts als Asche von mir übrigbleiben würde, hätte sich Alec jemals von mir gelöst, war ich mir sicher, dass diese Vorratskammer tatsächlich der Himmel sein musste.

Er drückte mich mit seinem Körper gegen die Tür und stöhnte, als er seinen Unterleib an meinen presste. Seine Hände verharrten nicht an meinen brennenden Wangen, sondern mussten meinen Körper erkunden. Hastig, schnell und zerrend. Mit schweren Bewegungen fuhr er meine Taille auf und ab, was sich wie Stromschläge in meinem gesamten Körper anfühlte.

Für sieben Minuten konnten Alec und ich alles sein, was wir wollten. Keine Recherche betreiben, mehr als Freunde sein. Einfach nur zwei junge Erwachsene, die süchtig nacheinander waren, weil sie bunte Feuerwerke liebten und schworen, dass ihre Körper brannten, wann immer ihre Lippen sich berührten.

Als Alec sich von mir löste, keuchten wir. Unser Atem vermischte sich und ich fühlte mich wie eine dieser weiblichen Hauptfiguren, über die jeder Leser die Augen verdrehte, doch ich schwor: Es machte einfach ganz laut Klick zwischen uns.

»Gott, India«, wisperte er in die schwere Luft, getränkt von undurchschaubaren Gefühlen, die in der Dunkelheit plötzlich nackt vor uns lagen.

Und dann presste Alec seine Lippen ein weiteres Mal auf meine.

Freunde?

Alec und ich waren keine Freunde.

Und unser Kuss war verdammt noch mal keine Recherche!

Kapitel 16

»Oh, baby girl, don't get caught on my edges.
I'm the king of everything and oh,
my tongue is weapon.«

Young God, Halsey

Alec

Im ersten Semester hatte ich ein Seminar belegt, das verschiedene Schreibtechniken erklärte. Dort begegnete ich Marco da Silva. Marco war zwei Köpfe kleiner als ich, seine Haare waren heller als Schnee und seine Augen so grau wie Regen. Sein Großvater war aus Italien, weshalb Marco jeden Tag mit einem Trikot der italienischen Nationalmannschaft zu den Seminaren kam. Dass er kaum wie ein Südländer aussah, störte ihn nicht. Marco hatte immer einen lustigen Spruch auf Lager und war unser Seminar-Clown. Doch Marco hatte auch eine Mission: Er arbeitete an einer Anthologie, in der es um Protagonisten ging, die vom besten Gefühl ihres Lebens erzählten. Zu diesem Projekt befragte er jede Woche einen anderen Kursteilnehmer.

»Carter Bro, heute bist du an der Reihe«, sagte er gegen Ende des Semesters. »Du weißt, welche Frage jetzt kommt. Was war das beste Gefühl, das du jemals gespürt hast? Und bitte sag etwas anderes als Sex und einen Double Cheeseburger.«

Ich lachte, bevor ich sagte: »Das beste Gefühl, das ich je erlebt habe, erlebe ich immer wieder. Jedes Mal, wenn ich ein neues Projekt beginne. Es ist magisch. Meine Fingerspitzen kribbeln, wenn ich das erste Wort einer neuen Geschichte tippe, mein Körper wird von etwas Warmem durchflutet. Ich kann es wirklich nicht erklären, aber es ist das beste Gefühl der Welt. Es ist, als könnte ich nicht zu hoch, nie zu riesig träumen. Ich könnte das erste Wort von einem Meisterwerk abtippen und allein der Gedanke an diese Möglichkeit bringt mich zum Lächeln.«

Und ich hatte bis heute kein besseres Gefühl verspürt.

Bis zu diesem Moment.

Denn Gott, wenn mich Marco jetzt gefragt hätte, was das beste Gefühl überhaupt in meinem Leben gewesen wäre, hätte ich gelogen, wenn ich nicht Indias Namen genannt hätte.

India löste alles in mir aus: Sie brachte mein Herz wild zum Schlagen, machte mich süchtig nach ihr selbst, sodass ich nicht aufhören konnte, sie wieder und wieder zu küssen.

Ich weiß, ich weiß, ich hatte gesagt: »Nur ein Kuss.« Doch ein Kuss reichte verdammt noch mal nicht. Ich brauchte mehr, brauchte alles. Fest und voller Lust drängte ich mich gegen sie. Ich musste jeden Zentimeter ihres Körpers an meinem spüren. Ich wollte, dass unsere Körper ineinander verschmolzen und wäre am liebsten so tief in sie eingedrungen, dass keiner von uns beiden gewusst hätte, wo sie und wo ich begann.

India seufzte leise an meinen Lippen, als ich mit einer Hand durch ihre Haare fuhr und mit der anderen ihre Taille umfasste. Ich presste meinen Körper hart gegen ihren, ich selbst war nämlich hart und wollte all die Stellen spüren, an denen sie weich war. Unser Kuss wurde stürmischer, ich hungriger und das ausnahmsweise nicht nach Worten, sondern nach einem Menschen.

Ich wollte India.

Ich wollte sie ganz.

Und ich glaubte, ich wollte sie für immer.

»Leute, eure sieben Minuten im Himmel sind vorbei!« Evelyns Stimme drang von der anderen Seite der Tür, von einer anderen Seite der Welt oder vielleicht auch einfach von einem anderen Universum.

Ich ließ sofort von India ab. Meine Lippen waren schmerzhaft geschwollen, und meine Hände zuckten, weil sie India plötzlich für immer berühren wollten. Es war zu dunkel, um ihren verletzten Gesichtsausdruck zu sehen, doch ich spürte ihn trotzdem. Und das unter meiner Haut, vielleicht sogar in meinem Herzen, über das ich eigentlich nicht sprach.

Evelyn öffnete die Tür und India fing sich, bevor sie Evelyn gleichgültig ansah und so tat, als hätte ich sie nicht gerade um den Verstand geküsst. Wären da nicht ihre glühenden Wangen und ihre zerzausten Haare gewesen. Oder ihre Lippen, die vor lauter Rot und meinen ungesagten Worten vibrierten.

Es überraschte mich nicht, dass Evelyn ihre Kamera zückte, lachte, dabei sagte »Sieben Minuten im Himmel sind die besten Minuten!« und mit einem breiten Grinsen ein Foto von uns schoss. Als sie die Kamera senkte, blieb ihr Blick am Reißverschluss meiner Hose kleben. Auf ihren Lippen erschien ein wissendes Lächeln und verdammt noch mal, ja! Ich wusste, dass ich einen Ständer hatte und ich wusste auch, dass ich hier wegmusste. Schleunigst und dringend. Ich musste zu dem Ort gelangen, an dem nur das Gefühl meines Schreibens magisch war.

»Recherche«, sagte ich atemlos, bevor ich mich durch die Menschenmenge hechtete, die zu betrunken war, um irgendetwas zu verstehen.

Recherche.

Ich sagte es die ganzen zwei Stunden, die ich zu Fuß nach Hause ging.

Kapitel 17

»I can put on a show,
don't you see what your're finding?«

Heaven in hiding, Halsey

Alec

Ich war der Beste im Verdrängen. Wahrscheinlich war ich darin sogar besser als im Schreiben. Also bestand mein Plan darin, so zu tun, als hätte es den Kuss gestern nicht gegeben und zu verdrängen, dass es einen Moment gegeben hatte, in dem ich geglaubt hatte, ich würde India wollen. Und zwar für immer.

Es war nicht einmal zehn Uhr, als ich an Indias Tür klopfte.

Schon nach Sekunden öffnete sie mir die Tür und sah dabei besser aus als gedacht. Ihre Haare waren ordentlich zu einem hohen Zopf gebunden, die bunten Spitzen berührten ihre Schultern. Keine Spur von Rot in ihren Augen, nur das stechende Grün, das immer noch zu bunt für mich war. Ihre Beine steckten in einer engen schwarzen Leggings und das grüne Shirt, das um ihre Brust spannte, benutzte sie definitiv zum Schlafen; ein Zahnpastafleck in der Mitte. Tief aus ihrer Wohnung drang die Stimme von Phil Dunphy, den ich fast jeden Abend durch unsere Wände hörte. Plötzlich fragte ich mich, ob India auch das Stöhnen der Frauen hörte, die mit meinem Namen auf den Lippen kamen, während ich keine Stunde später ihre Geheimnisse auf einem nicht geschützten USB-Stick speicherte.

»Was machst du hier, Alec?« India verschränkte die Arme vor der Brust. »Wir haben noch nicht einmal zehn Uhr an einem Sonntag. Nicht zu vergessen, dass wir gestern auf einer Party waren und –«

Ich schwor bei Gott, dass ich am liebsten einen Schritt nähergekommen wäre, um ihren Wortschwall mit einem Kuss zu stoppen. Aber wie wir alle wissen, hatte ich meine Gefühle gegenüber India verdrängt. Also warf ich diesen Gedanken ebenfalls aus meinem Kopf und fragte mich, ob die Schublade meiner verdrängten Gefühle platzen könnte.

»Wir beginnen heute mit einer neuen Lektion«, unterbrach ich sie.

Ihr Mund öffnete und schloss sich, bis sie ihre Lippen schließlich aufeinanderpresste. Ich blinzelte und hasste, wie meine Augen auf ihrem Mund klebten. Ich konnte nicht anders, als mich daran zu erinnern, wie perfekt er sich an meinem angefühlt hatte.

Ich verfluchte mich selbst. Vielleicht war heute einfach nicht mein Tag. Vielleicht war ich für vierundzwanzig Stunden nicht der Beste im Verdrängen. Selbst Stephen King hatte ab und zu schlechte Tage, oder?

»Hör mal«, begann sie.

Ich wusste, was jetzt kam; Schriftsteller hätte ein Synonym für Hellseher sein können. India fummelte mit den blassen Fingern am Saum ihres Shirts, senkte den Blick zu Boden und wollte mir unter keinen Umständen in die Augen sehen. Sie würde mir sagen, dass wir unsere Lektionen beenden sollten.

»Wir sollten das hier beenden.«

»Definiere das hier.«

Stille.

Nur ihr Atem und meiner.

Das verblasste Rot ihrer Strähnen und mein Herz, das vergessen hatte, wie man verdrängte.

»Du weißt schon«, murmelte sie, hob ihren Kopf und deutete mit ihren Fingern zuerst auf mich, dann auf sich selbst.

»Nein, ich weiß nicht, was du meinst, India. Aber ich weiß, dass wir Freunde mit denselben Ambitionen sind.«

»Freunde mit denselben Ambitionen?«, schnaubte sie.

»Freunde mit denselben Ambitionen.« Ich nickte. »Wir helfen einander mit dem Schreiben und hängen gemeinsam ab. So was machen Freunde.«

»Aber Freunde küssen sich nicht in einer Vorratskammer.« Sie kniff die Augen zusammen; giftgrüne und bedrohliche Schlitze.

Ich seufzte.

India hatte recht.

Ich wäre ein blinder Idiot gewesen, hätte ich nicht gewusst, dass India mich mochte. Mehr als mögen mochte. Sie empfand Gefühle für mich, die bewiesen, dass Frauen und Männer in den meisten Fällen unter keinen Umständen befreundet sein konnten. Doch das änderte nichts an der Tatsache, dass ich India als Freundin brauchte. Dabei hatte ich keine Ahnung, wieso, und das machte mir Angst.

»Du hast recht. Freunde tun das nicht. Aber India, wir waren betrunken. Außerdem war das nur Recherche. Wir hatten uns doch geeinigt, dass wir das Ganze einfach vergessen würden.«

Natürlich war keiner von uns betrunken gewesen. Natürlich hatten wir uns nicht darauf geeinigt, sondern ich hatte es einfach festgelegt. Doch keiner von uns beiden verlor ein Wort darüber. India ballte die Hände zu Fäusten, ihre Wangen brannten rot. Sie kämpfte mit sich selbst. India gegen India. Es war, als hörte ich die widersprüchlichen Stimmen in ihrem Kopf auf sie einreden.

India verlor, denn sie sagte: »Na, schön. Was ist die heutige Lektion?«

India

Irgendwie war es komisch, dass ich bereits seit einer Woche in New York lebte und noch nie den Times Square gesehen hatte; es hatte sich einfach nicht ergeben, und schließlich war ich keine Touristin, sondern einfach nur ein Einwohner auf Zeit. Doch ich konnte nicht bestreiten, dass die Sicht auf die überdimensionalen Werbetafeln besonders war, obwohl Letztere genau genommen nichts anderes als große Bildschirme waren, die zu jeder Zeit mit ihrem grellen Licht strahlten. Aber vielleicht waren auch nicht die Werbetafeln besonders, sondern New York an sich.

Es war kurz vor zwölf, doch der Times Square mehr als überlaufen: Touristen mit Kameras um den Hals und Fingern, die zu jeder Sekunde auf etwas anderes deuteten. Menschen nackt, bemalt nur mit Körperfarbe auf hohen Schuhen, die Leute für Events anwerben wollten und lächelten, weil sie diesen Job brauchten, um die Rechnungen zu bezahlen. Einwohner, die von A nach B kommen wollten und seufzend mit den Augen rollten, weil sie genervt von dem ganzen New Yorker Trubel waren. Mit festem Griff umklammerten sie die Aktentasche zwischen ihren Fingern und pressten die Lippen aufeinander, weil ihnen nicht passte, was ihr Gesprächspartner am anderen Ende der Leitung gesagt hatte. Junge Erwachsene, die versuchten, Freunde zu sein, obwohl sie eigentlich dazu bestimmt waren, das Traumpaar schlechthin zu sein.

So wie das Mädchen und der Junge neben dem Tisch, an dem Alec und ich saßen. Die Tischgruppe gehörte zu einer kleinen Bäckerei, von der man eine spektakuläre Aussicht auf das Geschehen Manhattans hatte. Das Mädchen, nicht älter als ich, drehte ihr Handy dem Jungen zu, um ihm etwas zu zeigen. Es war lächerlich, dass das Mädchen nicht bemerkte, dass der Junge kein einziges Mal auf ihr Handy schaute. Seine Augen sahen nur sie an und das mit genau demselben Blick, den Chuck Bass seiner Blair Waldorf zuwarf, wenn die beiden beschlossen hatten, sich für einen Tag nicht zu hassen.

»Du hast gleich ein Date.«

Ich führte den Milchkaffee an meine Lippen, doch hielt inne.

»Was?« Ich stellte den Becher wieder auf dem Tisch ab. Alec nahm einen Schluck von seinem schwarzen Kaffee. Er hatte den Barista gebeten, den Becher nur halb zu füllen, um Sekunden später selbst kaltes Wasser in den Becher zu mischen. Ich hatte ihn mit hochgezogener Augenbraue angesehen, doch er hatte nur mit den Schultern gezuckt und dabei »Gewohnheit« gemurmelt.

»Ich habe dir ein Date organisiert«, wiederholte er.

Ich schloss die Augen und wusste, ich hätte zu Hause bleiben und darauf bestehen sollen, dass Alec und ich unsere Freundschaft beendeten; wir hatten uns geküsst, und dieser Kuss hatte alles verändert.

Wie ich den gestrigen Abend überlebt hatte, war mir ein Rätsel, aber wenn ich genauer darüber nachdachte, verstand ich auch nicht so ganz, wie ich überhaupt die letzte Woche überlebt hatte. Ich meine, ich war Indiana Alabama Thomson, weggelaufen von meinem Elternhaus, in dem Wissen, sie würden mir das niemals verzeihen, zog von einer Villa in das schäbigste Apartment von ganz New York und begann zu verstehen, dass meine Freiheit die meiste Zeit ziemlich schmerzte, weil sie ziemlich einsam war. Ich verfluchte meine Studienwahl, weil die Worte, angekommen in Manhattan, aufgehört hatten, mich so zu lieben, wie ich sie liebte. Und zu guter Letzt ließ ich mich von meinem Nachbarn küssen, bei dem mein Herz plötzlich wie wild schlug. Ganz egal, was er tat, ob er atmete, lächelte, mir von Recherche erzählte, wenn ich hörte, wie er seine Tinderdates zum Lachen brachte, und sogar, wenn er mir so freundschaftlich zunickte, als wäre ich nur einer seiner Kumpels.

»Wie zum Teufel hast du mir ein Date organisiert?«

»Tinder«, antwortete Alec und senkte den Blick auf seine Schuhspitzen.

»Du hast mir einen Fake-Account auf Tinder erstellt?«

»Ja. Aber das gehört alles zur Lektion.«

»Scheiß auf die Lektion! Du kannst mich doch nicht bei einer Dating-App anmelden, ohne mich zu fragen, Alec!«

»Hätte ich dich gefragt, hättest du Nein gesagt.«

»Und ich sage jetzt auch Nein!«

Alec stellte den Kaffee auf den runden Tisch vor uns ab und raufte sich durch die roten Strähnen. »India, das Date gehört wirklich zu einer Lektion. Du solltest froh darüber sein, dass ich dir meinen besten Trick von allen verrate. Ich habe oft Tinderdates, weil –«

»Sag bloß.« Ich schnaubte. »Das hätte ich bei dem ständigen nächtlichen Gestöhne niemals herausgefunden.«

»Ich habe dir bereits erklärt, dass ich das nicht wegen dem Sex mache«, sagte er zähneknirschend. »Ich treffe mich mit den Frauen nur einmal, und ich mache meine Absichten deutlich. Natürlich schlafe ich manchmal mit ihnen, aber es ist ja nicht so, als würden sie das nicht wollen. Doch es geht mir hauptsächlich um ihre Geheimnisse.«

Vor unserem Tisch stapfte eine Gruppe von Asiaten entlang, um ihre Oberkörper baumelten übergroße Pullover mit dem Aufdruck *I Love New York*. Ihre dunklen Augen waren erstaunt geweitet und auf ihren Gesichtern prangte in Großbuchstaben das Wort *überwältigt*. Für den winzigsten Moment wünschte ich mir, ich hätte zu dieser Gruppe gehört. Denn das Gesicht, dem ich meine Aufmerksamkeit wieder zuwandte, war hart und ernst, während ich mich fragte, warum zum Teufel Alecs Augen so groß und schwarz waren, dass ich in ihnen versinken wollte.

Dabei hatte ich Schwarz noch nie gemocht.

»Von welchen Geheimnissen redest du?«, fragte ich schließlich.

Alec seufzte, während die Asiatin, die das Schlusslicht der Gruppe bildete, ihn mit ihren Blicken unter der rechteckigen Brille auszog.

»Ich frage jedes meiner Dates nach drei Geheimnissen, die niemand kennt. Man muss nur wissen, was man sagen muss. Menschen sind ziemlich einfach gestrickt, weißt du? Und die Geheimnisse sind echt inspirierend.«

»Alec.« Ich schüttelte den Kopf. »Ich werde niemanden bei einem Tinderdate nach seinen Geheimnissen fragen. Ich bin nicht so grausam und kalt wie du und nutze Menschen aus, damit ich etwas zum Schreiben habe.«

Ich wollte mich erheben und gehen, um mich in mein Bett zu verkriechen, in dem ich dann versuchen würde, nicht mehr an das Mysterium Alec Carter zu denken. Doch plötzlich warf eine große Gestalt einen Schatten auf mich. Ich hob meinen Blick und erkannte einen äußerst attraktiven Mann, der mir ein strahlendes Lächeln schenkte.

Er war groß, größer als Alec. Blonde Haare, grüne Augen. Sein Körper war so muskulös, dass ich wusste, er verbrachte mehr Zeit im Fitnessstudio als in Seminaren und an seinem Schreibtisch. Auf seinem Kopf hing eine falsch herum getragene Kappe, um seinen Oberkörper spannte ein Pullover der Brown University. Meine Augen musterten ihn so genau, dass sie einzelne Bartstoppeln an seinem Kinn ausmachten.

»Bist du India?«, fragt er mich und grinste breiter.

Und weil ich Bartstoppeln sexy fand, sagte ich: »Ja, die bin ich.«

Und er erwiderte: »Cool. Du siehst genauso aus wie auf dem Foto. Ich bin Brandon, wir haben geschrieben. Ich kenne ein Café ein paar Blocks weiter, das nicht so überlaufen ist. Der perfekte Ort für ein Date.«

Natürlich fragte ich nicht, welches Foto er meinte; bestimmt hatte Alec mein Profilbild bei WhatsApp missbraucht. Ich warf einen Blick auf meinen Nachbarn, der nicht mehr so ganz von seiner Idee überzeugt schien; seine Augen waren zusammengekniffen, die Furche zwischen seinen Augenbrauen saß tief, während er Brandon so musterte, als wäre er ein unerwünschter Gast.

Tja, doof gelaufen, dass Alec Brandon selbst eingeladen hatte. Wir waren ja nur Freunde.

»Klar, lass uns gehen«, erwiderte ich und sah aus dem Augenwinkel, wie Alec das Gesicht verzog.

»Oder störe ich?«, fragte Brandon, als er zur Seite sah und Alec bemerkte.

Alecs Lippen öffneten sich, doch ich ergriff das Wort zuerst.

»Was? Nein, auf keinen Fall«, lachte ich. »Das ist Alec. Er ist mein Nachbar. Wir haben dasselbe Hauptfach und sind nur Freunde.«

Brandon nickte Alec mit einem schmalen Grinsen zu, bevor sich mein Date wieder an mich wandte und mich wartend ansah.

»Bis dann, Alec«, sagte ich und winkte ihm zum Abschied zu.

Er winkte nicht zurück.

Kapitel 18

Alec

Menschen machten Fehler – das wusste ich genauso, wie ich mir sicher war, dass ich nicht perfekt war. Doch wenn ich schrieb, fühlte ich mich wie ein König und manchmal wie Gott höchstpersönlich. Wenn ich schrieb, dann gab es kein Falsch. Ich konnte alles bestimmen und meinen Plot bis ins Detail planen, sodass ich jedes Mal aufs Neue Perfektion kreierte.

Doch jetzt fuhr ich mir seufzend durch die Haarsträhnen und schloss die Augen. Das hier grenzte wohl kaum an Perfektion. Ich wusste, ich hatte einen Fehler begangen. Wenn die Welt in diesem Moment eine meiner Geschichten gewesen wäre, hätte ich wie wild und sofort auf die Löschtaste gedrückt. Doch das hier war keine Worddatei, das hier war mein Leben. Und deshalb saß ich seit einer halben Stunde auf den Treppen der siebten Etage, weil ich auf India wartete.

Ich realisierte, was Shakespeare mit dem grünäugigen Monster meinte. Eifersucht war hässlich, Eifersucht war schrecklich. Eifersucht war furchteinflößender als der Geist, an den meine Schwester mit neun Jahren geglaubt hatte. Aber Eifersucht war auch eine Art verdammter Beweis. Sie zeigte mir, dass India Thomson nicht nur den Schriftsteller in mir berührte. India Thomson erreichte mich, Alec Carter, auf Ebenen, von denen ich nicht einmal wusste, dass sie in mir bestanden. Also würde ich so lange hier auf India warten, bis sie wiederkommen würde.

Sie hatte recht und ich kein Recht gehabt, ihr ein Profil auf Tinder zu erstellen, was ich übrigens wieder gelöscht hatte. Wenn ich ehrlich war, dann hatte ich das Profil nicht für sie, sondern für mich eröffnet. Ich hatte gewollt, dass sie jemanden kennenlernen würde. Jemand, der nicht so gestört und verkorkst wie ich war, der verrückt nach ihr war und nicht darauf bestand, nur mit ihr befreundet zu sein.

Doch Eifersucht war ein ehrgeiziges Monster, das jedes gutbehütete Gefühl in mir fand, und ich mir eingestehen musste, dass ich eigentlich nicht wollte, dass India auf Tinderdates ging.

»Sind Sie Alec Carter?«

Eine weibliche, hohe Stimme durchbrach meine Gedanken.

Ich hob meinen Blick, um in zwei große, dunkle Augen zu schauen, die umrandet von rauchigem Lidschatten waren. Die Frau vor mir war kaum jünger als dreißig, doch das tat nichts zur Sache. In ihrem kurzen und figurbetonten Kleid sah sie atemberaubend aus. Ihre prallen Brüste pressten sich gegen den tiefen Ausschnitt, ihre Lippen waren angemalt in einem dunklen Rot, während ich mich fragte, ob sie in der Seidenstrumpfhose nicht fror.

»Der bin ich«, sagte ich und legte den Kopf schief. »Wie kann ich Ihnen helfen?«

»Sie könnten mir sicherlich bei vielen Angelegenheiten helfen«, lachte sie. »Ich heiße Dora Larkins und bin vor Kurzem hier eingezogen. Ich hätte da ein Problem mit dem Hahn in meiner Spüle; es fließt kein Wasser. Ich habe bereits bei dem anderen Hausmeister geklingelt, aber er scheint nicht zu Hause zu sein. Vielleicht könnten Sie sich das anschauen?« Das war eine Lüge. Paulus Garcia, der andere Hausmeister, der sicherlich mehr Ahnung von dem Zeug als ich hatte, war sonntags stets zu Hause. Dora Larkins leckte sich über die Lippen und spielte mit den langen Strähnen ihrer Haare.

Ich war überrascht von mir selbst, als ich realisierte, dass ich nicht mit ihr gehen wollte, und das war wirklich komisch. Ich war mir sicher, dass diese Frau drei ziemlich spannende Geheimnisse für mich bereithalten würde. Doch trotzdem wollte ich bleiben, wo ich war, lieber auf meine India warten, weil ich nicht verleugnen konnte, dass etwas in mir wollte, dass sie mein war.

Nur fiel das Problem, das Dora gerade beschrieben hatte, in mein Aufgabenfeld. Also erhob ich mich und Dora grinste so, als hätte sie etwas gewonnen. Dass Frauen mit mir stets nur verloren, verriet ich ihr nie; Herzen, Unterwäsche, Unschuld und ihre Fassung.

»In welches Stockwerk müssen wir?«, fragte ich.

»In das dritte«, erwiderte sie, und ich fragte mich, wie sie es schaffen würde, jeden Tag mit den High Heels an ihren Füßen die unzähligen Treppen zu besteigen.

Als wir das fünfte Stockwerk erreichten, war ich mir sicher, dass die Welt mich hasste: India stieg die Treppen nach oben, ihr Blick war auf das Handy in ihrer Hand gerichtet. Schrieb sie Brandon? Wahrscheinlich nicht, allzu lang konnte ihr Date nicht gewesen sein. Ich versuchte erst gar nicht, das beruhigende Gefühl, das meinen Körper durchströmte, zu ignorieren. Denn, wie bereits gesagt, war heute einfach nicht mein Tag.

»Alec?« India hob ihren Blick, ihre Augen zuckten zwischen Dora und mir.

Ich wusste, was sie dachte, und das war nicht meinen hellseherischen Fähigkeiten zuzuschreiben. Jeder, der mich kannte, hätte dasselbe wie India gedacht. Ich hatte keine Ahnung, was ich hätte sagen sollen. *Es ist nicht so, wie es aussieht* – das hätte wohl kaum den gewünschten Effekt erzielt. Also erwiderte ich schließlich nichts, und India erklomm weiter die Stufen.

»Viel Spaß, Alec«, murmelte sie mir zu, als unsere Körper sich fast berührten und ihre Stimme dabei so kalt klang, als hätte sie eigentlich *Avada Kedavra* gesagt.

Dora kicherte und ich wünschte, jemand hätte ihr verraten, dass Kichern für ihr Alter nicht angebracht war. Etwas in mir wollte sich umdrehen, India hinterherlaufen und sich dann bei ihr entschuldigen. Vielleicht könnte ich ihr anbieten, das ganze Wochenende zu vergessen und von vorne anzufangen. Wir könnten es noch einmal mit der Freundschaft versuchen und so tun, als hätten wir uns nie geküsst.

Aber gerade, als ich mich umdrehen wollte, hörte ich eine Tür, die ins Schloss fiel.

India

»Ich wusste, dass du sie nicht lange behalten würdest«, bemerkte Ava in diesem Ich-habe-es-dir-doch-gesagt-Ton.

Ich seufzte und konnte nicht verleugnen, dass ich tief in mir ebenfalls gewusst hatte, dass ich meine roten Strähnen nicht lange tragen würde. Aber Andy hatte gemeint, es wäre wichtig, dass ich etwas Neues ausprobierte. Nur hatte das Rot in meinen Haaren nie wirklich zu mir gepasst.

»Warum hast du eigentlich eine Ausbildung zur Frisörin gemacht?«, fragte ich, als Ava mir Conditioner in die Haare gab, weil sie mir gleich die Spitzen abschneiden würde.

Ava lächelte. »Ich hatte mal eine Nanny, die ich Nanny Nina nannte. Nanny Nina war jung und hübsch, und ich bin mir sicher, dass mein Vater sie garantiert nicht nur einmal verführt hat. Jedenfalls wurde sie irgendwann gekündigt. Vor ihrem Auszug schenkte sie mir einen Frisierkopf für Kinder und brachte mich damit auf den Geschmack.«

»Verstehe.«

»Genug von mir. Wieso hast du dir nicht die Handynummer von Brandon geben lassen?«

Ich seufzte.

Kurz nachdem Ava unangekündigt an meiner Tür geklingelt hatte und bevor wir beide beschlossen hatten, dass es Zeit war, sich von den roten Strähnen zu verabschieden, hatte ich ihr von dem *Blind Date* erzählt.

»Wozu denn?« Ich schüttelte den Kopf und hatte Glück, dass ich dabei kein Shampoo in die Augen bekam. »Er hat sich gerade von der Liebe seines Lebens getrennt. Seine Worte, nicht meine. Er hat sich das Tinderprofil nur erstellt, weil er sich ablenken will. Daraufhin habe ich ihm gestanden, dass einer meiner Freunde dieses Date für mich organisiert hat. Wir beide haben den Kaffee ausgetrunken, uns mit einer peinlichen Umarmung verabschiedet und werden uns nie wiedersehen.«

Ava seufzte und stellte den Wasserhahn ab, bevor sie mir die Haare in ein weißes Handtuch wickelte.

»Alec ist in letzter Zeit wirklich komisch.« Sie lotste mich auf den geschlossenen Toilettendeckel. »Komischer als sonst«, fügte sie leise hinzu und begann, mir die Spitzen zu schneiden.

»Warum wolltest du dir deine Haare überhaupt färben?«, fragte Ava eine knappe Viertelstunde später und nahm den Föhn in die Hand.

Und da war sie.

Die Frage, die mir Ava seit unserer ersten Begegnung stellen wollte.

»Du hast dein Zuhause auch verlassen, ohne dass deine Eltern es akzeptiert haben.« Eine Feststellung, keine Frage.

Ich wollte nicht über meine Eltern und Alabama reden. Ich versuchte doch, mein Leben dort zu verdrängen, meine Zeit hier zu genießen und mich dabei nicht wie Luzifer höchstpersönlich zu fühlen, für den meine Eltern mich sicherlich seit meinem Abgang hielten.

»Irgendwann wirst du mit mir darüber reden müssen«, sagte sie schließlich, weil ich schwieg, und schloss den Föhn an.

Ich zuckte mit den Achseln und als Ava keine zehn Minuten später mit einem breiten Grinsen verkündete, dass sie fertig sei, schritt ich zum Spiegel. Ich berührte meine hellbraunen Strähnen und wunderte mich das erste Mal seit Tagen nicht über bunte Farbe in meinen Haaren.

»Danke, Ava.« Ich lächelte.

»Kein Problem.«

Keine von uns machte Anstalten, sich aus dem stickigen und viel zu kleinem Badezimmer zu bewegen. Ich wusste, sie wollte Antworten. Sie wusste, ich wollte keine Antworten geben.

Ich räusperte mich und fragte sie nach dem ersten Thema, das mir einfiel. »Was ist da eigentlich zwischen dir und Jamie? Es ist offensichtlich, dass er dich genauso mag wie du ihn; er hat die Party sausen lassen, um auf dich aufzupassen.«

»Was?« Ava starrte mich an, als wäre ich ein Alien, der ihr den Sinn des Lebens offenbart hatte. »Jamie hat für mich die Party sausen lassen?«

»Er hat doch bei dir übernachtet?«, sagte ich langsam und verwirrt.

»Als ich aufgewacht war, lag ich zugedeckt in meinem Bett. Eine Wasserflasche stand auf meinem Nachttisch. Ich habe gedacht, dass du sie dahingestellt hast. «

Ich schüttelte den Kopf. »Nein, das habe ich nicht. Jamie ist gestern Nacht in dein Zimmer gestürmt und hat darauf bestanden, sich um dich zu kümmern, und mich dann rausgeworfen.«

»Was? Das … Ich … Jamie … Er … Vielleicht.« Sie sah mich mit großen Augen an. »Ich muss sofort mit Jamie reden.«

Sie sprintete aus meiner Wohnung, die Tür fiel mit einem Knall ins Schloss und ich sah auf meine roten Strähnen, die jetzt auf dem gelblichen Badezimmerboden lagen.

Kapitel 19

»Dirty laundry looks good on you.«

Dirty laundry, All Time Low

Alec

Dora wurde mit vierzehn schwanger und gab das Kind zur Adoption frei. Das Baby wurde von dem besten Freund ihres Vaters gezeugt. Bis heute weiß niemand in ihrer Familie, wer der Vater des Kindes war. Doras letztes Geständnis war, dass ihre Brüste operiert waren. Natürlich bezahlte sie die OP mit dem Geld, das der beste Freund ihres Vaters ihr gegeben hatte. Dass Letzteres kein wirkliches Geheimnis war, sagte ich ihr nicht.

Wie erwartet war es nicht schwierig gewesen, Dora die Geständnisse zu entlocken. Ihr war es eigentlich egal, was ich über sie dachte, alles, was sie wollte, war meinen Körper tief vergaben in ihrem. Und so kam es also dazu, dass ich jetzt gerade ihre festen Brüste in meinen Händen hielt.

Dora saß nackt auf mir, während sie mich ganz in sich aufnahm. Sie ritt mich hart und schnell, stöhnte dabei in mein Ohr, während ich ihre Brüste knetete, nur um ein weiteres Mal festzustellen, dass ich Titten aus Silikon nicht mochte. Doch das machte nichts, denn Dora hatte Erfahrung. Sie wusste, was und wie sie es tat, und vor allen Dingen wusste sie, wie man einen Mann zum Orgasmus bringen konnte. Also ritt sie mich stärker und noch schneller, presste ihre Busen fester gegen meine Hand, biss mir in den Hals und säuselte schmutzige Worte in mein Ohr.

Das ist der Moment, in dem ihr beschließen werdet, mich zu hassen. Ich war kein Protagonist, in den man sich verliebte, sondern einfach nur ein junger Mann, der hoffnungslos in dieser Welt verloren war.

Beim Schreiben war ich immer ehrlich, also hier meine ersten drei Geständnisse:

1. India Thomson berührte vielleicht nicht nur den Schriftsteller in mir, sondern den Menschen, der ich wirklich war.

2. Ich hatte einen Vaterkomplex, den ich gekonnt verdrängte, und deshalb würde ich auch Mr. Fallon aus dem Weg gehen; wenn es sein musste, würde ich mich sogar in den Damenwaschräumen verstecken.

3. Ich konnte nicht über mich selbst schreiben, weil ich mich selbst nicht mochte.

Ich hatte meine Schwester immer noch nicht zurückgerufen, obwohl etwas Schlimmes zu Hause passiert sein könnte.

Der Hass auf mich stieg an, als ich mit India in meinen Gedanken und meinem Schwanz tief in Dora kam.

India

1. Er würde nie über seine Ex-Freundin Lucille hinwegkommen – da war er sich ganz sicher.

2. Sein erstes Mal hatte er mit dem unbeliebtesten Mädchen der Schule, das heute lesbisch war.

3. Er seifte sich mit einem Duschgel in Pink ein, das eigentlich für Frauen war, weil er den Geruch von Himbeeren so mochte.

Kopfschüttelnd starrte ich auf meine Notizen.

»Schreiben ist mein Hauptfach«, hatte ich Brandon erklärt, kurz bevor wir uns verabschiedet hatten. »Und deshalb frage ich meine Mitmenschen nach ihren Geheimnissen. Sie inspirieren mich.« Ich hatte mich gefragt, wie zum Teufel Alec einen so starken Einfluss auf mich haben konnte, doch Brandon hatte sofort angefangen, draufloszuplappern, und mich damit vor meinen Gedanken gerettet. Aber je öfter ich seine drei Geheimnisse las, desto weniger fiel mir dazu etwas ein.

Wie machte Alec das nur?

Alec Carter war verrückt und komisch. Mürrisch und ein Arschloch. Und ja, verdammt noch mal, meine Lippen prickelten immer noch wegen unserem Kuss!

Als es an meiner Tür klopfte, wusste ich wie die Male zuvor, dass es Alec war. Ich machte die Tür auf und lächelte schief, weil ich richtiggelegen hatte.

»Können wir reden?«, fragte er mich.

Kein Hallo, kein *Wie war dein Date?*. Ich zuckte mit den Schultern und öffnete die Tür einen Spalt weit breiter. Doch Alec schüttelte den Kopf und vergrub die Hände in den Taschen seiner Hose, seine Füße wie angeklebt auf dem dreckigen Boden.

»Ich muss mich entschuldigen. Ich hätte dir keinen Fake-Account auf Tinder erstellen dürfen.«

»Stimmt.«

Ich musterte ihn genauer. Alecs Lippen waren rot geschwollen, sahen so aus, als wären sie geküsst worden und an seinem Hals klebten Knutschflecke. Ich musste an die fremde Frau denken, mit der ich Alec vor Stunden zusammen im Treppenhaus gesehen hatte. Was für eine Idiotin ich doch gewesen war, in Erwägung gezogen zu haben, dass die Frau nur einen Hausmeister gebraucht hatte.

Alec schwieg, ich schüttelte den Kopf. Er war doch derjenige, der reden wollte. Warum antwortete er mir nicht? Er holte tief Luft, hätte ich ihn besser gekannt, hätte ich vermutet, in seinen Gedanken würde gerade ein Kampf stattfinden.

Doch ich wusste nicht, wer er war.

Ich kannte nur den Geschmack seiner Lippen und wusste, dass seine Hände mich fest packten, wenn er seine harte Erektion an mir rieb. Er und ich waren nur Fremde, die dieselbe Leidenschaft für das Schreiben teilten, und Freunde mit denselben Ambitionen – so wie Alec es ausgedrückt hatte.

Deshalb überraschte es mich auch nicht, als er sagte: »Du hattest recht, Freunde küssen sich nicht. Aber wir haben uns geküsst, und das macht uns nicht mehr zu Freunden. Wir sollten unsere Unterrichtsstunden erst einmal auf Eis legen. Ich habe sowieso in nächster Zeit viel zu tun. Das ist mein vorletztes Semester und ich habe eine Menge Essays abzugeben. Ich habe einfach keine Zeit für weitere Recherche.«

»Kein Problem«, hörte ich mich sagen und studierte die Form seines frischen Knutschflecks.

»Na dann.«

Er verschwand.

Ich schloss die Tür. Ließ mich daran mit meinem Hintern bis auf den Boden sinken. Legte den Kopf in die Hände. Holte tief Luft. Nickte mir stumm Mut zu.

Es war gut, dass Alec unsere Freundschaft beendet hatte. Alec Carter hatte definitiv nicht zu meinem Plan gehört.

»Alles ist okay«, sagte ich laut, in der Hoffnung, dass dadurch wirklich alles wieder in Ordnung kommen würde.

Doch nichts war okay, und ich hasste mich selbst, weil meine Finger zu meinen Lippen wanderten, um nach Spuren von Alecs Kuss zu suchen. Fünf Minuten, sagte ich mir. Für fünf Minuten würde ich mir erlauben, über Alec Carter nachzudenken. Über dreihundert Sekunden, in denen ich traurig darüber sein konnte, dass Alec mich geküsst hatte, nur um zwölf Stunden danach von einer anderen Frau in den Hals gebissen zu werden.

Verdammt noch mal! Ich war garantiert nicht von zu Hause weggelaufen, um einem Mann nachzuweinen, den ich exakt eine Woche kannte. Selbst wenn sein Kuss sich wie der Himmel auf Erden und alle Freiheit der Welt angefühlt hatte.

Fünf Minuten.

Dann würde ich loslassen.

Kapitel 20

»It's so strange that everything in autumn is dying;
yet everything is so beautiful.«

Unknown

Alec

Es war Herbst, und ich mochte den Herbst. Diese Jahreszeit inspirierte mich mit ihren unzähligen bunten Blättern am allermeisten, wenn ich mit meinem Laptop im Central Park saß. Nur tat ich das gerade nicht, sondern befand mich in der Bahn nach New Jersey. An der Haltestelle New Haven stieg ich aus und vergrub die Hände in den Taschen meines Pullovers, während ich die Treppen nach draußen bestieg. Oben angekommen blies mir der Wind kalt in mein Gesicht, und ich wusste, ich hätte eine Jacke mitnehmen sollen.

»Alec«, sagte meine Schwester Sophia, nachdem ich zu Hause angeklopft hatte. »Es ist kalt draußen, warum hast du dir keine Jacke übergezogen?«

Sie schüttelte den Kopf. Doch ich grinste und vertrieb jedes weitere tadelnde Wort mit einer langen Umarmung. Ich drückte Sophia an meine Brust und bemerkte dabei, dass sie dünner geworden war.

Ich schluckte.

Überwies ich nicht genug Geld in die Haushaltskasse? Wahrscheinlich. Lebensmittel wurden immer teurer. Meine Schwester brauchte mehr Geld. Zu Hause würde ich meinen Chef anrufen und ihn fragen, ob ich mehr Schichten im Buchladen übernehmen könnte.

»Ich habe dich vermisst, Baby Girl«, sagte ich und drückte ihr einen Kuss auf das Haar.

»Iih, Alec!« Meine Schwester, löste sich sofort aus unserer Umarmung. »Nenn mich nicht Baby Girl!«

»Aber du bist mein Baby Girl.« Ich zuckte die Schultern.

Sophia verdrehte die Augen und wir schritten in die Zweizimmerwohnung. Der vertraute Geruch nach nicht bezahlten Rechnungen, schmutzigem Geschirr, muffeligen Kissen und Hoffnungslosigkeit strömte mir in die Nase. Ich hasste mein Zuhause. Hätte ich gekonnt, hätte ich sofort wieder kehrtgemacht.

Meine Schwester führte mich in die Küche; wir beide hatten das Wohnzimmer noch nie gemocht, zu viele leere Glasflaschen, trashiges TV und manchmal ein zurückgebliebener One-Night-Stand unserer Mutter. Zuerst öffnete ich den Kühlschrank, um herauszufinden, ob ich mit Sophia einkaufen gehen musste. Butter, Käse, Milch und Eier. Drei Becher Joghurt, Paprika und sogar ein Brokkoli. Erleichtert atmete ich aus.

»Suchst du was Bestimmtes?«, fragte sie und nickte auf den kleinen Küchentisch, auf dem sie bereits zwei Schüsseln und eine Packung Cornflakes aufgestellt hatte.

»Jep, du hast die Milch vergessen.« Ich griff nach der Tüte Milch.

Sophia verdrehte die Augen. »Ich habe sie extra im Kühlschrank gelassen. Wir beide hassen warme Milch, schon vergessen?«

Ich setzte mich an den Tisch, wo sie bereits anfing, ihre Schüssel um vier Uhr nachmittags mit den Frühstücksflocken zu füllen.

»Wie heißt sie?«, fragte meine Schwester mich mit Cornflakeskrümeln an ihren Mundwinkeln.

Ich verzog die Augenbrauen. »Von was redest du?«

»Von dem Mädchen, wegen dem du heute nicht ganz so miesepetrig wirkst. Du siehst irgendwie glücklicher als sonst aus. Also muss es bestimmt an einem Mädchen liegen.«

Ich schüttelte verwirrt den Kopf. Ich wollte meiner Schwester sagen, dass ich nicht glücklicher als sonst wirken konnte, weil India und ich nicht mehr miteinander redeten. Dann hätte ich nämlich zugeben müssen, dass India irgendwas mit mir machte. Also wechselte ich das Thema.

»Du hast abgenommen. Du isst doch genug, oder?« Ich musterte meine Schwester genau. Dieselben roten Haare wie meine, unzählige Sommersprossen auf den Wangen und grünbraune Augen, die trotz allem immer strahlten.

»Du bist der beste große Bruder auf der Welt!« Sophia klatschte in die Hände, auf ihren Lippen erschien ein Grinsen und das India-Thema war vergessen. »Hast du schon einmal etwas von der Kohlsuppen-Diät gehört? Wenn nicht, ist es besser so. Ich kann die Suppe niemals wieder auch nur ansehen, ohne dabei zu kotzen. Eine Woche lang habe ich die ekelhafte Brühe gegessen! Jedenfalls habe ich drei Kilo abgenommen, und du bist der Erste, der es bemerkt. Meine beste Freundin meinte nämlich, dass sie keinen Unterschied sieht.«

Mir fiel ein Stein vom Herzen. Meine Schwester hungerte nicht, weil wir kein Essen zu Hause hatten, sondern weil sie abnehmen wollte. Moment mal. Sie hungerte trotzdem. Ich fuhr mir ratlos durch die Haare. Es war einfach unmöglich, ein gutes Elternteil zu sein, wenn man eigentlich nur der große Bruder war.

»Du musst nicht abnehmen, Sophia.« Das waren die einzigen Worte, die mir einfielen. »Warum zum Teufel hast du diese bescheuerte Diät gemacht?«

Ich schüttelte den Kopf, griff nach den Cornflakes und füllte die Schüssel meiner Schwester bis an den Rand.

»Na ja …«, begann sie und zog dabei die Worte in die Länge, wie es nur Teenager machten, um der Wahrheit aus dem Weg zu gehen.

»Raus mit der Sprache, Sophia.«

»Na, schön.« Sie holte tief Luft. »Es gibt da einen Jungen, den ich mag. Er ist neu in meiner Klasse und angeblich war seine letzte Freundin ein Model. Und wie du sehen kannst, würde ich auch ohne ein Gramm Fett nicht wie ein Model aussehen. Jedenfalls mag ich ihn wirklich. Aber ich habe keine Lücke zwischen meinen Oberschenkeln, außerdem sind meine Beine nicht besonders lang. Ich muss mir immer noch BHs mit einer Körbchengröße A kaufen. Und kein Junge steht auf rote Haare«, seufzte meine Schwester, bevor sie einen großen Löffel ihrer Cornflakes nahm.

Ich beobachtete meine Schwester dabei, wie sie ihre Cornflakes aß, und wünschte mir zum millionsten Mal, dass Sophia und ich eine normale Mutter gehabt hätten.

Doch die hatten wir nicht.

Unsere Mutter ... war anders. Sie war nicht wirklich eine Mutter, sie war mehr eine Frau, die ein gebrochenes Herz hatte und nie darüber hinwegkommen würde, dass ihr Mann sie verlassen hatte. Manchmal saß sie auf ihrem Bett, einen Bilderrahmen in der Hand, strich mit ihren Fingern über die Glasscheibe, in der Hand ihre Glasflasche und wimmerte: »Ernest, Ernest, Ernest.« Sie schrie *Ernest* im Schlaf und kritzelte den Namen auf Kassenbons, wenn sie in der Küche mit einem Glas Wein saß, so als würde er dadurch wiederkommen.

Aber er kam nicht wieder. Das realisierte meine Mutter auch. Und dann ging es nur noch bergab.

Meine Mutter war nicht immer so verloren gewesen wie jetzt. Als ich noch kleiner war, hatte sie sich bemüht, ihr Leben auf die Reihe zu bekommen, jeden Tag gekocht, darauf geachtet, dass ich nicht ohne eine Jacke nach draußen ging, und Sophia sogar Schokoladenriegel in ihre Butterbrotdosen gesteckt. Meine Mutter lächelte nicht oft, sagte abends, dass Mommy jetzt Zeit für sich bräuchte, und verschloss sich in ihr Schlafzimmer. Mit der Glasflasche, den Bildern und Ernest. Doch tagsüber war sie wieder da, bereit, irgendwie eine Mutter zu sein, obwohl sie eigentlich nichts als ein gebrochenes Herz war. Meine Mutter funktionierte so lange, bis sie merkte, dass ich auch funktionieren konnte. Danach gab sie auf. Sophia und mich. Die Welt. Das Versuchen. Danach gab es nur noch Ernest in ihren Gedanken und die Flasche in ihrer Hand.

Mit den Jahren hatte ich gelernt, ihre Launen in drei Kategorien zu unterscheiden. Meistens befand meine Mutter sich in ihrer Scherbenmutterlaune, in der sie tagsüber in Kneipen saß und ihrem Stammbarkeeper die Ohren vollheulte. Meistens von Ernest und ihrem gebrochenen Herzen, dass das Leben einfach scheiße wäre, wieder von Ernest, und manchmal redete sie sogar davon, dass sie gerne so vieles anders machen wollen würde. Die Ich-mache-jetzt-alles-anders-Laune hatte meine Schwester am liebsten, weil das die einzige Laune war, in der meine Mutter erkannte, dass sie eine Mutter war. Sie ging dann einkaufen, backte Muffins mit Smarties, weil Sophia die am liebsten hatte, kratzte Geld für Kinobesuche und Pizzaessen zusammen, verbrachte die Abende mit meiner Schwester zu Hause auf der Couch, strich Sophia dabei über die Haare und sagte ihr, dass ihr die letzten Wochen so leidtäten, aber dass jetzt alles anders sein würde. Als Sophia noch kleiner gewesen war, hatte sie dann ihre Spielsachen aus den Kisten gepackt und meine Mutter und sie spielten bis in die Puppen mit den Barbies. Wenn meine Mutter es dann sogar noch schaffte, uns am nächsten Morgen Butterbrote zu schmieren, sagte Sophia mir auf dem Weg zur Schule: »Siehst du, Alec. Alles wird gut, weil Mom jetzt endlich alles anders macht.« Das Problem an der Ich-mache-jetzt-alles-anders-Laune war, dass sie so schnell wieder ging, wie meine Mutter ein Glas Whiskey runterkippen konnte. Und man muss wissen, dass sie das in Rekordzeit konnte. Wenn ich mich nicht irrte, hatte sie sogar irgendeine Medaille, die das bewies; anscheinend hatten sie und ihre Alkoholikerfreunde eine Schwäche für Wettbewerbe, bei denen sie sich und ihre Sucht messen konnten. Die letzte Laune meiner Mutter war die Ich-mal-mir-die-Welt-wie-sie-mir-gefällt-und-tue-so-als-wäre-ich-wieder-zwanzig-Laune. Diese Laune hasste ich am meisten wegen der One-Night-Stands, die bei uns ein- und ausgingen, der lauten Musik, zu der meine Mutter Miniröcke vom Discounter anprobierte, und den verstörenden Unterhaltungen, bei denen sie mich mit ihren kniehohen Stiefeln und dem zerrissenen Jeansrock fragte: »Und, Alec? Glaubst du, die anderen Männer finden deine Mommy so heiß?«

Desto mehr Zeit verging, desto seltener wurde ihre Ich-mache-jetzt-alles-anders-Laune, stattdessen machte sie ständig einen drauf und ich kümmerte mich um meine kleine Schwester. Doch manchmal scheiterte ich. Besonders dann, wenn Sophia *Mädchenprobleme* hatte. *Warum schreibt Owen mir nicht zurück, Alec? Die enge Jeans oder lieber das Kleid mit den Blümchen? Was mache ich gegen meine Bauchkrämpfe? Wieso mag Tyra mich plötzlich nicht mehr? Wo finde ich meinen persönlichen Chuck Bass?* In diesen Momenten wünschte ich mir dann, dass meine Mutter verstehen würde, dass sie für ihre Kinder da sein musste, sich nicht tagelang mit ihrem geliebten Alkohol unter ihrer Bettdecke verstecken und dabei so tun konnte, als hätte sie keine Tochter im Teenageralter, die mütterliche Ratschläge gebrauchen konnte. Es reichte nicht, dass sie dreimal im Jahr einen nüchternen und guten Tag hatte, mit einem Lächeln aus ihrem Zimmer torkelte und verkündete, dass Sophia und sie heute Spaß haben würden. Es reichte nicht, dass meine Mutter Sophia alle paar Monate zum Pizzaessen einlud, ihr und sich selbst eine Cola bestellte, weil sie meinte, sie würde ab jetzt trocken werden, und Sophia in ihr Tagebuch schrieb, dass ihr Wunsch sich nun erfüllen würde, weil Mutter jetzt trocken werden würde. Es reichte verdammt noch mal nicht, weil die nüchternen Tage so schnell vergingen wie ich *Meine Mutter ist eine Alkoholikerin und wird ihren Whiskey immer wieder verfallen* tippen konnte.

Sophia kaute auf ihren Cornflakes und schaute mich aus den grünen Augen an. Sie wartete auf einen Kommentar, einen Ratschlag, eine Antwort. Doch ich hatte keine Antworten. Auf rein gar nichts. Ich wusste nicht, wo unser Vater sich rumtrieb, und hatte keinen blassen Schimmer, wieso meine Mutter nur für Alkohol aus ihrem Bett kriechen konnte. Ich wusste gestern keine Antwort, als mich Mr. Callihan fragte, wieso ich immer über dieselben Dinge schrieb. Ich wusste nicht, wieso India sich ihre roten Strähnen plötzlich abgeschnitten hatte. Und ich fand verdammt noch mal keine Antwort darauf, wieso India sich überhaupt in meinen Gedanken herumtrieb, obwohl ich ihr seit zwei Wochen aus dem Weg ging.

Ich hatte verdammt noch mal keine Antworten!

Doch hier saß meine kleine Schwester und durchlebte die Phasen, die alle Teenager ertragen mussten. Ich wusste, meine Schwester litt. Also riss ich mich zusammen, doch wünschte mir trotzdem, dass meine Mutter eines Tages einen Entzug machen würde, damit sie ihrer Tochter in ferner Zukunft erklären könnte, dass sogar Prinz Charming höchstpersönlich nicht gut genug für sie gewesen wäre.

India

»Das war doch eine Frechheit!«, sagte Ava und zog den Reißverschluss ihres Parkas höher.

Unsere Stiefel knirschten unter den bunten Blättern und ich vergrub die Hände tief in den Taschen meiner braunen Lederjacke. Wir liefen über den Campus in Richtung Gebäude drei. Ava hatte mich vor ein paar Minuten in der Bibliothek gefunden, wo ich mich mit einer Ausgabe *Paris, ein Fest fürs Leben* in einem Sessel versteckt hatte. Ob vor meinen Geschichten, die ich eigentlich abtippen musste oder vor meinem Nachbarn, wusste ich nicht so genau. Auf jeden Fall kam Ava mit zwei Bechern Kaffee reingeschneit, die sie fast auf dem Laptop eines Typs mit acht Mathematikbüchern vor sich verschüttete. Sie rief ein lautes »Oh mein Gott, es tut mir so leid«, bevor sie mit ihren klackernden Absätzen auf mich zusteuerte und stöhnte: »India, was zum Teufel macht du hier? Ich habe dich überall gesucht und –« Und weiter kam sie nicht, weil der Typ mit den Mathebüchern sie unterbrach, indem er auf das Bitte-Flüstern-Schild hinwies. Es folgte eine Diskussion, Ava meinte, sie hätte geflüstert, der Typ sagte, sie schreie immer noch, und ich packte meine Sachen zusammen, um meine Freundin aus der Bibliothek zu schaffen.

Und jetzt waren wir hier.

»Und dann noch dieser komische Akzent! Was glaubt er, wer

er ist? Die Queen, oder was? Der kann mir doch nicht verbieten, zu reden!«

Wir gingen über den Campus, die Bäume um uns herum orange, rot und gold. Wie es wohl zu Hause gerade aussah? Ich vermisste Alabama und die Wälder, die Luft, die dort nicht nach den Abgasen der drängelnden Taxis schmeckte, das Gefühl, nicht ständig allein zu sein, wenn ich nach Hause kam, auch wenn mein Zuhause nichts weiter als ein Gefängnis aus Pflichten und Erwartungen gewesen war. Aber trotz allem … Ich vermisste es. Ich liebte meine Freiheit. New York. Das Schreiben. Das wirkliche Leben. Alles war so brandneu, meine Zeit tickte und ich wusste, dass nicht einmal ein ganzes Leben gereicht hätte, um New York vollends zu erkunden. Ich genoss meine Zeit hier; das war schließlich das, was ich gewollt hatte. Doch manchmal saß ich auf meinem Bett, der Laptop auf meinem Schoß war dabei, sich zu überhitzen, und die leere Wordseite seit mehr als zwei Stunden leer. Ich wollte schreiben, aber mir fehlten die Worte und die Ideen, alles, was ich schrieb, schrie nach langweiligem Nichts, sodass ich nicht anders konnte, als wie eine Verrückte auf die Löschtaste zu drücken. An diesen Abenden halfen weder Ben & Jerry's, *Modern Family* noch beides zusammen, und mir blieb nichts anderes übrig, als den Laptop auszuschalten und ratlos an die Decke zu starren. Ich fühlte mich wie das kleine, hilflose Mädchen, als das meine Eltern mich wahrscheinlich immer betiteln würden, wenn ich daran dachte, dass ich mich zu Hause nie so verloren gefühlt hatte. Hier in New York hatte ich nur mich und ich begann zu begreifen, dass Nur-India ziemlich frei war, was aber nicht hieß, dass Nur-India reichte.

»… und das größte Problem an diesem Typ war, dass er verdammt noch mal heiß ist!« Avas Stimme hob sich bei den letzten Worten und riss mich aus meinen Gedanken. Ich drehte ihr das Gesicht zu. Sie raufte sich durch die Haare, ihre Lippen waren aufeinandergepresst und sie erinnerte dabei an ein Mädchen, das sich in den Bad Boy der Klasse verguckt hatte, obwohl sie es nicht wollte.

Die Gruppe von Studentinnen, die gerade an uns vorbeizog, musterte sie komisch, doch Ava bemerkte es nicht einmal.

»Ich bezweifle, dass Mr. Oxford der Grund für deine schlechte Laune ist. Was ist wirklich los?«

Ava blieb abrupt stehen und holte tief Luft. Ihre großen Augen richteten sich auf den Boden, ihre Schuhspitzen spielten mit einer Kastanie.

»Da ist eine Bank«, sagte ich und nickte nach links, bevor ich sie am Arm zog und wir uns niederließen. Die Bank fühlte sich eisig unter meinem Hintern an, der Wind blies uns stark in die Gesichter.

»Ich habe mit Jamie Schluss gemacht.« Sie vergrub die Hände tief in den Taschen ihres Parkas.

»Schluss gemacht?« Meine Augenbrauen zogen sich verwirrt zusammen. »Wart ihr ein heimliches Paar, oder wie?«

»India.« Sie seufzte. »Wenn Jamie und ich zusammen gewesen wären, hätte ich es dir erzählt, natürlich waren wir nicht wirklich zusammen, aber … aber indirekt waren wir es irgendwie schon, findest du nicht?«

Kopfschüttelnd sah ich sie an.

Jamie und Ava waren nicht indirekt zusammen gewesen. Erst vor einer Woche hatte Maxton Jamie mit seiner neusten Frauengeschichte aufgezogen. Irgendeine Kunststudentin, die Jamie Bilder von sich in Superheldenoutfits schickte und dabei fragte, ob Jamie keine Shero in seinem Leben gebrauchen könnte. Maxton hatte Jamie lachend gefragt, ob sie die roten Stiefel auch im Bett trug, Ava hingegen hatte so getan, als wäre die Verpackung ihres Schokoriegels so spannend wie Riverdale, wenn Cole Sprouse sich seine sexy Serpents-Lederjacke überzog.

»Irgendwie zusammen?«, fragte ich zögerlich.

»Gut, wir waren nicht wirklich zusammen gewesen. Aber jeder wusste, dass er mich mag und ich ihn. Zwischen uns … Da war einfach etwas. Aber Jamie hat irgendein Problem. Das weiß ich. Ganz sicher. Ich spüre das, dafür muss ich nicht seinen Kaffeesatz oder seine Gedanken lesen können. Wir haben gestern irgendeinen Liebesfilm geschaut, den Netflix mir empfohlen hat.«

Sie holte tief Luft, bevor sie meinte, dass das Ganze schrecklich gewesen wäre. Jamie in ihrem Bett, so nah und irgendwie so fern, und ja, natürlich wüsste sie, wie klischeehaft sich das anhörte. Aber es wäre einfach so gewesen. Jedenfalls machte Jamie sich über den Film lustig, bezeichnete die Geschichte als lächerlich erzwungen und unnötig, weil es seiner Meinung nach keinen Konflikt zwischen dem Paar gäbe. Es wäre doch offensichtlich, dass die beiden Hauptcharaktere sich mochten und nur so taten, als wären sie Freunde.

»Also habe ich ihm gesagt, dass die Freundschaft zwischen uns auch lächerlich erzwungen ist, weil wir mehr sind als das. Das Paar auf Netflix hat sich geküsst, Ellie Goulding hat sogar irgendeinen Liebessong gesungen und Jamie hat mich so angestarrt, als wäre ich lächerlich verrückt. Er ... Er hat darauf bestanden, dass wir nur Freunde wären. Er hat das den kompletten Abspann wiederholt, ohne dass ich etwas gesagt habe. Es ging die ganze Zeit so: Ava, wir sind nur Freunde. Das ist doch verrückt. Ava, wir sind nur Freunde. Das ist doch verrückt. Ava, wir sind nur Freunde. Das ist doch verrückt. Irgendwann konnte ich einfach nicht mehr, India. Und das habe ich ihm gesagt. Und dann hat er gesagt, dann wäre es wohl besser, wenn er geht. Und dann habe ich gesagt, es wäre wohl besser, wenn er nie wiederkommt. Und dann ist er gegangen.«

»Oh, Ava.« Ich legte die Hand tröstend auf ihre Schulter. »Also hast du ihm die Freundschaft gekündigt?«

Sie nickte. »Deshalb habe ich dich gesucht. Ich wäre ja gestern schon bei dir vorbeigekommen, aber ich war zu beschäftigt damit, mich in meinem Bett zu verkriechen und diesen beschissenen Liebesfilm in Dauerschleife zu schauen, weil ich anscheinend masochistisch bin. Auf jeden Fall kann ich nicht mehr mit den Jungs zu Mittag essen ... Sie waren schon immer mehr seine Freunde als meine. Und da du und Alec euch ebenfalls geschickt aus dem Weg geht, sind wir jetzt wohl alleine.«

Kapitel 21

»Meraki: To do something with soul,
creativity or love;
to put something of yourself in your work.«

Alec

Ich hasste, dass ich eigentlich ein Schreibgenie war und das Schreiben plötzlich beschlossen hatte, dass es keine Lust mehr auf mich hatte. Ich verstand das nicht. Ich dachte, die Worte und ich hätten eine besondere Bindung, dass wir uns verstehen würden wie kein anderer, auch wenn manche meiner Sätze ziemlich lang waren und mein Dozent in dem Belletristikseminar mir die immer anstrich. Doch trotz meiner Bandwurmsätze hatten das Schreiben und ich uns geliebt. Bis zu dem Zeitpunkt, an dem ich auf India Thomson getroffen war und meine Finger plötzlich meinten, sie wollten nur Wörter über sie tippen, was verdammt noch mal nicht akzeptabel war; India hatte mir nie drei ihrer bestgehüteten Geheimnisse verraten, also hatte ich nichts zu schreiben, denn den Geschmack ihrer Lippen und das Gefühl ihrer Haut, das alles hatte ich doch verdrängt, weil ich ebenfalls der Beste im Verdrängen war. Ich hasste, wie ich die Idee zu der Kurzgeschichte über sie verworfen hatte, ohne überhaupt damit angefangen zu haben. Ich hatte vor meinem Laptop gesessen, meine Augen hatten gegen den grellen Bildschirm geblinzelt und meine Finger so kribbelig über der Tastatur geschwebt, als könnten sie es kaum erwarten, endlich auf die Tasten zu hauen. Doch ... nichts. Die Seite blieb blank, in meinem Kopf ein Chaos von Ideen, die sich zuschrien, sie wären die besten, obwohl ich fand, dass sie alle scheiße waren, weil ich nicht über India schreiben konnte. Oder wollte. Ich wollte nicht näher über sie nachdenken. Ich wollte sie nur verdrängen, ihren Kuss und ihr Lachen. Wie sie meinen Namen aussprach, als wäre ich nicht ein mürrisches Arschloch, sondern ein Mensch mit Herz, das sie in meinem Bandwurmsätzechaos aus welchem Grund auch immer erkannte. Ich hasste meine Kurzgeschichte über India, die ich nie geschrieben hatte, und ich hasste immer noch, wie ich an sie dachte, wenn ich meinen Schwanz aus den Boxershorts packte. Ich hasste, wie Mr. Callihan mich heute zu einem Gespräch gebeten hatte, in dem er mir sagte, dass er sich Sorgen um mich und meine Texte machte. Sie wären nicht mehr so wie früher. Etwas fehlte. Ich sollte etwas anderes ausprobieren. Mehr in mich hineingehen. Vielleicht einen Spaziergang machen. Vielleicht ein paar Bücher lesen, damit ich wenigstens herausfand, wie und was ich nicht schreiben wollte. Aber das Lesen hasste ich immer noch, der ständige Drang, etwas zu verbessern, egal, ob Verb, Adjektiv oder Wortstellung, das machte mich fertig. Ich hasste, dass Dora Larkins in den letzten Tagen fünfmal an meine Tür klopfte, dabei immer durchsichtige Tops trug, damit sie mir ihre Fake-Titten in grellen BHs zeigen konnte, die eigentlich nur Teenager wie meine Schwester kauften. Ich hasste es, mir vorzustellen, wie meine Schwester sich grelle Unterwäsche für einen Deppen kaufen könnte. Ich hasste, dass meine Schwester eine beschissene Mutter und keinen Vater hatte, dafür nur mich. Mich hasste ich auch, denn ich war nicht nur ein Scheißmensch, sondern jetzt auch ein Scheißschreiber, der keine Geschichten mehr schreiben konnte, obwohl das doch meine verdammte und beste Stärke von allen gewesen war.

Und ich hasste Flughäfen.

Sie waren laut, das Rauschen der Flugzeuge und die rollenden Koffer unüberhörbar und sie wurden überflogen von lauter Gefühlen, die ich stets verdrängte. Aber Mr. Callihans Worte hörten nicht auf, an die Wände meines Kopfes zu schlagen, sie erzählten mir, dass ich neue Inspiration brauchte und zwar dringend. So saß ich also am John-F.-Kennedy-Flughafen und beobachtete das Geschehen um mich herum, weil der Flughafen mein letztes Ass im Ärmel war, wenn es darum ging, mich inspirieren zu lassen.

Heute hatte ich mich für das Ankunfts-Terminal entschieden. Das war eine kluge Wahl von mir gewesen. Ich kannte mich selbst und hatte gewusst, dass ich im Bereich der Abflüge jede fünf Sekunden die Augen verdreht hätte. Tränennasse Abschiede, Koffer voller Heimweh, obwohl deren Besitzer noch nicht einmal in den Flieger gestiegen waren. Wieso setzten die Menschen sich überhaupt in ein Flugzeug, wenn es ihnen nur das Herz brach? Wieso blieben sie dann nicht einfach zu Hause? Menschen waren schlichtweg dumm und machten sich das Leben unnötig schwer. Ich saß an meinem üblichen Platz, eine unbequeme Bank, und schlurfte meinen kalten Kaffee. Der Laptop vor mir leuchtete grell und ich wartete auf die Inspiration, die sicherlich gleich kommen würde. Kommen musste. Jedenfalls sagte ich mir das seit zwei Stunden.

Ich ließ meinen Blick durch die Menge schweifen, der New Yorker Flughafen war wie immer überfüllt: fremde Körper an fremden Körpern, Teenager, die Plakate mit Herzen in die Höhe hielten, Frauen, die Sektgläser mit den Händen umklammerten, Männer, die mit Blumen in den Händen auf ihre Herzensdame warteten.

Warum kauften sie überhaupt Blumen? Rosen gingen nach drei Tagen ein. Warum schenkten sie den Frauen keine Topfpflanzen? Davon hätten sie länger was gehabt.

»Alec?«

Ich drehte meinen Kopf nach links und seufzte. India Thomson war nicht die Inspiration, auf die ich gehofft hatte. Auch wenn meine Nachbarin anscheinend alles war, was mir mein Gedächtnis zeigen konnte. Nachts, wenn ich nicht schlafen konnte, versuchte ich mir einzureden, dass ich es vielleicht noch einmal mit der Kurzgeschichte über sie versuchen sollte, dass die ersten Seiten nicht ganz so katastrophal werden würden, wie der Rest, den ich momentan fabrizierte, weil es um India gehen würde. Und India war für mich alles Schöne auf der Welt, und das war komisch, denn ich sah die Welt eigentlich nur in Schwarz und böse.

Meine Nachbarin trat nervös von einem Fuß auf den anderen, während sie das MacBook vor ihrem Körper hielt. Ihre Haare waren zu einem Zopf gebunden und ihre Augen schimmerten so müde, wie ich mich fühlte. Ich wusste aus erster Quelle, dass India nicht viel schlief, denn ich hörte ihre Comedysendung bis in die frühen Morgenstunden.

»Was machst du hier?«, fragte ich, fragte sie und das zur selben Zeit.

Ein schwaches Lächeln bildete sich auf ihren Lippen, und ich konnte nicht anders, als auf den freien Platz neben mir zu klopfen; dass wir keine Freunde mehr waren und ich sie eigentlich verdrängen wollte, hieß nicht, dass sie sich nicht zu mir setzen konnte.

Als India den letzten Schritt auf die Bank zumachte, wurde sie fast von einem gestressten Mann mit seinem Koffer überfahren. Ich legte den Kopf schief. Vielleicht könnte ich etwas über ihn schreiben. War In-Eile-zu-sein ein Gefühl, das die Leser interessiert hätte?

»In Eile sein«, begann ich, als India sich neben mir niederließ. »Glaubst du, man könnte das als ein sehr intensives Gefühl beschreiben? Würdest du darüber ein Buch lesen wollen? Ich könnte eine Kurzgeschichte über einen Mann schreiben, der ständig in Eile ist. Er könnte immer zu spät sein und somit sein komplettes Leben verpassen. Das ist doch gar keine schlechte Idee. Ich könnte den Mann Sebastian Elton nennen. Das wäre doch ein guter Name gewesen, oder?«

»Vielleicht«, erwiderte India und kratzte sich am Kopf.

Ich seufzte.

Dann fragte sie: »Was machst du überhaupt hier, Alec?«

Ich seufzte wieder. Was ich hier machte? Das, was ich immer tat: leben und dabei versuchen, etwas Gutes auf eine Worddatei zu bringen. Nur gestaltete sich mein Leben dabei problematischer als gedacht, und vielleicht war ich auch einfach nur einer dieser Menschen, die sich das Leben selbst schwermachten.

»Inspiration sammeln«, sagte ich schließlich und starrte die leere Seite auf meinem Laptop an. »Und du?«

India

»Kunst ist ein verdammtes Stück Scheiße«, hatte Ava gesagt, nachdem sie mich mit roten Augen in der Damentoilette vorgefunden hatte. »Manchmal magst du es, manchmal hasst du es. Und wenn du es hasst, hasst du die ganze Welt. Dabei kommt es auch nicht darauf an, ob du zeichnest, schreibst, singst oder von mir aus auch Blockflöte spielst. Kunst macht einfach verrückt.«

Ava hatte recht. Deshalb schwieg ich; was hätte ich darauf schon antworten können? Sie zog mich hoch und wir gingen in die Mensa, wo wir auf Evelyn trafen.

»Wenn ich nicht weiterweiß, fahre ich zum JFK. Da gibt es immer Menschen, die mich inspirieren, du weißt schon, tränennasse Abschiede, Liebeserklärungen auf den letzten Drücker und dramatische Wiedersehen. Ich habe da einige meiner besten Aufnahmen geschossen. Der JFK ist ein wahres Künstler-Paradies. Wieso versuchst du es nicht auch?«

So war ich also hier gelandet.

»Ich suche auch nach Inspiration«, sagte ich Alec. »Ich hatte heute ein Gespräch mit Mr. Fallon und –«

»Mr. Fallon ist dein Professor?« Er verzog das Gesicht.

Ich nickte. »Ich habe das Schreibwerkstatt-Seminar bei ihm belegt. Ist er auch dein Professor?«

Mein Nachbar blinzelte und schüttelte dann den Kopf. »Nicht mehr, aber ich hatte im ersten Semester das gleiche Seminar belegt.«

»Wahrscheinlich sollte ich dankbar für so einen guten Professor wie Fallon sein. Aber ich hatte heute ein Gespräch mit ihm und er hat mir die Wahrheit in der Form von seinem Korrekturstift präsentiert. Und was soll ich sagen? Die Wahrheit ist nicht schön.«

»Die Wahrheit ist nie schön«, sagte Alec und fokussierte etwas weiter vor uns.

Ich folgte seinem Blick und beobachtete, wie ein Mann eine Frau in die Arme nahm. Selbst aus unserer Entfernung konnte man die dicken Freudentränen ausmachen, die der Frau von der Wange liefen. Die Finger des Mannes hingegen konnten nicht aufhören, die Frau zu berühren, während er ihr einen Kuss auf die Nasenspitze hauchte. Dann zog er sie ein weiteres Mal in eine Umarmung, streichelte mit den Händen ihren Rücken entlang und stützte sein Kinn auf ihren blonden Haaren ab.

»Die beiden werden heute fantastischen Sex haben.«

»Das ist alles, was du zu den beiden zu sagen hast?« Ich schüttelte den Kopf.

»Ich schreibe keine kitschigen Liebesromane, India«, sagte er und hielt inne. »Bis jetzt zumindest nicht.«

Alec kratzte sich am Kinn und wandte den Blick von mir ab. Eine Stimme im Hintergrund machte darauf aufmerksam, dass man sein Gepäck nicht unbeaufsichtigt lassen sollte.

»Siehst du die Frau mit dem zusammengebundenen Haar und dem roten Lippenstift?« Alec deutete mit seinem Kopf nach links.

»Ja, was ist mit ihr?«

Er drehte mir den Körper zu, auf seinen Lippen lag ein schiefes Grinsen. »Dasselbe wolle ich dich gerade fragen, was siehst du in ihr?«

Mit schräg gelegtem Kopf musterte ich die Frau genauer. Ihre Haare waren braun, blond an den Spitzen und baumelten ihr in einem hohen Zopf auf dem Kopf. Sie war nicht größer als ich und schob einen schwarzen Koffer vor sich her, darauf eine große Tasche, um ihre Schultern eine kleinere. Ihre Beine steckten in rissigen Jeans, ihr Füße in klobigen Boots. Ihr Blick war nach unten gerichtet, so als wüsste sie, dass niemand auf sie wartete. Etwas an ihr war traurig. Doch was sah ich in ihr?

»Sie ist eine hübsche Frau, aber sie ist traurig. Vielleicht hat sie gerade ihren Internetfreund in Florida besucht und erfahren, dass er schon seit zehn Jahren eine reale Freundin hat?«

Alec verzog das Gesicht. »Das war …«

»Nicht wirklich gut, ich weiß. Manchmal frage ich mich, was ich mir überhaupt dabei gedacht habe, Schreiben zu studieren. Meistens will ich dann meinen Laptop in den Mülleimer schmeißen und nie wieder zurückschauen.«

»Glaub mir«, seufzte er und tippte mit den Fingern auf das Gehäuse seines Laptops. »Ich weiß genau, was du meinst.«

»Sagte mein Nachbar aka das größte Schreibgenie überhaupt.«

»Ich …« Alec kniff die Augen zusammen. »Ach, egal.«

Für mich war es nicht egal, ich hätte gerne gewusst, wieso Alec anscheinend so verzweifelt wie ich war. Doch ich fragte nicht; ich wusste es besser, hinterher würde er noch meinen, ich schuldete ihm für diese Antwort ein Geheimnis. Also wechselte ich das Thema. »Und du, Alec? Was siehst du in der Frau?«

Alec nahm den Blick von seinem Laptop und schaute der Frau nach, bis sie auf den Rolltreppen nach unten verschwand. »An ihrer Tasche hat ein Firmenausweis einer Airline gebaumelt, was darauf schließen lässt, dass sie Flugbegleiterin ist. Sie ist in Boston stationiert, lebt aber in New York, weil sie hier aufgewachsen ist und an ihrem Zuhause hängt. Sie sieht niedergeschmettert aus, weil sie es auch ist. Sie hat die ganze Nacht gearbeitet und noch keine Sekunde ein Auge zugemacht. Sie hasst es, durch die Menge von wartenden Leuten zu waten, weil ihr dabei bewusst wird, dass niemand auf sie wartet. Sie ist …« Er legte den Kopf schräg. »Sie ist einsam.«

Alecs Bildschirm wurde schwarz, mein Blick verharrte auf der Rolltreppe, auf der die Frau schon seit Minuten nicht mehr zu sehen war.

»Wie heißt sie?«

Alec zögerte keine Sekunde. »Selena Abraham.« Sofort tippte er die beiden Worte unter den Namen Sebastian Elton.

»Ich bewundere dich, Alec. Dir gehen die Ideen nie aus. Du hast wirklich Talent. Hat dir das schon jemand gesagt?«

»Die Dozenten bevorzugen das Wort Potenzial«, murmelte er und starrte auf die Buchstaben in Courier New. »Aber Talent und Potenzial bringen nichts. Man muss das Schreiben lieben und dem Schreiben alles geben. Manchmal habe ich das Gefühl, ich habe meine Seele dem Schreiben verkauft. Und dann frage ich mich, wofür. Vielleicht macht das Schreiben nichts besser, sondern alles schlimmer. Meine Texte sind nie perfekt, immer haben meine Charaktere zu wenig Emotionen. Aber ich möchte nicht über Gefühle schreiben! Warum versteht das keiner?«

Ich setzte mich auf. »Aber lesen wir nicht genau der Gefühlen wegen? Wollen die Leser nicht fühlen? Ich glaube, Hemingway hat es ganz gut auf den Punkt gebracht. Mit seiner Textstelle darüber, dass ein Schriftsteller nur ein guter Schriftsteller ist, wenn er es schafft, den Leser glauben zu lassen, es wäre seine Geschichte. Dass dem Leser alles in dem Buch gehört. All der Schmerz, den der Protagonist empfindet, ganz egal, ob ihm gerade zum wiederholten Mal das Herz gebrochen wird oder er sein Bein an einem Tischbein stößt. Dass der Leser glaubt, jede einzelne Person wirklich gekannt zu haben, sogar die Nachbarin, die nicht mehr als ein *Hallo* in der Geschichte sagt. Jedes Gefühl muss den Leser erreichen, sogar das Gefühl, dass einem viel zu kalt ist und man sich deshalb eine Decke schnappt, wenn der Ich-Erzähler gefroren hat. Ich glaube, darum geht es beim Lesen. Das Gefühl zu haben, keine Geschichte gelesen, sondern sie erlebt zu haben. Mit allem, was man hat.«

Stille.

Na ja, eigentlich das komplette Gegenteil von Stille. Denn Flughäfen waren nie leise. Menschen, die sich kreischend in die Arme fielen, nervige Durchsagen, das rollende Geräusch von schweren Koffern.

Aber zwischen Alec und mir war Stille.

Und dann hob er den Blick.

Und ich wollte ihn küssen.

Einfach so.

Mein Körper war voll von Gefühlen, die Alec so hasste. Doch

vielleicht kannte Alec nur die bösen Gefühle. Was wäre, wenn ihm niemand beigebracht hätte, wie man liebt? Ich wollte Alec nicht mögen. Ich durfte ihn nicht mögen. Ich schwöre es. Aber etwas an seinem Wesen zog mich so dermaßen an, dass ich es leid war, dagegen anzukämpfen.

»Wir sind Freunde, India.« Seine Stimme brach die Stille, sie ging mir rau und roh unter die Haut.

»Eigentlich sind wir nur Nachbarn, du hast mir die Freundschaft gekündigt.«

»Ich habe dir nicht die Freundschaft gekündigt. Alles, was ich wollte, war, dass wir nicht so viel in diesen Kuss hineininterpretieren.«

»Du hast uns beiden deutlich zu verstehen gegeben, dass der Kuss nur Recherche war, Alec.«

»Was er auch war«, erwiderte er mit so viel Überzeugung, dass ich ihm beinahe geglaubt hätte.

Aber nur beinahe. Denn ich wusste, dass unser Kuss keine Recherche gewesen war. Das Gefühl, als sich unsere Lippen aufeinandergepresst hatten? Das war echt gewesen. Das zwischen Alec und mir war echt. Nur hasste Alec echte Gefühle und musste auf seine komische Recherche bestehen.

»Warum bist du eigentlich hier? Wir beide wissen, dass du mehr Inspiration in deinem kleinen Finger als ich in meinem gesamten Körper besitzt«, sagte ich

»Ich hatte ebenfalls ein Gespräch mit einem Dozenten.« Alec starrte seinen schwarzen Bildschirm so an, als wäre er sauer auf seinen Laptop. »Mein Dozent meinte, meine Charaktere haben keine Tiefe, zu wenig Gefühl, zu flach. Er hat einen Spaziergang oder einen guten Roman vorgeschlagen, damit ich wieder an Inspiration komme. Aber der JFK-Flughafen schien mir die bessere Wahl.«

»Und hat er recht mit deinen flachen Charakteren?«

»Wahrscheinlich«, sagte Alec.

Ich studierte sein Gesicht im Profil und Ich wusste nicht, wieso, doch ich dachte plötzlich daran, dass ich keine Zeit für bedeutungslose Gespräche hatte. Ich hatte kein *Für immer*. Ich konnte nicht einmal eine Sekunde an oberflächliche Unterhaltungen und ungesagten Wahrheiten verschwenden.

Also nahm ich meinen Mut zusammen und fragte: »Warum hasst du Gefühle so, Alec?«

Er drehte mir ruckartig das Gesicht zu und fixierte meine Augen. »Gefühle sind ziemlich scheiße und heuchlerisch. Gefühle geben dir das Gefühl zu fliegen, aber in Wahrheit stürzt du dich selbst von der Klippe. Gefühle machen schwach, und diese Welt ist zu abgefuckt, um ein Schwächling zu sein. Aber diese Erkenntnis haben nicht viele verinnerlicht. Also stehe ich allein mit der Wahrheit da.«

»Also bist du lieber unglücklich stark als ein glücklicher Schwächling?«

Alec zuckte mit den Schultern.

»Vielleicht ist Starksein überbewertet«, sagte ich.

»Vielleicht.«

Alec

Ich hatte es wiedergefunden. Das Gefühl, von dem ich glaubte, es verloren zu haben. Es durchflutete meinen Körper brennend heiß, während ich wusste, dass das Lächeln auf meinen Lippen die nächsten Stunden nicht verschwinden würde. Ich tippte die erste Seite meines neuen Manuskripts zu Ende und spürte das Kribbeln unter jedem Zentimeter meiner Haut. Das Gefühl erfüllte meinen Körper mit Wärme und Zuversicht. Dieser Moment war magisch. Gerade schrieb ich die erste Seite eines Meisterwerks. Ich spürte es, wusste, es konnte nicht anders sein.

Doch ich hatte ein Problem. Dieses Manuskript basierte zwar zum Großteil auf Fiktion, aber zum ersten Mal seit Langem hatte ich einige Ratschläge angenommen, die da wären:

Schreibe deutlich und hart über das, was schmerzt – Ernest Hemingway.

Schreibe über das, was du kennst – Mark Twain.

Schreibe über das, was dich zerstört, was dir Angst macht. Schreibe die Gedanken nieder, die du dich nicht traust auszusprechen – Natalie Goldberg.

Ich hatte beschlossen, die Idee von India und der Kurzgeschichte vollends zu verwerfen. Stattdessen war mir ein neuer Gedanke gekommen: Ich würde einen Roman über sie schreiben!

Ich weiß, ich weiß, was ihr jetzt denkt: Dieser komische Alec Carter kann sich einfach nicht entscheiden, was er will, in seinem Leben und in seinen Texten. Doch als ich India heute dabei beobachtet hatte, wie sie in ihren Gedanken verloren neben mir gesessen hatte, verspürte ich den Drang, zu schreiben. Nicht über ehemalige Tinderdates und deren drei Geheimnisse, keine Kurzgeschichte von zwölf Seiten über meine Nachbarin, weil ich wusste, dass knappe dreitausend Wörter über India nie genug wären. Nein, ich würde einen Roman über sie schreiben. Ein Buch, zu dem India mich inspiriert hatte. Ich wollte den Ratschlag meines Professors annehmen, etwas anderes ausprobieren, damit ich etwas anderes als sonst schreiben konnte. Ich würde über verdammte Gefühle schreiben, als würde ich sie wirklich empfinden. Ein verfickter Liebesroman sollte es werden. Ich war nicht nur mutig, weil ich über India schreiben wollte, obwohl sie mir Angst machte, weil ich sie und unseren Kuss verdammt noch mal nicht verdrängen konnte, sondern weil ich diesmal auch über mich schreiben würde. Nicht über Highschoolmädchen, die in ihre beste Freundin verliebt waren, über Monster, die es nur in meiner Fantasie gab und über gerissene Psychopathen, die ich am liebsten bei strahlender Sonne erfand. Nicht über Menschen, die so anders als ich waren, dass ich mich so anstrengen musste, mich in sie hineinzufinden, dass ich mich selbst vergaß. Nein, ich würde über mich schreiben. Ich würde etwas Wahres schreiben, Worte über mich auf der Worddatei verewigen, die ich nicht erfinden müsste. Ich würde etwas Ehrliches schreiben und gleichzeitig dabei träumen. Ich würde über India und mich zusammen schreiben. Über ein Mädchen voller Geheimnisse, über einen Jungen, der nicht ganz so kaputt wie ich war, weil ich beim Schreiben nicht *nur* Wahres schreiben konnte; ein bisschen Fantasie musste ich immer einbringen. Einen Jungen, der akzeptierte, dass India nicht den Schriftsteller, sondern sein Herz berührte. Irgendwie war es lächerlich. Ich hatte noch nie eine Liebesgeschichte schreiben wollen und doch saß ich hier und skizzierte die ersten Handlungen einer Liebesgeschichte. Zeit, mich mit den Namen meiner Protagonisten aufzuhalten, hatte ich nicht, deshalb nannte ich sie India und Alec. Bitte verurteilt mich nicht; ich konnte nicht jede Sekunde meines Lebens mit Kreativität prahlen. Mein einziges Problem war, dass ich nicht genug Stoff hatte. Mir fehlten noch die richtigen Puzzleteile, um India in meinem Roman zum Leben zu erwecken. Damit sie nicht so flach sein würde wie angeblich meine anderen Charaktere. Das hieß, ich musste noch mehr Zeit mit ihr verbringen. Und das nur, weil ich wieder recherchieren musste. Da war kein anderer Grund. Ich war nicht der fiktive Alec, der Protagonist, der in Liebe und Begehren ertrank.

Kapitel 22

»Stand there like a ghost,
shaking from the rain,
she'll open up the door and say: ›Are you insane?‹
Say it's been a long six months
And you were to afraid to tell her what you want
And that's how it works
That's how you get the girl.«

How you get the girl, Taylor Swift

India

Ava hatte Geburtstag, und wir schmissen eine Überraschungs-party. Natürlich hatte es niemanden interessiert, dass ich strikt dagegen gewesen war; Ava und ich hatten uns an den Plan gehalten, den Jungs aus dem Weg zu gehen. Eigentlich hatte ich aus der WhatsApp-Gruppe namens *Beste Party ever für unseren Kumpel Ava* austreten wollen. Doch dann hätte ich nichts mitbestimmen können, also war ich geblieben und froh darüber, dass Jamie den Anstand besessen hatte, aus der Gruppe auszutreten.

Es grenzte fast an ein Wunder, dass Maxton Ava mit einer billi-gen Ausrede dazu überreden konnte, an ihrem Geburtstag bei ihm vorbeizuschauen. Aber es hatte geklappt und jetzt kippte meine Freundin einen Jägermeistershot nach dem anderen runter und wedelte mit ihrer Hand nach mehr, wann immer ihr Glas leer war.

»Ich sollte sie nach Hause bringen«, seufzte ich.

»Nein.« Alec schüttelte den Kopf, während er mir einen Becher Wasser reichte. »Sie braucht das, India.«

Seit unserem Zusammentreffen am Flughafen redeten Alec und ich wieder. Ich wusste nicht, was wir waren, Freunde mit denselben Ambitionen, Nachbarn, die nett zueinander waren oder Menschen, die sich anzogen, doch der Anziehung auf keinen Fall nachgeben wollten. Jedenfalls hatte es gestern nach zehn an meiner Tür geklopft und natürlich war es Alec gewesen. In seinen Händen war Dampf aus weißen Plastiktüten mit dem Asia-Imbiss-Logo aufgestiegen.

»Heute sorge ich für das Abendessen«, hatte er gesagt, auf seinen Lippen dieses schiefe Grinsen, das seine Tinderdates garantiert dazu brachte, ihre Unterwäsche zu verlieren. Ich hatte kurz gezögert, ihn schließlich doch reingebeten, Geschirr aus dem Küchenschrank geholt und ihm dabei verschwiegen, dass normale Menschen um zehn bereits zu Abend gegessen hatten. Wir aßen Nudeln mit Süßsauersoße, ich hoffte, ich würde keine Lebensmittelvergiftung bekommen, und Alec plauderte über alles und nichts. Über Seminare, seine letzte Kurzgeschichte von einem Kind, das sich in einen Regenwurm verwandelte, wie kafkaesk, und es kam mir so vor, als würden wir uns immer über belangloses Zeug unterhalten. Bevor er ging, sagte er: »Hey, was hältst du eigentlich davon, wenn wir morgen aus Avas Geburtstagsparty eine unserer Lektionen machen?« So waren wir also hier gelandet: Nüchtern auf Avas Party, auf der jeder Gast betrunken war. Schon den ganzen Abend hatte Alec seine Handynotizen geöffnet und wartete sehnsüchtig darauf, etwas Spektakuläres zu entdecken.

»Bin sofort wieder hier«, sagte ich, bevor ich mich erhob und auf Ava und Maxton zusteuerte.

Ich tippte meiner Freundin auf die Schulter, ihre Augen glänzten glasig und an ihrem Mundwinkel hingen dunkle Tropfen.

»India, Darling, wie geht es dir?«, lallte Maxton, die Pappkrone baumelte schief auf seinem Kopf.

»Nüchtern und super«, erwiderte ich, bevor ich Ava den Becher Wasser vor die Nase hielt.

»Trink das«, sagte ich mit fester und lauter Stimme, die trotzdem keine Chance gegen die dröhnende Musik aus den Lautsprechern hatte. Das Geburtstagskind beäugte das Glas misstrauisch und schüttelte trotzig den Kopf.

»Aber, Ava«, flüsterte ich ihr ins Ohr. »Es ist Wodka pur.«

Meine Lüge erzielte den gewünschten Effekt. Ava schnappte sich mit gierigen Fingern das Glas und kippte das Wasser in einem Zug hinunter.

»Das war Wasser«, nuschelte sie.

»Ups, mein Fehler.« Ich zuckte die Schultern und ließ mich auf den Stuhl neben ihr nieder.

Maxton kratzte sich am Kinn und sah mich mit einer gehobenen Augenbraue an. »Du und Alec, also, hm?«

»Oh, nein!« Ava fuchtelte wild mit ihren Händen herum. »Heute ist mein Geburtstag! Gespräche über Liebesdramen sind untersagt! Ihr könnt froh sein, dass ich überhaupt hier bin.« Sie verschränkte die Arme vor der Brust. »Genau genommen wollte ich euch ebenfalls die Freundschaft kündigen!«

»Wieso denn das?« Maxton schüttelte den Kopf. »Dann hätten wir ja nur noch Evelyn als Frau in unserer Freundesgruppe gehabt, und wir alle wissen, wie Evelyn ist.«

»Das habe ich gehört, Maxton«, rief Evelyn von der Couch aus, die Kamera hatte sie natürlich auf ihrem Schoss.

Ich seufzte. Verflucht sei Alec; nüchtern auf einer Studentenparty zu sein, war wirklich nicht empfehlenswert.

»Ihr wart immer mehr Jamies Freunde als meine«, murmelte Ava und senkte den Blick.

Ich setzte mich aufrechter hin. Jetzt würde es spannend werden; meine Freunde hatten den Alkoholpegel für die tiefgründigen Gespräche erreicht.

»Was zum Teufel redest du da?« Maxton kräuselte die dunkelblonden Augenbrauen zusammen. »Wenn du nicht meine Freundin wärst, hätte ich diese Party nicht ganz allein für dich organisiert!«

»Allein organisiert?« Ich hob eine Augenbraue.

Abwehrend hob Maxton die Arme. »Okay, okay, vielleicht habe

ich die Party nicht ganz allein organisiert. Aber es war meine Idee, Ava. Und wenn wir schon bei peinlichen Geständnissen sind.« Er holte tief Luft. »Wir vermissen dich in den Mittagspausen. Niemand von uns ist auf Jamies oder deiner Seite, weil ihr beide unsere Freunde seid. Obwohl wir alle zugeben müssen, dass Jamie sich wie ein beschissenes Arschloch verhält. Und ob du es glaubst oder nicht, das hat ihm bereits jeder von uns verklickert.«

»Das haben wir wirklich«, bestätigte Alec, der das hitzige Gespräch beobachtet haben musste. Er schnappte sich einen freien Stuhl und stellte ihn neben meinen.

»Hast du schon etwas Interessantes entdeckt?«, fragte er mich und kam dabei mit seinem Mund so nah an mein Ohr, dass ich seinen Atem in meinem Nacken spürte.

Ich schluckte. »Nein.«

»Ich auch nicht«, erwiderte er und schaute mir in die Augen.

Sein Blick machte mich nervös. Ich hatte das Gefühl, ich könnte nicht atmen. Ich versuchte es mit extra tiefen Atemzügen. Ein Fehler, denn ich saugte nur Alec und seinen Geruch nach frischer Wäsche ein, der mich verrückt machte. Alecs Augen sahen mich weiter an, diese verdammten, verschlingenden Löcher, und ich fragte mich, wieso der Duft von frischer Wäsche einen Menschen überhaupt verrückt machen konnte.

»Lasst uns Strip-Poker spielen!«, rief Ava plötzlich.

Ava war die Beste. Ich sollte ihr jeden Tag einen Schokoladenfrapuccino mit extra Sahne vorbeibringen.

»Keine gute Idee«, murmelte Maxton und griff hastig nach der Flasche Jägermeister.

»Seit wann bist du der Meinung, dass nackte Frauen keine gute Idee sind?« Ava hob eine Augenbraue.

Maxton holte tief Luft. »Weil Alkohol, du und ich nackt keine gute Mischung sind.«

Ava leckte sich über die Lippen und stützte sich mit den Ellbogen auf der Tischplatte ab. »Findest du nicht, dass ich einen Orgasmus verdient habe? Schließlich ist heute mein einundzwanzigster Geburtstag.«

Maxton war sprachlos. Er öffnete mehrmals seinen Mund, ohne dass Worte ihn verließen, und fuhr sich nervös durch die Haare.

»Das hat sie nicht wirklich gesagt, oder?«, flüsterte ich und drehte Alec das Gesicht zu.

Doch er zuckte nur lässig die Schultern, während seine Mundwinkel die Spur eines Lächelns andeuteten. »Sehen wir es doch als Inspiration.«

»Als Inspiration?« Ich schnaubte.

Dieser ganze Abend war ein Reinfall. Wer zum Teufel kam überhaupt auf die Idee, auf einer Geburtstagsparty nüchtern zu bleiben?

»Lass uns eine Charakterskizze von einem Mädchen entwerfen, das sich nur mit Alkohol ihren sexuellen Bedürfnissen hingeben kann. Was meinst du?«, sagte Alec.

»Du bist verrückt.« Ich schüttelte den Kopf.

»Das war nicht die Antwort auf meine Frage.«

Alec grinste.

Ich seufzte.

»Stell dir doch mal ein Mädchen vor, das nur mit drei Gläsern Wein mit ihrem Freund ins Bett gehen kann. Wärst du nicht neugierig, herauszufinden, wieso …«

Alec verstummte, als er bemerkte, dass jemand die Musik pausiert hatte. Die Gespräche waren nur noch ein Murmeln, während jeder seinen Blick auf die Wohnzimmertür richtete. Ich folgte den Blicken der Partygäste. Jameson Jones verharrte am Türrahmen. Er war klitschnass. Sein langärmiges Shirt haftete an seinen Bauchmuskeln, sein keuchender Atem hallte durch die vier Wände und die Haare klebten ihm an der Stirn.

»Jamie?« Avas Gesicht wurde bleich. Sie riss die Augen so weit auf, dass sie ihr fast aus dem Gesicht fielen. Die Stuhlbeine quietschten, als sie ihren Stuhl zurückschob und sich erhob. Sie torkelte leicht und stolperte zweimal fast über ihre eigenen Füße, bis sie vor Jamie verharrte. Ihre Lippen pressten sich aufeinander, die Arme verschränkte sie vor der Brust.

»Wie kannst du es wagen, mein Herz zu brechen und auf meiner Geburtstagsparty aufzukreuzen?«, schrie sie. Ihre Stimme klang für eine Handvoll Jägermeistershots plötzlich ziemlich nüchtern.

»Können wir …« Jamie schluckte, alle Augenpaare der Partygäste lagen auf ihm. »Können wir bitte reden?«, fragte er leise.

»Nein, das können wir nicht, du Bastard!«, schrie Ava. »Wir sind keine Freunde mehr, schon vergessen? Wir sind Fremde, und Fremde reden nicht miteinander.«

»Ava«, flehte Jamie, seine Augen waren plötzlich glasig und das ganz sicher nicht von Alkohol. »Können wir bitte, bitte reden?«

»Nein, wir haben nichts mehr zu bereden.«

»Na, schön. Dann eben so.« Jamie presste die Lippen aufeinander. »Ich wollte nie nur mit dir befreundet sein. Verdammt noch mal, du weißt, dass wir immer mehr als Freunde waren! Und ja, Ava, du hast recht, ich laufe davon. Aber meine Beine sind müde und ich bin schon lange außer Atem. Du schwirrst in meinen Gedanken herum, seit ich vor einem Jahr einen Kaffee bei dir bestellt habe. Und du mir stattdessen einen Karamell-Latte zubereitet hast.« Er hielt inne, nahm Avas Hände in seine und schluckte. »Ich liebe dich, Ava Brown. Ich will nicht mehr davonlaufen. Lass mich dir zeigen, wie gut ich dich lieben kann. Gib mir eine Chance.«

Jamies Augen flehten Ava an, ihr eigener Blick jedoch war undurchschaubar. Die Stille in dem Raum war so stumm, dass nur das einzelne Knirschen eines Plastikbechers zu hören war.

Plötzlich verzog Ava das Gesicht und hielt sich den Bauch. »Ich glaube, ich muss kotzen«, brachte sie hervor, bevor sie in Richtung Toilette rannte und Jameson Jones, wie ein Retter in der Not, ihr mit schnellen Schritten folgte.

Die Vorstellung war vorbei, die Musik dröhnte wieder durch die Lautsprecher und die Gäste widmeten sich wieder sich selbst und ihrem geliebten Alkohol.

»Strip-Poker!«, schrie Maxton, während drei Studentinnen mit leuchtenden Augen auf ihn zugingen.

Kapitel 23

»It started out with a kiss,
how did it end like this?«

Mr. Brightside, The Killers

Alec

Weil ich heute ein Gentleman war, bezahlte ich das Taxi.

Jamie und Ava hatten das Badezimmer für sich gebunkert, woraufhin Maxton zähneknirschend das neben seinem Zimmer freigeben musste. In den letzten Stunden war mehr Alkohol geflossen, als die meisten Gäste vertrugen. Die Kleidung der meisten fiel beim Strip-Poker zu Boden, und als selbst der sonst so schüchterne Toni einem fremden Mädchen einfach so die Zunge in den Hals steckte, wusste ich, dass es Zeit war zu gehen. Ich bestieg gerade als erster die Treppen nach oben, weil ich wusste, dass ich India sonst provokativ auf den Hintern gestarrt und mir dabei vorgestellt hätte, was ich mit ihr und ihrem süßen Hintern alles anstellen könnte.

»Alec, *mi Amigo*!«, rief ein Typ, als wir in Etage drei ankamen. Er stand im Türrahmen des Apartments ganz links, aus dem laut spanische Musik drang. Auf seinen schwarzen Locken saß ein Strohhut und um seine Brust spannte ein Shirt mit der mexikanischen Flagge.

Mir war sein Name entfallen, deshalb setzte ich nur mein bestes Lächeln auf und sagte: »*Hola.*«

Als der Latino-Typ India bemerkte, weiteten sich seine Augen. »Und *hola, chica*«, sagte er, nachdem er anerkennend gepfiffen hatte. India lächelte verlegen und nahm seine Hand, als er ihr sie ausstreckte. »Mein Name ist Fabiano.« Fabiano lächelte und strich mit seinem Daumen über Indias Handrücken. »Wir feiern gerade ne Party, habt ihr nicht Lust auf einen Margarita mit rein zu kommen?«

»*Gracias*, Fabiano«, sagte ich sofort, »aber wir kommen gerade von einer Party.«

»Aber es ist doch erst ein Uhr morgens. War die Party etwa so schlecht?« Fabiano grinste und sein Blick verharrte auf Indias Ausschnitt

Ich schloss die Augen. Wieso verdammt noch mal hätte ich mich am liebsten vor meine Nachbarin gestellt und sie vor allen Blicken anderer Männer abgeschirmt? Ich schlug die Augenlider auf und wusste, ich hätte India zu der Party überreden sollen. Dann hätte ich schnell in meine Wohnung rennen und mir weiter einreden können, dass die Gefühle zur ihr nur Recherche für mein Buchprojekt seien. Doch ich konnte nicht verneinen, dass sich dieses komische Gefühl in mir viel zu echt nach Eifersucht anfühlte.

»Danke für die Einladung, Fabiano«, sagte India. »Aber wir sind müde. Viel Spaß noch.«

»Aber zur nächsten Party kommt ihr.« Fabiano lächelte matt, während seine Stimme in der lauter werdenden Salsamusik unterging. India winkte ihm zu, Fabiano verschwand in die Wohnung.

»Kennst du ihn?«, fragte sie mich, als wir weiter die Treppen bestiegen.

»Sicher«, erwiderte ich.

Wir verharrten zwischen unseren Wohnungen, als wir in der siebten Etage ankamen. Ich trat von einem Fuß auf den anderen, weil ich nicht wusste, wie ich mich verabschieden sollte und gestand mir ein, dass ich India eigentlich gar nicht verlassen wollte. »Und?«, fragte ich deshalb. »Konntest du heute Inspiration sammeln?«

Der Klang meiner Worte vermischte sich mit der spanischen

Musik; sie war so laut, dass wir sie selbst vier Stockwerke höher hören konnten.

»Mehr oder weniger.« Sie zuckte die Schultern. »Vielleicht sollten wir das nächste Mal auch trinken. Jeder hatte die Nacht seines Lebens außer uns.«

Ich schüttelte den Kopf. Vielleicht stimmte das nicht. Was wäre, wenn India und ich auch die Nacht unseres Lebens hätten? Das Herz in meiner Brust trommelte schneller, als ich an unseren ersten Kuss dachte. Ob sie wohl auch an Maxtons Vorratskammer dachte, wenn sie nicht einschlafen konnte?

Ich bemerkte, wie India mich mit ihren großen und grünen Augen ansah und ihr Blick auf meinen Lippen verharrte.

Ich wollte schreien: »Nein, nein, nein. India, was machst du nur? Wenn du mich so ansiehst, weiß ich nicht mehr, wieso ich überhaupt Recherche betreibe. Wenn deine Blicke mir sagen, dass du willst, dass ich dich küsse, macht mich das verrückt. Zu verrückt. Und ich könnte dir glauben und dich wirklich küssen.«

Das sagte ich natürlich nicht, es war alles nur in meinem Kopf. Genauso wie die Erinnerung an unseren Kuss. Wie die Feuerwerke, die vor meinen Augen explodierten, wenn ich daran dachte, wie ich sie packte, in ihre Lippen biss und sie ihre Arme fester um meinen Nacken schlang.

Ich fragte mich, ob India meine Gedanken lesen konnte, denn ihre Blicke studierten mich weiter, abwechselnd meine Augen und dann meine Lippen, bis sie mich um den Verstand brachte. Wortwörtlich, denn ich sagte plötzlich etwas, das einfach nur verrückt war:

»Lass mich dich küssen.«

Ich fühlte mich, wie ein Typ in einem dieser komischen Liebesromane mit den kitschigen Covern, die in der Barnes-and-Nobles-Filiale im zweiten Stockwerk standen. Aber Moment. Vielleicht war das sogar gut und alles wieder im Lot, weil ich doch wirklich eine Liebesgeschichte schreiben wollte. Ich recherchierte einfach weiter, hatte mich voll in die Rolle meines Alec-Protagonisten eingefunden. Das war super. Grandios. Noch grandioser, weil ich India noch einmal küssen könnte.

India, die sich nicht von der Stelle bewegte und mich immer noch mit ihren Augen so ansah, als wollten sie mir etwas sagen. Vielleicht *Küss mich endlich, Alec. Ganz egal, ob du, der Schriftsteller in dir oder der Protagonist* oder auch einfach nur: *Küss mich endlich!*

Sie leckte sich über die Lippen. Mein Herz machte einen Sprung. Alles in mir sprang. Mein Herz, meine Atmung, meine Gefühle, meine Inspiration.

Ich wusste, India war mein Untergang.

Trotzdem nahm ich einen tiefen Atemzug, meine Brust streifte dabei die von India und ich schaute ihr in die Augen.

Tief.

Fest.

Lange.

So, wie ich sie am liebsten genommen hätte. Natürlich sagte ich ihr das nie.

Mein Finger wanderte zu ihrem Kinn und ich hob es an. Unsere Blicke verfingen sich, sie schluckte. India war nervös. Doch sie brauchte keine Angst vor mir zu haben, denn ich war ihr Held. Zumindest für diese Nacht. Genau, eine Nacht. Für eine Nacht würde ich Alec, der Protagonist, sein.

»Warum willst du mich küssen?« Der Klang ihrer flüsternden Stimme vermischte sich mit der spanischen Musik.

»Weil ich es will.«

Ich schluckte, senkte das Gesicht hinunter zu ihrem und berührte ihre Lippen ganz leicht mit meinen.

Indias Körper bebte, meine Hand zitterte ebenfalls, als ich ihre Taille umfasste und sie näher an mich drückte. So nah, dass nicht einmal das Wort *Abstand* in Schriftgröße zwei zwischen unsere Körper gepasst hätte.

India sah mich an.

Ihr Blick schrie.

Und ich konnte nicht anders, als sie endlich zu küssen.

Unser Kuss war weder zärtlich noch langsam, nur drängend und so echt, dass ich beinahe meinte, ich wäre wirklich Alec der Protagonist. Ich biss India leicht in die Lippe, sie legte ihre Arme stöhnend um meinen Nacken. Meine Hände zitterten, als sie Indias Seiten entlangfuhren, so als könnte ich mich niemals von ihr und ihrem sexy Körper trennen. Das Blut rauschte laut durch meine Adern, mein Schwanz pochte so laut, dass ich beinahe nicht hörte, wie ich selbst stöhnte. Voller Leidenschaft drückte ich India an die Wand. Rechts ihre Wohnung, links meine. Sie schmeckte wie ein Mädchen, über das ich eine Buchreihe von neunzehn Teilen schreiben könnte, und so wie die Nacht meines Lebens, die ich plötzlich nur mit ihr haben wollte.

Ich hatte gesagt, ich wollte sie küssen, doch das hier war kein Küssen mehr. Das hier war wildes, unkontrolliertes Rummachen. Vielleicht weil wir wussten, wir würden niemals die Nacht unserer Leben miteinander verbringen, sondern hätten stets nur Sekunden, die ich später wie Stunden auf meiner Worddatei beschreiben würde.

Meine Finger wanderten von ihrer Taille zu dem runden Ausschnitt ihres Pullovers, sie wimmerte. Ihre Haut unter meiner Haut brannte, ich stieß mit meinen Hüften gegen ihre, wir beide keuchten. Alles war zu viel und zu wenig, India so heiß, unsere Zeit so gering und ich vollends der falsche Mann für sie, der sich wie ein verfickter Vierzehnjähriger an ihrem wundervollen Körper rieb. Und allein davon beinahe gekommen wäre.

Ich konnte nicht aufhören, sie zu berühren und zu küssen. Ihr Körper war gemacht für meinen. Ich wusste, wir wären zusammen perfekt gewesen. In meinem Bett. In meiner Dusche. Als Protagonisten in einem Roman.

Meine Hand schlüpfte unter ihren Pullover, berührte den Stoff ihres BHs und zog ihr BH-Körbchen nach unten. Im Hintergrund sang jemand auf Spanisch etwas von »No es amor« und ich wollte India, ihre Brüste, jeden Zentimeter ihres Körpers für immer berühren. Ich reizte ihre Nippel und knabberte an ihren Lippen, presste meinen harten Schwanz härter an ihre weichste Stelle und es war trotzdem zu wenig, weil unsere Kleidung zu viel war. Ich biss wieder in ihre Lippen, India mochte das, denn sie stöhnte und am liebsten hätte ich in jeden Zentimeter ihrer Haut gebissen.

Ich fragte mich, ob India mich genauso sehr wollte wie ich sie, ob sie genauso feucht war wie ich hart. Langsam, fast zögerlich schlängelte ich meine Hand zu ihrem Jeansknopf. Verharrte. Wartete ab. Und als India ein Wimmern entfuhr, war das Antwort genug.

Ich öffnete ihre Hose und schlüpfte mit zittrigen Fingern in ihren Slip, ihre Haut fühlte sich heiß auf meinen Fingerkuppen an. Ich meinte, ich würde verbrennen. Ich berührte den Punkt, bei dem sie ihren Griff um mich verstärkte und stöhnte dabei selbst auf.

»Alec ...«, keuchte sie.

Mein Name aus ihrem Mund stachelte mich noch weiter an. Es gab kein Zurück mehr. Mit meinen Fingern wanderte ich weiter hinunter und wusste, meine Hose würde gleich platzen und ich explodieren.

»Alec, Babe?«

Ich hielt inne. Das war nicht Indias Stimme.

Es war Doras, und der Körper meiner perfekten Nachbarin erstarrte, während mir nichts anderes übrigblieb, als meine Hände von Indias Körper zu nehmen.

»Dora?« Ich drehte mich um, meine Lippen waren ein schmaler Strich.

»Habe ich euch etwa gestört?« Dora lächelte. Natürlich war es ein falsches.

Ich hasste sie für diesen Moment. Niemals mehr würde ich mit ihr schlafen. Soviel stand fest.

»Nein, haben Sie nicht«, erwiderte India mit gepresster Stimme, weil sie meinetwegen erregt war.

»Wir sehen uns, Alec«, sagte sie und schaute mir nicht in die Augen, als sie sich an meinem Körper vorbeidrängelte und in ihre Wohnung verschwand.

Dora lachte trocken, ich bekam Kopfschmerzen.

»Tut mir leid, Alec, Babe. Ich wollte euch wirklich nicht stören.«

»Spar's dir einfach, Dora«, seufzte ich. »Ich werde dich nicht vögeln.«

»Das weiß ich doch.« Sie räusperte sich. »Aber es kommt kein Wasser mehr aus meinem Duschkopf. Ich dachte, du könntest dir das ansehen. Du bist doch der Hausmeister.«

»Du willst um halb zwei morgens duschen?«, knirschte ich.

»Wann ich dusche, sollte dich nicht interessieren.« Der schelmische Ton in ihrer Stimme war nicht zu überhören.

»Ich schaue es mir morgen in der Früh an«, erwiderte ich matt. »Es ist mitten in der Nacht, und ich habe Feierabend. Gute Nacht.«

Ich schloss meine Tür auf, atmete den muffigen Geruch meiner Wohnung ein, ging zum Fenster und blieb davor stehen. New York blinkte hell und grell, es würde wohl wirklich nie schlafen, und ich schauderte, weil sich die Rolle des Alec-Protagonisten so real angefühlt hatte.

Kapitel 24

*»To be or not to be,
that is the question.«*

William Shakespeare

India

Ich blieb Alecs Recherche. Das hatte er zwar nicht mehr direkt gesagt, doch ich spürte es genauso sehr wie meinen Herzschlag, als er mich geküsst hatte. Doch das war kein Problem, wenn ich Alecs Recherche war, konnte ich Alec Carter zu meiner Illusion machen.

Ich nahm mir vor, so zu tun, als hätten er und ich kein Ablaufdatum. Als wäre meine Zeit hier nicht begrenzt und als hätte ich alle Stunden der Welt, um Alec davon zu überzeugen, dass seine Gefühle zu mir echt waren und Liebe nicht immer schrecklich sein musste. Und meine Freiheit wäre natürlich ebenfalls nicht begrenzt.

Gestern Abend hatte ich nicht einschlafen können, beschlossen, die Zeit lieber mit meinem geliebten Lesen zu verbringen, und mir deshalb eine E-Book-App auf mein Handy geladen. Mein Blick war kurz zu den mittlerweile sechs Büchern auf dem Boden gewandert, aber die Romane von zu Hause hatte ich je mehr als fünfmal gelesen und die neuen erst kürzlich beendet. Ich brauchte etwas Neues, also kaufte ich ein E-Book mit einem dunklen Cover inklusive sexy Sixpack darauf abgebildet. Es war ein Liebesroman wie jeder andere, doch das machte mir nichts aus. Ich mochte die stets kitschigen Liebesklärungen, die leicht nervigen Eigenarten der Protagonistinnen, die mich immer an meine eigenen erinnerten, und die gebrochenen Helden, die ohne Ausnahme immer zu meinen Book Boyfriends wurden. Das Mädchen in dem Roman hatte Halseys *Now or Never* auf Dauerschleife gehört, sodass es zu ihrem Mantra wurde und den Protagonisten kurz vor Schluss vor die Wahl gestellt. »Jetzt oder nie«, hatte sie gesagt, woraufhin der Protagonist geantwortet hatte, dass er niemals ihr Nie sein könnte. Dann küssten sie sich und es gab ein Happy End mit drei spielenden Kindern.

Jetzt oder nie. Das waren die letzten Worte in meinem Kopf gewesen, bevor ich einschlief, und die ersten Worte, die mir heute Morgen wieder eingefallen waren. Ich dachte über Jetzt und Nie nach und kam zu dem Entschluss, dass ich nicht wollte, dass Alec mein Nie war. Also würde ich ihn zu meinem Jetzt machen.

In einem einfachen roten Pullover und schlichter Jeans klopfte ich an seine Tür. Das Treppenhaus war wie immer laut. Kinder weiter oben spielten und von einem unteren Stockwerk drang der Geruch von Curry in meine Nase. Als ich schlurfende Schritte hinter Alecs Haustür hörte, stellte ich mich aufrechter hin. Er fing an zu reden, bevor er die Tür öffnete.

»Dora, ich habe dir doch gesagt, dass …« Alec verstummte, als er mich mit großen Augen musterte. Er umklammerte die Türkante so fest, dass seine Knöchel weiß hervorstachen.

Ich schluckte. Hatte er Dora erwartet? Meine Wangen brannten und ich ärgerte mich über mich selbst. Was zum Teufel machte ich hier überhaupt?

»India?« Er stutzte, seine Stimme klang anders, rauer und undeutlicher und verwirrt.

Ich legte den Kopf schief und betrachtete Alec genau. Um seine Nase war es rot, seine Augen glasig und von Tränen umschleiert. Alec schniefte, nur um daraufhin zu husten und sich dabei die Hand vor den Mund zu halten.

»Du bist krank«, stellte ich fest.

Kein Hallo, kein *Sollen wir über gestern reden?*, kein *Ich möchte dich wieder küssen.*

»Gestern Nacht auf dem Dachgelände zu schreiben, war wohl nicht meine beste Idee gewesen.« Alec zuckte die Schultern.

»Gestern? Gestern, nachdem wir angekommen waren?«

»Ich war inspiriert und diese Chance konnte ich mir nicht entgehen lassen.« Er trat verlegen von einem Fuß auf den anderen.

Seine dunklen Augen musterten mich. Ich hingegen fragte mich, wieso Alec wie ein rothaariger Geist aussah und dabei trotzdem der schönste Mensch auf der Welt war.

»India?«

Ich räusperte mich. »Ja?«

»Hast du mir zugehört?«

»Sicher«, erwiderte ich.

»Ich habe dich gefragt, was du hier machst, und du hast mir nicht geantwortet.«

Gute Frage. Was machte Indiana Alabama Thomson hier?

»Von wo ich komme, spielt keine Rolle, wenn ich weiß, wohin ich gehe«, sagte ich.

»Was zum –«

»Ich flitze schnell nach unten und gehe einkaufen. Ich koche dir die Dir-wird-es-sofort-besser-gehen-Suppe. Unsere Haushälterin hat sie immer für mich gemacht, wenn ich krank war. Sie ist wirklich magisch! Nach nur einem Löffel geht es dir schon besser. Pure Magie.«

Alec öffnete den Mund, doch was er sagen würde, würde ich nie erfahren, denn ich verschwand in Rekordzeit nach unten und dachte darüber nach, dass ich in New York die Wahrheit meistens verschwieg.

»India, was machst du hier?«

»Ich weiß es nicht, Alec. Vielleicht wollte ich dich sehen, vielleicht wollte ich deine Stimme hören. Vielleicht wollte ich auch, dass du mich wieder küsst. Vielleicht wollte ich, dass wir einfach reden, um uns besser kennenzulernen, weil ich das nämlich will. Vielleicht wollte ich dich zu einer Freundschaft-Plus-Beziehung überreden, weil ich es mag, deinen Körper an meinem zu spüren. Vielleicht wollte ich dich

davon überzeugen, dass Gefühle nicht immer schlecht sind. Vielleicht
wollte ich dir sagen, dass ich oft an dich denke. Vielleicht habe ich
an deine Tür geklopft und meinte dabei eine Mischung aus allem.«

»Du kochst also gerne«, schniefte Alec und legte den Kopf schief.

Ich stand in seiner Kochnische und rührte mit einem Löffel
in meiner magischen Suppe. Er lag in seinem Bett, zugedeckt mit
allen Decken, die er hatte finden können, weil ich ihm das befohlen hatte.

»Ich mag Kochen.«

»Wieso?«, fragte er.

Ich nahm einen tiefen Atemzug, der Geruch von Möhren und
Magiebrühe kroch mir dabei in die Nase.

»Bevor du mir antwortest, denk dran: Ich mag ehrliche Antworten am liebsten.«

»Du solltest aufhören zu reden, Alec. Das tut deinem Hals
nicht gut.«

»Komm schon, India. Ein Geheimnis für ein Geheimnis.«

Er wackelte mit den Augenbrauen und griff nach einer der vielen Taschentuchverpackungen, die auf seinem Bett verstreut lagen.
Ich verzichtete darauf, ihm ein weiteres Mal zu sagen, dass er seine
kratzige Stimme so ganz sicher nicht loswerden würde.

Ich seufzte, hörte das Wasser hinter mir brodeln und im Hintergrund The Killers, die von einem Kuss sangen, der alles verändert hatte. »Wir hatten eine Haushälterin, sie hieß Marabella
und war diejenige, die mich aufgezogen hat. Wenn ich an meine
Kindheit denke, denke ich an meine Eltern, die so gut wie nie zu
Hause waren. Mein Vater war während meiner Schulzeit nicht
mehr als ein leerer Esszimmerstuhl, meine Mutter war nur ein
fernes Lachen, das sich mit dem Lachen ihrer Freundinnen vermischte, mit denen sie zusammen auf der Terrasse saß. Manchmal
war sie auch das Klackern ihrer High Heels. An dieses Geräusch
erinnere ich mich ziemlich gut; ich hörte ständig, wie meine Mutter durch die Tür schritt, um Dinge zu erledigen, die von höchster
Wichtigkeit waren.« Ich schnaubte. »So hatte sie das zumindest

formuliert. Wahrscheinlich stand *Mich mit meinen Freundinnen zu treffen und dabei das Geld meines Mannes auszugeben* an erster Stelle auf dieser Liste. Na ja, zurück zum Kochen und Marabella. Wenn ich an meine Kindheit denke, denke ich nicht nur an meine Eltern, die nie da waren, sondern auch an Marabella, der ich beim Kochen zuschaute, wenn ich bei meinen Hausaufgaben nicht weiterwusste, der ich dabei zuschaute, wie sie mir eine Milch mit Honig aufwärmte, die mich auf ihrem Schoß nahm, mir Pflaster über die Knie klebte und mir dann selbst gemachte Kekse vor die Nase stellte. Ich verbrachte viel Zeit in der Küche, als ich klein war. Schätze, da ist irgendetwas von hängen geblieben.«

»Du vermisst dein Zuhause, oder?« Alec legte den Kopf schief. »Auch wenn deine Eltern keine Traumeltern waren, oder?«

Ich zuckte mit den Schultern und drehte mich um; meine Eltern waren kein Thema, über das ich mit Alec reden wollte.

»India, wenn du –«, setzte er an, doch verstummte. Es klingelte an der Tür, und er befreite sich fluchend von den Decken. In nichts als Boxershorts und einem weißen Shirt, das ihm vor lauter Schweiß am Körper klebte, stampfte er zur Tür.

Ich blickte ihm dabei hinterher, meine Augen musterten seinen muskulösen Rücken und ich fragte mich, wie es sich wohl anfühlen würde, seine nackte Haut zu berühren. Wie es wäre, Alec zu berühren. Wie es gewesen war, als Alec mich berührt hatte. An die Berührungen von gestern Abend. Daran, dass wir kein Wort über gestern Nacht verloren hatten. Und an die Tatsache, dass das wahrscheinlich keine Rolle spielte. Alec und ich waren zwei junge Erwachsene und haben uns einfach geküsst. Machten junge Menschen das nicht ständig? Und darüber hinaus hatten wir noch triftigere Gründe, uns zu küssen: Recherche und Illusion.

»Dora«, stöhnte er genervt, als er seine Haustür öffnete.

Mein Körper spannte sich sofort an, meine Lippen pressten sich aufeinander und ich verdammte die Eifersucht in mir. Ich wollte sie nicht spüren. Sie brachte zu viel Ärger und alles in mir zum Brennen und das nicht auf die schöne Weise wie Alec. Ich wünschte, die Eifersucht hätte verstanden, dass ich nur ein Mädchen war, das Alec geküsst hatte und dem er die Hand in den Slip gesteckt hatte. Dass seine Finger wirklich magisch waren und überwältigende Dinge mit meinem Körper anstellten, doch ständig in Slips von zu vielen Mädchen steckten, die er auf Tinder und Co kennenlernte.

Meine Gedanken stoppten.

War das mein Jetzt? Ein Mädchen von vielen zu sein, dass Alec Carter verrückt machte, weil das Schreiben ihn verrückt machte und er alles tat, um sich zu inspirieren? War ich dafür von Alabama nach New York geflüchtet?

Die Antworten auf die Fragen machten mir Angst und ich dachte daran, wie Alec mir gesagt hatte, dass die Wahrheit nie schön war.

»Dora, verdammt noch mal!«

Alecs Stimme hob sich und riss mich aus meinen Gedanken. Ich war ihm dankbar, auch wenn ich ihn eigentlich verfluchte. Mein Blick schweifte zur Tür, seine Rückenmuskeln stachen immer noch zu deutlich hervor und ich sah, wie er sich durch die Haare fuhr.

»Ich bin krank«, sagte er. »Ich kann mir deinen Duschkopf nicht ansehen, du musst zu Mr. Garcia gehen.«

Er knallte die Tür zu. Im selben Moment begann mein Handy zu klingeln und ich fragte mich, ob das mein Stichwort war, zu gehen. Doch dann fiel mein Blick auf die Kochnische und ich erinnerte mich daran, dass es der Timer für die Suppe war. Ich ging zum Herd, um die Flamme zu löschen und mein Handy auszustellen.

»Tada«, sagte ich, drehte mich um und deutete auf den Topf. »Die magische Suppe ist fertig.«

Alec kam auf mich zu und holte dabei tief Luft. Als er neben mir verharrte, nahm er einen tiefen Atemzug und grinste sein typisch schiefes Grinsen, als hätte Dora ihn gerade nicht mit ihrem Duschkopf genervt.

»Danke, India«, sagte er und ich wollte sagen: »Nein, Alec, Babe, ich sollte mich bei dir und deinen Händen bedanken, die wahrscheinlich jede zweite Frau in New York betatscht haben.«

»Wo gehst du hin?«, fragte er leicht verwirrt, als ich einen Schritt in Richtung Tür machte. Er sagte das so leicht und mit einem Lachen in der Stimme, doch als ich mich umdrehte, fühlte sich alles in mir schwer an.

»Ist alles okay, India?« Er verzog die Augenbrauen. »Oder guckst du nur so verzweifelt, weil du nicht weißt, welche Frage du mir stellen sollst?« Er lachte wieder. Für ihn war alles ein Scherz, aber für mich war das hier mein Jetzt und meine Freiheit, die ich so unbedingt gewollt hatte.

Ich schloss die Augen, mein Herz rannte. Ich wusste nicht, wohin. Vielleicht in eine Stadt, wo es keinen Schriftsteller gab, der mich verrückt machte, wer wusste das schon.

Was hat dich kaputt gemacht, Alec?

Warum magst du keine Gefühle, Alec?

Warum beherrscht das Schreiben dein Leben, Alec?

Doch ich fragte: »Hast du mit Dora geschlafen, Alec?«

Sein Blick schoss zu dem Topf. Er studierte die Form des Deckels so, als könnte er ihm verraten, wie er der erfolgreichste Schriftsteller überhaupt werden würde. Mein Herz rannte drei Marathons, bevor Alec schließlich nickte und dabei am Saum seines Shirts nestelte. Wenigstens hatte er entschieden, ein einziges Mal nicht der größte Lügner der Welt zu sein.

Ich rang um ein Lächeln, kläglich, und sagte: »Die Suppe müsste für fünf Teller reichen. Guten Appetit.«

»Aber isst du nicht mit mir?« Er blinzelte.

Ich schüttelte den Kopf. »Ich muss zur Arbeit. Und wenn wir schon bei dem Thema sind, du solltest deinen Chef anrufen, um ihm Bescheid zu sagen, dass du für die nächsten Tage krank bist.«

Ich wartete keine Antwort ab und verschwand.

In meiner Wohnung klappte ich meinen Laptop auf und schrieb den ganzen Abend.

Kapitel 25

»You kiss and you kiss
And you love and you love
You've got a history list and the rest is above
And if you won, you can't relate to me«

Hear me, Imagine Dragons

Alec

Kranksein war großartig.

India hatte gestern den kompletten Nachmittag in meiner Wohnung verbracht und darauf geachtet, dass ich jede halbe Stunde einen Tee trank, sogar eine Suppe hatte sie gekocht und das nur für mich. Doch dann war sie plötzlich verschwunden, sagte, sie müsste zur Arbeit und hatte anscheinend vergessen, dass ich ziemlich gut darin war, ihre Lügen nach dem ersten Wort zu durchschauen.

Ich fragte mich, ob es ihr unangenehm war, dass wir nach Maxtons Party von Dora erwischt worden waren. Ob sie meine Finger in ihrem Slip bereute? Hätte ich etwas sagen sollen? Keine Ahnung. Wie immer keine verfickte Ahnung.

Heute war Montag und wenn ich sprach, klang meine Stimme dünner als Glas. Doch Personen mit wenig Geld hatten keine Zeit, um krank zu sein. In die Seminare war ich zwar nicht gegangen, doch die Schichten im Buchladen hatte ich nicht sausen lassen können. Ich brauchte das Geld, weil meine Schwester das Geld brauchte. Auf meine Mutter konnte man sich schließlich nicht verlassen; man wusste nie, ob sie überhaupt aus ihrem Zimmer herauskriechen würde.

Kranksein und arbeiten war hart.

Vor allen Dingen im Barnes & Noble, wo Kunden die gewünschten Romane nicht fanden. Weil der Filialchef heute ebenfalls da war, konnte ich den Käufern nicht verklickern, dass sie einen anderen Mitarbeiter aufsuchen sollten. Also hatte ich mit verstopfter Nase den Kunden was vom Pferd erzählt und zugestimmt, wenn sie meinten, Nora Roberts wäre die beste Autorin überhaupt. Den neusten King hatte ich als das gruseligste Buch überhaupt betitelt und als mich jemand nach meiner Meinung zu *Ein wenig Leben* fragte, zog ich mir etwas aus der Nase, das danach klang, dass der Roman ein literarisches Meisterwerk wäre.

Doch eigentlich las ich keine Romane, versuchte lieber, welche zu schreiben, und scheiterte kläglich.

Aber hey, ich gab alles!

Nach der Arbeit schaute ich im Walgreens nebenan vorbei, wo ich zähneknirschend über fünfunddreißig Dollar für rezeptfreie Medikamente ausgab. Meine Nase lief und der kalte Oktoberwind machte es nicht besser. Ich stieg die Treppen zu meinem Stockwerk hoch und wünschte, dass in diesem verfickten Treppenhaus einmal kein Tohuwabohu herrschte. Doch das war natürlich nicht der Fall, sodass ich fast von einer Gruppe Kinder totgetrampelt wurde. Meine Nase lief weiter und ich wusste, ich würde morgen einen Schal tragen müssen. Als ich Doras Etage erreichte, verfluchte ich sie in Gedanken. Was um Himmelswillen war so schwer daran, die Bedeutung des Begriffs One-Night-Stand zu verstehen? Angekommen in meiner Wohnung, ließ ich den Blick durch das Zimmer wandern und wurde mir wieder einmal bewusst, wie sehr ich dieses Apartment hasste.

Meine Augen verweilten auf meinem geschlossenen Laptop. Ich seufzte. Ich konnte mich noch nicht unter meine Decken kuscheln, denn ich musste für meine Zukunft arbeiten. Also schälte ich mich aus der dicken Jacke, während meine roten Finger vor lauter

Wärme kribbelten. Gerade als ich das Fenster öffnen wollte, weil ich nach Monaten immer noch versuchte, den muffigen Geruch loszuwerden, klingelte es an meiner Tür.

Automatisch dachte ich an Dora.

Mein Körper spannte sich an, ich schüttelte den Kopf. Doch dem Klingeln folgte ein Klopfen, und mit einem Klopfen in den Ohren würde ich nicht schreiben können. Ich tapste zur Tür, schloss die Augen und holte tief Luft.

»Dora, wir haben das Ganze doch schon beredet, ich —«

»Ich bin nicht Dora, du Idiot!«

India. Meine Mundwinkel zuckten, mein Kopf pochte plötzlich nicht mehr ganz so stark. Obwohl ich krank war und einen beschissenen Tag hatte. Wegen India. Einfach so. Und ich glaubte, ich war verrückt.

»Tut mir leid«, murmelte ich und raufte mir verlegen durch die Haare. »Ich dachte, du wärst Dora.«

»Nein, *mir* tut es leid, weil ich deine Hoffnung zerstört habe.« Sie schenkte mir ein gespieltes Lächeln, die Ironie in ihrer Stimme war nicht zu überhören.

Ich wollte etwas erwidern, die Situation erklären, doch India ließ mich nicht.

»Wo um alles in der Welt warst du heute?«

»Ich war arbeiten.« Mein Blick fiel auf ihre Füße, an denen sie nur Socken trug. »Warum kommst du nicht rein, India? Der Boden ist kalt, und wer weiß, wann er das letzte Mal geputzt wurde.«

India entschied sich dafür, so zu tun, als hätte ich nichts gesagt. »Du bist krank verdammt noch mal, Alec! Du kannst doch so nicht arbeiten gehen. Gott, ich bin so eine Idiotin. Ich habe dir sogar eine Suppe gekocht. Wofür überhaupt?«

Sie fuhr weiter fort, doch ihre Stimme wurde leiser, bis sie Worte murmelte, die ich nicht wahrnahm, weil mein Blick auf ihrem Mund verweilte. Ich beobachtete genau, wie ihre Lippen sich teilten und Worte erzählten, die ich nicht hörte. Das Herz in meiner Brust pochte. Meine Haut kribbelte und das nicht vor schmerzhafter Wärme, sondern wegen India. Ihre Lippen bewegten sich weiter, und ich hörte das Blut laut und drängend in meinen Adern rauschen. Und ich wusste, ich musste India noch einmal küssen.

Was wohl passieren würde, würde ich meine Lippen einfach auf ihre legen?

Die Antwort auf die Frage brachte mich so um den Verstand, dass ich nicht anders konnte, als India am Arm zu packen und in meine Wohnung zu ziehen. Doch ihr machte das nichts aus. Ihre Wangen brannten weiter in einem Rot, während ihr Mund nicht verstummte und mich anschrie, dass ich unverantwortlich gegenüber mir selbst wäre.

»Warum kannst du nicht einmal auf mich hören, wenn –«

»Stopp«, unterbrach ich sie und schloss die Tür.

»Nein, kein Stopp. Ich bin noch lange nicht fertig, du –«

Was wohl passieren würde, wenn ich sie küsste? Was wohl passieren würde, wenn ich sie küsste? Was wohl passieren würde, wenn ich sie küsste?

Mir reichte es. Ich brauchte die Antwort auf diese Frage; ob es der Protagonist in mir oder ich selbst war, war mir in dem Moment egal.

Ich drückte India gegen die Tür, ihre Brust an meiner.

Ihr stockte der Atem, ihr Mund verstummte.

»Endlich«, murmelte ich und grinste.

»Was –«

Doch sie sprach nie weiter, denn ich presste meine Lippen auf ihre. Ich lächelte an ihrem Mundwinkel. India schmeckte einfach perfekt. Wie eine perfekte Hauptfigur in einem perfekten Roman. Und perfekt wie in einem perfekt beschissenen Tag, an dem meine Kopfschmerzen plötzlich aufhörten, weil sie so perfekt war.

Ihr einziger Widerstand war mein Name. Sie fluchte ihn sauer, aber mir machte das nichts aus. Ich liebte meinen Namen aus ihrem Mund. Egal, ob böse oder gut gemeint.

Ich drückte sie drängender gegen die Tür, meine Hand vergraben in ihren Haaren. Sie erwiderte den Kuss nicht sofort, doch das spielte keine Rolle; ich würde dafür sorgen, dass sich das änderte. Ich knabberte an ihren Lippen und ließ meine Hand zu ihren Brüsten wandern. Rieb über den Stoff ihres Shirts und BHs, ließ meinen Mund zu ihrem Hals wandern. Saugte. Leckte. Spürte, wie ihr Herz raste.

Und dann brauchte ich alles in mir, um mich von India zu lösen.

Ich starrte ihr in die Augen, und verlor mich in ihrem Blick, aber verlieren fühlte sich plötzlich so gut an, dass ich mich fragte, wieso wir Menschen eigentlich immer gewinnen wollten. Indias Pupillen waren glasig, ihre rosigen Lippen geschwollen und geöffnet, ihr Atem keuchte.

»India.« Ich schob ihr eine Haarsträhne hinter die Ohren. »Soll ich dich weiter küssen?«

Sie schluckte.

»India, Baby.« Ich streichelte die Haut hinter ihrem Ohr. »Sag es.«

»Küss mich, Alec.« Ihre Augenlider flatterten.

Ich zog India an der Hand zu meinem Bett. Es war ungemacht, die Bettwäsche war zerknüllt. Doch sie schien das nicht zu stören, denn sie sagte nichts und schaute mich stattdessen nur so an, als wollte sie das für immer.

Und das war alles, was ich brauchte.

Mit dem Rücken ließ ich mich auf die Matratze fallen und zog ihren Körper auf meinen. Ich positionierte sie dabei so auf mir, dass unsere Körper sich genau an den richtigen Stellen berührten. India entfuhr ein Stöhnen, als ich meine Hüften hob, den Druck und die Reibung zwischen unseren Körpern verstärkte. Dann ließ ich die Hüften kreisen, und sie konnte nicht anders, als in meinen Rhythmus einzufallen. Wieder und wieder nahm ich ihre Lippen mit meinen in Beschlag, während ich sie leicht von mir runterschob, um mit einer Hand unter den Bund ihrer Stoffhose zu schlüpfen.

Sie stöhnte.

India wollte mich.

Und ich wollte India, und hatte keinen Kopf, um darüber zu philosophieren, welcher Part von mir genau India wollte. Der Schriftsteller-Alec, der Alec-Alec oder der Protagonist-Alec. Ganz egal, ich wollte sie einfach.

So wanderte ich mit meinen Fingern weiter in ihren Slip, mit der anderen Hand anderen strich ich ihr über den Rücken. Ich neckte ihre Zunge mit meiner und streichelte ihre Haut. Meine Finger wanderten weiter nach unten und ich spürte, wie feucht sie für mich war.

»Sag mir, was du willst«, keuchte ich und verharrte regungslos in ihrem Slip.

India ließ ihre Hüften weiter kreisen und machte mich damit nur härter. Aber ich wollte, nein, brauchte, dass sie es sagte.

Als sie merkte, dass ich es ernst meinte, schlug sie die Augenlider auf. Sie blinzelte mich aus ihren grünbunten Augen an.

Ich schwor, ich würde kommen.

Hier.

Jetzt.

Ohne, dass sie mich berührt hatte.

Allein wegen der Art, wie sie mich ansah.

»Dich«, erwiderte sie und schluckte. »Ich will dich, Alec.«

»Du musst genauer werden, Baby«, sagte ich und streifte ganz leicht den Punkt, der sie verrückt werden ließ.

»Bitte«, stöhnte sie, reckte sich mir entgegen und wimmerte, als ich weiter über ihre feuchte Haut strich.

»Sag es.«

»Deine Finger«, sagte sie schließlich mit gepresster Stimme.

Ich keuchte, meine Finger drangen in sie ein und gaben ihr das, was sie wollte, während ich schwor, meine Hose würde gleich platzten. India war so, so eng und feucht, und das nur für mich. Ich beschleunigte meine Bewegungen, schlüpfte mit der anderen Hand unter ihr Shirt und unter ihren BH. Ich reizte ihre Nippel, während sie laut keuchte, feuchter wurde, und sich jeder Zentimeter ihres Körpers unglaublich anfühlte. Langsam zogen sich ihre inneren Muskeln um meinen Finger zusammen. Und weil alles in mir danach schrie, India einen Orgasmus zu schenken, fragte ich: »Baby, kannst du für mich kommen?«

Sie wimmerte, und ich drang mit drei Fingern in sie ein und stieß schneller zu.

Sie schrie auf, und ich sagte: »India, ich will, dass du kommst.«

Ihre Muskeln zogen sich für mich zusammen, pressten sich an meine Finger und sie stöhnte meinen Namen.

Als ich meine Hände von ihrem Körper nahm, öffnete sie die Augen und rollte sich von mir runter. Sie schluckte stark und strich sich eine hellbraune Haarsträhne hinter die Ohren. Das hätte sie sich sparen können, ihre Haare schrien trotzdem: »Ich habe zugelassen, dass der Arschlochschriftsteller Alec Carter seine Finger in mich steckt, und das, obwohl ich weiß, dass er nicht gut für mich ist.« Ich schluckte bei dem Gedanken und ärgerte mich über mich selbst. India war nicht die Art von Mädchen, mit denen ich es einfach so machte. India war die Art von Mädchen, mit denen ich es gar nicht machte, weil sie mir Angst machten. Und wenn man es noch genauer nahm, war India die Einzige, die mir Angst machen konnte. Ich war nur ein verzweifelter Schriftsteller und India ein Mädchen, das wie eine perfekte Protagonistin schmeckte und wie eine perfekte Protagonistin aussah, besonders dann, wenn sie lächelte. Kurz: India war zu gut für mich.

»Es tut mir leid«, sagte ich und raufte mir durch die Haare.

India setzte sich auf und starrte mich an. Als ihr Blick auf meiner roten Nase verharrte, warf sie den Kopf in den Nacken. »Scheiße, Alec! Du bist krank.«

Das war nicht das, wofür ich mich entschuldigen wollte, und mir wurde mal wieder bewusst, dass die Liste der Dinge, die ich falsch machte, endlos lang war. In meinem Kopf formten sich Worte zu Entschuldigungen, die sich alle falsch auf meiner Zunge anfühlten, also sagte ich nichts. Unsere keuchenden Atemzüge hallten durch meine vier Wände, die Luft roch nach Lust, und mein Schwanz war immer noch steinhart. Mein Blick wanderte zu India mit ihren geröteten Wangen und ich hasste mich selbst dafür, dass ich immer noch heiß auf sie war, obwohl ich doch gerade realisiert hatte, dass ich die Finger von ihr lassen musste.

»Du hast bestimmt auf Dora gewartet, oder?«, flüsterte sie und schaute an die Decke.

»Was?« Ich verzog das Gesicht. »Ich habe nicht auf Dora gewartet.«

»Aber du hast mit ihr geschlafen«, murmelte India.

»Ich schlafe mit einer Menge von Leuten. Dora bedeutet mir nichts, so wie auch die anderen nichts bedeuten.«

India seufzte, und ich war mir sicher, dass ich für immer nur die falschen Worte haben würde. Sie setzte sich auf und starrte mich an. Dann schluckte sie, ich wollte ihren Hals küssen und hasste mich selbst ein bisschen mehr dafür.

»Ich kann das nicht mehr, Alec, was ist das zwischen uns?«

»Ich ... Ich habe absolut keine Ahnung, India«, antwortete ich; die ehrlichste Antwort, die ich jemals gegeben hatte.

India studierte mein Gesicht so genau, dass sie an jeder einzelnen meiner Barstoppeln verharrte, die sich noch gerade eben an ihrem Gesicht gerieben hatte. »Spielen wir dein Spiel, Alec.«

Ich zog die Augenbrauen zusammen. »Welches Spiel meinst du?«

»Nenn mir drei Geheimnisse und ich nenne dir drei Geheimnisse.«

Ich blinzelte sie an. Mich hatte noch nie jemand nach den drei Geheimnissen gefragt. Ich fühlte mich so, als befände ich mich auf der falschen Seite. Aber hier war India und schaute mich so an, als wollte sie meine Geheimnisse nicht hören, um darüber zu schreiben, sondern um mich besser zu verstehen. Ich konnte sie nicht anlügen. Sie wollte die Wahrheit. Und vielleicht lag es daran, dass ich krank war, dass ich in ihrer Nähe zu einem Schwächling mutierte oder dass heute einfach nicht mein Tag war, doch ich erzählte ihr von drei Geheimnissen, die ich eigentlich nie jemandem verriet.

»Meine Mutter ... Meine Mutter ist Alkoholikerin.« Ich zog einen losen Faden aus meiner Decke und fuhr schnell weiter fort, damit India keine Fragen stellen konnte. »Ich habe noch nie einen meiner Texte eingesendet, weil ich panische Angst vor Absagen habe.« Meine Stimme kratzte. »Und ich will dich, India. Aber ich habe keine Ahnung, welchen Teil von mir ich meine. Ich versuche ein Schriftsteller und dabei ein Mensch zu sein. Und das ist verdammt noch mal schwierig. Du inspirierst mich, aber ich weiß nicht, ob du mehr als Recherche für mich bist. Ich habe absolut keine Ahnung, und das macht mich verrückt.«

Stille.

Schließlich: »Okay, ich bin dran. Ich bin von zu Hause weggelaufen und vermisse es trotzdem. Manchmal frage ich mich, ob ich aufhören sollte, zu schreiben. Und ...« Ihr Körper fing an zu zittern. »Und ich will dich, Alec. Trotz allem, trotz deiner komischen Recherche, deiner Art, so gut wie nie zu lächeln und mir zu sagen, dass du oft mit anderen Frauen einfach nur so zum Spaß schläfst. Obwohl ich gerade das erste Mal in meinem Leben gekommen bin und ...« Und sie warf den Kopf in den Nacken. »Und das auszusprechen ist ziemlich peinlich, aber dort wo ich herkomme, passen Eltern ziemlich gut auf die Unschuld ihrer Töchter auf. Ich bin mir sicher, dass das hier nicht mehr als Recherche für dich ist, aber ... trotz allem will ich dich.«

Stille.

Aber diese Stille war laut, denn meine Gedanken spielten verrückt, mein Kopf schrie mich an. Ich fühlte mich wie der größte Idiot aller Zeiten, gleichzeitig auch irgendwie komisch zufrieden, weil meine Finger die ersten waren, die sie zum Orgasmus gebracht hatten. Mein Kiefer mahlte, als ich daran dachte, dass andere Männer India genau dort berühren könnten, wo ich sie gerade berührt hatte. Dieser Gedanke machte mich eifersüchtig, und das gefiel mir nicht. Genauso wenig wie diese Stille zwischen uns, die mich langsam umbrachte, weil ich wusste, dass ich etwas sagen musste. Verdammt noch mal, sie hatte mir gerade gesagt, dass sie noch nie von irgendjemandem außer mir berührt worden war. In meinem Kopf überschlugen sich die Worte, eins nach dem anderen, sie tobten wie wild herum, doch keins war richtig, und ich fühlte mich wie der größte Versager auf Erden.

»Ich bin deine Recherche, wenn du meine Illusion bist.«

»W-Was?« Ich drehte India das Gesicht zu. »Wie meinst du das?«

»Du arbeitest doch an einem Roman, oder? Lass uns für ihn recherchieren. Lass uns so tun, als würden wir unsere Herzen aneinander verlieren. Als ... Als würden wir uns ineinander verlieben. Das ist doch das, was du recherchieren möchtest, oder?«

Ich sah India mit geöffnetem Mund an. Ich musterte ihr Gesicht, ihre geröteten Wangen, hätte beinahe jede ihrer Wimpern gezählt und blieb an ihren Lippen hängen. Dann schluckte ich. »Und was ist, wenn sich jemand wirklich verliebt?«

»Dann müssen wir aufhören.«

Und weil ich aus allem eine Recherche oder ein Spiel machte, sagte ich: »Wer sich verliebt, verliert.«

Ich hatte gelogen; was für eine Überraschung, der König der Lügen log.

Genau genommen war Kranksein scheiße.

Die dauernd laufende Nase, das ständige Kratzen in meinem Hals, Tausende Teller von Suppe, die ich irgendwann nicht mehr sehen konnte. Doch mit India? Mit India fühlte sich Kranksein wie Im-Himmel-Sein an. Eine Woche lang gingen wir nur nach draußen, um einzukaufen und verbrachten die Tage gemeinsam. Wir tranken Tee, verbrauchten tonnenweise Taschentücher, kuschelten uns abwechselnd in ihr und mein Bett und schauten dabei ihre Lieblingssendung *Modern Family*. Als Phil Dunphy in der ersten Folge mit einer Spielzeugpistole auf seinen Sohn schoss, konnte ich nicht anders, als ihn in mein Herz zu schließen.

Doch nicht nur ihn.

Denn wenn ich India in den Armen hielt, war das Gefühl, das meinen Körper durchflutete, furchteinflößend und magisch zugleich. Sie war die erste Frau, mit der ich in einem Bett lag, ohne zu versuchen, mit ihr zu schlafen.

Von meinen Tinderdates wollte ich doch nur die drei Geheimnisse und manchmal Sex. Aber mit India fühlte sich Recherche betreiben plötzlich nicht mehr wie Recherche betreiben an. Mit ihr war es anders. Mit ihr war es echter. Mit ihr hatte ich das Gefühl, ich würde nicht leben, um zu recherchieren und zu schreiben, sondern leben, um einfach nur zu leben. Doch natürlich schob ich diese Gedanken, wann immer sie kamen, schnell zur Seite. Das Ganze war doch verrückt, ich, Alec Carter, der definitiv lebte, um zu schreiben. Punkt, aus, Ende. Dass ich es mochte, sie fest an meine Brust zu drücken, ihr Küsse in den Nacken zu hauchen und sie einfach nur zu halten, mochte, wie sie roch, liebte, wie sie lachte und dass ich süchtig nach ihren Lippen war, selbst wenn sie nach ekelhaftem Hustensaft schmeckten – das spielte keine Rolle. Es war und blieb einfach alles Recherche, auch wenn die sich nach Leben anfühlte. Am Ende würden India und ich das beenden und ich meinen Roman schreiben.

Und genau deshalb hatte ich mir selbst ein Versprechen abgenommen.

Ich würde nicht mit ihr schlafen.

Sie zu küssen und zu berühren, war okay; zumindest redete ich mir das ein, damit ich nicht vor Verlangen starb. Sex würde zu weit gehen, wenn sie noch nie mit jemandem vor mir geschlafen hatte.

Ich wollte einfach ein Mal in meinem verfickten Leben kein Arschloch sein. Genauer gesagt das Arschloch sein, mit dem India das erste Mal schlief und es bis ans Ende ihres Lebens bereute.

Heute war Sonntag, India kochte Spaghetti. Zum ersten Mal seit einer quälend langen Ewigkeit gab es keine Suppe. Das hieß, uns beiden ging es wieder gut.

War ich ein Irrer, weil ich eigentlich krank bleiben wollte?

Ich seufzte, mein Wunschdenken würde mich nicht weiterbringen. Das Kratzen in meinem Hals war verschwunden, Indias Nase war nicht mehr gerötet. Wir waren gesund.

India reichte mir einen Teller voller Nudeln, ein Klecks Tomatensoße oben drauf. Ich lächelte, sagte »Danke« und drückte auf die Playtaste meines Laptops, bevor die verrückte Familie wieder auf dem Bildschirm erschien. Staffel eins Folge sechs; wir fingen wieder von vorne an, weil wir alle sieben Staffeln innerhalb von sechs Tagen geschaut hatten.

India war süchtig, und vielleicht waren sie und ich gemeinsam süchtig nach etwas, das nicht die Serie war.

India ließ sich neben mich auf mein Bett sinken und rollte die Pasta auf ihre Gabel. Wie automatisch ließ ich meine freie Hand zu ihrem Oberschenkel wandern und streichelte ihre Haut durch den dünnen Stoff ihrer Hose.

Ich konnte nicht anders. Ich musste sie einfach anfassen und hätte dabei einen Preis erhalten sollen; anscheinend hatte ich die Rolle des Protagonisten-Alecs perfekt verinnerlicht.

»Also«, begann sie aus dem Nichts, als das schwule Pärchen gerade dabei war, ihrer Babytochter eine Perücke aufzusetzen. »Warum hast du noch keinen deiner Texte eingeschickt? Ich weiß, dass deine Kurzgeschichten und Essays großartig sind, ohne dass ich sie gelesen habe.«

Das liebte ich an India.

Moment.

Stopp.

Streicht das mit der Liebe.

Das mochte ich am allermeisten an India: Sie glaubte an mich wie kein anderer. Sie idealisierte mich, hätte ihr Herz darauf verwettet, dass alles, was ich schrieb, grandios war, und dachte, ich hätte die Antworten auf alles.

Doch das hatte ich nicht.

»Deine Tomatensoße ist echt gut.« Ich stocherte in der Schüssel herum.

»Danke. Ist nach dem Geheimrezept von Marabella. Und jetzt bitte die Antwort, die ich hören will.«

Mir blieb nichts anderes übrig, als die Folge zu pausieren. Die Antwort auf Indias Frage war eine ernste, bei der ich das Gelächter von Phil Dunphy nicht gebrauchen konnte.

»Ich habe Angst«, gestand ich. »Meine Texte sind alles, was ich besitze. Das Schreiben ist mein Traum, meine Berufung und mein Ausweg aus allem Schlechten. Ich weiß, es klingt dramatisch, aber sind Schriftsteller das nicht immer? Ohne mein Schreiben, wüsste ich nicht, wo ich gerade wäre. Ich weiß einfach, dass die Absagen

mich umbringen würden. Meine ... Meine Welt hätte dann keinen Sinn mehr.«

India musterte mich lange, bevor sie mir antwortete: »Wer
nicht wagt, der nicht gewinnt. Oder?«

Kapitel 26

*»They slipped
briskly
into an intimacy
from which they
never recovered.«*

F. Scott Fitzgerald

Alec

Es war Mitte November und heute Nacht hatte es geschneit. Jemand klopfte an meine Tür, und obwohl ich äußerst ungern beim Schreiben gestört wurde, klappte ich den Laptop mit einem Lächeln auf den Lippen zu. Denn ich wusste, es war India.

India.

Gott, allein bei dem Gedanken an sie, schlug mein Herz schneller und meine Hose wurde enger. Aber das gehörte alles zur Recherche. Damit würde ich später voll und ganz in meinen Protagonisten eintauchen und seine Gefühle auf das Genauste beschreiben können. Und Gefühle waren anscheinend der Grund, wieso Menschen überhaupt lasen, so wie es mir in den letzten Wochen eingetrichtert wurde. Also war alles in bester Ordnung. Letzteres hatte ich mir in den zurückliegenden Tagen viel zu oft gesagt.

Ich öffnete die Tür und stolperte auf dem Weg fast über meine Winterschuhe, ohne die ich mir sonst die Zehen abfrieren würde. Ja, die Winter in New York waren eisig. Und diese Meinung schien India ebenfalls zu teilen, so wie sie eingepackt in schwarzer Winterjacke, dickem Schal und einer roten Mütze auf dem Kopf vor meiner Tür stand.

»Hey.« Das Lächeln auf ihrem Gesicht war strahlender als all der weiße Schnee auf der Welt, und ich wollte mir selbst für diesen Vergleich auf die Schulter klopfen; ich war der perfekte Liebesromanprotagonist.

»Hi«, erwiderte ich und leckte mir über die Lippen.

India sagte nichts, ihre Augen hefteten sich an meine Lippen und ihre Wangen verfärbten sich leicht rot. Dann senkte sie den Blick auf den Boden und verzog das Gesicht. »Warum hast du keine Socken an, Alec?« Sie schüttelte den Kopf. »Du kannst doch nicht ohne Socken auf dem kalten Boden herumlaufen. Hinterher bist du wieder krank.«

»Muss ich das also?«, fragte ich neckend, zog sie am Ärmel in meine Wohnung und presste meine Lippen auf ihre.

Ich konnte einfach nicht anders und musste die Momente, in denen wir allein waren, ausnutzen.

Sie und ich waren Freunde, wenn wir mit Ava, Evelyn und den anderen in der Mensa zu Mittag aßen. India und ich waren nur befreundete Nachbarn, wenn wir beim Walgreens gegenüber Nachos für unseren *Modern-Family*-Abend kauften.

Doch jetzt waren wir keine Freunde. Jetzt waren India und ich zwei Menschen, die süchtig nacheinander waren.

Ich zerrte am Reißverschluss ihrer Jacke, weil ich es brauchte, dass sie sie auszog. Ich hätte ihr all die Kleidung vom Körper reißen sollen; das hätte ihr am besten gestanden. Doch dazu bekam ich keine Chance, denn India hörte auf, meinen Kuss zu erwidern. Sie protestierte, als ich sie in die Richtung meines Bettes drängte, damit ich mich auf sie gelegt und meine Hüften an ihre gepresst hätte, während –

»Stopp«, sagte sie, ihr Atem schallte in meinen vier Wänden.
Ich grinste.
Sie rollte mit den Augen.
Ich grinste breiter.

»Hör auf, so zu grinsen. Zieh dir lieber was an die Füße. Barfuß durch Manhattan zu laufen, hört sich für mich nicht nach einer Erfahrung an, die du machen solltest.«

»Wir gehen nach draußen?« Ich hob eine Augenbraue.

»Ich habe mir da etwas überlegt.« Sie strich sich eine Haarsträhne hinter ein Ohr. »Ich finde, wir sollten unsere Lektionen weiterführen.«

»Die Schreiblektionen?«

Sie nickte. »Aber diesmal bringe ich dir was bei.«

»Etwas beibringen, also?« Meine Mundwinkel zuckten.

»Ja, ich werde dir Dinge beibringen, von denen du nicht einmal wusstest, dass sie existieren.«

Sie lächelte, ich musste schlucken.

Wir gingen zum Central Park.

Auf den Straßen lag Schnee, matschig und geschmolzen, so ekelhaft grau wie der Himmel. Wir erreichten die 59th Street, und mir wurde wieder einmal bewusst, wie touristisch New York war. Selbst im eisigen Wind versuchten Personen mit Plakaten die Passanten zu Rundfahrten in Pferdekutschen zu überreden und Karten des Parks für fünf Dollar zu verkaufen, obwohl man sich die kostenlos im Internet runterladen konnte. Ich seufzte, als ich ein junges Paar entdeckte, das tatsächlich einen Geldschein für eine Karte herauskramte.

India und ich überquerten die letzte Ampel, die Hände vergraben in den Taschen unserer Jacken. Die Bäume, an denen wir vorbeiliefen, strahlten in den verschiedensten Nuancen von Orange, bevor die Blätter in weniger als zwei Wochen endgültig abfallen würden. Um die Oberkörper von vorbeilaufenden Joggern spannten statt Shirts Pullover mit Nike- und Adidas-Logo, während die Mitglieder von Touristengruppen sich dicht aneinanderdrängten, um es wärmer zu haben.

Wir bestiegen einen Hügel und gingen an dem ersten Waffelstand vorbei, als ich sagte: »Dann erzähl mal, India. Was werden wir heute lernen?«

»Es heißt für heute India-ist-die-beste-Lehrerin-der-Welt-Meisterin, mein liebster Lehrling.«

»Liebster Lehrling?« Ich schüttelte belustigt den Kopf.

Sie wandte mir das Gesicht zu, ihre Wangen waren rot, und das nicht von den New Yorker Temperaturen.

»Ja, liebster Lehrling«, wiederholte sie und vergrub die Hände tiefer in ihren Jackentaschen.

Mir wurde plötzlich warm ums Herz. Was komisch war; ihr wisst schon, mein Herz war natürlich immer kalt. Aber wäre das hier ein Liebesroman gewesen, hätte ich sie geküsst. Doch Moment! Ich erinnerte mich daran, dass ich wirklich in die Rolle eines Protagonisten in einem Liebesroman geschlüpft war.

Ich blieb stehen, hielt India an ihrem Jackenärmel zurück, senkte mein Gesicht zu ihrem und legte meinen Mund sanft auf ihre Lippen. Im Central Park. In New York. In der Öffentlichkeit.

Es war ein kurzer, unschuldiger Kuss, doch als ich mich von ihr löste, strahlten ihre Augen hell und glücklich. Und weil es mir so gefiel, sie zu küssen, konnte ich nicht anders, als meine Lippen ein weiteres Mal auf ihre zu legen.

Ein paar donnernde Herzschläge später machte ich mich von ihr los. Ich sah sie an, fragte mich, was sie sagen würde, doch sie blieb stumm. Ich wusste nicht, wieso ich ihre Hand in meine nahm, sie an meine Lippen führte und ihren Handrücken küsste. Doch ich tat es, dabei hatte ich noch nie die Hand einer Frau geküsst. Machte man das überhaupt noch? Als ich den Blick hob, raste mein Herz und India lächelte. Anscheinend mochte sie das, und ich machte in meiner Rolle alles richtig. Also verflocht ich unsere Finger ineinander. Hand in Hand spazierten wir weiter. Wir sprachen nicht über unsere ineinander verschlungenen Finger. In einem Café machten wir halt, teilten uns eine Waffel mit Himbeeren und Vanilleeis, und ich bezahlte, weil ich heute wieder ein Gentleman war, der seine Hände nicht bei sich lassen konnte.

Wir erreichten das Kennedy Reservoir, setzten uns auf eine Bank und starrten in das wässrige Dunkelblau.

»Ich mag den Central Park«, sagte India, das Holz der Bank fühlte sich kalt und nass unter unseren Beinen an.

»Sind wir deshalb hier? Weil du den Central Park magst?«

Der Wind blies so eisig, dass meine Finger zitterten. Ich steckte die Hand in meine Jackentasche und zog Indias Finger mit. Ich wusste nicht, wieso mein Blick an meiner Jackentasche hängen blieb.

»Recherche«, murmelte India und nickte auf unsere Hände. Ich wusste nicht, was ich darauf sagen sollte, also kam sie zurück auf meine Frage. »Wir sind hier, weil ich hier sein wollte.«

»Also ist das keine Lektion?«

Sie zuckte die Achseln. »Ist nicht jeder Moment unseres Lebens eine Lektion? Lernen wir nicht in jeder Sekunde mehr dazu? Und wenn wir das nicht tun, sollten wir unser Leben dann nicht ändern?«

Ich legte den Kopf schief und hatte wie immer keine Antworten. Wir schwiegen eine Weile und beobachteten den See mit seinen Passanten, die in Handschuhen und manchmal zitternd an uns vorbeischlenderten.

»Kurz bevor ich an deine Tür geklopft habe, lag ich in meinem Bett und musste daran denken, dass in einer Woche Thanksgiving ist«, flüsterte India nach einer Weile.

Ich rieb abwesend mit meinem Daumen über ihren Handrücken und wunderte mich darüber, dass ihre Haut sich so warm anfühlte. Meine war immer kalt.

»Thanksgiving ist mein Lieblingsfeiertag. Ich habe die Vorbereitungen in unserem Haus geliebt. Das Essen, zu dem jeder gekommen ist. Die Regel, dass niemand ein Wort über die Arbeit verlieren durfte. An diesem Feiertag war jeder in unserem Haus glücklich. Es gibt nicht eine schlechte Erinnerung an diesen Tag.« India atmete die kalte Herbstluft tief ein. »Ich weiß nicht, wieso, aber ich lag vorhin in meinem Bett und hatte plötzlich Heimweh. Der Central Park ist der einzige Ort, der mich an mein Zuhause erinnert; liegt bestimmt an den ganzen Bäumen. Und tada, hier sind wir. Ja, ich habe gelogen. Ich erteile dir keine Lektion, ich habe dir nichts zu zeigen. Ich wollte einfach nicht allein sein, und du und ich, na ja, wir sind –«

»Wir sind Freunde«, sagte ich mit fester Stimme. Ich bereute die Worte noch im selben Augenblick, als ich India ansah, dass meine Worte etwas in ihr brachen. Und dann fühlte es sich plötzlich auch so an, als würde etwas in mir brechen.

Ich schluckte.

Was zum Teufel war das?

Was hatten all die Gefühle in mir zu suchen?

Ich wusste nicht, wohin damit.

Ich sah in Indias grüne und große Augen. Sie flehten mich an. Doch ich wusste nicht, um was. Mir blieb nichts anderes übrig, als unsere Finger fester ineinander zu verknoten, mich nach vorne zu beugen, um sie zu küssen und dabei zu hoffen, dieses zerbrechliche Gefühl loszuwerden.

India schmeckte nach Himbeeren, einem Hauch von Winter und nach etwas, das ich nicht erläutern wollte, weil ich dann der Wahrheit ins Gesicht hätte sehen müssen.

Kapitel 27

India

Alec war das kniffligste Rätsel aller Zeiten.

Aber vielleicht verkomplizierte ich die Dinge nur. Tatsache war, dass wir ein Spiel spielten, das ich vorgeschlagen hatte und zu dem gehörte, dass er mich küsste. Oder? Doch als Alec meine Hand in seine genommen hatte, hatte sich das intimer als seine Finger über meinem Slip angefühlt und das brachte irgendwie alles durcheinander.

Ich gab mein Bestes, um diese Gedanken beiseite zu schieben und mich stattdessen auf mein Jetzt zu konzentrieren; Letzteres war mir doch sonst auch so wichtig. Mein Jetzt verlor sich in unserem Treppenhaus, in dem Alec zwei Stufen über mir herlief, und seine Finger fühlten sich kilometerweit entfernt an. Seit wir in das überfüllte Subway-Abteil gestiegen waren, hatten sich unsere Hände nicht mehr berührt. Und was sollte ich schon sagen? Meine Finger vermissten Alecs Haut, obwohl sie viel zu kalt war.

Als wir an Doras Stockwerk vorbeikamen, musste ich schlucken. Ich wusste nicht, ob Alec sich noch mit ihr traf, doch ich wollte daran glauben, dass es nicht so war. Ich wollte daran glauben, dass

Alec nur mich sah, auch wenn wir nicht darüber gesprochen hatten. Aber für mich machte das Sinn. Wir fuhren morgens meistens zusammen zu unseren Seminaren, verbrachten die Abende meistens damit, bei *Modern Family* zu lachen, wenn wir uns nicht gerade küssten. Wenn er auf der Arbeit war, schickte er mir manchmal Fotos von Neuerscheinungen, von denen er meinte, sie könnte mir gefallen und schrieb: »Wäre das nicht was für dich, Baby?« Wenn wir zur selben Zeit eine Schicht zugeteilt hatten, gingen wir zusammen nach Hause, und wenn er früher fertig war als ich, bestand er darauf, auf mich zu warten und setzte sich mit seinem Laptop an einen der Tische. Ich mochte es, Zeit mit Alec zu verbringen, mit ihm zu lachen, bis mein Bauch wehtat, und ich mochte es, seine Sommersprossen nachzufahren, wenn wir in einem Bett lagen. Und ich war mir sicher, dass Alec das auch mochte und dann, zumindest wenn wir alleine waren, nicht an jemand anderen dachte. Genau deshalb war ich umso überraschter, als wir das siebte Stockwerk erreichten und ich ein Mädchen sah, das vor Alecs Haustür wartete.

Sie hatte rotbraune Haare, die ihr bis zur Taille gingen, saß auf dem Fußboden vor Alecs Tür und hob den Blick, als sie unsere Schritte hörte. Ein Kloß bildete sich in meinen Hals.

Das Mädchen war bildschön.

Ihre Augen waren fast so dunkel wie die von Alec, doch dabei grüner. Ihr Gesicht war überdeckt von zierlichen Sommersprossen, ihre Wangenknochen hoch und ihre Haut makellos hell. Sie sah aus wie eine rothaarige Fee, nur dass sie mir keine Wünsche erfüllte, sondern meinen Magen dazu brachte, sich zu einem Knoten zu verkrampfen. Meine Augen fielen auf Alec, bevor der Knoten in meinem Magen zu einem Stein wurde. Alecs Gesicht war blasser als der Stoff seines weißen Pullovers. Sein Mund öffnete und schloss sich ein paar Sekunden lang, ohne dass Worte ihn verließen.

»Sophia, was ist passiert?« Die Besorgnis in Alecs Stimme war nicht zu überhören.

Großartig, die zauberhafte Fee hatte sogar einen wunderschönen Namen.

Fee Sophia erhob sich und ging auf Alec zu, um sich in seine Arme fallen zu lassen. Er presste sie sofort an seine Brust und streichelte ihr liebevoll über den Rücken. Der Stein in meinem Magen wurde untragbar schwer. Ich musste hier weg.

Sofort.

Illusion hin oder her, ich konnte den Anblick von Alec mit einem anderen Mädchen nicht ertragen. Unbemerkt versuchte ich, zu meiner Haustür zu tippeln, und kramte dabei den Schlüssel aus meiner Tasche.

»Wer ist diese Frau, Alec?«, hörte ich Sophia sagen und drehte mich mit zusammengepressten Lippen um.

Die beiden hatten sich aus ihrer Umarmung gelöst. Alec musterte mich verwirrt, und Sophia starrte mich an, als wäre ich ein Geist.

Alec fuhr sich durch die Haare. »Das ist India. Sie ist meine Nachbarin und eine Freundin.«

Ich verzog das Gesicht. Freunde. Ich hasste dieses Wort. Es hätte verboten werden sollen.

Sophias Augen zuckten zwischen Alec und mir umher. Dann hob sie eine Augenbraue und krallte die rechte Hand in Alecs Jacke.

»Sie ist diese Frau, über die du das letzte Mal nicht reden wolltest, oder?«, fragte sie Alec.

Meine Augen weiteten sich. Sophia wusste von mir? Und was bedeutete überhaupt *diese* Frau? War ich *diese* Frau?

Alec trat von einem Fuß auf den anderen und fuhr sich durch die Haare, sodass ihm mehrere rote Strähnen vom Kopf abstanden.

»India.« Er räusperte sich. »Das ist meine Schwester Sophia.«

»Schwester?« Ich blinzelte und umklammerte den Schlüssel zwischen meinen Fingern fester.

»Ja, meine Schwester«, erwiderte Alec, die Furche zwischen seinen Augenbrauen saß tief.

Meine Augen fokussierten Sophia genauer. Ich unterdrückte ein Seufzen.

Natürlich war Sophia Alecs Schwester: Das Haar, die Augen,

die äußerliche Perfektion. Sogar der mürrische Gesichtsausdruck glich sich bis auf die Mundwinkel. Nur dass Sophia gute zwanzig Zentimeter kleiner als Alec war und ich schon beim ersten Blick hätte erkennen müssen, dass sie nicht älter als sechzehn aussah.

Ich hob die Schultern, ging auf Sophia zu und stellte mich vor, weil Marabella mir gute Manieren beigebracht hatte. »Freut mich dich kennenzulernen, ich bin India.«

»Sophia, Alecs kleine Schwester«, murmelte sie und erwiderte meinen Händedruck.

Als Sophia meine Hand losließ, drehte sie ihrem Bruder das Gesicht zu und klimperte mit ihren langen Wimpern. »Warum bittest du India und mich nicht zu einem Tee in deine Wohnung hinein, Bruderherz?«

»Seit wann trinkst du Tee?« Alec kratzte sich den Nacken und sah mir hilfesuchend in die Augen.

»Alec hat keinen Tee zu Hause«, sagte ich.

»Wie gut, dass ihr beiden mitten in Manhattan wohnt und der nächste Starbucks kaum weiter als zwei Straßen entfernt sein kann.« Sie grinste schelmisch.

»Wo du recht hast«, sagte Alec. »Macht ihr beiden es euch doch schon mal gemütlich. Ich organisiere etwas zu trinken.«

Er kramte hastig den Schlüssel aus seiner Tasche, überreichte ihn mir und flüchtete die Treppen nach unten. Als ich mich Sophia zuwandte, schwor ich, dass, wenn Blicke töten könnten, ich schon dreimal gestorben wäre.

»Schließt du die Tür nun auf, oder was?« Sophias Augen funkelten mich böse an.

»Sorry«, murmelte ich und öffnete die Tür.

Wir traten ein und Sophias Blick ging sofort in Richtung Fenster.

Manhattan im Dunkeln. Abertausende Lichter durchfluteten die Stadt, in New York gab es stets Licht, immer ein wenig Hoffnung. New York, die Stadt, in der Träume wahr wurden. Genau deshalb war ich hier. Ich musste schlucken, als ich daran dachte, wie rasend die Zeit verflog. Aber genau deshalb war das mit Alec und mir nur eine Illusion. Wäre das zwischen ihm und mir echt gewesen, hätte ich uns beiden früher oder später das Herz gebrochen.

»Wo kommst du her?« Sophia hatte den Blick vom Fenster gelöst und setzte sich auf Alecs Bett.

»Ich wohne nebenan.« Ich nickte zur Wand, während ich mich auf den Sessel niederließ.

»Ah ja. Genau genommen wollte ich wissen, aus welchem Staat du kommst. Du redest komisch.«

»Ich bin eigentlich aus Alabama.«

»Eigentlich?«

»Ich studiere hier.« Ich öffnete meine Jacke und zog mir die Mütze vom Kopf.

»Aha.«

»Hör mal«, sagte ich. »Ich weiß nicht, warum du mich anscheinend nicht magst, aber –«

»Mein Bruder mag dich.«

»Und deshalb magst du mich nicht?« Ich verzog das Gesicht.

Sie richtete ihre Augen auf den Fußboden voller Macken. »Mein Bruder und ich lieben uns über alles. Wir … Wir haben nur uns.«

Als Sophia den Blick hob, waren ihre grünbraunen Augen eine Spur zu dunkel. Ich dachte an Alecs Geheimnis von seiner alkoholkranken Mutter. Wenn Alec schon Mühe hatte, mit der Situation klarzukommen, wie musste es dann wohl Sophia gehen?

Sophia räusperte sich, versuchte, sich zu fangen und scheiterte; ich sah die Tränen in ihren Augen, die sie nicht weinte, trotzdem. »Hat er dir von unserer Mutter erzählt?«

»So halb.«

»Er muss dich wirklich mögen.« Sophia schüttelte den Kopf und sah so aus, als wäre sie enttäuscht darüber, dass Alec mir ihr Geheimnis verraten hätte.

»Wir sind Freunde.«

»India«, sagte sie und sprach meinen Namen so angeekelt aus wie Draco Harrys. »Ich bin zwar erst sechzehn und habe absolut keine Ahnung, wie ich Markus dazu bringen soll, mich zu bemerken, aber ich verstehe einige Dinge. Und die Art, wie mein Bruder dich anguckt, hat nichts mit Freundschaft zu tun.«

Sie starrte mich an und diesmal war ich es, die den Blick senkte. Ich wollte nicht mit Alecs Schwester über die Gefühle reden, die ich empfand und die er gekonnt ignorierte. Also wechselte ich schnell das Thema.

»Wieso erzählst du mir nicht von diesem Markus? Ich bin zwar erst neunzehn und wirklich Ahnung von der Liebe habe ich auch nicht, aber vielleicht kann ich dir trotzdem helfen«

Sophia musterte mich einen Moment so, als wäre ich ihr Schulprojekt, das unter einem Mikroskop lag. Nach einigen Momenten zuckte sie die Schultern. »Ach, was soll's, schlimmere als Alecs Ratschläge kannst du mir sowieso nicht geben.«

Alec

Lauschen gehörte sich nicht.

Aber ich war alles andere als ein Musterbeispiel eines guten Menschen. Also stellte ich den Getränkehalter aus Pappe auf dem Boden ab und drängte mich mit einem Ohr an die Wohnungstür.

»Ashley hat ihm gestern etwas ins Ohr geflüstert, obwohl er sich eigentlich nur mit den Jungs aus seinem Baseballteam unterhält. Er muss sie mögen, India. Ich meine, wie könnte er auch nicht? Ashleys Beine sind endlos lang und ihre Brüste würden selbst denen von Kate Upton die Show stehlen. Alles, was ich möchte, ist ein einziges Treffen mit ihm. Wenn ich das hätte, würde ich sogar mein Erspartes für einen BH von Victoria's Secret ausgeben, obwohl die über siebzig Dollar kosten.«

»Sophia, kein Typ ist einen Siebzig-Dollar-BH wert!«

»Du hast gut reden, India. Du hast tolle Brüste, auf die mein Bruder wahrscheinlich total scharf ist.«

Das reichte. Ich ließ von der Tür ab; ich hatte genug gehört. Ich fühlte mich wie ein Idiot, als ich an meine eigene Tür anklopfte und Sophia keine Sekunde später ein »Herein« wie die Queen höchstpersönlich trällerte.

»Mädels«, begrüßte ich meine Schwester und India, nachdem ich mir die Getränke vom Boden geschnappt hatte.

»Wie lang war die Schlange bei Starbucks? Tausend Kilometer lang? Du hast eine Eeeeewigkeit gebraucht. Ich bin am Verdursten. Was hast du mir mitgebracht?« Meine Schwester sah mich anklagend an.

Ich seufzte und sah aus dem Augenwinkel, wie India sich ein Grinsen verkniff.

»Kakao mit Sahne, Zimt und sogar Schokoladenstreusel«, verkündete ich stolz und überreichte meiner Schwester den roten Pappbecher.

Sie betrachtete ihn misstrauisch. »Ist da wenigstens fettarme Milch drin?«

»Ähm …« Ich kratzte mir den Nacken und sah mich nach India um.

Sie grinste.

Großartig.

»Klar, ist da fettarme Milch drin«, log ich.

Meine kleine Schwester führte den Becher an ihre Lippen und nahm einen Schluck. Und dann noch einen. Und einen weiteren. Ich war ein guter großer Bruder; meine Schwester liebte Kakao.

»Der Kakao ist kalt, Bruderherz.« Sie hob Zeige- und Mittelfinger in die Höhe und hatte dabei einen Milchbart über der oberen Lippe. »Und zweitens ist das definitiv keine fettarme Milch, dafür schmeckt es viel zu gut.«

Ich seufzte, schnappte mir Indias Getränk und schlurfte zum Sessel. Als ich ihr den Becher überreichte, berührten ihre Finger dabei kurz meine. Wir verharrten, ich war mir sicher, dass Finger Stromschläge verteilen konnten. Doch dann räusperte meine Schwester sich und unser Moment war vorbei.

»Ich habe dir einen Pumpkinspice-Latte gekauft«, sagte ich.

»Alle Frauen vor mir haben den auch bestellt, und da dachte ich mir, dass –«

»Nein, Bruderherz, du hast dir gar nichts gedacht«, unterbrach meine Schwester mich. »Warum achtest du überhaupt auf andere Frauen? Willst du uns etwa damit sagen, dass India für dich genau wie alle anderen Frauen ist?«

Mein Mund stand wortlos geöffnet. Ich war schlagfertig. Das war ich wirklich; ich hätte Stunden damit verbringen können, hitzige Dialoge abzutippen, ohne dabei eine Sekunde zu pausieren. Aber seit wann verdrehte meine Schwester mir die Worte im Mund?

»Dein Bruder ist Schriftsteller, Sophia. Leute zu beobachten ist Teil seines Schreibprozesses. Und ehrlich gesagt, bin ich nicht anders als andere Frauen. Ich liebe den Pumpkinspice-Latte.« India nahm einen Schluck von dem Getränk. »Außerdem habe ich dir schon gesagt, dass dein Bruder und ich nur Freunde sind.«

Ich nahm einen Schluck von meinem Kaffee, damit ich nichts sagte, was ich später bereut hätte.

»Ihr seid keine Freunde. Aber wenn ihr euch das einreden wollt, nur zu.« Meine Schwester zuckte mit den Achseln, bevor sie den letzten Schluck ihrer heißen Schokolade trank und dann mit dem leeren Becher in der Luft wedelte.

»Mein Kakao ist leer, und ich habe Hunger. Hast du noch Reste vom Asiaten im Kühlschrank?«

Ich schüttelte den Kopf. »Ich gehe fast nicht mehr zum Asiaten.«

»Echt? Ich dachte, wir lieben die Angebote und Kugelschreiber dort. Der Stift, den ich das letzte Mal mitgenommen habe, ist mein Glücksbringerstift. Mit dem habe ich sogar eine Zwei Minus in Englisch geschrieben.«

»India kocht gerne und meinte –«

»Indem ich für deinen Bruder und mich koche, bewahre ich ihn vor einer Lebensmittelvergiftung«, vollendete meine Nachbarin für mich. India lächelte.

Ich musterte sie, wie sie auf meinem Sessel saß, als gehörte sie genau dorthin. Nicht auf ein veraltetes Möbelstück mit roten Flecken, sondern in meine Wohnung, weil es mein Apartment war und sie zu mir gehörte.

Ich war froh, dass Indias Stimme meine Gedanken durchbrach, weil ich nicht genauer darüber nachdenken wollte, wie wir vorhin ein händchenhaltendes Pärchen gewesen waren und sich das richtiger als die Charaktere in meiner ersten Kurzgeschichte angefühlt hatte.

»Wisst ihr was? Wieso gehe ich nicht in meine Wohnung und organisiere etwas zum Abendessen? Wenn ihr an einer Lebensmittelvergiftung sterbt, würde ich mir das nie verzeihen. Ich schreibe Alec eine Nachricht, wenn das Essen fertig ist.« Ohne eine Antwort abzuwarten, erhob India sich.

Meine Augen verharrten einen Tick zu lange auf ihrem Hintern, und ich beobachtete sie dabei, wie sie aus meiner Tür ging. Ich war versucht *Halt, Stopp, du musst bleiben!* zu schreien, weil ich mich vor den Neuigkeiten, die meine Schwester garantiert für mich bereithielt, drücken wollte. Doch die Tür fiel ins Schloss und ich beschloss, kein Feigling zu sein.

»Erzähl mir das Schlimmste zuerst.« Ich drehte mich schluckend meiner Schwester zu.

»Es gibt da doch diesen Jungen in meiner Klasse. Markus. Du weißt schon, der, von dem ich dir letztes Mal erzählt habe. Ich mag ihn, aber wahrscheinlich weiß er noch nicht einmal von meiner Existenz.«

Ich atmete erleichtert aus. »Das ist die schlimmste Neuigkeit?« Meine Schwester nickte.

»Gott sei Dank. Warum bist du dann hier, Baby Girl? Bist du dir sicher, dass zu Hause alles okay ist?«, fragte ich, obwohl ich wusste, dass zu Hause nie etwas okay war.

»Ganz sicher. Im Gegenteil sogar. Es läuft gerade richtig gut. Du wirst es nicht glauben, Alec, aber Mom hat einen Job gefunden!«

»Mutter hat was?« Ich blinzelte.

»Mom arbeitet jetzt in einer Bar«, quiekte meine Schwester. »Langsam bekommt sie ihr Leben auf die Reihe, und das heißt auch, dass ich nicht mehr jede Sekunde auf sie aufpassen muss. Ich kann jetzt rausgehen, ich kann dich öfter besuchen, ich kann mich mit meinen Freundinnen fürs Kino verabreden ...«

Ich schaltete ab; die Aufzählungen meiner Schwester waren stets endlos lang.

India war nicht die Einzige, die Illusionen hatte. Sie hätte mit meiner Schwester einen Club eröffnen können. Meine Mutter hatte ständig Jobs, die sie dann wieder verlor. Meine Mutter blieb einfach eine Alkoholikerin und liebte ihren Whiskey mehr als meine Schwester, mich und sich selbst zusammen.

Doch als die Augen meiner Schwester vor Freude fast aus ihrem Gesicht sprangen, brachte ich es nicht über mein kaputtes Herz, ihr zu erklären, dass der Job unserer Mutter nicht dauerhaft sein würde.

Für ein paar Tage würde ich ihr das Glück ihrer Illusion erlauben.

Und nach diesen Tagen würde ich für sie da sein, um sie auf dem Boden der Tatsachen aufzufangen. So wie ich es immer tat.

Kapitel 28

»This mess was yours
now this mess is mine.«

Mess is mine, Vance Joy

India

»Machst du mir einen Kaffee mit einem doppelten Schuss Espresso?«, rief ich Ava zu, bevor ich mich umdrehte und als Antwort einen Daumen nach oben sah.

Keinen Moment später überreichte Ava Steven-Stephan den Kaffee und er bedankte sich mit seiner tiefen Stimme. Steven-Stephan trug rote Hosen und ein weißes Hemd, gepaart mit Hosenträgern in Grün. Seine Haare waren pinkfarben, so wie auch seine Socken. Bevor er die Filiale verließ, kippte er sich fünf Päckchen Zucker in den Kaffee.

»Ich hätte gewettet, er trink seinen Kaffee schwarz«, sagte ich.

»Tja, nichts ist so, wie es scheint.« Ava wischte sich die Hände an ihrer Schürze ab.

»Wahrscheinlich.« Ich griff schulterzuckend nach einem grünen Lappen und wischte damit über die Theke.

»Jamie ist ein Traum als Liebhaber, habe ich das bereits erwähnt?«

Ich widerstand dem Drang, die Augen zu verdrehen.

Denn das hatte sie.

Mehr als dreiundzwanzig Mal.

Und das nur heute.

Doch ich lächelte trotzdem. Ava und Jamie waren über beide Ohren ineinander verliebt. Verliebte Menschen waren glücklich. Und glückliche Menschen machten traurige Menschen weniger traurig.

»Ich hatte gestern den schrecklichsten Tag meines Lebens. Zuerst musste ich in Fallons komischem Seminar meinen Text vorlesen, danach hatte ich ein Gespräch mit ihm, das Gespräch lief natürlich scheiße und als ich später in der Bibliothek saß, ist mein Laptop einfach so ausgegangen, und mein Text, an dem ich gerade gearbeitet hatte, war einfach weg. Ich bin aufs Klo gerannt und habe gefühlt Stunden geweint. Jedenfalls wollten Jamie und ich eigentlich ins Kino, aber ich habe geschrieben, dass mir heute nicht nach Ausgehen wäre, und keine halbe Stunde später stand er mit einer XXL-Packung Skittles, einem Schokoladenfrappuccino mit extra Sahne und roten Rosen vor meiner Tür. Und ja, ich weiß, was du jetzt denkst: Rote Rosen sind so was von kitschig, was sie auch eigentlich sind, aber mit Jamie ist Kitsch irgendwie schön, weil …« Ava verstummte und sah mich mit schräg gelegtem Kopf an. »India, du weißt, dass der Tresen auch vor fünf Minuten nicht schmutzig war, oder?«

Ich warf den Lappen seufzend beiseite.

»Es ist wegen Thanksgiving, oder?«

Ich zuckte die Achseln.

Was hätte ich schon sagen sollen? Dass ich mein Zuhause trotz allem irgendwie vermisste? Ich hatte Freiheit gewollt. Aber Freiheit bedeutete manchmal sogar das Vermissen der Wände, die mich eingesperrt hatten.

»Das erste Thanksgiving ohne meine Familie war die Hölle«, murmelte Ava. »Ich hätte ja vorgeschlagen, dass wir die Tage zusammen verbringen. Aber Jamie stellt mich das erste Mal seiner Familie vor, also … Aber wenn du willst, kann ich Evelyn fragen, was sie macht; sie kommt eigentlich aus L. A. und hat hier auch keine Familie.«

Ich holte tief Luft »Eigentlich habe ich schon eine Einladung bekommen.«

»Von wem?«

»Alec hat mich gefragt, ob ich Thanksgiving mit ihm verbringen will.«

»Aber das ist doch super!« Meine Freundin klatsche in die Hände, während der Gast mit dem Erdbeerfrappuccino uns kopfschüttelnd beobachtete.

»Na ja«, sagte ich etwas leiser. »Er meinte, dass er Thanksgiving gemeinsam mit seiner Schwester und Mutter in deren Wohnung feiert.«

»Das heißt also in New Jersey?«

»Woher weißt du, dass Alec eigentlich aus New Jersey ist?«

Ich hob eine Augenbraue; es war ein Fakt, dass Alec Carter mit niemandem über seine Familie redete.

Ava räusperte sich. »Ich bin ihm mal über den Weg gelaufen, als er mit seiner Schwester einkaufen war. Findest du nicht auch, dass sie wie eine bezaubernde Fee aussieht? Jedenfalls ist sie nicht nur eine Fee, sondern auch ein Wasserfall. Ich schwöre, sie redet das Millionenfache an Wörtern wie mein betrunkenes und normales Ich zusammen! Ich wette, Alec hat sich nur in das McDonalds ziehen lassen, weil Sophia mich kennenlernen wollte, damit er seiner Schwester für eine halbe Stunde nicht zuhören musste. Sophia hat mir bei drei McSundaes ihre Lebensgeschichte offenbart; natürlich auch, dass sie in New Jersey mit ihrer Mutter wohnt.«

»Verstehe.« Meine Mundwinkel zuckten, als ich mir die drei in einem McDonalds vorstellte, wo die beiden Mädels sich lachend unterhielten, Alec in seinem Eis herumgestochert und sich wahrscheinlich nur gewünscht hatte, zu seinem Laptop zu flüchten.

»Und Alec hat dich wirklich eingeladen?« Ava legte den Kopf schräg.

»Irgendwie schon, ja.«

»Irgendwie?«

Ich seufzte. »Sophia und er haben bei mir zu Abend gegessen.

Er hat sie zur Subwaystation gebracht und als er wiederkam, hat er an meine Tür geklopft und mich gefragt.«

»Er mag dich, India!«

Ich verdrehte die Augen. »Er mag jedes weibliche Wesen.«

»Aber du bist für ihn nicht einfach ein weibliches Wesen. Er hat dich verdammt noch mal zu sich nach Hause eingeladen. Und wir reden hier von Alec Carter! Er ist Mr. Ich-habe-101-Geheimnisse-und-werde-dir-auch-niemals-eines-davon-verraten. Er mag dich India!«

»Vielleicht hast du recht«, murmelte ich. »Vielleicht mag er mich wirklich.«

Er mochte mich auf jeden Fall in meiner Illusion.

»Ich glaube, ich sollte wieder nach Hause fahren«, sagte ich und vergrub die Hände tiefer in meiner Jackentasche.

»India«, lachte Alec und schlang seinen Arm um meine Taille. »Für einen Rückzieher ist es jetzt zu spät, meinst du nicht? Die Wohnung meiner Mutter ist nur die Straße weiter, an meinem Handgelenk baumelt ein Walgreens-Großeinkauf, mit dem keiner etwas anzufangen wüsste. Du kannst nicht zurück. Wohl oder übel musst du dein Thanksgiving mit der Familie Carter verbringen.«

»Alec«, sagte ich und blieb stehen.

»Was hast du auf dem Herzen, India?« Er drehte mir das Gesicht zu und strich dabei mit seinem Daumen über meine Jacke.

»Bist du sicher, dass ich den Tag heute mit dir und deiner Familie verbringen sollte? Ich wollte mich nicht selbst einladen.«

»India, India, India.« Alec schüttelte den Kopf. Sein Gesicht war so nah, dass unsere Atemzüge sich in der Luft vermischten. »Was weißt du über mich?«

Ich verzog verwirrt das Gesicht. »Wie meinst du das?«

»Zähl Dinge auf, die mich beschreiben.«

»Ist das jetzt der Moment, in dem ich realisiere, dass du den Weg zu deiner Mutter in eine unserer Lektionen verwandelst?«

Er lachte. »Warst du nicht diejenige, die mir letzte Woche weisgemacht hat, dass jeder Moment unseres Lebens eine Lektion sein sollte?«

Ich seufzte in die kalte New-Jersey-Luft. »Na schön. Mit Worten kannst du fantastisch umgehen, mit Gefühlen eher weniger. Du bist nachtaktiv und stehst auf The Killers. Kochen wird wohl nie deine Leidenschaft werden. Ich weiß, dass du Phil Dunphy in dein Herz geschlossen hast, auch wenn du das verneinst, und dass deine Augen jedes Mal zu Glorias Ausschnitt wandern. Und du bist das größte Arschloch, das ich kenne.«

»Nicht schlecht.« Alec legte den Kopf schief. »Aber du hast etwas vergessen.«

»Das da wäre?« Er stellte die Einkaufstüte auf den Boden ab, damit er mich mit beiden Händen an der Taille halten konnte. »Ich hätte dich nicht zu mir nach Hause eingeladen, wenn ich es nicht gewollt hätte. Ich …« Alec schloss die Augen. »Ich will diesen Tag mit dir verbringen, weil ich mit dir alles nicht ganz so beschissen finde. Feiertage bei mir zu Hause waren noch nie gut. Mein Vater war nie da und meine Mutter …« Er seufzte. »Na ja, meine Mutter wirst du ja gleich selbst kennenlernen. Wenn ich dich um mich habe, dann bin ich mir sicher, nichts könnte so schlimm sein, dass es mich aus der Fassung brächte. Verstehst du das? Um auf deine Frage zurückzukommen, India: Nein, du wirst mich und meine Familie nicht stören. Meine Familie ist keine Familie, so wie du sie kennst. Wahrscheinlich wirst du dir wünschen, sofort wieder nach New York zu fahren, wenn du die Wohnung betrittst. Und das würde ich sogar verstehen, aber mich würde es wirklich freuen, wenn du bleibst. Und nicht gar nicht erst reinkommst.«

Ich legte den Kopf schräg und musterte Alec einige Momente, der Wind wehte mir die Haare dabei nach hinten und er schluckte mehrere Male.

»Irgendwie bist du heute anders«, sagte ich.

»Anders gut?«, fragte er sofort und verstärkte den Griff um meinen Körper.

Ich nickte.

»Gut.« Er gab mir einen Kuss auf die Nasenspitze, bevor er sich von mir löste und uns zu seiner Wohnung lotste.

Es stimmte. Heute war Alec anders. Den Weg zu seiner Mutter hielt er mich an der Hand, küsste mich in der Subway im Nacken und hauchte mir schmutzige Worte ins Ohr, während wir vor einer roten Ampel warteten. Wenn Alec lachte, war sein Lachen heller als sonst. Leichter. Echter.

Vor einem fünfstöckigen Wohnhaus blieb Alec stehen. Die Fassade war beschmiert mit Graffitis, in der Luft lag der Geruch von Gras und auf der Straße türmten sich Glasflaschen und leere Bierdosen.

Alec kramte einen verrosteten Schlüssel aus der Jackentasche. »Ich muss dich noch einmal warnen, India. Meine Mutter ... Sie ... Sie ist ... Na ja, sie —«

Er verstummte, als ich einen Schritt auf ihn zumachte und meine Finger auf seine vollen Lippen legte.

»Es ist okay, Alec«, murmelte ich und lächelte. »Du brauchst dich nicht zu erklären. Das ist dein Zuhause. Niemand braucht sich für sein Zuhause zu rechtfertigen.«

Alec schloss die Augenlider und nickte. Dann öffnete er die Tür und unzählige Treppenstufen später lernte ich seine Mutter kennen.

Trish Carter war eine zierliche Frau. Die Haare auf ihrem Kopf waren dünn und blond, ihr Gesicht sah eine Spur zu blass aus und ihre Augen waren viel zu glasig. Doch wenn sie lächelte, war sie schön. Alec hatte das Lächeln also von ihr.

»Vielen Dank, dass ich Thanksgiving mit Ihnen verbringen darf«, sagte ich, sobald ich über die Türschwelle trat.

»Bedanken?«, lachte sie und musterte mich mit neugierigen Augen. »Schätzchen, du musst dich doch nicht bedanken, wenn überhaupt, dann muss ich mich bei dir bedanken. Sophia hat mir von deinen unglaublichen Kochkünsten erzählt. Und sie konnte nicht oft genug wiederholen, wie breit mein Sohn in deiner Gegenwart lächelt. Ich hatte schon angenommen, du wärst ein Traum, den sich Sophia eingebildet hatte und —«

»Mutter.« Alecs schwere Schritten verharrten hinter mir und die Tür fiel mit einem Knall ins Schloss.

»Alec.« Die Augen seiner Mutter weiteten sich und sie streckte die Hand aus, nur um sie sofort wieder zurückzuziehen. »B-Bist du größer geworden? Ich hab dich so lange nicht mehr gesehen.«

»Ich wachse seit sechs Jahren nicht mehr.« Er rollte mit den Augen und wandte sich an mich. »Warum gehst du nicht in die Küche, dort findet man Sophia am häufigsten. Du weißt schon, immer auf der Suche nach Lebensmitteln mit extra viel Zucker, die sie eine Stunde später mit Schokoladenflecken auf ihrem Shirt verflucht.«

Kapitel 29

Alec

»Sophia hat gesagt, du hättest einen Job.«

»Ja. Ich kellnere schon seit drei Wochen in einer Bar.«

»Tu nicht so, als wäre das eine Meisterleistung.«

Sie senkte den Blick zu Boden.

»Wie lange bist du schon trocken?«

»Seit vierundzwanzig Tagen, ich streiche die Tage im Kalender ab.«

»Gut.«

»Möchtest du sonst noch etwas wissen?«

»Nein.«

»Alec, es … Es tut mir leid, wie das in den letzten Monaten gelaufen ist. I-Ich weiß, ich bin keine Vorzeigemutter. Aber du musst verstehen, es ist s-so schwierig.« Ihr ganzer Körper begann zu zittern inklusive ihrer Lippen, die sie zu einem Schmollmund verzog, als könnte er alles wiedergutmachen. Dann wurden ihre Augen glasig und ich wusste, sie würde mir jetzt von meinem Vater erzählen. Also alles so wie immer. »Ich liebe ihn einfach so sehr.« Sie schluchzte, ich wollte kotzen. »Ihr erinnert mich einfach so an

226

ihn. E-Es tut einfach weh. Er hat uns verlassen und ich weiß nicht, wie ich darüber hinwegkommen sollen und –«

Ich knirschte mit den Zähnen »Das ist zwei Jahrzehnte her, Mutter. Du kannst das nicht als Ausrede benutzen. Du bist eine Mutter, verdammt noch mal. Wenigstens für Sophia solltest du dich zusammenreißen.«

»I-Ich …« Sie senkte den Blick zu Boden.

»Lass mich raten, du weißt nicht, was du sagen sollst.«

Sie hob den Blick, ihre Augen sahen schmutzig vor lauter Tränen aus.

»Du verstehst das nicht, Alec. Ihr seht beide so aus wie er. Die roten Haare, die Augen, Gott, die Augen. Und –«

»Schluss damit, Mutter. Heute ist Thanksgiving«, flüsterte ich fauchend. »Wir reißen uns zusammen. Für heute. Schließlich bist du trocken, und wann warst du das letzte Mal an einem Feiertag mal nicht besoffen?«

Sie zuckte die Schultern.

Dieses Gespräch war beendet.

Ich musste zu India.

Dieselbe Luft wie sie einatmen

Ihre Haut berühren.

Das würde mich beruhigen.

Doch meine Mutter fragte: »Du magst das Mädchen, oder?«

Ich presste die Lippen aufeinander.

»Zerstör sie nicht, Alec. Sie sieht zerbrechlich aus. Lass sie nicht so enden wie mich.«

Ich schloss die Augen, nur um vor meinen geschlossenen Lidern ein blutiges, schmerzendes und wütendes Rot zu sehen. »Ich bin nicht wie dein Ernest. Bekomm das endlich in deinen Kopf.«

India hatte gesagt, heute wäre ich anders.

Stimmte nicht.

Heute hatte ich einfach nur frei. Anlässlich des Feiertags hatte ich mir einen Tag Urlaub gegönnt.

Urlaub von mir selbst.

227

Für den heutigen Tag betrieb ich keine Recherche, für heute war ich kein Schriftsteller. Ein paar Stunden würde ich einfach nur ein zweiundzwanzigjähriger Mann sein, der noch nie von verschollenen Vätern, alkoholsüchtigen Elternteilen und zerstörten Menschen gehört hatte. Und dieser zweiundzwanzigjährige Junge hatte beschlossen, sich einzugestehen, dass er süchtig nach India war.

Ich lehnte mich an den Küchentürrahmen und beobachtete India dabei, wie sie zusammen mit meiner Mutter die Füllung des Truthahns vorbereitete.

Sophia und meine Mutter hatten nicht gelogen. Meine Mutter war wirklich nüchtern. Ohne auf den Beinen zu wackeln, stand sie in der Küche, hielt ein Messer in der Hand und war in der Lage dazu, Zwiebeln zu schneiden. Ein Erfolgserlebnis.

Ich versuchte, glücklich zu sein und den Moment zu genießen. Doch es fiel mir schwer. Die Bilder von meiner stets betrunkenen Mutter, die abermals meinte, sie würde ihr Leben jetzt selbst in die Hand nehmen, nur um am Ende wieder mit der Flasche Whiskey zwischen den Fingern über meinen Vater zu lallen … Das ging mir einfach nicht aus dem Kopf.

»Du magst sie, oder?« Meine Schwester rettete mich vor den Erinnerungen und nickte auf India.

Weil ich heute Urlaub von mir selbst hatte, sagte ich: »Ja.«

»Gut, ich mag sie nämlich auch.«

»Das hat letzte Woche aber ganz anders ausgehen.« Ich hob eine Augenbraue.

Sophia zuckte die Schultern. »Ich musste sie eben genauer unter die Lupe nehmen. Du bist mein Bruder, Alec. Ich lasse doch nicht zu, dass sich irgendeine dahergelaufene Schnepfe das Herz meines Bruders klaut. Aber, oh Mann, so wie deine Augen auf ihrem Hintern kleben, hat sie dir dein Herz schon längst gestohlen.«

Und so, als hätte India uns belauscht, drehte sie sich plötzlich um. »Sophia, du kannst die Kartoffeln schälen.« Mit dem Kochlöffel deutete sie auf mich. »Und du, Alec, kannst die Soße machen.«

»Wird gemacht, Chef«, sagte ich mit einem Lächeln auf den Lippen, weil ich heute Urlaub hatte, meine Mutter nüchtern war und ich mir für vierundzwanzig Stunden eingestehen würde, dass meine Schwester recht hatte.

India gehörte mein Herz.

Kapitel 30

»The world breaks everyone,
then some become strong at the broken places.«

Ernest Hemingway

India

Das war das schrecklichste Thanksgiving meines Lebens.

Und das lag nicht an dem Essen, das majestätisch auf dem Tisch thronte. Marabella wäre stolz auf mich gewesen. Die Füllung des Truthahns war perfekt gewürzt, die Kartoffeln hatte ich auf den Punkt goldbraun gebacken, während die Petersilie ihnen den letzten Schliff gab. Das Apfelmus hatte ich schon vor Stunden abgeschmeckt, die Cranberrysoße war noch nie so gut gelungen.

Doch was alles andere als perfekt war, war die Stimmung.

Die Uhr an der Wand zeigte nach acht, Sophia, Alec, Trish und ich saßen am Tisch. Alecs Mutter saß am Kopf des Tisches, die Weinflasche in ihrer Hand war halb leer, und ich musste gestehen, dass mir die zierliche Frau vor Stunden deutlich sympathischer gewesen war.

Wir hatten uns während des Kochens unterhalten, sogar miteinander gelacht. Doch als Trish den Truthahn in den Ofen geschoben hatte, kippte ihre Stimmung von einem Moment auf den anderen, als wäre sie ein vierzehnjähriger Teenager, der gegen seine Hormone nie eine Chance haben würde.

»Das ganze Kochen hat mich müde gemacht«, hatte sie gesagt

und das Gesicht verzogen, als ihr Blick auf mich und Alec gefallen war, der mit seinen Fingern über meinen Rücken gestrichen hatte. »Ich gehe mich für ein paar Stündchen aufs Ohr legen.«

Trish verschwand aus der Küche, keine fünf Minuten später hörten wir eine Glasflasche klirren.

»Mom trinkt doch nicht wieder, oder?«, hatte Sophia gefragt und uns mit großen Augen angesehen.

Ich wollte auf sie zugehen, sie in die Arme nehmen und versichern, dass alles gut werden würde, doch Alec war schneller als ich gewesen, hatte seiner kleinen Schwester einen Kuss auf das Haar gedrückt und gesagt: »Mach dir keine Sorgen, Sophia. Ich habe alles im Griff.«

Doch Alec hatte nichts im Griff.

Stunden später war Trish aus ihrem Zimmer gekrochen. »Lasst das Festessen beginnen«, hatte sie gelallt, bevor wir uns alle am Tisch eingefunden hatten.

»Mom«, sagte Sophia jetzt und schluckte. »Willst du nicht wenigstens etwas von den Kartoffeln? Sie schmecken wirklich fantastisch!« Alecs Schwester bemühte sich um ein Lächeln. Zwecklos, selbst wenn ihre Lippen dabei nicht gezittert hätten.

Denn Trish sagte: »Ich brauche keine Kartoffeln, mein Kind. Ich habe doch meinen Alkohol, der immer an meiner Seite ist!«

Verlegen stocherte ich in den Kartoffeln herum.

Ratlos legte Alec das Gesicht in seine Hände.

Krampfhaft versuchte Sophia nicht zu weinen.

Mein Herz brach.

Nicht für mich, nicht für Alec.

Sondern für Sophia, die wohl auch dieses Thanksgiving niemals als schön in Erinnerung behalten würde.

Ich wünschte, ich hätte diesen Tag retten können. Doch ich wusste, alles, was ich versucht hätte, wäre wirkungslos geblieben. Die grauen Wände strahlten in Hoffnungslosigkeit, die Aura dieser zerstörten Existenz verdrängte alles Gute, sogar den Geruch des köstlichen Essens.

Aber ich musste trotzdem irgendetwas versuchen. »Ich möchte

mich ja nicht selbst loben, aber dieses Essen schmeckt einfach großartig.«

Sophia lächelte schwach und nahm eine große Gabel von dem Truthahn, um nicht antworten zu müssen. Alec erwiderte nichts, die Augen starr auf seine Mutter gerichtet, die die Weinflasche auf ex kippte. Als Trish aus dem Nichts ihren Stuhl nach hinten schob und aufstand, schüttelte Alec den Kopf. Er sah ihr mit zusammengekniffenen Augen dabei zu, wie sie mit wackeligen Schritten auf einen Schrank zusteuerte und eine Flasche Whiskey hervorkramte. Sie nahm einen großen Schluck, Sophia schluckte, Alecs Zähne knirschten.

»Muss das verdammt noch mal sein?« Er hatte sich erhoben und verharrte vor Trish, seine Hände hatte er zu zwei Fäusten geballt.

Trishs Augen wurden so groß, dass sie ihr beinahe aus dem Gesicht fielen. Ihre Augen schrien: »Bitte, bitte, Alec, tu mir nichts. Und meinem Whiskey. Vor allen Dingen meinem Whiskey!« Sie umklammerte die Flasche sogar mit all ihren zehn Fingern, so als müsste sie sie vor Alec beschützen.

»Nimm mir nicht meinen Alkohol weg. Bitte, Alec«, weinte sie. »Der Alkohol ist alles, was mir geblieben ist.«

Alec holte tief Luft und trat einen Schritt nach hinten. Dann schloss er die Augen, und für den Bruchteil eines Moments sah er müde aus, zerbrochen, vollkommen kaputt.

Mein Herz wurde bei dem Anblick schwer, es wollte, dass ich aufstand, Alec aus seinem Zuhause zerrte, das er so hasste, und ihn wegbrachte.

Egal wohin.

Hauptsache weg.

Ich würde mich an ihn kuscheln, meine Finger auf seinen starken Herzschlag legen und ihn fragen, was ihn wieder ganz machen könnte.

Doch als Alec die Augen öffnete, sah er nicht mehr müde aus. Da war nur noch Wut in seinen Augen, auf seinem Gesicht, sie strömte aus jeder seiner Poren.

»Hörst du dir eigentlich selbst zu, Mutter?« Er schüttelte den Kopf. »Der Alkohol ist verdammt noch mal nicht das Einzige, was dir geblieben ist! Du hast eine wunderbare Tochter, die mit dir unter einem Dach wohnt und die du die meisten Stunden des Tages nicht einmal wahrnimmst, weil du zu besoffen bist. Du hast einen gefüllten Kühlschrank, weil ich jeden Monat Geld in die Haushaltskasse überweise, damit ihr überhaupt etwas zum Essen habt. Ich studiere und müsste eigentlich den ganzen Tag schreiben, um etwas Gutes hinzubekommen, aber was mache ich stattdessen? Stattdessen reiße ich mir den Arsch für dich auf, und alles, was du mir sagst, ist, dass du nur deinen verfickten Alkohol hast?«

Trish heulte und schniefte, ihr Gesicht war vergraben in dicken Tränen und grünem Schnodder. »Du verstehst das nicht«, sagte sie und drehte den Deckel der Flasche auf, bevor sie einen großen Schluck nahm. »Du würdest das nie verstehen, du weißt nicht, wie es sich anfühlt.«

Er knirschte mit den Zähnen. »Dann erklär es mir. Warum zum Teufel schaffst du es nicht, aufzustehen? Warum ist dir der verdammte Alkohol wichtiger als deine Tochter?«

Ich riss die Augen auf und hätte Sophia am liebsten die Ohren zugehalten. Ich drückte ihre Hand in meiner so fest, dass ich dachte, ich würde ihre Finger zerquetschen. Ich flüsterte ihr zu, dass wir gehen sollten, doch sie schüttelte nur den Kopf. Entschlossen und mit dieser Sturheit, die ich von Alec kannte.

Also blieben wir.

»Wie kannst du nicht wissen, was ich meine?« Trish zeigte auf Alec, ihre Hand zitterte. »Du siehst nicht nur aus wie Ernest, sondern du redest, lebst, atmest und lachst sogar wie er.« Ihr Blick huschte zu Sophia. »Jedes Mal, wenn ich Sophia in die Augen sehe, muss ich an das letzte Mal denken, an dem ich deinen Vater getroffen hatte. Es waren Jahre vergangen, seitdem er verschwunden war. Mir nichts, dir nichts. So war er schon immer. Wir trafen uns nur wegen dieser verdammten Scheidungspapiere, von denen er wollte, dass ich sie unterschrieb. Du erinnerst dich bestimmt nicht mehr daran, dass ich dich bei Anny abgegeben hatte, oder?«

Sie schaute Alec an, er schüttelte nur den Kopf.

»Na ja, ist ja auch egal. Ernest und ich trafen uns. Wir … Wir redeten von einer Scheidung, aber ich wollte nicht über eine Scheidung reden und versuchte ihn stattdessen zu uns zurückzuholen. Mit allen Mitteln. Du … Du weißt schon. Nur für uns.« Sie schniefte. »Wir gingen auf sein Hotelzimmer, und als ich aufwachte, war das Bett leer. E-Er hatte nur die Scheidungspapiere dagelassen, mit der Aufforderung, sie endlich zu unterschreiben. Und dann habe ich ihn nie wiedergesehen. E-Ernest weiß wahrscheinlich nicht einmal von Sophia. M-Mein geliebter Ernest. Wie konnten wir nur so enden?« Trish warf den Kopf in den Nacken und trank den Rest des Whiskeys in einem Zug aus.

Alec wandte sich von seiner Mutter ab. Schüttelte den Kopf. Löste seine Finger aus den Fäusten. Schloss die Augen. Sah mehr als müde, zerbrochen und kaputt aus. Sah einfach nur fertig aus.

Fertig mit der Welt.

»Es tut mir leid«, nuschelte Trish und streckte die Hand nach ihrem Sohn aus, doch Alec schüttelte nur den Kopf und Trish verschwand in ihr Schlafzimmer.

Sophia neben mir weinte lautlos. Ich wünschte mir, sie hätte so laut geschluchzt, dass ihre Mutter sie selbst im Alkoholkoma gehört hätte. Ich wollte ihr sagen, dass alles wieder gut werden würde. Doch ich konnte nicht; das wäre eine Lüge gewesen. Einige Dinge waren so kaputt, dass sie nie mehr ganz wurden.

Alec

»Ich hole den Kuchen«, flüsterte India und tapste in die Küche.

Ich nickte, während ich den rechten Arm fester um meine Schwester schlang. Wir saßen schon seit Stunden hier, und Sophia weinte immer noch.

Ihr armer, kleiner Körper.

Ihr armes, kaputtes Herz.

Sophia liebte meine Mutter.

Deshalb sagte ich: »Mom liebt dich, Sophia.«

Sie schluchzte auf. »Erspar mir die Lügen, Alec. Sie liebt mich nicht. Sie hat mir indirekt gestanden, dass sie meinen Anblick nicht erträgt.«

»Das meinte sie doch nicht so«, log ich. »Mom hat unseren Vater einfach zu sehr geliebt.«

»Man kann Menschen nicht zu sehr lieben«, murmelte Sophia gegen meine Brust.

Ich seufzte. »Doch, Baby Girl, das kann man. Mom hat unseren Vater so sehr geliebt, dass sie dabei sich selbst verloren hat. Sie ist krank, Sophia. Nimm es ihr nicht übel. Sie ist deine Mutter, natürlich liebt sich dich. Als sie das erste Mal mit dir nach Hause kam, hat sie übers ganze Gesicht gestrahlt und mich gefragt, ob du nicht das Schönste wärst, was ich je gesehen hätte.«

Sophia löste sich aus unserer Umarmung. »H-Hat sie das wirklich gefragt?«

»Ja, Baby Girl. Das hat sie gesagt.«

Ich war der schrecklichste Mensch auf Erden. Ich würde in die Hölle kommen. Das war sicher. Doch Sophias Atemzüge wurden gleichmäßiger und ihre Fingen hörten auf zu zittern. Und das war es wert. Sophia war alles wert. Nach ein paar weiteren tröstenden Worten erhob sie sich und verschwand Richtung Badezimmer. Als ich hörte, wie sie die Tür schloss, ließ ich das Gesicht in meine Hände fallen. Wieso konnte man in meiner Familie nicht einen verdammten Feiertag friedlich verbringen?

Ich war einfach müde.

Müde von meiner Mutter.

Müde von dieser Wohnung.

Müde von diesem Leben.

Müde von dieser Welt.

»Hat sie das wirklich gesagt?«

Ich hob den Blick und zuckte zusammen, als ich sah, dass India plötzlichen neben mir saß, Kirschkuchen plus drei Gabeln auf ihrem Schoss.

Von India war ich nicht müde. Ganz im Gegenteil. Was wirklich komisch war. Wenn ich Zeit mit India verbrachte, war ich immer hellwach. Ganz egal, dass ich die Nacht davor bis vier an meinem Schreibtisch saß. Mit India begann alles in mir zu prickeln, meine Haut, meine Lippen, meine Finger, weil sie sie berühren wollten. Sogar mein Herz beschloss dann, dass es keine Lust mehr hatte, sich zu verstecken, tauchte und taute gleichzeitig auf, und plötzlich war mir viel zu warm.

So wie jetzt. Ich wollte meinen Pullover ausziehen, ihr Kleid gleich mit dazu und sie so lange küssen, bis ich mich nicht einmal an mein Computerpasswort erinnert hätte. Und das waren wirklich große Worte; wir alle wissen, dass mein Laptop mir heilig war. Aber vielleicht könnte India das auch werden. Moment. Konnten Menschen überhaupt heilig sein, und wenn ja –

»Alec, hast du mir zugehört?«

Ich räusperte mich. »Natürlich.«

»Ich weiß, dass du lügst, Mr. König der Lügen, deshalb wiederhole ich die Frage: Hat deine Mutter wirklich gesagt, Sophia wäre das wunderschönste Baby?«

»Hat da etwa jemand gelauscht?« Ich hob eine Augenbraue.

»Hat sie?«

Ich seufzte. »Nein. Meine Mutter hat mir meine winzige Babyschwester in die Hände gereicht und dabei gesagt, dass sie sie nicht anschauen kann, weil sie dieselbe Augenform wie er hat.«

Aus dem Badezimmer klang ein Rauschen, meine Schwester duschte. Das machte sie immer, wenn sie traurig war. Sie sagte, dass das reine Wasser alles Schlechte nicht nur von ihrem Körper, sondern auch von ihrer Seele runterspülen konnte; sie war einfach ein Kind voller Hoffnung.

»Du bist ein guter Mensch, Alec«, murmelte India und streichelte meinen Oberschenkel durch die Jeans.

»India.« Ich schüttelte den Kopf. »Wir wissen beide, dass ich ein schrecklicher Mensch bin.«

»Du bist ein großartiger großer Bruder.«

»Ich gebe mein Bestes.«

»Es gibt bestimmt eine Studie, in der es darum geht, dass du schon längst ein Alkoholiker sein müsstest«, sagte sie nach mehreren Momenten des Schweigens.

Ich schnaubte. »Komm schon, India. Meine Sorgen in Alkohol zu ertränken, wäre viel zu klischeehaft; meine Mutter ist eine Alkoholikerin und mein Vater ist ein gescheiterter Schriftsteller.«

»Dein Vater war Schriftsteller?«

Ich nickte.

»Wie heißt er?«

»Ernest Carter.«

»Ich hab noch nie von ihm gehört.«

»Er ist ja gescheitert.« Ich zuckte die Schultern. »Wenn es sich nicht um mein Leben handeln würde, würde ich lachen. Aber es ist mein Leben, also …«

»Manchmal ist es okay, die Fassung zu verlieren, weißt du?«, flüsterte sie.

»Nein, das wäre schwach, India.«

»Aber auch befreiend.«

»Freiheit ist schwach«, sagte ich.

Sie hob den Blick und kniff die Augen zusammen. »Wie meinst du das?«

»Freiheit ist was für Loser«, erklärte ich. »Freiheit ist Weglaufen. Freiheit ist einfach. Zu bleiben ist schwierig, nicht davonzurennen ist die Herausforderung. Mein Leben wäre so verdammt einfach, würde ich alles hinter mir lassen. Ich könnte nach L. A. ziehen, anfangen, meine Texte zu verschicken und mir dort einen Agenten suchen. Aber ich würde davonlaufen. Ich bin zwar ein schrecklicher Mensch, aber nicht feige.«

»Du bist nicht wie dein Vater«, fasste sie zusammen.

»Auch wenn meine Mutter das Gegenteil behauptet.« Ich nickte. »Als ich zwölf war, habe ich eine Ausgabe von *In einem anderen Land* zwischen Prospekten vom Discounter gefunden. Das Cover sah schrecklich aus, ich las den Klappentext und auch der sprach mich nicht an; ich wollte keine Liebesgeschichte während des ersten Weltkriegs lesen. Aber es war das einzige Buch, das ich gerade zur Hand und noch nicht gelesen hatte, damals, als ich noch eine Leseratte war. Ich las nicht alles, nur ein paar Abschnitte auf willkürlichen Seiten, bis ich diesen einen Satz entdeckte, der markiert war. *Die Welt bricht jeden Menschen. Aber manche von uns werden durch die gebrochenen Stellen stark.* Dieser Satz verwirrte mich. Wie konnte etwas Gebrochenes stark sein? Mein Sitznachbar hatte sich seinen Arm gebrochen und er war danach für mehrere Wochen in einem knallgrünen Gips gewesen. Sein Arm war nicht stark, er konnte nicht einmal was von der Tafel abschreiben, sein Arm war einfach gebrochen und schwach. Als meine Mutter mich mit dem Buch entdeckte, nahm sie es mir weg. Sie schmiss es aus dem Fenster und sagte, dass dieses Buch zu sehr wehtun würde. Ich rannte nach unten und wollte es retten, dieser Satz hatte irgendetwas in mir gemacht, aber ich fand es nicht mehr. Als ich meine Mutter das erste Mal so richtig betrunken erlebte, erzählte sie mir das erste Mal von meinem Vater. Sie wimmerte seinen Namen so oft, dass ich in der Nacht davon träumte, ich hieße nicht mehr Alec, sondern Ernest. War ein echt komischer Traum, aber na ja. Jedenfalls erzählte sie mir, dass mein Vater Schriftsteller werden wollte und daran gescheitert ist. Sie meinte, das Schreiben hätte ihn verrückt gemacht, dass es nichts Schlimmeres und Hinterhältigeres als Bücher gäbe und ich gefälligst meine Finger davon lassen sollte. Doch dann wurde ich älter und ... Ich weiß auch nicht, ich fand das Schreiben einfach. Oder das Schreiben fand mich. Das weiß ich noch nicht so genau. Aber ich meinte es ernst, als ich sagte, dass ich nicht wüsste, wo ich ohne mein Schreiben wäre. Trotzdem verfluche ich es manchmal.« Ich raufte mir durch die Haare. »Ich habe meinen Vater an das Schreiben verloren. Ich werde ihn nie kennenlernen. Manchmal ... Manchmal habe ich Angst, dass ich mich schon längst im Schreiben verloren habe. Dass ich so bin wie er. Genau deshalb kann ich nicht weglaufen, India.«

Ich weiß nicht, wie lange ich noch auf der versifften Couch meiner Mutter saß und zitterte. Ich weiß nur, dass Indias Finger nie aufhörten, mich zu streicheln.

Kapitel 31

»Your body is poetry.«

Move Your Body, Sia

India

Alec wollte nicht wieder nach New York fahren und damit seine Schwester allein mit Trish lassen.

Doch das interessierte Sophia nicht.

»Mom wird erst morgen früh aufwachen. Sie wird dann fragen, was heute passiert ist, weil sie sich an nichts erinnert. So wie immer«, nuschelte Sophia mit Kuchen in ihrem Mund. »Hier gibt es nur die Couch für dich, Alec; wir beide wissen doch, wie sehr du dein Bett liebst. Willst du India allen Ernstes allein nach Hause gehen lassen? Außerdem habe ich mich mit den Zwillingen ein Stockwerk weiter oben angefreundet. Wenn mein Thanksgiving scheiße ist, soll ich einfach bei ihnen anklopfen. Nehmt es mir nicht übel, aber ich verbringe lieber Zeit mit zwei heißen Zac-Efron-Doppelgängern als mit euch.«

»Ich dachte, du stehst auf Markus.« Alec hob eine Augenbraue.

Es folgte eine hitzige Diskussion, in der Sophia irgendwann gestand, dass die Zwillinge im selben Alter wie sie waren, und sie nur mit einem der beiden befreundet war, nämlich Isaac, der noch inniger für Zac Efron schwärmte als sie. Alec blieb nichts anderes übrig, als einzuwilligen.

Auf dem Weg nach Hause redeten Alec und ich nicht viel,

kommentierten nur eine Frau mit pinkfarbenen Haaren, die doppelt so alt wie wir zusammen sein musste, und dachten uns eine Charakterskizze aus.

Es war schon weit über Mitternacht, als wir die Treppen zum siebten Stockwerk bestiegen. In der Luft lag der Geruch von scharfem Curry und Apfelkuchen, und aus einigen Apartments waren trotz der Uhrzeit laute Gespräche und Musik zu hören.

»Es ist wirklich traurig, aber heute hatte ich das beste Thanksgiving meines Lebens«, murmelte Alec, als wir zwischen unseren Wohnungen stehenblieben.

»Ich habe das erste Mal ein richtiges Thanksgivingessen auf dem Teller gehabt. Meine Schwester war trotz allem glücklich, weil ich ihr einreden konnte, dass unsere Mutter sie auf eine unerklärliche Weise doch liebt. Und wir hatten sogar einen selbst gebackenen Kuchen.«

Alec lächelte halb ironisch und halb ehrlich. Ich konnte nichts dafür, dass mein Blick auf seinen Lippen klebte und mir plötzlich zu heiß unter meiner Winterjacke wurde. Mein Gesicht fing an zu brennen, meine Finger waren wegen der prickelnden Wärme taub.

»Danke für alles, India«, flüsterte er.

»Kein Problem. Und danke auch. Für die Einladung.«

»Das kannst du nicht ernst meinen.« Er schnaubte. »Mein Zuhause ist eine Katastrophe. Meine Mutter ist eine Katastrophe. Ich bin irgendwie auch eine Katastrophe. Alles ist eine Katastrophe.«

»Ziemlich viel Katastrophe für einen Satz, findest du nicht? Zu viele Wiederholungen sind schlechter Stil.« Ich strich mir eine Haarsträhne hinters Ohr. »Ich meine es ernst, Alec. Danke dafür, dass ich Thanksgiving mit dir verbringen durfte. Und danke, dass du mir dein Zuhause gezeigt hast. Ich weiß, dass das schwer für dich war.«

Statt zu antworten, nickte Alec nur. Er schwieg so lange, dass ich mich darauf vorbereitete, in meine eigene Wohnung zu gehen. Doch dann schluckte er und überraschte nicht nur mich, sondern wahrscheinlich auch sich selbst.

»Ich will nicht durch diese Tür gehen, nur um gleich wieder aus ihr rauszutreten, India.«

Sein Adamsapfel hüpfte immer noch und er sah mich aus seinen schwarzen Augen an. Sein Blick brannte, bohrte sich durch meine Kleidungsschichten bis auf meine Haut und berührte etwas in mir.

Vielleicht war Alec gar kein Schriftsteller, sondern ein Tätowierer, der sich mit jedem seiner dunklen Blicke auf meiner Haut verewigte und sich in mein Herz schrieb.

»Wenn du nicht durch diese Tür gehen willst«, flüsterte ich. »Was willst du dann?«

Alec kam auf mich zu, unsere Fußspitzen berührten sich. Millimeter für Millimeter beugte er sein Gesicht zu meinem, bis seine kalte Nasenspitze meine streifte. Ich spürte meinen Herzschlag unter jedem Zentimeter meiner Haut und war mir sicher, er würde mich küssen, doch ich lag falsch. Er verschlang meine Finger nur mit seinen, und ich wusste, dass Intimität für immer Händchenhalten mit Alec sein würde.

»Ich will, dass du mich nach drei Geheimnissen fragst«, raunte er und leckte sich über die Lippen.

Ich lächelte schief. »Nenne mir drei Geheimnisse, Alec.«.

»Ich will heute nicht mehr an das schlechteste Thanksgiving denken, das du je erleben wirst. Morgen werde ich meine Mutter wieder verfluchen und mich mit meinen Problemen auseinandersetzen. Aber für heute will ich einfach nur vergessen.« Er schluckte. »Mit dir, India. Mit dir will ich vergessen.«

Sein Atem, der laut in meinen Ohren hallte.

Seine Finger, die meine kribbelnd und ängstlich zugleich umklammerten.

Mein Herz, das sich so anfühlte, als hätte Alec seinen Namen darauf geschrieben.

Ich wusste, ich hatte verloren.

»Ich will kein Spiel mehr spielen. Ich …« Alec stockte und schloss die Augen. »Ich will dich, India.«

Seine Worte echoten in meinen Ohren, doch ich hatte keine

Chance, mich mit ihrer Bedeutung auseinanderzusetzen, denn Alec schloss die letzte Lücke zwischen unseren Körpern und presste seine Lippen auf meine.

Er verschlang unsere Zungen miteinander, küsste mich drängender und presste mich gegen die Wand.

»Gott, India«, flüsterte er an meinen Lippen. »Du hast keine Ahnung, wie sehr ich dich will.«

»Zu dir oder zu mir?«, fragte ich und strich ihm über seinen Nacken; ich wollte nicht, dass wir wieder unterbrochen wurden.

Statt zu antworten, löste Alec sich von mir und schnappte sich den Wohnungsschlüssel aus meiner Jackentasche. Er drückte mir einen Kuss auf den Mundwinkel und schloss meine Haustür auf. Wir betraten meine Wohnung, rissen die Reißverschlüsse unserer Jacken auf und zerrten die Schuhe von unseren Füßen, bevor Alec sich auf mein Bett legte.

Er lächelte schief, als er mich ansah.

»Was?« Ich strich mir eine Haarsträhne hinter die Ohren.

»Du bist so schön, India.«

Ich schüttelte den Kopf und setzte mich neben ihn auf das Bett. Ich war nicht hässlich, doch ich war auch nicht schön. Schön war Ava, schön war Andy.

Und Alec.

Aber ich war normal. Durchschnitt. Nichts Besonderes und verblasste in Menschenmengen, sodass niemand mir einen zweiten Blick zuwarf.

»Du bist schön«, wiederholte er mit fester Stimme. »So, so schön, India.«

Ich biss mir auf die Lippen. Vielleicht konnte ich Alec für diesen Abend glauben, wenn er mich *so* ansah. Seine Augen taxierten mich von oben bis unten, fingen an meinen verworrenen Haaren an und endeten bei meinen Socken mit weißen Pünktchen. Wieder und wieder, und wenn er an meinen Lippen verharrte, leuchteten seine Augen auf. Sein Blick kam mir bekannt vor. Er erinnerte mich an den von Jamie, wenn Ava über etwas lachte, das keiner außer ihr lustig fand. Alec sah mich so an, als …

Als könnte er in mich verliebt sein.

Ich spürte, wie er seine Rüstung aus Recherche ablegte, als er sich wortlos das Shirt auszog. Ich wusste, er würde aufhören, seine Gefühle hinter seinen Buchstaben zu verstecken, als er mir eine Haarsträhne nach hinten schob und mich so ansah, als sähe er nur mich. Nicht der Alec-Schriftsteller oder der Alec-Protagonist. Vor mir saß der Alec, den niemand zu Gesicht bekam, außer mir, weil er mich hinter seine Geschichten sehen ließ.

Sein gesamter Körper zitterte, als er seine Stirn gegen meine legte.

»Du bist das Schönste, das ich je gesehen habe. Du bist schöner als meine Vorstellung, und das obwohl ich gedacht habe, meine Fantasie wäre so unendlich besser als diese Welt.« Er verhakte seine Finger mit meinen. »Aber du bist schöner als die Welt, India. Du ... Du ... Vielleicht bist du meine Welt.«

Und dann küsste er mich.

Er schlang seine freie Hand um meinen Nacken, unsere Finger verhakten sich inniger. Unser Kuss war nicht zärtlich, unser Kuss war so wild wie seine Blicke, er brachte alles in mir zum Brennen. Mit seinen Lippen und sich selbst. Wir landeten liegend auf meinem Bett, ich spürte seine nackte Brust an meinem Shirt und die Feuerwerke vor meinen Augen explodierten. Wieder und wieder. Alec biss in meine Lippen, seine Hände waren überall auf mir, er stöhnte und ich fragte mich, wie man jemals jemand anderen küssen konnte, wenn man wusste, wie Alec Carter küsste. Denn er küsste mich mit allem, was er hatte. Mund, Zähnen, Händen und vielleicht sogar seinem Herzen, wenn er mir doch gesagt hatte, er wolle keine Spiele mehr spielen. Seine Haarsträhnen streiften meine Stirn, unser Kuss wurde wild und mein Herz pochte wie wild. Plötzlich fühlte sich mein ganzes Leben wild an. Von Alabama weggerannt zu sein, um sich mitten in New York in einen Schriftsteller zu verlieben, der eigentlich keine Liebesgeschichten mochte. Trotzdem fühlte sich jeder Kuss so an: wie Liebesgeschichten, die Alec erzählte, die so anders als der 08/15-Quatsch und genauso besonders wie er selbst waren.

Er löste seine Hand aus meiner und ich wollte protestieren, weil ich jeden Zentimeter seiner Haut auf meiner brauchte. Doch die Worte blieben mir im Hals stecken, als seine Hände am Saum meines Kleides nestelten, um unter meine Strumpfhose zu schlüpfen. Seine Finger strichen zitternd über den Stoff meines Slips und ich stöhnte, weil er mich genau da berührte.

»Mach das Geräusch noch mal«, flüsterte Alec mit gepresster Stimme.

»Welches Geräu-«

Alec presste seinen Daumen fester auf den Punkt und ich stöhnte wieder. Alles in meinen Gedanken verschwamm, morgen und gestern, Alabama und New York, Indiana Alabama Thomson und Nur-India, Arschlochschriftsteller und perfekte junge Männer.

»Dieses Geräusch«, flüsterte er neckend.

Alec zog mir die Strumpfhose von den Beinen, unser keuchender Atem füllte meine Wohnung und als er mir mein Kleid auszog und ich nur noch in Unterwäsche vor ihm lag, lächelte er schief. Mein Herz pochte so stark, dass ich dachte, es würde mir aus der Brust springen. Er hauchte mir Küsse hinter mein Ohr und begann, meinen Hals zu küssen. Ich hatte Gänsehaut auf jedem Zentimeter meines Körpers. Seine Lippen fühlten sich warm und weich an meiner Haut an und meine Augenlider flatterten, als seine Lippen den Ansatz meiner Brüste erreichten. Er öffnete den Verschluss meines BHs, ich spürte, wie seine Finger zitterten. Ich mochte das. Den Gedanken, dass ich Alec vielleicht auch nur halb so nervös machen konnte, wie er mich. Ich mochte, wie sein Kiefer mahlte, als müsste er sich davon abhalten, zu laut zu sein, und ich mochte, dass er seine linken Finger wieder mit meinen umschlang, als er begann, meine Brüste zu küssen. Er leckte und saugte, ich stöhnte und krallte meine Nägel so stark in seine Handfläche, dass sie Abdrücke hinterließen würden. Die Welt in meinen Gedanken verschwamm weiter, alles verband sich zu einem, kein Falsch, kein Richtig, kein *Für Immer* und nicht einmal ein Jetzt, es gab nur Alec und seine Berührungen und seine Lippen und seine Hände und sein Körper, der sich perfekt anfühlte. So unglaublich. So unbeschreiblich. So gut. In diesem Moment fühlte sich alles verrückt traumhaft an, mit Alec Carter in dieser schäbigen Wohnung, die plötzlich egal war, weil mit Alec alles egal war. Mit Alec war nämlich alles gut und noch mehr als gut, wenn er mich küsste oder lächelte und besonders dann, wenn er meine Hand in seine nahm. Auch wenn jede Person, die ihn kannte, gesagt hätte, dass Alec das Beispiel eines schlechten Menschen war.

Als er sich abrupt von mir löste, öffnete ich schlagartig die Augen. Er setzte sich auf, sein Atem ging schnell und seine Muskeln spannten sich bei jedem Atemzug an.

»Was ist?«, fragte ich.

»Ich …« Er raufte sich durch die roten Strähnen. »Ich will dich, India. Ich will dich wirklich. Und dieses Gefühl ist so anders und so fremd. Es nimmt alles ein, und ich weiß nicht wohin, mit diesen ganzen Gefühlen. Und –«

Er verstummte, als meine Finger zu seinem Schoss wanderten und ich seine Hosen öffnete.

»Vergiss, was ich gesagt hab«, presste er hervor, strampelte sich die Jeans von den Beinen und küsste mich wieder.

Er krallte die Hände in meine Haare, seine Härte rieb sich an meinem Körper und es fühlte sich so an, als würde er mir mit jedem Kuss eine fesselnde Geschichte erzählen, in der ein Plot-Twist den nächsten jagte. Er biss in meine Lippe und drängte sich mit seinem Körper auf meinen.

Wir waren Brust an Brust.

Herz an Herz.

Und ich lächelte, denn sein Herz schlug schneller als meins. Aber Alec achtete nicht darauf und küsste mich stattdessen so schnell weiter, als hätten wir keine Zeit. Doch das hatten wir. Wir hatten die ganze Nacht.

Wir hatten alle Zeit der Welt.

Für heute Nacht. Für jetzt.

Er spreizte meine Beine mit seinen Knien, rieb sich an mir und seine Nippel kratzten an meinen.

Ich wollte Alec.

Ich wollte den Schriftsteller-Alec, den Protagonisten-Alec. Ich wollte den großartigen großen Bruder-Alec, den Alec, der in einem Buchladen Romane verkaufte, obwohl er keine Bücher mehr lesen konnte. Ich wollte Alec ganz. Jeden Zentimeter seiner Haut, jeden Buchstaben seines Namens. Ich wollte so lange am Alphabet herumspielen, bis die sechsundzwanzig Buchstaben nur noch seinen Namen bilden konnten. Ich wollte Alec zum Synonym meiner Welt machen, weil ich wollte, dass er meine Welt war. Ich wollte Tagebucheinträge an ihn schreiben, ihm meinen ersten Roman widmen. Und ich wollte über Alec schreiben, weil er alles war, was mein Herz kannte.

Das Ziehen in meinem Unterleib brannte fast schmerzhaft, als Alecs Finger unter meinen Slip schlüpften.

»Gott, Alec«, stöhnte ich.

Er küsste meinen Mundwinkel, bevor er mit seinen Fingern in mich eindrang.

»Baby, du fühlst dich zu gut an«, hauchte er.

Meine Augenlider flatterten. Alles, was ich spürte, war Alec. Doch das reichte nicht.

Ich wollte mehr und brauchte alles.

Ich ließ meine Hand zu seiner Boxshorts wandern und begann, über den Stoff zu streicheln.

Alecs Atem stockte.

»Du musst aufhören. Ich verliere sonst die Kontrolle«, keuchte er.

Alec pulsierte in meiner Hand und fühlte sich hart, dick, groß und großartig an. Meine Finger schlüpften unter seine Boxershorts und jeder Muskel in seinen Körper spannte sich an. Ich begann, ihn zu massieren, meine Bewegungen waren zögerlich und unsicher, doch Alec presste seinen Kiefer nur stärker aufeinander.

»India, ich …« Er ließ von mir ab, setzte sich auf und schaute mich an. Seine Augen brannten wie dunkle Feuerwerke auf meiner Haut. Ich spürte, wie sie an jeder Stelle, an der sein Blick verharrte, explodierten. »Ich muss in dir sein.« Er schluckte. »Willst du das?«

Ich nickte und mein gesamter Körper kribbelte. Ich beobachtete Alec dabei, wie er vom Bett krabbelte, um in seiner Hosentasche nach einem Kondom zu kramen. Ich fragte mich, wie es sich wohl anfühlen würde, Alec Carter vollkommen in mir zu spüren. Was würden die Feuerwerke vor meinen Augen wohl machen?

»India.« Alec setzte sich wieder neben mich. »Bist du dir vollkommen sicher, dass du das willst? Mit … Mit mir?«

Er strich mir eine Haarsträhne hinter ein Ohr, und ich nickte. Ich war mir noch nie bei irgendetwas so sicher gewesen. Ich wollte, dass Alec mein Erster war, weil er in meinem Herz schon längst der Erste war.

»Warum fragst du? Bist du dir etwa nicht sicher?«

Er löste seine Finger aus meinen Haaren und schluckte. Die Lichter von New York beschienen seinen Rücken und das Rot seiner Haare. »Ich glaube«, sagte er. »Ich wollte noch nie etwas so sehr, wie ich dich will.«

Alec und ich machten dort weiter, wo wir aufgehört hatten. Wir zogen einander die letzten Kleidungsstücke aus und ließen endgültig die Hüllen fallen. Keine Spiele, keine Recherche. Nur zwei Menschen, die ineinander verliebt waren und sich ineinander verloren.

Alec drang in mich ein, er stöhnte auf, ich krallte meine Fingernägel in seinen Rücken und dachte, ich würde verbrennen. Er bemerkte, wie ich die Augen vor Schmerz zusammenkniff, und murmelte mir liebevoll Worte ins Ohr, sagte mir, er wolle mir nicht wehtun, dass wir aufhören sollten und der Abend auch so der schönste seit Ewigkeiten für ihn sein würde. Doch ich schüttelte den Kopf. Ich wollte mit Alec schlafen, weil ich ihn wollte, und das sah, was er nicht einmal selbst erkannte: Sein Herz, das er trotz aller Bandwurmsätze nicht vor mir verstecken konnte. Ich sah Alec ohne seine Schreiberrüstung. Wenn ich an ihn dachte, dachte ich nicht an einen Studenten, der jede seiner Nächte seinem Laptop widmete. Ich sah einen Mann vor mir, der mich anlächelte, als könnte ich seine Welt sein. Und die wollte ich sein.

Ich dachte an meine Mutter, die mich am liebsten umgebracht hätte, hätte sie jemals hiervon gewusst. Ich stellte mir vor, wie sie nicht nur Sonntag, sondern jeden Tag in die Kirche gehen würde, sogar trotz weißer Leinenhose auf ihre Knie fallen würde, wie sie Gott sogar in ihrem Schlafzimmer um Verzeihung für die Schandtaten ihrer Tochter anbetteln würde. Wie sie mich in den Salon zwingen und so lange auf mich einreden würde, bis ich ihr sagte, mein erstes Mal mit Alec wäre eine Lüge gewesen. Dass ich, Indiana Alabama Thomson, niemals vor der Ehe mit einem armen Schriftsteller schlafen könnte, der vor mir jeden Abend ein anderes Tinderdate in seinem Bett hatte. Dann würden wir nie wieder über das Thema reden und sie würde mich zu ihrem Haus- und Hofpsychiater schicken, der dafür sorgen würde, dass ich mir die Lüge selbst glaubte.

Ich dachte an meinen Vater, dem die Worte fehlen würden, obwohl er stets eine Antwort hatte, ganz egal, ob es sich dabei um ein Problem seiner Wähler oder um die Finanzkrise handelte. Ich stelle mir vor, wie er nur in der Lage sein würde, den Kopf zu schütteln und meinen Namen herauszubringen. Halb schockiert, halb voller Abscheu. Er würde alles in der Welt Mögliche tun, um meine Sünde rückgängig zu machen; das würde er als seine Pflicht sehen. Er würde sich mit meiner Mutter beraten, ihr sagen, dass eine Therapie nicht reichte, dass sie diese verdammte Sünde auslöschen müssten. Dass ich meine Erinnerung verlieren müsste. Das müssten sie alle; mit so einer Schandtat konnte man nicht leben. Ich müsste ins Kloster, Gott so lange um Verzeihung bitten, bis ich nicht mehr dazu verdammt wäre, in der Hölle zu schmoren.

Ich dachte an Jared, der mich nicht mehr anfassen könnte. Ich dachte an die sogenannten Freunde meiner Eltern, die kopfschüttelnd beim nächsten wichtigen Event über mich reden würden, dass *die* Indiana Alabama Thomson ihre Unschuld an einen Mann verlor, mit dem sie nicht vor Gott verheiratet war. Sie würden mich aus ihrer Gesellschaft verbannen, indem sie mich nicht mehr einladen, mich nicht einmal auf der Straße grüßen würden, aus Angst, sie würden bestraft werden, weil sie mit so einer Sünderin wie mir zu tun hatten.

Doch das alles war egal.

Vielleicht war Alec in jedem Moment seines Lebens ein Arschloch gewesen, doch als er mich jetzt ansah, raubte er mir den Atem. Da waren keine dunklen Geheimnisse und Absichten mehr, die ich noch nie verstanden hatte. Da war nur Zärtlichkeit. Und als er mir mit seinen Fingern eine Haarsträhne nach hinten schob und mir einen Kuss auf die Nase drückte, vergaß ich den Schmerz. Ich vergaß, wie mein Nachname lautete, dass Freiheit manchmal einsam war, wie mein Lieblingsbuch hieß und dass es Dinge gab, die so kaputt waren, dass sie nie mehr ganz wurden.

Ich wusste nur noch, dass Alec Carter ein Mann war, der es verdient hatte, mein Herz zu besitzen.

Unsere Atemzüge gingen immer noch schwer, ich strich mit meinen Nägeln über Alecs Rücken, versuchte den Schmerz aus meinem Körper zu verbannen, und sagte Alec, dass ich ihn wollte, voll und ganz und dass er endlich mit mir schlafen sollte. Alec lächelte, als er die Ungeduld in meiner Stimme hörte und ich verliebte mich ein bisschen mehr in sein Lächeln. Er begann, sich in mir zu bewegen und seine Augenlider flatterten. Seine Stöße schmerzten weiter, doch mit jeder Sekunde fielen unsere Körper mehr in einen gemeinsamen Rhythmus. Als er meine Finger mit seinen verflocht, huschte mein Blick neben das Kissen, wo unsere Hände sich umklammerten, als wollten sie sich nie wieder loslassen, und ich war mir sicher, unsere Körper machten Liebe. Wir erfanden sie neu, genauso wie Alec die verrückten Enden seiner Kurzgeschichten und wie ich meine kitschigen Charaktere, wir erfanden eine Liebe, die nur uns gehörte. Wir erfanden eine Geschichte, in der es egal war, ob die Handlungsstränge perfekt ineinanderliefen und die Erzählperspektive passte, denn diese Geschichte, diese Liebe, die war nur für mich und Alec bestimmt. Und wir verstanden sie auch mit den nicht immer richtigen Worten.

Das Brennen ließ nach und ich reckte mich seinen Stößen entgegen. Seine Bewegungen wurden schneller. Härter. Fester. Es geschah das, wovor er, der Autor, der es liebte, seine Geschichte bis in jeden kleinen Handlungsstrang zu planen, Angst hatte: Er verlor die Kontrolle. Er murmelte Worte, sie hörten sich an wie *Gott, India, wie kann sich das so perfekt anfühlen?*, *Das ... Das ist magisch* und *Ich möchte dich für immer so lieben.* Manchmal hauchte er mir schmutzige Wörter in die Ohren, auf die ich so laut stöhnte, dass es mir am nächsten Tag peinlich war. Doch das war in dem Moment egal. Ich lebte im Jetzt. Jetzt war alles, was ich hatte und Jetzt war noch nie perfekter gewesen als in diesem Moment.

Ich kam, bevor Alec kam. Jeder Muskel in meinem Körper versteifte sich, nur um Sekunden darauf in tausende von Sternen zu zerfallen.

Alec verharrte noch lange so in mir, nachdem er gekommen war, und ich wollte so, so gerne wissen, was er wohl dachte. Denn er sagte nichts. Kein Wort. Der große Schriftsteller war sprachlos, und ich fragte mich, ob die richtigen Worte manchmal keine waren.

Unsere Finger blieben so lange umklammert, bis er sich plötzlich erhob. Ich spürte wie mein Herz brechen wollte. Doch er entsorgte nur das Kondom, bevor er wieder zu mir in das Bett kroch und die Decke über unsere Körper warf. Er starrte an die Decke.

»Das war ... Ich ... Mir ... India, was ... Unglau... Nein, das ist nicht das richtige Wort. Was ...«

»Ja«, sagte ich. »Das war es.«

Ich nahm seine Hand, unsere Finger verflochten sich sofort und ich möchte daran glauben, dass sie sich die ganze Nacht nicht mehr losließen.

Kapitel 32

»I run away when things are good
And never really understood
The way you laid your eyes on me
In ways that no one ever could.«

Sorry, Halsey

India

Als ich aufwachte, umhüllte mich Alecs Geruch nach frischer Wäsche. Doch sein Körper und sein verschmitztes Lächeln waren nicht in meiner Wohnung. Ich rieb mir die Augen und tastete auf dem Boden nach meinem Handy.

Eine ungelesene Nachricht:

India, ich weiß nicht, was ich sagen soll.

Ich musste lächeln, Alec fehlten immer noch die Worte.

Doch wir müssen unser Spiel beenden.

Ich dachte, das hätten wir gestern.

Es tut mir leid.

Es tat ihm verdammt noch mal leid?

Wir können uns nicht mehr sehen.

Zum Teufel mit ihm, wir wohnten nebeneinander!

Ich erhob mich, schlüpfte in Slip und das erste Shirt, das ich fand und marschierte barfuß aus meiner Wohnung. Dass der Boden eiskalt war, störte mich nicht. Denn alles in mir war kalt. Ich ballte die Hände zu Fäusten und klopfte so fest an seine Tür, dass meine Knöchel brannten. Das Geräusch echote wütend durch das hohle Treppenhaus und ich schlug weiter gegen die Tür. Es schmerzte. Alles. Meine Faust. Meine Knöchel. Mein Körper, weil ich gestern das erste Mal Sex gehabt hatte mit einem Mann, von dem ich dachte, ich erkannte sein Herz. Mein Herz, weil mir nun bewusst war, dass Alec Carter verdammt noch mal kein Herz hatte. Weder auf Seite eins noch auf Seite zweihundertunddrei. Er war ein verfickter herzloser Idiot, dem ich mein erstes Mal geschenkt hatte, was ihm egal war.

Meine Hände lösten sich aus den Fäusten und ich schwor, ich starb, in meinem nerdigen Harry-Potter-Shirt, barfuß in einem versifften Treppenhaus, als ich hörte, wie jemand in seiner Wohnung stöhnte. Hoch und quietschend. Eine Frau, die nicht ich war, obwohl er gesagt hatte, ich wäre seine Welt.

»Alec!«, schrie ich, weil ich musste, die Worte, der Schmerz und der Verrat so wehtaten, dass ich alles herauskreischen musste. »Mach die verdammte Tür auf! Ich höre dich, du Bastard!«

Ich bekam keine Antwort, nur das hohe Stöhnen, das lauter wurde, so als brachte es die Frau in seinem Bett noch mehr in Fahrt, dass ein kreischendes verzweifeltes Mädchen Alec vor verschlossener Tür beleidigte.

»Alec!« Meine Stimme klang so gebrochen, wie mein Herz sich anfühlte, und ich hasste alles daran. Sowie auch die Tränen, die ich nicht daran hindern konnte, mir über das Gesicht zu laufen. Ich wusste nicht, ob Alec mich hörte und mich gekonnt ignorierte oder so mit der anderen Frau beschäftigt war, dass er mich einfach nicht bemerkte. Doch die Tränen, die viel zu heiß über meine Wangen liefen, sah er ganz sicher nicht. Dabei hätte ich fast gesagt: »Komm schon, du toller Schriftsteller. Warum siehst du mir nicht beim Weinen zu, damit du so detailgetreu wie möglich in einer deiner beschissenen Geschichten beschreiben kannst, wie ein Mädchen mit einem gebrochenen Herzen aussieht?« Doch ich biss mir auf die Zunge und schlug ein letztes Mal gegen seine Tür, nicht damit er sie mir aufmachte, sondern weil ich das Bedürfnis hatte, auf irgendetwas einzuhämmern.

Als ich hörte, wie die Stimme von Dora Larkins schrie: »Gott, Alec. Genau da!«, hielt ich es nicht mehr aus. Ich war nicht wie Alec; ich hatte die schrecklichsten Enden und die tragischen Wendungen nicht am liebsten. Ich wollte meine Charaktere nicht leiden sehen, bis der Schmerz sie umbrachte. Ich wollte mein Happy End, meine kitschigen Liebeserklärungen und meinen Helden, dessen Handlungen ich immer vorausahnen konnte. Doch mein Leben war kein Liebesroman, mein Leben war das eines neunzehnjährigen Mädchens, das Freiheit, New York und mürrische Schriftsteller-Nachbar-Arschlöcher verfluchte.

Ich vergaß, meine eigene Wohnungstür so laut zuzuschlagen, dass Alec es gehört hätte. Doch ich sagte mir, dass das auch keinen Unterschied gemacht hätte. Meine Beine waren so müde, dass ich sofort auf den Boden fiel. Ich sah auf die zerwühlte Decke und die Kissen auf meinem Bett, die noch nach Alec rochen, weil Alec mit mir geschlafen hatte und sich das so angefühlt hatte, als machten wir Liebe, obwohl er den Begriff *Liebe machen* aus der amerikanischen Sprache verbannt hätte, hätte er gekonnt. Ich schluchzte, weil alles wehtat; weinen, leben, atmen. Die Tränen liefen heiß über meine Wange, ich hörte das Bett auf der anderen Seite der Wand quietschen und schluchzte viel zu laut. Ich fasste mir an die Brust, weil darin etwas so schmerzhaft auseinanderfiel, dass ich dachte, ich müsste wenigstens versuchen, es zusammenzuhalten.

Es brach natürlich trotzdem.

Mein verschleierter Blick wanderte durch die Wohnung, verharrte an der Kochnische, in der ich Alec und mir Spaghetti gekocht hatte, an dem Fenster, auf das ich vor Monaten bei meiner Ankunft zugehechtet war, und landete als Letztes bei meinen Büchern. Ich sprang auf und rannte zu meinen mehr als geliebten Romanen. Tränen tropften auf die mir heiligen Buchcover, doch ich wischte sie nicht weg. Stattdessen setzte ich mich auf den Boden und schlug die erste Seite auf, nur um zu bemerken, dass ich nicht einmal den ersten Satz lesen konnte, ohne weiter zu schluchzen. Ich sagte mir, es läge am Buch und kramte *Harry Potter* vor. Meine Finger schlugen den Epilog auf und ich las die letzten Sätze meiner allerallerliebsten Reihe. Doch die Worte füllten die Leere nicht. Ich griff nach *After Passion*. Vielleicht würde es mir helfen könnte, mit Tessa zusammen wegen der Liebe zu leiden. Aber das funktionierte nicht. Ich las, wie Hardin Tessa behandelte, und wollte mir eine Schere greifen, um alle Seiten zu zerschneiden, auf denen Hardins Namen stand, weil er das größte Arschloch von allen war. Doch ich erinnerte mich daran, dass nicht er, sondern Alec fucking Carter das größte Arschloch auf der Welt war, und ließ es. Meine Augen begutachteten das Cover von *Sturmhöhe* und ich dachte daran, wie gut Alec immer noch fucking Carter in die Geschichte gepasst hätte. Ich verstand ihn genauso wenig wie Heathcliff und seine komische Catherine. Außerdem endete dieses Buch scheiße und ich wollte, dass Alec das beschissenste Ende von allen bekam.

Ich wusste nicht, wie lange das Quietschen auf der anderen Seite bereits verklungen war, als ich mich dazu entschloss, aufzustehen. Nicht um ein weiteres Mal nur in Slip und Shirt an Alecs Tür zu randalieren, in der Hoffnung, er würde sie mir öffnen, weil er zu Verstand gekommen war. Sondern um meinen Laptop hochzufahren. Wenn schon keine Worte meiner Lieblingsautoren mir helfen konnten, dann mussten es meine eigenen tun. Ich musste mich selbst retten. Also hämmerten meine Finger so laut auf die Tasten, dass jeder Mieter in diesem Wohnhaus wusste, ich hätte etwas zu sagen. Ich schrieb, Fergie sang mir in die Ohren, dass große Mädchen nicht weinten, und ich fühlte mich so klein wie noch nie, weil Tränen nach jedem Absatz auf meine Tastatur fielen. Meine Worte nahmen mich so gefangen, dass ich nur in den Pausen daran dachte, dass es eine absolut beschissene Idee gewesen war, von Alabama nach New York zu gehen, dass ich nicht frei sein konnte, weil ich nicht wusste, wie man mit Freiheit umgehen sollte, dass meine Eltern recht hatten und ich jemanden brauchte, der mir sagte, was zu tun ist, weil ich mein Leben nicht selbst bestimmen konnte, ohne dabei mit Herz, Leib und Seele draufzugehen.

Doch während meine Finger tippten, da dachte ich nicht an Alabama und Eltern, die mich nicht verstanden, an die Freiheit, die mich nur verletzt, obwohl ich sie so sehr gewollt hatte, und nicht an den Mann, der nie ein Happy End haben würde. Ich dachte nur an meine Worte und fühlte mich so, als wäre ich nach monatelangem Herumirren endlich angekommen. Ich hatte das Gefühl, ich hätte so viele Ideen, dass nicht einmal zehn Leben ausgereicht hätten, um sie alle niederzuschreiben. Doch das war gut. Mehr als gut. Das war das, was mir die letzten Monate gefehlt hatte. Ich schrieb Seite um Seite, fand mein Schreiben und mich zwischen den Wörtern wieder und hatte das Gefühl, dass vielleicht trotz meines gebrochenen Herzens alles okay werden könnte.

Vielleicht nach fünfhundert Seiten?

Alec

Ihr braucht mich nicht zu hassen, ich hasste mich selbst schon genug für uns alle.

Ich hätte nicht mit India schlafen sollen. Ich war zu weit gegangen und hatte alles zwischen ihr und mir zerstört. Das war mir eine Nacht später bewusst. Gestern war ich ein Mann ohne Probleme gewesen. Und dieser Mann ohne Probleme wollte India mehr, als India mich wollte.

Dieser zweiundzwanzigjährige Mann war verliebt in Indiana Thomson.

Doch heute war kein Feiertag mehr, der Urlaub war vorbei. Heute drehte sich meine normale Welt weiter, in der India nur eine Rolle in meinem Roman spielen würde. Nicht die Hauptrolle in meinem Leben.

Ich wusste, India würde an meine Tür klopfen. Doch dass

sie genau dann vor meiner Haustür stehen würde, als sich Dora vor mir auftürmte und die größte Pornoshow aller Zeiten ablegte, hätte ich nicht vermutet.

Das Klopfen an der Tür wurde lauter.

Dora wurde nackter.

Mein Herz wurde schwerer, doch ich sperrte es tief vergraben in meinem Körper ein.

Das hier ist kein Liebesroman. Das hier war mein Leben, und mein Leben war eine Katastrophe.

Dora legte sich ins mächtig ins Zeug und übertönte mit ihrem gekünstelten Stöhnen das Hämmern an der Tür.

»Alec, mach die verdammte Tür auf! Ich höre dich, du Bastard!«

Ich zuckte nicht einmal zusammen, die Beleidigung war angebracht.

»Hast du etwa jemandem das Herz gebrochen?«, flüsterte Dora mir ins Ohr, während sie daran scheiterte, verführerisch zu klingen.

Ich hielt immer noch nichts davon, ein zweites Mal mit einer Frau zu schlafen. Aber ich hatte auch nichts davon gehalten, mit einer Frau zu schlafen, der ich wahrscheinlich mein Herz schenken könnte.

»Alec!« Indias Stimme klang so verzweifelt, dass ich wusste, sie weinte.

Dora sollte schneller machen. Ich hatte eine Geschichte zu erzählen.

Ich würde gleich explodieren.

Mein Herz, mein Kopf.

Ich musste schreiben.

Die Haustür neben meiner fiel ins Schloss.

Meine Recherche war abgeschlossen. Das Spiel war beendet.

India und ich hatten beide verloren.

»Nein«, erwiderte ich schließlich. »Ich habe kein Herz gebrochen.«

Es waren zwei, doch Dora fragte nicht nach und senkte ihren Mund auf meinen Schwanz.

Kapitel 33

*»We write down made-up stories to tell the truth
we wish we could say out loud.«*

Unknown

Alec

»Das ist großartig, Mr. Carter!« Mr. Callihan lächelte mich an, während er die Seiten meines Exposés streichelte, als wäre es eine Frau, in die er sich Hals über Kopf verliebt hatte. »Sie haben sich endlich meinen Ratschlag zu Herzen genommen!«

Er legte die Blätter wieder zu einem Stapel neben seiner Tasse zusammen, die den Aufdruck *Der beste Dad der Welt* trug. Tassen mit Aufdruck schienen bei den Lehrenden wohl in Mode zu sein, und dem Gesichtsausdruck meines Professors nach zu urteilen, war er sich sicher, dass er der beste Dad und auch Professor im ganzen Universum war.

»Ich hätte nur eine Kleinigkeit zu bemängeln.«

Ich widerstand dem Drang, die Augen zu verdrehen; jeder hatte etwas zu bemängeln, jeder liebte es, zu kritisieren.

»Der Titel sagt mir nicht zu. Er ist ...«

»Schlicht, einfach zu verstehen und auf den Punkt gebracht«, sagte ich und nickte auf das Deckblatt.

Mr. Callihan zuckte die Schultern. »Vielleicht fällt Ihnen im eigentlichen Schreibprozess ein geeigneterer ein.«

Ich sagte Mr. Callihan nicht, dass dem nicht so sei und verabschiedete mich mit einem Händedruck.

»Mr. Carter?«

Meine Finger berührten das Metall der Türklinke, als ich mich beim Klang meines Namens umdrehte.

»Ich wusste schon seit Ihrem ersten Essay, dass Sie das gewisse Etwas haben. Ich wünsche Ihnen nur das Beste.«

Ich lächelte und es war ein echtes. Es klebte sogar in meinem Gesicht, als ich die Gänge in Richtung Mensa entlangging. Nachdem Dora gestern in ihre Wohnung verschwunden war, hatte ich den ganzen Tag an meinem Exposé geschrieben. Die Recherche war beendet, der Grundriss meines Romans stand. Auch ohne die Meinung von Mr. Callihan hatte ich gewusst, dass ich den Plan eines Meisterwerks in meinen Händen hielt.

Als ich den weiblichen Charakter skizziert hatte, war mir nichts anderes übriggeblieben, als den Namen der Protagonistin bei India zu belassen; ein anderer Name hatte sich nicht richtig angefühlt. Natürlich würde sie mich dafür ein weiteres Stück hassen, und das sollte sie auch. Doch das war das Mindeste, was ich ihr geben konnte; wenigstens konnte ich ihr so beweisen, wie sehr mein Protagonist in der Geschichte um sie kämpfen würde.

Falls sie meinen Roman lesen würde, würde sie zwischen den Zeilen die Liebe spüren, die ich ihr nicht geben konnte. Ich schluckte bei dem L-Wort und musste daran denken, wie die ständig wechselnden Songs von The Killers mir versichert hatten, dass India trauernd in ihrem Bett lag. Ich wollte nicht, dass India litt. Auch wenn ich derjenige war, der sie verletzt hatte. Ich war zwar ein Mensch, aber verrückter als der Durchschnitt, nicht gemacht für diese Welt und schon gar nicht für Beziehungen. Ich war nur für das Schreiben gemacht. Nicht für einen Menschen, dessen Blicke mir sogar unter die Haut gingen, ohne dass die Person mich berührte.

»Alec?«

Fuck.

Ich erstarrte beim Klang der Stimme und wusste, dass es kindisch gewesen wäre, wegzulaufen. Schluckend hob ich den Blick.

Ich starrte in die grauen Augen von Mr. Fallon, der ein belegtes Brötchen in der Hand hielt.

»Wir müssen reden.« Er nickte in die Richtung seines Büros und schritt weiter, ohne sich ein einziges Mal umzudrehen.

Ich folgte ihm trotzdem.

Drei Jahre zuvor

»Sie werden mich die meiste Zeit hassen«, sagte Mr. Fallon. »Ich werde Ihre Texte kritisieren, bis Sie sich fragen werden, wieso Sie überhaupt für den Studiengang angenommen wurden. Und wissen Sie auch wieso?«

Der Kurs schwieg.

Ich saß in der zweiten Reihe, der Tisch vor mir war leer, bis auf meinen Stift und ein Stück Papier, das ich in den Tiefen meines Rucksacks gefunden hatte. Mr. Fallons Blick wanderte durch den ganzen Raum und musterte jeden der dreißig Studenten. Die meisten hielten die Köpfe gesenkt.

Der Professor war bereits von der ersten Sekunde an angsteinflößend gewesen. Seine penibel aufrechte Haltung, seine perfekt sitzende Krawatte, seine glänzenden Schuhe. Seine harten und klaren Worte. Seine Art, die keine Widerworte erduldete. Seine tiefe Stimme, wie er einem Studenten erklärt hatte, dass er ihn aufgrund seiner dreiminütigen Verspätung nicht mehr im Seminar aufnehmen würde.

Ich musste mich verbessern: Für die meisten Studenten war Mr. Fallon der angsteinflößendste Professor, doch nicht für mich. Furchteinflößend war mir nämlich bekannt; ich lebte schon seit Jahren mit den dunklen Gedanken in meinem Kopf.

»In meinem Kurs werden Sie Ihre Texte nicht verteidigen können, weil Sie das in der echten Welt auch nicht können. Einem Leser, der Geld für Ihre Texte bezahlt hat, werden Sie nicht erklären können, warum Sie dieses und jenes geschrieben haben. Wenn

Sie keine Kritik verkraften können, könnten Sie in diesem Kurs nicht falscher sein.« Einige Köpfe der Studenten sanken weiter nach unten, während Mr. Fallon innehielt. »Die Welt bricht jeden Menschen. Aber einige von uns werden an den gebrochenen Stellen stark. Das ist ein Zitat von –«

»Ernest Hemingway«, unterbrach ich meinen Professor, ohne dass es mir bewusst war.

Er drehte das Gesicht in meine Richtung. Seine Lippen waren zusammengepresst, doch als er mich jetzt ansah, war da nur noch eine tiefe Furche zwischen seinen Augenbrauen. »Richtig, Mr. ...?«

»Mr. Carter, Sir«, erwiderte ich.

»Mr. Carter«, murmelte er, warf mir einen letzten leicht verwirrten Blick zu und sprach weiter zum Seminar. »Wie Ihr Kommilitone bereits gesagt hat, ist das Zitat von Ernest Hemingway. Nehmen Sie es sich zu Herzen; das ist essenziell. Sie müssen nämlich stark sein, wenn Sie Schriftsteller in einer Welt werden wollen, in der die Buchbranche ausstirbt. Sie werden jedes Mal wieder aufstehen müssen, wenn Ihnen ein Verlag oder Agent sagt, dass Ihr Manuskript nicht in das Programm passt. Es ist fast unmöglich in der heutigen Zeit ein erfolgreicher Schriftsteller zu werden. Doch jetzt kommt das berühmte Aber.« Er räusperte sich. »Aber wenn Sie nicht aufgeben, an sich arbeiten, bis Sie Ihre eigenen Worte nicht mehr lesen können und nochmals an sich arbeiten – warum sollte es Ihnen dann nicht möglich sein, erfolgreich zu werden? Das Geheimnis von Stärke findet man nur an seinem Tiefpunkt. Wenn nichts mehr für einen spricht und die Mehrheit der Menschen aufgibt. Aber genau in diesen Momenten werden die starken Menschen stark. Denn sie stehen auf. Wieder und wieder. Sie stehen jedes verdammte Mal wieder auf. Und genau das ist die einzige Möglichkeit, an seinen gebrochenen Stellen stark zu werden.«

Ich starrte Mr. Fallon in die Augen. Die Uhr hinter ihm tickte. Es war das einzige Geräusch, das ich wahrnahm.

»Was halten Sie in Ihren Händen, Alec?«

Ich kräuselte die Augenbrauen zusammen. Ich dachte, er und ich müssten reden. Über wichtige Dinge. Wie zum Beispiel darüber, dass er meinen Vater kannte. Mein Blick wanderte nach unten und ich schaute auf das Exposé, das ich immer noch zwischen den Fingern hielt.

»Die Idee zu einem Roman«, antwortete ich.

»Darf ich es lesen?«

Ich zuckte die Schultern und reichte ihm die fünf Blätter. Mr. Fallon war ein schneller Leser, und nach wenigen Minuten hielt ich mein Exposé wieder in den Händen.

»Ihre Namenswahl ist wirklich originell.« Die Ironie in seiner Stimme war nicht zu überhören.

Ich schwieg, mein Blick war auf die Tischplatte gerichtet.

»Es wird nicht einfach werden«, sagte Mr. Fallon, während er auf mein Exposé nickte.

»Wann ist schon irgendetwas auf dieser Welt einfach?«

»Alec.« Er schüttelte den Kopf. »Sie werden in diesem Manuskript über sich selbst schreiben. Das ist verdammt schwierig und Sie werden an mehr als einer Stelle hinschmeißen wollen. Es wird Ihnen wehtun.«

»Warum sollte es Sie interessieren, ob mir etwas wehtun könnte?«

Mr. Fallon seufzte, nahm die Brille von der Nase und rieb sich mit den Händen über die Augen. »Ich fühle mich Ihnen gegenüber verbunden: Ich kannte Ihren Vater nicht nur, zu Collegezeiten war Ihr Vater einer meiner besten Freunde. Ich war sogar derjenige, der Ernest dazu überredet hat, Ihre Mutter nach einem Treffen zu fragen.«

»Ich bin garantiert nicht hier, damit Sie mir von den Datinggeschichten meiner Eltern erzählen. Und warum reden wir überhaupt über meinen Vater? Sie sind mein Professor, nicht mein verdammter Seelenklempner.«

»Ich weiß ja, dass Sie recht haben. Es ist nur schwierig, Sie hier sitzen zu sehen, zu wissen, was Sie alles durchmachen müssen und Ihnen nicht helfen zu können; ich weiß, dass es mir nicht zusteht, mich einzumischen.«

»Was Sie verdammt noch mal auch nicht tun sollten.« Ich schob meinen Stuhl nach hinten. »Also, Mr. Fallon, war's das?«

»Ich verstehe, dass Sie Ihre Gründe haben, nicht über Ernest reden zu wollen, und werde das akzeptieren. Aber da wäre noch etwas.« Er räusperte sich. »Wir sollten über das Schreiben reden. Über Ihr Schreiben. Darüber, dass ich das Gefühl habe, es hätte Ihnen in den letzten Monat nicht gutgetan. Ich habe den Eindruck, es hätte Sie in letzter Zeit nur kaputtgemacht. Ich weiß, Sie möchten nicht auf Ernest zu sprechen kommen, aber er hatte in Ihrem Alter eine ganz ähnliche Krise.«

»Sie meinen die Krise, die ihn dazu gebracht hat, seine Frau und Kind zu verlassen?«

Tick, tack. Tick, tack. Tick, tack.

Mr. Fallon massierte sich den Punkt zwischen seinen Augen. »Sie wissen, dass Sie recht haben, Alec. Ja, es gab eine Zeit, in der es so aussah, als hätte Ernest sich in seinen Worten verheddert und würde nicht wieder herausfinden. Ihr Vater hatte eine Krise und Dinge begangen, die er wahrscheinlich zutiefst bereut und –«

»Sie drücken das Ganze ziemlich lieblich aus, Mr. Fallon. Wo sind Ihre harten und großen Worte nur hin?« Meine Zähne knirschten. »Man kann die Tatsache, dass mein Vater weggelaufen ist, nicht mit einem Euphemismus beschönigen.«

»Das weiß ich. Und das ist auch nicht etwas, das ich versuche, zu vertuschen. Es tut mir leid, Alec, ich habe keine Antworten, die Sie hören wollen. Aber ich will Ihnen nahelegen, dass Ihr Vater sicherlich nicht wollen würde, dass Sie am Schreiben zerbrechen. Er würde Ihnen wahrscheinlich raten, eine Zeit lang eine Pause zu machen, sich nach etwas anderem umschauen. Und da Ernest und Sie aus gewissen Gründen in keinerlei Kontakt stehen, fühle ich mich dazu verpflichtet, das für ihn zu übernehmen.«

»Sie meinen, das Schreiben aufzugeben?« Ich blinzelte und umklammerte mein Exposé fester, blendete all die Worte über meinen Vater aus, weil nicht einmal der große Mr. Fallon wissen könnte, was mein Bastardschriftstellervater wollen würde und was nicht. Ich fokussierte mich stattdessen auf mein Schreiben, das ich niemals aufgeben könnte.

Nicht heute.

Nicht morgen.

Nicht in zehn Jahren.

Nicht in meinem nächsten Leben.

In keinem Paralleluniversum.

Und nicht einmal in meiner grenzenlosesten Fantasie.

Ich war das Schreiben, das Schreiben war ich, wir gehörten zueinander und das für immer, mir war scheißegal, was Mr. Professor Fallon aka Pseudopsychologe meinte.

Mr. Fallon zuckte die Achseln. »Wenn sich Ihr Leben nur um Ihre fiktive Welt dreht? Dann meine ich genau das. Ich habe Sie von Anfang an unterstützt, nicht weil mir sofort bewusst war, dass Sie der Sohn von Ernest sind. Sondern weil ich an Sie und Ihre Worte geglaubt habe. Vom ersten Moment an. Und das tue ich immer noch. Doch Ihre Texte haben sich verändert, Alec. Ich habe das Gefühl, dass Sie sich selbst in einer gewissen Weise verloren haben. Wenn ich Sie die Gänge entlanglaufen sehe, sind Sie meistens so abwesend, dass Sie nicht einmal bemerken, dass ich Ihnen zuwinke. Meinen Sie etwa, ich sehe nicht, wie Sie in der Mensa Ihre Kommilitonen beobachten, auf der Suche, nach jemand ganz Bestimmtem, zu dem Sie eine Charakterskizze entwerfen können, wie sich an dem geöffneten Worddokument vor Ihrer Nase schwer abstreiten lässt? Sie haben sich verändert, Alec. Sie lächeln noch weniger als sonst, schweigen, wenn Sie zwischen Ihren Freunden sitzen, die lächeln und sich Geschichten aus ihrem wahren Leben erzählen, mit dem Sie nichts anfangen können. Ich habe das Gefühl, Sie sind nicht glücklich und dabei sind Sie erst zweiundzwanzig. Sie sind so, so jung, Alec. Wenn Ihre Kunst Sie nicht glücklich macht, hören Sie auf, lassen Sie den Stift fallen, probieren Sie etwas anderes aus. Sie können alles sein, was Sie wollen. Halten Sie sich nicht mit etwas auf, das Ihr Leben zerstört und Sie langsam auffrisst.«

»Das Schreiben frisst mich nicht auf«, protestierte ich. Das

Schreiben war alles, was ich hatte. Das Schreiben war das Einzige, wofür ich meinem Vater dankbar war.

»Das hat mir Ihr Vater zu seiner schwierigen Zeit auch versichert.« Mr. Fallon lächelte schief und schmal.

»Ich bin der Sohn meines Vaters, Mr. Fallon«, sagte ich und fixierte seinen grauen Blick. »Aber ich bin nicht mein Vater.«

»Genau darauf hoffe ich. Machen Sie etwas anderes. Leben Sie. Wann haben Sie das letzte Mal ein Buch gelesen, ohne dass Sie schon beim ersten Satz am liebsten das Adjektiv gestrichen hätten?«

Ich presste meine Lippen aufeinander.

»Wann sind Sie das letzte Mal durch die Straßen gelaufen, ohne nach einer neuen Inspiration Ausschau gehalten zu haben?«

Ich umklammerte die Blätter so stark, dass meine Nägel sich darauf abbilden würden.

»Wann sind Sie das letzte Mal vor dem Morgengrauen eingeschlafen? Weil Sie sonst nächtelang überlegen, wie Sie Ihre Projekte verbessern könnten?«

Die Knöchel meiner Finger stachen in Weiß hervor.

»Hören Sie auf, Personen zu erfinden. Gehen Sie in die Welt hinaus und seien Sie selbst eine!«

Ich erhob mich; ich konnte mir das nicht mehr anhören.

Mr. Fallon hatte keine Ahnung. Ich hätte ihm am liebsten die Worte von Bukowski übers Schreiben an den Kopf geworfen. Ich schrieb nicht, weil ich wollte, ich schrieb, weil einfach alles aus mir heraus*musste*! Ich bat die Worte nicht darum, zu erscheinen, sie waren einfach da. Und wenn sie da waren, klopften sie so lange an die Wände in meinem Kopf, bis ich sie aufschrieb. Worte waren wie Raketen in meiner Seele, sie wollten fliegen und explodieren, dass ich sie auf meinem Worddokument zu einem Feuerwerk zusammenschrieb, das die Menschheit faszinierte, wovon niemand den Blick abwenden könnte, und alle noch lange danach dasitzen würden, obwohl es bereits erloschen war. Meine Worte wollten aufgeschrieben werden, damit sie in den Köpfen von anderen widerhallen könnten. Er würde nie verstehen, dass ich schreiben musste. Es war keine Droge, es war keine Sucht. Das Schreiben war einfach nur ich.

»Ich bitte Sie, Alec. Zerstören Sie sich nicht selbst.«

War es nicht Mr. Fallon gewesen, der uns Studenten damals angefleht hatte, niemals aufzugeben, immer wieder aufzustehen? Er widersprach sich. Diese ganze Welt widersprach sich. Ich hasste diese Welt. Ich brauchte meine eigene.

»Ich werde jetzt gehen, Mr. Fallon«, sagte ich. »Sie sind nicht mehr mein Professor, ich bin Ihnen nichts schuldig.«

»Aber sind Sie sich nicht Ihr eigenes Leben schuldig?«

Ich antwortete nicht; das Schreiben war mein Leben.

Kapitel 34

»Don't give up
chances are your best kiss
your hardest laugh
and your greatest day
are still yet to come.«

Atticus

India

»Du darfst nicht aufgeben, India.«

Ich seufzte und drehte Ava das Gesicht zu, während wir zur Mensa schlenderten.

Vor einer halben Stunde hatte Mrs. Scarlett mir die Korrektur zu meiner abgegebenen Kurzgeschichte überreicht. Ich hatte weinen und schreien wollen. Nichts, was ich schrieb, war aussagekräftig. Alles, was ich auf Papier brachte, wurde schon gesagt und das besser und mit sinnvolleren Worten. Das warme Gefühl von Gestern, der Glaube, ich könnte es trotz allem doch schaffen, verflog so schnell wie meine Eltern mich am liebsten wieder in Alabama gehabt hätten.

Es war hoffnungslos. Ich war einfach eine schreckliche Schriftstellerin.

»Ist das da etwa Alec?« Ava blieb abrupt stehen blieb und deutete mit ihrem Zeigefinger auf einen großen Mann weiter vorne.

Und jetzt wollte ich nicht mehr zusammenbrechen, sondern wegrennen.

Es war definitiv Alec.

Ich erkannte ihn sofort. Alles an ihm hatte sich in mein Gedächtnis gebrannt. Seine große Statur, die Art, wie er ging, die definierten Arme, die ich selbst durch seinen dicken Pullover ausmachte, die roten Haare, die man sofort erkannte.

Alecs Finger umklammerten einen dünnen Stapel Papier und er hetzte mit zusammengepressten Lippen durch den Korridor.

»Er sieht so aus, als würde etwas nicht stimmen. Wir sollten nach ihm sehen.«

Ich schwieg. Ich hatte Ava nichts von Alec und mir erzählt und somit auch nichts von unserer ... Trennung? Ich wusste, es war nicht das richtige Wort, doch ein besseres fiel mir nicht ein.

Sag ich ja, ich war miserabel mit Worten.

Ava packte mich am Arm und schleifte mich in die Richtung von Alec, ohne dass ich protestieren konnte.

Die Regeln zwischen Alec und mir waren klar gewesen – das hatte ich gewusst. Aber etwas zwischen ihm und mir hatte sich verändert, das hatte ich zumindest gedacht. *Ich bin es satt, Spiele zu spielen. Ich will dich, India.* Anscheinend nur für eine Nacht. Ich hatte ihm nie mehr als seine Tinderdates bedeutet, obwohl es mein verdammtes erstes Mal gewesen war. Ich hasste, dass ich nicht wusste, wie ich das jemals vergessen sollte. Mein erstes Mal Sex an meinem Lieblingsfeiertag mitten in New York. Den mürrischen Schriftsteller, mit dem ich ein Happy End hatte haben wollen, obwohl seine Protagonisten Letzteres nie hatten. Das Gefühl, das genau dieses Arschloch mir gegeben hatte, wann immer wir uns berührten und küssten und ich mich dabei fühlte, als wäre ich die Protagonistin im besten Liebesroman überhaupt.

Wir waren nur noch ein paar Schritte von ihm entfernt, doch er machte nicht den Anschein, als hätte er uns entdeckt. Hätte er mir nicht das Herz gebrochen, hätte ich mir ernsthaft Sorgen um ihn gemacht.

»Ist alles okay mit dir, Carter?«, fragte Ava, als wir ihn erreichten.

Alles war ein Störfaktor in seiner Gedankenwelt, doch Avas Stimme warf ihn so aus der Bahn, dass er den Griff um die Blätter löste und sie zu Boden sickerten. Das Papier flog langsam und geräuschlos auf den Grund, bis eine Seite direkt vor meinen Füßen landete. Meine Augen blinzelten gegen die druckfrischen Worte an, sie stachen mir in die Augen, mein Herz brannte. *Erste Kussszene: Party, Vorratskammer des Freundes* prangte fett gedruckt auf dem Papier.

»India, es ist nicht so …« Alec verstummte.

»Es ist nicht so, wie es aussieht?«, ergänzte ich für ihn und lachte tonlos. »War das nicht das Erste, das du mir beigebracht hast? Nichts ist so, wie es aussieht?«

Ich hob den Blick und sah Alec in die Augen.

Nichts.

Nur dunkle Leere.

Alec erwiderte kein Wort und starrte mich stattdessen momentelang nur an. Ich ging in die Knie, hob das Blatt auf und drückte es Alec in die Hand. Recherche. Manchmal sind die Dinge eben doch genauso, wie sie scheinen.

»Ich hoffe, ich konnte dir helfen«, sagte ich und starrte ihm in die Augen.

Ich wartete. Worauf wusste ich selbst nicht. Vielleicht auf eine Erklärung, eine Entschuldigung, eine Bewegung, ein trauriges Lächeln. Irgendetwas. Aber Sekunden vergingen und ich hörte auf zu warten. Ich lebte im Jetzt und hatte keine Zeit für die Alecs dieser Welt. Ich kehrte ihm den Rücken zu und lief den Gang in Richtung Ausgang.

»Alec Carter, verdammt noch mal! Was hast du getan?«

Avas Stimme hallte durch den Gang, und ich war mir sicher, dass sich die Köpfe einiger Studenten umdrehten, um das Drama zu verfolgen. Doch ich schritt hastig weiter. Ich wollte kein Drama namens Alec Carter in meinem Leben.

Und auch nicht in meinem Herzen.

Kapitel 35

Alec

Seit drei Tagen hatte ich an keinem meiner Texte gearbeitet, kein neues Projekt begonnen und nicht einen Satz getippt. Ich starrte an die Decke und fokussierte die linke Ecke, in der es zu schimmeln begann, während meine Finger an dem Deckel meiner Wasserflasche spielten. Ich war müde, doch konnte nicht schlafen. Aber war nicht irgendwie jeder müde? Die meisten in meinem Alter waren ständig ausgelaugt, wollten nur chillen und hatten keine Lust auf nichts.

Aber heute war es schlimmer als sonst.

Mein Körper war rastlos, meine Glieder kribbelten nervös, selbst wenn ich nur lag. Ich stand auf, ging zu meinem Fenster und betrachtete die Straßen Manhattans; ich brauchte etwas zu tun. Eigentlich war ich New York dankbar. Es erinnerte mich eigentlich dauernd daran, dass meine Probleme ziemlich klein waren.

Doch auch das funktionierte heute nicht.

Ich sah die blinkenden Rücklichter der Taxis zu schnell auf den Straßen fahren und fragte mich, welche Personen wohl auf der Rückbank saßen. Und schon hatte ich die Skizze eines neuen Charakters in meinem Kopf. Meine Finger umklammerten den Deckel der Wasserflasche krampfhaft. Die Kuppen meiner Finger pulsierten. Sie mussten die Tasten meines Laptops unter ihnen spüren.

Gott, es war so viel schlimmer, als ich es mir vorgestellt hatte.

Ich schloss die Augen und sah vor meinen geschlossenen Lidern abertausende Geschichten, die ich mir so ausmalen konnte.

Ich seufzte und wünschte, ich hätte mir Mr. Fallons Ratschlag nicht zu Herzen genommen. Doch das hatte ich, denn er war der erste Mensch gewesen, der an mich geglaubt hatte. Er hatte mir treu beiseite gestanden, als ich vor drei Jahren vor jedem *Und* ein Komma gesetzt hatte. Mir gesagt, dass ich Großartiges erschaffen würde, selbst wenn ich im ersten Semester ohne Skizzen drauflos geschrieben und mir nicht einmal den geringsten Gedanken über den Ausgang der Geschichte gemacht hatte. Trotz allem hatte Mr. Fallon verdammt noch mal an mich geglaubt.

Ich verstand das nicht.

Warum zum Teufel wollte Mr. Fallon mich genau jetzt zum Aufgeben überreden? Ich seufzte, weil ich wusste, wie er mir geantwortet hätte: Weil er nicht wollte, dass ich so endete wie mein Vater. Aber erkannte er denn nicht mein Talent, meinen Mut, etwas Neues zu schreiben, und meine Ideen, an denen es sich lohnte zu arbeiten? Sah er denn nicht, dass ich mein Leben für das Schreiben hergeben würde? Mein Gedankenkarussel stoppte abrupt. Ich musste schlucken.

»Hören Sie auf Personen zu erfinden, Gehen Sie in die Welt hinaus, und seien Sie selbst eine!«

Insgeheim wusste ich, dass ich seinen Ratschlag nur wegen dieser Aussage angenommen hatte.

Doch es war trotzdem zum Verzweifeln. Als es an meiner Tür klopfte, drehte ich mich sofort vom Fenster weg und ging Richtung Eingang. Ich war für jede Ablenkung mehr als dankbar. Vor meiner Tür standen Hand in Hand Jamie und Ava. Sie holten mich ab, damit wir gemeinsam in das Atelier fuhren, in dem Evelyn ihre neuste Fotostrecke ausstellte.

»Carter, Mann.« Jamie schüttelte den Kopf, kein *Hallo*, kein *Wie geht's*; Jamie war wie ich und kam stets sofort zum Punkt. »Willst du mit deinem befleckten Shirt wirklich zu Evelyns Fotoausstellung gehen? Hinterher sagt Maxton noch, dass dein Ketchupfleck ein Blutfleck ist und enttarnt dich als Mörder.« Mein Freund lachte, während mein Blick an mir herunterwanderte.

»Einen Moment.« Ich verschwand in mein Wohnzimmer/ Schlafzimmer/Arbeitszimmer, um mir ein sauberes Shirt aus meinem Schrank zu schnappen.

Als ich Sekunden später wieder an meiner Türschwelle stand, musste ich schlucken.

Neben Ava und Jamie, vor mir stand:

India.

Das Herz in meiner Brust raste. Der Drang, sie zu berühren, brannte. Ich wollte mich entschuldigen, ihr sagen, dass ich sie vermisste, sie anbetteln, dass wir wieder Freunde sein sollten, die sich mehr mochten als mögen. Denn sie fehlte mir. Ihr Essen, *Modern Family* mit ihrem Gelächter, unsere tiefgründigen Gespräche. Ihre sanften Berührungen, ihre heißen Küsse, ihr Körper, der sich perfekt anfühlte.

Ich holte tief Luft und wollte ansetzen, etwas zu sagen, doch India war schneller. »Ich wusste nicht, dass wir zusammen hingehen würden.«

»Ich auch nicht.« Meine Stimme klang rau. »Wenn du willst, kann ich hierbleiben. Ich möchte nicht, dass es für dich unangenehm wird.«

Ich trat nervös von einem Fuß auf den anderen und vergaß, dass wir nicht allein waren, so wie es jedes Mal der Fall war, wenn ich India in die Augen sah.

Meine Nachbarin schüttelte den schönen Kopf. »Du musst auf jeden Fall hingehen, Alec. Evelyn ist einer deiner besten Freunde.«

»Genauso wie du!«, protestierte Ava. »Das ist Evelyns großer

Abend. Ihr gehört zu ihren Freunden, seid beide erwachsen und werdet es wohl hinbekommen, euch für fünf Stunden zusammenzureißen, oder?«

»Natürlich.« India nickte.

»Klar.« Ich räusperte mich.

Die Sache war geklärt und meine Freunde, India und ich schritten in den New Yorker Winter. Jamie und ich gingen voraus, Ava und India hielten einen Sicherheitsabstand von zehn Schritten. Ich konnte es ihnen nicht verübeln. Ich war ein Monster. Egal, ob ich schrieb oder nicht.

Angekommen an der Subwaystation, nahmen wir die Linie Richtung Brooklyn. Ava und India ergatterten die letzten freien Sitze, während wir Männer uns an die oberen Stangen klammerten. Die gesamte Fahrt über berührte Jamies Hand abwesend Avas Haare und das Herz in meiner Brust schlug viel zu schnell. Ich war neidisch auf meinen Freund. Wie zum Teufel hatte Jamie es geschafft, seine Dämonen zu vertreiben, um für Ava der Mensch zu sein, den sie verdiente? Ich hätte nämlich gelogen, hätte ich behauptet, ich wäre nicht gerne der Mann gewesen, den India verdiente. Ich hätte alles dafür gegeben, India in diesem Moment über die Haare zu streicheln und ihr die Hand zu halten. Ich wäre gern der Mensch gewesen, der sie, wann immer er wollte, küssen und berühren konnte. Aber ich war kein Mensch, ich war ein Schriftsteller und das machte mir das normale Leben irgendwie unmöglich.

Wir stiegen aus, Ava kannte den Weg, die Mädchen gingen voraus. Sie erzählte von einer verrückten Kundin, der sie früher die Haare gemacht hatte, und India lachte. Ihr Lachen hallte durch die Straßen und ich wünschte mir, ich hätte ein Marmeladenglas gehabt, um das Geräusch einzufangen. Ich hätte es auf meinen nicht vorhandenen Nachttisch gestellt, um nachts mit dem Klang von Indias sorglosem Lachen einzuschlafen. Doch ich hatte kein Marmeladenglas und wusste, man konnte Geräusche nicht einfangen. Ich vergrub die Hände tiefer in meine Jackentasche. Zehn Minuten später erreichten wir das Atelier. Wir stellten uns an, bezahlten die zwölf Dollar Eintritt und schritten in den Raum.

Das Atelier war kaum größer als meine Wohnung, die Wände in einem Nachtschwarz, während an jeder Wand eine Handvoll von weißen und schlichten Bilderrahmen hingen. Mein Blick schweifte durch den Raum. Ich blinzelte. Auf jeder Fotografie waren dieselben zwei Personen zu sehen.

Ich kannte die Menschen.

»Was zum Teufel ...?«, sagte Ava, doch sie klang so leise in meinen Ohren, dass ich glaubte, ich wäre gar nicht hier.

Doch das stimmte nicht.

Mein Gesicht war auf jedem Foto zu sehen.

India

Evelyn Brooks Fotoausstellung: Sie schauen einander zu lange an, um Freunde sein zu können.

»Was zum Teufel ...?«, rief meine Freundin, bevor ich den Blick vom Flyer hob, den ich beim Eingang in die Hand gedrückt bekommen hatte.

Ich blieb wie versteinert stehen, als ich die Personen auf den Fotos erkannte. Alec und ich waren überall. Nicht nur in meinen Gedanken, sondern diesmal wirklich überall: in jedem Bilderrahmen mit unseren schwarz-weißen Gesichtern. Ich drehte den Kopf zögerlich nach links und betrachtete Alec in all seinen Farben: rotbraune Haare, schwarze Augen, sechs verblasste Sommersprossen, gerötete Wangen, volle Lippen und Haut, die trotz des Winters leicht gebräunt war.

»Sollen wir von hier verschwinden?«, flüsterte Ava.

Ich schluckte.

Wollte ich gehen?

Was für eine Frage, natürlich wäre ich das gerne.

Am liebsten wäre ich auf der Stelle weggerannt. Ich konnte

den Anblick von Alec und mir zusammen nicht ertragen. Wie wir lächelten, ich ihn ansah, als wäre er der schönste Mensch auf Erden, er mich berührte, als hätte er mich wirklich gehalten, anstatt mir insgeheim das Herz zu brechen.

Denn das hatte er.

Alec Carter hatte alles kaputt gemacht.

Mein Herz. Meine Illusion.

Doch ich erinnerte mich, dass ich schon von Zuhause davongelaufen war, und mir geschworen hatte, vor nichts anderem mehr zu flüchten.

Was ich gelernt hatte: Freiheit war gefährlich, Freiheit tat weh, Freiheit war einsam.

Was ich wusste: Zu Hause hätte ich mich niemals verliebt, nie gewusst, wie es sich anfühlt, wenn der Mann, den du liebst, dich berührt, während du schwörst, dass es der Himmel auf Erden ist.

Was ich nicht verleugnen konnte: Zu Hause wäre mein Herz noch ganz gewesen.

»Geht ihr jetzt weiter, oder nicht? Ihr blockiert den Weg.«

Ava und ich drehten uns um. Die anderen Besucher starrten uns ungeduldig und leicht genervt an.

Jamie räusperte sich. »Vielleicht sollten wir an der rechten Wand anfangen?«

»Gute Idee.« Ich nickte.

Ava fragte: »Bist du dir sicher?«

Ich zuckte die Schultern und schwieg, bevor Jamie vorausging, Ava an die Seite zog und flüsterte: »Ich glaube, die beiden sollten reden.«

Sie warf mir einen zögerlichen Blick zu, doch nickte trotzdem. Also waren Alec und ich nur noch zu zweit in einem Raum, in dem jede Wand unsere Gesichter zeigte. Unsere Füße verweilten vor der ersten Fotografie: Die Sonne strahlte, Alec und ich saßen draußen auf dem Campus, ich studierte die losen Fäden meiner Jeans, Alecs Augen sahen mich so an, als würden sie nur mich sehen.

»*Glaube nicht an die Worte, die dir ein Mensch sagt. Schau in seine Augen und erkenne die Wahrheit.*« Ich schüttelte den Kopf. »Wieso hat sie diesen Satz für dieses Bild ausgesucht?«

»India«, sagte Alec. »Es tut mir leid. Ich hatte keine Ahnung, dass Evelyn uns zu ihrer neuesten Fotostrecke gemacht hat.«

Mir blieb nichts anderes übrig, als mich zu ihm umzudrehen. Er betrachtete schluckend das Bild. »Ob du das wusstest oder nicht, spielt keine Rolle. Darum geht es auch gar nicht, und das weißt du«, flüsterte ich.

Er riss den Blick sofort von dem Bilderrahmen, um mich anzusehen. Doch ich senkte das Gesicht zu Boden. Ich würde niemals mehr den Fehler machen, mich in seinen verdammten Augen zu verlieren. Stattdessen schritt ich zum nächsten Foto. Ich mit nassem Haar und einem weißen Shirt, das ebenfalls nass und leicht durchsichtig war, und Alec, dessen Haare vor lauter Regen schwarz aussahen und der mich mit geöffneten Lippen anstarrte.

Alles in mir schrie danach, dieses Foto von der Wand zu reißen, das Glas einzuschlagen und das Foto in tausend Stücke zu zerreißen. Ich beging auf dieser Fotografie denselben Fehler, den ich wieder und wieder machte: Ich verlor mich in seinen Augen. Und das Schlimmste? Ich konnte den Blick nicht von diesem verdammten Foto lösen, weil es fast so aussah, als verlor sich Alec ebenfalls in meinen.

»*Sie standen in dem Raum, taten so, als wären sie nur Freunde, obwohl jeder erkennen konnte, dass sie nur füreinander existierten.*« Alecs Stimme zitterte, als er den Titel las.

»Ich werde Evelyn umbringen«, murmelte ich, während meine Augen zum nächsten Bild schweiften.

Das Diner. Alec und ich. Eine Serviette vor meiner Nase, mein Kopf gesenkt. Alecs schwarze Augen, die mich so studierten, als könnte er dort alle Geheimnisse auf der Welt finden.

»*Du verliebst dich in die unerwartetste Person zu der unerwartetsten Zeit*«, las ich und hasste, wie auch meine Stimme zitterte. Alec erwiderte nichts, obwohl er doch immer was zu sagen hatte. Was er wohl über die Fotos dachte? Wahrscheinlich waren sie ihm egal. Oder sie würden ihm bei seinem nächsten Schreibprojekt helfen, wenn er sie sich als Recherchematerial an eine Pinnwand über seinem Laptop aufhing.

Ich ging weiter und verharrte vor dem nächsten Bilderrahmen.

Ich verliebte mich in die Art, wie du mich berührtest, ohne mich anzufassen.

Zwei Menschen an einer Subwaystation. Das schüchterne Mädchen hatte die Hände in den Taschen vergraben, auf ihren lag Lippen ein Lächeln. Es war strahlend und schön und breit und das eines verliebten Menschen. Ich wollte nicht sehen, dass auf Alecs Lippen ein ähnliches lag, weil ich wusste, dass es kein echtes war. Und ich war daran selbst schuld: Schließlich hatte ich ihn zu einer Illusion gemacht.

Ich rannte schnell zur nächsten Fotografie. Das Bild machte alles nur schlimmer. Alec und ich. Unsere geschockten Gesichter, geschwollenen Lippen, zerzausten Haare und geröteten Wangen. Das Foto musste Evelyn kurz nach unserem ersten Kuss aufgenommen haben.

In einem Kuss würdest du alles wissen, was ich dir niemals gesagt habe.

Vielleicht hatte ich seine Gefühle für den Bruchteil einer Sekunde auf seiner Zunge geschmeckt, wann immer er mich küsste. Ich hatte ihn so sehr gewollt, dass ich vielleicht wirklich geglaubt hatte, dass Alec mich liebte, wenn unsere Körper sich so nah aneinanderdrängten, dass nah nie genug war. Doch was ich geglaubt hatte, war egal, weil ich wusste, dass die Welt Alec zu kaputt gemacht hatte, als dass er jemals fähig dazu gewesen wäre, jemanden zu lieben. Ich würde mich keiner Illusion mehr hingeben.

Alec

Schriftsteller waren stille und subjektive Beobachter, und hätte ich meinem Schreibprogramm und mir keine Auszeit aufgedrückt, wäre ich jetzt sofort zu meinem Laptop gerannt. Die zwei Personen auf den Fotos lösten in mir den Drang aus, zu schreiben. Sie waren voller Gefühle, die ich plötzlich einfangen wollte. Ich verstand, wieso mir alle mit diesen verfickten Gefühlen in den Ohren gelegen hatte, weil … weil ich sie jetzt auch spürte. So wie das Paar auf den Fotos, das sich voller Liebe ansah.

Liebe.

Mein Herzschlag pochte viel zu stark und schrie mir mit jedem Schlag zu, dass es mich auspeitschen wollte. Ich konnte es ihm nicht verübeln. Es war lächerlich und schrecklich zugleich, dass ich erst durch diese Fotos bemerkte, dass ich in India verliebt war.

Ich liebte sie.

Wahrscheinlich schon lange. Frühestens, als sie an dem Sonntagmorgen an meine Tür geklopft hatte, spätestens dann, als wir krank in meinem Bett lagen und den ganzen Tag gemeinsam lachten.

India Thomson berührte mein Herz. Mit ihrem Lachen verstummten alle Stimmen in meinem Kopf. Sie machte die Welt ruhig. Friedlich. Mehr als ertragbar, fast sogar schön. Ich hätte es vorher bemerken müssen. Ich hatte noch nie jemanden wie sie küssen wollen, küssen müssen, bei keinem anderen Menschen hatte mein Herz so schnell gerast, dass ich dachte, es liefe einen Marathon. In keinem anderen Menschen wollte ich mich verlieren.

Bis ich auf sie traf.

Ich studierte die Menschen schon seit Jahren und wusste, wie sie jemanden anschauten, wenn sie verliebt waren. Nicht einmal ich, der Beste im Verdrängen, hätte mit den Fotos darauf bestehen können, dass India und ich nur Freunde waren.

Auf den Fotografien wirkten meine Gesichtszüge weich statt kantig, meine Augen nicht berechnend, sondern verträumt, das Lächeln auf meinen Lippen nicht starr, sondern verliebt.

Ich kniff die Augen zusammen und studierte mich auf den Fotos so genau, bis ich weder Alec der Schriftsteller, noch Alec der Protagonist, sein wollte. Mein Herzschlag raste schneller, und ich wusste, ich wollte der Alec auf diesen Fotos sein. Ein Mensch, der liebte, ohne daran zu glauben, dass Liebe nur zerstören könnte. Das Atelier füllte sich mit jeder Sekunde, die Menschen drängten sich an unsere Körper und Indias Nähe war mir überdeutlich. Mein ganzer Körper prickelte, weil ich India so sehr küssen wollte. Ich musste ihr zeigen, was ich jetzt verstand, und Worte hätten niemals gereicht. India musste das fühlen. Die Liebe, die ich für sie fühlte.

Ich drehte mich zu ihr um. Sie starrte unsere verliebten Gesichter so an, als würde sie meinen Blick nicht bemerken. Jetzt oder nie. Ich zog sie an mich, beugte mich zu ihr hinunter und presste meine Lippen auf ihre.

Ich küsste sie, als gäbe es ein Morgen, auf das ich mich freute. Ich berührte ihre Zunge mit der Liebe, die plötzlich unter jedem Zentimeter meiner Haut brannte. Himmel, Liebe war warm und schön und India selbst schmeckte nach Liebe, aber noch heißer, und Gott, ich wollte, wir wären in einem Bett. Ich küsste India drängender und ich war mir sicher, ich würde fliegen.

Fliegen vor Liebe.

Liebe verlieh Flügel.

Ganz sicher.

India erwiderte meinen Kuss nicht sofort, doch ich strich ihr liebevoll über den Rücken und presste sie sanft an meinen Körper, so wie sie es mochte, bis sie schließlich an meinen Lippen dahinschmolz. Ich wollte ihr sagen, dass sie perfekt schmeckte, doch gerade dann löste sie sich von mir.

Ich öffnete die Augen und starrte in ihre.

Groß und grün und weit aufgerissen.

Als ich blinzelte, nahm ich Beifall, Pfeifen und das Knipsen von Handykameras wahr. Wir waren also die Hauptattraktion. Doch mich störte das nicht, denn ich liebte India jetzt. Ich wollte meine Gefühle zu ihr in die weite Welt hinausschreien, alle meine Worte an sie widmen und sogar ein Liebesgedicht an sie schreiben.

Indias Blick zuckte unkontrolliert durch die Menge. Ihre Lippen sahen rot und geschwollen von meinen Küssen aus, und ich wollte sie wieder küssen. Doch India rannte wortlos aus dem Atelier.

Mit verwirrtem Gesichtsausdruck stand ich in der Mitte eines Raumes mit Bildern von uns und spürte, dass mein Herz riss. Mir wurde ganz heiß, alles in mir begann zu brennen, doch nicht gut, sondern verdammt schmerzhaft, und ich erkannte, dass zerreißende Herzen schmerzten.

»Ihr müsst das endlich klären, Mann.« Jamie klopfte mir brüderlich auf die Schulter.

»Es ist meine Schuld«, murmelte ich und starrte immer noch auf die Stelle, an der India gerade noch gestanden hatte.

»Natürlich bist du schuld.« Ava schüttelte den Kopf.

»Ich liebe sie«, flüsterte ich.

»Ich weiß.«

»Evelyn?« Ich drehte mich um.

Und tatsächlich, da stand meine Freundin, die Stalkerin. Spitzbübisch lächelte sie mich an und strich sich über die Haare, heute in Lila. Passend dazu trug sie ein Kleid in demselben Farbton. Es bedeckte ihre Oberschenkel nur beinahe.

»Keine Ahnung, ob du jemals für deine Fotografien ausgezeichnet wirst. Aber den Preis für den raffiniertesten Stalker aller Zeiten bekommst du hundertpro«, sagte ich.

»Ich konnte nicht anders.« Sie nickte auf das erste Bild ihrer Fotostrecke. »Damit hat alles angefangen. Eigentlich war es nur ein Schnappschuss, aber als ich es später bearbeitete, konnte ich nicht aufhören, es anzustarren. Dieses Bild schreit vor lauter Gefühlen. Es ... Ich fand es einfach magisch. «

Neben uns tummelten sich weitere Besucher, während eine Frau murmelte: »Ist das nicht der Typ auf den Fotos?«

Ich unterdrückte ein Seufzen.

»Ich hätte nicht gedacht, dass du jemals jemanden so ansehen würdest wie India. Ich konnte nicht anders, als euch zu meinem Projekt zu machen.« Sie zuckte mit den Schultern.

»Menschen sind keine Projekte, das weißt du, oder?«

»Natürlich weiß ich das.« Sie lächelte traurig. »Aber haben dir die Bilder nicht die Augen geöffnet? Hast du nicht endlich begriffen, dass du so was von in India verliebt bist? Hast du bis gerade eben nicht selbst daran geglaubt, dass Menschen Projekte sind?«

Ich presste die Lippen aufeinander.

»Du bist mein Freund, Alec. Denk von mir, was du willst, aber ich habe dir mit diesen Bildern einen Gefallen getan.«

»Entschuldigung, sind Sie die Fotografin dieser Bilder?« Ein fremder Mann mit einem Schnurrbart, Block und Stift in der Hand drängelte sich zwischen Evelyn und mir.

»Ja, das ist sie«, erwiderte ich, bevor ich meiner Freundin das Gesicht zuwandte. »Dieses Gespräch ist noch nicht beendet, auch wenn ich jetzt gehen werde.«

Evelyn lächelte ein Lächeln, das mir sagte, dass diese Konversation sehr wohl beendet war. Doch ich hielt mich nicht einmal damit auf, zu seufzen, denn ich war jetzt ein Mann, der realisiert hatte, wie verliebt er war.

Kapitel 36

»Let love in.«

Unknown

India

Dumm, dümmer, India.

Eingekuschelt in meine Decke konnten meine Finger immer noch nicht aufhören, meine Lippen zu berühren. Ich hatte mich vor drei Stunden wieder von Alec küssen lassen. Obwohl ich mir versprochen hatte, keine weitere Sekunde meines Lebens seine Recherche zu sein. Doch Alec konnte nicht nur so gut küssen, dass ich jedes Mal aufs Neue meinen Namen vergaß, sondern ich war in ihn verliebt. Mit Herz und Körper, trotz seines Arschlochdaseins und dem Schmerz, den ich spürte, wann immer ich daran dachte, wie er mit Dora direkt nach unserer gemeinsamen Nacht geschlafen hatte. Trotz allem war ich hoffnungslos in ihn verliebt, hätte ihn geküsst, selbst wenn er mir gegen die Lippen gehaucht hätte, dass wir nie unser Happy End haben würden, weil sich jeder Kuss von Alec wie ein kleines Happy End mit grellen Glücksfeuerwerken anfühlte.

Phil Dunphy erschien auf meinem Laptopbildschirm und erzählte eine seiner Weisheiten. Großartige Dinge würden nur den Menschen passieren, die ihre Erwartungen runterschraubten. Ich blinzelte gegen sein Lächeln an und ließ mich mit dem Kopf tiefer in mein Kissen sinken. Mein Blick schweifte zum Fenster.

Vielleicht konnte New York mich ja ablenken. Der Himmel war dunkel, die Lichter hell, New York schlief nie. Genauso wie der Alec, der stets in meinen Gedanken zu finden war.

Es war zum Verzweifeln.

Ich kämpfte mich aus meiner Decke, um Teewasser zu kochen. Ich füllte den Wasserkocher auf und fragte mich, ob mir diese schäbige winzige Wohnung fehlen würde. Das Küchengerät brummte und ich schaute auf die Wand, die mein Apartment von Alecs trennte. Ich gestand mir ein, dass ich mit hundertprozentiger Sicherheit wusste, ich würde Alec vermissen. Da brauchte ich mich keiner Illusion mehr hinzugeben.

Er war grimmig, ein Arschloch und hatte mein Herz gebrochen. Und doch hatte er seinen Namen auf mein Herz geschrieben. Mit einer Tinte, die nie verblassen würde. Ich wusste, ich dramatisierte. Aber ich war eine Schriftstellerin und Schriftsteller mussten dramatisieren.

Als ich das Wasser in die Tasse goss, klopfte es an meiner Tür.

»India?«

Ich holte tief Luft.

Natürlich war es Alec.

»Es tut mir leid«, sagte er von der anderen Seite der Tür.

»Können wir reden?« Seine Worte waren leise, kaum hörbar, zwischen den Buchstaben Verzweiflung, die mich wunderte. »Bitte.«

Ich stand in der Mitte meiner Einzimmerwohnung, war mir sicher, dass Alec Carter noch nie um etwas in seinem Leben gebeten hatte und wusste, dass er verschwinden würde, wenn ich nichts sagte; wir sprachen hier von meinem Nachbarn, der nie lange blieb, weil er süchtig nach seinem Schreibprogramm war.

»Ich weiß, dass du da bist«, sagte er, und ich fragte mich, ob er wirklich Gedanken lesen konnte.

Ich starrte auf meine Tür und wollte etwas sagen. Doch mir fehlten die Worte und ich erinnerte mich daran, dass sie mich seit New York sowieso verlassen hatten.

Meine Füße verharrten immer noch zwischen Küche und Tür,

während ich Alec durch die Wände anschwieg. Es gab nichts zu sagen. Ich würde nächstes Jahr sowieso die Stadt verlassen. Alec würde mich in weniger als einer Woche vergessen haben, spätestens dann, wenn sein nächstes Tinderdate willig auf ihm liegen würde. Ich jedoch würde nächtelang um ihn weinen, in meinem Bett liegen und an seine Hände auf meinem Körper denken. An die Feuerwerke vor meinen Augen. An sein Lächeln und das, was es mit meinem Herzen machte. An seine Küsse. Gott, ich würde definitiv an seine Küsse denken, wie es sich anfühlte, als würden wir mehr tun, als uns zu küssen und uns stattdessen Geschichten erzählen, die unsere Geheimnisse waren.

»Frag mich nach drei Geheimnissen, India«, sagte er plötzlich.

Ich konnte nicht anders, als auf wackeligen Beinen zur Tür zu gehen und zu seufzen. Ich könnte so tun, als wäre ich tatsächlich nicht da. Aber wollte ich das wirklich? Wäre das nicht dasselbe wie wegrennen gewesen? Wahrscheinlich, und das wollte ich nicht. Ich wollte bleiben. Zumindest für eine Weile in meiner Freiheit.

Ich schluckte. »Nenne mir drei Geheimnisse, von denen niemand weiß.«

Trotz allem, was Alec mir angetan hatte, endloser Schmerz und mein gebrochenes Herz inklusive, wollte ich wissen, wer er hinter der Fassade von Worten wohl war.

»Meine Gefühle für dich machen mir Angst. Ich …« Er stockte.

»Alec, es ist okay. Du musst mir nichts erklären; du bist mir nichts schuldig. Du hast mir beim Schreiben geholfen, ich war deine Recherche. Wir hatten das so vereinbart. Ich hätte vorher wissen müssen, dass … dass ich mich in dich verlieben könnte.«

Alec sagte momentelang nichts. Ich fragte mich, ob er gegangen war, doch ich lag falsch. Er war geblieben.

»Ich habe aufgehört zu schreiben.«

»Du hast was?«

Ich hörte ein leises Seufzen.

»Ich hatte ein Gespräch mit einem Menschen, der … Dieser Mensch war der erste, der an mich geglaubt hat. Und genau diese Person hat mir gesagt, dass Kunst Spaß machen sollte. Wenn es das nicht tut, sollte man aufhören. Ich habe mein Leben dem Schreiben gewidmet, und nach diesem Gespräch ist mir klar geworden, dass ich anfangen muss, mir selbst mein Leben zu widmen. Wenn ich das nicht tue, werde ich für immer ein Sklave meiner Kunst sein. Und das möchte ich nicht. Ich möchte einfach ein normaler Zweiundzwanzigjähriger sein, der zum allererersten Mal in seinem Leben verliebt ist. Also, tada, hier bin ich.«

Ich schüttelte den Kopf und war nicht einmal überrascht, dass mir eine Träne über die Wange lief. Ich wünschte, es wäre eine Freudenträne gewesen.

Ich liebte Alec.

Ich wusste das.

Er wusste das.

Wahrscheinlich wussten es selbst die Kinder, die stets im Treppenhaus herumturnten.

Doch meine Zeit würde ablaufen, mein Jetzt hatte ein Ende, während mein Leben danach nur ein paar Seiten weiter entfernt war. Es wäre herzlos von mir gewesen, Alec genau jetzt mein Herz zu schenken.

Ich schwieg, bevor Alec ein paar Momente später sagte: »India, bist du noch da? Du musst was sagen, Baby. Irgendetwas. Gib mir Worte. Du weißt doch, wie sehr ich auf Worte und auf dich stehe.«

Die Tränen rannten weiter, meine Lippen verzogen sich trotzdem zu einem Lächeln. Ich liebte meinen kaputten, witzigen und charmanten Alec, der immer nur in meiner Vorstellung meiner sein würde. Er und ich waren keine Liebesgeschichte. Wir hatten nur ein paar Kapitel und das hier war unsere letzte Seite. Natürlich würde ich sie später wieder und wieder lesen, mich an jedes Wort klammern, als wäre es meine Lieblingswort, obwohl sie alle wehtaten. Weil das die Worte waren, die das zwischen mir und Alec beendeten:

»Du musst gehen«, sagte ich.

»Lass mich kämpfen.«

In meiner Vorstellung, in den Kapiteln, die ich mir so ausmalen kann, wie ich möchte, legte Alec jetzt seine Hand gegen die Tür.

Genauso wie ich. Ja, natürlich ist es kitschig und es wird noch kitschiger, wenn ich sage, dass sogar seine Hände mir plötzlich egal waren. Eigentlich wollte ich nur über sein Herz erzählen. Das in einem anderen Leben bestimmt mir gehört hätte.

Auf meinen Lippen lag der Geschmack von Tränen. Sie schmeckten nach meinem gebrochenen Herzen. »Ich würde für immer nur eine Recherche bleiben. Es tut mir leid, Alec. Ich könnte dir niemals glauben.«

Alec

Schritte, die sich von der Tür entfernten.

Ein Körper, der nicht mehr in meiner Nähe sein wollte.

Ein Herz, das meines auf dem schmutzigen Treppenhausboden liegen ließ.

Doch niemand und am allerwenigsten ich selbst konnte es India verübeln. Ich wusste, ich war ein beschissener Mensch. Doch Menschen konnten sich ändern. Oder? Wie auch immer die Antwort darauf lautete, es war mir egal. Ich musste einfach an ein Ja glauben, weil ich mich ändern wollte. Momente, die sich wie die Ewigkeit anfühlten, verstrichen, und ich wusste, es war Zeit für mich zu gehen.

Angekommen in meiner Wohnung, griff ich sofort zu der Tasse ohne Henkel, weil ich wohl nie ein perfekter Hausmann sein würde und die heile Tasse immer noch schmutzig in der Spüle stand. Ich mischte Kaffeepulver in das kalte Wasser, bevor ich auf mein Fenster zuging.

New York, die Stadt, die all deine Träume wahr werden ließ. Aber was war, wenn deine Träume dich zerstörten?

Der Himmel war schon seit Stunden schwarz und ich hörte durch das geschlossene Fenster den Wind von draußen heulen. Ich führte den kalten Kaffee an meine Lippen und hörte von nebenan, wie die Dusche angestellt wurde. Was ich nur alles dafür gegeben hätte, um mit India gerade in ihrem Badezimmer zu stehen. Ich hätte fantastische Dinge mit ihr angestellt und ihren Körper zu meinem gemacht.

Ich trank meinen kalten Kaffee in einem Schluck hinunter. Ich konnte dabei nicht verhindern, dass ich mir wünschte, es wäre Hochprozentiger gewesen. Dann schloss ich die Augen und hasste mich selbst, weil ich gern Whiskey pur in der Hand gehabt hätte.

Vielleicht war mein Wunschdenken verdammt und Menschen änderten sich sowieso nie. Ich meine, trockene Alkoholiker hatten für immer den Drang nach Alkohol.

Als das Handy in meiner Hosentasche klingelte, war das eine willkommene Ablenkung. Natürlich hoffte ich zuerst auf India, doch sie war unter der Dusche und hätte sie etwas von mir gewollt, hätte sie angeklopft. Ich kramte das Teil aus der Tasche und drückte den grünen Hörer zur Seite.

Es war meine Schwester.

»Ist alles okay?« Ich hasste Small Talk nach wie vor und würde wohl nie Zeit für ein *Was machst du?* haben.

Ich hörte, wie meine Schwester wimmerte. In meiner Brust wurde es eng. Mein Herz wurde heute schon gebrochen, dass es wegen Sorge um meine Schwester komplett zerstört wurde, konnte ich wirklich nicht gebrauchen.

»Alec …«, schluchzte Sophia.

»Sophia, verdammt!« Ich schrie und war panisch, aber keiner konnte mir einen Vorwurf machen. »Was ist passiert?«

»N-Nichts.«

»Wenn nichts wäre, würdest du mich nicht anrufen«, sagte ich und hätte einen Preis für meine Bemühungen bekommen sollen, ruhig zu klingen.

Meine Schwester holte tief Luft: »Mein Leben ist scheiße.«

»Warum?« Ich ging auf mein Bett zu und setzte mich auf die Kante.

»Der Junge, den ich liebe, hat eine Freundin und weiß noch nicht einmal, dass ich existiere. Meine Mutter ist eine Alkoholikerin, und ich hab keine einzige Erinnerung an meinen Vater.

In Englisch falle ich vielleicht durch und den Französischkurs werde ich definitiv nicht bestehen.«

Mit jedem Wort wurde die Stimme meiner Schwester rasender. Sie war sechzehn, hasste ihr Leben und dachte, ihre Welt ginge unter, weil der Junge, den sie liebte, sie nicht wollte. Für den Bruchteil einer Sekunde wünschte ich mir, ich hätte ihre Probleme. Doch dann erinnerte ich mich daran, dass sechzehn ein ziemlich beschissenes Alter war und meine Schwester es schwer genug hatte. Und dass ich die Schmerzen eines gebrochenen Herzens jetzt mehr als verstehen konnte.

Ich räusperte mich. »Alles wird gut, Sophia. Was ist denn genau passiert?«

»Versprichst du mir etwas?«, fragte meine Schwester mich, bevor wir auflegten.

»Alles.«

»Bieg das mit India wieder gerade. Du bist netter, wenn zwischen euch alles okay ist. Ich weiß, dass ich sie am Anfang nicht mochte. Aber ich muss zugeben, dass es dich deutlich schlimmer hätte treffen können.«

»Woher –«

»Du klingst traurig. Das hast du in letzter Zeit nicht. Die letzten Wochen habe ich sogar gedacht, du meinst die lächelnden Smileys, die du mir geschickt hast, nicht einmal ironisch.«

Ich erwiderte darauf nichts, wir verabschiedeten uns, und ich hoffte, dass meine Mutter den Abend durchschlief, damit meine Schwester nicht wieder daran erinnert wurde, wie scheiße ihr Leben war.

Ich drückte den Knopf an der Seite meines Handys und der Bildschirm wurde schwarz, bis einzig das Licht der Hochhäuser meine Wohnung erhellte. Mein Blick schweifte durch den kleinen Raum, meine Augen verharrten auf meinem Laptop.

Meine Finger zuckten.

Wärme durchflutete meinen Körper.

Ich war süchtig.

Wollte schreiben.

Musste schreiben.

Worte waren meine Lieblingsdroge und ich auf Entzug. Aber mein Herz war gebrochen und ich brauchte den einzigen Balsam, von dem ich wusste, er würde funktionieren.

Plötzlich hörte ich bekannte Stimmen aus Indias Wohnung. Die verrückte Familie aus *Modern Family*. Das Geräusch wäre tröstlich gewesen, wäre da nicht die Erinnerung daran gewesen, wie ich mit India auf ihrem Bett gelegen und ihr durch die Haare gestrichen hatte. Wie ich neben ihr das Gefühl gehabt hatte, dass die Welt gar nicht so grausam war, wie ich sie kannte.

Das Blut brannte unter meiner Haut.

Meine Finger zitterten.

Meine Füße tippelten.

Scheiß drauf. Ich brauchte das Schreiben. Ich war ein Süchtiger einer Sucht, für die es keine Entzugsklinik gab.

Ich erhob mich, um meinen Laptop hochzufahren. Das Lachen auf der anderen Seite der Wand wurde lauter. Ich schluckte. Gleich würde ich schreiben, in Sekunden würde alles besser werden. Oder? Ich hätte jemanden gebraucht, der mir das versichert hätte. Doch ich war allein, also blieb mir nichts anderes übrig, als eine Worddatei zu öffnen. Eine unbeschriebene Seite, denn ich brauchte das Gefühl, dass ich das erste Wort eines Bestsellers schreiben könnte.

Mit pochendem Herzschlag starrte ich die grelle, leere und weiße Seite an. Ich dachte und starrte weiter, meine Finger schwebend über der Tastatur, doch sie tippten keine Buchstaben zu einem Wort. Das Herz sprang mir fast aus der Brust, als mir bewusst wurde, dass ich nicht wusste, was ich schreiben sollte.

Das war mir noch nie passiert. Ich schrieb seit fast zehn Jahren täglich, wurde von Maxton und Jamie als der kreative Kopf von uns betitelt, weil mir nie die Ideen ausgingen. Doch ich starrte immer noch auf die leere Seite. Ich dachte um jede Ecke. Ich griff nach jedem Gedanken in meinem Kopf. Doch das Blatt blieb leer.

Ich war ein Mann, hart im Nehmen und ließ mich durch nichts unterkriegen. Aber ich musste mir eingestehen, dass alles, was ich liebte, mich verlassen hatte. Ich war am Ende.

Wenn es einen Gott gab, hasste er mich. Indias Lachen drang durch die Wand. Die Laute stachen direkt in mein Herz. Ich wollte hinschmeißen.

Das Leben war nicht fair. Weder für gute noch für schlechte Menschen. Deshalb war ich ein schrecklicher gewesen, das war nämlich einfacher. Und doch saß ich nun vor meinem Laptop und wünschte, ich wäre gut genug für diesen bestimmten Menschen nebenan gewesen.

Ich schloss die Augen, meine Finger verharrten über der Tastatur. Mein Herz pochte, als mir plötzlich ein Stein vom Herzen fiel. Ich tippte Worte, von denen ich selbst nicht einmal gewusst hatte. Denn sie kamen direkt von meinem Herzen, und wir alle wissen, dass mein Herz und ich bisher nicht besonders viel miteinander kommuniziert hatten.

Kapitel 37

»You asked me what you mean to me,
My Darling, you are my poetry.«

Nikita Gill

India

Es war der letzte Tag vor den Wintersemesterferien. Ich saß im Seminar von Professor Fallon, während ich mich fragte, wieso ich heute Morgen überhaupt aufgestanden war. Ich fühlte mich krank. Das mit Alec machte mich krank. Alles machte mich krank. Meine Beine taten weh, wenn ich nur lag, mein Herz hörte seitdem Alec mir gesagt hatte, dass er in mich verliebt wäre, nicht mehr auf zu pochen. Und das machte mir Angst. Und mich noch mehr krank. Als ich auf dem Weg zur Subway an einem Walgreens vorbeigelaufen war, hatte ich sogar überlegt, eine Apothekerin nach Medikamenten zu fragen. Aber was hätte ich schon sagen können, ohne vollkommen verrückt zu wirken? *Entschuldigung Sie, ich bräuchte da etwas für mein Herz. Es tut zu sehr weh, es schlägt viel zu schnell und wenn ich auf meinem Bett liege und nichts anderes tue, habe ich das Gefühl, es würde die ganze Zeit brechen.* Ich glaube nicht, dass ich deshalb irgendwelche Tabletten bekommen hätte. Stattdessen hätte sie mir bestimmt einen Eimer Ben & Jerry's verschrieben und mir gesagt, dass ein gebrochenes Herz nicht für immer wehtut.

Jetzt schaute ich auf den Bildschirm vor mir und dachte daran, dass das vielleicht nicht stimmte. Dass gebrochene Herzen nicht wieder ganz wurden und man sich mit ihnen für immer krank fühlte. Ganz egal, ob man sich am Times Square an Touristengruppen vorbeiquetschte oder man in Alabama an einem Esstisch saß und seinen Eltern dabei zuhörte, dass sie enttäuscht von einem wären und nicht glauben könnten, dass man vor seinen Pflichten weggerannt war.

»Wenn ich Sie um Ihre Aufmerksamkeit bitten dürfte, meine Herrschaften.« Professor Fallons Worte tönten laut durch den Vorlesungssaal, seine Stimme hörte sich wie dafür gemacht an, einen Raum voller müder Studenten zu füllen.

Ich löste den Blick von meinem Laptop, nur um sicher zu wissen, dass kranke Herzen immer krank sein würden. Mein Herz sprintete so, als wolle es davonrennen.

Neben Fallon stand Alec.

Ich schloss die Augen. Ärgerte mich über mich selbst. Wusste, ich hätte in der schäbigen Wohnung bleiben sollen. Konnte nichts dafür, dass mein Herz einen Rekord im Langzeitsprinten aufstellte und meine Finger krampfhaft etwas zum Greifen suchten.

»Weißt du, warum Alec hier ist?«, fragte mich mein Sitznachbar.

Ich drehte ihm den Kopf zu und ärgerte mich darüber, dass Ava heute verschlafen hatte und deshalb nicht neben mir saß. »Woher soll ich das wissen?«

»Ihr seid doch zusammen. Ich war gestern auf der Fotoausstellung von Evelyn Brooks. Hoffentlich hat sie euren Kuss, den ihr euch am Ende gegeben habt, auch fotografiert, denn, oh Mann, das war mal ein Kuss.« Der Typ grinste und wackelte mit den Augenbrauen.

Ich starrte ihn mit großen Augen an. »Du ... Du musst da etwas falsch verstanden haben. Alec und ich sind nicht zusammen.«

»Wie Sie wissen, muss jeder Kursteilnehmer einen selbst geschrieben Prosatext oder etwas im Bereich Lyrik vortragen.« Fallons tiefe Stimme zog unsere Aufmerksamkeit wieder nach vorne und mein Sitznachbar hakte nicht weiter nach.

Erleichtert atmete ich aus.

»Heute aber hat mich Mr. Carter gebeten, etwas vortragen zu dürfen. Und da ich mir sicher bin, dass alles, was Mr. Carter schreibt, von großem Wert ist, werden wir ihm zuhören.« Der Professor wandte sich an Alec. »Alec, die Bühne gehört Ihnen.«

Fallon huschte in die linke Ecke und warf Alec dabei einen vielsagenden Blick zu, den ich nicht deuten konnte. Dann waren alle Blicke auf Alec gerichtet. Er trug einen schwarzen Pullover und dunkle Jeans. Seine Wangen waren leicht gerötet, während er fast verlegen von einem Fuß auf den anderen trat. Ich hätte gelogen, hätte ich behauptet, dass es mich überraschte, wie seine Augen in einem überfüllten Seminarraum sofort die meinen fanden. Für einen Moment umklammerten unsere Blicke sich. Dann räusperte er sich.

»Ich bin Alec und studiere Kreatives Schreiben im vorletzten Semester. Ich habe etwas geschrieben, das ich euch gerne vorlesen würde. Na ja, eigentlich nur ihr, aber sie redet nicht mehr mit mir. Was … Was ich mehr als verstehen kann. Der Text geht so:

Zweiundzwanzig, schon seit Jahren gebrochen.
Verschwundener Vater, alkoholkranke Mutter.
Ein Buch.
Hemingway.
Die Welt bricht jeden, doch manche Personen werden an ihren
*   gebrochenen Stellen stark.*
Er wollte stark sein.
Mit Worten war er mächtig.
Schreiben war sein Leben.
Leben war sein Schreiben.
Er schrieb.
Jahrelang.
Liebte Sätze, Kommata und Synonyme.
Und sie liebten ihn zurück.
Seine Finger süchtig nach den Tasten seines Laptops.
In seinem Kopf abertausende von Geschichten.

Schreiben war sein Leben.
Leben war das Schreiben.
Und dann sie.
Sie: Anders. Nicht von hier. Versteckte Geheimnisse. Augen von
  einem vibrierendem Grün.
Sie ging ihm unter die Haut, machte ihn verrückt
und das machte ihm Angst.
Denn Gefühle waren ihm fremd, ein Mythos, der nur auf andere
  Menschen zutraf.
Schreiben war sein Leben.
Leben war sein Schreiben.
Oft stand der Junge vor ihrer Türschwelle,
mit den Gedanken vergraben in seiner fiktiven Welt,
mit einem Herzen, das verlangte, eine eigene Geschichte zu
  erleben.
Schreiben war sein Leben.
Leben war sein Schreiben.
Also würde er über sie schreiben.
Einen Roman.
Musste dafür recherchieren.
Zeit mit ihr verbringen, weil sie ihn inspirierte.
Schreiben war sein Leben.
Leben war sein Schreiben.
Doch verstand der Junge nie,
dass die Geschichte nicht nur ihr,
sondern auch sein Herz
brechen
zerstören
und verbrennen würde.
Heute steht er hier,
sein Körper vielleicht ganz,
doch sein Herz voll aus Angst,
Schmerz,
Tränen, die er natürlich nie weinte.
Schreiben war sein Leben.

Leben war sein Schreiben.
Doch sein Herz gehört keinen Worten mehr.
Nur ihr.
Sein Herz bricht
und bricht
immer
weiter,
bis er weiß:
Er liebt sie.
Und plötzlich ist die Liebe überall.
Schmachtende Blicke eines Fünfzehnjährigen.
Junge Mütter, die ihre Babys extra dick einpacken.
Senioren, die Stammgäste beim Floristen sind.
Männer, die mit schwitzigen Händen nervös von einem Fuß auf
*   den anderen treten.*
Paare, die sich bei Minusgraden an den Händen halten.
Und ein Junge, der nicht glauben kann,
wie er vor lauter Liebe
etwas über die Liebe selbst
für seine Liebe schreiben konnte.
Schreiben war sein Leben.
Leben war sein Schreiben.

Alec hatte mir ein Liebesgedicht geschrieben.

Der große Alec Carter hatte ein verdammtes Liebesgedicht geschrieben, das meine Kommilitonen verstummen ließ und dazu brachte, ihn mit offenstehenden Mündern so anzusehen, als wüssten sie nicht, dass er bekannt für seine Frauengeschichten war. Alecs Stimme klang ruhig und gelassen, so als würde es ihm nichts ausmachen, sich seelisch bis auf das letzte Geheimnis auszuziehen. Doch ich kannte ihn besser und hatte viel von ihm gelernt. Ich achtete auf die Details und sah, wie krampfhaft seine Hände die Blätter umklammerten und dabei zitterten.

»Aber was ist Schreiben und das Leben ohne sein Herz, das nur ihr gehört?«

Alec verstummte und hob den Blick. Seine Augen waren direkt und schamlos auf mich gerichtet. Die Welt stand still, das Universum verharrte.

Meine Augen, die Alec für alle Ewigkeiten anstarren wollten.

Meine Finger, die jeden Zentimeter seiner Haut für immer berühren wollten.

Mein Herz.

Mein verdammtes verräterisches Herz, das schreien, kreischen und weinen wollte. Alec in den Arm nehmen und ihm versichern wollte, dass, wenn sein Herz mein war, mein Herz sein war.

Stunden, Leben und vielleicht auch Lichtjahre vergingen, bevor Alec seinen Blick von mir löste. Fallon kam auf ihn zu und klopfte ihm auf die Schulter. Der Professor murmelte ihm etwas zu und Alec wollte ihm die Hand reichen, um sich zu verabschieden, doch der Professor nahm ihn in den Arm. Dann verschwand Alec aus der Tür. Professor Fallon blickte noch momentelang auf den Boden, bis er sich fing und kommentarlos mit dem Stoff weitermachte. Wir redeten über Absätze und ihre Funktionen. Ich starrte die restlichen neunzig Minuten auf meinen Laptopbildschirm und fragte mich, wie ich jemals einen Absatz nach Alec Carter machen könnte.

»Ihr seid nicht zusammen, wer's glaubt. Ich meine, er hat dir ein verdammtes Liebesgedicht geschrieben«, murmelte mein Sitznachbar in der Pause.

Ich erwiderte nichts.

Alec

Als India und ich vor Wochen gemeinsam krank im Bett gelegen hatten, forderte ich sie auf, verrückte Eigenschaften von sich aufzuzählen. Deshalb wusste ich, dass sie Nudeln nur mit Tomatensoße essen konnte, weil ihre beste Freundin und sie vor Jahren beschlossen hatten, dass Hackfleisch wie tote Regenwürmer aussah.

Also stand ich im Walgreens nebenan, griff nach der teuersten Packung Spaghetti, die ich finden konnte, und hoffte, dass mir das Rezept für die angeblich perfekte Tomatensoße irgendwie gelingen würde, ganz nach dem Motto: Liebe geht durch den Magen.

Der Alec vor einem halben Jahr hätte den Kopf über liebeskranke Menschen wie mich geschüttelt. Doch diese Version von mir war unglücklich und verloren und würde hoffentlich nie wiederauftauchen.

Ich ging zur Kasse, der neuste Hit tönte laut in meinen Ohren und ich fragte mich, ob Charts-Musik die Kunden wirklich dazu verführte, mehr einzukaufen. Es war nicht einmal Mittag, die Schlange für die Kasse reichte trotzdem bis in die Süßigkeitenabteilung. New York eben. Vor mir wartete ein junges Paar, das seine Finger ineinander verschlungen hatte. Das Mädchen legte den blonden Kopf auf die Schulter des Jungen, der auf sie hinablächelte. Noch vor Wochen hätte ich dieses Paar übersehen oder entdeckt und ignoriert. Doch jetzt, mit meinem Herzen voller Liebe, konnte ich nicht anders, als mir zu wünschen, das Paar bestünde aus India und mir.

Ich bezahlte mit einem Zwanziger, überquerte die Straße und schritt durch die offene Wohnhaustür in das Treppenhaus. Ich kramte in meiner Hosentasche nach dem Schlüssel, als mir drei Kinder in dicken Winterjacken entgegenliefen.

»Alec!«, rief Lia, die älteste Tochter des Hausmeisters Paulus Garcias.

»Lia«, seufzte ich, denn das breite Grinsen auf ihren Lippen bedeutete nie etwas Erfreuliches für mich.

»Genau dich haben wir gesucht.« Sie klatschte mit den pinkfarbenen Handschuhen in ihre Hände.

»Wir haben bei dir geklingelt, aber du warst nicht da.« Ihre Schwester Julia schaute mich hoffnungsvoll aus den braunen Augen an.

»Ich war einkaufen.« Ich nickte auf die Einkaufstüten in meiner Hand.

»Kannst du uns unsere Schlitten nach unten tragen? Daddy ist nicht zu Hause und für uns sind sie einfach zu schwer«, platzte es aus Luis, dem Kleinsten der drei, heraus.

Mit zusammengepressten Lippen wandte Lia ihrem Bruder das Gesicht zu. Sie sagte etwas auf Spanisch, das ich sowieso nie verstanden hatte.

»Bitte«, fügte der fünfjährige Luis nach der Schimpftirade mit geröteten Wangen hinzu.

»Und noch mal bitte«, sagte Lia mit dem Lächeln, das zehn Jahre später jeden Jungen dazu bringen würde, das zu tun, was sie wollte.

Ich blickte in die drei Kindergesichter und schüttelte den Kopf. »Ihr wisst, dass draußen kein Schnee liegt, oder?«

Lia stellte sich aufrechter hin. »Das wissen wir. Aber ich habe gewettet, dass wir trotzdem im Central Park Schlitten fahren können.«

»Ohne Schnee?«

»Lia hat gesagt, dass das auch ohne Schnee geht. Ich habe ihr natürlich gleich gesagt, dass das nicht funktioniert. Aber ich habe mit ihr um eine Packung Gummibärchen gewettet. Und du musst wissen, dass ich Gummibärchen noch mehr als Cheetos mag.« Julia lächelte.

Die drei Zwerge starrten mir voller Hoffnung in die Augen, und weil mein Herz voller Liebe war und ich ein besserer Mensch sein wollte, sagte ich: »Na, gut.«

»Danke, Alec, du bist der Beste!« Aufgeregt klatschen Julia und Lia in die Hände.

Die Kinder gingen die Treppen zum neunten Stockwerk voraus und ich wartete vor ihrer Wohnung, bis die drei wieder mit Schlitten in den Händen erschienen.

»Seit wann gehst du eigentlich einkaufen?«, fragte Julia mich, als ich die Plastiktüten absetzte und mir zwei der Schlitten unter die Arme stemmte.

»Berechtigte Frage.« Lia legte den Kopf schief. »So kennt man dich gar nicht. Erwartest du etwa jemand Besonderen? Bestimmt ist das Essen für seine Nachbarin. Du hast doch gesagt, dass alle in diesem Haus wissen, dass Alec in India verliebt ist, oder, Lia?«

Ich stutzte, bevor mein Blick zwischen den Dreien hin und her zuckte. »War das etwa so offensichtlich?«

»Machst du Witze?«, lachte Luis. » Das war doch klar. Du siehst India so an wie Julia ihre Gummibärchen.«

»Wir haben zwar von einem Treffen zwischen dieser Dora aus dem dritten Stockwerk und dir gehört, aber –«

»Aber wollten und konnten dem einfach keinen Glauben schenken«, beendete Lia für ihre Schwester.

»Ich wette, du hast es mit India versaut. Deshalb warst du einkaufen, weil du hoffst, mit ein bisschen Essen alles wieder geradezubiegen.« Julia grinste.

Ich presste die Lippen aufeinander.

»Was kochst du denn?« Sie spähte in meine Einkaufstüte. »Spaghetti mit frischen Tomaten? Auch wenn du pleite bist, musst du dir was Besseres überlegen. Du willst India doch von dir überzeugen, oder nicht? Warum schreibst du ihr kein Liebesgedicht? Du bist doch Schriftsteller.«

Ich musste an die Worte denken, die ich vor Stunden in dem Kurs vorgetragen hatte. Wie ich meinen Blick zu India schweifen ließ, während sie das Gesicht verzog, als hätte sie Schmerzen, die ich verursacht hatte.

»Das mit dem Gedicht habe ich schon versucht«, murmelte ich und stellte die Schlitten auf dem Boden ab, da ich das Gefühl hatte, dieses Gespräch könnte länger dauern.

»*Hermanos.*« Lia wandte sich an ihre Geschwister. »Planänderung: Wir werden Alec helfen.«

Die zwei jüngeren Geschwister nickten und nahmen die Mützen von ihren Köpfen, bereit, alles zu tun, das ihre große Schwester anordnen würde.

»Wobei wollt ihr mir denn helfen?« Ich kräuselte die Augenbrauen zusammen.

Lia verdrehte die Augen. »Wir werden dir dabei helfen, das perfekte Candle-Light-Dinner auf die Beine zu stellen und deine

Wohnung romantisch zu dekorieren, und am besten zeigst du uns, was du zum Anziehen hast. Wir sind die besten Fashionberater, meint zumindest unsere Cousine, wenn wir ihr vor einem Date helfen.«

Ich unterdrückte ein Kopfschütteln. Wie zum Teufel konnte man etwas romantisch dekorieren? Doch Julia und Luis stimmten ihrer Schwester nickend zu und vielleicht planten sie lose Rosenblätter über meine verwaschene Bettwäsche zu streuen, Kerzen auf meiner kaputten Küchenzeile anzuzünden und Celine Dion aus meinem alten Laptop singen zu lassen.

»Und wir werden natürlich unser Bestes dafür geben, dass India und du ein Happy End habt.«

Lia lächelte breit, Luis schüttelte den Kopf.

»Was springt für uns dabei raus?«, fragte er.

»Alec wird uns zu den Paten all ihrer Kinder machen.« Julia lächelte mich an. »Stimmt doch, oder? Ich kann es kaum erwarten, deiner weiblichen Mini-Version die Haare zu flechten.«

»Mädchen sind der größte Mist«, murmelte Luis.

Ich grinste. Vielleicht könnte ich eine humorvolle Kurzgeschichte mit ihm als Protagonisten schreiben.

»Er hat das M-Wort benutzt!«, rief Julia, atmete angespannt ein und saugte dabei den Geruch von Sojasoße ein, der von weiter unten durch das Treppenhaus strömte.

Die beiden Schwestern sahen dem kleinen Luis tadelnd in das Gesicht, bis er schließlich die Hände hob. »Okay, okay, ihr habt gewonnen. Was muss ich tun, damit ihr es nicht Daddy sagt?«

Die Mädchen warfen sich einen schelmischen Blick zu.

Kapitel 38

»Tell me every terrible
thing you ever did,
and let me love you anyway.«

Unknown

India

Ich hasste Alec, weil ich ihn liebte. Er war mir den ganzen Tag durch den Kopf geschwirrt

Alec. Alec. Alec.

Wie er roch, wie weich seine Lippen auf meinen waren, wie magisch sein Körper sich tief vergraben in meinem anfühlte. Wie er heute vor dem ganzen Kurs gestanden und von einem Mann erzählt hatte, der vielleicht er war, über eine Liebe geschrieben hatte, die vielleicht aus mir bestand. Doch ich erinnerte mich daran, dass Alec das Leben wie einen Roman sah. Alles, was er tat, tat er für seine Projekte, ganz egal, ob er dabei das Herz seiner Nachbarin brach. Darin war ich mir auf jeden Fall sicher gewesen, bevor Alec in meinem Seminar aufgetaucht war. Aber jetzt? Jetzt wusste ich es nicht mehr, was eigentlich nichts Neues war, denn ich hatte in so vielen Dingen keine Ahnung; wie ich es schaffen sollte, auf den Wohltätigkeitsveranstaltungen meiner Mutter zu lächeln, obwohl mein Herz Alec vermissen würde; wie ich es überhaupt schaffen sollte, mich in einen Bus zurück nach Alabama zu setzen, wenn mein Herz allein bei dem Gedanken schrie; oder wie meine Kurzgeschichte enden sollte, an die nur ich zu glauben schien, auch wenn meine Dozentin mir sagte, ich solle weiter an mich glauben, doch das Blatt vor mir mehr korrekturstiftrot als weiß war.

Ich erinnerte mich daran, dass in wenigen Wochen mein Jetzt abgelaufen sein würde. Es wurde Zeit, dass ich Alec vergaß, seinen Namen von meinem Herz radierte und endlich zurück nach Hause fand.

»India?«

Als ich die letzte Stufe zum zweiten Stockwerk bestieg, starrte ich in die Teddybäraugen eines kleinen Jungen, der wohl kaum älter als sechs sein konnte. Ich hatte ihn die Treppen schon oft zu schnell hinunterrennen sehen und mich dabei gefragt, wie es sein konnte, dass seine Beine noch nicht eingegipst waren.

Es war irgendwie komisch, ihn angelehnt am Treppengeländer zu sehen, wie er die Hände in den Taschen eines babyblauen Schneeanzugs vergrub und meinen Namen kannte, obwohl ich seinen nicht wusste.

»Ja?«

»Ich würde dir gern die drei besten Eigenschaften von Alec Carter aufzählen«, verkündete der Junge mit einem Lächeln.

»W-Was willst du machen?« Ich starrte ihn kopfschüttelnd und verwirrt an.

»Ich werde dir drei Eigenschaften von Alec aufzählen, die dich dazu bringen werden, ihn noch mehr zu lieben.«

Ich verschränkte die Arme vor der Brust. »Ich liebe Alec nicht.«

Der Junge begann lauthals zu lachen und hielt sich den Bauch. »Wenn du Pinocchio wärst, hättest du jetzt eine riiiiiiesengroße Nase.« Der Junge streckte seine Arme aus. »Ich frage mich, ob Alec dich dann immer noch lieben würde.«

Ich schluckte, der Kloß in meinem Hals blieb. »Du liegst falsch, ähm …« Ich stockte. »Wie heißt du?«

»Ich bin Luis.« Sein Lächeln wurde breiter. »Außerdem habe ich immer recht, auch wenn meine Schwestern was anderes behaupten.«

»Okaaay«, sagte ich und ging einen Schritt weiter. Ich war müde, wollte in mein Bett und hoffte, dieses komische Gespräch war hiermit beendet.

»Alec ist sehr hilfsbereit, auch wenn man ihn erst überreden muss. Aber es gab kein einziges Mal, an dem er unsere Fahrräder nicht nach unten getragen hat. Er hat zwar oft die Augen verdreht und Wörter gemurmelt, die wir nicht verstanden haben ...« Der kleine Luis räusperte sich. »Jedenfalls hat er nie Nein gesagt. Außerdem ist Alec immer ehrlich, das können wir alle bestätigen. Es kommen nur Dinge aus seinem Mund, die er wirklich ernst meint. Vor einer Woche habe ich ihm vom dritten Stockwerk aus fluchen gehört. Er hat Miss Mara als dumm bezeichnet, weil sie das Rohr in ihrem Badezimmer schon wieder mit ihren losen Haaren verstopft hat. Mein Daddy würde nie jemanden als dumm bezeichnen. Wir sollten stolz auf Alec sein. Niemand ist so ehrlich wie er, dafür hätte er eine Medaille verdient.«

Ich seufzte. »Luis, es ist wirklich nett von dir, dass du versuchst, Alec in einem guten Licht darzustellen. Aber Ehrlichkeit macht aus einem Menschen nicht unbedingt einen guten. Manchmal ist es besser, nicht jedem die Wahrheit ins Gesicht zu sagen.«

»Heißt das, dass man lügen darf?« Luis schokoladenbraune Augen schimmerten hoffnungsvoll.

»Nein, Luis. Menschen, die lügen, werden von niemandem gemocht. Was ich sagen möchte, ist ...« Ich stockte und fuchtelte mit der Hand in der Luft, suchte nach Worten, um zu retten, was zu retten war. Aber die Worte hassten mich immer noch.

»Luis?« Eine kindliche Mädchenstimme hallte durch das Treppenhaus.

»Mist«, rief Luis, nur um sich gleich darauf mit der Hand auf den Mund zu schlagen.

»Das habe ich gehört«, sagte das gesichtslose Mädchen, während Schritte auf den Treppen klangen.

»Bitte, sag es nicht Daddy.« Luis flehte das Mädchen an, das vor uns stehenblieb. Lia. Ich kannte sie. Das Mädchen, das mir Alecs geheimen Schreibplatz verraten hatte. Sie sah aus wie Luis.

Schwarze Haare, gebräunte Haut, Augen wie der Teddybär, den ich mit fünf am liebsten gehabt hatte.

»Das ist schon das dritte Mal an einem Tag, kleiner Bruder«, sagte Lia.

»Letzte Woche hast du es über zehnmal an einem Tag gesagt und ich habe Papa kein Sterbenswörtchen verraten«, murmelte Luis.

»Na und? Ich bin Daddys Liebling, er glaubt mir mehr als dir.«

»Ich möchte eure Geschwisterstreiterei nur ungern stören«, sagte ich. »Aber mein Tag war echt lang und ich höre mein Bett nach mir rufen, wenn ihr mich also entschuldigen würdet.«

Ich machte einen Schritt auf die Treppen zu, doch Lia packte mich am Arm. »Ich weiß, deshalb bin ich auch hier.«

»Betten können sprechen?« Der Blick von Luis zuckte zwischen mir und seiner Schwester umher. »Ich dachte, Betten sind stumm. Ihr habt mich ausgelacht, weil ich unseren Schreibtischstuhl Freddy getauft habe. Ihr habt mir geschworen, dass Möbelstücke nicht reden können.«

»Natürlich hat Indias Bett nicht nach ihr gerufen.« Lia verdrehte die Augen. »Es ist die Liebe, die nach India ruft.«

»Die Liebe kann auch nicht nach jemandem rufen, Lia«, murmelte ich und bemühte mich um ein entschuldigendes Lächeln, weil ich ihr Bild der Liebe zerstört hatte; desto schneller man der Realität ins Auge sah, desto besser.

»India?«

Alec.

Ich schluckte.

Lia grinste. »Sag ich doch, die Liebe kann sehr wohl nach einem rufen.«

Lia begann, die Treppen weiter nach oben zu bestreiten, und ich tat es ihr gleich, weil ich endlich in meine beschissene Wohnung wollte.

»Hat Luis dir drei liebenswerte Eigenschaften von Alec genannt?«

»Ähm …«

Lia seufzte. »Also nicht.«

Als wir das siebte Stockwerk erreichten und mein Bett nur noch wenige Meter entfernt war, atmete ich erleichtert auf. Doch ich stutzte, weil es nach Tomaten und Oregano roch. Der Geruch musste aus Alecs Wohnung kommen. Seit wann kochte er?

»Du riechst richtig«, sagte Lia und zwinkerte mir zu, kurz bevor Alec aus seiner bereits geöffneten Wohnungstür trat. Er räusperte sich und ich blinzelte, als ich ihn genauer musterte. Von dem verschlafenen Studenten im Hoodie von heute Morgen war keine Spur mehr. Alecs rote Haare waren nass und dunkelbraun. Um seine Brust spannte ein schwarzer Pullover mit V-Ausschnitt und seine dunkle Jeans wurde von einem schlichten Gürtel gehalten.

»India«, murmelte er, seine Stimme klang rau und kratzig.

»Unsere Arbeit ist getan, wir lassen euch alleine«, sagte Lia, bevor sie Alec das Gesicht zuwandte. »Versau es nicht.«

Alec wollte antworten, doch Lia sprach schon weiter.

»Und du.« Sie lächelte mich an. »Du, India, darfst nicht zu hart sein. Alec hat sich wirklich Mühe gegeben.« Ihre Lippen verzogen sich zu einem Lächeln, bevor sie die Treppen hinunterflog.

»Heute im Seminar«, begann Alec. »Da habe ich von dir und mir geredet.«

Ich wandte ihm das Gesicht zu und schaute ihm in die Augen. »Ich weiß.«

»Ich bin miserabel darin«, murmelte er mir geschlossenen Augenlider.

»Worin?«

»Im Daten.«

Er seufzte und öffnete die Augen. Dann kam er einen Schritt auf mich zu, während seine nackten Füße auf dem schmutzigen Boden knirschten. Eine Nasenbreite von mir entfernt blieb er stehen. Sanft und warm spürte ich seinen Atem auf meinen Lippen. Seine Finger griffen nach meinen. Und das war nicht fair, denn Gott und die Welt wussten, dass Händchenhalten mit Alec meine größte Schwäche von allen war.

»Kommst du zu mir rein?«, fragte er und hielt meine Augen fester als meine Finger.

Ein Nein war noch nie in der Geschichte der Menschheit angebrachter gewesen. Alec schien sich zu öffnen und sich selbst einzugestehen, dass er mich liebte. Und ich? Nun, ich würde gehen. Bald. Und ich? Nun, ich hörte stets auf mein Herz und wusste schon lange, dass ich meinen Nachbarn viel zu sehr mochte. Wir alle wissen, Liebe gewann immer, selbst im Tod, siehe Romeo und Julia.

Also flüsterte ich: »Ja.«

»Wenn du Nein gesagt hättest, weiß ich nicht, was ich getan hätte.«

Alec lächelte schief und drückte mir einen unschuldigen Kuss auf die Nasenspitze.

»Frage mich nach drei Geheimnissen, India«, flüsterte er.

»Hier?« Ich hob eine Augenbraue.

Er sah sich kurz in dem verdreckten Treppenhaus um, so als wäre ihm gar nicht bewusst gewesen, wo wir uns überhaupt befänden und schüttelte den Kopf.

»Nein, nicht hier.«

Er zog mich in seine Wohnung, ich stolperte fast über meine eigenen Füße.

»Hier«, verbesserte er sich und drückte mich gegen die geschlossene Tür.

Sein Körper presste sich an meinen und ich hörte ihn hastig atmen. Seine Augen leuchteten heller als sonst, als sie an meinen Lippen verharrten. Viel zu hell und viel zu glücklich dafür, dass wir beide sowieso keine gemeinsame Zukunft hatten.

»Ich glaube, das ist keine gute Idee«, flüsterte ich.

Widerstand war Widerstand. Niemand hätte behaupten können, ich hätte nicht versucht, aus dieser Situation herauszukommen. Und um das Versuchen ging es doch schließlich im Leben, oder? Doch Alec versuchte es auch und das verbissener. Er knabberte leicht an meinem Hals, während er mit Waffen spielte, die ihr Ziel nie verfehlten.

»Nenn mir drei Geheimnisse, Alec«, hauchte ich schließlich, in der Hoffnung, Alec würde aufhören, mich süchtig nach seiner Zunge auf meiner Haut zu machen.

Ich spürte, wie seine Lippen sich an meinem Hals zu einem Lächeln verzogen. »Ich habe gekocht und das nur für dich, obwohl ich mir mit zwölf Jahren geschworen habe, nie wieder einen Kochlöffel in die Hand zu nehmen, weil ich fast die Wohnung meiner Mutter abgefackelt habe.«

Der Klang seiner Stimme war bei dem Wort »Mutter« gesunken, und ich konnte nicht anders, als die Arme fester um seine breiten Schultern zu schlingen.

»Ich habe mir meinen besten Pullover rausgesucht und das auch extra für dich.«

Sein Atem fühlte sich viel zu heiß an meinem Hals an. Plötzlich war jedes Kleidungsstück zu viel. Jeder Zentimeter von Haut sogar überflüssig. Denn ich wollte Alecs Seele und das voll und ganz und jetzt und für immer. Doch ich hatte kein *Für Immer*. Oder?

»Und dein drittes Geheimnis?«

Alec holte tief Luft, sein Gesicht war immer noch in meiner Halsbeuge vergraben. Für Sekunden verharrte er so und atmete mich ein, bis er mich voll und ganz aufgesogen hatte.

»Ich liebe dich.«

Er machte von mir ab, mir war plötzlich kalt. Dann starrte er mich aus seinen schwarzen Augen an, die immer noch heller als sonst aussahen. Ich blinzelte ihn an. Schluckte. Spürte mein Herz pochen. Sagte, es sollte sich gefälligst beruhigen, denn dass hier musste ein Traum sein.

Doch der Alec vor meinen Augen verschwand für keine Sekunde, war zum Greifen nah und hatte die Lippen zu einem schüchternen Lächeln verzogen.

»Ich liebe dich, Indiana Thomson. Ich liebe dein Lachen, das Gefühl, wenn ich dich küsse. Ich bin verrückt nach deinem guten Herzen. Wie du immer noch hier stehst, vor mir, dich von mir küssen lassen würdest, obwohl ich der größte Idiot aller Zeit bin.«

Alec hielt inne und nahm meine Hände in seine. »Du weckst in mir den Wunsch, ein besserer Mensch zu sein. Mehr zu sein. Ich habe mich komplett in dich verliebt, und ich hätte niemals gedacht, dass ich das sagen würde, aber: Ich brauche dich mehr als mein Schreiben. Ohne meine Wörter bin ich zu voll, ohne mein Schreibprogramm quelle ich vor verrückten Ideen und komischen Charakterskizzen über. Aber ohne dich bin ich leer. Zu leer, um Inspirationen zu sammeln. Ohne dich will ich mich nur in mein Bett verkriechen und darauf warten, dass du dich neben mich kuschelst und meinen Gedanken wieder Farbe einflößt.«

Seine Stimme zitterte.

»Gott, ich bin so ein Weichei. Anscheinend macht die Liebe genau das aus Menschen. Aber das ist mir vollkommen egal. Wenn du mir sagst, dass du mich auch liebst, könnte ich mir mein schreckliches Leben nicht besser vorstellen. Du machst meine Welt besser, India. Also bitte, bitte sag mir, dass du mich auch liebst.«

Alec verstummte und ich wollte wegrennen. Ich hielt diesen Augenblick nicht aus. Diesen Anblick. Diese Situation. Alles in dieser Welt. Vor allen Dingen Alec, der vor mir stand und mich wollte. Nicht der Schriftsteller-Alec, sondern der wirkliche. Den, den niemand zu Gesicht bekam. Außer mir. Weil er mich liebte. Weil ich seine Welt besser machte. Weil er verrückt nach mir war. Ich schloss meine Augen und dachte an die Worte meiner besten Freundin: *Du musst aufhören dir ständig Sorgen zu machen, India! Genieße das Jetzt, nimm es bei der Hand, fliehe mit deinem wunderbaren Jetzt in Richtung Sonne und alles wird gut werden!*

Aber ich fand keine Sonne. Die Menschen sieben Stockwerke weiter unten froren sich die Zehen ab, während Alec und ich kleine Rauchblasen in die Luft geatmet hätten, wenn es ein paar Grade kälter gewesen wäre. Alecs Augen wurden dunkler, das Warten nahm ihm die Hoffnung. Und verdammt noch mal, ich hätte ihm die Hoffnung nehmen sollen. Natürlich geschahen Wunder jeden Tag. Hoffnung gab es für alle. Nur nicht für das Uns, das aus Alec und mir bestand.

Für einen winzigen Moment stellte ich mir vor, wie es wäre, wenn ich in New York bleiben würde. Ich könnte meinen Nachnamen inklusive Alabama vergessen und würde all die Wohltätigkeitsveranstaltungen, Traditionen, Pflichten und eine Familie, die mich nie verstand, hinter mir lassen. Ich hätte nur noch von meinem Schreiben, Alec und New York gewusst.

»Ich liebe dich«, würde ich dann jetzt sagen, ihn anlächeln, seine Sommersprossen berühren und herausfinden, wie viele er im August haben würde.

Das ist der Moment, in dem ihr mich nicht mehr mögen werdet. Denn ich hatte die alles verändernden Worte ausgesprochen. Ich war das Beispiel einer jungen naiven Protagonistin. Nein, ich war schlimmer: Ich traf die falschen Entscheidungen, obwohl ich wusste, wie die richtigen aussahen. Aber ich war jung und verliebt und es stimmt, was alle sagen: Das Falsche zu tun, fühlte sich so richtig an, dass man am liebsten für immer in der roten Tinte vom Korrekturstift baden möchte.

»Gott, India. Mach das nie wieder mit mir«, sagte Alec und küsste mich. Er biss in meine untere Lippe, bevor er mit seiner Zunge in meinen Mund eindrang und mein Herz zum Rasen brachte.

Ich schlang meine Arme um seinen Nacken und er steckte seine Hand in meine hintere Jeanstasche. Er presste seine Hüften gegen meine, stöhnte, griff in meine Haare, biss wieder in meine Lippe, küsste mich weiter, wie es nur Alec Carter konnte, und ich starb. Einmal, zweimal, dreimal, viermal und hundertmal. Mit Alec war alles so gut, alles so unperfekt perfekt, dass ich mich fragte, wie ich ihn jemals vergessen könnte. Seine Lippen machten mich so verrückt wie mein Lächeln anscheinend ihn, und ich dachte daran, dass ich nichts dagegen gehabt hätte, für immer verrückt mit ihm zu sein.

»Wir sollten aufhören«, sagte er, seine Worte klangen atemlos und er küsste mich weiter. An Alec machte so vieles keinen Sinn, aber das war okay. Mehr als okay, unperfekt perfekt okay und wir küssten uns weiter, seine Brust vibrierte an meiner und ich spürte seinen Herzschlag wieder schneller als meinen schlagen.

Doch Alec meinte es ernst, denn er ließ von mir ab. Ich öffnete sofort die Augen. Seine Haare waren zerzaust und er atmete viel zu schnell. Als er seinen Arm ausstreckte, war ich mir sicher, dass er mich wieder an sich ziehen würde, weil er sich vertan hatte und wusste, dass wir niemals aufhören sollten, uns zu küssen. Aber er drückte nur den Lichtschalter neben mir nach unten.

Er raufte sich durch die rostbraunen Haare und schaute verlegen zu Boden, seine Wangen waren gerötet und in seiner Hose eine Beule.

»Das sollte alles ganz anders laufen«, murmelte er. Er trat einen Schritt näher, um den Reißverschluss meiner Jacke zu öffnen.

»Was sollte anders laufen?«

Er breitete seine Arme aus, nickte auf sein Bett und deutete auf den gedeckten Tisch. Meine Augen weiteten sich, als ich realisierte, dass Alecs Wohnung nicht mehr wie Alecs Wohnung aussah.

Sein Bett war frisch bezogen, auf seiner Decke waren Rosenblätter so verstreut, dass sie ein Herz bildeten. Auf dem runden Tisch neben der Küchenzeile brannten Kerzen, die ich erst jetzt bemerkte. Eine weiße Tischdecke verdeckte die Macken auf der Holzplatte, von denen ich wusste, während der winzige Tisch mit Gabeln, Tellern und bauchigen Gläsern gedeckt war. Auf dem Herd standen dampfende Töpfe, die Spüle war frei von schmutzigem Geschirr.

Alec hatte sich Mühe gegeben. Für mich.

»Wir werden zuerst essen, dann sagst du mir, wie gut meine Tomatensoße schmeckt. Ich bedanke mich, sage dir, dass du das Rezept auf *www.allrecipes.com* finden kannst und wir essen weiter. Während des Essens sage ich dir so oft, dass es mir leidtut, bis du mir sagst, dass ich aufhören soll. Aber ich höre nicht auf, denn ich meine meine Entschuldigung ernst. Wenn wir fertig sind –«

»Du kannst so etwas nicht planen, Alec. Das hier ist kein Plot einer deiner Geschichten«, unterbrach ich ihn.

Ich ging auf ihn zu und drückte ihm einen Kuss auf die Wange.

»Ich will einfach, dass alles perfekt ist. In meinen Gedanken hat alles fantastisch ausgesehen«, murmelte er.

»Alles sieht fantastisch aus, Alec«, sagte ich und sah ihm fest in die Augen. »Alles *fühlt* sich fantastisch an.«

Er lächelte schief, bevor er mich an der Hand nahm und mich zum Tisch führte. Wenige Sekunden später erschien er mit den Spaghetti und der Soße, stellte beides auf den Tisch ab und ließ sich gegenüber von mir nieder. Er musste das Handy an Lautsprecher angeschlossen haben, denn ich hörte leise The Killers spielen. Seine kantigen Gesichtszüge wurden vom Kerzenlicht beschienen, die langen Wimpern warfen dünne Schatten auf seine Wangen.

»Ich hoffe, die Musik ist okay für dich. Lia hat eigentlich auf Taylor Swifts *Mine* bestanden, aber da wir beide The Killers mögen, dachte ich mir, das wäre eine gute Wahl.«

»Ich liebe dieses Lied«, sagte ich.

Alec lächelte, bevor er mir eine große Portion Nudeln mit Soße auf den Teller schöpfte.

»Deine Soße schmeckt fantastisch!«, rief ich, nachdem ich von dem Essen probiert hatte. »Ich liebe Nudeln mit Tomatensoße. Einmal, als Andy und ich –«

»Ich weiß«, unterbrach mich Alec mit einem Lächeln.

Ich lächelte zurück und wünschte mir, Evelyn hätte sich hinter Alecs Bett versteckt und würde genau in diesem Moment ein Foto von uns beiden schießen. Wenn niemand es bemerkt hätte, hätte ich mich heimlich in das Bild geschlichen, um in dem Foto zu leben. Niemand hätte mir dann diesen Moment nehmen können, weil dieser Moment und Alec alles gewesen wären, was ich besaß.

Doch ich sah weder ein Blitzen noch hörte ich ein Knipsen. Das hier war die Realität. Der zwanzigste Dezember 2016 – der Tag, den Alec Carter als unseren Jahrestag betiteln wollte, und der Tag, an dem ich ihm sagen musste, dass ich keine Beziehung mit ihm eingehen konnte, obwohl ich ihn liebte.

Alec räusperte sich, der Klang seiner Stimme wurde tiefer. »Ich weiß, du hast Geheimnisse, India. Ich merke, dass etwas nicht stimmt.«

Das Kerzenlicht flatterte, ich schluckte.

Der Moment war gekommen.

Alec und ich waren keine Liebesgeschichte, nur eine Tragödie, bei der alle vierzehnjährigen Mädchen weinen würden.

»Alec, ich muss −«

»Nein, India, du musst gar nichts«, unterbrach er und ließ die Gabel zwischen seinen Fingern fallen, um nach meiner Hand zu greifen. »Ich will dich nicht drängen. Ich weiß, wie es ist, Geheimnisse zu haben, die man niemandem verraten will. Ich akzeptiere das.«

Alec

Ich akzeptierte das wirklich.

Ich hatte aufgehört, über Indias Geheimnisse zu fantasieren und über ihre versteckten Wahrheiten zu rätseln. Als ich mir eingestand, dass mein Herz India gehörte, wurde mir bewusst, dass ich nicht mehr Alec der Schriftsteller und Detektiv sein wollte. Einfach nur Alec, ihr Freund, bei dem sie die Hüllen auf jede erdenkliche Art fallen lassen würde.

»Ich muss es auch nicht verstehen, Baby.« Ich lächelte sie an.

Sie senkte den Blick. Ihre Wangen waren rot, sowie die Flecken an ihrem Hals. Am liebsten wäre ich aufgestanden und hätte India auf das Bett geschmissen. Sie gefesselt, bevor ich ihr alle roten Punkte an ihrem Körper wegsaugen würde, bis sie nur noch von dem Wort wüsste, das meinen Namen beschrieb. Genauso wollte ich India. In meiner Hose wurde es enger, doch ich raufte mir durch die Haare, denn jetzt war nicht der richtige Moment.

Plötzlich wurde es in der Wohnung still. Mein Handy hatte bestimmt keinen Akku mehr. Doch es war eine laute Stille. Ich hörte India denken. Ihre Gehirnzellen ratterten, wie sie überlegte, ob sie sich auf mich einlassen konnte, ob sie sich mir anvertrauen wollte. Ich hörte die Klingen von Schwertern, in ihrem Kopf ein Kampf, während ich sie von der Zuschauertribüne aus anfeuerte.

Aber was für ein Kampf das auch immer gewesen war, India verlor.

Ich verlor.

Wir verloren.

»Ich liebe dich, Alec«, begann sie. »Aber ...«

Ich schloss die Augen, Indias Stimme verstummte, nur das Flimmern der Kerze in meinen Ohren. Ich schüttelte den Kopf. Ich wollte kein verficktes *Aber* mehr. Nicht aus Indias Mund, nicht in meinen Gedanken. Ich konnte kein *Aber* mehr zwischen uns ertragen.

Ich schlug die Augenlider auf und erhob mich, die Stuhlbeine quietschten. Indias Mund öffnete sich, nur um sich gleich darauf wieder zu schließen. Zentimeter vor ihr blieb ich stehen. Ich schaute auf sie herab, ihre Hände zitterten. Wovor hatte sie Angst? Wovor lief sie weg? Wieso wollte sie mir nicht vertrauen? Die zwei ersten Tatsachen konnte ich nicht ändern, die dritte schon.

Ich streckte ihr meine Hand aus. Sie musterte meine Finger schluckend. Das war der entscheidende Moment, das wussten wir beide.

In meiner Wohnung war es fast eisig, doch mir war brennend heiß, denn mit India schmolz mein Herz, auch wenn sich das verdammt kitschig anhörte, aber das war egal, mit India hätte ich sogar nichts gegen ein kitschiges Happy End gehabt.

Es vergingen Sekunden, die sich wie Ewigkeiten anfühlten.

Meine Finger schwebten einsam in der Luft, und ich wollte betteln und auf meinen Knien um ihre Liebe flehen. Ich spürte abermals Tränen hinter meinen Augen, die ich nicht weinen wollte, weil ich ein Mann war. Nichts brachte mich auf die Knie, niemand brachte mich zu Fall. Außer vielleicht India, die ich mit allem, was ich war, liebte.

Sie hielt meinen Blick. Ich hörte die stählernen Klingen in ihrem Kopf. Am liebsten wäre ich in sie eingedrungen, und das nicht mit meinem Schwanz, sondern mit meiner Seele, damit ich ihr zeigen konnte, wie sehr ich sie wollte. Sie brauchte. Dass ich sie niemals verletzten würde.

Wie aus dem Nichts nahm India meine Hand, und wir gewannen.

Erleichterung durchflutete jede noch so winzige Ecke meines Körpers. India liebte mich, India wollte mich. India würde mir vertrauen.

»Gott, India, du hast es schon wieder gemacht«, flüsterte ich in ihr Haar, nachdem ich sie auf die Füße gezogen hatte.

Ich schlang meine Arme fest um ihren schmalen Rücken, drückte sie an mich und konnte nicht genug von ihr bekommen.

»Tut mir leid«. Ihre Stimme war dünn, so zerbrechlich wie sie selbst, oder wie mein Herz, wenn es in ihren Händen lag.

»Dir muss nichts leidtun, Baby.«

»Doch, Alec. Ich …«

»Nein«, sagte ich bestimmt. »Alles ist jetzt gut, ich liebe dich und du liebst mich. Es gibt kein Aber mehr und im Moment brauche ich keine Erklärungen.«

Ich löste mich von ihr. Sofort fehlte mir ihr Körper, ihre Wärme, ihre Haut. Doch ich wollte ihr in die Augen schauen. Ich nahm ihr herzförmiges Gesicht in meine Hände, strich über ihr Kinn und gab ihr einen Kuss auf die Stirn.

»Ich weiß, du hast Geheimnisse. Aber das macht mir nichts aus, ich kann warten.« Ich lächelte. »Ich werde warten, weil ich auf dich, egal wie lange, warten würde. Ich habe dich gefunden, und ich lasse dich nicht gehen.«

Indias grüne Augen wurden groß, bevor sie sich mit Tränen füllten. Ich hasste mich selbst. Ich wollte die Frau, die ich liebte, nicht zum Weinen bringen.

»Wenn ich könnte, würde ich dir versprechen, dich nie wieder zu verletzen. Aber das kann ich nicht. Menschen haben Macken und machen ständig Fehler. Aber ich kann versprechen, dass ich mein Bestes geben werde, um dir nie mehr wehzutun. Ich möchte derjenige sein, mit dem du lächelst, der deine Hand hält, mit dem du schläfst, der dir sagt, dass du die schönste Frau im Universum bist. Bitte gib mir die Chance, India. Nicht nur jetzt, sondern für immer. Sag ja, India. Sag ja zu uns, Baby.« Vielleicht wäre ich doch ein guter Protagonist in einem Liebesroman gewesen, nur dass ich kein Hauptcharakter mehr sein wollte, sondern einfach nur Alec.

Mein Herz setzte einen Schlag aus, als ich sah, wie eine einsame Träne India von der Wange rannte. Ich fühlte mich schrecklich. Ich war ein Idiot und hätte verstehen sollen, dass Nur-Alec niemals reichen würde. Doch dann schluckte India und nickte und nickte ein weiteres Mal, bis sie nicht mehr aufhören konnte zu nicken.

»Ja«, sagte sie mit zitternder Stimme.

Und weil ich wusste, Worte wären niemals genug gewesen, um das zu beschreiben, das in mir tobte, küsste ich sie. Sanft. Zärtlich. Leidenschaftlich. Meine Hände wanderten ihren Rücken hinunter und ich presste meine Lippen drängender auf ihre.

Meine Finger glitten bis zu ihrem Hintern, bevor ich ihn fest packte. Ich liebte ihren Hintern, liebte sie, liebte jeden ihrer Partikel. India seufzte, und dieses Seufzen war mein Lieblingsgeräusch.

Sie presste ihren Körper enger an meinen und schlang die Arme um meinen Nacken, während ich spürte, wie wild ihr Herz hämmerte.

»Lass uns in deine Wohnung gehen«, hauchte ich.

India schlug die Augenlider auf und leckte sich über die Lippen. »Warum?«

Ich seufzte und drückte sie wieder an mich. Ich rieb mich an ihrem Körper, weil ich nicht anders konnte. Es war einfach zu gut, ich nur ein Mann, der jetzt liebte mit Herz und Seele und den Sex mit seiner Geliebten dringend brauchte.

»Ich möchte nicht mit dir in meinem Bett schlafen«, gab ich zu, als ich mich von ihr löste und mich für all die Frauen hasste, mit denen ich geschlafen hatte, seit ich India kennengelernt hatte.

»Wieso?«

»Ich will dich anders als die bedeutungslosen One-Night-Stands behandeln.«

»Alec, ich weiß, dass du mich liebst. Ich … Ich spüre es.« Sie strich sich eine Haarsträhne hinter ein Ohr. »Ich will in deinem Bett mit dir schlafen, weil es dein Bett ist. Ich will, dass wir die

Vergangenheit vergessen und die Zukunft nicht beachten. Ich möchte einfach nur das Jetzt mit dir genießen, okay?«

Ich nickte, bevor unsere Lippen wieder zueinanderfanden, ich sie an der Taille fasste und sie behutsam auf mein Bett trug. Ich gab uns keine Zeit zum Verschwenden; das hatten wir schon zur Genüge getan. Ich legte mich auf India, küsste sie weiter, neckte ihre Zunge mit meiner und machte ihren Körper mit meinem verrückt. Ich küsste eine Spur an ihrem Hals entlang und erreichte den runden Ausschnitt ihres Pullovers, bevor ich am Ansatz ihrer Brüste saugte. Ich drückte ihr Knutschflecke auf, von denen sie nichts merkte, weil sie mich liebte und ihre Gedanken einzig meinen Namen schrien.

Ich fasste den Saum ihres Pullovers und stülpte ihn ihr über den Kopf. Dann betrachtete ich sie von oben, ihre mittellangen Haare ausgefächert auf meinem dunklen Bett, zwischen einzelnen Strähnen die Rosenblätter, die Lia dort verstreut hatte. Ich lächelte, denn der Moment war perfekt, India die schönste Frau auf Erden und ich ein Mann, der mit dem Herzen verliebt war.

»Worauf wartest du, Alec?«, fragte sie und öffnete die Augen.

Mein Grinsen wurde breiter, bevor ich ihr trotz dem Ständer in meiner Hose einen Kuss auf die Stirn drückte. Ich wusste, dass das nicht passte, doch das war mir egal, denn India und ich würden eigene Regeln der Liebe aufstellen.

»Auf nichts«, flüsterte ich und küsste ihr Ohrläppchen. »Ich warte auf nichts mehr.«

Küssen. Ausziehen. Körper bewundern. Verliebte Seelen. Ein Stück Plastik. Mein Körper tief in ihrem vergraben. Hart und fest. Aber immer härter, weil wir es dringend und drängend brauchten. Also fester. Schneller. Ich biss sie. Sie schrie. Ich lachte. Drehte sie um. Umfasste ihre perfekten Brüste. Schneller stoßen. Gott, Alec, genau da, härter, oh!, und ich machte und machte, liebte und liebte.

Ich machte Liebe.

Ich, Alec Carter, machte Liebe und liebte es.

Liebe war mein Lieblingswort.

Liebe, Liebe, Liebe.
Überall. Liebe.
Ich liebte India Thomson.
Nicht für jetzt, sondern für immer.

Kapitel 39

»The thing you are most afraid to write – write that.«

Nayyirah Waheed

Alec

Dein Professor, der eigentlich nicht mehr deiner ist, wird zu deinem Mentor und rät dir, eine Pause mit dem Schreiben einzulegen. Er sagt, es macht dich verrückt. Du sollst andere Dinge ausprobieren, du bist jung und die ganze Welt liegt dir zu Füßen. Natürlich sagst du ihm nicht, dass er unrecht hat, dass die Welt dir niemals gehorchen wird, weil du nur ein Durchschnittsmensch bist, der mittelstarke Komplexe wie jeder andere hat. Dass du eigentlich nur jung und dumm und naiv und ängstlich bist. Aber weil du dich insgeheim vor der Welt fürchtest, gehorchst du deinem Professor und hörst auf zu schreiben.

Doch es ist schrecklich. Du vergräbst deine Finger tief in den Hosentaschen, damit sie nicht die Macht über deinen Körper übernehmen und zu deinem Laptop huschen und das böse Schreibprogramm öffnen. Du stellst die Musik in deiner Wohnung extra laut an und hast das Gefühl, die Wände vibrieren. Dein Herzschlag nimmt das Tempo des Rhythmus' an, doch alles, an das du denken kannst, ist dein geliebtes Schreiben.

Ein nicht schreibender Schriftsteller ist ein Monster – das hat Kafka gesagt und du gibst ihm recht.

Also bist du ein Monster, aber du bist auch verliebt und passen

Liebe und Monster überhaupt zusammen? Du weißt es nicht. Aber du musst schreiben, also schreibst du doch, brichst den Rat deines Mentors, der dich wie der Vater behandelt, den du nie hattest. So schreibst du, tippst Wörter über Liebe von der Liebe für deine Liebe und siehe da, es funktioniert und du hältst die Liebe deines Durchschnittslebens an der Hand. Du schlenderst mit ihr die kalten Straßen Manhattans entlang und küsst sie vor dem Tannenbaum am Rockefeller Center, ihre Wangen waren schon vorher gerötet und nach deinem nicht jugendfreien Kuss purpurrot. Du lachst, deine Hose jetzt einen Ticken zu eng und das Lächeln deiner Liebe nicht von dieser Welt, von einem weit entfernten Stern, auf dem Perfektion hinter jede Ecke zu finden sein muss.

Deine Freundin schleppt dich zu Victoria's Secret. Du brauchst fast ein Asthmaspray bei all dem Parfum, eine Mischung aus *Vanilla Coconut* und *Fresh Spring*. Aber du beschwerst dich nicht und zwingst dich sogar zu einem Lächeln, als die Verkäuferin, ganz in Schwarz, auf euch zukommt und euch beraten will. Du leckst dir über die Lippen, steckst die Hand in die hintere Hosentasche deiner Freundin und grinst, weil du dich in die pinkfarbene Umkleidekabine schleichen und Dinge mit deiner Freundin anstellen könntest, die euch beiden rote Wangen bescheren würden. Die Verkäuferin fragt deine Freundin nach ihrer Größe und deine Augen glänzen. Doch deine Liebe sagt, dass sie keine Unterwäsche braucht und fast senken sich deine Mundwinkel nach unten. Ich brauche nur einen Gutschein, erklärt die Liebe deines Lebens, und ihr schreitet direkt zur Kasse. Die Schlange reicht bis in die Abteilung mit den Slips. Käufer mit Jacken in den Händen, elektrisch aufgeladenen Haare und Kreditkarten zwischen den Fingern, denn Unterwäsche von Victoria's Secret ist teuer. Aber Frauen tun alles, um ihre Männer glücklich zu machen, und machen fast unbezahlbar möglich. Wenig später schreitet ihr aus dem Unterwäscheladen, du atmest die Minusgrade und frische Luft ein und deine Freundin drückt deine Hand, bevor sie eure Finger in ihre Jackentasche steckt. Dein Herz schmilzt, und du weißt, sie ist die Eine.

Du hältst Ausschau nach den gelben Autos, denn du bist ein Mann und gestehst dir ein, dass die Dessous dich heiß gemacht haben und du neben deiner Freundin fast immer einen Steifen hast und deshalb schnell in deine Wohnung willst, um ihren Körper zum Brennen zu bringen. Aber dein Plan geht nicht auf. Die kalte Luft umhüllt nicht besonders lange dein Gesicht, denn deine Freundin zieht dich in den nächsten Marshalls, wo sie dir Packungen mit Weihnachtskugeln in die Hände drückt. Deine Augen sind groß, deine Hände vollgepackt und du verstehst nicht, was sie vorhat, aber eigentlich wusstest du das nie, und so schnappst du dir den größten Einkaufskorb, den du finden kannst und trottest ihr nach und lächelst, weil sie lächelt. Und plötzlich ist deine Welt perfekt. In New York, in einem zu vollen Marshalls mit auf den Letzten-Drücker-Einkäufern, denn du bist jung, verliebt und in der Stadt, in der Träume wahr werden.

Wir brauchen noch einen Weihnachtsbaum, sagt deine Freundin, als ihr die 6th Avenue entlangschreitet, die Hände vollgepackt. Ihr nehmt die Subway nach Hause und stellt eure errungenen Einkäufe in ihrer Wohnung ab. Sie will sofort wieder los und den Weihnachtsbaum kaufen. Sie ist gestresst, denn heute ist der dreiundzwanzigste und wenn sie keinen Weihnachtsbaum findet, ist ihr Weihnachten kein Weihnachten. Du hast ihr nie gesagt, dass du noch nie den Geruch von Tannennadeln in deinen eigenen vier Wänden oder in denen deiner Mutter eingeatmet hast, und sagst ihr, dass sie die Einkäufe auspacken soll und du einen Weihnachtsbaum auftreiben wirst. Sie lächelt dich erleichtert an, zieht ihre Jacke aus, dann ihren flauschigen Schal, ihr Ausschnitt rund, und du wieder heiß. Du gibst ihr einen Kuss, drängst sie an die Wand, leckst ihren Hals und reibst deinen Unterleib an ihrem. Sie stöhnt, du knurrst. Du willst mehr, sie braucht mehr, aber ihr habt keine Zeit, um eure Körper ineinander zu verschlingen, denn deine Freundin wünscht sich ein richtiges Weihnachten, mit einem geschmückten, grünen und nach Wald riechenden Tannenbaum, mit bunten Geschenken und selbst gekochtem Essen. Also löst du dich von ihr, sie außer Atem, du keuchender als nach deiner Joggingrunde im Central Park, die du im Frühling immer läufst, wenn deine Charaktere nicht aufhören, in deinen Gedanken auf- und abzulaufen.

Du gehst zu Target. Mehr gestresste Einkäufer und Menschen, die um den letzten Truthahn ringen, während du hoffst, dass deine Freundin keinen Truthahn kochen will. Du erreichst die Gartenabteilung und entdeckst den letzten Weihnachtsbaum. Er ist kleiner als deine Schwester mit fünf Jahren, fast die Hälfte seiner Nadeln ist schon abgefallen und seine Krone abgebrochen. Er ist ein elender Anblick, aber du nimmst ihn trotzdem. Deine Freundin wird verstehen, warum du nicht zu einem anderen Laden gefahren bist, nicht weil du faul bist und dir euer Weihnachtsfest egal ist, sondern weil du der Baum bist. Du bist ein kaputter Mensch, dein Herz ist schon seit der Kindheit gebrochen, dein Daddy-Komplex wird nie vergehen, deine Sucht nach dem Schreiben ebenfalls nie. Du bist wie der Baum, ein Elend, und trotzdem bist du fähig zu lieben und würdig zurückgeliebt zu werden.

Du kommst nach Hause, nicht in deine Wohnung, sondern in die deiner Freundin, weil deine Freundin jetzt dein Zuhause ist. Sie sieht den Baum, eingepackt in dem Netz. Sie lächelt, denn du bist schlau und hast daran gedacht, einen Baumständer einzukaufen. Du packst ihn aus und legst die Pappe auf den Stapel des restlichen Mülls der Weihnachtsdekoration. Deine Freundin schneidet das Netz des Baumes auf, der Tannenbaum reicht ihr bis an die Hüfte, sie hievt ihn problemlos in den dunklen Ständer und schüttet dann mit einer grauen Gießkanne Wasser hinein. Euer krummer kaputter Baum steht. Ihr betrachtet ihn. Deine Schulter berührt die ihre, du verflichtst eure Finger ineinander, sie legt den Kopf auf deine Schulter und du drückst ihr einen Kuss auf das Haar. Ihr seid euch einig: Er ist perfekt. Und so liebt ihr euch. Sofort. Reißt euch die Kleidung vom Körper, und endlich, endlich bist du in ihr. Du schließt die Augen, füllst deine Liebe mit Liebe aus, atmest eine Mischung aus ihrer warmen Vanille und dem Geruch vom Tannenbaum ein und weißt, es wird nicht besser im Leben werden und so kommst du mit ihr zusammen, eure Wohnung voller Liebe.

Es ist Weihnachten. Heiligabend. Deine Freundin steht in der Küche, kocht Spaghetti mit Pesto und Hähnchen, weil sich deine kleine Schwester das so gewünscht hat. Ihr habt sie eingeladen, deine alkoholabhängige Mutter betrinkt sich wahrscheinlich in einer Bar mit dem billigsten Whiskey, den es gibt, weil Whiskey das Lieblingsgetränk deines Vaters war. Aber heute ist ein guter Abend, das erste Mal, dass du Weihnachten wirklich feierst, und so verdrängst du den Gedanken. Stattdessen lümmelst du dich zusammen mit deiner Schwester auf das Bett deiner Freundin. Ihr schaut *Kevin allein zu Haus*, der Geruch von frischem Basilikum steigt in deine Nase und die bunte Lichterkette des Tannenbaums blinkt. Deine Schwester lacht, Kevin besiegt die Einbrecher, bekommt von seiner Mutter am Ende des Films eine dicke Umarmung und du gibst deiner Schwester einen väterlichen Kuss auf die Stirn. Das Essen ist fertig, jeder von euch hat eine rote Serviette mit einem Schneemann auf dem Schoß und nach dem Nachtisch, ein Tiramisu, weil deine Schwester seit neustem Kaffee trinkt, stellt ihr euer Geschirr in die Spüle, schreitet zwei kleine Schritte zum Tannenbaum und setzt euch auf das alte Laminat. Deine Schwester will Spiele spielen, deine Liebe gewinnt die Uno-Partie und deine Schwester *Mensch, ärgere dich nicht*. Eigentlich bist du der Verlierer des Abends, doch fühlst dich trotzdem wie der Gewinner der Welt.

Am nächsten Morgen verstehst du, warum deine Freundin einen Victoria's-Secret-Gutschein gekauft hat, denn sie übergibt den rosa Umschlag deiner Schwester, die quietscht und Freudentränen in den Augen hat. Du verziehst dein Gesicht, weil du daran denken musst, wie deine Schwester sich Unterwäsche aussucht, die du dir eigentlich nur an deiner Freundin ausmalen willst. Aber dein verwirrter Gesichtsausdruck ist nicht von langer Zeit, da deine Schwester dir ihr Geschenk überreicht, eine Ausgabe aller gesammelter Werke von Hemingway und eine Packung Kondome, worüber du lauthals lachen musst und deine Liebe beschämt errötet. Na ja, ich habe mir überlegt, was du am dringendsten brauchst und da ist meine Freundin Maya auf diese Idee gekommen, sagt deine Schwester voller Überzeugung und du lachst noch lauter, deine Liebe wird noch röter und du weißt, das ist das beste Weihnachtsfest ganz Amerikas.

Deine Schwester bleibt nicht lange und verzieht sich wieder in deine Wohnung, weil sie euch Zweisamkeit schenken will. Deine Freundin protestiert, stellt sich vor die Haustür und kneift die Augen wie ein stämmiger Türsteher zusammen. Dein Mund verzieht sich zu einem Schmunzeln und deine Schwester verschwindet, sagt, dass sie sowieso allein sein will, damit sie online auf *Victorias-Secret.com* shoppen kann. So lässt deine Liebe deine Schwester mit zusammengepressten Lippen gehen, bevor du dich erhebst und deine Freundin von hinten umarmst. Du küsst ihren Nacken, dein Herz umhüllt von Wärme und dein Körper umgeben von der Welt in ihrer besten Facette. Wenig später packt deine Freundin das größte Paket von allen aus und du bist nervös. Eigentlich bist du kreativ und ein sehr verliebter Freund, aber im Geschenkemachen bist du eine Katastrophe, aber als deine Freundin vor Freude über das noch nicht aufgebaute Bücherregal kreischt und dazu noch den Gutschein für Barnes & Noble entdeckt, denkst du dir: Vielleicht bist du doch gar nicht so schlecht im Geschenkemachen. Deine Freundin sagt, Alec, das Geschenk ist perfekt, ich sag mir schon seit September, dass ich mir endlich ein Bücherregal kaufen muss, du bist der Beste! Du lächelst, denn deine Freundin hat recht, es ist perfekt, doch du meinst nicht das Regal, sondern plötzlich dein Leben, obwohl du der größte Miesepeter warst, aber anscheinend ändern sich die Dinge. Du öffnest das Geschenk, das deine Liebe dir übergibt. Eine Pinnwand für deine Ideen und Inspirationen, in der Mitte ein Blatt angeheftet, auf dem steht: Du bist der nächste Bestsellerautor. Stürmisch küsst du deine Freundin, könntest die ganze Welt küssen, sogar deine Mutter, denn du bist glücklich, so richtig zufrieden und dann liebst du deine Freundin mit deinem Körper auf ihrem Bett und weißt, sie ist das schönste Geschenk, das du je auspacken durftest. Du liebst sie zärtlich, zuerst langsam, ganz langsam, quälend langsam, hast deine Augen die ganze Zeit geschlossen, nimmst dir Zeit, denn die habt ihr. Sie spreizt die Beine stärker, flüstert, Alec, bitte … Und du weißt genau, was mit Bitte gemeint ist, liebst das Wort aus ihrem Mund, wenn sie nackt unter dir ist oder auf dir oder vor dir. Also gibst du euch beiden das, was ihr wollt, ihr verliert euch in euren Körpern, in eurer Liebe, in allem, was ihr füreinander seid. Du fragst dich, warum dein Körper nicht explodiert, du nicht platzt, denn deine Gefühle sind viel zu riesig für den begrenzten menschlichen Körper, in dem du steckst. Wenig später seid ihr außer Atem und liegt keuchend auf der weichen, frisch gewaschenen Bettwäsche. Ihr rollt euch auf die Seite, du verknotest eure Beine ineinander und weißt, dass eure Herzen nie wieder voneinander gelöst werden können. Du küsst deine Liebe hinter dem Ohr, sie kichert, eure Gesichter sind auf das Fenster gerichtet. Draußen schneit es, weiße Schneeflocken sickern auf die Straßen New Yorks und nicht nur dein Leben ist heute perfekt, sondern auch die ganze Welt. Mit einem Lächeln drehst du das Gesicht deiner Liebe zu dir und küsst sie, der Kuss schmeckt nach Liebe, Weihnachten, Perfektion und *Für immer*.

Kapitel 40

»Where you are,
right here and now,
this is how bad stories end.
But it's also how the best stories, begin.«

Iain Thomas

India

Vor Alecs Fenster war es dunkel, der Wecker neben seinem Bett zeigte nicht einmal sechs Uhr morgens an. Nur im Schlaf atmete er so ruhig und gleichmäßig. Ich leckte mir über die Lippen und strich ihm behutsam eine verirrte rote Haarsträhne aus der Stirn. Dann beugte ich mich zu ihm, um ihm zärtliche Küsse auf die Schläfe zu hauchen.

Ich war schlaflos.

Mein Herz donnerte, meine Finger zitterten, weil ich wusste, ich musste Alec die Wahrheit erzählen. Schluckend setzte ich mich auf, betrachtete ihn genauer und brannte mir jedes seiner Details in mein Gedächtnis ein, denn ich liebte sogar das kleine Muttermal auf seiner rechten Schulter. Als ich tief Luft holte, atmete ich dabei den Geruch von Zimt ein, weil Sophia sich gestern Zimtplätzchen gewünscht hatte. Ich schloss die Augen und wusste, ich würde sie vermissen und vor Sehnsucht nach Alec wahrscheinlich umkommen. Aber ich konnte nicht bleiben. Denn ich hatte Pflichten zu erfüllen, war eine Thomson aus Alabama, die sich niemals in einen kaputten Schriftsteller hätte verlieben dürfen.

Ich saß neben meiner schlafenden Liebe des Lebens und brauchte nicht darauf zu warten, dass mein Herz bei unserem Abschied brechen würde, denn es teilte sich allein bei dem Gedanken daran in zwei zackige schmerzende Teile. Eine Träne lief meine Wange hinunter.

Es war Zeit zu gehen.

Leise und behutsam löste ich mich aus der Decke und schob dabei vorsichtig Alecs große Hand von meinem nackten Oberschenkel. Dann stand ich auf, das Laminat fühlte sich eisig unter meinen Füßen an. Ich suchte nach meiner Kleidung, denn ich war nackt, weil Alec darauf bestand, dass wir niemals mit Kleidung ins Bett gingen.

Ich konnte nicht anders, als zu lächeln.

Mein Blick klebte auf Alecs muskulösem Rücken. Am liebsten wäre ich wieder zu ihm ins Bett gekrochen und hätte ihn küssend geweckt, bevor wir uns geliebt hätten. Doch ich war nicht nach New York gereist, um zu lieben, sondern um frei zu sein.

Abrupt hielt ich inne.

Ich war mir sicher gewesen, Freiheit wäre das beste Gefühl der Welt. Doch jetzt stand ich hier, meine Beine so weich wie die eines zum ersten Mal verliebten vierzehnjährigen Mädchens, was ich ja auch war; verliebt natürlich, nicht vierzehn. Ich war frei, doch gleichzeitig eine Gefangene meiner Gefühle. Ich besaß ein Herz, das pochte und vor lauter Liebe für diesen jungen Mann vor mir überquoll. Plötzlich dachte ich darüber nach, wie Menschen nicht nach Freiheit, sondern vielleicht einfach nach Liebe streben sollten. Sie ließ einen fliegen und das sogar ohne Flügel.

Lautlos suchte ich meine Kleidung auf Alecs Sessel zusammen, zog sie mir über und wusste, ich war ein Feigling. Denn ich überlegte, wortlos zu verschwinden und ihm nur einen Brief zu überlassen. Alec hätte das verstanden. Er liebte geschriebene Worte genauso wie ich. Er hätte von einem Brief mehr als von meinen weinenden Sätzen, zittriger Stimme und tränenden Augen gehabt.

Ich würde India fragen, ob sie bei mir einziehen wollte.

Als ich vor einer Stunde aufgewacht war, hatte ich geseufzt, weil ich dachte, ich hielte ihren wunderbar kurvigen Körper in den Armen, nur um keine Sekunde später festzustellen, dass ich mein Kissen umarmt hatte. Ich hatte den Kopf über mich selbst geschüttelt und daran gedacht, was für ein verliebter Idiot ich doch war. Doch ich schob den Gedanken sofort zur Seite, denn ich wusste, mein Leben war noch nie besser gewesen.

Ich liebte India Thomson, India Thomson liebte mich. Also, warum Zeit verlieren? Ich wusste doch, sie war die Eine. Keinen Morgen mehr wollte ich aufwachen, ohne ihren Körper neben meinem zu spüren.

Ja, verdammt noch mal, ich war ein liebeskranker Mann.

Doch ich lächelte trotzdem, denn es war das beste Gefühl meines Lebens.

Jetzt saß ich auf meinem chaotischen Bett, das nur gemacht war, wenn India mich dazu aufforderte, während sie uns Pancakes zum Frühstück backte. India hatte einen Putzfimmel, was ziemlich gut war, denn ich war viel zu chaotisch. Sie und ich passten einfach perfekt zusammen.

Ich band mir die Schnürsenkel meiner Winterstiefel zusammen und ging aus der Wohnung. Ich war versucht, an Indias Haustür zu klopfen. Ich hielt inne und lauschte an ihrer Tür.

Kein Lachen von Phil Dunphy, keine Texte von The Killers. Sie war nicht zu Hause.

Vielleicht hatte sie etwas zu tun. Vielleicht einen Termin, sagte ich mir, und beschritt den Weg zu meinem Arbeitsplatz. Als ich die Buchfiliale betrat, war sie überfüllt mit Käufern, die ihre geschenkten Gutscheine einlösten, indem sie hohe Bücherstapel mit zittrigen Armen zur Kasse trugen. Die Schlange zum Bezahlen reichte bis in die Abteilung für die All-time-sellers und alle Kassen waren besetzt, die Verkäufer gestresst, die Kunden, die etwas umtauschen wollten, in Eile.

Es war drei Tage nach Weihnachten, während ich aus Erfahrung wusste, dass jeder Tag bis zum neuen Jahr so aussehen würde. Seufzend schlurfte ich in den Mitarbeiterraum, zog mir das dunkelgrüne Poloshirt über und begann meine Schicht. In meiner Pause ging ich zum Starbucks in der dritten Etage.

Auf der Rolltreppe checkte ich mein Handy, bevor ich die Nachricht von Maxton las, in der er mich daran erinnerte, dass India und ich zu seiner Silvesterparty eingeladen waren. Evelyn hatte mir eine Nachricht auf WhatsApp geschrieben, in der sie mir sagte, dass sie mich unterschätzt hätte, sie meinte, ich wäre fast so romantisch-kitschig wie Jamie zu Ava und fügte dabei den Link eines Videos hinzu. In dem Video war ich in Mr. Fallons Seminar zu sehen, wie ich das Gedicht für India vorlas. Großartig, anscheinend hatte mich einer der Deppen gefilmt. Doch mich störte das nicht. Ich schämte mich nicht für meine Worte, denn sie waren wahr und hatten mir dabei geholfen, India davon zu überzeugen, dass ich in sie verliebt war. Ich scrollte weiter durch die verschiedensten Apps und fand wieder kein Lebenszeichen von India. Keinen Moment später atmete ich den Duft von Kaffeebohnen, Kürbissirup und Sahne ein und entdeckte Ava am Tresen. Bestimmt schritt ich auf sie zu und ignorierte dabei die schmachtenden Blicke der drei Mädchen am Tisch ganz links, denen ich vor einer halben Stunde gezeigt hatte, wo die neusten Erotikromane standen. Als ich Ava erreichte, bemerkte sie mich nicht. Sie wischte gedankenverloren mit einem Lappen über eine Stelle, die schon längst sauber war.

»Ava«, fragte ich. »Ist alles okay mit dir?«

Sie hob den Kopf und hätte mir keine Antwort auf die Frage geben brauchen, denn ihre Augen waren rot und geschwollen. Ich wusste, ich könnte heute keinen entspannten Abend mit India verbringen, weil ich bei Jamie aufkreuzen müsste.

Was würden meine Freunde nur ohne mich tun?

»Was machst du hier, Alec?« Ava schniefte und der Lappen hörte auf, den Tresen zu putzen.

»Hast du etwa vergessen, dass mein Arbeitsplatz genau zehn Meter von deinem entfernt ist?« Ich hob eine Augenbraue.

»Natürlich«, murmelte sie, bevor sie sich räusperte. »Soll ich dir einen kalten Kaffee machen?«

»Das wäre toll, aber nur, wenn du mir vorher verrätst, was Jamie diesmal verbockt hat.«

Ich schenkte Ava ein mitfühlendes Lächeln, denn ich war nicht mehr Alec der Eisbrocken, sondern Alec, der jetzt liebte und Eis zum Schmelzen brachte. Doch Ava übersah meinen freundschaftlichen Trost und kniff stattdessen die Augen zusammen.

»Bei Jamie und mir ist alles in bester Ordnung«, sagte sie schnippisch.

Ich hob die Hände hoch. »Wow, Ava. Alles okay. Ich habe mich nur um dich gesorgt.«

Sie schüttelte den Kopf und ignorierte meine Bemerkung. »Hat India schon mit dir geredet?«

»Nein, worüber sollte sie mit mir geredet haben?«

»Zum Beispiel über ihre Kündigung.«

»Davon weiß ich nichts.« Ich runzelte die Stirn.

»Du kannst mir nichts vormachen.« Sie drehte sich um und machte mir den Kaffee, um mir keine Chance zu geben, etwas zu erwidern.

»Hier«, sagte sie Momente später und stellte den Pappbecher auf den Tresen.

Ich drückte ihr drei grüne Scheine in die Hand, mit einem lauten Ping öffnete sich die Kasse und Ava verstaute das Geld.

»Ava«, begann ich ein letztes Mal. »Ist wirklich alles okay?«

Sie musterte mich Sekunden viel zu genau. Dann seufzte sie.

»Falls du wirklich nichts wissen solltest, würde ich dir dringend empfehlen, dein Herz in die Hand zu nehmen und es vor India in Sicherheit zu bringen.«

Ich schüttelte den Kopf und suchte dabei nach versteckten Kameras, die ich nicht fand.

»Der nächste, bitte«, rief Ava, bevor ein älterer Mann mich von meinem Platz drängelte.

Als ich aus dem Starbucks schritt, konnte ich nicht aufhören, mich zu fragen, was zum Teufel nur in Ava gefahren war. Sofort erwachte der Schriftsteller aus den Tiefen meines Körpers. Er wollte über diese Begegnung philosophieren, weil sie kurios, widersprüchlich und spannend war.

Ich konnte nichts dafür, dass ich vor offenen Augen eine beschriftete Leinwand sah, auf der mein Schriftsteller die Ideen notierte:

1. Zwischen Ava und Jamie läuft es nicht gut, also greift Ava zu Schlaftabletten, die bewirken, dass sie so verrückt wird, dass sie ihren Freunden komische Ratschläge gibt.

2. Ava hat Angst schwanger zu sein und leidet deshalb unter extremen Stimmungsschwankungen, weshalb sie auf jeden und alles sauer ist.

3. Ava weiß etwas, das ich nicht weiß.

Ich dachte genauer über die dritte Möglichkeit nach und verfing mich in der Idee. Meine Gedanken sprinteten das erste Mal seit Tagen frei los und hörten nicht auf, mir schreckliche Möglichkeiten aufzuzeigen, die ich nicht aufschreiben, sondern einfach nur verdrängen wollte.

Als das Handy in meiner Hosentasche vibrierte, war das eine mehr als willkommene Ablenkung. Ich atmete erleichtert aus und schob den Hörer zur Seite. Bestimmt war es India.

»Baby«, sagte ich mit einem Lächeln auf den Lippen. »Ich hab mir Sorgen um dich gemacht, warum hast du denn nicht –«

»Mr. Carter, hier ist Mr. Kahn.«

»Oh.« Ich raufte mir durch die Haare. »Entschuldigen Sie, Mr. Kahn, ich habe einen Anruf von jemand anderem erwartet. Was kann ich für Sie tun?« Ich hoffte inständig, dass Mr. Kahn mich nicht kontaktierte, weil sich ein Mieter über meine fragwürdigen Qualitäten als Hausmeister beschwert hatte.

»Ich wollte fragen, ob im Haus soweit alles okay ist. Wir haben lange nicht mehr voneinander gehört«, sagte Mr. Kahn, seine Stimme klang ruhig und geschäftlich, also alles so wie immer.

»Alles bestens«, erwiderte ich, ging von der Rolltreppe runter und steuerte auf die nächste zu.

»Gut, gut.« Es folgte eine Pause. »Ihre Nachbarin Indiana Thomson ...«

»Ja?« Meine Stimme zitterte, in meinem Hals ein Kloß, den ich nicht herunterschlucken konnte.

»Sie wird ja in den nächsten Tagen ausziehen, könnten Sie bitte dafür Sorge tragen, dass zeitnah Strom, Wasser und Gas abgedreht werden? Ich wünsche Ihnen einen guten Rutsch ins neue Jahr.«

»India zieht aus?«, rief ich so laut, dass meine Stimme die Musik aus den Lautsprechern übertönte.

Kunden drehten ihre Köpfe zu mir um, sie alle hatten mich verstanden, nur Mr. Kahn nicht, der bereits aufgelegt hatte.

Ich wusste, dass meine Gedanken, Ideen und Charakterskizzen nie etwas anderes als schrecklich und rücksichtslos gewesen waren. Seit Jahren hielt ich mich für den König der fiktiven Grausamkeit. Was für ein dummer, dummer Mensch ich doch gewesen war. Niemand hielt schrecklichere Wendungen als die Welt an sich bereit.

Kapitel 41

India

Ich konnte das nicht.

Zum siebten Mal knüllte ich ein Blatt Papier zwischen meinen Fingern zu Müll. *Müll.* Genau das waren die Worte, die ich wieder und wieder schrieb, obwohl ich wusste, sie waren falsch. Jeder Satz, jeder Buchstabe, sogar jedes Komma wäre nicht richtig gewesen. Jeder Gedanke daran, Alec zu verlassen, brannte in meinem Kopf. Aber es war kein gutes Brennen, die Flammen so zerstörerisch, dass sie mein Herz wieder und wieder verkohlten.

»Ich kann das nicht«, sagte ich laut in die Wohnung, die ich von der ersten Sekunde an gehasst hatte.

Sie war klein und roch immer nach Dreck, egal, wie oft ich wischte. Die Wände stets gelb, auch wenn ich versucht hätte, die Raufaser zu überstreichen. Und trotzdem wollte ich sie nicht verlassen. Ich erhob mich von meinem Bett und steuerte auf mein Fenster zu. Ich starrte in den grauen Himmel und musste an meine Großmutter denken. Es war nicht diese schäbige Wohnung gewesen, die sie mir vermacht hatte. Nein, meine Granny hatte mir Freiheit vererben wollen, damit ich meine Träume verfolgen könnte.

Und was machte ich? Ich war ein Feigling und wollte weglaufen. Wieso? Weil Thomson mein Nachname war, und eine Thomson nicht nach New York, sondern nach Alabama gehörte; das hätte meine Mutter mir jetzt gesagt. In die Heimatstadt, wo das Ansehen stinkreicher Familien wichtiger als die Gefühle Einzelner waren. Dort, wo ein Mann auf mich wartete, um mir einen Heiratsantrag zu machen, von dem meine und seine Eltern wollten, dass ich ihn annahm. Die Erins und die Thomsons waren die reichsten und einflussreichsten Familien der Stadt, während jedermann erwartete, dass Jared und ich zusammen die Fusion perfekt machen würden, indem wir auf Galas für Kameras lächelten. Jungfräulich heirateten. In das Anwesen seiner verstorbenen Großeltern zogen, bevor Jared Erin das Familienunternehmen übernehmen würde und ich Kinder kriegen und sie christlich und streng erziehen würde. Das Image der perfekten Südstaaten-Familien beibehalten. So wie unsere Eltern es getan hatten und ihre Eltern und deren Eltern …

Wenn es einen Himmel gab und meine Granny gerade auf mich herabschauen würde, wäre sie enttäuscht von mir gewesen, dass ich auch nur eine Sekunde gedacht hätte, ich könnte dieses vorgefertigte Leben führen. Ich war der Freiheit wegen nach New York gekommen. Und jetzt schrie mich mein Herz der Liebe wegen an, zu bleiben.

Ich hatte mein Herz an die grellen Lichter am Times Square verloren. Mich sogar in den Central Park verliebt, als die Bäume kahl waren und der Himmel grau. Ich mochte, dass New York nie schlief, weil ich mich dann nicht so verrückt fühlte, wenn ich vor fünf Uhr morgens kein Auge schließen konnte. Ich liebte Ava, Jamie, Maxton und Evelyn, weil sie mir ans Herz gewachsen waren.

Und vor allen Dingen liebte ich Alec.

Gott, Alec. Er war der Eine, ich spürte es. Unter meiner Haut, unter meinen Knochen, auf meiner Seele und in meinem Herzen. Doch was ich in New York fast noch mehr liebte als Alec? Mich selbst. Die Version von mir, die das studierte, wofür mein Herz schlug. Die Freiheit, die ich mit jedem Atemzug einatmete, das Gefühl von unendlich vielen Möglichkeiten, wenn ich ausatmete.

Ich schloss die Augen und mein Entschluss stand fest.

Ich würde New York nicht verlassen. Ich konnte und wollte nicht. Auch nicht in zehntausend Lichtjahren. Ich schwor, wie ich meine Eltern kilometerweit entfernt fluchen und protestieren hörte. Wie Jared wie wild um sich schlug und mir erklärte, dass das nicht ginge, dass ich nicht machen konnte, was ich wollte, weil ich eine Thomson war und Pflichten hatte.

Doch wiederum schwor ich auch, dass mein Herz in dem Moment der Entscheidung laut mit den Flügeln schlug, während ich spürte, wie meine Granny nicht mehr enttäuscht mit dem Kopf schüttelte, sondern mich breit anlächelte.

Ich spülte die missglückten Briefversuche die Toilette hinunter. Ich putzte meine Wohnung und saugte sogar die Ecken, vor denen ich mich vor lauter Schmutz gefürchtet hatte. Ich wollte, dass alles perfekt war.

Natürlich würde ich ein Gespräch mit Mr. Kahn führen müssen, in dem ich ihm erläuterte, dass ich zurückkommen würde. Ich müsste zurück nach Hause fahren, um meinen Eltern zu erklären, dass ich nicht mehr nach ihrer Nase pfeifen und in New York studieren würde, ob ihnen das nun passte oder nicht. Aber als Erstes würde ich mit Alec reden. Ihm alles erklären und ihm sagen, wer ich wirklich war, nämlich die Erbin einer der reichsten Familien in den Südstaaten. Dabei hoffen, dass er mir trotzdem verzeihen würde, wenn ich ihm erklärte, dass ich ihn verlassen wollte, nur um zu realisieren, dass ich nicht mehr ohne ihn konnte und ihn für immer nur eine Wand entfernt von meiner wissen musste.

Ich ging in den Supermarkt, kaufte Reis, Gemüse und Fleisch, bevor ich zurück in meiner Wohnung den Topf auf den Herd setzte und das beste Risotto der Welt kochte. Dann deckte ich den Tisch und stellte Kerzen auf. In meiner Wohnung roch es nach warmen Äpfeln, weil im Backofen ein Kuchen backte, den Alec und ich vielleicht später seiner Schwester schenken könnten. Ich sprang unter die Dusche, nahm mir extra Zeit, mich mit meiner Bodylotion mit Vanillegeruch einzucremen, weil ich wusste, dass Alec die mochte und zog mir Shirt und Jeans über. Der Stoff der Kleidung klebte an meiner Haut, sie war noch feucht von *Sweet Vanilla*, doch das hielt mich nicht auf, mir mein Gesicht im Spiegel anzusehen und bestimmt zu nicken.

»Ich bin Indiana Alabama«, sagte ich und schluckte, meine Stimme hallte in dem viel zu kleinen Badezimmer und in der linken Ecke sah ich wieder den Schimmel in der Ecke aufblitzen. »Mein Nachname ist Thomson und eine Thomson gehört nach Alabama, aber ich bin nicht nur Indiana Alabama Thomson, sondern ich bin auch verliebt und frei und war noch nie so glücklich in meinem Leben.« Ich nahm einen tiefen Atemzug, der Geruch meines süßen Duschgels kroch mir in die Nase und ich sah mir selbst ins Gesicht. Grüne Augen, eine Spur zu glasig und groß, blasse Haut, bei deren Anblick meine Mutter eine Bräunungsdusche angeordnet hätte. Die Haare auf meinem Kopf waren leicht zerzaust, der Flechtzopf lag lose und zu unordentlich auf meiner Schulter. In meinen Ohren hingen nicht einmal dezente Perlenohrringe, auf die meine Mutter immer bestanden hatte. Ich sah katastrophal aus. Zumindest hätte das meine Mutter jetzt gesagt, bevor sie mich zurück in mein Zimmer gescheucht und dabei gemurmelt hätte, dass ich mich verdammt noch mal wie eine Thomson-Erbin benehmen und mich so kleiden sollte. Ich wusste, ich wäre widerstandslos in mein Zimmer marschiert, hätte mir das schlichte Etuikleid, die hohen Schuhe übergezogen, die schon nach zehn Minuten schmerzten, an die Perlenohrringe und sogar an das dazu passende Armband gedacht. Ich wäre aus meinem Zimmer runter in Richtung Terrasse stolziert, Kopf gehoben, Kinn gereckt, jeder hätte gedacht, ich wäre die unnahbare Indiana Alabama Thomson, die all die Pflichten, die ihre Eltern ihr aufdrückten, mehr als bestens erfüllte. Ich hätte selbst bei den komischen Witzen des Vizebürgermeisters gelächelt, es hätte hohl in

meinen Ohren geschallt, doch all meine Gegenüber hätten zurück-
gegrinst, ohne auch nur den Hauch einer Ahnung zu haben, wie
verdammt falsch mein Lächeln sich anfühlte. Ich hätte dreimal an
meinem Glas eisgekühlten Champagner genippt, bis Jared an meiner Seite erschienen, mir das Glas aus der Hand genommen und
mich auf die Wange geküsst hätte. Seine Lippen wären kalt auf
meiner Haut gewesen, innerlich wäre ich zusammengezuckt, doch
auch das hätte niemand bemerkt. Jared hätte die Hand auf meinen
Rücken gelegt und mich nach drinnen geführt, wahrscheinlich
hätte er versucht, mich wieder dazu zu überreden, ihm wenigstens
eine Chance zu geben, während hinter uns die Gäste verträumt
geseufzt und unsere Mütter darüber philosophiert hätten, welche
Blumengestecke wohl die besten für unsere Hochzeit wären. Doch
hier, mitten in Manhattan, in meiner schäbigen Einzimmerwohnung, da waren meine alles bestimmenden Eltern nur ein Echo
in meinen Gedanken, Alabama und all seine Pflichten nur eine
Erinnerung, die ich beiseiteschieben konnte. Hier konnte ich meinen Zopf öffnen, meine Haare noch wilder über meine Schulter
fallen lassen, und niemanden würde es interessieren. Außer vielleicht Alec, der mir eine meiner verirrten Haarsträhnen hinter die
Ohren schieben, mir sagen würde, dass ich perfekt war und mich
dann schief anlächeln würde.

Alec.

Mein Herz setzte einen Schlag aus und auf meinen Lippen
lag ein Lächeln, das noch nie so echt gewesen war. Ich konnte es
kaum erwarten, ihm jeden Teil von mir zu zeigen, mit der kompletten Wahrheit herauszurücken, damit wir die Recherche, die
Illusionen und all unsere Geheimnisse vollends hinter uns lassen
würden. Ich biss mir auf die Lippen, sah mein Gesicht im Spiegel,
meine Augen leuchteten und ich wusste, es würde nicht besser im
Leben werden. Genau in dem Moment klingelte es an der Tür,
und ich wusste, ich hatte recht.

…

[tbc]

…

We are such stuff as dreams are made on,
and our little life is rounded with a sleep.

Shakespeare

Ich ging aus dem Badezimmer, meine Beine fühlten sich plötzlich leicht an, so als hätte ich die schwere Entscheidung endlich hinter mir gelassen und von nun an würde nichts mehr schwierig sein. Jede meiner Bewegungen fühlte sich federleicht an, selbst die verrostete Türklinke war nicht eisig an meiner Haut. Als ich die Tür öffnete, sah ich auf Alec. Natürlich mit einem verträumt verliebten Blick im Gesicht, weil ich mir nun sicher war, dass sich alle Träume in New York erfüllten.

»India!« Alec warf sich mir in die Arme, sein schwerer, harter Körper prallte gegen meinen und ich sog den Geruch von frischer Wäsche und Liebe ein.

Ich hatte keine Zeit, meine Arme fester um meinen Alec zu schlingen und den Moment zu genießen, denn er ließ von mir ab. Seine Augen brannten dunkel und voller Angst, als er mein Gesicht in beide seiner Hände schloss. Ich verstand nicht, wieso er Angst hatte. Dafür gab es keinen Grund mehr. Wir waren in New York und verliebt und frei und würden unser Happy End bekommen. Man musste sich nicht vor Happy Ends fürchten, wusste er das nicht? Sein Daumen strich über meine Wange und ich dachte mir, komisch, wieso fühlte sich seine Berührung nur so zart an, wenn ich doch schwor, dass ich jedes Mal verbrannte, wenn sein Jackenärmel nur meinen streifte.

»Gott, Baby«, raunte er mit seiner sexy tiefen Stimme. Sein Daumen zeichnete dabei weiter die Konturen meines Gesichts nach, so als müsste er sich versichern, dass ich gerade wirklich vor ihm stand. »Dieser Tag war die reinste Hölle. Ich bin ohne dich aufgewacht. Ava hat mir erzählt, du hast angeblich gekündigt. Mr. Kahn hat mich angerufen, um mir mitzuteilen, dass ich das Gas abdrehen soll, weil du ausziehst?! Und ich stand da, hab den Kopf zu allem geschüttelt, weil das nicht stimmt. Nicht stimmen kann!«

Er verstummte, sein Adamsapfel hüpfte und ich begann zu lachen. Laut und echt und echt belustigt, weil das doch verrückt klang.

»Das ist doch verrückt.« Ich lächelte kopfschüttelnd, denn das klang nicht nur verrückt, sondern auch absurd. Warum sollte ich gehen? Ich wollte nur noch bleiben, bei Alec, von mir auch bis in alle Ewigkeiten mit ihm in diesem ranzigen Bett und dem Schimmel über uns liegen. Mit Alec würde trotzdem alles perfekt werden, weil mit Alec Carter die Welt vor meinen Augen verschwamm, sodass ich nur noch ihn sah, spürte, hörte, wahrnahm und fühlte und Alec trotz all seiner Fehler für mich vollends perfekt war. Unperfekt perfekt eben und das war die allerbeste Art von perfekt.

Ich sah, wie sich meine Hand ausstreckte und sich die von Alec nahm. Dann beobachtete ich, wie ich Alec zu meinem Bett zog. Er trottete neben mir her, sein Kopf war gesenkt und seine Atemzüge hallten laut und irgendwie traurig in meiner Wohnung. Mein Bett quietschte, ich betrachtete mich dabei, wie ich Alec und mich dazu brachte, uns auf mein Bett zu setzen.

Moment.

Ich beobachtete uns?

Ich blinzelte, doch es stimmte, ich sah nicht auf meine gepunkteten Socken, sondern ich sah mich, ein Mädchen in schwarzen Jeans und Shirt, wie sie das Gesicht zu ihren Füßen senkte. Meine Schritte fühlten sich nicht an wie Schritte, als ich zu mir und Alec lief. Eher so als würde ich fliegen oder schweben und das ergab vorne und hinten keinen Sinn. Das hier war kein Urban-Fantasyroman, in dem die Protagonistin sich in einen verdammten Geist verwandelte. Das hier war mein Leben, vielleicht sogar *der* Moment meines Durchschnittslebens, in dem ich Alec jede einzelne Facette von mir, Indiana Alabama Thomson, zeigen würde, bevor ich hoffen würde, dass er mich trotzdem noch wollte.

Ich setzte mich neben mich selbst, doch ich spürte die Matratze unter mir nicht wirklich, das Bett gab nicht einmal nach und auch Alec schien sich nicht zu wundern, warum zwei Indias nebeneinandersaßen. Er starrte nur die andere India an. Und das so, als würde sie ihm das Herz brechen.

»Baby.« Alecs Stimme klang so verzweifelt, dass ich ihn in meine Arme nehmen wollte. »Du musst etwas sagen.«

Die India neben mir schluckte, doch antwortete nicht sofort. In der Luft lag der Geschmack von ungesagten Worten, die schmerzen würden. Und das tat mir irgendwie weh. In der Wohnung war es so leise, dass ich meinte, Alecs und die Gedanken dieser komischen India neben mir zu hören. Die Gedankenstimmen von Alec wollten kreischen und weinen, doch die von India waren schrecklicher, denn sie redeten irgendetwas davon, dass sie endlich anfangen musste mit dem Schlussmachen.

Ich verzog das Gesicht. Hier gab es kein Schlussmachen mehr. Hier gab es nur noch die Enthüllungen der letzten Geheimnisse, bevor es ein kitschiges *Und wenn sie nicht gestorben sind, dann leben sich noch heute so glücklich und verliebt, dass sogar Ava Brown die Augen über die beiden verdrehen muss* geben.

Die India neben mir nahm einen tiefen Atemzug. Sie sagte: »Es tut mir so, so leid.«

Ich starrte sie vollends verwirrt an und verfolgte, wie die eine Träne über ihre Haut lief. Alec sah sie so an, als würde es nichts Schrecklicheres geben, als geliebte Menschen weinen zu sehen.

»Ich wusste von Anfang an, dass ich gehen würde. Trotzdem habe ich mich in dich verliebt. Und was noch viel schlimmer ist: Ich habe nicht verhindert, dass du dich in mich verliebst.«

Ihre Tränen liefen weiter und gehetzter über ihre Wangen, während sie schluchzte und bald nicht mehr weinen, sondern heulen würde. Indias Worte waren klar und deutlich, doch trotzdem verstand ich nicht, was sie redete. Ich wollte ihr den Mund zuhalten, weil ich spürte, dass eine Erklärung folgen würde, die ich nicht verstehen wollte.

»Ich liebe dich so sehr, das musst du mir glauben. Noch nie habe ich für jemanden das empfunden, was ich für dich fühle, aber …«

Indias Stimme brach. Sie heulte. Ihr Körper bebte. Ihr Herz brach. Ich meinte zu hören, wie auch Alecs Herz sich teilte. Er öffnete seinen Mund abermals, nur um ihn zu schließen. Es sah fast so aus, als hätte er plötzlich keine Worte mehr, sondern nur Gefühle, die rissen, stachen und schmerzten, der Hölle auf Erden glichen, wie er India ansah, als würde sie ihn und sein Herz brechen.

»Aber ...«, sagte sie und blickte Alec nie in die Augen, stets auf den dunklen Boden vor uns. »Ich muss gehen.«

India starrte Alec an. Ich hörte, wie sein Herz wie wild trommelte. Mein Blick zuckte sprachlos zwischen den beiden hin und her. Das ergab alles keinen Sinn.

Ich erhob mich. Ich konnte mir nicht mehr ansehen, wie diese komische India neben mir meinem Alec das Herz brach. Es gab nämlich keine Herzen mehr zu brechen, nur welche zu heilen und zwar mit Liebe.

»Stopp!«, schrie ich, stemmte die Hände in die Hüften und funkelte India aus meinen Augen an. Doch keiner der beiden wandte seinen Blick auf mich und ich hatte das Gefühl, als hätten sie mich nicht gehört.

Alec flüsterte: »Warum hat Mr. Kahn gesagt, dass du ausziehst? Warum hast du deinen Job bei Starbucks gekündigt? Warum hat Ava mir geraten, mein Herz vor dir zu verstecken?«

India schniefte, bevor sie sagte: »Weil ich bis zum ersten Januar ausgezogen sein werde.« Ihre Lippen zitterten. »Ich habe meinen Job bei Starbucks gekündigt, weil ich in drei Tagen nicht mehr hier sein werde. Und Ava ist die beste Freundin, die du je haben wirst, weil sie mit ihrem Ratschlag recht hat.«

Ich schüttelte den Kopf und schrie so laut, dass es selbst in meinen eigenen Ohren schmerzte: »Stopp!«

Doch wieder hatte mich keiner gehört.

Alec schluckte, in seinen Augen bildeten sich Tränen und er sah India so an, als würde er nicht verstehen, was *Ich muss gehen* aus ihrem Mund bedeutete. »Warum hat sie recht?«

India, diese schreckliche Herzensbrecherin, sagte: »Weil ich ein schrecklicher Mensch bin, Alec. Mein Name ist Indiana Alabama Thomson. Tochter einer der reichsten Familie der Südstaaten.

Meine Eltern, sie … Ihre Pläne für mich sehen anders als meine eigenen aus. Galas, schicke Dinner, gefälschte Lächeln, einen Ehemann, den ich niemals lieben könnte, doch sie sehr wohl, weil unsere Familien vereint unschlagbar wären.« Sie schluckte. »Also bin ich weggerannt, um mir selbst ein knappes Semester in New York zu schenken. Ich wollte ein paar Monate in Freiheit leben. Wissen, was es heißt, niemandem, nur mir selbst etwas schuldig zu sein. Ich schwöre bei allem, an das ich glaube, dass ich mich nicht in dich verlieben wollte. Dass es in einem Desaster enden würde, wusste ich. Aber ich konnte nichts dagegen tun, Alec.«

Sie verstummte, ich ballte die Hände zu Fäusten. Ihre Worte machten mich sauer. So richtig wütend wie es nur zwei Vollpfostenprotagonisten in Liebesromanen konnten, die sich liebten, doch vor ihrer Liebe vierhundert Seiten lang wegrannten. Ich schrie wieder, diesmal kein Stopp, sondern nur verzweifelte Schreie, die wieder niemand außer mir zu hören schien.

Alec wischte sich eine Träne von der Wange. »Du musst zurück nach Alabama gehen?«

»Ich …« India verstummte, bevor sie mit demselben Gesicht wie meinem nickte. »Ja. Mir ist bewusst geworden, dass das zwischen uns nie funktionieren könnte, Alec. Ich bin eine Thomson. Ich habe Pflichten. Ich muss gehen. Ich kann nicht mehr so tun, als wäre ich jemand, der ich nicht bin.«

»Aber …« Weitere Tränen liefen Alec über die Wange, doch er hielt sich nicht einmal damit auf, sie sich wegzuwischen. »Aber, India, Baby, das ergibt überhaupt keinen Sinn. Wir lieben uns. Wir lieben uns so sehr, dass die Welt plötzlich Sinn macht, obwohl sie das vorher vorne und hinten nicht getan hat. Aber wenn wir zusammen in einem Bett liegen … Wenn wir in einem Bett liegen, ist alles gut.« Eine Träne verfing sich in seinem linken Mundwinkel und er schluckte. »Willst du wirklich gehen?«

Indias Lippen zitterten, sie schwieg und ich schrie für sie und für mich: »NEIN! Indiana Alabama Thomson will verdammt noch mal nicht gehen. Außer du willst gehen. Dann geht sie mit dir, weil die Welt mit dir für sie plötzlich auch Sinn macht.«

Doch meine Worte begannen in meinen Ohren so leise widerzuhallen, dass ich sie selbst nicht verstand.

»Du willst nicht gehen, dann geh nicht! Du hast einen Studienplatz, du hast Freunde, die dich vermissen werden. Du hast mich, Indiana Alabama Thomson. Dir gehört mein Herz, und wenn du jetzt gehst, dann brichst du meine Seele.«

Alec erhob sich und stellte sich neben mir auf.

Er war mir so nah, dass ich seinen Geruch nach frischer Wäsche hätte riechen müssen, doch da war nichts. Er deutete auf die Stelle links in seiner Brust, so als wollte er, dass India sah, was sie mit ihm machte. Das war der Moment, in dem sich India ebenfalls erhob. Wieder standen wir drei nebeneinander. Ich beobachtete, wie India ihre Hand ausstreckte und ihre Finger mit denen von Alec verwob. Ich verstand sie nicht. Sie sagte, sie würde ihn verlassen, obwohl es dafür keinen Grund gab und jetzt nahm sie seine Hand? Wer zum Teufel war sie? Bella aus Twilight Teil drei, die sich nicht zwischen Jacob und Edward entscheiden konnte? Die nervigste Protagonistin aller Zeiten, bei der jeder Leser das Buch an die Wand schmeißen, India innerlich verfluchen und sich dabei wünschen würde, Alec würde sie verlassen, weil sie genau das verdiente?

»Wenn ich eine Wahl hätte«, sagte India so, als hätte Granny India keine Freiheit vermacht und sie könnte jede Entscheidung so treffen, wie sie wollte. »Wenn ich keine Thomson wäre, Alec, dann würde ich dich wählen. Immer dich. Du hast deinen Namen nicht nur auf mein Herz geschrieben, sondern dich in meine Seele eingraviert.«

Indias Lippen schlossen sich, Alecs öffneten sich zu keiner Antwort. Er starrte sie so an, als hätte er seine geliebten Worte verloren, obwohl das auch keinen Sinn ergab, weil er doch ein Schreibgenie war.

Kopfschüttelnd sah ich die beiden an. Ich raufte mir durch die Haare, beobachtete, wie Alec und India sich ein letztes Mal ansahen. Dann beugte Alec das Gesicht zu dem von India und drückte seine Lippen auf ihre. Mit geöffnetem Mund stand ich neben den beiden und verstand nichts von dieser Szene.

Der Kuss war viel zu kurz, India löste sich als erste.

Alecs Augen waren noch geschlossen, als er murmelte: »Die Liebe, liebste India, ist ein schrecklicheres Monster, als dass mein Schriftsteller es je sein könnte.«

Dann drehte Alec India den Rücken zu, verließ sie, bevor sie ihn verlassen konnte, so als würde er diese schreckliche, schreckliche Liebe nicht mehr ertragen. Obwohl es India war, die niemand verstand und die jeder sie aus dieser Geschichte verbannen wollte.

Die Tür fiel ins Schloss, India neben mir fiel geschlagen zu Boden. Sie begann zu weinen und ich wollte, dass sie für immer litt, dass mir jemand Popcorn brachte, damit ich ihr es gegen den Kopf werfen könnte, wie ich es bei High School Musical 3 Gabriella an den Kopf werfen wollte, als sie ihren Troy Bolton verließ.

»Du bist eine schreckliche, schreckliche Protagonistin«, schrie ich. »Ein Feigling, der von der Liebe wegläuft.«

Doch sie hörte mich nicht.

Sie hörte mich nicht, als ich ihr sagte, sie solle aufhören, ihre Sachen zusammenzupacken, weil noch nichts verloren war, sie einfach an Alecs Tür klopfen solle und Alec ihr verzeihen würde. Sie hörte mich nicht, als sie ihre Bücher aus ihrem brandneuen Bücherregal nahm und selbst die Charaktere ihrer Lieblingsgeschichten sie anschrien, dass sie den größten Fehler ihres Lebens beging. Sie hörte mich nicht, als ich ihr in das Treppenhaus folgte und ihr erklärte, dass Alec neben ihr wohnte und nicht im Erdgeschoss, das sie ansteuerte. India hörte mich nicht, als ich sie fragend anschrie, wieso zum Teufel sie die Schlüssel zu ihrer Wohnung in Alecs Briefkasten schmiss und dann verharrte. Ihr Blick schlängelte sich an der verschmutzten Fassade des Wohnhauses entlang, bevor er an den Fenstern der siebten Etage hängen blieb. Ich sah, wie ihr eine Träne die Wange entlanglief und schrie: »Das hast du verdient. Aber ich habe das nicht verdient, hörst du? Ich wollte das nicht! Warum tust du mir das an?«

Aber India drehte ihrer Wohnung den Rücken zu, so als wäre es nicht mehr ihre Wohnung und schaute nicht mehr zurück. Ich protestierte, indem ich mich an ihre Arme klammerte, versuchte sie wieder zurückzuzerren, doch es war, als wäre ich nichts weiter als ein luftiger Geist, den niemand sah.

So verließ India also Alec, während ich schrie: »Ich hasse dich! Ich gebe deiner Geschichte Minus drei Sterne auf Amazon. Du bist schrecklich. Dieses Ende ist beschissen. Wie kannst du nur sein Herz brechen? Und meins gleich dazu! Wieso tust du uns das an? Das macht doch alles überhaupt keinen Sinn!«

Sie verschwand im Trubel von New York, keines meiner Worte hatte sie gehört.

Ich hingegen verharrte an der Haustür. Sie war geschlossen. Warum zum Teufel hatte sie sonst jeden Tag offen gestanden und war jetzt verdammt noch mal zu, wenn ich keinen Schlüssel hatte? Ich klopfte gegen die Tür und wusste, meine Knöchel hätten bluten müssen, doch ich spürte keinen Schmerz. Es war, als wäre ich gar nicht da. Ich sah, wie Regentropfen auf den Boden fielen, doch ich spürte sie nicht auf meiner Schulter. Ich hatte das Gefühl, als würde die Welt vor meinen Augen verschwimmen, während der Regen auf all die Fensterschreiben und Dächer der Wolkenkratzer klopfte. Die Tropfen prasselten so laut gegen die Oberflächen, dass ich zusammenzuckte. Der Regen wurde stärker, Menschen suchten Unterschlupf unter Dächern und die Autos begannen, langsamer zu fahren. Doch ich blieb, wo ich war, hörte die Tropfen weiter prasseln, immer stärker, bis es sich wie ein Tippen anhörte. Wie ein Tippen von Fingern auf einer Tastatur. Das Geräusch war so laut, dass ich mir die Ohren zuhalten musste. Es war wie ein blutiger, stetiger, nie verklingender Schrei, der für immer in meinen Ohren hallte.

Ich kannte diesen Rhythmus; ich hatte diese Fingerspitzen schon auf meiner Haut gespürt. Ich wusste, es war Alec, der gerade auf seinem Bett saß und auf seinem viel zu alten Laptop Worte in eine Worddatei tippte, die aus ihm herausmussten, weil er sonst in alle seine Einzelteile zerfallen würde. Ich schrie seinen Namen, bis ich meine eigene Stimme nicht mehr hörte und formte seinen Namen stumm weiter. Ich wollte nicht, dass unsere Geschichte so endete.

Ich wollte eine Schlussszene, in der wir in seinem Bett lagen und ich ihm Worte auf seine nackte Haut schrieb. Ich wollte *makellos* unter seine Sommersprossen schreiben, *paradiesisch* unter seinen Lippen, bevor ich nicht anders gekonnt hätte, als ihn zu küssen. So lange, bis es mir egal gewesen wäre, dass mein Gesicht dann mit Farbe beschmiert gewesen wäre. Ich wollte *Liebe Liebe Liebe Liebe* unter sein Herz schreiben, dabei die Konturen seiner Brust nachfahren und wieder *Liebe Liebe Liebe Liebe* schreiben, bis mein Stift nicht mehr geschrieben hätte. Dann hätte ich mir einen neuen geholt und weitergemacht, *mein Jetzt* und *mein Für Immer* auf seinen Oberkörper geschrieben, bis kein Platz mehr auf seiner Haut gewesen wäre. Als Letztes hätte ich mir seine Hände geschnappt und auf jeden Finger, in der schönsten Schreibschrift, die ich hinbekommen hätte, *Geborgenheit* geschrieben. Dafür hätte ich mir Stunden genommen und Alecs Körper hätte dabei so gezittert, als würde er es nicht aushalten, dass ich nur ihn berührte und er nicht mich. Unsere Geschichte hätte damit geendet, dass Alec es irgendwann wirklich nicht mehr ausgehalten hätte, mich an sich gezogen und mich geküsst hätte. So lange, wie ich mir für seine Finger genommen hätte. Dann hätten wir miteinander geschlafen, unsere Körper so eng aneinandergepresst, bis jedes Wort auf seiner Haut auf meine abgefärbt hätte, und unter unser beider Herzen *Liebe Liebe Liebe Liebe* gestanden hätte.

Doch das war nicht unsere Endszene. Unsere Endszene bestand aus ihm, der weiter alleine tippte und aus mir, wie ich mich auf die Knie fallen ließen. Ich schrie nach India, die wiederkommen sollte, schrie abermals nach Alec, weil ich wollte, dass er India hinterherlief, um sie vom Gegenteil zu überzeugen.

Ich wusste nicht, woher ich plötzlich die Stimme des Sängers von Boyce Avenue hörte, der *Iris* coverte. Der Song vermischte sich mit meinem Schrei nach Alec. Ich verzog das Gesicht. Alec und ich hatten einen miserablen Epilog und dieses Lied war viel zu kitschig.

»Mensch, was machst du da? Steh auf!« Jemand packte mich an der Schulter und ich zuckte zusammen. Meine Augen blinzelten so, als könnten sie nicht glauben, dass der Junge mit den schwarzen Haaren und der nie verblassten Narbe auf der Stirn gerade wirklich vor mir stand.

»H-Harry?«

»India.« Er lächelte mich an. Ich musste tot sein. Im Himmel sein. Ich meine, der Zauberschüler stand vor mir!

»W-Was machst du hier?«

»Die Frage ist doch, was du hier machst.« Er hob eine Augenbraue und grinste. Er war die ältere Version, vielleicht der Harry aus Teil fünf oder sechs, seine Augen kamen mir müde vor, erzählten mir von all den bösen Kreaturen, die er schon besiegt hatte, dem Schlimmen, das er erlebt hatte, seinen Eltern und der Narbe. Doch das Grinsen auf seinen Lippen? Das war so breit und sorglos wie das im ersten Teil, als wäre er ein wirklicher Muggel, der keine Ahnung von dem hatte, was ihm noch bevorstehen sollte.

Ich seufzte. »Auf das Happy End von Alec und India warten.«

»Mit Boyce Avenue im Hintergrund?«

Meine Augen begannen zu leuchten. »Du hörst es also auch?«

»Aber natürlich.«

»Gott sei Dank.« Ich rappelte mich auf. »Ich dachte schon, ich wäre verrückt geworden.«

Andererseits machte es mich wirklich weniger verrückt, wenn eine fiktive Figur einen eingebildeten Song auch hörte?

»Du bist verrückt.« Er nickte ernst, bevor er mir die Hand auf den Rücken legte. »Lass uns spazieren. Wir müssen uns unterhalten.«

Ich ging mit Harry Potter die Straßen von New York entlang. Es regnete. Boyce Avenue sangen weiter.

Ich blinzelte. »Harry, wo zum Teufel sind wir?«

»Na, wonach sieht es denn aus?«

Ich ließ mein Blick über die Straße wandern. »Wie die 56th Street.«

»Wenn du die Antwort bereits weißt, wieso fragst du dann?«

»Ich –«

»Wir haben nicht viel Zeit. Ich muss bald zurück.« Er räusperte sich, blieb mitten auf einer Verkehrsinsel stehen und nahm meine Hände in seine. Sie waren kalt. Die Ampel der Autos sprang auf grün und ich sah, wie ein Mercedes auf mich zuraste, und dachte, ich müsste sterben. Doch ich lag falsch, denn er fuhr einfach durch mich hindurch. Auch Harry hielt inne und als er dann sprach, hallte seine Stimme so laut, dass ich nur sie hörte, dass sie all die brummenden Motoren, den Regen und sogar die Musik ausblendete. »Es ist wichtig, dass du das verstehst. Also hör genau zu: Worte sind magisch, India. Sie können einen Menschen verletzen, ihn so sehr brechen, dass er nie wieder ganz wird, aber sie können auch heilen und die kaputten Stellen vielleicht doch wieder ganz machen.«

Ich schüttelte stumm den Kopf. Ich verstand die Welt nicht. Diesen Moment nicht. Mein ganzes Leben nicht mehr. »Harry, ich verstehe nicht. Wieso sagst du mir das?«

»Weil du es hören musst. Vergiss das nicht, India. Worte sind magisch. Hör nicht auf, magisch zu sein. Benutze deine Worte. Trau dich. Sei furchtlos. Sei mutig.«

»Ist das hier echt?«, fragte ich. »Oder passiert das alles nur in meinem Kopf?«

Harry lächelte, das Lächeln, das bei meiner Lieblingsszene auf seinen Lippen lag, so wie ich es mir immer beim Lesen vorstellte. »Natürlich ist das alles nur in deinem Kopf, India, aber kann es deshalb nicht genauso echt sein wie die Worte, die du gestern auf deiner Tastatur getippt hast?« Harry hob eine Augenbraue. »Ist es nicht fast dasselbe wie bei deinen Geschichten? Du erfindest fiktive Charaktere und plötzlich fühlen sie sich so echt an, dass du glaubst, sie sind wirklicher als die Realität.«

Ich blinzelte wieder, während Harry mich erwartungsvoll ansah. Doch ich fand keine Antwort, also lächelte er mir ein letztes Mal zu, bevor er zwischen einem alten Käfer und einem roten Audi verschwand. Als plötzlich eine schwarze Limousine direkt vor mir hielt, schreckte ich auf. Die Tür öffnete sich. Chuck Bass mit seinem perfekt sitzenden Anzug aus *Gossip Girl* stieg aus. Auch durch ihn fuhren die Autos. Er lächelte mich an, ich verstand die Welt noch weniger.

»Steig ein«, sagte er.

»W-Was?«

»Na, komm schon, India. Es wird Zeit nach Hause zu gehen.«

Ich stieg in den Wagen, weil ich das Gefühl hatte, mir bliebe nichts anderes übrig, wenn nur Harry und Chuck Bass mich sehen und verstehen konnten. In der Limousine roch es nach Mann, ich schnallte mich an und das Auto raste die 56th Street entlang.

»Was zum Teufel«, sagte ich und verstummte, als Chuck Bass an meiner Seite plötzlich verschwand. Ich blinzelte und Phil Dunphy erschien an meiner Seite. Das Auto raste so schnell, dass ich dachte, wir würden über New York fliegen und er zückte sein Phil's-osophy-Buch hervor. Er legte mir die Hand auf die Schulter und sagte, ich solle alles loslassen, was ich liebe. Außer es sei ein Tiger.

»Bitte was?«, sagte ich, doch er war nicht mehr da, um mir zu antworten. Ich fragte mich, ob ich gestorben war, ohne es mitbekommen zu haben.

Ein Mädchen erschien an meiner Seite. Sie hatte blonde Haare, wirkte schüchtern, wie sie sich eine Strähne hinter die Ohren schob und trug ein Shirt mit dem Aufdruck *Team: Hardin Scott.* Sie sah so aus, wie ich mir Tessa aus *After Passion* immer vorgestellt hatte.

»Weißt du, India, das mit mir und Hardin war auch ständig so schrecklich dramatisch. Es gab sogar einen Punkt, wo ich ihm sagte, dass es mir leidtäte, dass ich ihn nicht wieder ganz machen konnte. Er hat vor mir kniend geweint und gesagt, dass es ihm auch leidtut. Vielleicht denkst du in der nächsten Zeit ja mal daran.« Sie zwinkerte mir zu, bevor auch sie sich in Luft auflöste.

Und dann atmete ich mehr als erleichtert aus, als ich neben mir plötzlich das Gesicht meiner lieben, lieben Freundin erkannte.

»Andy!« Ich fiel ihr um den Hals. »Was machst du hier? Was ist das hier eigentlich?«

Doch sie schüttelte nur verwirrt den Kopf und rüttelte an meiner Schulter. »India!«

»Andy!«, schrie ich zurück.

»India, India, India!« Sie rüttelte an meiner Schulter. »Wach auf!«

Und dann wachte ich auf.

»Gott, India!« Meine beste Freundin schlang sich mir um den Hals, ihr Geruch nach Jasmin kroch in meine Nase. Ich drückte sie fester an meine Brust, weil ich das Gefühl hatte, ich hätte sie Jahre nicht gesehen.

Als sie sich von mir löste, ließ ich meinen Blick durch das Zimmer wandern. Helle Wände, sterilweiße Möbel, die Matratze unter mir fühlte sich perfekt weich an, an meinen Wänden hingen goldfarbene Bilderrahmen mit den Gesichtern meiner Familie, die meine Mutter dort hatte aufhängen lassen. Ich nahm einen tiefen Atemzug, kein muffiger Geruch. Es war so leise, dass ich nur meine Atemzüge hörte, von wilden Motorengeräuschen fehlte jede Spur.

»Ich glaube, du hattest einen Albtraum, India.« Andy schluckte, die schwarzen Locken fielen ihr in die Stirn. »Du hast so laut geschrien, dass wir dich unten hören konnten. Es war ... ziemlich gruselig. Ich habe gedacht, jemand versucht dich umzubringen.« Sie lachte, dann legte sie den Kopf schräg. »Kannst du dich an irgendetwas erinnern?«

Ich blinzelte gegen das Sonnenlicht an, das durch meine Fenster fiel und musterte die Silhouetten der Bäume vor meinem Zuhause.

»Ja«, sagte ich und drehte meiner Freundin das Gesicht zu. »Ich habe geträumt, ich wäre in New York. Dass ich verliebt wäre. Dass ich ... Dass ich frei war, Andy.« Gänsehaut überzog meine Haut. »Und es hat sich so, so echt angefühlt. Ich war glücklich. So richtig glücklich. Ich konnte machen, was ich wollte. Ich hatte eine eigene Wohnung, sie war schäbig, aber sie war mein Zuhause. Und dann gab es einen Mann. Und der hat plötzlich wie Zuhause geschmeckt, wenn ich ihn geküsst habe. Ich ...« Ich schüttelte mich. »Es war alles so wirklich.«

»Klingt ...« Meine Freundin betrachtete mich verwirrt. »Interessant.«

Sie schaute mich noch einige Momente irritiert an, bevor ich hörte, wie Marabella nach ihr rief und Andy sagte, sie würde jetzt nach unten gehen und dort auf mich warten. Ich brauchte noch Minuten, bevor ich realisierte, dass New York und ... Alec nur ein Traum gewesen waren.

Dann ging ich nach unten.

Mein Vater war nicht zu Hause, meine Mutter saß mit ihren Freundinnen auf unserer Terrasse. Es war nicht einmal eins am Mittag und sie hielten Cocktailgläser zwischen ihren Fingern, plapperten über Tina Olsen, die neu in der Stadt war und ich hörte, wie sie über ihre Frisur lästerten. Ich frühstückte, Andy erzählte mir von den Unis, an denen sie sich bewerben wollte, aber mir fiel es schwer, ihr wirklich zuzuhören, weil ich nur daran denken konnte, dass ich New York entdecken wollte. Zum Abendessen kam mein Vater pünktlich nach Hause. Er gab meiner Mutter zu Begrüßung einen Kuss auf die Stirn, der Knutschfleck an seinem Hals leuchtete in Alarmrot, doch meine Mutter sagte nichts, stattdessen trank sie die Flasche Wein alleine und auch mein Vater sagte dazu nichts.

Alles war so wie immer. Nur ich nicht.

Meine Mutter erzählte mir beim Essen, dass Jared morgen vorbeikommen würde. »Es wäre wirklich von Vorteil, wenn du wenigstens versuchen würdest, ihm eine Chance zu geben, Indiana. Stell dir nur vor, wie erfolgreich die Erins und wir gemeinsam wären. Wir könnten ...«

Es interessierte mich nicht, was meine Eltern und die von Jared alles machen könnten, weil ich allein beim Gedanken, wie Jared mich wieder küssen wollte, kotzen wollte.

Später an dem Abend saßen Andy und ich auf der Terrasse, lackierten uns die Nägel und philosophierten weiter darüber, welche Universität wohl die beste im Umkreis für sie wäre. Doch ich war mit den Gedanken woanders, murmelte nur »Hm« und »Ich glaube, nur du kannst wissen, was das Beste für dich ist«, wenn sie sich darüber beklagte, dass ich ihr keine große Hilfe mit meinen Hms war. Es war nicht ihre Schuld, dass ich ihr nicht zuhören konnte, sondern die von diesem Alec. Er ging mir einfach nicht aus dem Kopf. Ich war schon seit über zwölf Stunden wach, doch träumte komischer Weise immer noch von ihm. Er lief mit seinen roten Haaren in meinen Gedanken auf und ab, hatte dabei seinen Laptop unter den Achseln und lächelte mich an. Mein Herz blieb dabei stehen. Wegen eines Traums? Ich fühlte mich verrückt. Doch dann streckte mir der Alec in meinen Gedanken die Hand aus und plötzlich waren er und ich in New York. Manchmal stiegen wir ein schäbiges Treppenhaus hoch und lachten dabei, wir gingen durch den Central Park und wir schauten gemeinsam *Modern Family*. Und manchmal küsste er mich und meine Lippen prickelten wirklich. Und ich fühlte mich noch verrückter als verrückt. Aber auch verrückt trostlos, weil dieser Alec ein Traum war, den ich plötzlich haben wollte.

»Miss Indiana Alabama«, sagte der Hausmeister, als er vor Andy und mir verharrte. »Es tut mir leid, dass ich Ihnen Ihre Post erst jetzt überreichen kann, doch Ihre Mutter hat mich mit dem Aufbau für das geplante Fest am Wochenende ziemlich auf Trab gehalten.«

Er grinste verlegen mit seinem fehlenden Eckzahn, und ich sagte: »Kein Problem, Henry. Machen Sie sich keinen Kopf. Es ist bestimmt sowieso nichts Wichtiges.«

Er überreichte mir den Brief, bevor er Andy und mir einen schönen Abend wünschte. Andy und ich beugten uns gleichzeitig über das Stück Papier, um den Absender auszumachen.

»Baltimore Abraham?« Andy verzog das Gesicht. »Wer zum Teufel ist das?«

»Das ist der Anwalt, der sich um das Erbe von meiner Grandma gekümmert hat«, sagte ich etwas verwirrt, weil meine Granny seit fünf Jahren verstorben war und sie mir bereits einen Treuhandfonds von mehreren hunderttausend Dollar vermacht hatte.

Ich riss den Umschlag auf, die letzten Sonnenstrahlen fielen auf meine Arme. Ich überflog den Brief und begann am ganzen Körper zu zittern.

Ein Apartment. In New York. Es gehört ganz dir. Sei mutig!

Schreib! Glaub an deine Träume in der Stadt, in der alle Träume wahrwerden! In Liebe, Deine Granny Indiana.

Die wichtigsten Worte schallten in meinem Kopf und ich ließ zu, dass Andy mir den Brief aus der Hand nahm.

»Das ist ...« Sie blinzelte gegen die Worte meiner Granny an. »Das ist unglaublich. Dir gehört eine Wohnung in New York. Du kannst frei sein, India. So wie in deinem Traum von heute Morgen. Was für ein Zufall! Moment mal.« Sie hielt inne. »Eigentlich ist das ein ziemlich gruseliger Zufall.« Da gab ich ihr recht, in jedem Roman oder Film würde ich das für schlechte Dramaturgie halten. Aber das hier war ja das wirkliche Leben. Sie schüttelte sich. »Aber zurück zum Thema. Du ... Du könntest nach New York gehen. Du könntest alles machen, was du willst. Studieren. Schreiben. Alles, was deine Eltern nicht wollen. Du könntest eine ganz neue India sein. Du könntest herausfinden, wer du wirklich bist, ohne dass deine Eltern dir dazwischen funken. Du könntest wie Carrie Bradshaw sein! Oder wie Blair Waldorf. Vielleicht lernst du ja deinen Chuck Bass kennen. Wäre das nicht toll? Oder ...«

Oder einfach Nur-India.

»... dein Leben in New York wäre bestimmt super aufregend. Es wäre wie ein Abenteuer. Du hättest die Zeit deines Lebens.« Andys Blick zuckte zwischen dem Brief und mir hin und her.

Ich dachte an meinen Traum, der immer noch aufregend, angsteinflößend und mehr als echt in meinen Gedanken brannte.

»Ja«, sagte ich. »Wäre es nicht schön, sich das auszumalen?«

»Seit wann zitierst du Hemingway?«

»Ich ...« Ich schüttelte den Kopf. »Ich habe absolut keine Ahnung.«

– Ende –

Kapitel 42

»I'm tired
of
their stories,
lets write
our own.«

Atticus

Heute

India

»Das ist nicht mein Manuskript.«

Ich schüttele den Kopf und nicke auf das Bündel von Blättern vor mir. Doch meine Agentin Sarah scheint nicht überrascht. Sie nippt nur gemächlich an ihrer Kaffeetasse, bevor ihre Lippen sich wortlos zu einem Lächeln verziehen. Wenn ich ehrlich bin, finde ich es gruselig, sie ohne ihre Schwester Sally zu sehen; die beiden sind Halbschwestern, doch kleben so aneinander, als wären sie freiwillig siamesische Zwillinge. Sarah ohne Sally wirkt irgendwie unnatürlich.

»Sarah.« Ich presse die Lippen aufeinander. »Ich habe die letzten sechs Stunden damit verbracht, dieses Manuskript in Windeseile zu lesen. Und das nur, um bereits beim ersten Kapitel zu bemerken, dass du alles verändert hast! Mein Roman war nur aus meiner Sichtweise erzählt.« Ich deute ein weiteres Mal auf das

Manuskript. »Das, was du mir heute in die Hand gedrückt hast, ist aus Indias *und* Alecs Perspektive geschrieben. Und überhaupt, da waren auch ein paar Sachen aus Indias Perspektive, die ich so nicht geschrieben habe. Was soll das?«

Automatisch muss ich schlucken. Alecs Namen wird wohl stets auf meinen Lippen den Geschmack von Liebe und Herzschmerz zugleich haben. Herzschmerz war mir übrigens ein guter Freund geworden, der mich jeden Tag besuchen kam.

Seit ich New York verlassen habe, um wiederzukehren und festzustellen, dass plötzlich alles anders war.

Seit fast drei Jahren.

»India«, sagt meine Agentin und Freundin und lächelt breiter. »Fändest du es wirklich so schlimm, wenn wir den Roman so lassen? Wenn der Leser gleichzeitig einen Blick in Alecs und Indias Gedankenwelt erhaschen würde? Denkst du nicht, dass die Geschichte so mehr Sinn ergeben würde?«

Ich seufze.

Schriftstellerin zu sein, ist hart. Jeden zweiten Tag zweifele ich an meinen Texten, jede Woche überdenke ich meine Berufswahl und frage mich, ob ich mit meinen zweiundzwanzig Jahren schon zu alt bin, um ein neues Studium zu beginnen. Doch jedes Mal aufs Neue zieht mich das weiße Blatt an, versichert mir, dass ich nur schreiben muss und alles gut wird. Zumindest in meinen Gedanken, zumindest in meiner Welt.

Also bin ich immer noch Schriftstellerin. Obwohl die Professoren nie aufhören mir zu sagen, Schreiben sollte in erster Linie Spaß machen und dass ich keine Texte mit der Hoffnung verfassen soll, sie irgendeinmal verkaufen zu können, dass es nicht nur den Autorenberuf gibt, den ich mit meinem Abschluss anstreben könnte; Lektorin, Journalistin und Literaturwissenschaftlerin. Obwohl meine Eltern, mit denen ich nicht mehr spreche, mich angebettelt haben zur »Vernunft« zu kommen. Ich habe sie besucht, bevor alles den Bach runtergegangen war, ich mich nicht wie die größte Versagerin in der Thomson-Folge, sondern der ganzen Welt gefühlt habe. Kurz bevor das mit Alec und mir sein Ende fand, ging ich zurück nach Alabama, um meinen Eltern meinen Entschluss zu erklären. Was mir mehr als schwergefallen war. Schließlich war ich neunzehn, das erste Mal frei und dann plötzlich verliebt. Meine Welt drehte sich so schnell, dass ich dachte, sie bliebe stumm und still stehen, wann immer Alec mich küsste. Was sich in meinen Erinnerungen trotz verdammt noch mal allem immer noch wie ein Traum anfühlt. Wie ein Traum, der sich innerhalb weniger Sekunden zu einem Albtraum verwandelt, weil er in mir einen Hass aufbrodeln lässt, den ich mir nicht zugetraut hätte, jemals zu fühlen. Andererseits hätte ich mir auch nicht zugetraut, Alabama vollends hinter mir zu lassen.

Ich verbrachte die geplanten Tage bei meinen Eltern, bevor ich wieder meine Sachen packte. Diesmal nahm ich mehr als meinen Rucksack mit, plante meine Abreise genau und verabschiedete mich sogar von meinen Eltern. Als ich aus dem Zimmer trat, lag nichts mehr auf meinen Regalen, nur die Familienbilder hingen in den goldfarbenen Bilderrahmen an der Wand, doch die wollte ich nicht mitnehmen; sie erinnerten mich mit ihren goldschimmernden Rahmen an die Gitter eines Käfigs, aus dem ich ausgebrochen war. Ich ging die Treppen runter, der Henkel meines Koffers schnitt sich in meine Hand und ich fragte mich, was aus meinem Zimmer werden würde; vielleicht würde meine Mutter sich dorthin verziehen, wenn sie die zweite Flasche Wein öffnete, um von niemandem bemerkt zu werden; vielleicht würde mein Vater dort die wichtigsten Telefonate von allen führen, weil mein Zimmer ihn an mich erinnerte und der Gedanke an mich ihn so rasend wütend machte, dass ich ihn sicherlich irgendwann ins Grab bringen würde; hatte zumindest meine Mutter gemeint. Ich erinnere mich noch genau daran, wie ich sie zum Tisch bat, meine Mutter an ihrem Margarita nippte und mein Vater sich zusammenreißen musste, um keinen Blick auf sein Handy zu werfen, weil er ein Geschäftsmann war und es für ihn immer Geschäfte abzuschließen gab.

Meine Eltern protestierten. Mein Vater zerquetschte beinahe das iPhone zwischen seinen Fingern, als er mir zuschrie, dass ich verdammt noch mal eine Thomson war und Thomsons nach Alabama gehörten, weil Alabama nichts ohne sie wäre. Ich biss mir auf die Zunge, um ihm nicht zu sagen, dass ich mitten in Manhattan in einer Wohnung mit Schimmel an der Decke gelernt hatte, dass mir mein Nachname scheißegal war. Dass ich am liebsten gar keinen Nachnamen gehabt hätte, um auf ewig Nur-India zu sein, denn die wäre nämlich frei. Und Freiheit war das Einzige, das mir blieb, nachdem Alec die Liebe mitnahm.

Keine Ahnung, wohin er sie mitgenommen hat, vielleicht in die schrecklichen Tiefen seiner noch schrecklicheren Gedanken, vielleicht in eine weitere Wohnung, wo er den Hausmeister spielt und es sich dann von allen weiblichen Mietern besorgen lässt. Keine Ahnung. Ist mir eigentlich auch egal. So wie sein beschissener Bestseller, der in jedem Buchladen ausliegt, mit seinem Namen, der groß und tiefblau über dem Titel prangt. Sowie mein Herz, das allein beim Anblick seines Autorenfotos einen Schlag aussetzt. Mein Herz ist mir egal. Alec ist mir egal. Alles ist egal.

Nur das Schreiben, das ist nicht egal. Es ist nämlich nicht nur meine Berufung, das, was ich bis an mein Lebensende machen könnte, ohne es dabei eine Sekunde nicht mehr bedingungslos zu lieben, es ist nämlich auch mein Freund. Meine Texte waren es, die mich verstanden, wenn ich nachts wach lag und darauf wartete, dass es an meiner Tür klopfen und ich wissen würde, es wäre Alec. Der plötzlich nicht mehr da war.

Und jetzt kann er mir für immer gestohlen bleiben, dieser verdammter Bestsellerbastard, der mir mein Herz gebrochen hat.

»Also, India.« Sarah beugt sich über den Tisch hinweg näher zu mir. »Was sagst du?«

»Ich weiß nicht wirklich, Sarah. Das ist mein erster Roman, den ich nicht selbst veröffentliche. Mir ist bewusst, dass ich die Meinungen von euch und den späteren Lektoren berücksichtigen muss. Aber die Sichtweisen von Alec waren nicht geplant. Sie sind nicht einmal von mir.« Ich räuspere mich. »Wer hat die Kapitel aus seiner Sicht überhaupt geschrieben? Etwa du und Sally? Habt ihr jemanden beauftragt? Und außerdem hatte das Manuskript, das du mir gegeben hast, diese neue Version, kein richtiges Ende. Was sollte das mit dem Traum? Harry? Phil Dunphy? Ich meine, im Ernst?« Ich schüttele den Kopf, bevor mein Blick auf die Stapel Blätter fällt und ich das Gesicht verziehen muss.

»Also bist du unserer Meinung, dass die beiden ein richtiges Ende verdienen?«

Ich schnaube. »Sarah, Herrgott noch mal! Natürlich haben die beiden ein Ende verdient, ich hab ihnen doch selbst eines gegeben.« Sie seufzt. »Also, India ist am Ende auf Weltreise gegangen, hat sich von Alec entliebt, weil sie sich in jedes Land verliebt, das sie bereist, und beschließt, für immer mit dem Rucksack durch die Weltgeschichte zu stolpern. Und Alec …«

Sie schüttelt sich. »Alec endet als gestörter Mensch, der sich so intensiv mit seinen Charakteren beschäftigt, dass er den größten Teil seines Lebens vor seinem Laptop sitzt. Wenn nicht, dann führt er Selbstgespräche mit seinen aktuellen Protagonisten und macht damit den Nachbarskindern Angst.«

»Du klingst so, als wäre das kein Happy End. Aber das ist es. Jeder bekommt das, was er gewollt hat. India die Freiheit, Alec sein Schreiben, das er so liebt.« Ich recke das Kinn, denn mein Ende ist genau das, was Alec verdient hat.

Sarah legt den Kopf schräg und ihr Blick wird weicher. Sie streckt ihre Hand aus und ich weiß, was jetzt kommt. Sie will mir sagen, wie leid es ihr tut, unsere unausgesprochene Regel brechen und das Thema ansprechen, das wir die meiste Zeit vermeiden: Dass ich, Indiana Alabama Thomson, eindeutig Nur-India bin.

Und dass auch all die Handlungsstränge meines Manuskripts nicht fein säuberlich über Wochen hinweg ausgearbeitet wurden, dass ich mich nicht einmal mit einem Steckbrief zu den Nebencharakteren aufgehalten habe, weil ich keine Vorarbeit für diese Geschichte leisten musste. Weil sie meine ist. Alles, was ich tun musste, war vor meinem Schreibtisch zu bluten. Natürlich nicht äußerlich. Nur innerlich. Jedes Wort, das Alec je zu mir gesagt hatte, in meinen Gedanken widerhallen zu lassen, bis ich mich bereit fühlte, es zu tippen. Jeden Absatz aufs Neue zu lesen und dabei nicht alles ändern zu wollen, damit Alecs und meine Geschichte anders endete. Ich musste die Wahrheit schreiben. Ich brauchte das, um mit ihm abzuschließen. Die Worte mussten aus mir raus, danach würde ich meinen Frieden finden. So schrieb ich also mit verschwommener Sicht die Geschichte eines Mädchens, das eigentlich nur frei sein wollte, sich aber verliebte. Ich schrieb über das Schreiben und das Lieben, während mein Herz dabei schmerzte. Doch ich hielt mich an meinem Glauben fest, dass, wenn die Geschichte zu Ende geschrieben wäre, der Schmerz mich verlassen würde, weil er sich auf vierhundert Seiten ausbreiten konnte.

»India, das ist kein Happy End. Das weißt du ganz genau. Du bist die Autorin von *Falling into Freedom*. Deine Leser lieben dich für dein letztes Kapitel mit dem dramatischen Heiratsantrag, du kannst mir nicht erzählen, dass das hier …« Sie rümpft die Nase, während sie auf ein paar Blätter auf dem Tisch vor uns deutet. »Dass das hier ein Happy End ist. Aber warum drehst du nicht einfach um und findest selbst heraus, wie dein wirkliches Ende aussehen könnte, hm?«

Alec

»Sally, verdammt noch mal!« Ich schüttle den Kopf, während meine Agentin und frühere Kommilitonin verschmitzt vor sich hin lächelt und mich in ihr Lieblingscafé lotst. »Hast du mir überhaupt zugehört, als ich gesagt habe, dass ich das nicht geschrieben habe? Das können wir unmöglich veröffentlichen. Die Hälfte der Kapitel ist nicht von mir. Und dann hast du einfach so Teile von mir gestrichen. Wer zum Teufel hat überhaupt die neuen Sachen geschrieben? Etwa du?«

Ich kräusele die Augenbrauen zusammen, doch meine Agentin schweigt weiter, bis wir nur noch wenige Schritte von dem Café entfernt sind.

»Natürlich habe ich die Kapitel nicht geschrieben. Erinnerst du dich nicht mehr an das Seminar, das wir gemeinsam bei O'Brian belegt hatten? Da, wo wir bei einer Schreibaufgabe eine romantische Kurzgeschichte schreiben mussten und der Dozent mir gesagt hat, ich solle niemals wieder versuchen, Liebesgeschichten zu schreiben?«

Sally grinst und ich kann nicht anders, als es ihr gleichzutun, weil ich daran denken muss, wie sie eine Liebesgeschichte zwischen zwei Alienfrauen schrieb, die sich am Ende gegenseitig umbringen.

»Lass uns einfach in das Café gehen, und ich verspreche dir, dass du dort alle Antworten auf deine Fragen bekommen wirst.«

Ich rolle mit den Augen. »Genau dieselbe Antwort habe ich bekommen, wann immer ich dir gesagt habe, dass ich mit einem Kapitel oder Charakter einfach nicht weiterkomme. Setz dich einfach in ein Café mit einer schönen Aussicht, und ich verspreche dir, es wird dir nicht an Inspiration mangeln. Das hast du immer gesagt.«

»Und hatte ich recht?«

»Manchmal.« Das ist gelogen, ohne Sarah und Sally wäre mein Debütroman kein Bestseller geworden.

Sally grinst, weil sie das auch weiß. »Siehst du, du musst mir einfach nur vertrauen, Alec.«

Sie öffnet die Tür, wir schreiten in das Café. Sally steuert jedoch nicht auf einen freien Tisch zu, sondern auf einen, der schon von zwei Frauen besetzt ist.

»Ich denke, ich werde nicht mehr gebraucht. Ihr solltet das Manuskript am besten gemeinsam bearbeiten, damit wir es mit der Zustimmung von euch beiden den Verlagen anbieten können. Vergesst dabei nicht –«

Sallys Schwester erhebt sich, als sie die Stimme ihrer Schwester hört und vollendet den Satz von Sally; manche Dinge ändern sich wohl nie. »Vergesst dabei nicht, das Ende umzuschreiben. Wenn es nach mir geht, schreibt ihr einen Epilog, bei dem ich seufzen und Freudentränen vergießen muss.«

Sarah tritt einen Schritt beiseite und gibt dabei den Blick auf ihr Gegenüber frei.

Mir stockt der Atem.

Mein Herz trommelt wild.

Ich muss träumen.

Hellbraune Haare, stechend grüne Augen, rosige Lippen. Sie hat sich kein bisschen verändert.

Es ist fast wie in meinen Tagträumen. Dann, wenn selbst das Schreiben mir nicht hilft, mein Herz weiterblutet und India alles ist, von dem es wissen will. Manchmal habe ich mir vorgestellt, wir würden uns aus Zufall über den Weg laufen. Ihre und meine Blicke würden sich verhaken, meine Hände automatisch ihre Haut finden und unsere Lippen sich sofort aufeinanderpressen, weil sie für nichts anderes gemacht sind. Daran glaube ich auch drei Jahre später noch.

Ich blinzele. Einmal. Zweimal. Dreimal, doch ich träume nicht, das hier ist keine meiner Kurzgeschichten, die ich schreibe, wenn ich India zu sehr vermisse und mir vorstelle, wie wir wieder zueinanderfinden. Auch wenn mein Herz in meinen Geschichten genauso wild und sehnsuchtsvoll wie jetzt um sich schlägt. Das hier ist nicht mein Traum niedergeschrieben auf einer Worddatei.

Das hier ist echt.

India Thomson. *Meine* India Thomson in New York, nur fünf Schritte von mir entfernt.

Ich zittere am ganzen Körper, als ich mit weichen Beinen auf sie zugehe und gegenüber von ihr verharre. Ich starre sie an, sie blickt zurück. Ich überrage sie im Stehen um Längen, doch trotzdem fühle ich mich so klein, als wäre jedes meiner Worte so bedeutungslos, dass meine Zunge sich aus Scham selbst verknotet.

Indias Lippen stehen leicht geöffnet, ihr Körper ist wie versteinert, wäre da nicht ihre Brust, die sich hastig hebt und senkt. Meine Augen taxieren sie, während mein Herz mir mit drängenden Schlägen sagt, dass es nur India gehört. Nach all den Monaten, die ich ohne sie verbrachte, in denen ich bis in den Morgengrauen an meinem Laptop saß und tippte, über India und unsere Liebe, doch nie die richtigen Worte fand. Auch wenn ich Seite über Seite füllte, mir die Finger blutig schrieb, doch stets weitermachte, weil ich mit einer Worddatei zum ehrgeizigen Sprinter wurde, fühlte ich mich leer, wann immer ich an meine Decke starrte und versuchte einzuschlafen. Die Leere pochte schnell und klaffend links in meiner Brust und sie ging nicht, sie blieb und war grausam, weil sie sich am liebsten an India erinnert. Und das, obwohl das Loch in meinem Herzen mit India in meinen Gedanken nur größer wird.

Mein Mund öffnet sich, nur um sich wieder zu schließen; meine Zunge ist immer noch verknotet. Und das, obwohl ich India die Welt zu erzählen und mein Herz zu erklären habe.

Doch vielleicht meint es die Welt einmal gut mit mir und vielleicht ist es okay, dass meine Zunge ihre Worte verloren hat. Denn es ist India, die sich erhebt, den Stoff ihres Pullovers glatt streicht, bevor sie als erste das Wort ergreift und ich weiß, wir passen immer noch so perfekt zusammen wie vor drei Jahren; sie hat Worte, wenn ich sie nicht habe, ich weiß, zu schweigen, wenn ihre Worte wichtiger sind als meine.

Sie umrundet den Tisch und bleibt vor mir stehen. Das Herz in meiner Brust springt Saltos und ich blende alles um mich herum aus; die Gespräche der anderen Besucher; die ungeschickte Kellnerin, die mir beinahe einen heißen Kaffee über die Füße schüttet; den Rapsong, der durch die Lautsprecher hallt und den ich noch nie gemocht habe. In diesem verdammten Moment ist trotzdem alles perfekt, denn hier ist India. Meine India, die ihre Hand ausstreckt, während meine Augenlider flattern. Ihre Finger streichen über meine Wange und ich nehme einen Atemzug, starker Kaffee, vermischt mit dem Geruch von Indias warmer Vanille und meinen ungesagten Worten, die tief in meinem Herzen brennen. India berührt mich zärtlich und lange, so als müsste sie sich versichern, dass ich wirklich vor ihr stehe. In Fleisch und Blut und mit einem Herzen, das in mir pocht und seit gefühlten Ewigkeiten nur ihr gehört.

»Alec«, murmelt sie und ich fühle mich so berauscht, als wäre ich im Delirium. Sie wiederholt meinen Namen ein weiteres Mal. Diesmal noch leiser, und ich bin mir sicher, es wird nicht mehr besser im Leben; ich habe India und sie ist das Beste von allen. Ihre Finger malen Muster auf mein Gesicht, Herzen oder Kreise oder irgendetwas dazwischen, ich weiß es nicht, alles, was ich weiß, ist India und India und India.

»I-India.« Ich finde meine Stimme wieder, sie zittert und ich stottere, doch das ist okay. Alles ist okay. Alles wird okay. Denn India ist hier. Mit India ist alles okay, war sogar ich okay, mit meinen verlorenen zweiundzwanzig Jahren und meinem Herzen, das ich versuchte zu vergessen, weil es vor lauter Schmerz und Rissen drohte, bei jedem Schlag auseinander zu fallen.

Ich verstumme und Indias Finger hören auf, meine Wangen zu berühren.

Ich verfluche meine Stimme und ihren Klang, denn er löst etwas in India aus, das ich von dieser Welt verbannen möchte.

Ich blinzele.

Indias Blick gefriert.

Ich blinzele noch einmal.

Das Grün vibriert nicht mehr.

Es brennt.

Vor Wut.

Und Hass.

India sagt: »Wie um alles in der Welt kannst du es wagen, Alec Carter?«

Streicht das *sagt*, denn meine India schreit und sieht mich so kalt an, als würde sie nicht einmal auf einem anderen Stern wollen, dass sie die meine wäre.

»Wie um alles in der Welt konntest du behaupten, ich hätte dich verlassen, wenn du herzloses, feiges Arschloch weggelaufen bist? Und es dann damit enden lassen, als wäre unsere Zeit nichts weiter als ein lächerlicher Traum gewesen?«

India nimmt ihre zärtlichen Finger von meinem Gesicht, doch ich vermisse ihre Wärme nicht lange. Sie holt aus, um mir eine

Ohrfeige zu verpassen, die nicht auf meinem Gesicht, sondern tief in meinem Herzen brennt. Schwarz und schmerzhaft und schuldig.

Ich bin wie erstarrt und fühle mich wie ein Beobachter, der ich doch am Times Square bin, wenn ich Inspiration zwischen Touristen aus aller Welt und genervten Passanten suche, und beobachte India dabei, wie sie sich bückt. Sie nimmt die Blätter eines Manuskripts und plötzlich verstehe ich. Weder Sarah noch Sally haben die anderen Kapitel geschrieben. Indias neue Kapitel sind von India geschrieben, weil sie anscheinend denselben Drang wie ich verspürt hat, unsere Geschichte niederzuschreiben. Sie nimmt die Blätter von ihrem/meinem Manuskript, um sie mit ihren Fingern zu zerreißen. Wie leichte Federn fallen sie auf den von Kaffee befleckten Boden, so als wären sie schwerelos und trügen nicht in jedem Buchstaben all meinen Schmerz.

India dreht sich nicht um, als sie geht und mich so verlässt, wie ich sie verlassen habe. Ich drehte mich nämlich auch nicht um, weil ich wusste, dass ein Blick in ihre grünen Augen mich dazu gebracht hätte, zu bleiben. Ein Blick, ein Wort, Herrgott noch mal, wahrscheinlich hätte auch nur ein Atemzug von ihr gereicht.

India ist gut, India hat viel gelernt. Vielleicht sogar von mir, wie man jemanden mit dessen Herzen in seinen Händen mitten in New York verlässt.

Ich weiß nicht, wie lange ich in dem Lieblingscafé meiner Agentin stehe und auf unsere zerrissenen Buchstaben starre, während das Herz in meiner Brust ein wenig bricht, obwohl ich dachte, es wäre schon längst kaputt.

Irgendwann tippt mir eine Barista auf die Schulter, nickt auf den Tisch neben mir und sagt, sie bräuchte ihn für neue Kunden. Ihre Worte lösen mich aus meiner Starre, bevor ich den Blick durch das Café wandern lasse und alle Augen der Gäste auf mir bemerke. Sie starren mich so erwartungsvoll und neugierig an, als wäre ich der Protagonist in ihrem neusten Lieblingsroman und sie könnten kaum erwarten zu wissen, was wohl mein nächster Schritt wäre.

Bevor ich gehe und sie mit einem ähnlich offenen Ende stehen lasse, das die peniblen Kritiker bei meinem Debütroman bemängelten, hebe ich die Papierfetzen vom Boden auf. Ich drücke sie fest an meine Brust, so als könnte ich sie dadurch wieder zusammenkleben.

Kapitel 43

*»What is stronger
than the human heart
which shatters over and over
and still lives.«*

Rupi Kaur

India

Ich wollte Alec umbringen, als ich vor gut drei Jahren von Alabama zurück nach New York kehrte und an seine Haustür klopfte, nur damit sie mir von meinem neuen Nachbarn namens Alberto Alfonso geöffnet wurde. Alberto Alfonso hatte ein Billigbier zwischen den Fingern, den dazugehörigen Bierbauch und nicht die geringste Ahnung, von was ich sprach, als ich ihn fragte, wieso er mir barfuß die Haustür von Alec öffnete.

Nachdem ich Alec gestanden hatte, wer ich war, wie mein eigentlicher Plan darin bestanden hatte, ein paar Monate in Freiheit zu leben, um dann wieder zurück nach Alabama zu kehren, tickte er aus. Er bezeichnete mich als Lügnerin und Herzensbrecherin, obwohl ich doch versuchte, ihm zu erklären, dass sein Herz von niemandem gebrochen würde. Dass ich ihn nicht verlassen wollte. Und nicht konnte. Ich versicherte ihm, dass ich ihn liebte, so sehr, dass allein der Gedanke, ich könnte zurück nach Alabama ziehen, mich so fertig machte, dass ich dreitausend Wörter über das Gefühl hätte schreiben können. Ich sagte ihm, dass es mir leidtat, dass ich ihm vorher davon hätte erzählen sollen, und nahm dabei sein Gesicht in meine Hände. Meine Finger strichen über seine vollen Lippen, seine schwarzen Blicke brannten sich in meine und ich versicherte ihm ein weiteres Mal, dass ich ihn liebte.

»Okay«, sagte er und nickte. »Was ist also der neue Plan?«

»Ich gehe zurück nach Alabama, und –«

Und sofort machte er sich von mir ab und sah mich mit einem so aus Angst verzerrtem Gesicht an, als wäre ich ein schrecklicher Albtraum, als wäre ich eine Schreibblockade, die für immer andauerte.

»Und du musst mich aussprechen lassen, Alec.« Ich strich mir eine Haarsträhne hinter die Ohren. »Ich gehe zurück nach Alabama, um meinen Eltern zu erklären, dass ich in New York bleibe. Ich bin erwachsen und ich möchte mich auch so verhalten; nicht einfach weglaufen wie ein Feigling. Ich verbringe Silvester mit ihnen und dann komme ich wieder nach New York. Nach Hause. Zu dir. Verstanden?«

Es war weitaus weniger dramatisch, glamourös oder fantastisch, wie in meinem/unserem Roman, Sarahs und Sallys Fassung mit Alecs Ende – es war irgendwie realistisch, wenn auch nicht perfekt. Alec und ich waren nie wirklich perfekte Protagonisten für einen Roman. Er und ich waren nur zwei junge Erwachsene, die das erste Mal verliebt waren und Fehler machten.

Ich erinnere mich noch genau daran, wie Alec sich durch die roten Haare fuhr und seine Hände dabei zitterten. Schließlich nickte er. Doch als ich am zweiten Januar erfuhr, dass ich keinen Nachbarn mehr namens Alec Carter hatte, war ich diejenige, die nichts mehr verstand.

Die Tage bei meinen Eltern waren hart. Ich erklärte ihnen, dass ich sie sehr liebte, schließlich wären sie meine Eltern, doch dass ich das Leben, das sie sich für mich vorstellten, nicht führen könnte. Ich erzählte ihnen von New York, dem Gefühl von Freiheit, dem Schreiben, meinen Freunden, doch alles was sie hörten, war: »India schmeißt unsere Familientraditionen über den Haufen und blamiert uns vor der gesamten Stadt, nur weil sie sich in einen Bettlerschriftsteller verliebt hat.« Dabei erzählte ich ihnen nicht einmal von Alec, nur dass es in Manhattan jemanden geben könnte, der mir sehr am Herzen lag, aber das verstanden meine Eltern nicht. So wie sie mich und meine Träume ebenfalls nicht verstanden. Doch das war okay, denn ich wusste, dass ich mich jeden Abend in mein Zimmer zurückziehen konnte, um auf meine Tastatur zu hämmern, mit dem Wissen, dass mich mein Schreibprogramm verstehen würde.

Freiheit und Alec waren alles, was ich wollte. Stellte sich jedoch heraus, dass man nicht alles im Leben bekam, das man sich wünschte. Ich bekam Freiheit, als ich meinen Plan in die Wirklichkeit umsetzte und zurück nach New York zog, auch wenn meine Eltern mir bei meiner Abreise sagten, ich wäre für sie gestorben. Ich antwortete, indem ich mit salzigen Tränen auf meinen Lippen sagte: »Tut mir leid, aber ich muss frei sein. Vielleicht erkennt ihr irgendwann, dass ich trotzdem eure Tochter bin.«

Ich wusste, dass mich ein Gespräch mit Alec erwartete. Während meines Alabamaaufenthalts schrieb ich ihm jeden Tag, Nachrichten über Nachrichten, alle mit Herzen und manchmal sogar lachenden Smileys. Alec hingegen antwortete nur sporadisch und meistens mit »Ja«, »Nein« oder »Haha«. Am Tag vor meiner geplanten Abreise blieben die zwei Häkchen, die mir versicherten, Alec hätte meine Nachricht bekommen, aus. Ich wählte seine Nummer, bevor eine Frau mir sagte, es gäbe die von mir gewählte Nummer leider nicht. Ich schrieb unseren Freunden, doch weder Ava, Jamie noch Maxton konnten mir helfen. Alles, was sie wussten, war: Den einen Tag war er noch da gewesen, plötzlich war er weg. Doch dass er sich nicht mehr in New York aufhielt, hieß nicht, dass mein Herz ihn ebenfalls verbannte. Ganz im Gegenteil, in meinem Herzen blieb er fest bestehen, beinahe so, als würde mein dummes, dummes Herz nicht verstehen, dass es die Erinnerung an Alec war, die uns beide so zum Verzweifeln brachte.

Nachdem mir Alfonso Alberto also erklärte, er kenne keinen Alec und dass er so viel Biere barfuß in seiner Wohnung trinken könnte, wie er wollte, weil es seine Wohnung wäre, fuhr ich nach Jersey. Ich hörte Trish laut schnarchen, während Sophia mir mit mitleidigen Augen erklärte, dass ihr Bruder ihr geschrieben hätte, er müsse weg. Er wüsste nicht, wie lange. Sie solle sich keine Sorgen machen. Er liebte sie. Er hoffte, Sophia könnte das verstehen.

»Was?«, schrie ich. »Das kann nicht sein. Wieso … Warum … Das ergibt keinen … Alec … Aber ich dachte …«

»Es tut mir so leid, India.« Sophia sah mich mitfühlend an. »Ich kann dir nicht sagen, wo er ist. Nur dass es ihm gut geht und er nicht weiß, wann er zurückkommt.«

Ich hasste meinen neuen Nachbarn mit dem Bierbauch, der sich immer über die Lippen leckte, wenn er mich sah und vermisste Alec. Ich belegte neue Seminare und vermisste Alec. Ich schrieb Kurzgeschichten für meine Prüfungsleistungen und vermisste Alec. Ich konnte nicht schlafen und vermisste Alec. Ich vermisste ihn so sehr, dass es wehtat und ich mir nicht anders zu helfen wusste, als flüchten zu wollen. Ich recherchierte nach anderen Universitäten, an denen ich Kreatives Schreiben studieren könnte. Kalifornien, Arizona, Illinois, Florida und so weiter und sofort. Die Auswahl schien so riesig und endlos wie der Schmerz in meinem Herzen. Es war Ende Februar, als ich Dora im Treppenhaus begegnete und sie mich mit gerümpfter Nase ansah.

»India Thomson.« Sie spuckte meinen Namen aus. »Ich werde wohl nie verstehen, was Alec an dir gefunden hat. Ich meine, er hätte jede Frau in ganz New York vögeln können, aber …« Ich erinnere mich noch genau, wie ihr Blick mich von oben bis unten taxierte und ich mich dabei so fühlte, als wäre ich nicht mehr als ein langweiliges Buch mit einem nichtssagenden Cover. »Aber anscheinend war Alec Carter wohl so verrückt nach dir, dass er sich damit selbst verrückt gemacht hat.«

An dem Abend begann ich, mein Zeug wahllos in all meine Rucksäcke und Taschen zu stopfen. Ich musste weg. Weg von New York und den Erinnerungen an Alec. Ich wollte einen Neubeginn. Ohne meine Eltern. Ohne Alec. Ohne mein gebrochenes Herz. Vielleicht würde ich mein Studium an die Universität von Tampa verlegen lassen und herausfinden, ob der Sunshine State wirklich hielt, was er versprach.

»Du kannst nicht gehen.« Ava schüttelte den Kopf, als sie mich am nächsten Tag in meiner Wohnung besuchte und meinen vollgestopften Rucksack musterte.

»Natürlich kann ich das.« Ich reckte das Kinn, denn ich wollte nichts mehr von Leuten wissen, die mir sagten, was ich tun könnte und was nicht.

»Klar, kannst du das, aber darum geht es nicht.«

»Um was geht es denn bitte dann?«

»Es geht um dich, India. Darum, dass du nicht besser als Alec bist, wenn du wegläufst. Dass du stärker bist. Dass du verlieren kannst, aber aufstehen musst. Nicht um wegzulaufen, sondern um weiterzukämpfen. Stell dir vor, Harry hätte gesagt, er könnte es nicht mehr ertragen, wieder und wieder zu kämpfen und wäre deshalb in der Muggelwelt untergetaucht. Helden verlieren, und das ist okay. Aber Weglaufen ist scheiße. Weglaufen ist einfach. Du wolltest frei sein. Und jetzt bist du frei, also hör verdammt noch mal auf, dich wie ein Feigling zu benehmen.«

Ich dachte lange über ihre Worte nach. Sie schallten so laut in meinem Kopf wie die Passagen, die ich mir in meinen Lieblingsromanen mit Leuchtstift anstrich. Am nächsten Morgen packte ich meine Taschen wieder aus. Ich war zwar kein Held, doch ich war immer noch Nur-India und die würde ab sofort reichen.

Was aber nicht hieß, dass ich aufhörte, an Alec zu denken und ihn zu vermissen. Doch ich lernte, damit umzugehen, indem ich schrieb. Anfangs nicht über ihn, sondern eine fiktive und so kitschige Geschichte mit einem so verdammt perfekten Protagonisten, dass ich während des Schreibens Alec vergaß. Ich nannte meinen Protagonisten Channing Charming und meine Leser sind verrückt nach Channing Charming. Sie bezeichnen ihn als ihren Book Boyfriend Nummer Eins, machen Fan-Fotocollagen und schreiben in Rezensionen, dass sie sich wünschten, sie würden Channing Charming im echten Leben begegnen. Ja, denke ich mir stets, wenn ich eine dieser Rezensionen lese, das wünsche ich mir auch. Doch Wünsche bleiben anscheinend nur Wünsche, denn in meinem Leben gibt es keinen Channing Charming, nur einen Alec Carter, der mir, wenn ich den Laptop zuklappe, sofort wieder im Kopf herumgeistert. Abends hielt der Alec in meinem Kopf mich wach, und wenn mein Wecker mir eine Uhrzeit anzeigte, die weit über drei Uhr morgens lag, hielt ich es nicht mehr aus, sagte dem Alec in meinem Kopf: »Na, schön, du hast gewonnen«, und fuhr meinen Laptop hoch. So waren also die sonnigen Stunden des Tages für Channing Charming reserviert und die dunklen für Alec Carter, dessen Geschichte ich nur aufschrieb, weil ich die Hoffnung hatte, er könnte so aus meinem Kopf verschwinden.

Also schrieb ich und schrieb, vermisste und hasste Alec dabei gleichzeitig sehr und war mir irgendwann nicht mehr sicher, ob ich ihm jemals verzeihen könnte, wenn er wirklich wiederkommen würde.

Und jetzt ist er also wieder da und ich will ihn trotzdem umbringen.

Ich sitze an meinem Schreibtisch und tue das Einzige, was mich davon abhält, komplett durchzudrehen und vielleicht etwas Unüberlegtes zu tun. Wie zum Beispiel Alecs Adresse ausfindig zu machen, um ihn wie der Mörder in meinem zuletzt gelesenen Thriller zu quälen oder noch viel schlimmer: mein Gesicht in seine Brust zu vergraben und hemmungslos zu weinen, um ihm damit den Schmerz zu präsentieren, mit dem ich seinetwegen seit drei Jahren lebe. Weil er ein feiger Mensch ist, der wegläuft, wenn es hart wird. Weil er ein Arschloch ist, das mit harten Situationen nicht umgehen kann. Weil all die harten Situationen in seinem Leben ihn herzlos machten, obwohl er das eigentlich nicht sein kann, weil ich ihm vor Jahren mein Herz nicht in die Hand, sondern vor die Füße geworfen habe. Inklusive natürlich mir, die auf ihren Knien um seine Liebe bettelte. Die ich natürlich nicht bekam, weil Alec stets herzlos blieb.

Meine Finger fliegen so schnell über die Tastatur, als wären sie auf der Flucht. Sie hämmern so hart auf die Tasten, dass es unter meinen Nägeln brennt, so wie die Worte, die tief in mir voller Hass schlummern.

Ich schreibe eine Kurzgeschichte über einen rothaarigen Mann, der in einem grünen Feuer verbrennt, obwohl ich eigentlich weiter am zweiten Teil von *Falling into Freedom* schreiben sollte. Doch darauf kann ich mich jetzt nicht konzentrieren, eigentlich kann ich das überhaupt nicht und ich weiß, dass der Text, den ich gerade tippe, so von Fehlern übersät ist, dass ich ihn morgen wahrscheinlich nicht mehr entziffern kann. Aber das ist okay. Alles ist okay.

Der rothaarige Mann in meinem Worddokument winselt um Hilfe, die er natürlich nicht bekommt, als es an meiner Tür klingelt und ich mit den Zähnen knirsche. Ich hasse es beim Schreiben gestört zu werden, jedes Geräusch und jede Bewegung der wirklichen Welt, in der ich mich beim Schreiben nicht befinde, reißen mich schmerzhaft aus meiner eigenen. Und das, obwohl ich meine eigene über alles liebe.

Die Dinge haben sich in den letzten Jahren geändert. Ich fürchte mich nicht mehr vor Freiheit. Natürlich ist sie manchmal immer noch einsam. Und dunkel. Doch ich habe sie lieben gelernt mit ihren Licht- und Schattenseiten. Mit meinem Leben, das ich so verbringen kann, wie ich möchte, mit Seminaren, die ich zum Thema Schreiben, anstatt Betriebswissenschaft oder Management belege, mit den Nachmittagen, an denen ich den neusten Liebesromanbestseller verschlinge und niemand da ist, der mir sagt, ich könne meine Freizeit doch nicht nur mit dem Lesen verbringen. Mit den Monaten, die ich an meinen Romanen arbeite, für die alles in mir brennt und die ich so liebe, als wären sie vollkommen, obwohl keine meiner Geschichten je perfekt ist. Mit New York und meinen Freunden, die ich so lieben lernte, als wären sie meine Familie, während ich realisierte, dass die Familien, die man sich selbst aussucht, die besten sind. Auch mit den schlaflosen Nächten, in denen meine Zweifel so laut in meinen Gedanken hämmerten wie die Musik auf Maxtons Partys. Mit meinen Ängsten, die nie ganz verschwanden. Mit den Was-wäre-wenn-Gedanken, die mich unerwartet heimsuchen und mich darüber philosophieren ließen, was wäre, wenn ich in Alabama geblieben wäre? Wäre ich dann glücklicher? Mein Leben einfacher? Was wäre, wenn meine Granny mir ein anderes Apartment vermacht hätte? Eines, das nicht neben dem von Alec gelegen hätte? Hätte ich ihn dann nie kennengelernt? Wäre mein Herz dann jetzt noch ganz? Hätte ich mich ohne Alec dafür entschieden, zurück nach Alabama zu gehen? Hätte ich ohne ihn jemals gewusst, was es heißt, neunzehn, frei und verliebt zu sein? Ohne ihn das Gefühl gehabt, dass die Welt sich so dermaßen schnell dreht, dass sie plötzlich stillsteht, wann immer Alec mich küsste? Hätte ich jemand anderes geküsst, dabei etwas vermisst, doch nicht gewusst, was es wäre?

Ich weiß es nicht. Das ist die Antwort auf all die Fragen.

Doch manchmal, wenn ich meinen Laptop zuklappe, dem Alec Carter auf meinem Schreibdokument sage, dass ich seinetwegen für heute genug gelitten habe, verharre ich noch einige Momente vor meinem Schreibtisch. Ich schließe die Augen und denke dabei an Alec und seine Lippen, nicht für meine Geschichte, sondern einfach nur für mich und mein blutendes Herz. Manchmal ist die Erinnerung so echt, dass ich meine, ich schmecke ihn wirklich auf meinen Lippen. Mein Herz setzt dabei Schläge aus, und für den Bruchteil einer Sekunde denke ich daran, dass es egal gewesen wäre, wo zum Teufel Alec und ich uns auf der Welt herumgetrieben hätten, wir hätten uns trotzdem gefunden.

Doch diese Momente vergingen.

Der Hass und der Schmerz nicht.

Also schrieb ich weiter und fühlte mich dabei so frei wie noch nie. Nur die unendliche Freiheit in meiner Fantasie und meinen Texten kann mir das Gefühl geben, zu fliegen.

So wie der Mann, der vor meiner Tür steht. Trotz verdammt noch mal allem, schlägt mein Herz so wild, als würde es fliegen, obwohl Alec derjenige war, der mich zu Fall brachte. Vor drei Jahren. Mit seiner Recherche. Nach seiner Recherche. Nach meiner Wahrheit. Und trotzdem jede Nacht weiter, wann immer ich an ihn denke.

Alec überragt mich über einen Kopf und ist Mann durch und durch mit seinem dunklen Bartschatten und seinem muskulösen Körper. Doch in meiner Erinnerung wird er immer ein verlorener Junge mit schwarzen Augen sein, die ich nie wirklich durchschauen konnte.

»Ich erspare es mir, dich zu fragen, woher du weißt, dass ich immer noch hier wohne. Ich freue mich schon auf die Mail, die ich Sarah schreiben werde. Sie wird hauptsächlich aus Ausrufezeichen und Sätzen wie *Wie konntest du nur!* bestehen.« Ich seufze. »Sag mal, hat dir die Ohrfeige im Café nicht gereicht? Wenn nicht, muss ich dich enttäuschen, aber von mir bekommst du keine zweite. Meine Hand brennt immer noch. Also …« Ich zucke die Schultern und mache Anstalten, die Tür wieder zu schließen.

»Bevor du mir die Tür vor der Nase zuschlägst, lass mich ausreden.« Alec redet so schnell, dass ich ihn fast nicht verstehe. Sein Atem hallt so laut, als wäre er die drei Jahre, die ich ihn nicht gesehen habe, nur gerannt. Ohne Pause. Natürlich von mir weg. Seine Stimme zittert leicht und der Fuß, den er sicherheitshalber zwischen meine Tür und Rahmen stellt, tut es ihr gleich. Alecs Augen schauen mich flehend an und ich denke an den Mann in meiner Geschichte, der bettelt und auch auf der nächsten Seite keine Hilfe bekommen wird. Als mein Blick auf seinen Lederschuh fällt, habe ich das Gefühl, als würde er eine Grenze überschreiten. Wieso zum Teufel steht Alec mit einem Fuß in meiner Wohnung, obwohl ich ihn nicht einmal als Erinnerung in meinem Leben haben will?

Meine Augen wandern wieder zu seinem Gesicht, bevor ich einen tiefen Atemzug nehme. Dabei versuche ich mir klarzumachen, dass ich eine erwachsene Frau von zweiundzwanzig Jahren bin und es wirklich kindisch wäre, ihm die Nase einfach vor der Tür zuschlagen. Ich umklammere meine Tür etwas zu fest, als ich ein »Komm rein« murmele und mir dabei überlege, ob ich Alec trotz der Schmerzen in meiner Hand eine weitere Ohrfeige verpassen sollte, von denen er eigentlich unendlich viele verdient.

»Was?« Alec hebt eine Augenbraue. »So einfach lässt du mich rein?«

»Du stehst verschwitzt vor meiner Haustür und atmest so laut, dass sich die Nachbarn wahrscheinlich gleich beschweren werden. Unsere Agenten wollen unsere Manuskripte in ein und demselben Buch veröffentlichen und wir sind erwachsen. Also ja, ich lasse dich in meine Wohnung.« Ich betone das letzte Wort, damit Alec versteht, dass er nur in meine Wohnung und nicht in mein Leben tritt.

Dann drehe ich mich um und schreite zum Esstisch. Die Stuhlbeine knarren, als ich mich setze und ich höre, wie eine Tür ins Schloss fällt. Keine Sekunde später sitzt Alec mir gegenüber und schaut sich so in meiner Wohnung um, als würde er sie nicht wiedererkennen. Was nicht sein kann, schließlich gab es mal eine Zeit, in der er hier öfter als in seinem eigenen Bett geschlafen hat.

Ich studiere Alecs Gesicht im Profil, als seine Blicke an der Fotowand verharren, auf denen Ava, Andy und ich meistens Grimassen ziehen. Noch im selben Moment bereue ich, ihn reingebeten zu haben. Stattdessen hätte ich vorschlagen sollen, in ein Café zu gehen, um damit weitere Erinnerungen von Alec in meiner Wohnung zu vermeiden.

Alec legt den roten Kopf schräg, während er versucht, die Fotos von Weitem genauer zu betrachten. Ich unterdrücke ein Seufzen und gestehe mir ein, dass er sich äußerlich kein bisschen verändert hat. Und mich das noch genauso anzieht wie vor Jahren. Die roten Strähnen, die ihm immer noch so verwuschelt vom Kopf stehen, als hätte er gerade Stunden mit seinen Charakteren vor dem Laptop verbracht und wäre dabei eine Spur verzweifelt. Die einzelnen Sommersprossen auf seiner Haut, von denen ich immer noch nicht weiß, ob sie sich im Sommer vermehren, weil Alec und ich keinen Sommer hatten. Und nie haben würden. Seine breite Brust, die muskulösen Schultern. Seine schlichte Kleidung, das schwarze Shirt, die einfachen Jeans, als bräuchte er sich keine Mühe zu machen und würde selbst in einem Kartoffelsack wie der schönste Mann der Welt aussehen. Gott, wie ich hasse, dass ich ihn immer noch so bezeichne.

Als er den Blick schließlich von den Bilderrahmen nimmt und

ihn auf mich senkt, muss ich schlucken. Seine schwarzen Augen verschlingen mich immer noch, ziehen mich wie automatisch zurück in all die Momente vor drei Jahren, in denen er mich mit genau denselben Augen ansah. Als er mir beteuerte, ich wäre keine Recherche mehr, er würde mich lieben, sich ohne mich leer fühlen, dass er mich mehr als die Charaktere in seinem Kopf liebte.

Er leckt sich über die Lippen, sie sind immer noch voll und sehen so aus, als wären sie dafür gemacht, um mich für immer zu küssen.

»Deine Wohnung sieht großartig aus. Nichts sieht mehr so aus, wie –«

»Warum hast du geschrieben ich hätte dich verlassen und die Geschichte dann damit enden lassen, dass der Leser denkt, India hätte ihre Zeit in New York nur geträumt, wenn du es doch warst, der verschwunden war, als ich aus Alabama zurückkam?« Ich beiße mir auf die Zunge, als ich verstumme, ein bisschen sauer auf mich selbst, weil in mir nicht nur Worte für Worddokumente, sondern auch für Alec brennen.

Ich beobachte, wie Alecs Adamsapfel hüpft und er schuldig den Blick zu Boden senkt. Plötzlich sieht er so geschlagen und verloren aus wie der Junge, den ich vor drei Jahren am liebsten küsste. Etwas an meiner Fassade bröckelt, meine Hände lösen sich aus ihren Fäusten und ich bin versucht, Alec zu trösten. Doch ich erinnere mich, dass dieser Mann mir das Herz so sehr gebrochen hat, dass keine Zeit der Welt das jemals heilen könnte, und ich lasse es.

»India …« Seine Stimme hört sich so gebrochen an wie ich mich fühle.

»Tust du mir einen Gefallen, Alec?«

Er hebt den Blick, seine Antwort kommt sofort. »Jeden.«

»Sag meinen Namen nicht mehr. Ich ertrage das nicht.«

Meine Stimme zittert, doch es ist mir egal. Ich muss kein Geheimnis daraus machen, dass er mich verletzt hat. Er hat jedes meiner Worte gelesen, es wäre somit zwecklos, die Wahrheit vor ihm zu verstecken; die Tatsache, dass es eine Zeit gab, in der ich ihn mehr als alle meine Lieblingsbücher und die Welt zusammen geliebt habe.

Alec verzieht das Gesicht so, als würde ihm jemand ein Messer in die Brust rammen, und ich verspüre die Spur einer Genugtuung. Ich frage mich, ob ihn meine Worte mehr schmerzen als die Ohrfeige, die ich ihm vor Stunden im Café verpasst habe, und suche sogleich nach weiteren Worten, die ich ihm an den Kopf werfen könnte. Doch dann schlägt er die Augen auf, das Schwarz seiner Augen nimmt die Farbe von verkohlten Funken an und er lässt die Finger seiner linken Hand in die Richtung meiner wandern. Wie automatisch beginnt mein Herz zu rasen, als würde es dreimal um die Welt rennen. Ich erinnere mich an das Gefühl von seinen Fingern in meinen, wie ich schwor, das wäre das beste Gefühl der Welt, intensiver als alle Orgasmen zusammen in meinem Leben und besser als *Modern Family* in Dauerschleife. Erinnerungen vom Central Park, wie er dort das erste Mal meine Hand vor der ganzen Welt hielt, Erinnerungen eines matschigen Dezembers, in denen seine Finger nie bei ihm, sondern nur bei mir waren, machen es mir schwer zu atmen. Ich schließe die Augen, in der Hoffnung, die Bilder würden verschwinden, doch sie scheinen nur heller und echter und plötzlich verpufft die Wut. Wie aus dem Nichts begrüßt mein Körper die vertraute Trauer, die mich eigentlich stets dazu bringt, zu meinem Laptop zu rennen.

»I-Ich weiß nicht, wo ich anfangen soll«, murmelt er und bringt mich dazu, den Blick wieder zu öffnen.

»Mir wäre es lieber, würden wir nichts anfangen.«

Etwas in seinem Blick bricht. »Das meinst du nicht so. Du vergisst, dass ich gelesen habe, was du geschrieben hast. Du vergisst, dass ich weiß, dass alles, was du schreibst, tief aus deinem Herzen kommt. Und Gott, India ... Ich ... Ich weiß immer noch nicht, wo ich anfangen soll und –«

»Du weißt, dass es einen Unterschied zwischen Autor und Erzähler gibt, oder?« sage ich und presse die Lippen aufeinander.

»Du vergisst, dass wir beide unsere eigene Geschichte aufgeschrieben haben und Autor und Erzähler in diesem Fall gleichzustellen sind, oder?«

Ich weiß nicht, was ich antworten soll, also schweigen wir einen Moment und lauschen den Straßengeräuschen, die man immer noch in der siebten Etage hören kann. Mein Blick liegt dabei auf den losen Fäden meiner Jeans, was jedoch nicht verhindert, dass ich Alecs Blicke auf mir brennen spüre, als wären sie die Sonne und es wäre August. Ich bin versucht, den Blick zu heben, um herauszufinden, ob ich mehr als sechs Sommersprossen auf seinem Gesicht zählen kann. Doch ich lasse es. Ein Fehler, den man wiederholt, ist kein Fehler mehr, sondern eine Entscheidung. Ich hingegen möchte mich nicht mehr dafür entscheiden, mich in Alecs schwarzen Augen, Abgründen und Worten zu verlieren.

Also spreche ich genau genommen zu meinen Jeans, als ich sage: »Lass mich raten, du hast dir meine Adresse von Sarah geben lassen, damit wir über die Mail reden können, die an uns verschickt wurde, richtig?«

Als ich den Blick hebe, konzentriere ich mich darauf, ihn nie direkt anzusehen und stattdessen etwas über oder neben ihm zu fokussieren.

»Nein.« Er schüttelt den Kopf. »Diese Mail geht mir doch am Arsch vorbei, India!«

Ich zucke zusammen. Wegen seiner Stimme, die sich hebt. Seinen Fingern, die sich meinen wieder nähern. Und meinem Namen, den er sagt, obwohl ich es ihm verboten habe, weil er sich mit seiner tiefen Stimme immer noch wie das schönste Wort der Welt anhört. Und ich Autorin bin und sogar eine Liste führe, auf der ich alle Worte notiere, die einfach schön klingen. Wie zum Beispiel: mucksmäuschenstill, mutterseelenallein, Lichtspielhaus, Zweisamkeit, Himmelblau, Fernweh und Alecs Namen, den ich in meinen verzweifelten Momenten notiere, nur um ihn am nächsten Tag mit Edding wieder durchzustreichen. Also sieht meine Liste der schönen Worte eigentlich potthässlich aus, weil auf jeder Seite mindestens zwei schwarze Kästen aus Edding prangen, die den Namen verdecken, den ich eigentlich vergessen möchte.

»Alles geht mir am Arsch vorbei, außer –«

»Außer deinen Worten, deinen Texten und deiner Recherche«, beende ich für ihn und fokussiere den Bilderrahmen, auf dem Ava und ich lachen, als würde es keine Männer auf dieser Welt geben, die einem das Herz brechen. »Das ist nichts Neues, Alec. Weißt du nicht, dass kein Leser auf langweilige Wiederholungen steht? Das war das Erste, was mir die Lektorin, die meinen Debütroman mit mir bearbeitet hat, gesagt hat.«

Alec schüttelt den Kopf, die roten Strähnen auf seinem Kopf hüpfen auf und ab. »Bitte, India. Du musst mich aussprechen lassen, sonst –«

»Sonst was?«, sage ich. »Sonst läufst du wieder weg, ohne Nachricht, ohne ein Wort, nur mit der Vermutung, dass du dich irgendwo auf der Welt herumtreibst und das mit meinem Herzen, das dir eigentlich immer egal war?«

Alec atmet tief aus, ich sehe, wie sein muskulöser Brustkorb dabei zittert. »Ich weiß, dass ich das und noch viel mehr verdient habe. Das weiß ich wirklich, India. Aber mir fällt es einfach so verdammt schwer, dich nicht zu berühren, dich nicht einfach in meine Arme zu ziehen und dir zu sagen, was mir alles leidtut, wenn ich dich das erste Mal seit einer gefühlten Ewigkeit wiedersehe. Meine Gefühle haben sich an keinem einzigen Tag in den letzten drei Jahren geändert.« Er schluckt. »Aber zurück zu deiner Frage, Baby: Nein, ich werde nicht mehr weglaufen. Nie mehr. Ich bin gekommen, um zu bleiben, ob es dir passt oder nicht. Ich bin hier. Für immer. Weil du hier bist. Also, wenn du mich nicht aussprechen lässt, wird mir wohl oder übel nichts anderes übrigbleiben, als einen weiteren Roman von knapp vierhundert Seiten zu schreiben. Und dabei zu hoffen, dass du vielleicht mit der nächsten Geschichte das verstehen wirst, was ich dir schon mit der letzten sagen wollte.«

Alec sieht mich so an, als würde er auf eine Antwort warten. Doch die habe ich nicht. Die Gedanken in meinem Kopf schlagen Saltos, rennen wie wild umher und das gleichzeitig, doch trotzdem fühle ich mich leer. Ich weiß nicht, wie viele Minuten vergehen, doch irgendwann quietschen Stuhlbeine und Alec erhebt sich.

»Ich werde jetzt gehen, weil ich das Gefühl habe, du brauchst Zeit für dich alleine.« Er tritt nervös von einem Fuß auf den anderen. »Außer natürlich, du möchtest noch etwas sagen.«

»Ja.« Meine Augen formen zwei Schlitze. »Nenn mich nicht Baby.«

Er fährt sich ratlos durch die Haarsträhnen, bevor er Worte murmelt, die sich danach anhören, als wäre das hier bei Weitem nicht unser letztes Gespräch gewesen, und endlich aus meiner Wohnung verschwindet.

Als meine Tür ins Schloss fällt, fühle ich mich so müde, dass meine Beine mich sofort zu meinem Bett tragen. Doch ich bin nicht allein, denn neben mir liegt das Manuskript, das ich vor einer knappen Stunde aus meinem Briefkasten gefischt habe, so als hätten Sarah und Sally gewusst, ich hätte das eine Exemplar in dem Café zerrissen. Alecs und meine Geschichte, von uns beiden niedergeschrieben, als hätten wir all den Schmerz nur erlebt, um daraus den nächsten Bestseller zu machen.

Ich schwöre, wie ich nichts dafürkann, dass meine Finger zu dem Manuskript greifen und ich all die Kapitel, die Alec geschrieben hat, so lange lese, bis mir die Augen zufallen. In der Schwelle zwischen Wachsein und Schlaf habe ich fast das Gefühl, der Alec von vor drei Jahren hätte mich für ein paar Seiten zurückgeliebt.

Kapitel 44

*»My thoughts were
Destroying me.
I tried not to think
But the silence
Was a killer too.«*

Unknown

Alec

»India muss mir verzeihen.«

Ich nicke, um mir selbst Mut zu machen, doch scheitere, als ich in die Gesichter meiner zwei besten Freunde sehe. Sie nehmen mir nämlich mit ihren mitleidigen Gesichtern jeden Funken Hoffnung und das sogar wortlos. Ich atme tief ein und versuche den Drang zu unterdrücken, in meine neue Wohnung zu rennen, um dort eine Geschichte zu schreiben, in der India und ich bis an unser Lebensende glücklich zusammenleben.

»Carter, Mann.« Jamie schüttelt den Kopf und klopft mir tröstend auf die Schulter. Er ist genauso, wie India ihn in unserem Roman beschrieben hat, obwohl ich eigentlich nicht darüber nachdenken möchte, dass sie ihn als einen Frauenschwarm dargestellt hat. Ich will nämlich ihr einziger Schwarm sein. Auch wenn ich es verbockt habe. Auch wenn sie mich hasst. Denn tief in ihrem Herz, das weiß ich ganz sicher, da liebt sie mich. Verdammt noch mal, ich hab ihre/unsere Geschichte gelesen!

»Hör auf, dich wie deine Schwester zu benehmen, und sei ein Mann, Bro. Gesteh dir ein, dass India dir verdammt noch mal nicht verzeihen muss.« Maxton schüttelt den Kopf, bevor er einen Schluck von seinem Whiskey nimmt. Mittlerweile bezeichnet ihn niemand mehr als King Maxton. Außer vielleicht er selbst, wenn er ein paar Whiskeys zu viel hatte und sein Blick auf die Burger-King-Krone fällt, die in dem Regal mit den teuersten Likören einen Ehrenplatz hat. Sie steht direkt neben seinem geliebten Whiskey, von dem eine Flasche mehrere tausend Dollar kostet, doch das sind für unseren Maxton nicht mehr als Peanuts.

Schließlich ist er der berühmte Maxton King, gefeierter Drehbuchautor, der Serien für Netflix entwirft, unter anderem auch *Strangest People*, eine Serie, in der Zombies gegen Menschen gegen Aliens antreten. Es vergeht keine Fahrt mit der Subway, bei der ich nicht höre, wie sich eine Gruppe von Jugendlichen über den Helden Zayn Villain unterhält; die Jungs zeigen sich dabei Serienausschnitte auf ihrem Handy und bestaunen die Spezialeffekte, die Mädchen schauen meist verträumt durch die Gegend und fragen sich gegenseitig, wo sie nur ihren ganz persönlichen *villain* namens Zayn herbekommen. Selbst meine Schwester kann es nicht lassen, mich seit meiner Rückkehr nach New York vor einiger Zeit bei jeder unserer Unterhaltungen, sei es auf WhatsApp oder in meiner neuen Wohnung, nach Maxton zu fragen; ob er gerade an seinem Schreibtisch an der nächsten Staffel arbeitet; ob er ihr kein Autogramm von dem Schauspieler besorgen könnte, der Zayn Villain spielt; ob er sich vielleicht mit ihr treffen könnte, weil sie großartige Ideen hätte, die Maxton einflechten könnte.

Doch mein Freund mit den zweihundertfünfundneunzig Absagen verdient sein Geld nicht nur mit Drehbüchern, sondern ist der Gründer der Barkette Books & Brandys. Bars voller Bücherregale, in denen es nur Geschichten von Indieautoren zu finden gibt, die eine Absage nach der nächsten kassieren, und Getränkekarten mit Maxtons eigenen Kreationen; es gibt sogar eine lila Wodkamischung, die dieselbe Farbe wie die Haare von Zayn Villain hat.

»Ich sage euch, das wird großartig«, hat Maxton vor der Eröffnung gesagt, wie Jamie mir jetzt erzählt, und siehe da, er hatte recht: Seine Idee war ein Knaller, der ihn zu einem der jüngsten und erfolgreichsten Geschäftsmänner in ganz New York machte. Mittlerweile besitzt er Dutzende von Filialen an der Eastcoast und plant das nächste Books & Brandys in L. A. Vor drei Wochen gab der Bestseller-Autor Daniel Darson eine Signierstunde in dem Books & Brandys in Brooklyn und verkündete vor den hunderten Besuchern, dass er Maxton King aus vollstem Herzen danke, weil sein Agent ohne Books & Brandys niemals auf sein Buch aufmerksam geworden wäre.

Das Books & Brandys am Times Square ist stets gut besucht und am Wochenende bilden sich sogar Schlangen, die bis zum nächsten Walgreens reichen. Nur jetzt ist es leer; wir haben kurz nach drei am Nachmittag und die Bar öffnet erst in zwei Stunden. Maxton, Jamie und ich sitzen, seitdem ich wieder in New York bin, oft außerhalb der Öffnungszeiten in den bequemen Ledersesseln, lachen und unterhalten uns, atmen dabei den Geschmack von all den unentdeckten Geschichten ein, die uns an unsere eigenen zur Collegezeit erinnern. Und manchmal, in einem unbeobachteten Moment, lasse ich eine von meinen unentdeckten Geschichten aus Collegezeiten oder von meinen Schreibübungen in den vollgestopften Regalen zurück. Einfach nur so.

»Du hast ihr das Herz gebrochen, als sie von Alabama zurück nach New York kehrte und du verschwunden warst.« Jamie greift nach der dampfenden Kaffeetasse vor ihm. »Sie war ein Wrack, Alec. Sie hat dich angerufen, du bist nie wieder drangegangen. Nachrichten von ihr blieben unbeantwortet, bis sie schließlich deine Schwester besuchte, die ihr sagte, dass du deine Nummer schon längst geändert hattest. Ava behauptet, dass Indias Mutter seit drei Jahren kein Wort mit ihr gewechselt hat. India … India hat alles für dich und New York aufgegeben. Und was hast du gemacht? Du warst einfach nicht da.«

»Jamie hat so was von recht, Mann. Wäre ich India, würde ich dir niemals verzeihen. Was hast du noch gleich erzählt? Sie hat dir eine Ohrfeige gegeben? Das war noch nett von ihr. Wäre ich sie gewesen, hätte ich dir deinen Schwanz abgeschnitten, um dir dann damit –«

»Spar's dir, Max«, sage ich und massiere mir den Punkt zwischen den Augen. »Wir alle wissen von deiner blühenden Fantasie; nur du kannst einen Alien mit einem Zombie verkuppeln und damit nen Haufen an Geld verdienen. Aber das bringt mich jetzt auch nicht weiter.«

»Genau genommen bringt dich nichts weiter.« Jamie hält sich nicht einmal damit auf, mir ein entschuldigendes Lächeln zu schenken.

Ich presse die Lippen aufeinander. »Dass mich nichts weiterbringt, ist nicht akzeptabel. Ich …« Ich werfe den Kopf in den Nacken, starre an die dunkle Decke und überfliege die Zitate aus Kreide; Shakespeare, Hemingway und viele mehr. »Ich liebe sie.«

Was hatte ich meiner India nur angetan?

Wie könnte sie mir jemals verzeihen?

Würde ich mir selbst jemals verzeihen?

Ich seufze, als ich mir die Antwort darauf selbst gebe.

»Sie wird mich für immer hassen«, flüstere ich.

»Sie wird dich wahrscheinlich noch in ihrem nächsten Leben hassen«, sagt Jamie.

»Und in dem darauf«, stellt Max so monoton fest, als wäre es ein Fakt in einem Sachbuch.

»Aber wir dürfen nicht vergessen, dass trotz allem doch noch ein Funke von Hoffnung besteht. India muss dich trotz allem noch mögen; sie hat eure Geschichte aufgeschrieben. Vielleicht sollten wir darauf aufbauen, vielleicht –« Jamie verstummt, als sein Handy auf der Tischplatte vibriert. Grell leuchtet mir das strahlende Gesicht von Ava entgegen.

»Meine Verlobte.« Jamie rollt mit den Augen und greift grinsend nach dem iPhone.

Obwohl Jamie genervt klingen will, scheitert er. Ich bemerke sein leichtes Lächeln trotzdem, als er *Verlobte* sagt. Ich schlucke und gestehe mir ein, dass ich ein bisschen neidisch bin. Ich will

India auch als meine Verlobte bezeichnen können, dabei genervt klingen wollen, aber bis über beide Ohren strahlen. Ich will auch in meinem Arbeitszimmer eine Wand mit Bilderrahmen von India haben, nur damit ich mich keine zwei Jahre später von demselben Zimmer verabschieden muss, weil es zu dem Zimmer unseres ersten Babys wird. Hätte mir das jemand vor drei Jahren erzählt, hätte ich laut losgelacht. Doch Worte wie *Verlobte* und *eine eigene Familie* würden mich jetzt nicht mehr in die Flucht schlagen. Ich will nicht mehr wegrennen. Außer natürlich India will wegrennen, dann würde ich ihr nämlich meine Hand reichen und sie fragen, ob wir nicht zusammen wegrennen wollen, auch wenn das ziemlich kitschig klingt. Aber anscheinend bin ich jetzt Alec Carter, ein kitschiger Mann, der India Thomson liebt, die einen kitschigen Liebesroman geschrieben hat, nach dem das halbe Internet verrückt ist.

»Baby«, sagt Jamie. »Alles okay? Mit dir und Ryder?« Pause. »Ich … Aber … Mrs. Ava Jameson Jones, ich liebe dich von ganzem Herzen, aber ich werde nicht zulassen, dass wir unseren nicht einmal geborenen Sohn Rhysand nennen, nur weil irgendein Held in deinen komischen Romanen so heißt. Rhysand, Ava, Baby, überleg dir das doch mal. Unser Sohn wird uns hassen, bevor er überhaupt weiß, was Hass ist. Willst du das? Nein? Gut, dann sollten wir wohl lieber bei Ryder bleiben. Oder Roman. Oder von mir aus auch Ron und sonst jeden Namen, der mit R beginnt. Also, was ist los?«

Es folgt eine Pause, in der Max und ich unseren Freund schmunzelnd dabei beobachten, wie er immer wieder von seiner Verlobten unterbrochen wird, bis er ihr schließlich sagt, dass er bald zu Hause sein würde, und dann aufgelegt.

Jamies Hintergrundbild mit seiner Verlobten leuchtet ein letztes Mal auf, bevor er das Handy wegsteckt und sich uns zudreht.

»Wer will zuerst?«, fragt er.

»Wer will was zuerst?« Max hebt eine Augenbraue.

»Ava hat eine Botschaft für dich und eine für Carter. Wer will zuerst?«

»Gib uns die gute zuerst«, sagt Max. »Also meine.«

Jamie rollt mit den Augen. »Meine Verlobte lässt ausrichten, dass du aufhören sollst, junge Mädchen, die gerade volljährig geworden sind, zu verführen. Sie meinte, du hättest Sophias Freundin das Herz gebrochen und das wäre nicht sehr gentleman-like gewesen.«

»Na ja.« Max kratzt sich im Nacken. »Ich hatte nie behauptet ein Gentleman zu sein. Das weiß Jane auch.«

»Anscheinend hättest du dich da genauso präzise wie in deinen Drehbüchern ausdrücken sollen.« Jamie grinst schelmisch, Max presst die Lippen aufeinander. Dann dreht Jamie mir das Gesicht zu. »Und nun zu dir.«

Ich schlucke. Mir graut es davor, Nachrichten von Indias bester Freundin zu erhalten, die mich dreimal so sehr wie India selbst hasst.

»Sie hat gesagt, du bist noch ein größeres Arschloch als Max.« Max lächelt triumphierend, ich verdrehe die Augen. »Außerdem hat sie gesagt, du sollst, ich zitiere, deine gottverdammten Schreiberfinger von India lassen, weil sie dich sonst im Schlaf überrascht, dir die Finger abhackt, damit du weder India noch die Tastatur deines Laptops jemals wieder berühren kannst.«

Zurück in meiner Wohnung lasse ich mich auf meinem Sofa nieder und starre auf die Umzugskartons, die sich in meinem Wohnzimmer stapeln. Ich weiß, ich sollte beginnen, sie auszupacken, mich einzurichten, mich einzuleben. Doch ich kann nicht. Ich rede mir ein, es liegt an den zwei Manuskripten, die ich zu bearbeiten habe; einmal *Writers in New York* und zum anderen mein neuer Roman, der für nächstes Jahr im Sommer geplant ist. Doch wenn ich ehrlich zu mir selbst bin, ist das eigentlich gelogen, denn meinen Laptop habe ich seit zwei Tagen nicht einmal angerührt. Die Dinge haben sich geändert. Ich liebe das Schreiben immer noch und weiß, dass Worte auf ewig zu mir und ich zu den Worten gehören werde. Doch ich verspüre nicht mehr den Drang, hinter jeder Ecke nach meiner nächsten Inspiration zu suchen und den ganzen Tag in meiner eigenen Welt zu verbringen, um die richtige auszublenden. Die knappen drei Jahre, die ich nicht in New York verbracht habe, haben mich verändert. Ich habe gelernt, das Leben wirklich zu leben, versucht, Personen nicht ständig zu erfinden und stattdessen selbst eine zu sein. Ich habe mir angewöhnt, feste Zeiten fürs Schreiben zu haben und für die restlichen Stunden mein Schreibprogramm zu vergessen, war mein Schreibprogramm auch noch so verführerisch. Manchmal ist der Schriftsteller in mir laut, sagt mir, dass die Charaktere auf meinem Worddokument nach mir verlangen und das Schreiben meine einzige Bestimmung wäre, weil es alles ist, was mir mein Vater hinterlassen hätte. Ich hingegen versuche dann innerlich noch lauter als mein Schriftsteller zu schreien, dass die Dinge schon längst nicht mehr so sind, wie ich einst dachte. Dass mein Vater niemals ein guter sein wird, doch dass meine Mutter log, als sie sagte, er wäre ein gescheiterter Schriftsteller, der seine Familie für das Schreiben verließ. Aber eigentlich möchte ich weder an meine Mutter noch an meinen Vater denken.

Eigentlich nur an India.

Sie ist nämlich der wirkliche Grund, wieso ich aufgehört habe, Personen zu erfinden, um selbst eine zu sein. Denn ich will ein wirklicher Mensch für sie sein. Der Eine. Nur dass ich es schlichtweg versaut habe, ein Schriftsteller bin, der bereits einen Roman von neunzigtausend Wörtern geschrieben und jetzt realisiert hat, dass all seine Worte nichtssagend sind, wenn er sich nicht dementsprechend verhält.

Als das Handy in meiner Hosentasche vibriert, greife ich so schnell danach wie Jamie, als Ava ihn angerufen hat, in der Hoffnung, es wäre India, obwohl ich nicht einmal weiß, ob sie meine Nummer hat.

Doch ist es nicht Indias Nummer, die mir grell entgegenleuchtet. Es ist die von einem Ernest. Ich kann nichts anders, als die Lippen aufeinanderzupressen und mir vollends sicher zu sein, dass die Welt sich niemals einen Dreck darum scheren wird, was ich möchte und was nicht.

Beim fünften Klingeln gehe ich ran; mein Vater ist nicht die

Sorte von Mann, der aufgibt, das betont er ständig, obwohl ich nicht verstehe, wie ein Mann, der niemals aufgibt, seine Kinder verlassen konnte.

»Ernest?« Meine Stimme klingt kratzig, und ich räuspere mich, doch der Kloß in meinem Hals bleibt trotzdem. Er ist dick und groß und schmeckt so bitter, dass der Geschmack nie vergeht.

»Alec, mein Sohn.« Mein Vater klingt glücklich und ich wette mit mir selbst, dass er gerade lächelt. Das tut er nämlich ständig. Nur beim ersten Mal, an dem wir uns nach Jahren begegneten, da lächelte er nicht …

Vor drei Jahren

Ich liebte India.

Ich saß auf meinem Bett, fuhr mir durch die Haare und die Worte echoten in meinen Gedanken.

Liebe. Liebe. Liebe. Liebe. Liebe.

Ich spürte sie überall. Mit jedem Schritt, den ich ging, mit jedem Atemzug, den ich nahm. Mit den komischen Schmetterlingen in meinem Bauch, wenn India mich auch nur ansah. Mit meinen stets schrecklichen Gedanken, die plötzlich verschwanden, wann immer India mich berührte.

Liebe. Liebe. Liebe. Liebe. Liebe.

Mit meinem Herzen, das fest und schnell in meiner Brust pochte.

Liebe. Liebe. Liebe. Liebe. Liebe.

Mit der Panik in jeder Zelle meines Körpers, wenn ich daran dachte, dass India nicht wiederkommen könnte.

Bei dem Gedanken musste ich schlucken. Mein Herz pochte noch schneller. Schweiß bildete sich an meinen Händen. Mir wurde überall heiß. Und das obwohl es Ende Dezember war, die Winter in meiner Wohnung beschissen kalt waren und ich kein Shirt trug. Stöhnend ließ ich mich auf meine Matratze sacken. Ich atmete ein. Liebe und India; meine Decke und mein Kissen rochen nach ihr. Natürlich. Doch was noch schlimmer war? Ich hatte das Gefühl, dass es nicht mein Bettbezug war, der India nicht mehr losbekommen würde. Das war nämlich eigentlich nur ich. Aber was war, wenn, India gegangen war, um nicht wiederzukommen?

Das Geräusch meiner Klingel ertönte und meine Gedanken stoppten mit ihren Gruselgeschichten, die mich selbst bei helllichtem Tag in den Wahnsinn trieben. Ich erhob mich, eigentlich genervt, denn ich mochte es Monate später immer noch nicht, wenn man mich unangekündigt störte; egal, ob ich schrieb, schlief oder an India dachte, was ich in letzter Zeit ziemlich oft tat, weil ich sie liebte und diese verdammte Liebe immer noch stets und überall spürte. Meine Füße knirschten auf dem Laminat, während eine hoffnungsvolle Stimme mir zuflüsterte, dass es India sein könnte. Vielleicht war sie zwei Tage früher als geplant wiedergekehrt, vielleicht hatte sie es genauso wenig ohne mich wie ich ohne sie ausgehalten. Vielleicht könnte ich sie jetzt endlich fragen, ob wir zusammenziehen könnten, damit sie mich nicht einmal verlassen konnte, um nach Hause zu gehen, weil ich dann ihr Zuhause wäre.

Ich öffnete die Tür, meine Finger kribbelten. Nicht nur aus Nervosität, sondern jetzt auch aus Vorfreude. India war zu mir zurückgekehrt. Doch dann drückten meine Finger die Türklinke nach unten und ich bemerkte, dass es nicht meine geliebte India war, die vor mir stand.

Da war ein Mann.

Er war so groß wie ich, rote Haare wie meine, seine Augen waren so dunkel, dass sie mir mit ihrem Schwarz Angst gemacht hätten, wären sie meinen nicht so ähnlich gewesen. Diese kantigen Gesichtszüge, die markante Nase, die Art, sich beinahe nervös durch die roten Strähnen zu fahren – das alles kam mir bekannt vor. Ich schätzte den Mann auf Mitte vierzig mit den kleinen Fältchen um seine Augenpartie.

Meine Brust hob und senkte sich immer noch hastig und schnell, während ich ihn beobachtete.

»Kennen wir uns?« Meine Augenbrauen zogen sich zusammen.

Der Mann nahm seine Hand von seinen Haaren und schluckte, nur um dann nervös von einem Fuß auf den anderen zu treten. Sie steckten in edel glänzenden Lederschuhen, die wahrscheinlich teurer als meine Miete waren. Meine Blicke musterten ihn genauer. Seine perfekt sitzenden Jeans, sein Gürtel der dezent, doch schwer und stilvoll um seine Hüften saß, den dunklen Pullover, der sogar eine frische Bügelfalte hatte und die massive Uhr an seinem Handgelenk. Ich nahm einen tiefen Atemzug und war überrascht, dass ich nicht den Geruch von frisch gedrucktem Geld einatmete.

»Ja.« Der Mann nickte, rote Strähnen verirrten sich in seine Stirn. »Wir kennen uns. Ich …« Er schluckte und trat immer noch von einem Fuß auf den anderen, wobei seine Schuhsohlen quietschten. »Ich bin dein Vater.«

Er blinzelte mich aus seinen tiefschwarzen Augen an und seine Schultern sackten nach vorne. Und ich stand da, in meinem Kopf schrien meine Gedanken um die Wette, doch mein Mund blieb stumm.

»Alec.« Der Mann trat einen Schritt näher und das Quietschen seiner Schuhe vermischte sich mit dem Zittern seiner Stimme. Es war komisch, ihn meinen Namen sagen zu hören. Es war komisch, einen Mann vor mir stehen zu haben, der meinte, er wäre mein Vater. »Bitte«, sagte er, doch eigentlich war es ein Flehen. »Sag doch was.«

Das wollte ich, aber ich hatte beim Anblick meines Vaters plötzlich keine Worte mehr. Ich blieb stumm, während ich ihm den Rücken zudrehte und in meine Wohnung schritt.

Er folgte mir. Seine Schritte hallten schwer in meinen Ohren. »Hier wohnst du?«

Ich brauchte mich nicht umzudrehen, um zu wissen, dass er meine Wohnung schockiert und angeekelt zugleich musterte.

»H-Hier wohnt mein Sohn?«

Bei den letzten beiden Worten drehte ich mich um. Meine Lippen pressten sich aufeinander, meine Augen formten zwei Schlitze.

»Dein Sohn?«, spuckte ich aus und ballte die Hände zu Fäusten. »Wie um verdammt noch mal alles in der Welt kannst du es wagen, mich deinen Sohn zu nennen? Du hast keinen Sohn. Dafür müsstest du ein Vater sein. Väter sind für ihre Kinder da. Väter lassen ihre Kinder nicht zum Verrotten bei alkoholkranken Frauen. Väter kümmern sich. Väter ...« Ich schüttelte den Kopf. »Du bist kein Vater.«

Ich verstummte und keine Sekunde später sackte der große, rothaarige Mann zu Boden. Der teure Stoff seiner Jeans berührte meinen schmutzigen Boden und er begann zu schluchzen.

»Es ... T-tut ... Oh, Alec ... Mein Sohn ... Es ...«

Ich verstand nicht, was er mir sagen wollte und setzte mich stattdessen auf mein Bett. Ich beobachtete diesen großen Mann dabei, wie er in sich zusammenfiel. Und mir gefiel es.

Ich versuchte, mir jedes Detail dieser Situation einzuprägen, damit ich später darüber schreiben könnte; sein Schluchzen, das so verzweifelt klang, als würde es aus seinem Innersten kommen; sein vor Schmerz verzerrtes Gesicht; seine Jeansbeine, die jetzt schmutzig waren; sein perfekt glatter Pullover, der im Kontrast zu meinem beinahe auseinanderfallenden Kleiderschrank einfach nur lächerlich aussah.

Wie lange der Mann am Boden weinte und Worte murmelte, die ich nicht verstand – das konnte ich nicht sagen. Doch irgendwann hörte er auf und das war genau der Moment, in dem ich mir wünschte, er wäre weiter zusammengebrochen. Denn er fing sich und ich fiel. In ein Loch, das sich meine Vergangenheit nannte, die ich doch seit India vergessen wollte.

Meine Arme waren verschränkt, als der Mann mit wackeligen Beinen auf mich zukam. Ohne eine Frage ließ er sich neben mir nieder und wir starrten in die Luft. Als ich sah, wie er wieder das Gesicht über meine dürftige Kochnische verzog, ballte ich meine Hände zu Fäusten. Ich fragte mich, wieso ich ihn nicht rauswarf. Das hier war meine Wohnung, er ein Fremder, der keinen Grund hatte, neben mir zu sitzen und mir zu sagen, er wäre mein Vater. Genau genommen, hatte er noch nicht einmal einen Grund, dieselbe Luft wie ich einzuatmen; es war offensichtlich, dass er und ich nicht in denselben *Kreisen* verkehrten, so wie er es bestimmt ausgedrückt hätte. Doch als ich meinen Mund öffnete, um ihn genau das zu sagen, sprach er schon.

»Ich weiß nicht, wo ich anfangen soll.« Seine Stimme zitterte so stark, dass ich dachte, er würde sich vor mir fürchten.

So wie meine Schwester vor dem Monster Angst hatte, das um drei Uhr nachts an Schultagen polternd nach Hause kehrte und Glasflaschenscherben auf dem Küchenboden hinterließ, an denen meine Schwester und ich uns schnitten. Als sie noch kleiner gewesen war, sagte sie: »Dieses dämliche Scherbenmonster.« Ja, hatte ich mir gedacht, diese dämliche Scherbenmutter.

»Mir wäre am liebsten, Sie würden nichts anfangen. Vor allen Dingen nicht in meiner Wohnung mit rot verheulten Augen. Aber dafür ist es wohl jetzt zu spät.« Ich wollte lachen, doch es war ein Schnauben.

Der Mann neben mir fuhr sich durch die roten Haare und ich blinzelte, denn das kam mir immer noch viel zu bekannt vor. »Es ist schwierig, einer Wahrheit ins Auge zu sehen, wenn man sie eigentlich niemals erkennen wollte, hm?« Er räusperte sich. »Ich verstehe, dass du keinen meiner Briefe beantwortet und meine Kontaktversuche ignoriert hast. Das tue ich wirklich, Alec. Es ist nur so, du bist mein Sohn. Mein …« Seine Augen taxierten mich von oben bis unten und mir lief ein Schauer über den Rücken. »Du bist mein Fleisch und Blut und es fällt mir einfach schwer, mich von dir fernzuhalten, wenn ich weiß, wo du steckst. Harold hat mir von einem seiner Studenten erzählt, der ihn ständig beeindruckt. Um den er sich aber sorgt. Von diesem jungen Mann, der aussieht wie ich, mich aber siezt und so ansieht, als wäre ich ein Fremder, obwohl ich mich um ihn sorgen sollte. E-Erinnerst du dich denn gar nicht?«

Der Mann schluckte, ich atmete ein. In der Luft lag der vertraute Geruch nach bitterer Verzweiflung, die diesmal nicht von mir kam.

»An was sollte ich mich schon erinnern?«, fragte ich und schüttelte den Kopf, meine Hände lösten sich für keine Sekunde aus den Fäusten und ich spürte, wie es in mir brodelte. So heiß und fuchsteufelswild, wie es nur in einem Kind wüten konnte, das das ganze Leben ohne seinen Vater leben musste, weil der verdammt noch mal abgehauen war. »Etwa daran, dass ich keinen Vater hatte, der mir zur Seite stand, wenn ich einen gebraucht hätte? Bei Hausaufgaben, die ich mit sechs nicht verstand? Mit dem leeren Kühlschrank, für den ich kein Geld hatte, um ihn aufzufüllen, weil meine Mutter das Geld vom Sozialamt lieber für Whiskey ausgab? Mit meiner kleinen Schwester, wenn sie mich mit tränennassen Augen fragte, wo ihr Vater ist, und ich ihr keine Antwort geben konnte, weil ich verdammt noch mal nicht wusste, wo sich mein Arschloch von Vater befand und –«

»Schwester?« Der Mann erhob sich so abrupt, dass er beinahe über seine aus Italien importierten Schuhe stolperte. »Du hast eine Schwester?«

Seine Augen starrten mich tiefschwarz und fragend an, ich sah ihm die Verwirrung mit jeder Sekunde, die verstrich, mehr an.

»Ja.« Ich presste die Lippen aufeinander, weil ich hasste, dass er nicht einmal wusste, wer Sophia war. »Ihr Name ist Sophia. Sie ist sechzehn und viel zu gut für diese Welt. Sie glaubt daran, dass alkoholkranke Mütter durch die Liebe ihrer Kinder aus dem Nichts gesund werden, und daran, dass Väter, die nie da waren, jede Sekunde an die Tür klopfen könnten, um ihr zu sagen, dass sie ihre Tochter vermisst haben und jetzt nie wieder gehen.«

Ich konnte zu der Zeit nicht zulassen, dass der zweite Teil von Sophias Wunschdenken Wirklichkeit werden könnte. Ich traute ihm nicht. Ich traute niemandem. Als er gegangen war, hatte er mein Vertrauen mitgenommen und weggeworfen.

»Sophia.« Der Mann flüsterte den Namen, als wäre er ein Wort, das er noch nie gehört hatte. »Diese Sophia … Sie ist die Tochter von Trish und ihrem neuen Freund?«

Ich schüttelte den Kopf. Ich mochte nicht, wie er *diese Sophia* sagte, als wäre meine kleine Schwester nicht seine Tochter, die so hell lächelte, als hätte sie viel mehr als einen Bruder, der versuchte, Mutter und Vater gleichzeitig zu sein.

»Sophia Carter ist deine Tochter.« Ich schloss die Augen und nahm einen tiefen Atemzug, in der Hoffnung, das würde mich beruhigen. Fehlanzeige; ich spürte die Anspannung trotzdem in jeder verfickten Zelle meines Körpers. »Und wenn wir schon bei Wahrheiten sind, würde ich vorschlagen, dass du dir deine Lügen ab jetzt sparst. Hör auf, mir von Briefen zu erzählen, die ich noch nie gelesen habe. Sag mir einfach, was du willst, damit wir die Sache hinter uns bringen können.«

Der Mann schloss die Augen, seine linke Hand wanderte wieder zu seinen Haaren und ich nahm mir ganz fest vor, diese Nervös-durch-die-Haare-fahren-Angewohnheit abzulegen. Er nahm vier tiefe Atemzüge, die ich alle mitzählte, bevor er sich wieder neben mich niederließ. Und dann war ich derjenige, der schlucken musste. Er setzte sich nämlich aufrecht hin, prustete sich auf und war mit einem Atemzug plötzlich größer als ich. Seine Augen fixierten mich und sein Blick machte mir Angst. Er wurde bestimmter und beinahe hart, ich sah genauer hin, doch da war nichts mehr von dem Mann, der auf seinen Knien geweint hatte. Er schaute mich aus diesen schwarzen Löchern so bestimmt an, wie ich den grellen Bildschirm, wenn ich Worte schrieb, die wichtig waren; die Stelle, in der der Held die gewohnte Welt verließ und sich ins Abenteuer stürzte; die letzten Worte eines Kriegers, der starb, weil ich immer noch keine Happy Ends mochte, auch wenn ich mit India eins haben wollte; das Ende des ersten Kapitels, weil das erste Kapitel ziemlich wichtig war.

Der Mann atmete tief ein, vor meinen Augen wurde er Zentimeter für Zentimeter größer, auch wenn ich wusste, dass das wahrscheinlich nur in meinem Kopf passierte. Das war seine wichtige Stelle. Sein ganz großer Auftritt, da war ich mir vollkommen sicher, und er sagte: »Hör auf mit dem Quatsch, Alec.«

Hör auf mit dem Quatsch, Alec.

Die Worte schallten in meinen Gedanken und ich wollte lauthals lachen, weil dieser Mann *Hör auf mit dem Quatsch, Alec* als seine größten Worte von allen gewählt hatte. Ich dachte darüber nach, dass ich vielleicht meine eigene Biografie so nennen könnte, doch wurde von seiner tiefen Stimme unterbrochen.

»Das hier ist keine Sache, die wir hinter uns bringen müssen.«

»Was ist es dann?«

»Das, mein Sohn«, sagte er und ich zuckte zusammen, als er eine Hand auf mein Bein legte. »Ist unser Leben, das nicht ganz so verlaufen ist, wie es hätte sollen.«

Der rothaarige Mann begann zu erzählen. Über das Leben und sich. Sich und das Schreiben. Das Schreiben und die Liebe. Die Liebe und meine Mutter. Trish. Er sprach den Namen meiner Mutter mit einem Schmerz und gleichzeitig einer Sehnsucht aus, die ich nicht verstand. Schmerzende Sehnsucht. Die Worte blieben bei mir hängen, und ich dachte darüber nach, sie später in einen meiner Texte einzuflechten, doch ich blieb nicht lange bei dem Gedanken hängen, denn der Mann erzählte so viele Dinge, die ich plötzlich hören wollte. Und ich hasste, dass ich sie hören und überhaupt etwas von diesem Mann wissen wollte. Ich meine, dieser Mann war mein Vater, der mich verlassen hatte.

Oder?

Ich wusste es plötzlich nicht mehr. Der Blick seiner Augen war ehrlich und traurig, als er mir sagte, wie leid es ihm täte, dass er nicht hier gewesen war, um zuzusehen, wie aus mir ein Junge und ein junger Mann und schließlich ein Mann wurde.

»Ich habe so viel verpasst, Alec und das bricht mir mein Herz«, sagte er mit einer Stimme, die zerbrechlich dünn und rau klang. Ich konnte nicht anders, als mich zu fragen, ob nicht immer noch etwas in ihm brach. »Und dann erzählst du mir von deiner Schwester. M-Meiner Tochter, von der ich nicht einmal wusste ...« Er schüttelte den Kopf, eine Träne lief ihm dabei über die Wange und ich beobachtete, wie die Träne an seinem Kinn hängen blieb, und beschloss, ihm vom rothaarigen Mann zu Ernest zu befördern.

Ernest erzählte mir von einer Trish Carter, die ich nicht kannte.

»Als wir uns kennenlernten, war ihr Lächeln so hell, dass es mich blendete«, sagte Ernest, während seine Mundwinkel zuckten und ich daran dachte, dass ich nur einen glasigen Trish-Whiskey-Blick kannte, der mich blendete. »Wir haben uns geliebt mit Herz und Seele und allem Drum und Dran. Doch ...« Er zuckte die

Schultern. »Doch es hat nicht funktioniert. Nicht nur das Leben verläuft nicht immer so, wie wir es gerne hätten. Die Liebe tut das auch. Und im Fall von deiner Mutter und mir wurde die Liebe hässlich. Trish hat schon immer gerne getrunken. Damals auf Studentenpartys klatschten meine Kumpels sie mit einem High-Five ab, wenn sie die Shots schneller als sie trank. Wenn ich von einem harten Unitag nach Haus kam und deine Mutter mich mit einer bereits halb leeren Weinflasche begrüßte, dachte ich mir nichts dabei. Ganz im Gegenteil, ich war sogar froh über das Glas, das sie mir wie selbstverständlich einschenkte. Wir wurden älter, der Alltag härter, wir zogen zusammen, wir liebten uns, wir stritten uns. Meine Texte scheiterten, Trish wechselte zum dritten Mal ihr Hauptfach. Wir waren nichts weiter als junge Erwachsene, die genauso verloren wie alle anderen waren. Und das in New York, in der Stadt, in der alle Träume angeblich wahr wurden, doch da war ich mir plötzlich nicht mehr so sicher. Ich hatte eher das Gefühl, es wäre die Stadt, in der alle verlorenen Leute sich noch mehr verloren. So wie deine Mutter. Auch wenn sie meinte, sie hätte sich endlich gefunden, als sie herausfand, dass sie mit dir schwanger war. Es ...« Ernest schluckte, bevor etwas an seiner plötzlich starken Fassade bröckelte und ich mit mir selbst wettete, dass die Chancen 50/50 standen, dass er wieder auf dem Boden zusammenbrechen würde. Keine Sekunde später verlor ich gegen mich selbst. Ernest behielt seine Fassade bei und fing sich, ich hingegen fiel weiter. »Trish und ich hatten kein Baby geplant, Alec. Wir ... Wir hatten dich nicht geplant, doch als du geboren wurdest, war das vergessen. Sogar ich glaubte deiner Mutter, wenn sie sagte, wir hätten dich zwar nicht geplant, aber das Leben hätte dich für uns ganz sicher geplant und somit wäre alles wieder im Lot. Ich arbeitete viel in einem Job, den ich nicht mochte, doch das Gehalt reichte für Strom, Miete und Co gerade so aus, was mehr war als das, was meine Texte abgeworfen hätten. Also war ich ein Schriftsteller, der nicht schrieb, mit einer Frau, die meinte, ihr Leben wäre vollkommen in Ordnung, auch wenn sie nicht wusste, was sie damit und sich selbst machen wollte, weil sie jetzt ein Baby hatte, das sie nicht gewollt hatte. Mit deiner Mutter und mir ging es nach deiner Geburt schnell bergab. Vielleicht hätten wir mehr reden müssen. Du weißt schon, Kompromisse und Gespräche und mehr Kompromisse machen eine Beziehung aus. Die Liebe hingegen ... die reicht nicht immer. Und manchmal, da verschwindet sie. In der Zeit, in der das mit deiner Mutter und mir bergab ging, dachte ich viel darüber nach, wie man jemanden lieben kann und dann plötzlich nicht mehr. Ich fragte mich, wie ich jemandem mein Herz schenken konnte und es plötzlich wiederhaben wollte. Ich verstand die Welt, die Liebe und vor allen Dingen mich selbst nicht. Ich ...«

Ernest erzählte die Liebesgeschichte zwischen meiner Mutter und ihrem Whiskey. Eigentlich war es eine Tragödie, die ich schon kannte. Ich hörte trotzdem zu, denn Ernest erzählte sie so, als hätte er sie selbst erlebt; ich spürte den Schmerz zwischen seinen Worten sowie ich meinen spürte, wenn ich nächtelang Worte über Worte blutete und mich wunderte, dass ich daran nicht verblutete. Er erzählte mir von zwei Menschen, die gut und günstig tranken und aßen, abends gut in einem Bett schliefen, es warm hatten und sich liebten, und ich konnte mir nicht verkneifen, ihm zu sagen, dass er das von Hemingway geklaut hätte. Doch er zuckte nur die Schulter und meinte, dass er sich manchmal wirklich wie in einem Hemingwayroman gefühlt hätte, wenn meine Mutter jeden Abend ihren Whiskey trank und dabei über das Leben philosophierte. Sein Leben mit meiner Mutter wäre immer aufregend gewesen, er wollte stets wissen, wie es auf der nächsten Seite weiterging, aber da war immer eine Melancholie, die ihn irgendwie runterzog. Und Alkohol. Den gab es auch immer. Ernest erzählte mir von Glasscherben auf einem vermüllten Küchenboden und ich konnte mich mit ihm identifizieren. Ernest hielt inne, bevor er mir geheime Alkoholvorratsschränke beschrieb und ich mochte ihn plötzlich mehr. Ernest schloss die Augen und spannte jegliche seiner Gesichtszüge an, während er von einer Trish redete, der er glaubte, wenn sie sagte, das wäre ihr letztes Glas für die nächsten Monate.

»Nur noch die Flasche. Nur noch dieses Glas. Nur noch ein Schluck. Nur noch ein Mal glauben. Nur noch heute. Morgen wird es anders. Morgen verändere ich die Welt. Morgen beginnt mein neues Leben.« Ernest räusperte sich. »Das waren alles leere Versprechungen. Ich kam an einen Punkt, an dem ich selbst so leer war, dass ich es nicht mehr ertrug. Deine Mutter war ständig voll, ich leer und ich wusste, wir mussten das beenden. Ich sagte ihr das, aber sie wollte das nicht akzeptieren, stattdessen schnappte sie sich die nächste Flasche und sagte, ich solle einfach mehr trinken, dann würde ich diese schreckliche Idee schon vergessen. Doch ich konnte sie nicht vergessen, denn sie war nicht schrecklich, sondern die beste, die ich seit Ewigkeiten hatte. Alec, ich …« Ernest schüttelte den Kopf und schluckte. Plötzlich war ich mir nicht mehr so sicher, dass ich ihn wirklich mochte. »Ich musste einfach weg. Also ging ich, ich –«

»Spar dir den Rest, Ernest. Ich kenne das Ende. Du verlässt deinen Sohn und kommst nicht wieder, lässt ihn bei seiner Whiskey liebenden Mutter versauern, scherst dich einen Dreck darum, was –«

»Das stimmt nicht! Nicht ganz.« Ernest erhob sich. Diesmal war er wirklich größer als ich, denn ich saß, doch er raufte sich nervös die Haare und das ließ seine Fassade bröckeln. »Ich kann es dir nicht erklären. Ich schrieb dir immer und immer wieder. Ich rief an. Aber es kam nichts zurück. Nichts. Irgendwann dachte ich dann, ihr hättet ein neues Leben. Und vielleicht war es besser, keinen Vater zu haben, als einen, der seiner Familie nichts geben kann. Ach, ich weiß, das ist nicht originell, sondern ein Klassiker, aber mir ging es selbst nicht gut. Natürlich ist das keine Entschuldigung, aber eine Erklärung. Mittlerweile geht es mir gut und je stabiler mein Leben wurde, desto stabiler wurde ich und ich konnte es nicht mehr verdrängen: Du bist mein Sohn, Alec. Jetzt schere ich mich darum, was mit dir passiert. Deshalb bin ich hier. Deshalb habe ich Harold in den Ohren damit gelegen, mir deine Adresse zu geben, auch wenn das gegen jegliche Datenschutzgesetze der Columbia verstößt. Ich habe dich, also, ich habe dich gegoogelt. Und ich habe das Video von dir gesehen, wie du einen Text in einem seiner Seminare vorgetragen hast. Ich glaube, du hast ihn für deine Freundin geschrieben, oder?«

Meine Mundwinkel zuckten, als ich an das Video dachte, dass irgendein Volldepp aus Indias Seminar aufgenommen und das sogar ein paar Leute geteilt hatten. Anscheinend stand die Menge darauf, wenn zweiundzwanzigjährige Männer Liebesgedichte vortrugen. So auch India, die ich in der letzten Woche dabei erwischt hatte, wie sie sich das Video mit einem Lächeln auf den Lippen ansah, wenn sie dachte, ich würde es nicht bemerken. Doch dann redete mein Vater weiter und meine Lippen pressten sich wieder aufeinander.

»Es … Es war für mich unglaublich, dich so erwachsen zu sehen. Ich … Ich musste etwas tun. Ich musste meinen Sohn endlich kennenlernen. Also habe ich Harold davon überzeugt, mir deine Adresse zu geben. Ich habe immer nur das Beste für dich gewollt, Alec. Deshalb bin ich damals gegangen.«

Die letzten Gespräche mit meinem Professor ergaben jetzt mehr als Sinn, doch ich würde meinem Vater nicht die Genugtuung geben, auf seine Worte einzugehen. Das hatte er nicht verdient, und wenn ich genauer darüber nachdachte, hatte er überhaupt keine Worte verdient. Aber ich wollte, dass er endlich ging und Worte würden mir dabei sicherlich helfen, also …

»Das ergibt keinen Sinn. Hättest du das Beste für mich gewollt, wärst du geblieben.«

»Nein.« Ernest schüttelte den Kopf, seine Lippen formten einen schmalen Strich. »Ich bin gegangen, um dir etwas bieten zu können, wenn ich wiederkehre. Und ich bin wiedergekehrt.«

»Oh, diese Geschichte kenne ich auch. Du bittest meine Mutter um ein Treffen und spielst für ein paar Stunden den Helden. Diese Geschichte hat sie beim letzten Thanksgiving zum Besten gegeben. Aber ich befürchte, dass du nicht einmal lange genug geblieben bist, um das Ende mitzubekommen. Das Ende dieser Geschichte hat sogar einen eigenen Namen und der lautet Sophia.«

Ernest zuckte zusammen und ich wusste, ich hatte ihn damit getroffen.

»Du verstehst das nicht, Alec«, murmelte er.

»Ja, ganz genau«, sagte ich. »Ich verstehe das nicht im Geringsten. Und das muss ich auch nicht.«

Ernest versuchte sich zu erklären, sagte mir, dass er bei diesem Treffen um ein Treffen mit mir und ihr gebeten hatte, doch dass meine Mutter nur alleine kam. Dass sie nicht über mich reden wollte, sondern nur über ihre Beziehung. Er erzählte von einer alkoholsüchtigen Trish, die sich nicht verändert hätte, von dem Gefühl, das ihn bei ihr überfiel, von dieser Leere, die er nicht mehr wollte. Von dem Morgen danach, dass Ernest ihr sagte, dass ihre Beziehung nicht mehr das war, was sie einst gewesen war und er sich scheiden lassen wollte. Dass er nach mir fragte und mich sehen wollte, doch meine Mutter ihm sagte, dass er mich nie wiedersehen würde, wenn er sich endgültig von ihr trennte. Mein Vater bestand auf die Trennung und Trish lief weg.

Doch es interessierte mich nicht, wie er mitten in meiner Einzimmerwohnung stand, sich um Kopf und Kragen redete, sichtbar bereute, dass sein Leben nicht so verlaufen war, wie er sich vorgestellt hatte, weil er derjenige war, der nicht wiedergekehrt war. Er erzählte mir von Briefen, die er schrieb, und ich glaubte ihm sogar. Von Anrufen, die direkt auf die Mailbox meiner Mutter gingen, bis ihm jemand sagte, diese Nummer existiere nicht mehr, von einem Besuch in Jersey, wo er meine Mutter und mich nicht mehr antraf, und ich glaubte ihm auch das. Wenn ich ehrlich war, glaubte ich ihm alles, doch was änderte das schon? Das Ergebnis blieb dasselbe.

»Sag was.«

Ernest raufte sich abermals durch die Haare; sie waren chaotischer als meine Gedanken, wofür er eigentlich einen Preis verdient hätte. So wie den Preis für den schlechtesten Vater der Welt, der dachte, er wäre der beste, weil er es nur gut gemeint hatte, als er seinen Sohn verließ.

»Bitte.« Seine Lippen bebten. »Irgendetwas.« Seine Augen wurden glasig. »Alec.«

Seine Stimme brach, doch ich sagte nichts. Ich war niemand, der redete, ich war ein Schriftsteller, der schrieb, was nur bewies, dass Ernest keine Ahnung hatte, wer ich war.

Ich erhob mich und blieb eine Armlänge vor Ernest stehen. In der Luft lag immer noch der Geruch von Verzweiflung, sein makelloser Pullover war mit einzelnen, winzigen Tränenflecken nicht mehr makellos.

»Du solltest gehen«, sagte ich. Meine Stimme war so monoton, wie sie es gewesen war, wenn ich meine Tinderdates nach ihren drei Geheimnissen gefragt hatte. »Jetzt.«

»Alec ...« Ernest schluckte und schüttelte den Kopf. Seine schwarzen Augen waren rot geädert und ich dachte darüber nach, wie ich nicht nur ein Irgendwie-Vater für Sophia, sondern vielleicht sogar für meinen wirklichen Vater war.

»Schluss damit. Es reicht. Ich habe Dinge zu erledigen.« Bluten und tippen, tippen und bluten, an India denken, Angst haben, sie könnte nicht wiederkommen, befürchten, dass sie mich schon längst verlassen hat, so wie dieser Mann vor mir, der aus dem Blauen wiederaufgetaucht war. »Du bist kein Vater, Ernest. Du hast kein Recht, an einem verfickten Sonntagabend unangekündigt an meine Tür zu klopfen.«

Ernest öffnete den Mund und ich war mir sicher, er würde wie ein trotziges Kind mit seinen roten Augen und Wangen protestieren, das Unvermeidliche nur hinauszögern und vielleicht sogar mit den Füßen auf den Boden stampfen, weil es seinen Willen nicht bekam. Doch ich lag falsch, denn was auch immer er sagen wollte, er ließ es. Stattdessen fummelte er eine Visitenkarte aus seinem Portemonnaie und hielt sie mir hin. Sekunden verstrichen, ich nahm seine Karte nicht an. Schließlich legte er sie auf mein Bett und ich unterdrückte den Drang, sie sofort zu zerreißen.

»Es ist mir wirklich ernst: Ich möchte dich kennenlernen, Alec. Du bist mein Sohn. Ob es dir gefällt oder nicht, du hast nur einen Vater. Wenn du irgendetwas brauchst ...« Er nickte auf die Karte, bevor er einen letzten Moment verharrte. Ich wusste, er wartete auf etwas. Auf eine Antwort, nur ein einziges Wort, eine Reaktion.

Auf irgendetwas, damit die Hoffnung in ihm nicht starb, doch ich musste ihn enttäuschen: In meinem Leben gab es keine Hoffnung.

Und so schaute ich meinem Vater also dabei zu, wie er mit seinen italienischen Lederschuhen aus meiner schäbigen Einzimmerwohnung spazierte.

Noch bevor die Tür ins Schloss fiel, fuhr ich meinen Laptop hoch; ich brauchte mein Schreiben. Ich schrieb und blutete und tippte. Worte, die in mir brannten, Buchstaben, die auf meiner Worddatei plötzlich doch nicht harmonierten, doch das war egal, ich schrieb weiter. Bis das Schreiben nicht mehr reichte, was mich abrupt zum Aufhören brachte.

Mein Schreiben half immer.

Und jetzt ließ es mich im Stich, weil der Mann aufgekreuzt war, der mich im Stich gelassen hatte.

Großartig.

Mein Handy vibrierte, Nachrichten von India, Jamie und Max warteten darauf, von mir beantwortet zu werden, doch ich hatte das Gefühl, ich hätte niemandem was zu sagen. Nichts zu schreiben. Nichts zum Weitermachen. Minutenlang starrte ich den Bildschirm meines Laptops an, ohne mich zu bewegen. Die Wortzahl meines Projekts nahm nicht weiter zu, doch meine Gedanken rasten.

Ich hatte nichts zu sagen, nichts zu schreiben und nichts zum Weitermachen, was aber nicht hieß, dass ich nichts zum Denken hatte; das hatte ich nämlich verdammt noch mal immer.

Meine Gedanken waren schrecklicher als die Welt an sich, alle Enden von Thriller-Bestsellern zusammen und ein Leben ohne Wörter und das gleichzeitig. Sie erzählten mir von meiner Mutter und meinem Vater, vom Verlassen und von mir selbst. Sie zeigten mir Bilder meines jugendlichen Ichs, wie ich versuchte, das Leben meiner Schwester und mir auf die Kette zu bekommen und scheiterte. Vom Scheitern an sich erzählten sie mir auch, sie fragten mich, was ich nach meinem Abschluss machen würde, was mein Plan B wäre, was ich wäre, wenn ich kein Schriftsteller sein würde. Ich wusste keine Antwort. Meine Gedanken wurden grässlicher.

Sie wechselten von meiner alkoholkranken Mutter und meinem mich verlassenden Vater zu India.

Meiner India.

Meiner schönen, perfekten und hellen India, die ich liebte. Mit jedem kaputten Teil meines Herzens und meiner gebrochenen Schriftstellerseele.

Doch in meinem Kopf war es nicht schön, sondern miserabel, wie ich mich selbst mutterseelenallein in meiner Wohnung sah, auf meine India wartete, die nicht kam, weil sie mich verließ, weil Verlassen etwas war, das die Menschen, die ich liebte, am besten konnten.

Was wäre, wenn India nicht wiederkommen würde? Was wäre, wenn sie wiederkommen würde und mich irgendwann anders verlassen würde?

Ich fasste mir an den Kopf, raufte mir die Haare, das Chaos auf und in meinem Kopf wurde größer. Dass ich diese Angewohnheit seit ein paar Stunden eigentlich hatte ablegen wollen, war mir plötzlich egal. Meine Stirn vibrierte, mein Herz pochte viel zu stark und meine Finger zitterten, als ich realisierte: India würde mich verlassen. Darauf lief es immer hinaus, dabei spielte es keine Rolle, dass es sich dabei um mich und mein Leben handelte. Menschen verließen sich ständig, das war eine Tatsache. Vor allen Dingen dann, wenn sie jung und verliebt waren und dachten, Liebe würde schon irgendwie reichen. So war es schließlich auch Ernest und dieser Trish mit dem blendenden Lächeln, die ich nicht kannte, ergangen.

Wie automatisch begannen meine Finger, Worte zu tippen.

Ich werde nicht überleben, wenn India mich verlässt.

Ich glaube, das war der ehrlichste Satz, den ich jemals geschrieben hatte. Dass war mein *einer* Satz. Der wahre Satz, von dem Hemingway immer geredet hatte. Ich wünschte, irgendjemand hätte mir gesagt, wie es nach meinem wahren Satz weiterging, denn plötzlich machte er mir Angst. Es war eine Sache eine Geschichte zu lesen und anfangs zu ahnen, wie sie vielleicht ausgehen könnte. Es war etwas ganz anderes, wenn man definitiv wusste, wie grauenvoll sie zu Ende gehen würde, weil man seinen *einen* wahren Satz geschrieben hatte und es danach kein Zurück mehr gab.

Als ich den Satz zum zweiundzwanzigsten Mal las, wusste ich, was zu tun war. Ich fragte mich, ob zweiundzwanzig eine besondere Zahl war, kam aber nicht besonders weit und sagte mir, dass ich mir daraus nichts machen solle. Das wäre jetzt sowieso egal. Alles wäre egal, außer dass ich überleben wollte. Nicht, weil ich mein Leben und mich besonders mochte, sondern weil ich ein Protagonist war, der noch nicht fertig mit seiner Geschichte war. Dass ich sterben würde, weil ich schon wieder von einer geliebten Person verlassen wurde, war ein beschissenes Ende. Ich hingegen war ein guter Schriftsteller, der keine beschissenen Enden schrieb. Ich erhob mich. Die Worte hinter meinem Rücken leuchteten immer noch in Courier New, während ich meine Sachen zusammenpackte. Nur das Nötigste; Unterwäsche, ein paar Shirts und einen dicken Pullover. Als Letztes steckte ich meinen Laptop in den Rucksack und strich sogar liebevoll über die Oberfläche, weil mein Schreibprogramm mich nie verlassen würde.

Und dann ging ich.

Ich wusste nicht wohin, und genau das sagte ich auch der Dame am Schalter, als sie mich fragte, wohin die Reise gehen sollte. »Ich habe keine Ahnung. Einfach irgendwohin. Überraschen Sie mich.«

Die Frau ließ ihr Kaugummi knallen, deutlich nicht überrascht, dass ein junger Mann keine Ahnung hatte, wohin er wirklich wollte. Sie reichte mir mein Ticket wortlos und ich fand heraus, dass mein *Irgendwohin* Boston war.

Boston also.

Ich stieg in den Bus, schrieb meiner Schwester, ich bräuchte Zeit für mich allein und das weit weg, sie könnte mich jedoch immer erreichen. Nachrichten von India mit drängenden Ausrufezeichen und traurigen Smileys blinkten mir entgegen und ich schluckte. Zögerte. Blickte zur Tür. Sagte mir, ich wäre doch verrückt. Dass India mich nicht verlassen würde, weil wir uns liebten. Ich stand auf, stand auf wackeligen Beinen, weil ich ein wackeliger Protagonist war, der immer noch keine Ahnung hatte, wohin seine Reise gehen würde, auch wenn sein *Irgendwohin* Boston war. Doch dann machte ich einen Schritt in den Gang und erinnerte mich daran, dass Ernest seine Trish auch geliebt hatte und alles den Bach hinuntergegangen war.

Also setzte ich mich wieder hin und der Bus fuhr los.

Ich beschloss, dass ich Boston mochte. Es war touristisch und studentisch zugleich, hatte mit seinen New-England-Häusern Charme und außerdem mochte ich den Park zum Schreiben sehr. Hier war es trotz der stets fahrenden Hop-on-Hop-off-Busse nicht so hektisch wie in New York. In Boston schlürfte ich an meinem Kaffee, während ich meinen Laptop hochfuhr und hatte nicht das Gefühl, schnell tippen, hastig weiter- und endlich ans Ende kommen zu müssen. Ganz im Gegenteil, denn hier schlenderte ich am Boston Harbor entlang und dachte darüber nach, wie der Weg wirklich das Ziel sein könnte. Ich kündigte per Telefon meinen Job und mein Chef machte mir die Hölle heiß, bevor Mr. Kahn mir ebenfalls die Hölle heiß machte, weil ich mir nichts, dir nichts New York verlassen hatte, damit India mich nicht verlassen konnte. Letzteres verschwieg ich natürlich und sagte ihm stattdessen, dass ich keines der Möbel mitgenommen hatte und er in Nullkommanichts einen Nachmieter gefunden haben würde. Während meiner Anfangszeit in Boston mietete ich mir ein Kellerzimmer in einem Mehrfamilienhaus und jobbte wieder in einer Barnes-and-Noble-Filiale. Nachrichten von India auf WhatsApp, Facebook und meiner Mailbox häuften sich, doch ich hörte keine ab; ich konnte nicht zulassen, dass sie mich verließ. Irgendwann ertrug ich es nicht mehr und wechselte meine Nummer und gab sie nur meiner Schwester.

Und so verließ ich India, damit ich weiterleben konnte.

Einzig Jamie schrieb ich, dass ich eine Auszeit von New York und dem Trubel brauchte.

Seine Antwort war: »Junge, was ist los mit dir? Was für New Yorker Trubel? Hör auf, ein Feigling zu sein und tröste deine

Freundin. Ja, richtig. DEINE FREUNDIN. Du hast nicht einmal mit ihr Schluss gemacht. Das ist unter der Gürtellinie, Alec. Aber so was von.«

Ich antwortete darauf nicht.

Um meinen Abschluss kümmerte ich mich erst mal nicht; ich sagte mir, ich könnte mein Studium später immer noch abschließen. Das Wichtigste war einfach, dass ich mir erst einmal vor India und dem Verlassen-Werden rettete.

Doch wenn ich nachts nicht einschlafen konnte und den Wasserhahn tropfen hörte, dachte ich darüber nach, ob ich mich nicht eigentlich vor mir selbst retten musste. Ich wusste es nicht und wurde mir bewusst, dass die Dinge sich nie änderten.

Ich existierte in Boston vor mich hin, ging arbeiten, weil das Gehalt mir die Miete bezahlte, schrieb meinen ersten Roman im Boston Public Garden zu Ende, als der erste Regentropfen auf meine Tastatur fiel, und war stolz auf mich und meine siebenundachtzigtausend Wörter. Meine Schwester rief ich jeden Sonntag an, um mich zu versichern, dass es ihr gut ging. Wenn sie Indias Namen aussprach, sagte ich, dass ich auflegen müsste, was ich dann auch tat. Es wurde Frühling, die Vögel im Public Garden zwitscherten, und ich telefonierte mit Sally, weil ich gehört hatte, dass sie und ihre Schwester Sarah bei ihrer betrunkenen Idee, die sie während einer von Maxtons legendären Partys hatten, geblieben waren und eine Literaturagentur aufbauen wollten.

»Bist du verrückt? Natürlich wollen wir dich und deinen Roman vertreten! Sarah, hast du das gehört? Alec will seinen Debütroman und sich von uns vertreten lassen! Unser erster Klient! Das wird großartig!«

Als ich hörte, wie Sarah und Sally gemeinsam kreischten, verzog ich das Gesicht, entschuldigte mich und legte auf. Ich lächelte jedoch trotzdem, weil ich jemanden gefunden hatte, der genauso an meinen Roman glaubte wie ich. Der Rest spielte keine Rolle.

Es wurde Sommer und ich begann, meinen Roman zu bearbeiten. Es war eine Liebesgeschichte zwischen einem Mann und Wodka Gorbatschow und ich mochte sie sehr. Die Monate vergingen und ich hatte das Gefühl, es änderte sich nichts, außer dass India aufhörte, mir auf Facebook zu schreiben, weil ich ihr Profil blockierte. Ich verstand mich selbst nicht, wenn ich um drei Uhr morgens mein Postfach checkte und schlucken musste, wenn ich natürlich keine neuen Nachrichten fand.

Es war Ende August, mein Manuskript lag bei Sarah und Sally, die sich um einen Verlag bemühten, und ich war gerade dabei, einen Stapel von Neuerscheinungen einzuräumen, als ich ihn sah.

Den Mann mit den roten und ziemlich chaotischen Haaren, den immer noch teuer glänzenden Schuhen und dem leicht verzweifelten Gesichtsausdruck auf dem Gesicht. Ich ließ die Bücher stehen und ging auf ihn zu.

»Ich habe keine Ahnung, ob sie das Buch schon gelesen hat«, sagte er nicht zu mir, sondern meiner Kollegin. »Ich brauche einfach nur ein gutes Geschenk.«

Die Verkäuferin seufzte. »Hören Sie, ich kann Ihnen nicht helfen, ein Buch für Ihre Tochter auszusuchen, wenn Sie mir nicht sagen können, welche Titel Sie gerne gelesen hat und welche nicht. Wieso entscheiden Sie sich nicht für einen Gutschein, davon –«

Meine Kollegin verstummte, weil Ernest aufhörte, ihr zuzuhören, als er mich entdeckte und direkt auf mich zuging. Ich beschloss, dass das Schicksal mich auf ewig hassen würde. Da wollte ich einfach irgendwohin und landete schließlich in Boston, in der Stadt, in der mein Vater anscheinend lebte. Zwei Schritte vor mir blieb er stehen, ich atmete ein, immer noch kein Geruch von Geld, doch dafür war der von Verzweiflung geblieben.

»Alec?«

Ich presste die Lippen aufeinander; seine Stimme stach in meinen Ohren, wenn er meinen Namen aussprach.

»W-Was machst du hier?«

Sein Blick fiel auf mein Namensschild und ich verdrehte die Augen.

»Wonach sieht es denn aus?« Ich hob eine Augenbraue. »Aber die eigentliche Frage ist, wieso du deiner Tochter ein Buch kaufen möchtest und nicht einmal weißt, was sie gerne liest. Schlimm genug, dass du niemals ein Vater für Sophia und mich sein wirst. Aber dass du es mit deinem anderen Kind auch so versaust?« Ich schüttelte missbilligend den Kopf. »Das ist einfach nur erbärmlich, miserabel, schrecklich und jedes weitere Synonym.«

»Alec.« Seine Augen schauten mich gequält an, was ich nicht verstand, weil er derjenige war, der Sophia und mich gequält hatte, indem er uns allein bei der Scherbenmutter ließ. »Ich habe keine anderen Kinder. Nur euch. Sophia und dich.«

Er stolperte über den Namen meiner Schwester, ich ballte die Hände zu Fäusten.

Ich verzog verwirrt die Augenbrauen. »Das heißt, du kaufst ein Buch für Sophia?«

Er zuckte die Schultern, als Antwort bekam ich nur das ratlose Haarraufen.

»Wieso zum Teufel solltest du Sophia ein Buch kaufen wollen?«

»Ich …« Mein Vater schluckte. »Ich möchte sie kennenlernen. Sie ist meine Tochter, Alec.«

»Mit einem Buch?« Ich fühlte mich wie in einer Welt, die ich nicht verstand.

»Das heißt, Sophia mag keine Bücher?«

Ich seufzte und fasste mir an den Punkt zwischen meinen Augen.

»Ich bin in zwanzig Minuten fertig. Wieso … Wieso wartest du nicht auf mich und wir unterhalten uns in einem Café oder so?«

»Natürlich! Das ist eine großartige Idee! Ich bin direkt hier.« Ernest redete so schnell und voller Elan, dass er sich beinahe an seinen eigenen Worten verschluckte, bevor er auf zwei Sessel am Fenster deutete.

Ich wollte nicht mit Ernest an einem Dienstagnachmittag in einem Café sitzen und Kaffee mit ihm trinken. Aber ich wollte auch nicht, dass Ernest meine Schwester kennenlernte, ohne dass ich mir sicher war, dass er ihr nichts antun könnte.

»Ich habe deine Schwester auf Facebook gefunden.« Er räusperte sich, bevor er mir von seiner Internetrecherche über Sophia erzählte, dass er herausgefunden hatte, dass sie Zac Efron folgte und ihr Profilbild sie mit einem Jungen zeigte, der ihm ziemlich ähnlich sei. Mich konnte er auf Facebook nicht finden, natürlich hatte ich dort keinen Klarnamen und mein Profilbild zeigte nicht mich, sondern die Aussicht aus meinem früheren New Yorker Apartment. Die meiste Zeit über musste ich mir ein Grinsen verkneifen. Es war fast lustig, einem fünfundvierzigjährigen Mann dabei zuzuhören, wie er versuchte, die Eigenschaften seiner Tochter mit Hilfe von Social Media herauszufiltern. Wie gesagt, nur beinahe, denn eigentlich war diese ganze Situation ziemlich scheiße.

»Das heißt also, du willst sie wirklich kennenlernen?«, fragte ich, als mein Vater mir seinen perfekten Vater-Tochter-Kennenlern-Tag präsentiert hatte.

»Ja.« Er umklammerte den Henkel seiner Kaffeetasse fester. »Und das so schnell wie möglich. Wir haben so viel aufzuholen. Ich möchte keine Zeit mehr verschwenden, dabei sind schon so viele Monate vergangen, seitdem du mir von ihr erzählt hast. Aber ...« Er raufte sich durch die Haare. Und ich verstand ihn auch so, alte Gewohnheiten kann man nur schwer ablegen, vor allem wenn man sich vor dem anderen fürchtete. »Ich habe Angst, sie kennenzulernen. Was ist, wenn sie mich noch mehr verabscheut als du? Was sind die richtigen Worte, die ich ihr sage? Es ist ... Es ist einfach schwierig. Ich möchte, dass alles perfekt wird. Verstehst du, Alec?«

Ich wollte ihm sagen, dass er sich von Sophia fernhalten sollte. Dass sie zu gut für ihn war, dass er sie nur verletzen wollte und Sophias Schmerz auch meiner war, weil sie der einzige Mensch war, der mich bedingungslos zurückliebte. Doch ich verschwieg jedes dieser Worte, weil ich an den Gesichtsausdruck meiner Schwester dachte, als sie mit ihren sechs Jahren nach Hause kam und mir das Weihnachtsgeschenk überreichte, das sie im Unterricht gebastelt hatte.

»Hier«, sagte sie. »Wir sollten die Karte eigentlich unserem Dad geben. Aber ich habe keinen. Also bekommst du die Karte.«

Ihre Augen waren rot verheult und als sie verstummte, stürmte sie schnurstracks in unser Zimmer, wo sie bis 1:43 Uhr weinte, bevor ich es nicht mehr ertrug, den Fernseher ausschaltete und mich in ihr Bett legte, um sie zu trösten. Kurz bevor sie einschlief, flüsterte sie: »Ich wünschte, es würde den Weihnachtsmann wirklich geben. Dann könnte ich mir nämlich unseren Daddy zurückwünschen.«

Mein zwölfjähriges Herz brach ein bisschen, doch das verriet ich niemandem.

Ich dachte daran, dass Sophias Herz bis in alle Ewigkeiten weiterbrechen würde, wenn sie ihren Vater nie kennenlernte. An die Tatsache, dass ich jetzt wusste, wer unser Vater war und wo er sich aufhielt. Dass ich der schrecklichste große Bruder auf der Welt sein würde, wenn ich nicht zulassen würde, dass mein Vater wenigstens versuchte, eine Beziehung zu ihr aufzubauen. Und daran, dass ich wollte, dass Sophia glücklich war, weil sie das nach all den Jahren mit unserer Mutter mehr als verdiente. Auch wenn das hieß, dass ich unseren Bastardvater damit in unser Leben ließ, der mein Leben und mich vollkommen verkorkst hatte. Auch wenn dabei die Gefahr bestand, dass er uns alle enttäuschen könnte. Nicht nur mich, sondern auch Sophia. Doch ich dachte daran, wie verdammt glücklich meine Schwester wäre, wenn sie zumindest ein Elternteil hätte, das sich um sie bemühte.

Wir wissen, wer wir sind, aber nicht, wer wir sein könnten. Mein Blick fiel auf das eingerahmte Zitat von Shakespeare, das über den Kopf meines Vaters an der Wand im Café hing. Ich hoffte darauf, dass mein Vater ein guter Vater sein könnte. Doch um das herauszufinden, müsste ich ihm eine Chance geben.

Als ich mich räusperte und Ernest zähneknirschend erzählte, dass er das mit dem Buch besser lassen und Sophia stattdessen einen Gutschein von Victoria's Secret schenken solle, fühlte ich mich wie der Weihnachtsmann und alle Helfer höchstpersönlich. Doch Sophia war es wert, weil sie für immer alles wert sein würde.

»Victoria's Secret?« Ernest verzog das Gesicht. »Wie kommst du denn darauf?«

»Na ja, meine …« Ich schluckte. »Eine Freundin von mir hat Sophia damit an Weihnachten zum glücklichsten Menschen der Welt gemacht.«

»Eine Freundin?« Mein Vater hob eine seiner dunklen Augenbrauen und ich erkannte die Spur eines Lächelns auf seinen Lippen.

Ich erwiderte darauf nichts und sagte ihm, ich hätte Dinge zu tun und würde jetzt gehen.

Er rief: »Alec, warte!«

Ich wartete nicht.

Die nächsten Wochen hatte ich Ruhe vor Ernest. Wie gewohnt machte ich mit meinem Leben weiter, arbeiten, schreiben, bearbeiten und Sophia sonntags anrufen. Ich beschloss, dass Ernest seinen Plan anscheinend noch nicht in die Tat umgesetzt hatte, weil Sophia mir wie immer gelangweilt von ihrem Schulalltag erzählte, bevor sie mich fragte, wann ich wiederkommen würde und ich darauf immer noch keine Antwort wusste.

Am zweiten September lauerte mir Ernest das erste Mal bei der Arbeit auf.

Ich fragte: »Was machst du hier?«

»Ein Buch für Sophia aussuchen.« Er grinste.

Ich seufzte. »Du bist nicht besonders lustig.«

»Und du nicht besonders gut gelaunt.«

»Das bin ich nie«, sagte ich. »Also, was willst du?«

Er räusperte sich. »Ich möchte meinen Sohn kennenlernen. Deshalb bin ich hier, Alec.«

»Du bist doch verrückt«, sagte ich und ließ Ernest wie ein schlechtes Tinderdate stehen.

Doch er blieb hartnäckig und besuchte mich von da an wöchentlich auf meiner Arbeit und lauerte mir wie die Mädels auf, die nicht verstanden hatten, dass ich das mit den One-Night-Stands ziemlich ernstgenommen hatte. Ich beobachtete ihn manchmal dabei, wie er die Rezensionen las, die ich auf die Bücher geschrieben hatte. Ja, ich las jetzt Bücher. Mein Chef bestand darauf, dass seine Mitarbeiter mindestens zwei Rezensionen im Monat schrieben und weil ich diesen Job brauchte, war mir nichts anderes übriggeblieben, als wenigstens zu versuchen, ein Buch zu lesen. *Agnes* von Peter Stamm war mein erstes gewesen, und es hatte mich so gefesselt, dass ich innerhalb eineinhalb Stunden durch war. Ich schrieb eine so lange Rezension, dass ich auch die Rückseite beschriften musste. Jedenfalls las sich mein Vater meine Buchbewertungen durch und erzählte mir dann unaufgefordert seine eigene Meinung. Es jagte mir einen Schauer über den Rücken, wenn ich bemerkte, dass wir fast immer dieselbe Meinung hatten. Wenn er ein Buch, das ich rezensiert hatte, noch nicht gelesen hatte, kaufte er es sofort und tauchte in spätestens fünf Tagen wieder auf, um mir von seiner Bewertung zu erzählen. Letzte Woche war es andersherum und er empfahl mir ein Buch, das ich noch nicht kannte. Ich hasste ihn ein bisschen mehr, als der neuste Murakami zu meinem Lieblingsbuch wurde, und die Tatsache, dass wir durch unser Buchempfehlungen-Ding plötzlich ein gemeinsames Ding hatten.

»Du solltest damit aufhören«, sagte ich an einem Oktobernachmittag, nachdem ich mir die Lederjacke über mein Shirt geworfen hatte und in Richtung Ausgang schlenderte.

Mein Vater erhob sich sofort und hielt mit mir Schritt. »Womit, mein Sohn?«

»Mir so aufzulauern, man könnte meinen, du wärst mein Stalker. Und mit dieser Mein-Sohn-Floskel.«

Mein Vater lachte und vergrub die Hände in den Taschen seines Mantels. »Alec, niemand denkt, ich bin dein Stalker. Deine Kollegin mit den blauen Haaren grüßt mich sogar mit einem *Hallo, Alecs Dad*.«

Ich seufzte, weil ich nicht wusste, was ich darauf erwidern sollte.

»Warum gehen wir nicht etwas essen? Oder nur etwas trinken? Komm schon, Alec. Nur ein Treffen.«

»Du klingst so wie meine Tinderdates, die ich nicht mehr sehen möchte.«

»Du hast Tinderdates?« Mein Vater legte den Kopf schräg. »Ich dachte, du hättest da eine Freundin, die mehr als eine Freundin ist.«

Kopfschüttelnd drehte ich ihm das Gesicht zu. »Findest es nicht komisch, mich nach intimen Dingen zu fragen? Ich bin ein Fremder, Ernest.«

»Nein, Alec. Du bist mein Sohn. Ob du es willst oder nicht. Also, lässt du mich heute wieder hängen oder erweist du mir die Ehre?«

»Ehrlich gesagt, sollten wir uns wirklich unterhalten.«

Die Ampel wurde grün, ich überquerte die Straße und mein Vater grinste so, als hätte er im Lotto gewonnen. Keine zehn Minuten später schälten wir uns in einem Irish Pub aus unseren Jacken, meine Finger kribbelten von der plötzlichen Wärme des Lokals und wir bestellten unsere Getränke.

»Also.« Ernest stützte sich mit seinen Ellbogen auf der Tischplatte ab. »Was machst du eigentlich in Boston? Wo wohnst du? Kann ich dir mit irgendetwas helfen? Vielleicht –«

»Ich habe nachgedacht«, unterbrach ich ihn, weil ich zum Punkt kommen wollte. Ich holte tief Luft und schluckte, bevor ich weitersprach, weil ich selbst nicht glauben konnte, was ich sagen würde. »Wenn du ein Teil des Lebens von Sophia sein möchtest, dann sollten wir uns vielleicht wirklich kennenlernen. Ich sage nicht, dass ich dir alles glaube, was du erzählst, gar, dass ich dir alles, was passiert ist, verzeihe. Ich mache das hier nicht für dich und mich, sondern für Sophia, weil ich weiß, wie sehr sie darunter leidet, ihren Vater nie kennengelernt zu haben.« Ich hielt inne, mein Vater faltete seine Hände zu einem stabilen Dreieck. »Ich weiß, wie viel es ihr bedeuten und wie glücklich sie darüber sein würde, wenn sie einen wirklichen Vater in ihrem Leben hätte. Also, lernen wir uns kennen.«

Ich lernte in den letzten Jahren viel über meinen Vater, während ich mich immer noch frage, wann das Wort aufhören wird, komisch in meinen Ohren zu klingeln. Nicht die Art von komischem Klang, wenn man ein Wort zigmal hintereinander wiederholt, sondern die Art von komisch wie in Ich-hatte-zweiundzwanzig-Jahre-lang-keinen-Vater-und-plötzlich-ist-er-da-und-ich-brauche-ihn-nicht-doch-mein-Vater-besteht-plötzlich-darauf-mein-Vater-zu-sein.

Ernest Carter ist ein Mann von sechsundvierzig Jahren, Professor für Literaturwissenschaft und in seiner Küche versteckt er eine Dose mit Vanille-Keksen, die er vor seiner neuen Frau versteckt, weil sie meint, er müsse auf seine Figur achten. Und Ernest Carter ist schon lange nicht mehr Ernest Carter, der Mann, der seine Familie verlassen hat. Ernest Carter ist jetzt Ernest Selway, der Mann, der etwas aus einem früheren Leben wiedergutzumachen hat. Er heißt jetzt Selway, wobei ich mir den zynischen Kommentar nicht verkneifen konnte, dass es wohl für Hemingway nicht gereicht hätte. Für einen gescheiterten Schriftsteller war das wahrscheinlich ziemlich fies. Für einen erfolgreichen Literaturprofessor, der ein stabiles Leben hat und seinem Sohn alles verziehen hätte, aber nicht. Vanille-Kekse, seine neue Frau Mary Selway und das Bücherregal in seinem Wohnzimmer sind die Schwächen von Ernest Selway. Es gibt sogar ein ganzes Brett mit goldschimmernden Ausgaben von den Hemingwaywerken, und als ich das erste Mal allein in seiner Wohnung war, konnte ich nicht anders als *In einem anderen Land* aufzuschlagen. Ich fand die Seite, die ich suchte, innerhalb von Sekunden und wusste nicht, wieso mein Herz sich plötzlich schwerer anfühlte, als dort genau der gleiche Satz markiert war wie in meiner zerfledderten Ausgabe. Eigentlich hatte ich an dem Tag rausgehen und in der Nähe des Hafens schreiben wollen, doch ich konnte nicht. Meine Beine trugen mich wie automatisch zu dem Sofa und ich verbrachte den kompletten Nachmittag dort zwischen grünen Kissen, die nach Rosen dufteten, weil Mary es nicht nur gerne mit ihrem Parfum, sondern auch mit Raumdüften übertrieb. Ich dachte an diesem Nachmittag an Hemingways Worte. An ihre Bedeutung. An bedeutende Worte. An bedeutende Menschen. An India. Und mich. An Feiglinge und das Verlassen und fühlte mich wie ein Idiot, doch dann klingelte mein Telefon, es war Sally und ich hatte keine Zeit, intensiver darüber nachzudenken, weil Sally mir sagte, dass einer der großen Publikumsverlage meinen Roman verlegen wollte und ich war glücklich. Zur Feier des Tages verbrachte ich den Abend mit Mary und Ernest und blieb sogar länger als geplant in seinem Haus. Doch dann ging ich zurück nach Hause, die Freude über meinen ersten Verlagsvertrag vergessen, weil ich mich am Ende des Tages wie ein Feigling fühlte, der seine Liebe verlassen hatte, weil er nicht verlassen werden wollte.

Ernest und Sophia lernten sich im Februar kennen. Ernest weinte, als er Sophia das erste Mal in seine Arme schloss, und ich beschloss, ihn von Ernest zu meinem Vater zu befördern. Ich hasste meinen Vater immer noch für alles, was ich wegen ihm durchmachen musste. Vieles, was er getan hatte, war nicht richtig und hätte falscher nicht sein können. Dass er meine Mutter und mich verlassen hat, hat mich verkorkst. Sophia verkorkst. Und wenn Sophia und ich bei ihm zu Besuch sind und ich ihn dabei beobachte, wie er Sophia ansieht und seine Augen traurig aussehen, obwohl meine Schwester glücklich lacht, weiß ich, es hat auch ihn verkorkst.

Mein Debütroman wurde ein Bestseller. Mein Vater klopfte mir dafür stolz auf die Schultern und ich gestand mir ein, dass das ziemlich guttat. Ich machte meinen Abschluss in Kreativem Schreiben in Boston zu Ende, blieb in meinem Kellerzimmer wohnen, obwohl mein Vater ständig darauf bestand, dass ich bei ihm einziehen sollte. Ich besuchte meine Seminare, gab meine Kurzgeschichten ab, arbeitete weiter im Barnes & Noble und lebte mein Leben, in dem die Vaterrolle jetzt besetzt war. Ende Oktober lief ich bei meiner Schicht durch den Buchladen und hörte eine Gruppe von Mädchen zu, die über irgendeinen Liebesroman schwärmten.

»Dieser Channing Charming war zum Dahinschmelzen! Ich habe das Buch vor einem Monat gelesen und muss immer noch an die Geschichte denken.«

»Ich bin neidisch auf die Protagonistin. Ich möchte am Ende auch ein Haus mit Channing Charming bewohnen, in dem unsere Kinder herumrennen und er nur mit seiner sexy Jeans sonntags Pancakes backt.«

»Vielleicht sollten wir I. A. Thomson anschreiben und sie fragen, ob sie ihre Geschichte umschreiben kann, damit Channing Charming sich in dich oder mich verlieben kann.«

»Was für eine ...«

I. A. Thomson!

Die Stimmen um mich herum verstummten, nur dieser Name hämmerte in meinen Gedanken. Wie benommen kramte ich das Handy aus meiner Tasche und googelte den Namen. India Thomson. I. A. Thomson. Innerhalb von zwei Minuten hatte ich mir I. A. Thomsons Debütroman auf meine Reader-App geladen. Ich sagte meinem Chef, ich fühle mich nicht gut und müsste nach Hause, was nicht einmal gelogen war. Mir war wirklich schlecht. Schlecht von Schuld und Feigheit.

Angekommen in meinem Kellerzimmer, zog ich mir nicht einmal die Schuhe aus und begann sofort damit, I. A. Thomsons Roman zu lesen. India widmete ihren Roman allen Frauen mit einem gebrochenen Herzen, die einen Channing Charming gebrauchen könnten, und ich musste schlucken. Ich erkannte Indias Schreibstil sofort und mein Herz schmerzte ein bisschen. Indias Geschichte war nicht mein Genre, doch so spannend, dass ich innerhalb von fünf Stunden fertig war. Ich weinte mehrere Male, nicht weil es traurig war, sondern weil ich traurig war und bemerkte, dass ich nicht nur India das Herz, sondern meins gleich mit dazu gebrochen hatte. Mein Herz brach weiter, weil ich gehofft hatte, India hätte über sich und mich geschrieben, doch ich lag falsch. Ihr Roman hatte nichts mit uns zu tun, und ich fragte mich, ob sie überhaupt noch an mich dachte, was mein Herz dazu brachte, sich ein weiteres Mal zu teilen. Ich las ihren Roman sofort noch einmal, weil ich Angst hatte, ich hätte etwas überlesen. Doch das hatte ich nicht. Ihr Roman war eine Liebesgeschichte zwischen Channing Charming und Fiona Farell, die nichts mit ihr und mir zu tun hatten, und ich wusste nicht, was ich darüber denken sollte.

Vielleicht schrieben nicht alle Autoren über sich selbst, vielleicht war nicht alles wahr, was man in Büchern liest. Wahrscheinlich sind die meisten Geschichten von der ersten bis zu letzten Zeile erfunden, aber nicht weniger wichtig. Vielleicht ist es manchmal sogar mehr als wichtig, etwas Nicht-wirklich-Passiertes aufzuschreiben. Nicht nur für die Leser, die spannende Geschichten verlangen, sondern auch für den Autor. Vielleicht heilen Schriftsteller sich nicht damit, dass sie ihre Geschichte aufschreiben, sondern eine Geschichte erfinden, die sie brauchen. Vielleicht hatte India sich selbst von mir geheilt, als sie ihren Channing Charming erfand.

Der Gedanke tat ziemlich weh, und ich wusste nicht, wieso.

Ich schlief jene Nacht nicht, lag einfach nur starr und still in meinem Bett, doch mein Herz raste trotzdem, als hätte ich den Boston Marathon gelaufen und gewonnen. Als ich India so sehr vermisste, dass ich mir vor lauter Schmerzen an die Brust fasste, wurde mir bewusst, dass ich wirklich gerannt war. Doch vor New York, India und unserer Liebe davon und dass ich eigentlich nur etwas verloren hatte.

Noch um 6:31 Uhr begann ich damit, die ersten Worte von *Writers in New York* zu schreiben und tippte: Indiana Thomson riss mich aus dem Schlaf, bevor ich …

»Alec?«

Ich räuspere mich. »Ernest?«

Mein Vater seufzt. »Ich versuche es zu vermeiden, meine Kinder miteinander zu vergleichen, weil ihr wirklich unterschiedlich seid. Aber jedes Mal, wenn du mich Ernest nennst, wünschte ich mir, du wärst ein klitzekleines bisschen mehr wie Sophia und würdest mich *Dad* nennen.«

Ich höre das Lachen in der Stimme meines Vaters und fahre mir durch die Haare, eine Angewohnheit, die ich doch nicht abgelegt habe. Ich weiß, dass Ernest mein Vater ist, und habe ihn in den letzten Jahren auch als solchen akzeptiert, was nicht heißt, dass ich ihm nicht mehr in meinen schwachen Momenten die Hölle an den Kopf wünsche.

Denn das tue ich.

Ich hasse meinen Vater und ich habe meinen Vater ins Herz geschlossen. Ja, ich glaube daran, dass beides gleichzeitig möglich ist. Manchmal sitzen wir in seinem Esszimmer, Mary hat sich extra Mühe mit dem Essen gegeben, mein Vater lobt ihren Nachtisch, Mary schiebt sich verlegen eine Haarsträhne nach hinten und ich balle meine Hände zu Fäusten. Einfach so, weil mich der Hass wie unerwartet überrollt und ich plötzlich sauer auf Ernest Selway und all das bin, was er mir angetan hat. Manchmal jedoch vergesse ich den Schmerz und die Wunden und versuche im Jetzt zu leben, etwas, was mich an India erinnert, an die ich immer noch am liebsten denke.

»Also, was ist nun, mein Sohn?« Ich höre, wie Mary im Hintergrund mit ihrer Singsangstimme nach meinem Vater ruft.

»Was ist womit, *Dad*?«

Ich betone das Wort fast lächerlich stark, mein Vater seufzt und meine Mundwinkel zucken.

»Mit dem ersten Wochenende an Weihnachten. Ich habe eine Hütte in den Wäldern von Vermont gemietet. Es war die Idee deiner Schwester. Sie bringt übrigens ihren Freund mit.«

»Du meinst einen Freund.«

»Nein, ihren festen Freund.«

»Davon weiß ich nichts.«

»Wäre ich ein neunzehnjähriges Mädchen mit einem Bruder wie dir, würde ich dir auch nichts von meinem Freund erzählen.«

Ich presse die Lippen aufeinander und will meinem Vater erklären, dass er Mist redet, doch er spricht bereits weiter.

»Also, kommst du auch?«

Ich seufze. »Sicher.«

Mein Vater und ich unterhalten uns noch ein bisschen. Er fragt mich nach meiner Mutter, so wie er es ständig in regelmäßigen Abständen von zwei Wochen tut; ich bin mir sicher, dass er sich diese Frage in seinen Terminkalender notiert. Ich sage ihm, wie immer, dass es meiner Mutter ganz okay geht. Sie betrinkt sich immer noch, ihre Ich-werde-jetzt-alles-ändern-Phasen kommen so gut wie nie vor, aber das ist ihr Problem. Als er genug gehört hat, wechselt er das Thema und fragt mich nach meinen aktuellen Schreibprojekten. Irgendwann höre ich ihm Hintergrund, wie Mary droht, seine Vanilleplätzchen in die Tonne zu schmeißen, wenn er nicht endlich an den Esstisch kommt. Er verabschiedet sich damit, dass er mir sagt, wenn ich etwas bräuchte, wäre er nur einen Anruf entfernt und dass ich ihm öfter auf seine WhatsApp-Nachrichten antworten kann.

Als wir auflegen, erkenne ich eine neue Nachricht auf meinem Handy. Sie ist von Sally, die mir mitteilt, dass India und ich vier Wochen zur Bearbeitung des Manuskripts Zeit haben. Sarah und Sally betonen ein weiteres Mal, dass sie es für das Beste halten, wenn India und ich gemeinsam daran arbeiten. Sie schreiben das Wort groß und kursiv, so als hätten sie Angst, wir würden es sonst nicht verstehen. Was Bullshit ist, weil ich schließlich jede Sekunde gemeinsam mit India verbringen möchte.

Ich will das Handy gerade beiseitelegen, als es ein weiteres Mal vibriert und ich lächele, weil ich plötzlich das Gefühl habe, ich hätte schon längst alles, was ich brauche.

Von: Indianaalbamathomson@gmail.com
An: AlecCarter@gmail.com
Betreff: Wir müssen reden.
Wir müssen reden. Dein Lieblingsplatz. In einer Stunde.

Kapitel 45

»I need you to be a monster/
which is to say, I'm trying not to love you/
which is to say, I'm still dreaming of kissing your claws.«

Clementine von Radics

India

Ich atme nicht erleichtert aus, als ich Schritte hinter mir höre, die Alecs Eintreffen ankündigen. Ich hatte keine Angst, dass er meine Mail nicht verstehen würde. Ganz im Gegenteil: Ich habe das Gefühl, dass er und ich uns auf unsere ganz bestimmte Art immer verstehen würden. Doch das ändert nichts an der Tatsache, dass er mich verlassen hat.

Die Schritte hinter mir verklingen und ich drehe mich um. Alec sieht so aus, als hätte er sich Mühe gegeben. Er trägt ein dunkelblaukariertes Hemd, das sogar gebügelt aussieht, die Lederjacke, die er darüber geworfen hat, schmiegt sich perfekt um seine Oberarme und seine Schuhe glänzen. Ich halte mich nicht damit auf, mein Herz zu verfluchen, weil es so stark pocht, als hätte ich einen Weltrekord im Treppensteigen aufgestellt.

»India.«

Ich weiß nicht, wie Alec es schafft, schief zu lächeln.

Wenn ich ihn nämlich sehe, will ich nicht grinsen. Ich möchte verzweifeln, so wie ich es jeden Abend getan habe, an dem ich unsere Geschichte aufschrieb, damit ich nicht noch mehr als sonst verzweifelte, auch wenn das für niemanden außer mir einen Sinn ergibt.

Mit selbstsicheren Schritten geht er auf mich zu, der kühle Wind weht ihm die roten Strähnen aus der Stirn und er schnappt sich einen der klapprigen Metallstühle, als wären nicht drei Jahren vergangen und er würde das jeden Abend so tun. Die Sonne geht unter und die letzten Strahlen werfen Schatten auf seine scharfen Gesichtszüge, während er sich neben mir niederlässt. Sofort steigt mir sein unverkennbarer Geruch nach frischer Wäsche in die Nase. Für einen kurzen Moment schließe ich die Augen und erinnere mich daran, wie glücklich und stark mein Herz gepocht hat, als ich in diesem ganz bestimmten Dezember beinahe jeden Morgen mit diesem Geruch in meiner Nase aufwachte. Wie starke Arme mich an eine harte Brust pressten und ich schwor, dass keine Protagonisten in einem Liebesroman mit dem kitschigsten Epilog aller Zeiten glücklicher als ich sein konnten.

»Die Aussicht ist immer noch fantastisch«, sagt Alec nach einem Moment der Stille, die hier oben auf der Dachterrasse mitten in Manhattan nie wirklich leise ist; hupende Autos; aufheulende Motoren; Gesprächsfetzen, die uns selbst noch hier oben erreichen; mein laut pochendes Herz, weil es den Geruch von Alec einatmet.

»Ja.« Ich schaue auf die Fenster der Wolkenkratzer, die das Licht der späten Sonne spiegeln. »Manche Dinge ändern sich nicht.«

Noch während ich spreche, dreht er sich mir zu. Seine Augen sind so dunkel wie die Nächte, in denen mein Herz schlaflos Alec Carter und jede seiner Facetten vermisste; Alec den Schriftsteller, Alec den Protagonisten, Alec meinen Nachbarn und alles, was Alec sonst noch war.

»Es freut mich, dass du das ansprichst.« Er räuspert sich, seine Stimme klingt warm und ich umarme mich selbst.

»Wieso?«

»Weil ich mit dir über Änderungen reden wollte.«

»Du meinst die in unserem Manuskript?«

»Nein.«

»Welche dann?«

»Über Veränderungen an sich.«

Ich verziehe die Augenbrauen.

»Was ist, India? Du hast selbst gesagt, wir müssen reden.«

»Und ich habe auch gesagt, dass du mich nicht mehr India nennen sollst.«

»Aber das ist dein Name, Baby. Oder wäre es dir lieber, wenn ich dich Alabama nenne?« Seine Mundwinkel zucken, mein Herz setzt einen Schlag aus und ich hasse alles daran.

Ich seufze, während ich die Hände in den Ärmel meines Pullovers vergrabe. »Wenn ich es mir genauer überlege, wäre es mir lieber, du würdest mich gar nicht ansprechen.«

»Das macht keinen Sinn.« Er stützt die Ellbogen auf seinen Knien ab und schaut mich von unten herab an. Trotzdem fühle ich mich neben ihm so klein wie der bedeutungsloseste Nebencharakter überhaupt. »Du sagst, wir müssen reden, und dann sagst du, du möchtest nicht von mir angesprochen werden. Du meinst, wir sollten zwischen Autor und Erzähler differenzieren, obwohl wir beide wissen, dass wir keine Personen erfunden, sondern über uns selbst geschrieben haben. Du sagst, ich soll dich nicht mehr Baby nennen, dabei leuchten deine Augen auf. Das tun sie übrigens die ganze Zeit, während ich dich ansehe.« Seine Stimme ist ruhig und er redet so langsam mit großen Pausen, als wäre jeder Buchstabe von Bedeutung und er würde sicher gehen wollen, dass ich ihm folge. Ich wünschte, ich würde den Mut aufbringen, Alec zu erklären, dass ich ihm überhaupt nicht und nirgendwohin folgen möchte. Doch das geht nicht. Denn da ist das Manuskript. Das seit zwei Tagen nicht nur meins, sondern auch seins ist.

Ich hole tief Luft, bevor ich mutig bin und mich Alecs Blick stelle. »Du hast recht, ich hätte mich präziser ausdrücken sollen. Ich habe dich gebeten herzukommen, weil ich reden möchte und du zuhören sollst. Meinst du, du kannst das? Oder durchkreuzt dir dein Schriftsteller-Alec wieder den Plan, weil er es nicht einmal in einem anderen Universum schaffen würde, still zu sein und keine Fragen zu stellen, weil Recherche alles ist, was ihn interessiert?«

»India...« Seine Stimme klingt leise und hat etwas Flehentliches. »Bitte, lass uns reden. Lass mich aussprechen. Mich es erklären. Ich schwöre, ich kann alles wiedergutmachen, ich –« Er setzt sich auf, seine Worte überschlagen sich und ich will mir die Ohren zuhalten; ich will nichts von ihm und seinen leeren Worten wissen, die sich perfekt anhören. Ich weiß doch, dass der Schein trügt, schließlich ist Alec ein New-York-Times-Bestseller-Autor und mit Worten der Beste.

»Nein, Alec.« Ich schüttele den Kopf. »Nein. Ich rede. Du hörst zu. Ich...« Ich schließe die Augen, der Wind weht mir kühl die Haare nach hinten. Dann nehme ich einen tiefen Atemzug, sauge die Luft der Stadt der Träume auf und hoffe, sie gibt mir Mut. »Ich liebe *Writers in New York*. Ich habe zwei Jahre gebraucht, um die richtigen Worte zu finden. Jeden verfickten Abend habe ich mich trotz Müdigkeit und einem harten Tag in der Uni an meinen Schreibtisch gesetzt und habe getippt. Die Geschichte hat mich davon abgehalten, mich in mein Bett zu verkriechen, die Welt und vor allen Dingen dich zu verfluchen und mir zu wünschen, die Welt würde untergehen, damit mein Schmerz ebenfalls vergeht. Unsere Geschichte aufzuschreiben hat mich geheilt. Mir einen Frieden gegeben, den ich mir, nachdem ich von Alabama wiederkam und herausfand, dass du verschwunden warst, niemals vorstellen konnte. Unsere Geschichte hat mich zerstört, aber sie aufzuschreiben hat mich wieder ganz gemacht. Ich habe mich befreit gefühlt, als ich *Ende* tippte. Leichter. Freier vom Schmerz. Und das hat mich gerettet. *Writers in New York* hat mich verdammt noch mal gerettet. Wenn ich könnte, würde ich dir noch eine Ohrfeige verpassen, dir dann sagen, dass du dich von mir fernhalten sollst und dich nie wiedersehen. Aber das geht nicht, denn Sarah und Sally sind der Meinung, dass unsere Geschichte den größten Erfolg haben wird, wenn wir sie gemeinsam veröffentlichen. Also...« Mein Körper zittert, Alecs Augen hängen wie die eines Süchtigen an meinen Lippen, dessen Droge meine Worte sind. »Also habe ich mich dazu entschlossen, das Manuskript nicht zurückzuziehen. So wie ich es zuerst wollte. So wie Ava, Andy und jede andere meiner Freundinnen es mir geraten haben. Ich glaube an *Writers in New York*. Ich glaube an jedes Wort, das ich geschrieben habe, und genau deshalb werde ich mich darauf einlassen, die Geschichte mit dir gemeinsam zu veröffentlichen. Nicht weil ich dich wieder in meinem Leben haben möchte. Sondern die Geschichte mich geheilt hat und ich das Gefühl habe, ich bin es ihr schuldig, um sie zu kämpfen. Ich kämpfe nicht um uns, Alec. Ich kämpfe um unsere Geschichte. Verstehst du das?«

Ich verstumme, Alec schweigt. Ich meine zu hören, wie es in seinem Kopf rattert, wie die Worte auf seiner Zunge sich überschlagen und schließlich verbrennen, weil keines wirklich richtig ist. Nach einigen Momenten wendet er den Blick von mir ab. Alecs Augen verlieren sich in der Luft von New York und verharren an den Dächern der Wolkenkratzer, als würde er dort die richtigen Worte finden. Ich hingegen frage mich, wie sehr der Schriftsteller in ihm gerade leidet, weil die Macht der Sätze ihn verlassen hat. Er blinzelt ein letztes Mal gegen die Sonne, die für heute zu sterben beginnt, bevor er mir das Gesicht zuwendet.

»Okay«, sagt er.

»Okay?« Ich blinzele. »Das ist alles?«

Er lächelt, doch es ist ein trauriges und ich sage meinem komischen Herzen, dass es sich dafür nicht verantwortlich fühlen muss.

»Oh, India.« Er schüttelt den Kopf. »Natürlich ist das nicht alles. Ich akzeptiere, dass du dir weismachen musst, dass es nur um unsere Geschichte geht.« Er hält inne und rutscht mit seinem Stuhl so nah an meinen, dass die Metallbeine sich berühren. Dann beugt er sein Gesicht nah an meines und ich spüre seinen Atem heiß in meinem Nacken. »Unter einer Bedingung.«

Ich hasse die Anziehung, die ich spüre. Die Gänsehaut in meinem Nacken. Den Wunsch, er würde seine Lippen auf die Stelle hinter meinem Ohr drücken. Den Drang, ihn zu berühren. Das Verlangen, dass er mich auf der Stelle berühren muss, damit ich nicht verbrenne. Doch am allermeisten mein Herz, weil es bei

Alecs heißer Nähe ein weiteres Mal reißt, Herzrisse wehtun und ich so viel Schmerz ertragen habe, dass ich nicht verstehe, wieso ich überhaupt noch lebe.

Ich schlucke. »Die da wäre?«

Er macht sich von mir ab und sieht mich an. »Dass ich dir erzähle, was in den letzten drei Jahren passiert ist, du mir zuhörst und mich nicht unterbrichst. Danach mache ich alles, was du von mir verlangst. Selbst wenn du sagst, du möchtest nur das Manuskript mit mir bearbeiten und danach nie wieder von mir hören.« Er holt tief Luft. »Auch wenn es mir mein Herz bricht, ich werde mich von dir fernhalten.«

»Deal.« Meine Antwort kommt sofort. »Also, Herr New-York-Times-Bestseller-Autor. Erzähl mir von deinen Geheimnissen der letzten drei Jahre.« Ich kann nichts dafür, dass mich ein Gefühl von Melancholie durchströmt. Hätte ich gekonnt, hätte ich sie mit demselben Edding weggestrichen, mit dem ich sonst Alecs Namen auf meiner Liste mit den schönen Worten übermale.

»Okay.«

Ich spüre seinen Körper neben mir zittern, seine Stimme tut es ihm gleich und ich frage mich, was der große Alec Carter mir wohl zu sagen hat.

»Ich ...« Er holt tief Luft, seine muskulöse Brust wird breiter und ich hasse, dass ich mich frage, wie viele Frauenfinger wohl in den letzten Monaten darüber gestrichen haben. »Ich bin weggelaufen, weil ich ein feiges Arschloch war. Als du mir gesagt hast, du müsstest zurück nach Alabama gehen, um die Dinge dort zu regeln, würdest aber wiederkommen, wollte ich dir glauben. Du hast ja keine Ahnung, wie sehr. Aber ...« Er schließt die Augen, hinter ihm stirbt die Sonne weiter und ich bemerke, dass seine Wimpern immer noch so lang und dicht sind wie früher. »Aber ich hatte einfach Angst. Angst, dass du gehst und nicht wiederkommst. Angst, dass du nicht wiederkommst und mich schon längst verlassen hast. Ich konnte nicht bleiben. Ich musste weg. Ich hatte das Gefühl, ich würde verrückt werden. Ich fühlte mich wie als Kind, als meine Mutter mir sagte, mein Vater würde wiederkommen, aber er kam nicht wieder. Jeden Morgen wachte ich auf, mit dem Wissen, heute wäre der Tag. Heute würde er wiederkommen. Doch er kam nie und ich hätte es nicht ertragen, dich nie wiederkommen zu sehen. Ich weiß, das ist keine Ausrede und noch lange keine Entschuldigung und es wird nie das gutmachen, was ich dir angetan habe, aber das ist das, was ich gefühlt habe. Ich … Ein paar Tage, bevor du wiederkommen solltest, klopfte ein Mann an meine Tür. Er … Ich mache es kurz und schmerzlos, weil ich weiterzählen muss, weil ich möchte, dass wir weiterkommen. Der Mann war mein Vater. Stellte sich heraus, dass meine Mutter nicht einmal nüchtern die Wahrheit erzählt und mein Vater nicht ein ganz so großes Monster ist, wie sie dargestellt hat. Versteh mich nicht falsch, India, mein Vater ist trotzdem ein Monster. Ich meine, er hatte mich mit meiner Mutter alleine gelassen und welches Elternteil lässt sein Kind bei einer psychisch gestörten Frau wohnen? Richtig, keins. Aber, dass er einfach bei mir aufgekreuzt ist, hat mich total aus der Bahn geworfen. Er hat sich entschuldigt, mir gesagt, er wolle mich kennenlernen und alles, an das ich denken konnte, war, dass er mich verlassen hat. Ich …«

Alec fährt sich durch die Haare, bevor er mir erzählt, wie sehr ihn die plötzliche Begegnung erschütterte, dass er beinahe wahnsinnig wurde und nur daran denken konnte, dass ich ihn verlassen würde, weil jeder Mensch, der ihm in seinem Leben wichtig gewesen war, ihn verließ, sodass er aus Angst mich verließ. Alec spricht von seiner plötzlichen Reise nach Boston, von seinem untergemieteten Zimmer in einem Keller, von seinem Roman, den er schrieb, von dem Schicksal, das ihn hasste, weil er ausgerechnet in Boston wieder auf seinen Vater traf. Ich bin teils schockiert, teils bin ich glücklich, dass Alecs Vater sich nicht als herzloser und gescheiterter Schriftsteller herausstellt wie einst gedacht, teils immer noch sauer, weil all das trotzdem nicht rechtfertigt, wie Alec mit mir umgegangen ist.

»Ich werde meinem Vater nie eine Tasse zum Geburtstag schenken, auf der steht, er wäre der beste Dad der Welt. Im Nachhinein kann ich sagen, dass mich das mit meinen Eltern ziemlich verkorkst hat. Dass es in mir stets ein kleines Kind geben wird, das seine Mutter dabei beobachtet, wie sie ihre Glasflaschen liebevoll streichelt, während es sich wünscht, dass es einen Vater hätte, der ihm die Augen vor solchen Szenen zuhält. Aber das ist okay. Alles ist okay. Na ja, alles außer das, was ich mit dir gemacht habe. Das ist schrecklich. Dafür hasse ich mich selbst. Ich habe mich zu weit aus dem Fenster gelehnt – und mich fallen lassen. Wenn ich du wäre, würde ich mir nicht einmal in einem anderen Leben verzeihen, aber …« Er legt seine Hand auf meinen Oberschenkel, seine Finger streichen über den Stoff meiner Hose und ich brenne. Lichterloh und das heller als die Lichter ganz New Yorks zusammen.

Ich bin wie hypnotisiert von seiner Stimme, nicht in der Lage mich auch nur für einen Zentimeter zu bewegen und so bleibt Alec Carters Hand also auf meinem Bein, obwohl ich mir geschworen habe, er würde weder meine Haut noch mein Herz jemals wieder berühren.

»Aber ich hoffe, dass du es vielleicht doch kannst. Nicht heute, nicht nächste Woche und auch nicht nächsten Monat. Und das ist okay. Aber ich will, dass du weißt, ich bin hier. Ich bin hier und werde nicht mehr gehen, weil ich nicht das Gegenteil von meinem Vater sein möchte, sondern einfach besser. Aber noch viel mehr möchte ich derjenige sein, der um deine Verzeihung kämpft und dir nicht nur die richtigen Worte schreibt, sondern dich so behandelt, wie du es verdient hast.« Sein Daumen malt Herzen auf mein Bein und er sieht mir so tief in die Augen, dass ich beinahe glaube, seine Augen wären nicht mehr schwarz, sondern der hellste Ort auf der Welt. »Ich bin hier, India. Und ich schwöre, ich werde alles tun, damit du das verstehst und bis auf jede Zelle in deinem Körper weißt, dass ich nicht Alec der Schriftsteller oder Alec der Protagonist, sondern nur dein Alec sein möchte. Nach all den Monaten ohne dich haben sich meine Gefühle nicht verändert. Es gibt Dinge, die verändern sich. Das Wetter, die Welt, die Menschen, wir selbst, Manuskripte und Schreibstile. Aber meine Gefühle? Meine Gefühle für dich, Indiana Alabama Thomson, die werden sich niemals verändern.« Er nimmt meine Hand und ich sterbe tausend Tode, da bin ich mir sicher, weil sich das Gefühl von Alecs Finger an meinen immer noch wie der Himmel auf Erden anfühlt. Ein Himmel, in dem Alecs Stimme zittert, als er weiterspricht und ich mich frage, ob unsere Berührung ihn genauso tief wie mich trifft. Er führte meine Hand an seine Brust. Sein Herz pocht laut und stark und schnell und ich habe für den Bruchteil einer Sekunde das Gefühl, das würde es nur wegen mir. »Mein Herz, India.« Er legt seine warmen Finger über meine und presst meine Hand somit stärker an seinen Herzschlag. »Das gehört dir. Nur dir. Du bist der Grund, wieso ich überhaupt weiß, dass ich eins habe.« Er schluckt. »Sag mir, dass du nicht nur um unsere Geschichte, sondern auch um uns kämpfen möchtest. B-Bitte. Ich flehe dich an.«

Sein Herz schlägt schneller. Seine schwarzen Augen sehen mich hoffnungsvoll strahlend und hell an. Mein eigenes Herz pocht so schnell wie das unter meiner rechten Hand.

Ich denke daran, wie glücklich Alec mich gemacht hat. Dass er der erste Mann war, den ich geliebt habe. Dass er der einzige Mann ist, den ich jemals geliebt habe. Meine Lippen öffnen sich und das Ja kann es kaum erwarten, Alecs Ohren zu erreichen. Doch dann halte ich inne. Da ist der Schmerz. Er zieht an mir und an den Rissen meines Herzens, zeigt mir mich selbst, wie ich mit einem Lächeln die Treppen hochrannte und an Alecs Tür klopfte, nur damit sie mir von einem Mann mit Bierbauch und Glatze geöffnet wurde. Wie ich nächtelang mit Tränenschleier vor meinen Augen auf meinem Laptop tippte und tippte und mein Herz schmerzte und schmerzte und ich nicht wusste, wie es möglich war, dass ich nicht vor Liebeskummer umkam. Etwas in mir stirbt, als ich die Finger von Alecs Brust nehme, doch das ist okay, denn mit traurigen Gefühlen kenne ich mich mehr als bestens aus.

»Unsere Geschichte«, flüstere ich. »Sie ist alles, wofür ich kämpfen möchte.«

Ich stehe auf und verlasse Alec, der so viel Angst hatte, von mir verlassen zu werden, dass er mich verließ.

Als ich keine halbe Stunde später in meinem Bett liege, meine ich zu hören, wie jemand im Treppenhaus kreischt, bevor sie sagt: »Oh mein Gott! Ich glaube es nicht. Alec Carter! Mein Lieblingshausmeister und vielleicht sogar mein Lieblingsautor. Was machst du denn hier?«

Ich kneife die Augen zusammen, als ich die Antwort höre und sage mir, dass ich mir die ganz sicher eingebildet haben muss. »Freut mich auch, dich zu sehen, Lia. Ich kämpfe um mein Happy End. Genau deswegen bin ich hier.«

Kapitel 46

*»Everything
has changed and yet,
I am more me than
I've ever been.«*

Iain Thomas

Alec

India und ich sprechen nicht über das, was ich ihr auf der Dachterrasse erzählt habe. Wir tun so, als hätte ich ihr nicht mein Herz vor die Füße gelegt, nur damit sie es zwischen den klapprigen Metallstühlen liegen lassen konnte. Doch das ist okay; das habe ich verdient. Was aber nicht bedeutet, dass die Sache damit beendet ist.

India meldet sich noch am selben Abend mit einer Mail bei mir, in der sie mir einen Plan zuschickt, wie sie sich die Zusammenarbeit im Hinblick auf *Writers in New York* vorstellt. Sie schreibt sachlich und professionell, verzichtet auf Smileys und schreibt sogar *Du* groß, so als wäre ich ein Fremder, zu dem sie extra höflich sein will. Sie möchte das Manuskript in Dreißig-Seiten-Etappen bearbeiten, zu denen wir uns Anmerkungen und Notizen machen, über die wir uns dann austauschen. Über das Ende können wir uns später noch unterhalten, schreibt sie, vielleicht finden wir im Prozess des Bearbeitens eine gute Idee, und ich rechne ihr hoch an, dass sie sich ihre Meinung über mein Ende verkneift. Sie schreibt, dass sie nachmittags Seminare belegt und es ihr am besten passt, wenn wir uns jeden Tag gegen sechs treffen. Sie betont dabei, dass sie es für die beste Lösung hält, unser Projekt in einem ruhigen Café zu besprechen. Auf keinen Fall in ihrer oder meiner Wohnung, so explizit erwähnt sie das nicht, doch ich weiß, dass sie das so meint; ich kann wohl kaum der Einzige sein, der weiß, was passiert, wenn wir über Sexszenen reden und neben uns ein Bett steht, auf das ich India mit Leichtigkeit werfen könnte, um ihr zu zeigen, wie sehr nicht nur mein Herz ihr Herz, sondern mein Körper den ihren vermisst hat. Unser Gespräch auf dem Dach erwähnt sie mit keinem Wort und verabschiedet sich in der Mail nur mit *Liebe Grüße, India*. Mein Kiefer knirscht, als ich das lese. Ich will keine lieben Grüße. Ich will auch keine schrecklichen oder sexy Grüße. Ich will überhaupt keine Grüße. Nur India. India neben mir, India unter mir, India zwischen meinen unausgepackten Umzugskartons, India in meinem Bett. Schlicht: India in meinem Leben.

Doch so ganz schlecht kann der liebe Gott es wohl nicht mit mir meinen, denn solange wir den Plan zu *Writers in New York* befolgen, würde ich sie für eine gewisse Zeit jeden Tag in meinem Leben haben. Ich kann nicht anders, als daran zu denken, wie die Geschichte nicht nur India wieder ganz machen könnte, sondern vielleicht sogar das Uns, an das ich stets und fest glaube.

Am nächsten Tag sitze ich auf einer Bank und warte darauf, dass India das Fakultätsgebäude verlässt, als mein Handy klingelt.

»Alec?«

»Wie geht's, Baby Girl?«

Ich grinse, als ich mir ausmale, wie Sophia in genau diesem Moment die Augen verdreht. »Ich hasse es immer noch, wenn du mich so nennst.«

»Und das obwohl du weißt, dass es mir herzlichst egal ist.«

»Charmant wie immer, Alec.«

»Aber natürlich.« Ich räuspere mich. »Also, liebe *Sophia*, was ist los? Warum rufst du an?«

»Nichts Besonderes. Wollte nur hören, wie es meinem großen Bruder so geht und …«

Und Sophia beginnt mit einer Zusammenfassung ihrer letzten Tage. New York, das ihr nach ihrem letzten High-School-Jahr, das sie bei unserem Vater in Boston absolviert hat, plötzlich fremd vorkommt. Spannende Seminare, erste Freundinnen, die sie an der Uni gefunden hat, der Besuch bei unserer Mutter, bei dem sie sich mit ihr unterhalten konnte, ohne dass sie lallt, die Vorfreude auf die Feiertage, die sie bei unserem Dad verbringt, Isaac, mit dem sie trotz verschiedener Studiengänge zwei Vorlesungen besucht und …

»Und was, Sophia?«

»Und ich wollte dich fragen, ob du Maxton schon gefragt hast, was denn jetzt mit der zweiten Staffel ist. Ich schwöre, dieser Cliffhanger bringt mich um. Ich schaue mir die erste Staffel in Dauerschleife an und bin jetzt wieder bei der letzten Folge ankommen und … Argh! Das Ende macht mich einfach fertig.«

»Und weißt du, was mich fertigmacht?«

»Dass du India auf vierhundert Seiten dein Herz ausgeschüttet hast und es ihr herzlichst egal war?«

Ich presse die Lippen aufeinander, als ich höre, wie meine Schwester am anderen Ende der Leitung kichert.

»Das auch, aber das ist nicht das Thema«, knirsche ich. Ich hatte mir angewöhnt, die Wahrheit nicht mehr zu verleugnen. Wozu auch? Ich bin verrückt nach India und will, dass jeder das weiß, es in die Welt hinausschreien, abends in meinem Bett India selbst zum Schreien bringen und es ihr am nächsten Morgen mit meiner kratzigen Morgenstimme ein weiteres Mal versichern. »Ich rede von dem Bild in diesen viel zu kurzen Shorts, das du auf Instagram gepostet hast. Ich finde, du solltest es rausnehmen.«

»Hör auf, den großen, immerzu beschützenden Bruder spielen zu wollen. Mein Freund hat gesagt, ich soll es posten. Er meinte, das Foto sähe großartig aus.«

»Du meinst diesen Freund, von dem du Dad erzählt hast, mir aber nicht?«

Stille.

»Sophia!«, sage ich so laut, dass sich Passanten nach mir umdrehen. »Seit wann weiß Dad mehr über dich als ich? Du kannst mir ruhig erzählen, wenn du einen Freund hast. Ich würde mich wirklich freuen den Menschen kennenzulernen, der meiner kleinen Schwester dazu rät, ein Selfie in ultra-kurzen Shorts hochzuladen. Also, wann lerne ich ihn kennen? Wie heißt er überhaupt? Wo wohnt er? Wie alt ist er? Was macht er beruflich?«

»Ähm…« Ein Rascheln ertönt, das sich so anhört, als würde jemand eine Chipstüte in unmittelbarer Nähe des Lautsprechers zerknüllen. »Alec? Hörst du mich?«

»Sophia, Schluss mit dem Schwachsinn. Du bist neunzehn Jahre alt. Du bist kein Kind mehr, das so tun muss, als würde die Leitung abbrechen, nur weil –«

»Alec? Ich höre dich nicht. Ich versuch's später noch mal. Wir hören uns.«

»Verdammt noch mal, Sophia, ich schwöre, wenn –«

Sie legt auf und ich umklammere das Handy in meiner Hand so fest, dass es ein Wunder ist, dass es nicht zerspringt. Mein Blick hängt in der Luft; ich sehe Studenten ein- und ausgehen, einige sehen so müde aus, als könnten sie es kaum erwarten, in ihre Betten zu fallen und für immer zu schlafen, die Augen von anderen glänzen so, als würden sie sich freuen, den Abend in der Universitätsbibliothek zu verbringen , doch ich fokussiere nichts Bestimmtes. Mein Kopf hingegen weiß genau, von was er spricht, als meine Gedanken darüber philosophieren, dass es immer noch unmöglich ist ein Elternteil zu sein, wenn man nur der große Bruder ist, von dem sich neunzehnjährige Schwestern nichts mehr sagen lassen. Ich stehe hinter dem, was ich India gesagt habe, dass manche Dinge sich ändern und manche eben nicht. So wie die Sorge um meine Schwester, die bleibt, auch wenn mein Vater sich nun ebenfalls um Sophia sorgt.

»Alec, alles okay?«

Ich hebe den Blick, um auf meine India zu starren, deren Augenbrauen zusammengezogen sind. Meine India, die nicht mehr meine India sein will.

»Klar«, sage ich und erhebe mich. »Wollen wir?«

»Wollen wir?«, wiederholt sie. »Was machst du überhaupt hier?«

»Na, ist doch klar.« Ich lächele schief, India schaut hastig zu Boden und ich frage mich, ob mein Lächeln sie immer noch so berührt wie die India aus *Writers in New York*. Wenn ja, nehme ich mir vor, für immer zu lächeln. »Ich habe auf dich gewartet. Ich hole dich ab, damit wir am Manuskript arbeiten können.«

»Das ist …« Sie legt den Kopf schräg. »Das ist nett von dir, Alec. Aber woher wusstest du, wann mein letztes Seminar zu Ende ist?«

»Wusste ich nicht, aber du hast gesagt, deine Seminare hast du immer nachmittags und so gegen sechs Zeit für die Writers in New York. Ich habe mir überlegt, dass deine Seminare frühestens um halb fünf und spätestens um fünf zu Ende sein müssen. Also, tada: Hier bin ich. Da wir das jetzt geklärt haben, können wir?«

India räuspert sich. »Natürlich.«

Wir arbeiten in dem Books & Brandys in Brooklyn am Manuskript.

India meint zuerst, dass das nicht ginge. »Das ist eine Bar. Hier haben wir keine Ruhe. Wir brauchen Konzentration. Ich dachte, das Schreiben wäre dein Leben. Wie kannst du die Bearbeitung eines Manuskripts da nicht ernst nehmen?«

»Oh, India«, sage ich und beiße mir auf die Zunge, damit ich ihr nicht gestehe, dass das Schreiben nicht mein Leben ist, sondern sie und all die anderen Personen, die mir am Herzen liegen. »Natürlich können wir uns hier konzentrieren. Max hat mir angeboten, einen Tisch in einer der ruhigeren Ecken zu organisieren. Außerdem mag ich seine Bars. Sie sind mit all den Büchern so inspirierend. Es gibt sogar Hemingway-Zitate an der Decke. Ich verspreche dir, wir werden uns konzentrieren können.«

India schüttelt seufzend den Kopf, und ich weiß, ich habe gewonnen.

So werden also die zwei dunkelbraunen Ledersessel in der linken Ecke der zweiten Etage zu unseren, während ich mich nie daran sattsehen kann, wie Indias Augen leuchten, wann immer sie die das Books & Brandys betritt. Sie bleibt mit ihren Augen an den unzähligen Buchrücken hängen, in der Luft liegt der Geruch von unentdeckten Geschichten. Dieser Moment hat etwas Magisches und ich verliebe mich jeden Tag wieder und ein bisschen mehr in India.

Ich mag, wie fokussiert und professionell India arbeitet, meine Kritik nie abtut, ohne darüber nachzudenken, und mich selbst dazu bringt, meine eigenen Sätze ständig zu verbessern; ein ausdrucksstärkeres Verb zu finden; einen Satz umzustellen, wenn sie mir sagt, sie wäre darüber gestolpert; Absätze zu kürzen, wenn sie meint, ich wäre nicht so undurchschaubar, wie ich dachte, und die Leser würden schon nach dem ersten Punkt verstehen, was ich wirklich sagen will. Ich hasse mich ein bisschen dafür, dass ich ihr versprochen habe, nicht mehr auf das Uns einzugehen, weil ich sie somit nicht geradeheraus und schamlos fragen kann, ob sie denn nicht versteht, was ich mit den vierhundert Seiten sagen will. Wenn sie auf ihrem Bleistift kaut, während sie mit den Fingerspitzen über den Satz streicht, über den wir uns gerade unterhalten, genau dann verliebe ich mich ein bisschen mehr und wieder.

Wir kommen zügig voran, am Inhalt änderten wir nicht viel und besprechen nur, dass wir die Namen unserer Freunde auf jeden Fall austauschen müssen; was gibt es auch zu ändern, die Geschichte ist biografisch und wirklich so geschehen. Manchmal sind wir so schnell mit den dreißig Seiten fertig, dass ich India frage, ob sie nicht Lust hätte, einen Drink mit mir zu trinken, während wir durch die Regale stöbern könnten.

Meistens sagt sie: »Das geht nicht, ich muss morgen früh raus.« Einmal sagt sie: »Unsere Geschichte, Alec. Es geht nur um unsere verdammte Geschichte. Unsere Treffen sind keine Dates.« Diese Worte schmerzen und mein Herz zieht sich zusammen, doch ich sage nichts, denn ich weiß auch hier: Ich habe genau das verdient.

Heute ist Freitag und unser vierter Tag des Bearbeitens. Wir haben nicht einmal halb acht, außerdem ist es Wochenende und ich bin verliebt und das immer noch und wieder und neu und genau deshalb frage ich: »Hast du noch Lust etwas zu trinken, India? Wir könnten uns auf einen der Sessel unten setzen und gemeinsam durch die Regale stöbern. Du liebst Bücher und ihre Geschichten, ich weiß doch, wie dir das gefallen würde. Deine Augen leuchten jedes Mal, wenn wir Max' Bar betreten. Und ich mag es, wenn deine Augen leuchten.«

India räumt gerade ihre Blätter zusammen und hält inne, als ich zu sprechen beginne. Dann hebt sie den Blick und ich brauche alles in mir, um meinen eigenen nicht von ihr abzuwenden. Ihre grünen Augen sehen so traurig aus, dass ich meine, die Risse ihres Herzens darin zu erkennen.

»Komm schon, Alec. Hör auf, Schwachsinn zu reden. Du bist Alec Carter und hasst es, in Bücherregalen zu stöbern. Denkst du, ich würde vergessen, dass du das Lesen nicht magst?«

»Indiana Alabama.« Ich schüttele grinsend den Kopf. »Du vergisst, dass Menschen sich ändern. In den Monaten, die ich in Boston verbracht habe, habe ich das Lesen für mich entdeckt. Ich habe vor zwei Tagen sogar die Bücherregale in meiner neuen Wohnung aufgebaut. Ich … Ich hatte mit einigen Schreibblockaden zu kämpfen und habe diese Tage überbrückt, indem ich gelesen habe. Die ersten Male war ich total davon überrascht, dass mich eine Geschichte, die nicht von mir ist, so in ihren Bann ziehen konnte. Es hatte irgendwie etwas Magisches, wie ich alles um mich herum, all meine Probleme und sogar die Gedanken meines Schriftstellers einfach vergessen und voll und ganz in der Geschichte versinken konnte.«

Ich lächele breiter und India sieht mich mit so weit aufgerissenen Augen an, dass ich weiß, sie überlegt, ob ich nicht Alec der Alien bin.

»Du …« Sie leckt sich über die Lippen, meine Augen studieren die Form ihres Mundes. »D-Du hast dich wirklich verändert, Alec.«

Ich grinse wie ein Sieger. »Ja, India. Das habe ich wirklich. Also, hättest du Lust mit mir einen Wein zu trinken und die Chance darauf zu bekommen, all die anderen neuen Seiten an mir kennenzulernen?«

Ich schwöre, wie ich das Ja höre, noch bevor sie es ausspricht.

Doch ich liege falsch, denn sie schüttelt nur den Kopf, bevor sie aufsteht und meint, sie müsste nach Hause. Ich folge ihr die Treppen hinunter und frage mich, ob ich die hellseherischen Fähigkeiten meines Schriftstellers verloren habe.

Wie auch die Abende davor, bestehe ich darauf, India nach Hause zu begleiten, auch wenn sie wie immer versucht, mich davon abzuhalten. Doch ich lasse mich nicht von der Mission meines Herzens abbringen, und das versteht auch India, sodass sie beim zweiten Mal nicht einmal versuchte, mich abzuhängen, sondern wortlos neben mir her trottete. Wieder war ich derjenige, der die Stille zwischen uns füllte und India mit Gesprächen über alles und nichts in den Ohren lag. Ich wusste nicht, ob sie die Stille lieber hätte, also redete ich weiter, weil Worte immer noch meine Stärke sind und ich India unbedingt für mich zurückgewinnen muss. Manchmal stellte ich ihr Fragen und wenn ich Glück hatte, gab sie mir sogar eine Antwort. Ich fragte sie nach ihren aktuellen Lieblingsbüchern, welches Seminar ihr bis jetzt am meisten gefallen hatte, und lächelte, als sie eins von Harold Fallon nannte. Ich fragte sie nach Ländern, die sie bereisen wollte, woraufhin sie mich kopfschüttelnd fragte, wieso mich das überhaupt interessierte. Ich sagte ihr, weil mich alles von ihr interessiere, und sie schüttelte nur verwirrter den Kopf. Gestern fragte ich nach ihrer Freundin Andy, die ich auf einem von Indias Fotos an der Wand erkennen konnte. Sie lächelte, als sie mir erzählte, dass auch Andy Alabama verlassen hatte, um an der University of California zu studieren. Sie sagte mir, sie hätte ihre Freundin in den letzten Semesterferien besucht und es wäre ihr schwergefallen, zurück nach New York zu fahren; sie hätte sich in Cali verliebt. Ich biss mir auf die Zunge, um ihr nicht zu sagen, dass wir sofort unsere Koffer packen könnten, wenn sie nach Kalifornien ziehen wollte. Weil ich wusste, dass das gegen mein Versprechen verstoßen hätte, fragte ich sie stattdessen zögerlich nach Alabama. Doch sie schüttelte nur den Kopf, und ich hakte nicht weiter nach.

Jetzt bleiben wir an einer roten Ampel stehen, die Sonne ist untergegangen, die Laternen leuchten und die Rücklichter der Autos rauschen an uns vorbei. Ich beschließe, dass heute ein guter Tag ist, um mehr als sonst zu wagen; schließlich hat India heute den Anschein gemacht, sie würde begreifen, dass ich mich wirklich geändert habe.

Also sage ich: »Darf ich dir eine Frage stellen?«

Sie schiebt sich eine Haarsträhne hinter die Ohren, bevor sie beide Hände in den Taschen ihrer Lederjacke vergräbt. »Ich könnte Nein sagen, aber das würde dich wahrscheinlich trotzdem nicht daran hindern, mir deine Frage zu stellen. So wie in den letzten Tagen. Also schieß los, Alec.«

»Ich habe schon immer an dir gemocht, dass du wusstest, wie man mit mir umgehen muss.« Ich grinse, India verdreht die Augen und ich verliebe mich ein bisschen mehr in sie. »Warum wohnst du noch in derselben Wohnung?«

»Das ist deine Frage?« Sie hebt eine Augenbraue, ich zucke die Schultern.

»Na schön«, sagt sie. »Meine Großmutter hat sie mir vererbt, das heißt, ich muss keine Miete bezahlen. Wieso hätte ich dort ausziehen sollen?«

Sie senkt beim letzten Teil ihres Satzes die Stimme und ich sage nur: »Keine Ahnung.« Dabei weiß ich wirklich nicht, wie sie jahrelang in einer Wohnung leben konnte, in der wir uns geliebt haben, ohne daran kaputt zu gehen, weil ich sie verlassen habe.

»Am Anfang war es hart«, sagt sie. »Alles hat mich an dich erinnert. Ganz egal, ob ich neue Bettwäsche gekauft habe, mein Bett roch trotzdem nach dir. Ich schaute durch mein Fenster, sah nicht die Wolkenkratzer, sondern dich in der Scheibe, wie du mich von hinten umarmt hast, und wollte weinen, weil all die Erinnerungen schmerzten. Natürlich habe ich überlegt, auszuziehen, doch ich wollte stärker als mein altes Ich werden. Für mich und mein gebrochenes Herz, damit es wieder ganz werden konnte.«

India senkt den Blick auf unsere Schuhspitzen und ich spüre einen Kloß in meinem Hals anschwellen, den ich nicht hinunterschlucken kann. Ich bin froh, als ich nach einigen Momenten meine Stimme doch wiederfinde.

»Es tut mir leid, India«, flüstere ich.

»Weißt du, Alec, ich –«

»Die Ampel ist grün, Mädchen!« India wird von einem Mann angerempelt, der schnell über die Straße flitzt.

Sie seufzt, als sie den Blick auf die grüne Ampel richtet und vergisst, was sie soeben sagen wollte, und stattdessen fragt: »Manche Dinge ändern sich wohl wirklich nicht, was?«

Ich unterdrücke den Drang, nach ihrer Hand zu greifen. »Nein, India«, murmele ich. »Manche Dinge ändern sich nicht.«

Kapitel 47

»Making love was never
about you and me being in a bed. We made love
whenever we held hands.«

Iain Thomas

India

Alec ist kein Junge mehr, Alec ist jetzt ein Mann und das macht
mir Angst, denn ich erwische mich viel zu oft dabei, wie ich eine
Sekunde zu lang an seinen Lippen verharre, wenn er schief grinst;
wie mir warm ums Herz wird, wenn er zähneknirschend eine
Nachricht an Sophia tippt, bevor er mir erklärt, sie hätte jetzt
einen Vollpfosten als Freund; wie er stets darauf besteht, mich
nach Hause zu bringen, auch wenn er mir am zweiten Tag unserer
Zusammenarbeit gesagt hat, dass er nicht weit entfernt von Max'
Bar wohnt und somit einen Umweg von knappen vierzig Minuten macht, wann immer er mich begleitet. Ich mag immer noch,
wie Alecs Augen leuchten, wenn er von seinen geliebten Worten
spricht, doch ich hasse, wenn seine schwarzen Augen eine Spur
dunkler werden, wann immer er mich mit einem »Hey, India«
begrüßt und er die Worte so liebevoll ausspricht, als hätte er mich
vermisst. Mir gefällt, wie Alec ständig versucht, mich auf einen
Drink einzuladen, auch wenn ich Nein sage und mir eigentlich
nicht eingestehen will, dass ich das mag. So wie ich mir jeden
Abend, wenn ich in meinem Bett liege und nicht einschlafen

kann, nicht eingestehen will, dass es wahrscheinlich nie nur um unsere Geschichte gehen wird. Überhaupt frage ich mich, ob die Geschichte und wir nicht genau dieselbe Sache sind, und hasse, dass ich die Antwort darauf klar und deutlich weiß.

Ich bin verliebt in Alec. Das hatte nie aufgehört. Egal, ob Ava mich an Wochenenden, die jetzt verschwommen in meiner Erinnerung herumgeistern, dazu gebracht hat, mir von namenlosen und ebenfalls nun verschwommenen Typen die Zunge in den Hals stecken zu lassen. Es spielt keine Rolle, wie viele Romane ich lese und mich in deren Hauptcharaktere verliebe. Ganz egal, wie viele Kurzgeschichten ich schreibe, in denen ich Alec quäle und vernichte, sowie er mein Herz gebrochen hat, wie viele Nächte ich weine, weil genau dieses gebrochene Herz nicht aufhört zu brennen, wie oft ich ihn verfluche, wenn ich den Schlüssel in meine Haustür stecke und mein Blick auf seine Tür fällt, wie ich ihn verabscheue, wann immer ich mich daran erinnere, dass er wie ein feiges Arschloch weggerannt ist – meine Liebe? Die bleibt trotzdem.

»Du hast verloren, India.«

»Ich weiß«, stöhne ich und lege den Kopf in den Nacken, bevor ich auf die babyblaue Decke starre. Ava hatte Jamie dazu gebracht, nicht nur die vier Wände, sondern auch die Zimmerdecke ihres ungeborenen Babys zu streichen; sie meinte, weiße Decken wären langweilig, und sie wollte, dass das Leben ihres Babys so spannend wie die Netflix-Serie von Max wird.

»Du klingst ein bisschen zu verzweifelt dafür, dass du nur diese Uno-Partie verloren hast.« Sophia nimmt sich ein saures Fruchtgummi aus einer der Schüsseln, die wir in der Mitte des Raumes aufgestellt haben.

Ava hat Sophia und mich zu sich eingeladen, weil sie Lust auf einen Spieleabend hatte und meint, dass Spiele mit Jamie keinen Spaß machen, weil er immer schummelt und trotzdem verliert. Außerdem war Sophia ein Jahr lang nicht in New York und Ava wollte bis in jedes Detail genau wissen, wo sich die kleine Schwester von Alec herumgetrieben hatte. So kam es also dazu, dass Sophia uns erklärte, wie sie das letzte Jahr bei ihrem Vater in Boston verbracht hatte. Avas Mund voller saurer Fruchtgummis und grüner Zunge klappte bis auf den Boden, als Sophia uns von ihrem Vater erzählte, den es plötzlich in ihrem Leben gab. Sie zeigte uns sogar ein Bild von ihm und sich, ihr Hintergrundbild, und das Erste, was Ava sagte, war: »Heilige Scheiße, dein Dad sieht aus wie Alec.«

»Natürlich sieht er das. Er ist auch Alecs Dad.« Sophia lachte, während Ava noch immer vollkommen verwirrt den Kopf schüttelte.

Sophia erzählte uns von Boston und den Freunden, die sie dort gefunden hatte, von den besten Pommes ihres Lebens, die sie in der Mensa ihrer Schule gegessen hatte, und von dem veganen Schokoladenkuchen der Frau ihres Vaters, der sogar noch besser als echter schmeckte. Ihre grünen Augen glänzten dabei, das Lächeln auf ihren Lippen war echt und ich freute mich für Sophia, weil ihr anzusehen war, wie glücklich sie war.

»Natürlich habe ich überlegt, in Boston zu studieren. Mein Dad ist dort Professor an einem College, und ich bin mir sicher, dass ich trotz meines miserablen Zeugnisses irgendwo untergekommen wäre, aber ich hatte das Gefühl, ich müsste zurück nach New York. Ich habe mein Zuhause vermisst. Und als Alec sich ebenfalls dazu entschlossen hat, wieder nach New York zu ziehen, war eigentlich klar, dass ich auch zurückkehre.« Ich verschluckte mich bei Alecs Namen an einem pinkfarbenen Frosch. »Ach, übrigens, India, ich habe meinem Dad schon von dir erzählt.«

»Von mir?« Ich schüttelte den Kopf.

»Natürlich. Mein Dad will wissen, wie Alecs Leben so läuft, ob er eine Freundin hat oder nicht, also habe ich ihm von dir erzählt. Er kann es kaum erwarten, dich kennenzulernen. Natürlich dann, wenn du und Alec das mit euch wieder hinbekommen habt. Mary hat sogar gesagt, sie backt ihren Kuchen mit dieser fantastischen Glasur aus Erdbeereis! Wirklich, die ist göttlich.«

Weil ich nicht wusste, was ich darauf erwidern sollte, sagte ich nichts, und wenig später mischte Ava die Karten für unsere nächste Partie Uno und das Thema Alec war vergessen.

»Sophia bringt es mal wieder auf den Punkt, India.« Ava nippt an ihrem Smoothie mit gefühlt allen Fruchtarten der Welt und sieht mich kopfschüttelnd an. »Was ist denn nur los mit dir?«

Ich wende den Blick seufzend von der Decke ab und sehe meine Freundinnen an. »Was soll ich schon sagen?«, murmele ich.

»Oh, Schätzchen«, sagt Ava. »Du kannst uns alles erzählen. Hauptsache, es hat nichts mit einem viel zu gutaussehenden, rothaarigen Bestsellerautor zu tun.«

»Ich …« Ich werfe meine letzten zwei Uno-Karten auf den Boden. »Ich weiß es einfach auch nicht mehr, okay?«

Ich verstumme, Avas braune Augen sehen mich mitleidig an und Sophia rutscht näher an mich heran, um mir tröstend die Hand auf die Schulter zu legen. Ich brauche keine Gedanken lesen zu können, um zu wissen, dass Ava und Sophia mich auch verstehen, ohne dass ich mich erkläre.

Ich weiß nicht mehr, was das zwischen Alec und mir ist. Was ich fühlen soll. Und will.

»Habe ich etwa gehört, wie meine Verlobte jemand anderen als mich als gutaussehend bezeichnet hat?«

Ava lächelt, als Jamie im Türrahmen erscheint. »Ich weiß nicht«, sagt sie. »Kommt ganz drauf an, ob ich gehört habe, dass du gerade durch die Tür mit meiner Lieblingsschokolade getreten bist oder nicht.«

Jamie lacht, als er in das Zimmer seines ersten Babys tritt. Er tapst auf Ava zu, setzt sich neben sie und drückt ihr einen zärtlichen Kuss auf die Stirn. Wie automatisch wandern seine Hände zu ihrem Babybauch, der sich im sechsten Monat bereits deutlich abzeichnet. So liebevoll, wie er ihren Bauch berührt, wäre niemand darauf gekommen, dass das Kind in Avas Bauch nicht eine Sekunde lang geplant war. Letzteres zu behaupten, traut sich sowieso niemand, weil Ava einen sonst so böse anfunkelt, dass man denkt, man würde tausend Tode sterben, bevor sie ihre Hände beschützend auf ihren Bauch legt und sagt: »Natürlich ist mein Kind gewollt. Mein Kind ist das gewollteste Kind überhaupt.«

Ich erinnere mich nur zu gut daran, wie Ava mit Tränen in den Augen vor meiner Tür stand, sich auf mein Bett fallen ließ und meiner Decke zuflüsterte: »Verdammte Scheiße, ich bin schwanger.« Coldplay hatte aus den Lautsprechern meines Laptops gedröhnt und sie hatte die ganzen vier Minuten lang zu *Yellow* geweint, bevor sie sich aufrappelte. »Nein. Nein. Nein. Nein. Das muss aufhören. Ich werde keine einzige Träne mehr wegen dem Kind in mir vergießen, das ich über alles lieben werde, weil es zur Hälfte aus Jamie und mir besteht. Außer es sind Freudentränen.« Keine drei Tage später weinte Ava wieder, diesmal aus Freude, weil Jamie sie fragte, ob sie Mrs. Ava Jameson sein wollte, während er ihr erklärte, dass er den Ring schon vor Wochen anfertigen lassen und nur auf den richtigen Moment gewartet hatte. Dann, immer noch auf den Knien, streichelte er ihren Bauch, küsste ihren Nabel durch den Stoff ihres Shirts und sagte: »Und das hier ist genau der richtige Moment.« Das alles weiß ich so genau, weil Jamie seinen Antrag gefilmt hat und Ava sich das Video Monate später immer noch in Dauerschleife anschaut.

Seitdem sind Ava und Jamie also eines dieser Bilderbuchpaare, die in ihrem eigenen, ganz perfekten Happy End leben.

»Also, hast du meine Schokolade?« Ava hebt eine Augenbraue.

»Wenn ich Nein sage, verlässt du mich dann und wirst unserem Ryder erzählen, dass du seinen Vater verlassen hast, weil er seiner Frau keine Schokolade gekauft hat?«

»Hör auf, unseren Sohn Ryder zu nennen«, flüstert meine Freundin. »Er heißt Rhysand.«

Jamie verzieht das Gesicht so, als hätte er Schmerzen. Sophia kann nicht anders, als zu lachen, und weil ich nicht mehr traurig wegen eines rothaarigen Autors sein will, falle ich mit ein und wir verbringen den restlichen Abend mit Uno, mehr Lachen und der Schokolade, die Jamie in fünffacher Ausführung gekauft hat.

»Ich habe sie nur gekauft, damit mein Sohn nicht allein mit einer Mutter aufwachsen muss, die ihn wirklich Rhysand nennen möchte«, erklärt er und wir lachen noch mehr, bevor er trotz Schummelei, wie von Ava vorausgesagt, als erstes verliert.

Als Sophia und ich uns verabschieden, bedanken wir uns bei Ava für die Einladung, doch es ist Jamie, der uns antwortet: »Ihr euch bedanken? Nein, nein. Ihr versteht da was falsch. Ich muss mich bei euch bedanken. Wahrscheinlich sollte ich sogar auf die Knie fallen, weil ich nicht mehr der Einzige bin, der meiner Frau versucht zu verklickern, dass man ein Kind nicht Rhysand nennen kann.«

Wir hören unsere Freundin noch widersprechen, als die Tür ins Schloss fällt, und lachen auch noch, als wir in die kühle Herbstluft schreiten.

»Du, India?« Sophia vergräbt die Hände in den Taschen ihrer Jacke und sieht mit ihren rotbraunen Haaren, den mandelförmigen Augen und den Sommersprossen auf ihrem Gesicht immer noch aus wie die Fee, für die ich sie bereits bei unserer ersten Begegnung gehalten habe. Nur dass Feen keine rockigen Dr. Martens mit Blumenmuster und Stofftaschen mit Aufdrücken wie *Aus dem Weg, ich muss Kunst machen* tragen.

»Sophia?« Ich hebe eine Augenbraue, während wir die Treppen zur Subwaystation hinuntergehen.

»Wegen Alec ...« Wir kommen unten an, die Tafel zeigt uns an, dass wir noch zwei Minuten auf die nächste Bahn warten müssen und ich schlucke.

»Was ist mit ihm?«

»Er ...« Sie tritt von einem Fuß auf den anderen und umklammert die Riemen ihrer Stofftasche fester. »Er hat sich wirklich verändert, weißt du?«

Der Zug fährt ein, das Rauschen schallt in meinen Ohren und ich bin mir nicht sicher, ob ich Sophia richtig verstanden habe, deshalb erwidere ich nichts.

Am Sonntag bereite ich mich auf die Seminare in der nächsten Woche vor, schreibe ein bisschen an meinem aktuellen Manuskript und versuche dabei gekonnt, *Writers in New York* und all die Gefühle, die dabei in mir aufbrodeln, zu verdrängen. Natürlich vergebens, weil mir wieder einmal bewusst wird, dass die Geschichte nicht fiktiv, sondern ein Teil von mir selbst ist. The Killers dröhnen mir in den Ohren und ich fühle mich ein bisschen wie Alec von vor drei Jahren, der stur darauf bestand, das zwischen ihm und mir sei nur Recherche.

Abends liege ich in meinem Bett, habe es aufgegeben, *Writers in New York* vergessen zu wollen, und lese mein Lieblingskapitel aus Alecs Sicht in Dauerschleife, bis mir die Augen zufallen und ich halb in Trance beschließe, Ja zu sagen, sollte mich der große Alec Carter ein weiteres Mal auf einen Drink einladen.

Nur, dass er das nicht tut.

Auch in der zweiten Woche kommen wir zügig voran. Ich bin immer noch erstaunt darüber, wie wir beide es schaffen, unsere persönlichen Differenzen beiseite zu schieben, um uns ganz auf unser Manuskript zu konzentrieren. Ich mag, wie fokussiert Alec arbeitet, sich von nichts und niemandem ablenken lässt, wenn wir mitten im Gespräch über eine Stelle sind, die uns beiden nicht gefällt. Und das, obwohl ihm Frauen manchmal im Vorbeigehen eindeutig zweideutige Blicke zuwerfen. Mir gefällt, dass ich ihm keine einzige meiner Textstellen erklären muss, weil er sie auch so versteht, und dass er mir, ohne dass ich ihn dazu auffordere, Textpassagen erläutert, mir erklärt, wieso der Protagonist Alec sich so verhalten hat, wie er es tut, obwohl ich das längst weiß; ich habe Alec trotz allem irgendwie immer verstanden. Selbst dann, wenn es mir nicht gefiel.

Wie ein Gentleman bringt Alec mich immer noch jeden Abend nach Hause, und als es am Dienstag regnet, er einen Regenschirm über unsere Köpfe hält und mir, wie jeden Abend, die Tür öffnet, glaube ich fast daran, er könnte wirklich einer sein.

Doch dann besprechen wir am nächsten Tag die Szene, in der er Dora kennenlernt und ich habe einen Kloß in meinem Hals, der mir das Reden schwermacht. Außerdem ein schweres Herz, das mir mit traurigen Schlägen sagt, Alec wäre alles andere als ein

Gentleman, als ich mich an mein erstes Mal erinnere und all das, was danach passierte, wie es mir die Luft zum Atmen nahm und ich schwor, Alec wäre ein noch beschissenerer Freund als Hardin Scott aus *After Passion*.

».. . ändern.«

»Was?« Ich schaue Alec verwirrt an. »Was hast du gerade gesagt?«

Er räuspert sich und rutscht so unbehaglich auf dem Sessel herum, dass das Leder quietscht. »Dass, wenn ich es könnte, es ändern würde, India.« Er beugte seinen Körper näher zu meinem, der Geruch von frischer Wäsche strömt mir in die Nase und ich hätte nichts dagegen, in frischer Wäsche zu ertrinken. »Du hast keine Ahnung, wie sehr ich mir wünschte, dass ich schon damals verstanden hätte, dass mir keine Frau auf der Welt dasselbe Gefühl wie du geben könnte. Du bist schließlich die Einzige, der ich mein Herz geschenkt habe.« Er sagt das so ruhig, als wüsste er nicht, dass die Worte wohl für immer in meinem Kopf widerhallen würden.

Mein Herz hört den gesamten Abend nicht auf, viel zu schnell zu pochen. Mein Herz denkt auch in den darauffolgenden Tagen nicht für keine Sekunde daran, eine Pause einzulegen. Es rast und rast, dabei ist es egal, ob wir Kussszenen besprechen, bei denen ich meistens meine, wir könnten sie überspringen, und ich weiß, dass Alec der Rotton meiner Wangen nicht entgangen ist. Ob er nach meinen Seminaren auf mich wartet, manchmal mit seinem Laptop auf dem Schoß, als hätte er sich das Warten mit Arbeiten vertrieben oder mit der Spur eines Lächelns auf seinem Gesicht, weil er sich soeben von Mr. Fallon verabschiedet hat, den ich dabei beobachtet habe, wie er mit Alec über etwas lacht.

Es ist der zweite Donnerstag, an dem wir an unserem Manuskript arbeiten, als wir den Weg zu mir nach Hause schlendern und ich sage: »Frag mich nach einem Geheimnis, Alec.«

Er bleibt wie versteinert stehen. Seine dunklen Augenbrauen ziehen sich zusammen und er sieht mich an, als würde er nur mich sehen, als wäre es ihm egal, dass Leute sich über ihn beschweren, weil er es im ständig fließenden New York gewagt hat, stehenzubleiben.

»Warum sagst du das, India? Wir sind keine Protagonisten in *Writers in New York*. Wenn du mir etwas erzählen willst, erzähl es mir einfach. Ich verspreche dir, egal was es ist, ich werde mehr als glücklich sein, weil du überhaupt mit mir redest. Sogar wenn du mir von deinem neuen Book Boyfriend erzählen möchtest.« Als er *Book Boyfriend* ausspricht, verzieht er das Gesicht so, als könnte er nicht glauben, dass es das Wort überhaupt in sein Vokabular geschafft hat.

»Okay«, flüstere ich, während Alec sich fängt und wir den Weg weiter zu meiner Wohnung beschreiten. Ich hole tief Luft und atme den Herbst ein, der mich wahrscheinlich immer ein bisschen an Alec erinnern wird. »Ich … Ich habe das Gefühl, ich könnte vielleicht anfangen, dir zu glauben, dass du dich geändert hast und zurückgekommen bist, um zu bleiben.«

Ich schlucke. Ich habe das Gefühl, ich hätte das Richtige und Falsche zugleich gesagt und das Warten auf Alecs Antwort bringt mich dazu, von Letzterem überzeugt zu sein. Doch ich hätte noch hundert Jahre weiter warten können. Anscheinend hat Alec es aufgegeben zu versuchen, mich mit seinen Worten zu beeindrucken. Stattdessen zieht er behutsam an meinem Arm, sodass ich meine Hand aus meiner Jackentasche nehme und er unsere Finger miteinander verflicht. Alec grinst wie ein Autor, der jeden Literaturpreis auf der Welt gewonnen hat, als ich meine Hand nicht aus seiner löse und wir wie ein ganz normales Paar die restlichen hundert Meter zu meiner Wohnung gehen.

Kapitel 48

Alec

Ich mag Ava, aber Ava hasst mich.

»Es ist nicht meinetwegen«, sagt sie und isst von dem Kuchen mit zwei Schichten Schokoladenteig. Wir sitzen auf dem Sofa im Wohnzimmer und von der Küche aus hören wir, wie Max etwas von der neuen Staffel seiner Serie erzählt, gefolgt von vielen erstaunten Ahs und Ohs. Sogar Jamie bietet Max Avas Homeoffice an, das jetzt auch seines ist, um dort an seiner Serie weiterzuarbeiten, weil er die Fortsetzung von *Strangest People* kaum erwarten kann. Ava arbeitet bei einem großen Publikumsverlag als Lektorin und überarbeitet meistens Liebesroman-Manuskripte, Jamie hat sich nach seinem Abschluss entschieden, einen Master in Medien und Literatur zu absolvieren, und ist mittlerweile Programmleiter bei einem Verlag, der in direkter Konkurrenz mit dem von Ava steht. Ich muss grinsen, wenn ich mir vorstelle, wie sich die beiden aufgrund ihres baldigen Babys ein Arbeitszimmer teilen werden, Ava Jamie vorwerfen wird, ihre neuste Marketing-Strategie stibitzt zu haben, und Jamie sonstige Beschuldigungen an den Kopf geworfen bekommen wird. Mein Freund wird nichts dagegen tun können, ohne noch lauter angeschrien zu werden. Armer Jamie.

Und armes Ich, weil Ava Brown trotz der Schokokuchenkrümel um ihren Mund mich ziemlich furchteinflößend ansieht.

»Ich hoffe, du verstehst, dass ich dich nur für India hassen muss, weil sie dazu nicht imstande ist.«

»India hasst mich nicht?« Ich lasse mich tiefer in den Sessel sinken und habe plötzlich das Gefühl, dass dieses Gespräch vielleicht doch ganz interessant wird.

»Oh, Alec.« Ava rollt mit ihren braunen Kulleraugen. »India ist verrückt nach dir.«

Mein Herz setzt einen Schlag aus und wäre es India, mit der ich mich unterhalte, hätte ich sie jetzt dazu gebracht, wieder und wieder zu wiederholen, dass sie verrückt nach mir wäre, bis ich es nicht mehr hören könnte. Also bis in alle Ewigkeiten.

»Tu nicht so.« Ava nimmt die letzte Gabel ihres Kuchens. »Du bist der größte Herzensbrecher von allen; du kannst mir nicht weismachen, dass du nicht weißt, was du allein mit deiner Anwesenheit mit India und ihrem Herzen anstellst.«

Ich will Ava dazu bringen, mir mehr von India und ihrem Herzen zu erzählen, weiß jedoch, dass ich damit nicht erfolgreicher als Max mit seinen zweihundert Kurzgeschichten wäre. »Ich verstehe deine Besorgnis und bin froh, dass India eine so gute Freundin in dir gefunden hat. Du würdest mich am liebsten mit deinen Blicken töten und das nur wegen India; dir ist dabei egal, dass ich der beste Freund deines Verlobten bin. Aber ich muss dich leider enttäuschen, liebste Ava. Ich breche keine Herzen. Zumindest nicht mehr. Außer vielleicht mein eigenes, weil ich Indias vor Jahren gebrochen habe. Ich will nichts mehr von anderen Frauen wissen, sondern nur von deiner besten Freundin. Herrgott noch mal, ich habe nach India nicht einmal eine andere Frau angeguckt, geschweige denn angefasst.«

Ava blinzelt so verwirrt, als hätte ich ihr erzählt, sie trüge in ihrem Bauch ein Alien, das die Weltherrschaft an sich reißen will.

»Damit ich das richtig verstehe.« Die Furche zwischen ihren Augenbrauen sitzt tief. »India ist die letzte Frau, die du geküsst hast? Du willst mir erzählen, du, der große Alec Carter, hattest seit drei Jahren keinen Sex mehr?«

Ich fahre mir seufzend durch die Haare, als ich daran denke, wie ich vor zwei Jahren versucht habe, eine Frau in einer Bar abzuschleppen, doch in der letzten Sekunde wie ein verfickter Versager den Schwanz einzog und sagte, ich müsste auf die Toilette und in Wirklichkeit verschwand. Wie ein verfickter Versager, der keine anderen Frauen mehr küssen kann, weil er weiß, wie verdammt leer er sich danach fühlen würde, dass er das Ganze einfach ließ.

»Reizend, wie du mich an mein nicht vorhandenes Sexleben erinnerst«, murmele ich. »Aber ja, ich könnte dir Stunden von meinen Fantasien erzählen, die ich mir unter meiner Dusche zurechtgesponnen habe. Und falls du dich fragst: Ja, in allen spielt India eine Hauptrolle. Und ja, ich bin mir sicher, dass Jamie mich umbringt, wenn er weiß, dass wir uns über meine Sexfantasien unterhalten haben.«

»Warum unterhaltet ihr euch über seine Sexfantasien?«

Ich wende mich fluchend von Ava ab, nur um India leicht verwirrt im Türrahmen stehen zu sehen.

Ich rechne es Ava hoch an, dass sie das Wort ergreift, obwohl sie mich hasst. »Ich glaube, das erklärt er dir am besten selbst.«

Ava erhebt sich, bevor sie auf India zugeht, ihr etwas in das Ohr flüstert und dann in Richtung Küche verschwindet.

»Ich –«

»Du kannst das erklären?« India hebt eine Augenbraue, während sie sich auf den Platz neben mir niederlässt und der Wein zwischen ihren Fingern hin und her schwankt.

»Ja, ich kann das erklären und wenn ich es mir genauer überlege, möchte ich es sogar erklären. India, ich –«

Ich drehe mich ihr zu, doch sie schüttelt nur den Kopf und senkt den Blick auf ihr Weinglas. »Du brauchst das nicht zu erklären, Alec. Deine Sexfantasien gehen mich nichts an. Und mit wem du dich über sie unterhältst schon gar nicht.«

»Falsch. Es geht dich sehr wohl an, India.« Ich schlucke, der Kloß in meinem Hals wächst, doch ich werde mich nicht aufhalten lassen, um India zu kämpfen. Weder von lästigen Klößen in meinem Hals, die meinen, ich würde nie die richtigen Worte finden, obwohl ich ein verdammter Bestsellerautor bin noch von sonst irgendetwas. »Alles von mir geht dich etwas an. Zumindest würde es mir gefallen, wenn es so wäre. Selbst wenn es sich um meine Sexfantasien handelt, in denen nur du die Hauptrolle spielst.« India hebt den Blick, bevor sie das Gesicht verzieht, und ich weiß, die Macht der Worte hat mich verlassen. »Und ich bereue schon, das gerade laut ausgesprochen zu haben. Und wenn ich ehrlich bin, werde ich noch öfter das Falsche sagen. Doch das ist okay. Ich habe akzeptiert, dass das Leben kein Worddokument ist, bei dem ich Stunden Zeit habe, um über das richtige Wort zu philosophieren, einen Lektor an meiner Seite, der mir unpassende Passagen anstreicht und Testleser, bei denen ich mir erste Meinungen einhole. Im Leben geht manchmal alles ganz schnell und ich benutze die falschen Wörter, aber ich hoffe ... Ich hoffe einfach, dass du verstehst, dass ich trotz meiner falschen, eigentlich nur die richtigen sagen möchte. Die richtigen für dich, India.«

Ich sehe, wie Indias Finger zittern und lege meine Hand um ihre. Ihre Haut fühlt sich warm und perfekt an und ich schwöre, es würde mir reichen, auf ewig ihre Hand zu halten, damit ich der glücklichste Mensch auf der Welt bin.

Mein Daumen streicht über ihren Handrücken, India schließt die Augen.

»Wenn ...« Sie schluckt. »Wenn du mich das nächste Mal fragst, ob ich nicht noch etwas mit dir trinken möchte, sind das in dem Moment vielleicht genau die richtigen Worte und mir bleibt nichts anderes übrig, als Ja zu sagen.«

India öffnet die Augen, und ich will sie küssen. So sehr, dass jedes Atom in meinem Körper brennt, doch ich halte mich zurück, weil ich nicht nur das Richtige sagen, sondern auch tun möchte.

Ich muss den ganzen Abend lächeln, als ich an das Date denke, das India und ich bald haben. Selbst dann, als meine Schwester eine Stunde zu spät kommt und uns ihren Kaugummi kauenden Freund präsentiert. Er heißt Jason und ich hasse Jason. Alles an ihm. Wie er mich mit einem »Hey, Mann! Was geht?« begrüßt, wie seine Finger immer in der hinteren Hosentasche meiner Schwester stecken und dass seine Jeans so tief sitzt, dass ich den Bund seiner Boxershorts ausmache. Ich bin Ava dankbar, als sie meiner Schwester die Schimpftirade des Jahres hält, weil sie zu spät ist. Doch trotz allem und sogar Jason lächele ich. Wegen India. Weil ich weiß: Unser Happy End ist nur noch ein paar Seiten entfernt.

Es ist Montag, India und ich sitzen uns gegenüber, das Manuskript nähert sich dem Ende und ich frage mich, ob ich das Books & Brandys vermissen werde mit seinen Ledersesseln und dem Versprechen, das India jeden Tag nur Zeit für mich hat. Na ja, eigentlich nur für unser Manuskript, doch dort geht es um uns und um mich, also stelle ich das gleich.

»Also.« India räuspert sich, die Finger, die die Seiten zum Kapitel 38 halten, zittern. Ihre Wangen verfärben sich rot und auch ich rutsche unbehaglich auf meinem Stuhl herum. »Da sind wir wohl bei der ersten Sexszene angekommen.«

Sie hebt den Blick und lächelt. Ihre Lippen zittern ebenfalls, doch das macht nichts, meine Augen kleben trotzdem auf ihrem Mund, als wäre er nichts als perfekt.

»Ja«, sage ich. »Das wären wir wohl.«

Niall Horan singt von langsamen Händen, während ich mit meinen Nägeln Abdrücke in das Papier mache. Ich muss mich dazu zwingen, meine eigenen Hände bei mir zu lassen und nicht auf Indias Körper zu legen, den ich viel zu lange nicht mehr berührt habe. Ich vermisse ihre nackte Haut an meiner, ihren Geschmack auf meinen Lippen und am allermeisten ihr Herz, wenn ich es genauso rekordverdächtig schnell an meinem schlagen höre.

»Hast du dir etwas notiert, das du ändern möchtest?« Indias Stimme klingt leise und zögerlich.

»Nein.« Meine Stimme ist das Gegenteil von ihrer; stark und sicher, weil ich vom ganzen Herzen meine, was ich sage. »Ich möchte nichts an dieser Nacht ändern, India. Rein gar nichts.«

Ich sehe ihr in die Augen. Lange und tief und hoffe, sie liest darin, was ich mich nicht traue zu sagen, aus Angst, die Worte könnten sie in die Flucht schlagen. Mein Herz setzt einen Schlag aus, als Indias Augen an meinen Lippen verharren. Ich frage mich, ob sie sich auch an die Thanksgivingnacht vor drei Jahren erinnert. Wie ich sie liebte, mit Herzen und meinem Körper, und zwar die ganze Nacht.

»India, ich –«

»Ich muss ganz dringend auf die Toilette«, unterbricht sie mich, bevor sie von ihrem Sitz springt und in Richtung Tür sprintet. Ich hingegen bleibe, wo ich sitze, und fahre mir ratlos durch die Haare. Anscheinend ist es egal, ob ich meine Worte ausspreche oder nicht, India scheinen sie auch ungesagt in die Flucht zu schlagen.

Weil ich das Gefühl habe, ich müsste etwas tun, schnappe ich mir unsere leeren Teetassen und laufe die Treppen nach unten zur Theke. Ich grüße den Barkeeper Théo, der sich bei mir für das Autogramm bedankt, das ich ihm für seine kleine Schwester gegeben habe, und bestelle zwei weitere Tassen Pfefferminztee. Während Théo mit einem Zischen heißes Wasser in die Tassen laufen lässt, schweift mein Blick durch das Lokal. Heute herrscht eher reges Treiben, vereinzelte Grüppchen sitzen an den Tischen, blättern durch Bücher mit schlichten Covern und nippen an ihren dampfenden Tassen. Ich nehme einen tiefen Atemzug und atmete den Duft von tausend Geschichten ein, als mein Blick auf Max fällt. Wie hypnotisiert starrt er durch die Fensterscheibe, beobachtet den Regen dabei, wie er auf New York prasselt und scheint nicht einmal zu bemerken, wie eine äußerst attraktive Blondine ihm verstohlene Blicke zuwirft.

»Ich weiß auch nicht, was mit ihm los ist.« Théo nickt auf meinen Freund. »Scheint so, als würde er dort irgendetwas suchen.«

»Ja«, sage ich. Irgendetwas suchen, was er nicht findet. »Ich bin sofort wieder da.«

Ich gehe auf meinen Freund zu und bleibe neben ihm stehen, doch er macht nicht den Anschein, als hätte er mich bemerkt. Ich folge seinem Blick und lande bei einer jungen Frau. Sie sitzt im

Café gegenüber und nippt an einer dampfenden Tasse. Ihre Haare liegen ihr in perfekten dunklen Locken auf der Schulter, ihre weiße Bluse ist bis auf den letzten Knopf geschlossen. Sie nippt so elegant an ihrer Tasse, als hätte sie diese Bewegung eingeübt, und ich bemerke, wie mein Freund sie ansieht, als würde er jede ihrer Bewegungen bis aufs Genauste studieren. Die schwarzhaarige Frau ist hübsch im klassischen Sinne mit ihren roten Lippen und der makellosen Haut. Sie erinnert mich an eine moderne Version von Schneewittchen, und ich verstehe, wieso mein Kumpel sie anstarrt. Doch dann, als hätte sie unsere Blicke bemerkt, schwenkt sie den Kopf in unsere Richtung und begegnete Max' Blick. Ich schwöre, dass ich beinahe erfriere. Selbst von weitem sieht der Blick der Frau leer aus. Leicht verloren. Kaputt. Und nochmals leer. Und ich weiß, dass ich mich niemals wieder so fühlen werde.

Mein Freund presst die Lippen aufeinander, als die Frau ihren Blick dem Mann zuwendet, der sich gegenüber von ihr niederlässt.

»Du kennst sie?«, frage ich.

Mein Freund antwortet mir nicht, klebt mit seinen Blicken immer noch auf dem modernen Schneewittchen, sodass mir nichts anderes übrigbleibt, als ihn mit meinem Ellbogen anzustupsen.

»Wer ist sie, Max?«

Mein Freund verharrt ein letztes Mal mit seinen Augen an der Frau, bevor er mir widerwillig das Gesicht zudreht. Er schließt die Augen, bevor er spricht. Seine Nasenflügel blähen sich dabei auf und ich sehe seinen verkrampften Gesichtszügen an, dass in ihm Gefühle toben, die er niemals ansprechen würde. »Niemand, den ich kenne«, sagt er. »Oder jemanden, den ich mal vor langer Zeit gekannt habe. Ich bin mir nicht sicher.«

Ich nicke so, als würde das einen Sinn ergeben, bevor mein Freund ein leises »Sorry, ich muss weg« murmelt und verschwindet, ohne dass ich ihn aufhalten kann. Ein letztes Mal lasse ich den Blick zu Schneewittchen wandern, nur um sie dabei zu ertappen, wie ihr Blick auf der Stelle liegt, an der Max soeben stand.

Eine Geschichte verändert mein Leben. Ihr Titel ist länger als ihr Inhalt. Ich finde sie gefaltet in einem Regal in Max' Bar:

Ich glaube an das Schicksal und daran, dass genau du meine Geschichte gefunden hast, weil du sie am dringendsten brauchst.
Hör auf zu warten!
Jemand, der zu lange gewartet hat.

Das Papier ist rissig, die Worte unordentlich per Hand dahin geschmiert und leicht verwischt. Ich weiß nicht, wie lange ich dort in der Bar stehe, mein Blick nur auf Alec, der neben Max steht, während die Worte in meinem Kopf hämmern.
Hör auf zu warten. Hör auf zu warten. Hör auf zu warten.
Die Worte gleichen einem Mantra, das fest und bestimmt gegen die Wände meines Kopfes klopft, weil sie wollen, dass ich sie verinnerliche.
Vielleicht ist es falsch von mir, das Papier nicht wieder zwischen einem Buch mit dem Titel *Mir ist kein Titel eingefallen* und einem zerfledderten Notizheft zu schieben, doch ich kann nicht anders. Ich brauche die Geschichte und ihre wenigen Worte, die mein Herz eine Spur zu schnell schlagen lassen.
Dua Lipa singt ihr *Thinking about you*, das Mädchen, das in dem versteckten Sessel in der linken Ecke sitzt, beißt sich auf die Lippe, während sie das Buch zwischen ihren Händen so streichelt, als wäre die Geschichte ihr neuer Liebhaber. Ich beobachte Max, wie er schnellen Schrittes hinter einer Tür verschwindet, die er aufschließen muss. Alec hingegen bleibt an Ort und Stelle stehen, bevor er sich nach mehreren Momenten schüttelt und sich umdreht. Er entdeckt mich sofort und selbstsicher wie immer kommt er auf mich zu, die warmen Leuchten bescheinen das Rot seiner Haare und mein Herz klopft zum Rhythmus meines anscheinend neuen Mantras. Alec trägt schlichte Jeans und ein-

faches Longsleeve, nur seine teuer aussehenden Schuhe bringen mich zu der Annahme, dass, wo auch immer er wohnt, er dort wahrscheinlich nicht den Hausmeister spielen muss, um seine Miete zu bezahlen.

»India.« Alecs reiner Geruch strömt mir in die Nase und er grinst das schiefe Grinsen, das er in meiner Gegenwart ständig trägt.

»Alec.« Meine Finger umklammern das Papier fester, ich schlucke und etwas in mir schreit, dass es nicht mehr warten will.

»Wie lange stehst du schon hier und beobachtest mich so, als würdest du denken, dass ich das nicht bemerke?«

Er hebt eine seiner dichten Augenbrauen, in seinen dunklen Augen liegt ein Schimmer von Belustigung und ich kann nur daran denken, wie lange ich schon durch die Welt gestapft bin und stets auf etwas gewartet habe; darauf, dass meine Eltern sich bei mir melden, mir sagen, sie würden mich für immer lieben und ich könnte nicht ihre tote Tochter sein, wenn ich doch atme, dass es keine Rolle spielt, was ich machen will, selbst wenn das heißt, dass ich meinen Traum vom Schriftstellersein mit ganzem Herzen verfolge; auf eine Nachricht von Alec, die nie kam; auf seine Rückkehr, an die ich knappe drei Jahre später nicht mehr glaubte, doch was weiß ich schon, denn hier steht er; darauf, dass wir das Manuskript zu Ende bearbeiten, damit er aus meinem Leben verschwinden kann; darauf, dass ich aufhöre mir einzureden, Alec würde für mich nie mehr als ein fiktiver Writer in New York sein, weil das meine größte Lüge von allen ist, weil ich Alec liebe, nach allem und vielleicht gerade deshalb.

»Ich …« Ich schlucke, meine Stimme zittert und der belustigte Schimmer in seinen Augen verschwindet. Trotz Kloß im Hals und viel zu stark pochendem Herzen möchte ich Alec sagen, dass ich nicht mehr warten will. Meine Lippen öffnen sich, das Mantra in meinem Kopf brennt.

»Ich –«

»Hey, Alec. Was ist mit eurem Tee?«

Ich zucke zusammen, als ich höre, wie Théo hinter der Theke nach Alec ruft.

Alec signalisiert Theó mit einer Kopfbewegung, dass er ihn verstanden hat und dreht sich mir wieder zu. »Was sagst du, India? Lassen wir die Writers in New York für heute hinter uns, trinken noch einen warmen Tee und beenden unsere Arbeit dann?«

Ich nicke und verschweige, dass wir die Writers in New York nie wirklich beiseitelegen könnten; sie würden für immer ein Teil von uns bleiben.

Ich liege auf meinem Bett, während meine Finger die Buchstaben auf dem rissigen Blatt in meinen Händen entlangfahren. Es sind keine dreißig Minuten vergangen, seitdem Alec mich vor meiner Haustür abgesetzt hat. Verlegen trat ich von einem Fuß auf den anderen, anstatt die Stufen zu meiner Wohnung zu bezwingen. Ich wollte Alec reinbitten und hätte damit vielleicht nicht nur in meine Wohnung, sondern auch in mein Leben gemeint. Doch genau in dem Moment, als ich ihm sagen wollte, dass es das mit dem Warten war, fing es an zu regnen und Alec nickte zu einem Taxi, das an der Bordsteinkante parkte, wo sonst nie eins steht, und wir hatten uns verabschiedet. Ich ging die Treppen nach oben und fragte mich, ob die Welt mir mit ihrem kalten Oktoberregen und dem Taxi signalisieren wollte, dass ich weiter warten sollte.

Doch hier liege ich nun, die Geschichte in meinen Fingern und frage mich, ob es nicht Schicksal ist, dass genau ich das Blatt zwischen hunderten von Büchern fand. Ob der Jemand, der zu lange gewartet hat, recht mit dem hat, was er schrieb.

Ich falte das Papier zusammen, bevor ich mich mit dem Kopf auf mein Kissen fallen lasse und nicht mehr weiß, was ich denken soll, weil ich zu viel denke. Meine Gedanken überschlagen sich: Alec, die letzten drei Jahre, mein gebrochenes Herz, die Bedeutung von Verzeihung, meine Writers in New York, die aus Alec und mir bestehen, darüber, dass ich keine Personen mehr erfinde, sondern selbst eine sein will, dass ich mich am allermeisten wie ein lebendiger Mensch fühle, wenn ich Alec dabei zusehe, wie er lächelt.

Und dann denke ich über das Warten nach. Über die Möglichkeit, dass es keinen Grund mehr gibt zu warten. Dass drei

Jahre eine ziemlich lange Zeit sind. Dass meine letzten drei Jahre ziemlich scheiße waren. Dass ich die Möglichkeit habe, es in den nächsten drei Jahren besser zu machen. Über Änderungen, dass auch Alec sich geändert hat und ich ihm mit jedem Tag, jedem Wort, jedem Blick mehr glaube. Ich denke an seine Augen, die in den letzten Wochen nie so dunkel ausgesehen haben, als würde sie mich in die tiefsten Abgründe reißen wollen. Dass seine Augen mich eher hoffnungsvoll und beinahe schüchtern anlächeln und mir diese neue Seite an Alec gefällt. So wie eigentlich alles an ihm, seit er wiedergekehrt ist. Er ist kein verlorener Junge mehr, der versucht, ein Mann zu sein. Alec ist jetzt erwachsen. Oder zumindest erwachsener. Er ist immer noch ein Schriftsteller, aber einer, der sich gefunden hat; ich habe ihn kein einziges Mal mit seinen Handynotizen zwischen den Fingern gesehen. Alec möchte mich nicht mehr nach drei Geheimnissen fragen, er möchte Gespräche mit mir führen, in denen ich sie ihm einfach verrate. Er möchte keine Spiele mehr spielen, und ich glaube, dass ich ihm das sogar glaube. Natürlich sind drei Jahre vergangen und auch ich habe viel gelernt. Über mich und Freiheit, wie es ist, das erste Mal auf eigenen Beinen zu stehen, damit leben zu müssen, wenn seine Eltern einem sagen, dass man für sie gestorben wäre, weil man andere Träume als sie hat. Ich lerne immer noch, wie es sich anfühlt, auf einen Anruf seiner Mutter oder seines Vaters zu warten und ihn nie zu bekommen. Wie es ist, Bilder von sich mit seinen Eltern zu betrachten und sich selbst so breit lächeln zu sehen, als wäre man Teil einer heilen Familie, die nichts auf der Welt zerstören konnte. Und wie es sich anfühlt, die Fotos mit seinen Fingerspitzen nachzufahren, während man sich wünscht, man würde nicht direkt auf die Mailbox geleitet werden, wenn man sich traute, bei seinen Eltern anzurufen, die kein Zuhause mehr sind. Ich habe gelernt, wie es sich anfühlt, wenn Träume scheitern, und wie es ist, eine Wahrheit zu erkennen, die man nicht erkennen will. Dass Freisein manchmal einsam ist; dass die Liebe einen verlässt, obwohl man sie immer noch bis in die Knochen spürt; dass selbst in der Stadt der Träume nie alles so läuft, wie man es sich vorgestellt hat. Aber am allermeisten habe ich gelernt, daran zu wachsen, aufzustehen, wenn man hinfällt, dass man wirklich an seinen gebrochenen Stellen stark wird und es sich lohnt, für Träume zu kämpfen, auch wenn man nicht mehr an sie geglaubt hat. Ich höre auf nachzudenken, als ich mich von meinem Bett schwinge und einfach so mit der Geschichte, die mein Leben verändert, zur Tür hinausschreite. Dabei ist es eigentlich lächerlich. Ich habe tausende von endlos langen Romanen gelesen, mich durch seitenlange Geschichten gekämpft, über sie philosophiert, über die Bedeutungen von einzelnen Sätzen in Seminaren mit meinen Kommilitonen diskutiert, mir den Kopf über Aussageabsichten von Autoren zerbrochen, mich zwischen Bandwurmsätzen verloren, mich in meinen eigenen Bandwurmsätzen verirrt, nächtelang an meinem Schreibtisch getippt, ohne zu wissen, wohin die Reise überhaupt ging, Bücher übers Schreiben so schnell gelesen, dass ich sie beinahe inhalierte, mich in Charaktere verliebt, mich von Charakteren im zweiten Teil entliebt, Jahre später noch an ein und dieselbe Geschichte gedacht, die Protagonisten so sehr gefühlt, dass sie ein Teil von mir wurden und mich prägten, aber mein Leben wirklich verändert? Das hat nur die Geschichte zwischen meinen Fingern, die genau genommen nur aus einem Satz besteht.

»India?«

»Alec.« Ich lächele und klinge atemlos, was nicht daran liegt, dass Alec oberkörperfrei vor mir steht. Es liegt daran, dass ich den Weg von der Subwaystation zu seiner Wohnung wie jemand gesprintet bin, der um sein Leben rennt. Nur dass ich nicht um, sondern zu meinem Leben gerannt bin. Zu meinem neuen Leben und alles, was es sein könnte.

»Ich ...« Alec leckt sich über die Lippen, meine Augen kleben an seiner Zunge und ich denke an all die Dinge, die er damit anstellen könnte, bevor mir noch heißer wird und ich mich selbst verfluche. Stattdessen richte ich also den Blick auf seine roten Strähnen, die nass sind, und ich frage mich, ob Alec soeben aus der Dusche gesprungen ist. »Ich fühle mich, als hätte ich ein Déjà-vu. Als wären wir wieder wir vor drei Jahren und würden öfters unangekündigt vor der Tür des jeweils anderen stehen. Versteh mich nicht falsch, India, ich bin froh, dass du hier bist. Ich … Ich bin immer froh, wenn wir zusammen sind. Aber was machst du um kurz vor halb zwölf vor meiner Wohnung, wenn wir uns vor nicht einmal zwei Stunden verabschiedet haben?«

»Hier.« Ich gehe nicht auf seine Worte ein. Ich will nicht an die Vergangenheit denken. Ich will keine Worte sprechen, die uns weiter warten lassen, ich will doch endlich aufhören zu warten.

»Ein Brief?« Alec schaut mich fragend an, als ich ihm das gefaltete Stück Papier reiche.

»Nein, eine Geschichte, die mein Leben verändert hat.« Ich halte inne. »Oder verändern wird«, verbessere ich.

Seine Augenbrauen ziehen sich verwirrt zusammen, doch er nimmt das Papier trotzdem an.

»Möchtest du nicht reinkommen?«, fragt er und tritt von einem Fuß auf den anderen. Und da ist er wieder. Dieser hoffnungsvolle Schimmer in seinen Augen, den der zweiundzwanzigjährige Alec nie hatte, was mich daran erinnert, dass vor mir ein komplett neuer steht. Ein neuer Alec, der mir trotzdem vertraut ist. Vertraut und doch brandneu. Das ist gut, vielleicht sogar mehr als das, weil ich es kaum erwarten kann, all die neuen Seiten an ihm zu meinen vertrauten zu machen.

Er fügt sein schiefes Lächeln hinzu. Dieses Lächeln, gegen das ich schon vor drei Jahren keine Chance hatte. Doch auch das ist okay, denn ich lächele ebenfalls und erinnere mich daran, wie Alec geschrieben hat, dass ich mit meinem Lächeln wie der schönste Mensch ganz New Yorks und vielleicht sogar der ganzen Welt aussehe.

»Ja«, sage ich und schlucke. »Ja, Alec. Ich möchte reinkommen.«

Alecs Augen leuchten und mein Herz leuchtet mit. Er tritt einen Schritt zur Seite und ich einen in seine Wohnung. Die Wände sind schlicht in Weiß, vor seiner Tür stehen nur drei Paar Schuhe und als er mich in das Wohnzimmer führt, fällt mein Blick auf all die vollen Umzugskartons.

»Immer noch nicht ausgepackt?« Ich hebe eine Augenbraue. »Hast du etwa vor, wieder zu gehen?«

»India.« Alec schüttelt lächelnd den Kopf, während er sich auf das Sofa niederlässt. Ich folge ihm und nehme einen großen Atemzug; es riecht nach Alec und etwas Ungewissem und ich will beides kennenlernen. »Ich gehe nirgendwohin. Ich versuche nur, eine Sache nach der anderen anzugehen.«

Ich lasse mich neben ihm nieder und bin mir seiner nackten Haut, die von meiner wenige Zentimeter entfernt ist, nur allzu bewusst.

»D-Du hast das mit dem Bücherregal ja wirklich ernst gemeint«, sage ich, als ich auf all die Buchrücken in dem zwei Meter hohen Regal starre. Ich erkenne Klassiker, Hemingway, Shakespeare und Kafka, Titel, die ich nicht kenne, Bücher, die auf der Bestsellerliste gelandet sind, seinen Debütroman, den ich zu Hause unter meinem Bett verstecke, weil mir Ava sonst den Kopf abgerissen hätte, hätte sie gewusst, ich würde den Roman des Mannes, der mir das Herz gebrochen hatte, jeden Abend wie eine süße Gutenachtgeschichte inhalieren. Ich erhebe mich, als ich den lila Buchrücken erkenne. Mein Debütroman. Die Geschichte über Channing Charming und Fiona Farell, die ich beide erfand, um meiner Trauer zu entkommen.

»Du hast dir meinen Roman gekauft?« Ich schnappe mir meine erste Veröffentlichung.

»Natürlich.« Alec steht ebenfalls auf und verharrt nur wenige Zentimeter vor mir. Sein Geruch nach frischer Wäsche strömt mir in die Nase, obwohl er nicht einmal ein Shirt trägt und ich frage mich, wie das überhaupt einen Sinn ergibt.

»Warum?«

»Warum wohl?« Er hebt eine Augenbraue. »Ich wollte lesen, was du geschrieben hast.«

Alec zuckt die Schultern und ich schlage das Buch auf der von ihm markierten Seite auf. Der Beginn zu Kapitel 37, in dem Fiona und Channing sich das erste Mal in einer Vorratskammer zwischen abgelaufenen Dosensuppen und Fertiggerichten küssen; die einzige Szene, die ich nicht ganz erfunden habe.

»Du hast dir die komplette Seite angestrichen?«, frage ich leicht verwirrt und starre auf die neongelben Streifen.

»Mir hat sie gefallen. Ich wollte alle Stellen anstreichen, die mir gefallen haben. Blätter ruhig durch, du findest noch mehr.«

»Ich ...« Ich blättere hastig durch das Buch, der Geruch von Fiona und Channing weht mir entgegen und ich kann nicht anders, als zu lächeln, denn Alec hat recht: beinahe auf jeder Seite ist etwas mit Leuchtstift markiert. »Ich ... Ich verstehe«, sage ich und stelle mein Buch wieder an seinen Platz.

»Wirklich?«, fragt er, während er das Blatt zwischen seinen Finger auseinanderfaltet und es innerhalb weniger Sekunden zu Ende gelesen hatte. »Das ist eigentlich gut, weil ich verstehe das nicht wirklich. Aufhören zu warten?« Er nickt auf das Blatt zwischen seinen Fingern. »Was meinst du damit? Wieso hast du mir das Blatt in die Hand gedrückt?«

»Genau das, Alec.« Ich hole tief Luft. »Ich möchte nicht mehr warten.«

Ich sehe ihm tief in die Augen, mein Herz pocht wie wild und ich hoffe, es wird irgendwann vergessen, wie gebrochen es wegen Alec ist, weil er es wieder ganz macht.

»Heißt das ...?« Sein Adamsapfel hüpft und ich höre Erstaunen und Angst in seiner Stimme.

»Frag mich nach drei Geheimnissen, Alec«, sage ich.

Alec schüttelt den Kopf so, als würde er jetzt gar nichts mehr verstehen. »India, das hatten wir doch schon. Wir sind keine Protagonisten in einem Roman, du –«

»Frag mich, Alec.« Ich schlucke. »Ein letztes Mal.«

»Okay.« Er nickt und rauft sich durch die Haare, bevor seine Augen die meinen finden und es mir schwermachen zu atmen. »Drei Geheimnisse. Ein letztes Mal.«

»Ein letztes Mal.« Ich lächele, als ich nach seiner freien Hand greife, seine Finger mit meinen verknote und höre, wie Alec zischend Luft holt. Sein Herzschlag ist so stark und schnell, dass ich ihn in jeder Spitze seiner Finger spüre und das macht mir Mut. Alecs Herzschlag an meinen Fingern, sein Herz so nah zum Greifen, dass ich nicht länger warten kann. »Du hast mich verletzt. So sehr, dass ich dachte, ich könnte mit meinem gebrochenen Herzen nicht überleben. Ich habe dort Risse, die nie verheilen werden, Alec. Dass du gegangen bist, hat so wehgetan, dass mir immer noch die Worte dafür fehlen.«

Alec schluckt und ich weiß, meine Worte treffen ihn hart, doch er drückt meine Hand trotzdem so, als wollte er mir signalisieren, dass ich weitererzählen soll.

»Ich habe gelogen. Ich glaube an *Writers in New York*, aber ich denke, dass ich noch viel mehr an uns glaube. Weil wir die Writers in New York sind. Weil es egal ist, ob wir unsere Worte aufgeschrieben haben oder nicht, weil ich jedes Wort meinte, was ich geschrieben habe, und ich weiß, dass es dir auch so geht. Weil ich, seitdem Sarah mir das Manuskript in die Hand gedrückt hat, mir jeden Abend meine Lieblingsstellen durchlese und mir dabei vorstelle, du würdest neben mir liegen und mir die Worte in mein Ohr flüstern.« Ich halte kurz inne, bevor ich ihm mein letztes Geheimnis und das letzte Stück meines Herzens gebe. »Dir gehört mein Herz, Alec. Dir gehört mein Herz seit dem Moment, als ich an deine Tür geklopft habe. Und dir gehört mein Herz noch immer. Nach all den Jahren, nach all dem Schmerz, nach all den Worten ... nach all der Liebe«, sage ich und lächele, weil auch Alec lächelt. »Ich will nicht mehr warten. Ich kann nicht mehr warten. Vielleicht ist es ein Fehler. Vielleicht hast du dich nicht verändert und ich wache nächste Woche auf und verfluche dich, aber ...«

»Nein, India.« Er lässt das Blatt in seiner Hand zu Boden fallen, löst seine Finger aus meinen und nimmt mein Gesicht in beide seiner Hände. »Nein. Du wirst nächste Woche nicht aufwachen und mich verfluchen. Du wirst nächste Woche neben mir aufwachen und dich von mir küssen lassen und glücklich darüber sein, dass du aufgehört hast zu warten.«

»Also hören wir endlich auf, Alec?«, frage ich. »Mit dem Warten?«

»Oh, Baby.« Er lächelt und ich meine zu erkennen, wie seine Augen glasiger werden, doch sicher kann ich mir nicht sein, denn das ist der Moment, in dem Alec seine Lippen auf meine presst, ich die Augen schließe und wir beide endgültig aufhören zu warten.

Sein perfekter Mund liegt auf meinem, die Welt bleibt stehen, ganz egal, dass New York nie schläft, die Erde sich eigentlich immer weiterdreht, für mich ist alles still. Ich höre nur mein Herz, das plötzlich schneller, doch irgendwie leichter schlägt und sich dabei wieder zusammensetzt.

Alec legt seine großen Hände um meine Taille und ich denke darüber nach, dass Berührungen sich wie *Zuhause-Ankommen* anfühlen können. Seine Lippen sind so voll und weich wie früher, sein Mund küsst mich fest und bestimmt, bevor mir der Atem stockt, als er mich mit seinem schweren Körper gegen das Bücherregal presst. Alec schmeckt nicht wie ein perfekter Protagonist, sondern nach einem Menschen, der nicht vollkommen, doch vielleicht trotzdem perfekt für mich sein könnte. Ich habe Worte hinter meinem Rücken, den holzigen Duft eines neuen Bücherregals in meiner Nase und einen Autor vor mir, dessen Schreiberhände meinen Körper entlangfahren.

Die Welt ist plötzlich nicht nur mucksmäuschenstill, sondern auch perfekt.

Unsere Körper pressen sich so eng aneinander, dass nicht einmal das dünne Blatt mit der Geschichte, die mein Leben verändert hat, zwischen uns gepasst hätte, doch das ist kein Problem. Ich habe vollkommen verstanden, dass ich aufhören muss zu warten.

Unser Kuss ist zärtlich und drängend zugleich, Alec küsst mich mit allem, was er hat, Zunge, Zähne, Hände, so als wäre er die letzten drei Jahre für diesen Moment gestorben. Ich stöhne, als Alecs Körper den Druck auf meinen erhöht und ich ihn hart zwischen meinen Beinen spüre.

Und dann löst Alec seine Lippen von meinen und ich will protestieren, so wie mein Herz es mit dem beinahe explodierenden Hämmern in meiner Brust versucht. Doch stattdessen lege ich den Kopf in den Nacken, weil das der Moment ist, in dem Alec beginnt, die Länge meines Halses entlang zu küssen.

»Gott, India«, stöhnt er an meinem Hals. Seine Stimme vibriert an meiner Haut und mein ganzer Körper kribbelt. »Ich habe dich so, so unglaublich vermisst.«

Ich lege die Arme um seinen Nacken und streiche mit meinen Nägeln über seine Haut. Mit einem Seufzen vergräbt Alec den Kopf in meine Halsbeuge und atmet so tief ein, als wollte er jedes bisschen von mir aufsaugen. Keine Sekunde später wendet er sich wieder meinem Gesicht zu, zupft zärtlich ein letztes Mal an meiner unteren Lippe, bevor er seine Finger mit meinen verflicht und seine Augen sich so verdunkeln, dass Pupille und Iris verschwimmen. Ich stöhne protestierend, denn Alec kann mich nicht drei Jahre lang nicht küssen und dann plötzlich doch, doch das nur für den Bruchteil einer Sekunde. Ich brauche mehr, bin wie ein Bücherjunkie, der will, dass seine Lieblingsreihe bis ins Endlose fortgeführt wird. Und Alec ist mein Lieblingsroman. Und ich will ihn wieder und wieder lesen. Und vielleicht meine ich mit lesen eigentlich fühlen, küssen und lecken und lieben. Und vielleicht am allermeisten lieben.

»Lass es uns langsam angehen, Baby.« Alecs Stimme zittert, er lächelte trotzdem. »Ich –«

»Willst du das wirklich?« Ich hebe eine Augenbraue.

»Ehrlich?«

»Immer.«

Ich lächele.

Er lächelt immer noch.

»Verdammt, natürlich nicht. Ich habe seit drei Jahren keine einzige Frau angerührt. Ich schwöre, dass mein Körper mich hasst, weil ich unseren Kuss unterbrochen habe. Aber …« Er legt seine warmen Finger auf meinen Mund und fährt die Form nach. Meine Augenlider flattern. »Aber ich meinte es ernst, India. Ich möchte nicht nur die richtigen Worte schreiben, sondern auch das Richtige tun.«

»D-Du hast seit drei Jahren keine andere Frau angerührt?« Ich blinzele.

Alec nickt verlegen. »Ich … Ich konnte nicht, India. Ich wollte nur noch dich berühren, weil du mich berührt hast und damit meine ich nicht körperlich, sondern in meinem Herzen. Du hast mich in meinem Herzen berührt und ich denke, nach dieser Berührung gibt es kein Zurück mehr. Außer dem Zurück zu dir. Aber ich war ein Feigling und bin weggelaufen.«

Sein Blick senkt sich bei den letzten Worten und ich weiß, ich bin nicht die Einzige, die die letzten Jahre dachte, ihr Herz würde jede Nacht aufs Neue sterben.

»Bevor wir weitermachen, India, möchte ich, dass du etwas weißt.« Alec schluckt, bevor er sich von mir löst. Seine Wärme und seine Nähe fehlen mir sofort, aber ich sage nichts; ich weiß, was auch immer er jetzt sagt, es ist ihm wichtig. »Ich möchte dir ein Geheimnis verraten, ohne dass du danach fragst, weil ich dir, wenn ich ehrlich bin, alles von mir erzählen möchte. Ich möchte, dass du mich voll und ganz kennst und mich danach noch genauso sehr liebst, wie ich dich liebe, auch wenn ich das nicht verdiene. Doch dafür werde ich jetzt kämpfen. Ich ...« Er holt tief Luft und fährt sich durch die roten Strähnen. »Ich habe *Writers in New York* nicht für mich oder die Welt geschrieben. Jedes Wort, das ich getippt habe, war für dich. Ich wollte dir damit zeigen, wie sehr ich dich schon damals geliebt habe, auch wenn ich mich wie ein Arschloch verhalten habe. Dass ich unter meiner Fassade nie mehr als ein Alec war, der nie eine Chance dagegen gehabt hat, sich nicht in Indiana Alabama Thomson zu verlieben. Ich hasse mich dafür, dass du dein erstes Mal mit mir hattest und ich dich danach so, so unglaublich verletzt habe. Du kannst dir nicht vorstellen, wie sehr ich mich schäme, India. Und ich hasse mich dafür, dass du die Hälfte der Zeit dachtest, du wärst nicht mehr als ein Buchprojekt gewesen. Wenn ich könnte, würde ich alles anders machen. Deshalb auch das Ende mit dem Traum. Ich wollte unsere Geschichte zuerst aufschreiben, wie sie wirklich war. Doch dann kam ich an den Punkt, an dem ich dich verlassen habe und ... und ich konnte einfach nicht. Es hat nicht zu der Geschichte gepasst, überhaupt gar keinen Sinn gemacht. Also habe ich das Kapitel von deiner Sicht aus geschrieben. Weil du mein Traum bist, andererseits, weil ich mir wünschte, wir könnten von Neuem anfangen, damit ich es besser mache. Und mit *es* meine ich alles. Ich habe geschrieben, dass du mich verlassen hast, weil ich mir wünschte, ich wäre so stark wie du gewesen, um zu bleiben. Ich wünschte, ich hätte so vieles anders gemacht. Aber dass ich mich in dich verliebt habe, jeden Kuss, den wir hatten, jedes Mal, wenn ich deine Hand gehalten habe? Daran möchte ich nichts ändern, India. Rein gar nichts. Ein Teil in mir ist versucht, dich zu meinem Schreibtisch zu führen und meinen Laptop hochzufahren, damit ich dir das Nachwort zeigen kann, an dem ich seit Wochen arbeite, das ich immer wieder neu schreibe, weil ich das Gefühl habe, mir fehlen die Worte, wenn ich beschreiben möchte, wie leid es mir tut, wie sehr ich dich liebe und wie sehr ich hoffe, du kannst mir verzeihen. Aber das möchte ich nicht. Ich möchte mich nicht mehr hinter meinen Worten verstecken. Zumindest nicht bei dir. Bei dir möchte ich einfach nur ich sein, weil ich weiß, dass das reicht. Zumindest, dass es das könnte.« Sein Daumen streicht über meinen Handrücken und er sieht mir tief in die Augen. »Ich will, dass du weißt, du bist mehr als diese Geschichte. Ich würde jede Seite zerreißen und aus meinem Fenster schmeißen, damit du mir glaubst. Ich liebe dich, India. Ich liebe dich so sehr, dass ich nicht mehr weiß, wohin mit meiner Liebe. Ich könnte tausende von Seiten allein nur darüber schreiben, was in meinem Körper passiert, wenn du mich anlächelst. Aber ehrlich gesagt möchte ich das nicht mehr. Ich möchte es dir lieber selbst erzählen. India ... Versprichst du mir, du wirst wenigstens versuchen mir zu verzeihen? Nicht weil ich Alec in *Writers in New York* bin und ich weiß, wie sehr du deine Charaktere ins Herz schließt. Sondern weil du mich, den wirklichen Alec, nie wirklich aus deinem Herzen lassen konntest?«

Ich lächele und sage nichts, bevor ich den Abstand zwischen uns tilge und Alec küsse. Ich gebe ihm keine Worte und ich bin mir sicher, dass er mich auch so versteht.

Und als wir in sein Schlafzimmer stolpern, uns die Klamotten vom Körper zerren, Sätze beginnen, die wir nicht zu Ende sprechen wie »India, du hast keine Ahnung, wie sehr ...« und »Alec, wie hatte ich denken können, ich könnte …« verstehen wir uns immer noch. Wir verstehen uns, als Alec meine Finger mit seinen verknotet und endlich, endlich in mir ist und wir uns ansehen und nicht einmal versuchen, irgendetwas zu sagen. Wir verstehen uns die ganze Zeit so, als wären keine drei Jahren vergangen und gleichzeitig so, als wären wirklich drei Jahre vergangen, die wir gebraucht haben, um alles zwischen uns wirklich zu begreifen.

Wir liegen in Alecs Bett und sein linker Arm liegt um meinen Körper. Er atmet tief und gleichmäßig, es ist nicht einmal acht Uhr, doch ich liege trotzdem wach. Ich muss etwas erledigen. Vorsichtig schiebe ich Alecs Arm von meinem Körper und stehe auf. Ich ziehe mir die Klamotten von gestern über und gehe ins Wohnzimmer, wo auf dem Fußboden immer noch das Blatt mit der Geschichte liegt, die mein Leben verändert hat. Meine Finger falten es auf und fahren die Buchstaben nach. Ich kann nicht anders, als zu lächeln. Immer noch grinsend blicke ich aus dem Fenster, die Aussicht ist eine andere. Seine Wohnung ist eine andere. Andere Möbel, andere Wände. Andere Bilder. Ich betrachte sie genauer. Die Schrift unter den Bildern kenne ich. Evelyn muss sie Alec geschickt haben. Schwarz-Weiß-Aufnahmen von der bunten Evelyn. Paris. Der *Jardin du Luxembourg*. Das *La Closerie des Lilas*. Die *Rue du Cardinal Lemoine*. Hemingways Pariser Orte für Alec. Ich freue mich, mal wieder etwas von ihr zu sehen. Wir hören alle so selten von ihr. Es ist, als wären wir nur eine kurze Momentaufnahme in ihrem aufregenden Leben, wir wissen nie so genau, wo sie ist, mal Berlin, dann doch Stockholm oder Wien, je nach Auftrags- oder Herzenslage. Dann fällt mein Blick auf die Pinnwand über Alecs Schreibtisch und ich blinzele. Mein Blick zuckt zwischen dem rissigen Blatt in meiner Hand und den kleinen Karteikarten umher, die an der Pinnwand hängen. Ich renne sofort wieder ins Schlafzimmer und klettere auf das Bett.

»Alec?«, flüstere ich und rüttle leicht an seiner Schulter.

»India?« Alec bewegt sich und zieht mich an seine Brust, um

mir einen Kuss auf die Stelle hinter meinem Ohr zu hauchen. »Wieso … Wieso hast du eine Jeans an?«

»Weil ich was erledigen wollte.« Ich schlucke. »Wieso hast du mir nicht erzählt, dass du die Geschichte von gestern geschrieben hast?«

Er richtet sich sofort auf, die weiße Decke bedeckt nur die Hälfte seiner nackten Brust und er schaut mich mit zusammengezogenen Augenbrauen an.

»Welche Geschichte?«

»Die mit dem Warten.«

»Oh.« Er lächelt. »Ich wollte es dir erzählen, aber gestern waren andere Dinge wichtiger. Findest du nicht?«

»Ich verstehe.« Ich lege den Kopf schräg. »Wieso hast du sie geschrieben? War es Absicht, dass ich sie gefunden habe?«

»Ich würde gerne behaupten, dass ich geplant hatte, dass du sie findest. Aber das wäre gelogen. Hin und wieder lasse ich meine Schreibübungen im Books & Brandys zurück. Du hast sie aus Zufall gefunden. Anscheinend sind selbst die Worte, die ich nicht für dich schreibe, für dich.« Er zuckt die Achseln und lächelt. »Ich habe das geschrieben, nachdem ich das erste Mal in Max' Bar war. All die Geschichten um mich herum haben mich inspiriert. Ich wollte auch eine da lassen. Eine bedeutende Geschichte. Jemandem zu sagen, dass er nicht mehr warten sollte, weil ich Jahre zu lange gewartet habe, kam mir plötzlich wie das Bedeutendste auf der Welt vor. Also …«

»Das ist …« Ich stocke und mein Blick fällt auf die Geschichte, die ich auf seiner Kommode liegen gelassen habe. »Das ist einfach verrückt, Alec.«

»Was genau, Baby?« Er nimmt meine Hand und streicht mit seinem Daumen über meinen Handrücken.

Dass deine Geschichte, aus genau genommen einem Satz, mein Leben verändert hat. Dass zwei deiner Geschichten mein Leben verändert haben. Dass wir uns unter mehr als acht Millionen Einwohnern in New York gefunden haben. Dass wir uns unter mehr als acht Millio-

*nen Einwohnern in New York wiedergefunden haben. Dass selbst die
Worte, die du nicht für mich schreibst, für mich sind. Dass sich alles
so perfekt anfühlt, obwohl wir und unsere Geschichte alles andere als
perfekt sind.*

»Alles, Alec«, sage ich.

Er lächelt.

»Da wir gerade beim Warten sind: Ich finde, du solltest nicht
länger damit warten, die Jeans auszuziehen.«

Alecs Finger wandern zu meinem Jeansknopf und ich strample
sie mir von den Beinen. Ich kann nicht anders, als daran zu denken, wie es wäre, jeden Morgen neben Alec aufzuwachen und
muss lächeln. Seine Finger liegen gerade am Saum meines Shirts
und wollen es mir ausziehen, als ich »Stopp!« rufe.

»Was ist?« Er setzt sich auf und streicht mir eine Haarsträhne
hinter die Ohren.

»Wir ... Wir haben ein Problem, Alec.«

Er verzieht das Gesicht. »Wir haben keine Probleme mehr,
India. Wir haben jetzt uns. Alles ist jetzt perfekt.«

»Nein, das meine ich nicht.« Ich greife nach seiner Hand und
verflechte seine Finger mit meinen. »Ich rede von unserem Manuskript. Wir haben keine Ahnung, wie wir das Ende umschreiben.«

»Wir liegen das erste Mal seit drei Jahren wieder in einem Bett
und du denkst an die Arbeit?« Seine Mundwinkel zucken. »Wird
das jetzt für immer so sein?«

»Glaubst du, es gibt ein *Für immer*?«

»Ja.« Er nickt. »Ich glaube an unser *Jetzt* und ich glaube an
unser *Für immer*.« Er drückt meine Hand.

»Und was mit unserem Manuskript?«

»Baby, hör auf, dir darüber Sorgen zu machen. Wir finden
schon ein Ende.«

»Ich glaube, wir sollten etwas Klassisches schreiben. Vielleicht
ein richtiges Happy End?«

»Ein Happy End wie in deinem Roman? Ich habe kein Problem
damit, nur in Jeans an einem Sonntagmorgen auf unsere Kinder

aufzupassen. Aber das mit den Pancakes überlassen wir lieber dir. Hinterher fackele ich noch unser Haus ab. Das wäre eine Schande. Denk doch nur an all deine Bücherregale, die dabei draufgehen würden.«

Ich lache, als er sein Gesicht nach vorne beugt und seine Lippen auf meine drückt.

»Weißt du, was ich unglaublich finde?«, frage ich, während er beginnt meinen Hals zu küssen.

»Ich finde alles mit dir unglaublich.«

»Hör auf, so kitschig zu sein.«

»Das kannst du nicht ernst meinen, India. Ich weiß, wie sehr du auf deine Book Boyfriends stehst, und die sind alle noch viel kitschiger. Da wir das jetzt geklärt haben, was findest du unglaublich?«

»Dass … Dass wir hier liegen, Alec. Dass das hier der Anfang von unserem Ende ist. Das wir ein Happy End haben. Wir hätten keins haben müssen. Wir hätten uns nie wiedersehen können. Stell dir vor, ich hätte unsere Zeit in New York wirklich nur geträumt – obwohl das dramaturgisch echt mies gewesen wäre. Oder stell dir vor, meine Granny hätte mir eine andere Wohnung vererbt. Was wäre, wenn wir uns nie länger als einen flüchtigen Moment in der Subway begegnet wären, du eine Charakterskizze zu mir geschrieben und unsere Geschichte komplett erfunden hättest?«

»Ich …« Alec lässt von mir ab und setzt sich neben mir auf, seine Finger lösen sich trotzdem nicht von meinen. »Ich weiß es nicht, India. Es gibt so viele mögliche Geschichten. Aber ich bin froh, dass wir diese hier haben. Dass wir ein Happy End haben. Unser Happy End, das dem Ende von zwei Protagonisten in einem Liebesroman ziemlich nahekommt, findest du nicht?«

Epilog

Sieben Jahre später

Du lebst und schreibst in New York und du liebst jedes Wort, das du tippst. Und du tippst den ganzen Tag. Morgens bis abends, mittags schaffst du es nicht einmal, mehr als eine halbe Stunde Pause zu machen, denn das Worddokument ruft nach dir, die Charaktere in deinem Kopf streiten sich bei dir um ihre Geschichte und du sagst ihnen, sie sollen nicht verzweifeln, jeder einzelne von ihnen würde ihr Happy End bekommen, würde die Situation auch noch so aussichtslos scheinen. Manche glauben dir, manche glauben dir nicht. Letztere sind die, die dir am ähnlichsten sind, und wenn sie dich nachts vom Schlafen abhalten, während sie dir zuflüstern, sie wüssten nicht mehr weiter, sie machen und machen, doch sie würden ihr Happy End einfach nicht erkennen, stehst du auf. Du gehst zurück in dein Arbeitszimmer und zeigst auf das Regal mit den Romanen, die du selbst geschrieben hast. Mittlerweile sind es acht Stück und alle haben den Bestsellersticker. Deine Finger berühren die Romane so, als wären sie dir heilig, was sie ja auch sind, und dann sagst du den Charakteren in deinem Kopf, dass sie aufhören sollen zu jammern, dass sie sich aufrappeln sollen und aufstehen müssen, immer wieder aufstehen, weil das die einzige Möglichkeit ist, um an den gebrochenen Stellen stark zu werden. Du nickst auf einen der Bilderrahmen, die neben deinen Büchern stehen, und sagst: Das ist nicht von mir, sondern von Mr. Fallon und er ist einer der weisesten Männer, die ich kenne. Also glaubt nicht mir, doch wenigstens ihm. Du gehst weiter, zeigst deinen Charakteren deine Wohnung mitten in Manhattan, erzählst von dem Einzimmerapartment in dem Wohnkomplex, in dem du mal geschrieben hast. Du redest von Träumen, an die man glauben muss. Immer glauben sollte, selbst wenn man den Epilog nicht sieht. Du befiehlst deinen Charakteren weiter an ihre Träume zu glauben, während deine nackten Füße auf dem Fußboden knirschen und du vor der Tür neben deinem Schlafzimmer verharrst. Ganz vorsichtig trittst du in das Zimmer und flüsterst deinen Charakteren zu, dass sie verdammt noch mal leise sein sollen, weil deine vierjährige Tochter schläft und dabei wie ein rothaariger Engel aussieht, und Engel zu Teufeln werden, die dich bis zum Morgengrauen zum Barbiespielen zwingen, wenn sie mitten in der Nacht aus ihrem Schlaf gerissen werden. Also tappst du so behutsam, wie du kannst, an das Bett deiner Tochter und gibst ihr einen Kuss auf die Stirn, bevor du sie zudeckst. Du verharrst einen Moment vor ihrem Bett, nicht um deinen Charakteren zu demonstrieren, dass ihr Epilog einen rothaarigen Engel braucht, sondern weil du deinen rothaarigen Engel so sehr liebst, dass du schwörst, dass dein Herz jedes Mal platzt, wenn deine Tochter dich nach einem deiner harten Arbeitstage umarmt und sagt: Lass uns Geschichten erfinden, und du eigentlich dachtest, du hättest für heute keine Geschichten mehr zu erzählen, doch dann setzt sie sich auf deinen Schoß und beginnt Namen zu erfinden und du machst plötzlich mit und ihr erzählt euch Geschichten und lacht und liebt euch dabei und du weißt, es gibt keinen einzigen Menschen auf der Welt, für den du lieber Charaktere erfinden würdest. Die meisten deiner Charaktere verstummen beim Anblick deiner Tochter und du kannst es ihnen nicht einmal verübeln, schließlich ist deine Tochter perfekt. Doch in deinem Kopf gibt es immer noch einen, der stur mit dem Kopf schüttelt und sagt, er könne sein Happy End nicht sehen. Meistens ist es der, der dir selbst am ähnlichsten ist. Du lächelst ihn in Gedanken an, während du zurück unter deine Bettdecke krabbelst, zu dem Menschen, den du liebst Du spürst seinen Herzschlag stark an deinem pochen und kannst nicht anders, als diesem Menschen Küsse in den Nacken zu hauchen, weil du ihn immer küssen, berühren und lieben musst. Für immer. Das weißt du ganz sicher.

»Ich wollte Alec Carter zum Synonym meiner Welt machen,
weil ich wollte,
dass er meine Welt war.«

I. A. Thomson

An manchen Morgen betrete ich die Buchhandlung als allererstes und
fahre mit der Rolltreppe in die zweite Etage. Es ist immer dasselbe
Buch, das ich mir vom Tisch mit den Liebesromanen schnappe. Meine
Finger fahren dann die lilafarbenen Buchstaben des Covers nach und
schlagen die erste Seite auf. Ich setze mich auf einen der Lesesessel und
lese die ersten paar Seiten, bis der Laden sich füllt. Es fängt immer
mit »Indiana Thomson riss mich aus dem Schlaf, bevor ich ...« an.

»Ich machte Liebe.
Ich, Alec Carter, machte Liebe und liebte es.
Liebe war mein Lieblingswort.
Liebe, Liebe, Liebe.
Überall. Liebe.
Ich liebte India Thomson.«

Alec Carter

Manchmal gehe ich kurz vor Ladenschluss in den Buchladen, der
zwei Straßen von meinem Zuhause entfernt ist. Ich nehme mir immer
dasselbe Buch aus dem Regal und streiche mit meinen Händen so über
das Buchcover, als wäre es mir heilig. Ich schlage immer die letzte
Seite auf und beginne bei: »Glaubst du, es gibt ein Für immer?«

»We would be together
and have our books
and at night
be warm in our bed together
with the windows open
and the stars bright.«

Ernest Hemingway

Wenn ich das Buch zurücklege, bleiben meine Augen als Letztes an dem Untertitel hängen. Ich lächle, bevor ich gehe.

Danksagung

Ich danke:

Meiner Redakteurin Theresa. Ohne sie und ihre grandiosen Ideen wäre diese Geschichte nicht einmal ein Viertel so gut geworden, wie sie jetzt ist. Ich weiß wirklich nicht, was meine Writers ohne sie geworden wären.

Meiner besten Freundin Bianca, die gerade in Australien rumturnt. Sie war meine allererste Leserin und die Erste, die mir gesagt, dass meine Worte berühren.

Meiner besten Freundin Denise. Sie hat mir letzten Sommer, betrunken von zu teurer Weißweinschorle und der Musik von Fil Bo Riva von ihrem Traum erzählt. Sie meinte, sie hätte geträumt, sie wäre verliebt und das hätte sich so, so echt angefühlt. Ohne sie wäre ich niemals auf das neue Ende gekommen.

Tarryn Fisher, auch wenn sie das niemals lesen wird, aber sie ist mein Vorbild. Jedes ihrer Worte inspiriert mich und bringt mich dazu, eine bessere Schriftstellerin und ein besseres Ich werden zu wollen.

Jeder Person, die mir eine Nachricht auf Instagram, YouTube oder Wattpad zu meinen Geschichten geschrieben hat. Vor allen Dingen die, die mich mit meinen traurigen Chat-Geschichten verstehen. Ihr habt mein halbes Herz.

Jeder Person, die mir auf Instagram und Co geschrieben hat, wie sehr sie sich auf meine Writers freut, jeder Person, die mir für »Writers in New York – Jedes Wort ist für Dich« so viel Liebe gegeben hat, ohne dass es überhaupt draußen war. Ihr habt die andere Hälfte meines Herzens.

Meiner Blogger-Crew: Anna, Bianca, Cássia, Jenny, Isabel,

Lena, Leonie, Lucia, Luisa, Maja, MMah, Sarah, Sonja und Sudem. Danke für all die Liebe, die ihr meiner Geschichte gebt, bevor sie überhaupt veröffentlicht wurde. Ihr seid die Besten!

Allen Personen von Sweek und Piper Digital, besonders Eliane Wurzer, für diese unfassbare Möglichkeit. Ich danke euch auf jeder Seite meines 6-Minuten-Tagebuchs.

Meinem Alec Carter. Mit ihm fühle ich mich nie ganz so verrückt, weil er genauso verrückt und komisch und kaputt wie ich ist.

Meiner Mutter. Sie sagt mir, dass ich alles schaffen kann, wenn ich denke, dass ich absolut nichts kann. Nur wegen ihr bin ich eine noch größere Träumerin als sie selbst.

Und das Beste zum Schluss: Ich danke meinem Vater vom ganzen Herzen. Er hat nichts mit dieser Geschichte zu tun, aber er hat mich großgezogen und ich bin nur seinetwegen die Person, die ich bin. Ich weiß nicht, was ich ohne ihn in meinem Leben gemacht hätte und machen würde.

Quellennachweis

Joseph Tyler
Tear in my heart
Twenty One Pilots
Fueled by Music, Stryker Joseph Music, Warner-Tamerlane
Publishing Co
2015

Brandon Flowers, Dave Brent Keuning, Mark August Stoermer,
Ronnie Jr. Vanucci
Mr. Brightside
The Killers
Universal Music Publishing Limited
2003

Justin Parker, Elizabeth Grant
Video Games
Lana Del Rey
Sony/ATV Music Publishing Limited, EMI Music Publishing
LTD
2011

Ashley Frangipane
Young God
Halsey
Songs of Universal INC, 17 Black Music
2015

Gregory Allen Kurstin, Ashley Frangipane
Heaven in Hiding
Halsey
Kurstin Music, EMI April Music Inc
2017

Alexander William Gaskarth, Nicholas Michael, Colin Cunningham, Nicholas Alex Long,
Dirty Laundry
All Time Low
BMG Rights Management (UK) Limited, Songs of Reach Music, Songs of Downtown
2017

Shellback, Martin Max, Taylor Alison Swift
How you get the girl
Taylor Swift
MXM Music AB, Taylor Swift Music, Sony/ATV Tree Publishing
2014

Daniel Coulter Reynolds, Benjamin Arthur McKee, Daniel Wayne Sermon
Hear me
Imagine Dragons
Songs of Universal Inc, Imagine Dragons Publishing, Songs for Kidinakorner
2013

Thomas Edward Percy Hull, Harry Edward Styles
Sweet creature
Harry Styles
HSA Publishing Limited
2017

James Gabriel Keogh
Mess is mine
Vance Joy
Vance Joy ASCAP Pub Desginee, Warner Bros Inc
2014

Sia Kate I Furler, Gregory Allen Kurstin
Move your Body
Sia
Kurstin Music
2016

Gregory Allen Kurstin, Ashley Frangipane
Sorry
Halsey
Kurstin Music, EMI April Inc, Songs of Universal Inc,
2017